全宋詩

北京大學古文獻研究所編

傅璇琮　倪其心　許逸民
孫欽善　陳　新
主編

第五一册

北京大學出版社

全國高等院校古籍整理
研究工作委員會重點項目

本册資料人員

朱寶模　孟憲忠　姚兆寧　徐永强　崔　岩　崔庚昌

劉　雯

參加本册整理者

于世明　文師華　王　嵐　王德保　王義耀　李　更

李敏辭　吴　鷗　孟憲忠　查九星　徐　進　徐永强

陳　捷　陳巧媚　陳曉蘭　崔統華　虞　行　楊玲莉

楊海峥　聞　賢　劉　瑛　劉　雯　劉　寧　戴　螢

參加本册補遺者

虞　行

（以上均以姓氏筆劃為序）

本册責任編委

高秀芳　許紅霞

第五一册詩人總目

第五一册目次

全宋詩卷二一六九二

全宋詩卷二六九三

全宋詩卷二一六九四

全宋詩卷一六九五

全宋詩卷二六九六

全宋詩卷二六九七

全宋詩卷二一六九八

全宋詩卷二七〇一

全宋詩卷二七〇二

全宋詩卷二七〇三

全宋詩卷二七〇四

全宋詩卷二七〇五

全宋詩卷二七〇六

全宋詩卷二七一〇

全宋詩卷二七一一

全宋詩卷二七一二

全宋詩卷二七一三

全宋詩卷二七一四

全宋詩卷二七一五

全宋詩卷二七一六

全宋詩卷二一七一七

全宋詩卷二七一八

全宋詩卷二一七二二

全宋詩卷二七二三

全宋詩卷二七二四

全宋詩卷二七二五

全宋詩卷二七二六

全宋詩卷二七二七

全宋詩卷二七三〇

全宋詩卷二七三一

全宋詩卷二一七二

全宋詩卷二七三三

全宋詩卷二七三四

全宋詩卷二七三五

全宋詩卷一七三六

全宋詩卷二七三七

全宋詩卷二六九一

宋甡

宋甡（一一五三——一一九六），字茂叔，金華（今屬浙江）人。光宗紹熙元年（一一九〇）進士。初授高安主簿，調融州掾，遷廣西鹽事司主管官。寧宗慶元二年卒於廉州官舍，年四十四。有《西園詩稿》，已佚。事見《西山文集》卷四二《宋文林郎墓誌銘》、《周文忠集》卷五一《題宋甡西園詩稿》。

次陸務觀韵

欲求平易多成拙，稍涉新奇却未工。得句直須參造化，此身何必計窮通。宋真德秀《西山文集》卷四二《宋文林郎墓誌銘》

俞烈

俞烈（？——一二一三），字若晦，號盤隱居士，臨安（今屬浙江）人。孝宗淳熙八年（一一八一）進士。十五年，以太學録轉對。遷太常博士。光宗紹熙元年（一一九〇），進國子博士。寧宗慶元三年（一一九七），爲祕書郎，出知嘉興府。嘉泰元年（一二〇一），除起居舍人（《宋會要輯稿》職官五一之二七）。四年，除中書舍人，以忤韓侂胄論去。嘉定元年（一二〇八），起爲沿海制置使，改知鎮江府（《寶慶四明志》卷一）。五年，爲吏部侍郎兼中書舍人兼侍讀（《宋會要輯稿》崇儒七之三〇）。

六年，卒。著有《盤隱詩編》、《北征集》等，已佚。《咸淳臨安志》卷六七有傳。今録詩二首。

題東山

文會得吾黨，浄居清晝長。平生愛山僻，暇日聊徜徉。風流謝康樂，肥遯計亦良。鍾鼎成淹留，江湖晚相望。山色青未改，山名久愈彰。松風度晚曲，巖花弄晨妝。尚疑縹緲人，髻鬟下鳴璫。凄涼懷古恨，野水涵方塘。功名不作難，出處何可忘。人自草木腐，看渠日争光。香消酒力微，緣陰聽圓吭。悠然發遐想，莞爾還成章。歸途有清泚，濯纓詠滄浪。　宋潛說友《咸淳臨安志》卷二五

題浄梵院清虚堂

天清蠶麥餘，緑結桃李實。老僧詩衜袖，過我語言質。懷山意先行，如病夢芝朮。去□才一舍，鞭策不終日。堂筵新結束，空洞無長物。風來舞翠杉，土暖榮病橘。欲行意先清，舌評驥不及。何由解鞍卧，夜枕雨瀟瑟。泉清韵磬遠，林樾琅玕密。杯寒續飛斟，煙繼香遶室。談玄契參同，酒旨妙真一。懷新辜雅趣，意懶□健筆。亦如罷參僧，野禪縛枯律。　同上書卷八三

李誠之

李誠之（一一五三—一二二一），字茂欽，東陽（今屬浙江）人。寧宗慶元初釋褐，分教鄱陽。歷福建安撫司幹辦公事，刑部、工部架閣，擢國子録，以讒罷。起爲江南西路轉運司幹辦公事，改通判常州，遷知郢州、蘄州。寧宗嘉定十四年，金兵陷蘄死難，年六十九。事見《絜齋集》卷一八《蘄州太守李公墓誌銘》。

詠松

半依巖岫倚雲端，獨立亭亭耐歲寒。一事頗爲清節累，秦時曾作大夫官。 宋羅大經《鶴林玉露》甲編卷五

程卓

程卓（一一五三—一二二三），字從元，休寧（今屬安徽）人。孝宗淳熙十一年（一一八四）進士，授揚州司户參軍。歷崇仁縣丞、知龍泉縣、司農寺丞。寧宗嘉定三年（一二一〇）除大理寺丞。六年，權太府少卿。七年，知泉州。十年，知福州兼福建路安撫使。十二年，除秘書少監。十三年，權工部侍郎兼同修國史、實録院同修撰。十四年，進給事中。十五年，遷同知樞密院事。十六年卒，年七十一。事見《新安文獻志》卷七四《守同知樞密院事致仕程公卓行狀》。今録詩二首。

遊金焦二山

揚子長江天際來，中流有山何壯哉。深根盤礴千萬丈，寸土不受雙崔嵬。金山屹據上流險，四面佛屋相環回。來帆去槳别艫舳，住僧過客煩追陪。排空傑閣揖滄海，海山亂點浮纖埃。龍潭别聳石峰巧，時立野鶴慵毰毸。堂頭回首指遺像，坡公印老留青煤。其人已去詩尚在，唱酬風月相徘徊。再三瞻敬下山去，縹緲又入雲濤堆。焦山一望衹十里，舟師駕櫓如奔雷。行行滉蕩呼吸頃，繫纜犖确登山隈。山中僧少竹木古，瘦根迸石穿莓苔。幽姿野態隨步出，勝處往往多樓臺。洪崖路轉尋瘞鶴，幾年浪打風雨摧。遺銘破碎石剥落，摩挲細讀心眸開。同行韵遠興未盡，飛仙亭上傾樽罍。酒酣我爲發奇絶，底須方外求蓬萊。 明程敏政《新安文獻志》卷五二

雲巖

石門一望路迢迢，五老峰高聳碧霄。泉挂珠簾當洞口，烟拖練帶束山腰。香爐捧出仙人掌，輦輅行過織女橋。午夜月明天似水，鶴歸松頂聽吹簫。明魯點《齊雲山志》卷四

（以上崔統華整理）

釋亮

釋亮（一一五三——一二四二），號西山，俗姓税，梓州郪縣（今四川三台）人。少嗜佛經，禮本縣文才院僧普明爲師。受具畢，往成都大聖善寺，擇三學名流北面師事之。後往毗陵華藏，參禮塗毒策，策器之，與之偕移徑山，多依堂中第一座遯庵宗演決所疑。宗演開法藏，亮與之偕。後出世建康府清真寺。晚住慶元府小靈隱寺。理宗淳祐二年卒，年九十。爲南嶽下十七世，遯庵宗演禪師法嗣。有宋覺心等編《西山亮禪師語録》，收入《續藏經》。事見本《語録》及所附居簡撰《塔銘》。今録詩二十八首。

偈頌七首

一葉落，天下秋，幾人於此辨來由。衲僧冷地呵呵笑，南嶽天台拄杖頭。

兩箇屎橛，合作一團。熏天炙地誰能嗅，千古叢林作話端。舉南院問僧：忽遇屎橛時如何？僧云：不審。南院便打。

今朝十一月十五，光陰似箭歲將莫。參禪學道如何，切忌守株而待兔。若是金毛師子兒，翻身一擲無回互。無回互，驚殺南山白額虎。

今朝三月半，百花開爛熳。祖意甚分明，何妨著眼看。看看，忽然花謝樹頭空，又被風吹别調中。舉僧問報慈：情生智隔，想變體殊，者僧問處絶誵訛，就便拈來付與它。嫩緑枝頭紅一點，動人春色不消多。情未生時如何？慈云：隔。

九旬禁足今朝滿，漆桶掀翻快活人。莫怪點胸夸獨步，只緣過夏在清真。解夏

説參禪，彌天過，緣是見成行貨。可憐背覺合塵，飯籮邊忍饑餓。輯自宋覺心、志清《西山亮禪師語録·住建康府清真禪院語録》

指三門

踢斷千差路，潑天門户開。擡頭空蕩蕩，脚下起風雷。

偈頌五首

八十老婆心已灰，强顔抹粉與涂蚖。自知潦倒無羞耻，遇興何妨舞一回。

柳緣花紅春鳥啼，明明祖意報君知。箇中直下知端的，已落吾家第二機。

參學事，絶商量，急著眼，快承當，處處無非安樂鄉。阿呵呵，好快活，萬兩黄金也消得。

狂風暴雨轟霹壢，滿庭撼動花狼籍。紅紅白白已周遮，何勞飯袋重拈出。舉雲門問洞山云：近離甚處？山云：查渡。門云：夏在甚處？山云：湖南報慈。門云：幾時離彼？山云：八月二十五。門云：放子三頓棒。洞山來日上方丈問訊云：昨日蒙和尚賜棒，未審某甲過在甚處？門云：飯袋子，江西湖南，便與麽去。

金風起，樹葉落，體露堂堂活鱍鱍。報君知，快領略。回頭轉腦擬思量，錯認笊籬作木杓。以上同上書《住慶元府靈隱禪院語録》

頌古四首

釋　亮

芭蕉拄杖子。

你有主丈與主丈，你無主丈奪主丈。撥亂乾坤幾箇知，鶯啼不在花枝上。

靈雲見桃花。

幾年湖海不知羞，一見桃花自點頭。堪笑傍觀猶眼熱，也來趁隊逞風流。

趙州勘婆。

饑時定聞饑，飽時定聞飽。婆子在臺山，趙州勘破了。

雪師子。

一色通身白，天然絶點塵。吒沙當古路，不吼也驚人。

建康黄尚書請住清真曾以頌却之

徹骨窮來不厭窮，横眠倒卧白雲中。饑餐一鉢和羅飯，此外無能振祖風。

悼遯庵

無端拗曲作直，平白换人眼睛。而今雙履歸去，且喜天下太平。

藤　簟

打成一片凝如水，風吹不動寒光起。飯飽齁齁快活眠，不知身在秋波裏。

開塗田道者求語

大海波濤湧，道人願力堅。當頭一截斷，萬頃看平田。

光維那歸鄉

光境俱亡了，寒潭徹底清。泝流翻巨浪，五十四州驚。

寄天童癡絶和尚

潦倒西山百不能，隨身賴有一枝藤。東撐西拄消閒日，甘作荒山小院僧。

達上人乞語

達道應須併六賊，六賊併了何所得。十方坐斷眼頭空，觀音院裏無彌勒。

碧雲寄華藏故舊

碧雲深處望湖山，時步松門獨往還。眼底故人都不見，但聞幽鳥語關關。

見侍者求語

三呼三應箭鋒拄，不呼不應全體露。汝從雪竇到靈山，步步蹋著無差互。

光上人求語

光明寂照徧河沙，認著依前滿眼花。喪盡諸緣回首看，寥寥四顧絶周遮。絶周遮處未為是，更須知有祖師關。透得關，生死佛魔甚屎屁。時來平地一聲雷，四海五湖如鼎沸。

古禪人乞語

底事完全亘古今，何勞特地徧參尋。草鞋蹋破知端的，悔涉山川恨轉深。

以上同上書《偈頌》

（聞賢整理）

郭仁

郭仁，字寀之，吉水（今屬江西）人。孝宗淳熙十年（一一八三）領鄉薦。事見清同治《吉水縣志》卷二九。今録詩三首。

分菊

小畦香雨碧颸颸，分得新苗旋作籬。為待繁英供採掇，故尋異本鬬芳奇。野人自愛編青障，老圃先教擁緑泥。濁酒預拚重九約，狂風莫損最高枝。

村居

移家楊柳灣，小築田家塢。一宵春雨晴，滿地菜花吐。

薇山書室爲朱惟節賦

幽意曠何許，逃名東海傍。卜隣惟拜石，覽勝不齎糧。帙散蘭亭近，書探禹穴忙。紫薇山畔月，流照有餘光。以上元陳世隆《宋詩拾遺》卷九

包伯騶

包伯騶，涇縣（今屬安徽）人。第進士，未仕。孝宗淳熙十年（一一八三）曾刻己詩于巖巃洞。事見清嘉慶《涇縣志》卷一二、三二。

巖巃洞留題

巍然造化功，斡闢成巖巃。石頂滴清瀝，洞深颼細風。我來畏暑間，憩此清泠中。緬懷二老調，逸思更無窮。清洪亮吉嘉慶《涇縣志》卷三二

陳壎

陳壎，莆田（今屬福建）人。俊卿之後。曾知南安縣（《莆陽文獻》卷五）。

謝趙憲副使惠建茶

貢餘自合到侯王，誰遣甘芳入莧腸。野客驚看龍鳳銙，家人學試蟹魚湯。題來諫議三封印，分到尚書八餅綱。盡灑從前腥腐氣，時時澆取簡編香。

明鄭岳《莆陽文獻》卷五

趙師商

趙師商，伯泌子。太祖八世孫（《宋史》卷二二一《宗室世系表》）。嘗通判太平府（《歷朝上虞詩集》卷三）。

嘲俠客

計拙難敷食與衣，惟將俠氣借相知。何如馮子歸彈鋏，争似毛生立見錐。清世翩翩誰是美，塵寰碌碌已稱奇。有時舉翮連雲起，不比函關一隻雞。

清錢玫《歷朝上虞詩集》卷三

（以上崔統華整理）

孫應求

孫應求，字伯起，餘姚（今屬浙江）人。介子、應時長兄。鄉貢進士。事見《宋元學案補遺》卷三五。今録詩十一首。

仲弟應符用昌黎齪齪詩韵作咄咄篇自警家大人用韵作欣欣篇應求次韵作皦皦篇以見志云

皦皦志士心，玉壺冰露寒。整冠默危坐，撫卷慨永歎。膠擾天下事，豈逃吾靜觀。是心本如水，風過成濤瀾。蟻或作牛鬬，雀常用珠彈。萬境各顛倒，何者為憂歡。聖學有宗盟，口血應未乾。進修在覆簣，趨舍防奔湍。正須極高深，乾坤見倪端。規摹括四代，宗廟富百官。譬如入玉府，璆琳雜琅玕。逢原在左右，諒非登天難。

丁未仲夏季弟海陵官舍家大人賞月作詩和韵

銀蟾憂易缺，綵侍喜長圓。豈意他鄉會，均同一樂全。杯行驚話舊，星聚敢占天。但願人常久，頻將桂影延。

次季和宿龍泉寺遇雪韵

艤岸投僧話，歡迎勢若歸。林巒窮勝處，樓閣盡翬飛。本謂身還舍，何期雪擁扉。莫嫌行復住，世事合隨機。

恭次家大人初抵季弟海陵官舍之韵

一家千里赴吴陵，沿道遲留不問程。風物蕭條鄉愈遠，山川開豁眼增明。春田未有歸耕計，夜雨聊聽對榻聲。幸向萊庭同戲綵，回頭終有愧難兄。

食貧寧問肉如陵，且喜官曹簡事程。千里平淮隨地闊，一江遠水照天明。幾多懷古登臨意，時作搔頭諷詠聲。酬唱敢希珠樹秀，粗分菽麥異周兄。

舟渡金山過廣陵，灣頭畧可計淮程。回瞻建業祥煙繞，北望長安落日明。野曠春農虚地力，霜清曉角動邊聲。中原雠耻非難復，子弟皆思死父兄。

仲弟應符生日大人作詩命和元韵

阿連誕世在玆晨，月吐三更恰半春。幸有斑衣堪共戲，何妨緑酒正相親。雍雍已覺和為貴，勉勉當思德有鄰。所願百年長膝下，不勞相望似參辰。

季弟黄巖任滿大人率家衆先歸作詩見示恭次元韵 時留剡館

長拘棲寓季微官，携杖扶車愧二難。翹首雲山魚雁遠，關心歲月骨毛寒。方來負米還為養，未遂承顔數問安。何日庭前環戲綵，共馨夕膳潔晨餐。

恭和家大人鬻田訓子詩韵

家貧常産遽蕭然，只把詩書代力田。謀道固宜眈樂内，却行安可望追前。置錐今日憂無地，摛藻他時喜掞天。富貴學成終自有，服膺當務益拳拳。

恭和家大人將赴季弟官舍書示及門之作

力穡良農必有年，先修人事乃言天。士非學問無由立，勿道家饒負郭田。

少年不學待何年，長大無成莫怨天。况是各承賢父訓，豈容弗肯播菑田。

以上宋孫應時《燭湖集》附録卷上

孫應符

孫應符，字仲潛，餘姚（今屬浙江）人。介子、應時仲兄。今録詩十一首。

應符讀韓文公齪齪詩考其歲月乃三十二所作今應符生亦三十二年矣深有媿焉因借其韵爲咄咄篇以自警

咄咄汝爲子，念之心可寒。慕則非所慕，歎則非所歎。愚生乃繫俗，達人斯大觀。大明高照耀，滄海足波瀾。不求勝己友，有過孰抨彈。不絶害心念，誠身奚喜歡。溝澮無源本，易盈還易乾。見善苟不明，譬彼東西湍。仁義根於心，視精而行端。讀書貴知道，事親寧以官。會稽産竹箭，西海出琅玕。虚名何足尚，所懼實才難。

次季和宿龍泉寺遇雪韵

同入招提宿，初從城市歸。雪輕渾欲舞，雲凍不成飛。客去尋溪棹，僧來叩竹扉。籬邊一枝玉，漏泄化工機。

丁未仲夏季弟海陵官舍家大人賞月作詩恭次元韵

賓僚成雅集，夜月正清圓。幸對芳樽滿，兼逢樂事全。哦詩追舊日，舉盞望青天。此會宜頻講，何妨祝壽延。

應符生日大人作詩以示恭次元韵

初度追思夜向晨，自注：以子時生。敢安暇逸負青春。鴒原友悌同三益，鶴髮康寧拱二親。未遂功名酬誨育，勉將誠孝信鄉鄰。從今且願蒙天祐，日侍慈顔拜北辰。

季弟黄巖任滿大人挈家衆先歸作詩見示恭和元韵

心處中虚治五官，物來能應固非難。移忠益本居家孝，閲暑知曾歷歲寒。父子賡歌真内樂，弟兄分職賴居安。何妨菽水為歡養，會有時來詔賜餐。

恭次家大人初抵季弟海陵官舍之韵

學山初不止邱陵，驥子終期萬里程。莫問官曹今落寞，正須人物自高明。斗升聊可為親養，歲月行看播治聲。膝下團圞事文史，此身何幸忝居兄。

生於陵者自安陵，何事驅馳較驛程。却望鄉山千里隔，共看淮月一輪明。官閒足遂吟哦樂，俸薄休形歎息聲。最幸一家仍聚首，不須嗟弟與瞻兄。

生憎世俗迭相陵，反己工夫有度程。大學在先知本末，中庸當務造誠明。諄諄自昔承嚴訓，默默終年愧令聲。至道不須由外索，事親友弟及從兄。

恭次家大人鬻田訓子詩韵

厄窮那復值凶年，典盡貧家五畝田。暫給簞瓢居巷内，且將經史向窗前。潛心矻矻先修己，安命栖栖不怨天。爵禄功名宜自取，尤當勉力務勤拳。

恭和家大人將赴季弟官舍書示及門之作

純熟工夫積歲年，能知本性則知天。揠苗助長猶為害，況復芸人舍己田。

焚膏繼晷且窮年，榮悴他時却在天。莫把光陰虛度了，吾徒耕道若耕田。

以上《燭湖集》附録卷上

（以上王德保整理）

全宋詩卷二六九二

孫應時一

孫應時(一一五四—一二〇六),字季和,自號燭湖居士,餘姚(今屬浙江)人。早年從陸九淵學。孝宗淳熙二年(一一七五)進士,調台州黄巖尉。歷秦州海陵丞、知嚴州遂安縣。光宗紹熙三年(一一九二),應辟入蜀幕。後知常熟縣。寧宗開禧二年改通判邵武軍,未赴而卒,年五十三。有文集十卷等,已佚。清四庫館臣據《永樂大典》輯爲《燭湖集》二十卷。事見本集附編宋楊簡《孫燭湖壙志》、張淏《孫應時傳》。

孫應時詩,以影印文淵閣《四庫全書·燭湖集》爲底本,酌校他書引録。新輯集外詩附于卷末。

唐侯仲友之守台爲浮梁於江象山令蔣鶚考叔賦江有濟三章以獻余時官於台見而陋之作江有梁四章

《江有梁》,美台侯也。州之南阻江,比舟為梁,自唐侯始也。三章,章十六句。一章,章十二句

江有梁,昔所無兮。台之民,維艱虞兮。我南之耕,其出于于。我北之趨,維薪維芻。匪伊薪芻,行旅載途。風雨晦冥,海波愁予。豈無舟人,徼利以呼。偪仄淪胥,云誰之辜。

江有梁,維今始兮。台之民,維天啟兮。邦有父母,視民如子。民號於溺,侯曰由己。乃相乃謀,乃築乃峙。其桴聯聯,其舟齒齒。民不知江,有道如砥。我醉我犇,云胡不喜。

江有梁，孰使然兮。台之民，曰侯賢兮。孰使侯賢，有命自天。天子聖仁，侯乃來宣。自我侯來，有麥有年。天姥之南，東溟之壖。濤瀾不驚，歌舞後先。汝不我信，視此一川。我梁既成，我民既平。侯智不矜，侯心載寧。帝曰汝歸，其車宵征。予欲濟川，邦國是經。民留我侯，敢與帝争。我帝我侯，眉壽無疆。

四明山記遊八十韻

平生抱遐尚，撫劍遠行遊。迹謝聲利牽，心與巖壑謀。東征泛滄海，南騖踰丹丘。西登岷峨嘯，北望闗隴愁。匡廬挽歸轡，巫峽紆行舟。劍閣最險壯，龍門更奇幽。歷覽雖未飽，勝槩略以收。爾來卧燭湖，清夢長夷猶。家山維四明，名字横九州。出門宛在眼，欲往輒不酬。人事真好乖，山靈豈吾仇。忽近益可笑，投老空自尤。兹辰正芳春，會心得良儔。贏糧幸易足，决策遂所求。中宵雨聲斷，逗曉霽色浮。天容極瑩淨，風氣正和柔。瘦笻挾籃輿，野服兼輕裘。遥遥指林麓，欣欣聽溪流。試屐請賢（《道藏》十一册《四明洞天丹山圖詠集》作青烟）嶺，弭蓋白水湫。飛湍響淙潺，怪松韵蕭飅。艱然小（同上書作根哉）上羊額，（自注：嶺名。）喘若料虎頭。甓石訪歲期，（同上書作昉歲基）負樵歌道周。百折快一眺，千里森雙眸。峰巒何綿聯，脈絡相纏繆。化鈞妙融結，神工巧雕鎪。長風動溟渤，洪濤簸瀛洲。巨鼇出贔屭，游龍繞蚴蟉。鯨鵬恣摩盪，蟲魚紛疊稠。萬怪各起伏，千帆遞行留。或坦若几席，或峩若冠旒。或排若劍戟，或剡若戈矛。或舞若鸞鳳，或驟若驊騮。或若戲狻猊，或若鬬貔貅。儼然開明堂，玉帛朝諸侯。赫然會岐陽，長圍方大蒐。鏖戰臨長平，堅壁持鴻溝。廣野列車騎，中軍嚴旆斿。開闢洪（同上書作浩）茫茫，變化久悠悠。愕眙不得語，形容那可侔。仙樹四十圍，蟠根幾千秋。老幹枯不死，新榮翠相樛。飈馭定來止，桑田行驗不。遺跡信所聞，輕舉當何由。東南徑崇岡，左右羅平疇。人家散鷄犬，村塢來羊牛。官征畢薪炭，春事動同上書作勤粗耰。土膩少沙石，氣寒無麥麰。荒蹊夾桃李，密蔭間梧楸。是中可避世，何勞更乘桴。駢巖下蒼峭，別岫爭崪嶒。熟知二刹勝，逝肯中道休。杖錫既巉絶，雪竇仍阻脩。停雲朝漠漠，剛風晝颼颼。盤磴度方橋，廣宇連飛樓。珠璣錯藻繡，金碧照彫同上書作丹髹。撞鐘食千指，鳴板燈百篝。真成天上居，不涉人間憂。周遭富佳致，徜徉得窮搜。妙峰遠色湊，錦鏡波光瀏。兩溪來活活，千丈落瀌瀌。深瀑摽隨鳧，空潭隱靈虬。倒窺凛欲眩，俯掬清敢同上書作可漱。澗草高下積，巖花零亂抽。掛壁見猱捷，食苓聞鹿呦。日長轉晛睆，霧暗啼鉤輈。修竹奏琴瑟，細溜鏘琳璆。占晴喜哢鵲，畏雨愁呼鳩。何妨共齋鉢，且復薦茶甌。老僧頗好事，幅畫同上書作名德肯見投。隨意宿山房，無眠聽更籌。念昔身萬里，及此天一陬。登臨世界闊，俛仰歲月遒。榮辱兩蝸角，聚散一海漚。塵鞅自束縛，名場相敵讎。不念猿鶴怨，坐令泉石羞。心期晚乃愜，俗駕我尚優。勝具學支許，奇蹤非阮劉。時哉山梁雉，樂矣濠上鯈。聊追興公賦，不歎同上書作欲柳子囚。招招知音子，為我商聲謳。

送張敬夫栻以追送不作遠爲韵賦詩五章藉手言別不勝惓惓愛助之誠情見乎辭惟高明幸教

平生賦褰裳，親意許從師。四海非不廣，獨仰大雅姿。逡巡一再見，慘憺已復辭。霜風送旌節，遠目不可追。挾經問疑義，倘許結後期。

斯文肯空言，經世資實用。紛紛諒奚為，義取輒賓送。誠能正其本，談笑了羣動。公身紹前烈，時論倚隆棟。持茲竟安歸，引燈相與共。

軒冕付儻來，良貴應自有。若人出處間，與世揭山斗。雅宜踐高門，斷國極可不。臨風耿予思，霧雨深稂莠。凛然嚴冬柏，特立終耐久。荆州形勝地，控引吁廣莫。英雄昔用武，跬步圖宛洛。至仁先内治，豈曾廢遠畧。公來手摩撫，士氣端可作。載歌江漢詩，奮袂空爵躍。力行希孟韓，波蕩斥嵇阮。聖門有佳處，誰為發關鍵。歸依得其人，心豈間近遠。悄悄客路長，肅肅歲華晚。祝公黄髮期，永好情繾綣。

送友人楊仲能東下以一蹴自造青雲分韻得一字

君王急搜羅，九土規混一。蜀山甚踈遠，去者今稍密。夫君偉才具，文字尤炳蔚。陸沈簿領中，塵霧昏玉質。正應著臺省，邂逅破回遹。輕舟下三峽，春浪平如席。攬觀山川奇，感嘆日月疾。便好作諫書，胸憤吐堙鬱。薰風御爐香，天陛踏文石。此時恨見晚，端不負疇昔。或求西南州，為國撫貧瘠。因以壽老親，繡幰圍畫戟。日邊豈無心，遲子付異日。離樽聊共持，愁思黯難釋。勇去仍趣歸，修途護眠食。

讀晦翁遺文悽愴有作

先生千載人，浩氣隘穹壤。早薄聲利交，超然傲塵鞅。飲酒讀離騷，追游必豪爽。風月飽高吟，雲泉擅奇賞。切骨痛國讎，嚼齒憤奸黨。縱談天下事，一一如指掌。斂意師聖賢，精心玩圖象。全體極渾涵，靈根妙充養。昭昭陳軌轍，坦坦闢榛莽。陶鎔就醇粹，鞭策收勉强。瞿（原誤作翟）聃息遁辭，關雒大遺響。師道屹尊嚴，人材興倜儻。宸綸歎廉靖，朝蹟甚忠讜。康廬委符竹，越絶畀英簜。芻牧活饑惸，天日快幽枉。命義信行藏，風標何骯髒。晚來侍細旃，時益異疇曩。孤蹤反山林，百怪幻夔魍。先生一澹然，幾微寧怏怏。冬曦暖袍屨，秋風颯几杖。尚可淑後來，何言遂長往。睽離思遠道，殷勤媿殊獎。常懷訂羣疑，忍獨拜遺像。感舊日蕭瑟，出門增惝怳。一致無古今，萬世均俯仰。微言在遺墨，没齒抱遐想。末路誠刺促，中扃故弘敞。惟善不可誣，惟惡不可長。百年非所知，常如侍函丈。題詩自激昂，山川悲莽蒼。

七月一日獨遊頂山上方院

澗水有奇觀，山蟬發清歌。穹林翠光合，深谷凉風多。孤遊正寂歷，佇立久婆娑。平生頗須此，欲去意如何。

立夏日汎舟遊青山憩楊氏庵示諸生

歲序忽云夏，青春去安歸。天清風氣朗，游子懷芳菲。碧湖泛我舟，輕雲湛晴暉。入谷山寂寂，緣溪水圍圍。翛然得幽憩，丹葩耀巖扉。鳥聲自歌呼，竹色相因依。舉觴佇遥念，日月如梭飛。平生静中願，歲晚無相違。

和魏公再用韵勉子孫學

儒家乃何事，篤言聖門歸。萬古江河流，三春卉木菲。忍將少年意，負此白日暉。拱把得封植，要看四十圍。東山公別墅，明湖照簷扉。塵囂澹一洗，六籍真可依。城南拜新作，妙墨龍蛇飛。著鞭繼家聲，臨岐莫依違。

和陳亮功張次夔二同年唱酬廉字誠字之作

早韭到晚菘，紫蓼仍緑葵。古為志節士，此味良自知。銀鞍黄金絡，綺户芙蓉闈。丈夫各自適，物理那能齊。

虛中答遠響，不與律呂乖。惟誠貫萬物，此豈欺我哉。九仞憂棄井，累土期層臺。汝州春風中，試坐一月來。

用前韻感事

駒去不食藿，馬佚能傷葵。烈士多慷慨，耿耿誰當知。起吟清夜闌，邊月明春閨。寸心杜陵老，澒洞終南齊。

竽門抱瑤瑟，雅與時好乖。閉門守長饑，毅然丈夫哉。南楚卧龍士，北燕黄金臺。但使本根在，功名真儻來。

李允蹈以詩見詒走筆和之李號能詩諸貴人客也

四海夥人物，百年各馳驅。持身付埃塵，擾擾竟何須。臨邛家四壁，洛北飯一盂。白首頗光榮，不媿初心無。男兒胸中奇，玉虹自呵嘘。滄浪振幽潔，沆瀣餐雲腴。養性一無累，經世乃其餘。芙蓉為裳衣，秋蘭為珮琚。西遊畧崑崙，東征拂玄莬。乘風玒天門，九闕請三呼。太息治安策，中流資一壺。河山洗祲氛，日月行天衢。凌煙千載容，丹青為君鋪。請君辦此事，勿待餘子俱。我懶復無用，藜羹守故書。敢云驪龍睡，妄意淵中珠。

李允蹈再詩言别次韵

仙人騎長鯨，醉與月相追。落筆千萬篇，要與風雅期。里耳習巴唱，未省白雪詞。欲當莫邪鋒，斷毛真一吹。文章游戲耳，功名須鼎彝。推轂天下士，豈無鄭當時。我愚敢望君，君胡首肯之。酒酣激清嘯，八極隘指麾。丈夫嘆歲晚，不恨一别離。行行愛體素，江湖勞夢思。

吴文伯用李允蹈追字韵見贈亦次答之

鷄鳴市聲起，冠蓋日相追。終然寡同調，千里懷風期。憶從十年前，識君黄絹詞。安知淮海來，得此塤篪吹。武庫森器寶，清廟陳尊彝。持君胸中富，自足夸一時。况今亨衢開，秣馬隨所之。功名何足道，談笑觀指麾。交情無遠近，人事有合離。他年一尊酒，長恐勞相思。

和答司馬宜春遡

紛紛市道交，勢利争攫取。煌煌鼎食家，聲色自纏糾。畸人固寂寞，蓬藋侵甕牖。有時步虚曲，植杖話農畝。清秋動幽興，有月欠肴酒。高軒肯相過，賢哉百乘友。空尋奕秋誨，不與歡伯偶。别來雁欲賓，晴喜鳩還婦。村酤聊可載，草具亦何有。飣餖止魚蝦，扶擎雜梨藕。君侯反觴客，欲起輒被肘。意重黄金百，氣豁雲夢九。長篇繼踵來，子建才八斗。勉和若登山，吾詩真培塿。

答潘文叔見寄予十月嘗訪文叔文叔許來而猶未也

别離一何久，迢遞阻音形。重上君子堂，相見眼終青。君顔尚冰玉，我鬢已星星。借問十載間，風波兩蓬萍。嶺劍各萬里，心目多所經。歸來且强健，怳然真夢醒。可憐萬修竹，清音玉瓏玲。蕭條媚寒日，約畧環翠屏。相携復一笑，芝蘭有餘馨。孤雲自舒卷，野鶴來青冥。平生閲羣彦，十八九彫零。吾徒亦何願，畢景依林坰。種秫令可釀，儲粟常滿缾。琴書奉娱玩，足以陶性靈。千載伐木篇，此意神所聽。往來亦奚憚，江浦堪揚舲。

毗陵龔君以宻見投古風思致不凡依韵答之

驅車適古道，道古世已今。翳翳逃空虛，幸有跫然音。歡言指萬里，握手再沈吟。得無霜露繁，恐復江漢深。我聞道渴者，朵頤望梅林。至味難莊口，達士多遠心。天淵本曠蕩，鳶魚各飛沈。相期崑崙顛，弄月鳴瑶瑟。

松柏有佳色，矯矯澗谷涯。要經鸞鳳棲，豈怨人迹遐。匠石初未逢，千歲甘枯槎。萬牛送明堂，亦不以自誇。奇物固落落，念此毋嘆嗟。君看蒿蓬茂，正足供鳴蛙。深根忍霜雪，生意日已嘉。終然拔青雲，勿慮歲月賒。

趙唐卿邀游西湖即席賦十二韵

春風客皇州，積雨不得晴。倚樓望西湖，想見煙水平。芳時諒難負，勝侶欣來并。杖藜一蕭散，唤船弄空明。浮雲為我開，好鳥為我鳴。青山次第出，桃李正鮮榮。華屋何煌煌，縹緲連重城。都人競時節，酒舫各斜横。而我得舒眺，緬然起深情。風景自千古，擾擾何所營。大鈞實愛物，無使可憐生。堯民保同樂，吾其獲歸耕。

游靈巖觀瀑布

一雨天氣清，暑事亮未酷。煩囂念蕭散，兹晨正休沐。籃輿試經行，勝槩入遐矚。紆餘緣清溪，窈窕得幽谷。一巖四壁凈，千仞落飛瀑。雷霆鞭蟄户，風雨撼林麓。光寒白虹下，勢劇天河覆。繽紛曜冰雪，激射碎珠玉。危亭著佳處，盡日看不足。澒洞開心胸，眩晃新耳目。龍臍更奇事，滴滴掛崖腹。人言七年旱，不減此一掬。天壤富瓌怪，名字有顯伏。冉溪逢子厚，釀泉須永叔。摩挲蒼苔碑，徒倚古寺竹。微吟忽忘歸，俗駕不可宿。

鄭倅是歲七月同游和余韻復和酬之

高人遺世紛，山水好常酷。監州當暑來，風露勞櫛沐。千里生清涼，萬象入睞矚。公餘事幽討，駕言訪空谷。豈知叢爾縣，有此壯哉瀑。飛蓋繚崇阿，響屐穿翠麓。林聲疑雨鳴，石怪若釜覆。輝輝倚天劍，凛凛寒水玉。畫圖見所稀，瑶琴寫難足。餘霏濕巾袂，瑩色照眉目。平生此會心，一笑欲捧腹。酒間出新篇，明珠粲盈掬。留作巖壑光，長令鬼神伏。東山懷太傅，濂溪想茂叔。逸興渺乾坤，真賞謝絲竹。何由頻執鞭，雲峰恣遊宿。

孫生康祖從予海陵予薦之滁守趙叔明之門送以古詩

洙泗諸公游，參實少且魯。誰知一貫學，其進乃甚武。儒生多山野，此事亦已古。儇儇細兒黠，往往車上舞。後生識取舍，百不能四五。子兮何為者，獨行事踽踽。嗟我離師友，歲月漸莽鹵。子辱從之游，未必免聾瞽。淮丞少官事，吏散日亭午。藜羹共脱粟，本不計客主。親年當喜懼，藥裹屬親縷。勞子辭我去，天寒無乃苦。滁陽賢太守，豈弟民父母。青山照城郭，廣厦庇風雨。子往事佔畢，可但費樽俎。窗明棐几浄，堅坐勿闚户。交情貴膽肝，師道在規矩。何妨坐椎鈍，未可習媚嫵。萬里須堅車，百步要彊弩。書來説新功，吾其俟飛羽。

和劉過夏蟲五詠

蛛

么蟲夜飛飛，遭汝巧見縛。汝網非堅牢，豈無風雨惡。蟹怒横戈矛，蜃喜吐樓閣。物生黠復癡，悟此一笑樂。

螢

太陽不敢近，宵行聊自娛。過水亂繁星，隨風散平蕪。車公晚差樂，几案不汝須。方謀買娉婷，斛貯明月珠。

蚓

高人百尺樓，萬里對天宇。白水渺江湖，清明到窗户。跏趺作禪定，不聞雷破柱。從渠蚯蚓歌，自趁商羊舞。

蚊

利觜死一飽，何勞更喧譁。肉薄來如雲，舉扇誰能遮。諸君幸小忍，秋風期不賒。披襟約凉夜，明月釣寒沙。

蛙

將軍鼓吹來，處士非所喜。誇汝風月夕，天籟鳴不已。汝姑勿自誇，坎井不可恃。當知馬伏波，笑殺公孫子。

用范叔剛韻送陳亮功同年

人物相後先，筦庫故多士。若人海邦來，清渭照涇水。風塵不自憚，遠業正在此。林深蘭茎芳，波動金石止。三年亦何事，一笑聊復爾。天風今扶摇，勢作九萬里。未令游蓬山，亦合佐槐市。富貴善移人，須公直如矢。平生十年書，喜見習鑿齒。少留更春容，春醪薦魴鯉。

如寧庵

川原相縈紆，林谷遞深秀。步迎流水聲，聒聒新雨後。愴然瞻故丘，喬木百年舊。精廬跨略彴，苔竹故幽茂。憶昔戲緑陰，怡悦年方幼。蹉跎今白髮，寒暑厭相寇。區區濟物心，已矣真大謬。請尋遂初賦，泉石長枕漱。

小舟過吴江風雨大作夜泊三家村翌日風回到家日未中

短篷僅容坐，一滴不通雨。不料西南風，滂沛遽如許。蕩摇首屢觴，跧彎背欲僂。行經四橋側，心動不敢語。茫洋萬頃天，一葉縱掀舞。翻思田舍樂，甚念篙人苦。黄昏隨意泊，古木蔭靈宇。小作鷄酒願，欲禱辭未吐。覺來風回東，快便誰所與。平明八十里，到家日未午。萬事一翻覆，戚欣何處所。舟定稍按摩，起身試步武。一室有餘寬，洗杓命兒女。門外風濤急，閉門良可禦。

庭下小檜

蒼蒼歲寒姿，凛凛凌雲幹。何為事蟠蹙，充君眼中玩。翔鸞與偃蓋，不如溝中斷。高岡有同根，天風拂河漢。

石應之校書招同胡崇禮趙幾道飲白蓮社晚雨

白蓮遠公社，不能致淵明。雷峰峰下庵，乃復浪此名。野客當暑來，喜甚荷風生。柳渚睇窈窕，竹房步紆縈。西軒正虚寂，一鏡湖光平。小飲試談噱，高吟發幽清。兩士幕府彦，主人芸閣英。我雖漫浪者，頗復同勝情。六合自今古，百年各經營。悠然一笑粲，急雨催詩成。

送彭子復臨海令滿秩

君侯古循吏，及物如春醲。民間自寧一，堂上何從容。平生眼中人，此尹未易逢。吏道益可悲，非君吾孰從。

由求政事科，量己如尺寸。後生談天下，可笑不知分。吾曹師古心，日夜抱孤恨。脱身朱墨中，未妨尋學問。

相逢幾何時，相與何如許。書來警吾過，切切父兄語。人生會合難，念别成悽楚。北望山千里，秋容渺煙渚。

秋風滿庭樹，策策鳴良宵。幽人獨晤歎，時序何蕭條。寒華豈不容，念之中心焦。我巢在一枝，風雨無漂摇。

送王木叔推官滿秩

聽雨宿空山，念當與君别。起行意無奈，雨聲轉幽咽。名賢去蓮幕，一郡慘不悦。人心到無言，冰寒炭故熱。

世道不平易，心如太行山。交遊水上萍，相知甚獨難。感君一見初，信我眉睫間。松柏氣本同，蒼蒼期歲寒。

靈臺湛虚明，萬物懸一鏡。饑餐夜熟寢，是我真實性。牛山多斤斧，草木非正命。君乎善自養，吾心本無病。

送台州沈虞卿使君入朝

鼓聲霜曉寒，冠蓋滿衢路。詔書日邊到，使君朝天去。攀車願公留，稚耋紛無數。信哉慈父母，赤子中心慕。七州浙江東，此邦亦蕃庶。使君手拊摩，白髮緣汝故。明時急良猷，此行那能駐。眷眷公豈忘，江城一回顧。

靖康建炎事，嘗聞諸公言。志士日夕心，嗚咽聲氣吞。新亭五十年，塵埃尚中原。君王大經畧，夢想天河翻。時情習安宴，未辦酬國恩。修攘亦有序，此事難遽論。所要夙昔懷，勿以暮氣昏。為公一悲歌，風雲澹乾坤。

東南數十州，今惟本根地。因仍軍國須，支吾亦良費。簿書高没人，大率非古意。先生海邦來，歷歷眼中事。誠心對天日，正色俯民吏。那無一夜驚，感歎不能寐。九重憂民深，時節苦未易。源流儻可言，請拜仁人賜。

不寐

索居在村坰，水陸走通津。半夜有棹歌，鷄鳴語行人。中年近少睡，耿耿多達晨。外物非所念，頗復念我身。聖賢不敢欺，久大在日新。人生會有役，安得辭苦辛。

别黄巖范令

慶曆諸名卿，四海標一范。堂堂元祐相，人望復不減。江河源流大，終華峰巒嶄。遠優士會燮，詎作欒書黶。君侯大雅士，淵然粹家範。春風花氣馥，秋月寒江湛。貞剛謝瑕缺，潔白消黖黵。驅車問前躅，雲路聲轞轞。牛刀亦何為，游刃初不斬。解令襦袴民，桁楊戒無犯。時情互醒醉，世味各辛鹼。安知國中狂，正欠秋牙喊。丈夫自有在，細故非所歉。豈無昆明池，著此黄龍艦。伊余秉微尚，顧瞻隨帆帆。威儀覿麒鳳，冠綏笑蟬蜭。吾徒本平曠，誰能事嶮巇。相知意氣得，欲别精神黯。東風動綺席，潮痕帶晴檻。為公醉登舟，離襟不能摻。

和制帥效謝康樂體

讀書在雪屋，長嘯亦蝸廬。兹晨從遠役，不柰《永樂大典》卷一五一三九作乃為饑驅。夕棹悄煙月，朝帆暖菰蒲。情欣秋風至，體愜袢暑徂。拾魚未妝潦，争米聊趁虛。廓落展遐眺，春容進前途。暮畫諒何取，世用實已迂。分閫重節制，三邊藉調娛。功成報天子，朝珮歸與與。下客一何幸，窮途非所虞。江山待公賞，佳處小踟躕。

臨海道中書懷

六月呼清風，凉氣隔纖紵。玄冬映窗隙，重繭不能御。天時迭乘除，人事多齟齬。愴焉感余懷，百年幾寒暑。

儒生不知變，區區誦陳言。時人孰見之，嬉笑相排拫。江流去不返，何時復虞軒。餼羊誠無用，禮意儻可存。

章安鎮感事

越嶠東南窮，連山赴滄海。章安古州宅，陵谷諒遷改。前江渺萬頃，風雨魚龍匯。嗟哉地遠絶，髣髴形勢在。憶昨南渡初，雲雷震紛靉。莎洲艤龍艦，白日照金鎧。兒童識漢官，草木被堯彩。是時元勳誰，成公國上宰。人心翼宗社，天命安鼎鼐。那知中原事，驚呼五十載。丹衷自結髮，彈劍氣嵬嵬。時清忘夙昔，悲歌起衰怠。舉頭天門高，狂言小臣罪。功名故難量，時節亦有待。臨流想前英，奕奕動風采。漁郎定何心，波間聲欸乃。

頂山禱雨

官身縛塵事，日日如絲棼。駕言適秋郊，開顔慰艱勤。大田平如席，多稼緑於雲。早熟有餉穫，晚播方耦耘。停鞭問父老，笑語何欣欣。今年大好麥，稻復當十分。天應憐百姓，似亦憐令君。我本無善政，謗罵常紛紜。獨慚龍公賜，一念如相聞。尚憂北山外，漸有龜坼文。為爾乞終惠，潔齊炷爐薰。何當足吾願，豐年周九垠。

端午侍母氏飲有懷二兄偶閱二蘇是日高安唱和慨然用韵

簿書束縛人，揮汗日亭午。平生世念薄，問子何自苦。佳辰相尋過，樂事稀可數。撥置為親壽，菖花糝盤黍。歡言記時節，風俗自荆楚。獨嗟我常棣，不得同笑語。楊梅應正熟，筀筍堪自煮。對床負歸約，枕流慚乃祖。會當誓丘墓，畏出如畏虎。莫作兩蘇公，空言終齟齬。

五月二十日還舊居有感

晨光澹凉月，霽宇來清風。輕舟泛漣漪，初旭升曈曨。水氣散洲渚，蔓花綴榛叢。我行何所之，故林翳蒿蓬。捨棹理幽徑，開顔揖前峰。出門望平皐，良苗鬱以葱。恭惟昔先人，有此一畝宫。遺字滿塵壁，所憂非困窮。但願君與相，燮調致年豐。諒哉烈士心，舉世故莫同。踟躕不忍去，惻愴結微衷。

夜讀書有感

王公昔壯年，已作衰翁歎。自注：荆公詩，年登三十已衰翁。古來多志士，念此不能旦。嗟余何為者，忽忽甘寢飯。故書翻手忘，神情日疎散。前途雖綿邈，初心如可辦。云何十年外，低徊猶有憚。蟋蟀鳴我階，秋風歲將宴。日月豈待人，及今當自諫。

和甲辰秋夜讀書有感韵

物華相尋來，世事不足歎。侯蟲知春秋，宿鳥各昏旦。百年相勞苦，且復加餐飯。堂堂白日在，擾擾浮雲散。詩書信家法，朱墨窘官辦。三十二年非，還改當何憚。低徊逢迎地，言笑紛晏晏。嗟汝其惕然，輿衡有規諫。

黄州呈趙使君

魯狂不媚世，世亦與我違。平生懷識察，如公良獨稀。塵沙二十年，孤舟萬里歸。見公不忍去，安得長相依。

歐蘇遊息地，草木有輝光。使君何風流，入手兩印章。下客亦天幸，音塵許相望。不登醉翁亭，尚能登雪堂。

雪堂老居士，赤壁故將軍。蘭舟醉烟月，羽扇麾風雲。登臨生感慨，江空水沄沄。從公一長嘯，神游儻相聞。

小孤山曉望

維舟小孤下，終夜風水聲。雞唱起推户，耿耿殘月明。四望無纖雲，景氣穆以清。碧山吐紅日，緑樹啼鶺鴒。兹峰何娟妙，臨流竦春榮。再拜款靈宫，緬然念平生。一役已萬里，百年定何成。隔江見彭澤，懷古有餘情。

到荆州春物正佳樞使王公招宴歡甚已而幕府諸公携錢荆江亭併成四詩

初日明遠岸，緑蕪滿平川。天宇呈春姿，物物懷芳妍。長隄行車馬，高樓餘管絃。由來大國楚，風景故依然。

華亭冠層城，滿城桃與李。微風散晴煙，七澤多春水。龍山集遐眄，章臺見遺址。感物思無窮，對酒差可喜。簪弁從元侯，芳辰奉良宴。海棠映明燭，夜久星河轉。孤舟萬里客，邂逅驚深眷。慚無仲宣賦，荆州乃堪戀。幙府盡時彦，湛輩非所倫。歡言念游子，載酒臨江津。醉別足可惜，俛仰迹易陳。相期崇明德，芳烈垂千春。

答王甫撫幹和荆江亭韵

劍鬱氣衝斗，珠潛光媚川。丈夫自有在，時俗難為妍。鍾期苟未逢，我琴不須絃。別路渺湖海，相思心炯然。清詩報我來，瓊玖羞木李。感我萬古心，迢迢如江水。楚宫歌舞地，春農耕廢址。變化日相尋，榮華何用喜。樂哉新相知，開懷接談讌。插花醉不辭，風光惜流轉。酒闌欲上馬，握手增眷眷。平生我輩人，定非兒女戀。別時記撫掌，醉劇語無倫。君如齊轅固，獨不類平津。交遊半白頭，心跡誰為陳。由來松柏榦，不争桃李春。

澗壁梁公主祠云武帝女也據高塚上林木鬱然形勢開敞蓋公主所葬歟無碑志未及考諸記載士大夫留詩未見有起人意者余守風四日爲十二韵

蕭翁本勝士，諸郎多藝文。傷哉晚大謬，家國成絲棼。主昔食何邑，桃李争穠芬。禁臠必王謝，風流映青雲。豈其獨天幸，不見臺城軍。曲阿故近甸，茂林有高墳。玉魚既無恙，廟食仍蒿焄。此事乃可書，所恨荒前聞。千舟集浦溆，吉卜叩靈氛。我亦肅襟屨，一瓣崇鑪薰。徘徊慨千載，江波日沄沄。誰當著奇語，歌之擬湘君。

以上《燭湖集》卷一四

全宋詩卷二六九三

孫應時二

潤壁阻風登小山四望書懷

崇阿岸長江，荒蹊得徐步。徘徊一舒眺，邂逅豁心素。天壤故宏廓，川涂渺回互。蒼烟極東溟，落日臨北固。波光蕩汀渚，碧色明草樹。淮南平如砥，萬象入指顧。低迷江都宫，隱轔瓜洲戍。依依眷昔游，惻惻起遐慕。向來猶喜事，所歷有奇趣。摧頹八九年，日已不如故。兩脚厭行李，萬里諳長路。迺窮岷山源，重到入海處。結交豈不廣，覽古亦云富。所抱憂國心，知非濟時具。晨昏耿重闈，裘葛窘童孺。脱然決東耕，孤舟久東騖。寖近真自喜，凌險有餘懼。可憐兹叢薄，政爾淹杖屨。雲容尚飛揚，風意何鬱怒。人事諒難必，江神非所忤。庶蒙皇天慈，穩借一帆度。致意孫興公，尋君遂初賦。

子寶東歸以嚶其鳴矣求友聲爲韵作古詩七章寬予旅懷次其韵

一年三送君，到家能幾程。白雲耿我懷，更想啼孩嬰。過門道無恙，憂端幸少平。因之慰猿鶴，無為長怨聲。

宇宙歸一槩，時勢相重輕。人心太行山，我道如砥平。沈吟百年事，俛仰萬古情。五窮未可送，鬼語方嚶嚶。

傾城事行樂，春臺日熙熙。掩關獨愁思，誰能赴幽期。故山隔湖海，浮雲翳晴曦。由來武安客，豈復知魏其。

哲人重出處，外物非所榮。鳳饑不啄粟，鴻冥安可矰。早知屠羊肆，無所用三牲。儻來亦儻去，不平何足鳴。

歲寒松柏蒼，波動金石止。物生不自別，有時正須此。真源在極致，空談非實理。玉汝其或成，造物恩大矣。

弱齡抱微尚，實耻為身謀。頗依夷惠閒，不擇趙魏優。意行忘坎穽，失脚復何尤。但存斗升養，過此今無求。

教不貴多言，小知非大受。力久有天得，海涵而地負。少年今白髮，誰與鞭其後。詩來讀百過，君真吾畏友。

秋日程伯玉携詩見過次韵

秋聲入梧桐，落葉驚甕牖。菊叢生細香，安排作重九。幽子曳杖吟，蓬門獨搔首。故人惠然來，新詩出瓊玖。歡言掃吾室，飣餖隨所有。高談雜古今，疑義相可否。當年醉翁意，固不在杯酒。人生等一夢，諒無金石壽。從渠豢鍾鼎，未可薄藜糗。斯須較榮枯，千載判妍醜。君侯文章家，世胄衣冠後。何傷回憲貧，正是裘牧友。俗子揶揄人，古道陵遲久。無勞問董龍，定是何雞狗。

和劉師文飲城西見懷

劉侯元祐家，高標振流俗。益州西門外，勝日事幽矚。襟期得佳士，命駕不待促。壺觴傍水石，談笑滿林屋。經行舊臺苑，蕪没長禾菽。長吟何激烈，遠思脱羈束。遥追七賢社，不負千鍾渌。詩囊寄同幕，足音到空谷。明月散昏埃，清風濯炎溽。壯游憶子美，感遇悲伯玉。功名垂耳驥，歲月長饑鵠。此事置勿言，時情鬬蠻觸。

重答

萬古同山川，八方異風俗。男兒事弧矢，心目快一矚。結交必名勝，曠懷無狹促。昂昂千丈松，朗朗百間屋。彼富自鍾鼎，我貧甘芋菽。誰能工俯仰，未許相縛束。讀書頭欲白，對客樽無渌。由來多此士，皎皎駒在谷。瞿唐候水齊，秋風祛暑溽。歸歟奉親懽，羹絲鱠江玉。青衫雖霜葉，已勝袍立鵠。進退吾何疑，肯事羝羊觸。

入劍門和少陵韵

客還入劍門，縱覽形勢壯。兩崖摩青天，石城岌相向。風雲鬱慘澹，神鬼見情狀。重關一何危，哀壑不可傍。巖蹲虎豹怒，水落龍蛇放。英雄意飛揚，行路色沮喪。殺人古如麻，俛仰有餘愴。我遊亦何事，哦詩神頗王。杜陵千年句，角逐不得讓。過關一雨涼，濃緑出千嶂。獨酌無與歌，懷人復怊悵。

石櫃閣和少陵韵

榴花開正紅，杏子熟已赤。谽谺倚天嶂，戌削出水石。小驛有幽意，江風滿青壁。悠然一杯酒，勞汝萬里客。長安此北去，古人多遺跡。蕭條干戈後，俛仰關塞迫。宿師苦餽餉，諸將飽恩澤。三歎復出門，危梯欲何適。

讀士元傳

老賊狐鬼嘯，漢鼎不復支。再世益州牧，忍視宗國危。烈烈左將軍，四海聞英姿。東北久蕩析，西南天詩訂千古，當有神明知。

我耳公，豈堪此瑕疵。向來隆中語，荆益實素期。惜不同茲役，次第觀所施。士元早捐世，未必為漢悲。平生大安用譎取為。孝直反覆士，獻計乃所宜。雛鳳獨何心，亦復喜出寄。造次盃酒間，而欲生嶮巇。正爾豈不濟，敵之。建旗入涪城，有蜀非公誰。檄璋送州印，我欲舉義師。鼠輩坐斂手，豪傑趨指麾。

定軍山歎

仲達受巾幗，佐治來閉營。君看此情事，豈辦吾孔明。八陣有天威，千里無留行。但度渭水去，賊勢能不争。便當截狼頭，三輔即日平。連年計茲役，獨坐糧運縈。所以五丈原，駐軍方雜耕。俶載維首夏，望望秋穀升。云何西風至，忽已落大星。痛哉萬世功，於此喪垂成。炎精遂淪謝，王路終榛荆。三馬肆踣齧，羣雄迄縱横。公乎少徐死，此禍何由生。天機定誰執，變化紛可驚。喬木定軍山，空有身後名。世論復鹵莽，嗚咽志士情。朗詠少陵詩，何誅陳壽評。

勝果僧舍與葉養源論武侯出處作數韵記之

隆中躬耕歸，抱膝詠梁父。誰稱此卧龍，名字震東土。平生惟老龐，忘言各心許。相從亦何為，誓不入州府。敲門劉豫州，見我欲安語。三來信勤懇，定非曹袁侣。社稷高帝孫，此公更儒苦。不辭為君起，死生不相負。嗚呼豪傑士，所重在出處。人言漢丞相，阿衡師尚父。綸巾拜遺像，英氣凛千古。當時實少年，纔二十四五。風雲有時會，人物難浪與。諸賢誠慷慨，毋勞自夸詡。

玉虚洞

駕言玉虚游，奇絶慰心賞。餘雪明層陰，初旭上清朗。寒溪玻瓈色，遠壑風雨響。刺船度石瀨，散策步林莽。洞門劃褰開，瑶室下深廣。分明堂九筵，帢匝旗五丈。壁紋妙雕刻，石骨工剗磢。雲霞夾日月，麾幢導龍象。異哉非人境，儼然故仙仗。犬鹿訪前聞，笙鶴寄真想。天寶本衰運，靈扃為誰敞。峥嶸昔祠殿，蕭瑟今廢壤。謝公詩絢麗，黄郎筆豪爽。斷碑亦可憐，英標復何往。把酒酹孤亭，回頭嘆塵鞅。幽討方自兹，當費屐幾兩。

東歸留别幕中同舍

參謀蜀耆英，棠陰滿三郡。開懷接兒輩，色不見喜愠。清朝貴老成，故家多典訓。佳氣引春帆，長安天日近。

梅溪千載人，我得交其子。霜天行白日，了不受塵滓。明朝把一麾，闊步方自此。海内觀典刑，豈惟吾黨喜。

元祐賢子孫，忠肅家第一。豈惟富文雅，清苦用一律。君看我同年，踐履極真實。不待問著龜，公侯卦可必。

大蓬有奇氣，人物見李侯。迥然謝凡質，霜鶻摩清秋。詔書相續來，去去躡瀛洲。汲直在漢庭，可寢淮南謀。

陳侯七閩秀，六年客西州。蘭茎自芳潔，應世良優游。平生耐久朋，政復未易求。相期故不淺，抗節追前修。

我家客星里，少小釣寂寞。推遷墮塵網，世味終然薄。萬里携一身，俛仰歎今昨。抖擻萊子衣，歸歟老林壑。

相從樂復樂，別離良獨難。傳觴秉明燭，起舞清夜闌。一醉何足辭，百年能幾歡。後會渺何許，相思江月寒。

答季章和寄同舍韵

論交萬里外，意氣薄雲天。孤舟日已遠，擁書夜無眠。驪珠從何來，光景明一川。櫝藏懷永好，欲報心茫然。

仙風自灑落，古氣更清深。雕几薦六瑚，定無塵土侵。儒生傳舊法，君子愛初心。願令百世下，重聽雲韶音。

元日自警庚申

王春肇嘉氣，天命未敢知。四十六年非，今日正一之。昭昭汝初心，敬戒以自持。神明監屋漏，此語不可欺。

自警

忿燥肝或裂，懼劇膽能破。吾身幸無苦，及茲無迺過。虛中閱萬物，谷響聊應和。可令蟆蝕月，竟作蟻隨磨。根危實易感，驟嘯忽已唾。何當安如山，持用警昏惰。

寧庵即事

颼颼松風鳴，翳翳山景暮。蟬聲清有餘，荷香美無度。幽人曳杖吟，事勝心獨悟。平生寡世念，正是愜襟素。坐看北斗移，竹葉明月露。夜久寂無人，佳眠不知曙。

道傍水行可愛

寒風鳴歲陰，芸物已歸静。郊原何蕭瑟，松竹自清整。道傍足幽意，林屋甚井井。雞犬在籬落，沙水暮光映。古來奇逸士，往往託兹境。吾行將安得，悵望滄水永。

燈下學書偶成

學書乃一樂，人或罕知趣。而我欲成癖，矻矻了朝暮。天資苦凡弱，師法非早悟。目力又已衰，恍若在煙霧。雖然日數紙，就視輒自惡。旁人謬慫恿，定未識佳處。右軍固神品，大令亦體具。嫡傳張與顔，尚未肯懷素。頗怪近世評，似為米老誤。雄奇在風骨，隱括須法度。安得再少年，令我進一步。人高書乃高，此語俗子怒。

碧雲即事

唧唧秋蛩鳴，耿耿秋夜長。簡篇負初心，枕簟怯新涼。朝曦入疎牖，宿雲散前岡。歸歟一葉舟，浩歌聽滄浪。

和樓尚書賦趙大資重樓柏梁體

浙中巖壑天下雄，越絶宛委吴穹窿。鍾奇角秀勞神工，復有四明冠南東。雲南雲北森横縱，僊聖所宅光瑽瓏。公樓極覽面面同，江霏海日開冥濛。翠屏列立千萬峰，勝畫孔雀繡芙蓉。春晴百花度香風，秋原下瞰禾黍芃。城郭游人紛蝶蜂，笙歌間發羅綺叢。我公心鏡百鍊銅，眼底萬物歸陶鎔。姬公胡留曲阜封，東平驃騎合侍中。小出勳業垂無窮，手扶日轂駕六龍。丹心正色羞容容，飄然謝出明光宫。坐收全名擅高蹤，錦衣故里還過逢。築室百堵聲隆隆，雅素不窮丹雘功。移花種竹親圃農，直嫌看山隔崇墉。層樓開豁星斗胸，晨登坐達夕鼓鼕。有書滿架酒不空，眼明脚健顔頰紅。身佩安危唐晉公，何妨緑野對洛嵩。文昌更似香山翁，與公勝日長相從。一談一笑如春濃，清歡不奏淫樂矇。高山流水操遞鍾，新篇絡繹疲奴僮。寒生感公恩義重，草根竊亦吟秋蟲。扁舟登門頻宿舂，敢逐炎涼如燕鴻。

遂安縣興學和詹本仁見贈詩

萬物野馬相追奔，百年夢境更起仆。是中諸妄要掃刮，努力良心自成就。舞雩春風沂水側，當日羣公切磋究。大途九軌自可識，廣居安宅寧當僦。少年恐不保壯老，夜氣還能亡旦晝。詩書禮樂在庠序，鄉射絃歌列籩豆。共惟百聖貽後來，豈使一科圖急售。如何道術坐陸沉，獨指利名紛輻輳。斯文未喪天所賜，接踵諸賢出哀救。聖門榛棘得劃除，俗學膏肓（原誤作盲）有砭灸。晚出顓蒙格調卑，平生師友追從舊。敢言割雞慕牛刀，直恐狐裘雜羔袖。是邦山水故瀟洒，滿眼衣冠多整秀。向來張呂相逢地，遺韻餘風洗凡陋。眷然鄉校肯來游，勉矣英材起相副。名門政假扶持力，闔境似驚聞見驟。儒林丈人真好事，大筆新詩警昏瞀。寄言同社相知心，不怪狂歌續貂後。

答楊霖用前韻見贈

滄滄萬里無時盈，太山四維不可仆。蛙井跳梁徒自喜，蟻垤崔嵬欲何就。物情小大乃爾懸，人心是非當自究。榮名乍滿妻孥笑，權利偏供賓客僦。紛紛逐臭坐窮年，往往攫金忘正晝。談誇亦或輕萬鍾，蹴嘑忍能甘一豆。人憐世網苦易縛，我悲古道迂難售。文章小技本游戲，功業有時真際輳。六經墜地誰羽翼，衆說滔天誰拯救。獨行不畏迹隨削，危言便恐眉遭灸。舞雩鼓瑟洙泗遠，弄月吟風伊洛舊。晨霞翠柏足餱糧，秋蘭芳芷堪懷袖。此身今愧五斗役，歸心日繞千巖秀。平生未飽書册願，老大自知人物陋。意存當世力不能，名忝儒生實難副。楊侯楊侯豪傑士，霜鶻橫空天馬驟。叵堪高誼謬推挽，喜見雄詞豁昏瞀。端能有意千載前，執鞭請試從公後。

鄞川道中呈友人癸卯

青山不斷煙蒼蒼，梅花如雪東風香。春來天地恰十日，眼見草木生輝光。清溪行舟暮鳴櫓，並舡開樽共君語。人生邂逅自可憐，明日江東聽江雨。

斗南竹林祠歌

君不見唐河諸將兵馬回，河朔百城門不開。邊烽夜舉天子怒，六龍曉發鳴春雷。金陵玉壘中道惑，澶淵一擲吁難哉。當時事勢在國史，萊公之功不其偉。幽燕可還敵可臣，西顧寧論夏州李。用公不盡天所惜，天不生公更誰恃。嗟公雄豪從少年，如虎在山龍在淵。淮陰指掌楚歸漢，望諸叱咤齊為燕。兩朝五起豈不遇，膠漆擺撼難為堅。瘦相讒巧亦云極，鵒相惡謀何卒卒。青衫到骭吾一哈，羊酒迎道爾堪恤。可憐夷獠護裝橐，想見神明扶正直。公安插竹南遷時，手回造化理不疑。雲車風馭今來否，迎神送神姑爾為。蕭蕭寒緑泣江雨，長似襄陽墮淚碑。

沌中即事

武昌西南雲夢澤，水平不動玻璃碧。葭蘆莽蒼生暮煙，楊柳蕭條帶秋色。北接滄浪南洞庭，八九百里荒荒白。一渠紆縈十日行，巧避江濤如過席。平生聞説沌魚美，滿籃不受百錢直。我來漲潦漁者稀，罾綱高懸釣竿擲。葦屋人家絶可憐，欲没未没三四尺。倚樹為巢葑作床，剥菱炊菰自朝夕。青裙皂髻長兒女，城市繁華豈曾識。屋頭一艇是生涯，丁算未必逃官籍。迢迢客路幾歎息，茫茫宇宙何終極。有酒無魚莫浪愁，獨醉月明聽吹笛。

巫山歌

平生想巫山，奇絶冠三峽。及茲飽雙眸，無乃天下甲。遠看插天碧叢叢，近看玲瓏金玉峰。垠崖光彩相映發，交絡紫翠疎蒙茸。原誤作葺雲華夫人瑶池女，何物纔至得奇遇。我來初日明輕霞，更勝朝雲暮行雨。水轉峰回無定姿，地靈天巧奇復奇。少陵山谷不著語，浪作推敲君定癡。

峽中歌

峽中翠壁何峥嶸，排空百雉如層城。重樓複道明丹青，神剜鬼刻斧鑿精。呀然裂入兀不崩，飛流罅出懸珠瓔。旌旆夾道繽逢迎，霜鋒雪鍔立萬兵。奇峰十二劍削成，真贋等好不可評。自注：黄牛祠謂之假十二峰。天柱拔立千仞擎，團團石骨瑩玉冰。傍有巖穴半開扃，飛仙之宅凝神清。蝦蟆下飲腹不盈，背負陰壑深窈冥。金碧滿洞層雲生，泓泉泠泠琴筑鳴。林端黄牛老不耕，灘回白日隨人行。石馬隻耳夢偶靈，神祠簫鼓何鏗鏗。江流萬古鬱不平，四時雷霆風雹聲。天垂匹練相回縈，日月避隱韜光明，朝雲暮雨犬吠晴。山腹人家真畫屏，亦有竹閣連松亭。褰裳可登呼可譍，但愁蠻語無由聽。我來泝峽纔幾程，所見如許心骨驚。陽臺灧澦次第經，磨礪筆鋒吾敵勍。

劍門行

兩崖夾道立削鐵，澗水悲鳴濺飛雪。上有石城連天横，劍戟相磨氣明滅。出門下瞰山盤紆，石磴斗落十丈餘。敵來仰首不得上，百萬渠能當一夫。井蛙未識河山廣，分明到此生狂想。豈知天險乃誤人，禍首子陽終衍昶。渭水秦川指顧中，劍門空復老英雄。傳檄將軍真得意，落星愁殺卧龍翁。

三泉龍門

蒼山石骨高稜層，繚斷谷口如堅城。何年穴作甕門入，豁然天地中開明。門深十丈碧鐵色，錯落鱗甲潛光晶。溪聲瀉出駭風雨，巖泉亂滴紛珠瓔。老藤翠木蔚回合，幽花好鳥相逢迎。異哉人世有此境，顧盼蕭爽心骨驚。想見伏龍擘山出，澒洞冰雹轟雷霆。不然避秦客仙去，中有桃花門不扃。谷深路窈望不極，有泉可濯田可耕。何當顓此一丘壑，家在東吴空復情。

梁山劉制參園亭

劉侯家有相業堂，東都舊第城中央。劍南參謀今白髮，官班且復尚書郎。買田築室蟠龍下，閨門孝友師一鄉。好園十畝當道入，緑竹萬箇攙天長。池亭面勢各有趣，花木手種新成行。客來呼酒徑留飲，小鬟妙舞工持觴。人生適意但如此，何用塵土紛劻勷。我來度峽五十日，山深路惡神慘傷。眼明此邦萬石壩，況逢好事容徜徉。野鶴寮中最清絶，蠟梅水仙方弄香。為公一醉出門去，祝公眉壽長康彊。

同邱直長和歐公三游洞韵

維舟下牢關，散策上西嶺。天風吹我裳，恍惚非人境。丹崖翠壁明空山，呀然洞府葱蘢間。珊瑚為門玉為裏，石骨千年凝緑髓。伏龍奇鬼相回環，窗户玲瓏五雲起。風馬霓旌去不留，棋牀丹竈巖之幽。流水潺潺山寂寂，時有野鶴飛迎客。提携琴酒聊一歡，呼取漁樵任争席。日暮欲歸歸路迷，襟期浩蕩誰當知。好種桃花便終老，更尋何處武陵溪。

送别宋金州

安康使君發成都，羣公祖送車塞途。秋風關山二千里，王命不得辭崎嶇。使君世族楚彭城，家今會稽之上虞。我居咫尺不早識，萬里相逢天一隅。眼中豪傑未易得，使君人物當代無。連年三取太守印，赫然帥鉞兼兵符。不憂無地起動業，所要許國存規橅。貴人例急歌舞娛，使君善愛千金軀。國恥未雪長荷殳，一念勿忘先大夫。嗚呼，一念勿忘先大夫。

傅惟肖贊府假西遊集作長篇送還奇甚次其韵

醉鄉不遊遊睡鄉，眼花對案如迷藏。夢踏秋草悲蛩螿，風松露菊三徑荒。忽然欠伸日在廊，悟此身世何荒唐。故書棄擲塵滿箱，魯堂不復聞絲簧。鏡中容顔老不揚，浪求斗升助糟糠。江湖蘭珮芙蓉裳，踟躕不歸愁斷腸。偉君威鳳鳴朝陽，文章五色照我傍。艷如屈宋班馬香，千載作者蔚相望。對床泮水月滿堂，追游山椒款竇坊。劇談發我平生狂，劃如乘風上翺翔。蒼蒼雲海一葦航，周流四方來故鄉。羣兒醉飽死不償，我獨與君酌天漿。紛紛爝火明寒窗，何如光芒萬丈長。空吟平子四愁章，欲報英瓊無可將。明朝癡兒公事忙，從今謝君當括囊。

永康虎頭山

去年東上虎頭灘，今年西踏虎頭山。定無萬里封侯相，且復兩川行脚還。眼中金馬碧雞路，坐上銅梁玉壘關。丈夫萬事付前定，長嘯往來天地間。

夜深至寧庵見壁間端禮昆仲倡和明日次其韵

杉松廡門森老蒼，佛屋深夜幡花香。借床健倒悦何處，夢隨潛魚聽夜梆。咿啞禽語曉光浄，蟋蟀草鳴朝雨涼。哦詩出門懷一妙，春漲遶山湖水黄。

和答陸華父

幽蘭懷春風，葭蓬亦芽茁。同時不同調，物物自生活。士窮不自食，苦學代耕獵。文如六經非小伎，餘事不足置牙齒。人言擲盧勝擲雉，我言函人不為矢。雉都有佳人，高卧雪塞户。千載尚可期，一寒那足顧。功名誠儻來，貧賤有難去。食竹豈非鳳，食蟲豈非雞。騶虞世不識，羔豚日刳刲。且須拊掌共一笑，坐上鴟夷能滑稽。

和答潘端叔見寄

髮白念少年，萬事風雨過。倦游得來歸，一切付懶惰。獨抱杞天憂，徬徨意無奈。濠魚定何樂，幕燕渠敢賀。歎君陽春詞，激我巴里和。古來奇特事，信是英雄作。東山有晚遇，西山有終餓。拭目須君早著鞭，乞與高人北窗卧。

頃過周叔和見故人石應之詩及諸賢和篇大軸邀余繼韵久不暇遺因通五夫諸李丈書劃然有懷走筆寄之叔和，括蒼人，今居五夫，面山臨流頗幽勝。予甲寅歲嘗和潘端叔一詩，即此韵，不知唱首為叔和作也

別君二十年，往事飛鳥過。相逢歌慷慨，頗復起衰惰。朱顏各華髮，此已無可奈。結廬擅青山，吾獨為君賀。示我諸賢詩，三歎不忍和。功名付千載，袖出莫輕作。老去會有死，嗟來不如餓。燭湖旁舍酒可沽，勝日相從同醉卧。

以上《燭湖集》卷一五

孫應時三

中秋次仲兄韵

萬古清秋月，連年滿意晴。坐從衣露濕，目恐海雲生。盎盎盃中趣，悠悠世上名。柴門幸無客，不用酌公榮。

杜子貞遠訪自言山居之勝以二詩送之

識子雲溪上，天星已再周。故人今略盡，斯世果何求。得喪元相似，乘除豈自謀。初心幸無恙，餘事一虚舟。

喜説山居勝，蘭亭一盼中。松楸今十世，竹帛故三公。念德心何極，幽栖道未窮。吾歸訪巖壑，雞黍更誰同。

山庵秋夕

山晚下樵牧，秋聲生夜長。精廬脱塵想，倦枕愜新涼。萬里一笻在，百年雙鬢蒼。定知閒有味，不必醉為鄉。

十七夜如山庵

一雨秋能好，連宵月迥明。百年今夕話，萬里去年情。水滿天相蕩，山空人獨行。蟬聲發奇思，携酒未須傾。

宿寶墟庵

水静回風度，天晴落日酣。因隨漁子艇，得憩野僧庵。獨飲不成醉，高懷無與談。微吟夜寥闃，一睡極清甘。

晨興有歎

月落霜如雪，風回水正冰。百思勞夜夢，多病怯晨興。世事甘牢落，心期獨戰兢。床頭書在眼，且莫負寒燈。

晚　望

倚杖柴門外，蟬聲晚正清。水涵初月白，山對落霞明。心迹真無事，行藏付此生。鄰翁過相語，有喜近西城。

隆興甲申仲冬回自郡城宿龍泉寺遇雪

乘輿登山寺，匆匆未暇歸。偶逢天色變，忽見雪花飛。佛屋渾迷瓦，僧房半掩扉。坐看青嶂老，一笑透禪機。

秋　曉

高葉明初日，偏林澹遠烟。晴空如滉漾，秋氣更暄妍。睡足小窗净，心清浮慮捐。與人同樂意，憂國見豐年。

曉　晴

碧海明初日，青山破宿煙。寒陰都辟易，芳景正澄鮮。屋角禽聲姹，池塘蝶影翩。春光吾負汝，今日一欣然。

君行定何許，捨棹越林丘。社甕不容挽，溪毛聊可羞。禪床應濯足，衲被徑蒙頭。静境有真趣，樂哉何所憂。

短髮日夜白，年華令我愁。平生幾蠟屐，舊隱一漁舟。漫有詩陶寫，應須酒拍浮。相過慰情素，數肯抱琴不。

慈溪道中次伯兄韵

露洗三更月，秋澄萬里天。潮生聲蕩潏，雲渡影聯翩。物妙本無盡，世分直可憐。悠然一杯酒，横策自鳴舷。

送史同叔司直造朝

天壤王郎子，芝蘭謝傅家。班行想風采，詩禮倍光華。萬里鞭先著，連城玉未瑕。公餘閉齋閣，黄卷有生涯。

相國三槐位，郎君疊桂枝。談經天禄閣，指日鳳凰池。道術千年緒，功名百世期。中朝吕范氏，端的有餘師。

次仲氏韵

客裏三年恨，歸來百慮輕。静堪眠夜雨，夢不數郵程。荒徑九節杖，凉窗二尺檠。吾生本易足，此外復何營。

詒姪生日

吾惟兩猶子，汝復近成童。已枉十年讀，何時萬卷通。聖賢垂日月，豪傑起雲風。燈火清秋夜，宜加百倍功。

醉中五言一首送楊叔與昆仲

一杯分夕露，連璧映清湖。北道山方好，西風暑況徂。掄才終遠器，發軔更良圖。腸斷山陽賦，看君氣一蘇。

送史同叔知池州

弄水亭無恙，青溪古畫圖。民風最淳朴，郡計足枝梧。漢璽行褒召，潘輿且燕娛。平生故人意，未改歲寒無。

人地維垣後，功名治郡初。細尋循吏傳，少輟子雲書。鈴閣閒無奈，江山興有餘。由來形勝地，保障定何如。

予頃至鄞中常館同叔之筠軒修篁交陰奇石中峙清風爽致襲人肌骨今年夏又假榻數夕嘗得小詩以示同叔因其通書寫寄池陽郡齋

玉立衆君子，巖瞻一丈夫。老蒼何突兀，密節各敷腴。風日清如許，塵埃到得無。主人三益友，不厭著臞儒。

和仲氏除夕書懷

頭顱遂如許，忽忽意多違。漸合知天命，能無悟昨非。春觴欣母壽，秋穀為民祈。猿鶴應催我，塵埃好振衣。

新春書懷

樂國急春早，寒窗獨夜分。舊期心不動，今恐老無聞。結習唯黃卷，凝愁奈白雲。梅梢香漸少，還起炷爐薰。

送高南仲之華亭

子向雲間去，吾空澤畔吟。長因句中眼，不忘别時心。梁木蟠根大，淵泉汲綆深。丈夫千載事，莫待鬢霜侵。

送高南伯入太學

我昔橋門客，于今喜送君。天資自金玉，風味更蘭薰。各為親年重，難忘别意勤。功名何必問，怒翼正垂雲。

留妻兄張伯高

千里三年别，輪腸日萬周。交親誰得似，聲氣早相求。把手兒能笑，開樽婦可謀。天寒須且住，未放剡溪舟。

歎息青雲器，功名指掌中。星星今一老，衮衮看諸公。飲劇休辭醉，文高不送窮。丈夫心事在，未許俗人同。

冬十月赴官海陵過會稽諸生飲餞魯墟橋酒罷就舟倦甚眷然有作

體倦知茵薄，寒侵覺歲高。功名兩蝸角，人物九牛毛。行意看飛鳥，離歌指大刀。依依紅葉樹，回首入秋毫。

海陵歲暮

地氣長江北，雲容古戍邊。層冰明薄日，積雪了窮年。鄉遠勞羈夢，官閒足晏眠。客來相勞苦，不責坐無氈。

獵騎呼鷹地，胡笳落雁邊。梅花非故里，草色近新年。莫苦登樓望，聊須殢酒眠。江南多貴將，歌舞悵垂氈。

城郭依荒草，風雲帶極邊。猶多故時老，共説太平年。歲聘皇華去，秋防戍鼓眠。誰知明主意，拊髀憶青氈。

正月二十八日避難至海陵從先流寓兄弟之招仍邂逅馮元禮故人二首之一

百閱身猶在，尪羸怯鏡看。干戈朝食拙，風雨夜眠難。天際旌頭遠，淮南春首寒。病夫藥裏外，兄弟為謀安。

秋雨復將害稼

頗怪秋頻雨，兼疑暑頓涼。歲方祈有駜，夢豈誤無羊。敢與朝廷議，唯觀宇宙康。由來誇上瑞，不必頌芝房。

廢圃餘荒徑，扶筇獨往來。未愁風脱葉，生怕雨添苔。得與民心樂，何妨笑口開。神龍應念我，落日首重回。

秋雨旬日偶成

積雨斷行迹，滿門秋草深。老禾眠水底，野菌出牆陰。懶負讀書眼，閒多憂國心。夜長幽夢短，清耳聽蟲吟。

宿上方院禱晴

鵲為晚晴喜，山如秋夜凉。蟬聲起竽瑟，雲影散牛羊。神理應難昧，民憂得自康。平生蔬笋腹，不厭宿僧房。

丁未仲夏海陵官舍家大人賞月作詩恭和元韵

官署成鄉社，人圓月正圓。清歡閒裏共，真樂酒中全。興到因懷舊，詩成擬問天。芳樽幸長照，後會敢遷延。

伊川先生祠

平生子程子，此地有精廬。隱几江聲在，當窗林影疏。百年心未死，再拜意何如。可忍蹉跎老，長慚案上書。

早秋獨出《永樂大典》卷二二六四作獨出視早**初行邑西湖**

雙湖帶山郭，三歲甫來過。獵獵葭蘆老，飛飛鴻鴈多。晨暉明野樹，晚思渺煙波。懷我孤山下，歸歟具一蓑。

挽吴給事芾

人物中興後，猗公一世雄。虹蜺輝霽景，山岳鎮頹風。用舍關輕重，聲名擅始終。堂堂今日盡，海宇盡哀恫。

早歲規模大，中年出處明。兩朝高獻納，六郡凛威名。雖作收身去，終餘報國誠。秣陵天下計，惆悵此時情。

里社湖山勝，歸休十四年。千鍾窮燕賞，雙劍去聯翩。家有遺經盛，名今太史傳。欺心儻容髮，天豈許公全。

與世栽桃李，身閒意不衰。涓塵猶奬録，尺寸各扶持。永恨登門約，空傳墮淚碑。微生渺何極，不敢負公知。

送司馬尊古赴平江户掾

文獻傳家舊，功名發軔初。榮華勸行色，珍重别吾廬。老醜渾無賴，殷勤獨未疎。西來多雁字，數寄一行書。

挽石應之提刑

天姥千年秀，西京萬石孫。蟬聯書雁塔，鼎盛説龍門。奮建光前躅，封胡藹後昆。寢門今日淚，悽斷不堪論。

芹泮青燈夜，山亭皂蓋春。重更雙使節，總為兩淮民。德意人人浹，工夫事事新。帝城車馬外，纔此寄經綸。

甫聽祥琴御，遄瞻瑞節榮。許朝丹闕去，指奉板輿行。松柳餘哀切，膏肓一夢成。意長身未老，何事了平生。

昨歲吴門信，勤勤慰我窮。歸來愁未愸，相望渺難同。契闊今三歎，交游併一空。哀哀蓋棺了，餘論若為公。

見巖桂有感

苦被天香惱，璁瓏又一枝。年年秋好處，故故月明時。勝絶何妨晚，凄凉却自宜。客愁添白髮，辜負小山期。

哭東萊吕先生

慟哭斯文禍，蒼茫可問天。百年曾未半，千載忍無傳。梁木誰扶厦，狂瀾莫障川。吞聲言不忍，有淚徹重泉。

往歲風雲接，重霄日月開。奏篇聞歎息，造膝諗圖回。延閣初優病，鋒車又趣來。恭惟天子聖，殄瘁豈無哀。

文獻承家大，規模與世公。典刑身任重，權度我時中。六合清淳氣，諸儒輔翼功。生賢竟何意，霜雹隕春風。

蟠際函三極，精微破一毫。百川滄海受，五嶽衆山高。退託初何有，聲名肯自豪。誰人傷日月，用力爾徒勞。

昨歲荆州訃，江流恨未平。天乎令後學，今又哭先生。剥落真如此，扶持豈易成。河汾遺禮樂，誰慰九原情。

鏡曲重携杖，京都再及門。詩書窺梗槩，耳目竟熉昏。怊悵身何極，蹉跎意獨存。長途風雨晦，十駕謇追奔。

哭亡友胡達材

少日徐卿子，他年董相孫。斂藏神氣重，進止德容尊。人物當今歎，風流雅望存。拊棺疑不死，誰與賦招魂。

味薄身無累，心平理自長。公卿知叔度，州里敬元方。璞玉須瑚璉，春風便雪霜。重言吾不忍，天地日蒼茫。

匹馬勞山縣，風霜度十旬。能令萬人活，不計百年身。事業秋毫盡，聲華白日淪。之人纔莞庫，誰獨上麒麟。

嗟我論交重，相知照膽明。十年離合地，今日死生情。驚定心猶碎，悲來淚獨傾。絶憐江上夢，一一話生平。

讀程子易傳

事業潛三聖，文章似六經。微言歸易簡，精意極丁寧。道在非疇昔，人亡故典刑。齋心對薰几，秋月夢初醒。

挽曾仲躬侍郎之室秦國太夫人馮氏

數近期頤壽，尊封大國秦。三從皆鼎食，九族盡朝紳。神劍須重合，蟠桃不再春。只令彤史載，備福更何人。

送外姪莫幼明還里療疾

愛子天資靜，能來讀我書。積痾無自苦，小别未云疏。外物人難必，良師古有餘。吴松春萬頃，一覽意何如。

挽王季海丞相 代人作

聖世持盈計，慈皇閱士多。十年深注倚，一德妙中和。日月長循軌，邊疆竟息戈。到今清净化，彷彿漢民歌。

海量真無滿，天和得大全。朝儀覿麟鳳，仙骨稱貂蟬。分陝初聊爾，騎箕遂窅然。平生融洩樂，端不捨黃泉。

舊託通家子，容干相國尊。身猶安燕幕，心每繫龍門。赤舄三年去，清朝百度存。瀫峰天柱折，一慟豈私恩。

不寐

向夕起秋思，無眠知夜長。年華一俛仰，人事幾炎涼。自喜全虛白，何妨兀老蒼。空庭風露入，唧唧話蛩螿。

挽李資政 代人作

自我交賢子，逢人重此翁。一門傳義槩，奕世積陰功。丘壑身無恨，詩書道不窮。定知編太史，高揜漢于公。

送趙仲禮入朝爲大理寺簿

决科遄入幕，更秩遂登朝。龍化無重浪，鵬摶即九霄。仙凡端有命，天壤一何遼。願踵門庭盛，勳庸日月昭。

綵服慈顔喜，綸音寵渥新。教忠當事主，顧養苦思親。杭葦東西近，郵筒早晚頻。宗公天下鎮，眉壽保千春。

忠孝吾根柢，功名古緒餘。月雲無染著，鏡象本空虛。不必相同異，何妨小闊疏。達庵今宦達，味此意何如。

挽曾原伯大卿

世豈無全德，今猶見古人。大圭非刻畫，天醴自清醇。未説功名地，猶令宇宙春。蒼茫何處覓，丹素豈精神。

羣獻餘端緒，中原故典刑。風霜催短日，河漢獨晨星。悽惻丹心在，蕭條世路丁。天高那可問，揮淚濕青冥。

天下張廷尉，君王付老成。不辭勞日夜，初豈為恩榮。竹隱今年志，萱堂晚歲情。全歸雖不恨，此段渉難平。

夙昔吾何幸，龍門獲御公。青燈鳴夜雨，白髮對春風。契闊今安訪，蹉跎媿所蒙。源流千古意，鉛槧若為功。

送胡婿晉遠赴義烏丞

送子官何許，稽城十舍間。清心向松竹，洗眼更湖山。學問駒千里，功名豹一斑。明年經鄭驛，助我悦慈顔。

贈分水奚令

分手橋門外，風塵二十年。相逢非偶爾，話舊各依然。飲啄寧無地，窮通故有天。文書有餘力，心事約加鞭。

贈淳安趙令

吳越風聲近，郑滕壤地鄰。頻書期面語，一見劇情親。我本江海士，君真臺閣人。莫忘今夕話，努力壽斯民。

挽潘德夫左司

家聲高内史，國望凛氷翁。生長聖門學，周旋前輩風。人才須用舊，士論雅期公。不見朝宣室，秋山閟一宫。

綜理何精密，胸中故坦然。愛民真為國，事世不欺天。霜氣星臺表，春風竹馬前。湘江盡南海，遺績尚千年。

愛士風流古，繙書氣味長。詩家入陶謝，書法到顏楊。竹石故無恙，人琴今則亡。二龍天下秀，一一看增光。

結髮欽前輩，風流日渺然。從今我鄰邑，不見此癯仙。攬轡范清詔，分符黄潁川。江湖終白首，那得盡公賢。

湖海歸來近，山林興故長。勇辭黄閣掾，却上白雲鄉。縹緲書樓壯，凄凉筆冢荒。家聲傳二妙，公死未應亡。

憶侍吾兄側，初瞻父友尊。爾來親燕几，長復痛鴒原。山立儀刑重，春回笑語温。古今真共盡，淚下欲何言。

挽趙子固左司

只道功名晚，居然寵數蕃。偏令淮楚地，屢覩鉞旄尊。身隔公卿議，民私父母恩。東闕往來處，腸斷不堪論。

曾上郎官直，中辭宰掾高。丹衷耿天日，外物等絲毫。内養神方壯，前知數莫逃。皐陵人物舊，江漢日滔滔。

每歎公知我，垂恩及父兄。逢人説名姓，會面寫平生。近别無雙鯉，傷懷忽九京。翟公門下客，誓不負交情。

挽楊子美侍郎

游刃刀無缺，韜光玉自温。世途猶砥柱，士論亦龍門。仁者宜三壽，天乎遽九原。老成周雅歎，此事更誰論。

榮禄連三紀，賢勞匝四方。風煙鬢蒼白，道路馬玄黄。不是論思晚，終然疾病妨。誰書循吏傳，處處有甘棠。

萬里鵬纔息，千年鶴近歸。光榮人所羡，閒樂意終違。碧海沉佳氣，空山送落暉。翟公生死塚，雨原誤作兩淚獨沾衣。

高南仲自雲間歸退軒蓋明府以四詩送之末章專以見及南仲索和遂次其韻蓋君德常侍郎之子也

麗澤存相益，和羹忌苟同。別懷長耿耿，見日苦匆匆。經派徽燕説，詞源味國風。平生子陳子，一瓣記南豐。

鵬鷃逍遥意，鳩鷹變化時。物生良自足，天命本無私。戚戚真何事，平平亦大奇。相逢一笑粲，無語自心知。

清鏡朝容減，寒燈夜影孤。身曾諳作客，情亦念携孥。寶劍千金重，晴虹萬丈舒。功名生感慨，有路莫辭迂。

少日諸公後，流年兩鬢斑。世情春冰原誤作水泮，行路太行艱。何計分珠履，空懷對玉山。風期知不淺，逸駕恐難攀。

挽樓文昌母安康太夫人汪氏

中外三孤貴，康寧百歲期。榮於列女傳，美矣二南詩。蟬蜕無餘戀，龍淵有合時。十經湯沐賜，風木更須悲。

積慶源流遠，娠賢社稷光。斯文今北斗，舉代一文昌。象服山河壽，斑衣日月長。生芻此時事，四海為悲凉。

挽趙泰州母劉夫人

玉葉宜家舊，金花錫命稠。修齡開九秩，榮養指三州。足矣真無戀，翛然去不留。板輿行樂地，蕭瑟桂花秋。

送胡婿晋遠赴嘉興酒官

逃暑吾無地，將家子在塗。隨宜簡人事，莫久住行都。最肯加餐否，剛能却酒無。功名殊未晚，愛惜萬金軀。

名世非科目，傳家豈搢紳。紛紛一炊夢，鼎鼎百年身。看取無窮事，何如不朽人。侯翁雖齟齬，此話故情親。

挽南康冷知軍

禮樂三千字，聲名五十秋。士元䨓展驥，李廣不封侯。香火猶彊健，笙歌足燕休。如何早仙去，寒日慘山丘。

近託龍門御，欽聞月旦評。感公非輩行，見我若平生。杖屨已陳迹，山川空復情。階庭森玉樹，端不負留耕。自注：堂名。

挽南安錢知軍佖

風雅猶家學，精明獨吏師。與人無軫域，於道不磷緇。天理終堪信，鄉評久更思。見公雖已晚，慟哭為相知。

別我南江去，風帆半夜開。苦無為郡樂，已復蓋棺回。契闊空三歎，凋零併一哀。遥知泣遺愛，愁殺嶺頭梅。

悼趙提幹代人作

偉岸佳公子，功名早自强。力臻門户立，學務本源長。命服空遺像，斑衣負北堂。增輝賴金友，筆墨妙揄揚。

一第規模勝，雙棲氣象高。生涯輕阿堵，來往屬吾曹。落落心非淺，冥冥數莫逃。含悽想平昔，不忍過江皋。

悼畢進士代人作

磨勵燈前志，瀾翻筆底春。果題新進士，歸悅太夫人。更值千金產，懸需五鼎珍。茫茫竟何往，一念忍忘親。

挽樓嚴州代人作

天與才難似，家傳學更優。著鞭心汗馬，游刃目無牛。奏語聞三歎，論功僅一州。人才苦牢落，那不使公留。

昨歲桐江去，羣公盛祖筵。安輿皆鶴髮，綵服正蟬聯。回首那為此，傷心可問天。萱堂留仲博，猶足慰黃泉。

挽趙泰州善忱

唾拾儒科早，階升命秩尊。斑衣娱壽斝，綺席稱名園。五馬催三駕，千秋閉九原。春風破山路，松柏慘何言。

送德安王休司户

相逢何必早，傾蓋已知心。璞玉渾金質，高山流水音。眼中江漢闊，别後雪雲深。莫作窮途歎，功名始自今。

挽松陽楊秉修處士

飽説楊居士，沉浮楚越間。高懷渺雲海，健句壓江山。歲晚還家樂，生平滿意閒。合存耆舊傳，百世表鄉關。

挽陸景淵主簿

世道懸千載，書生困一科。看君榮落際，重我感傷多。斜日能鏖戰，春風得凱歌。平生一主簿，慟哭閉南柯。

輩行吾雖晚，交情久最親。湖山追勝賞，棋酒過比隣。滿眼思羣彦，傷懷已二人。君今復何往，不忍夢音塵。

儒學咸相訢，居賢不易逢。談經棄燕説，閲士似蟻封。涇渭流無雜，芝蘭氣自醲。百年雖有死，我輩故情鍾。

兒女今何似，門闌想寂然。哀哀未白髮，莽莽就黄泉。淮浦西風外，雲溪宰木邊。緘辭致千里，雨淚不能湔。

秋日書懷

宦情都漠漠，愁思正悠悠。黄葉白蘋渚，清風明月樓。歸歟想彭澤，老矣欠菟裘。行止君休問，吾生不繫舟。

送劉蘇州誠之帥夔門

卧轍違吴會，開帆指蜀門。江關自奇險，節制故雄尊。一吐遐方氣，勤宣聖主恩。歸來對宣室，獻納佇司存。

了了八陣磧，巍巍三峽堂。竹枝歌感慨，麯米醉淋浪。今古英雄思，風流翰墨場。公行秋水落，穩穩上瞿唐。

于彝甫用許右丞別黃巖韻見寄亦用韻答之

世道從來久，襟期我輩知。躊躇遂初賦，歎息考槃詩。歌斷尊長破，心存鼓未衰。江湖秋葉外，千里更愁思。

答陳子序庠見貽

論功畏蠅虎，作計只蝸牛。松菊招元亮，江湖要子牟。開須杯問月，愁不賦登樓。從此相尋地，羊裘一釣舟。

汩没知何事，摧頹欲暮年。劍鳴長自匣，琴弄更須絃。落落心元在，星星髮可憐。與君三歎息，不忍話前賢。

可人無俗韻，之子故清門。直節豫章後，高名唯室孫。早知文律令，還要學根原。逆旅能頻過，何妨坐達昏。

挽王知復書監

五世衣冠盛，吾鄉識故家。渥洼駒有種，和氏璧無瑕。了縣真談笑，還朝看咄嗟。天乎那可料，丹旐出京華。

飛橋壯吾邑，虹影麗高深。義不煩千室，功無措萬金。美哉承考意，偉矣濟時心。此段無窮盡，江聲共古今。

公子三槐族，貧交五柳門。鄉閭雖不數，書劄屢相温。前輩風流遠，時情勢利尊。哀哀埋玉樹，此意復誰論。

小兒阿開周晬憶之有作

愛子人情共，吾兒亦所憐。精神如欲可，門户儻能傳。歸去隔千里，生來正一年。遥知晬盤側，王母意歡然。

挽李中甫使君

赫赫中興佐，英風想大門。得交人物懿，喜見典刑存。拱立嚴諸父，躬行表後昆。世家今萬石，一代合推尊。

圭玉身無玷，春風物自熙。學非隨俗尚，心故有天知。里社成鄒魯，交游不惠夷。思君兼衆美，凋落使人悲。

發軔期行志，鳴琴最得民。淵魚何用察，桑雉本來馴。可歎雙旌暮，猶歌五袴新。誰為良吏傳，吾欲表斯文。

書卷平生事，篝燈静夜分。韵鈞奏韓柳，黼黻補卿雲。不鄙頻揮麈，曾窺一運斤。詞人嗟不遇，地下早修文。

少日論心密，中年會面艱。相逢愈青眼，太息各蒼顔。離合窮通裏，悲歡夢寐間。蒙園歲寒約，秋草泣空山。

憶奉先人窆，深勤長者車。哀辭推傑作，虞主為佳書。今日君仙去，秋陰我病餘。莫酬三施重，緘淚洒幽墟。

和答張衡仲

志畧周公瑾，才名陸敬輿。可憐空老大，不敢問何如。松菊閒吟外，風波噩夢餘。諸公自臺省，吾復愛吾廬。

我方開竹徑，公肯屈籃輿。別去夢猶見，詩來錦不如。乾坤愁思裏，風月醉眠餘。會卜溪橋畔，鄰牆小結廬。

送司馬大亨赴遂昌宰

蒲璧邦家重，蒼山道路深。剸裁知唾手，拊字勉勞心。通鑑家傳學，迂書坐右箴。故人情誼重，贈別比南金。

清凉寺

勝絶清凉寺，低迷德慶堂。崇阿納遐景，遺蹟想前王。豪傑兵戈後，風流翰墨場。憑欄意何極，歸鳥度斜陽。

挽司馬季若知郡

前日巴東守，中朝涑水家。風規踵清白，牘奏述忠嘉。鼎鼎名逾重，堂堂髪未華。如何空疊組，不見海陵瓜。

椝矱猶前輩，襟懷更古風。子孫娱謝傳，賓客愛山公。喬木千年思，晨星一瞬空。彬彬看祠事，盛德世無窮。

越絶枌榆社，吴陵松竹間。相親逾骨肉，海見豁心顔。契闊今生死，蕭條舊往還。春風數行淚，吹度鏡湖山。

以上《燭湖集》卷一六

全宋詩卷二一六九五

孫應時四

送虞仲房赴潼川漕

夙昔青雲上，誰令鬢髮蒼。家聲唐祕監，墨妙漢中郎。牢落山林久，間關道路長。西風足清嘯，幾日上瞿唐。

保障平時計，遐民力未寬。梓潼將漕險，廊廟擇才難。江水東流急，秦山北顧寒。平沙八陣在，倚劍夕陽看。

小隱橫溪勝，青山照眼高。芝蘭春滿座，風雨醉揮毫。苦恨登門晚，深慚倒屣勞。公歸佩荷槖，肯問及蓬蒿。

又寄潼川漕仲房

巴蜀勞膚使，溪山隔歲華。一身知許國，萬里豈忘家。臘雪裝歸轡，春風閱禁花。君王定前席，不必賦長沙。

郡縣仍荒政，朝廷念遠方。向來傳詔札，不獨戒戎羌。帝德乾坤大，天聽日月光。邊防須至計，社稷倚安疆。

鴻鴈天涯到，雲泥未闊疎。漢卿來子墨，秦殿識中書。欲作遼東獻，空慙楚地餘。寒蟲吟露草，此意合獜渠。自注：虞惠筆墨。

和諸葛行之

相看各華髮，舊學更何疑。世事幾反覆，人生半別熟。忍窮真有味，知命欲誰欺。我學陶元亮，君師榮啟期。

和答陳傳朋

羈愁閱寒暑，歸夢耿晨昏。本意營三齲，何如老一村。齒牙從世議，頂踵尚君恩。多謝知心友，相過得細論。

別來如一日，話著又三冬。信斷悲鱗羽，情親憶駏蛩。非君詩律妙，奈我客愁濃。嘆息青雲器，誰能識仲容。

邵武李公晦方子佳士也以其祖澹軒先生呂之行實挽詩見示爲作八句

海内非無士，南中更有公。一門嚴禮範，十世篤儒風。不遇心何媿，雖亡道未窮。芝蘭今鼎盛，天必報陰功。

送張清叔主簿

客路雖萍梗，心交真弟兄。懸知有時別，何忍獨先行。綵服黄花酒，青雲白玉京。寒蟬正淒切，回首得忘情。

悼周堯夫

勇義千鈞力，虛懷萬物容。材名稱遠大，俊傑靄遊從。許可皆諸老，升聞到九重。惜哉言與位，大厦折喬松。

傾耳鄉評舊，登門恨末繇。公今成夢覺，人共泣川流。剡水陰功遠，山堂勝具留。喜觀雙玉樹，接武在英遊。

挽諸葛壽之

幼學蒙題品，童心託弟兄。過從十年足，悃款一家情。無力寬貧病，傳書隔死生。西風吹客淚，萬里寸心明。

人物殊高朗，交遊見直温。蠅頭深故帙，麈尾富名言。慭不儀多士，猶令重一門。若耶溪上月，空復閉山村。

命矣三年病，天乎百歲期。尸饔猶有母，傳業更無兒。便作平生盡，空多國士知。增光在金友，人得記塤篪。

挽莫子晋丈

我里談耆舊，高門二百年。衣冠新族緒，龜筴故山川。家以儒相勵，公於志獨堅。九原疑不瞑，諸子更加鞭。

少日從諸老，丁年重一鄉。塤篪鳴正樂，蘭玉秀成行。坐客多匡鼎，途人説鄭莊。哀哀晚何事，衰病訖淒涼。

吾父古君子，公家賢主人。一門常旅拜，三世極情親。遺事今誰問，知心莫重陳。上林烟草緑，千里倍傷神。

挽胡子瑞

耆舊長庚月，斯人馬少游。平生自繩尺，方寸不戈矛。細細巾箱字，琅琅燈火秋。子孫森滿眼，賫志可無酬。

三十年間事，論交踵父兄。叩門時下榻，話舊各傷情。我亦華雙鬢，君仍隔九京。滯留違一慟，腸斷暮雲横。

挽葉無咎

詩酒平生事，風流六十翁。詞人尋鄭老，坐客愛車公。已惜漳濱卧，那堪冀北空。交情不論晚，為子泣西風。

偃室多賓客，周南隔歲年。我窮甘悄悄，君義獨悁悁。病著心何壯，書來墨尚鮮。含桃餉時節，一念一悽然。自注：君病中，以含桃餉我。

挽先兄外舅施文子支使

天質全渾厚，鄉評獨老成。箕裘三葉盛，椿桂一時榮。賓席疑年少，官曹歎眼明。歸來江路永，那忍望銘旌。

憶我元方在，欽公彦輔賢。艱難時款曲，孤寡共悲憐。契闊湖南幕，吁嗟絳縣年。杜門違一慟，緘淚五雲邊。

挽沈雲夫

我昔垂髫日，君來學雪齋。寧知重骨肉，借作老生涯。喜劇相過密，驚吁一病乖。平生此長別，雨原誤作兩淚獨傷懷。

寄通州徐居厚使君

珍重通州守，凝香足燕清。疑當作寢海風喧夜永，江日盪春明。未廢青燈讀，應添白髮生。長沙休賦鵩，歸作漢公卿。

久已安時論，狂因歎史才。及知前輩少，誰説過江來。日月閒難得，星霜老易催。陽秋百年事，作意莫遲回。自注：徐善談近世事，有意著史。

哭沈叔晦墓

宿草遂如許，吾誰作九原。堂堂那有此，凜凜尚能存。日落松風迴，天清霜氣喧。百年知己淚，洒盡欲何言。

用韵戲簡叔

平生習主簿，涇渭極分明。學道深忘味，能詩新有聲。弈寧論勝負，琴不計虧成。獨怕春宵鴈，南來動别情。

早行

畏暑裝行早，江村雞未鳴。林廬相遠近，河漢正縱横。思眇關山迥，心依斗極明。小橋聊駐馬，流水有佳聲。

入棧

棧險名天下，吾行信所聞。落虹横絶壁，匹馬上浮雲。咫尺南北斷，毫釐生死分。誰令鍾鄧輩，十萬度秦軍。

客思

竟作西江去，其如客思何。無情秋色老，不盡楚山多。且賦南蠻句，休懷下里歌。平生一柱觀，明日得經過。

八陣磧

江近瞿唐急，沙從魚腹横。千秋應有恨，八陣竟難平。望斷青煙晚，愁邊白鳥明。身微定何補，且復老躬耕。

寄詠東屯

聞説東屯勝，詩仙有舊遊。茅齋深翠竹，石徑俯寒流。几杖千山月，鉏犂百頃秋。歸途客酹酒，句法儻堪求。

和共父游青羊宫二首

野興偶所愜，勝遊聊一尋。雙臺隱空曲，萬竹護清深。嵐翠明巾屨，風香度笑吟。端能重載酒，盡日聽鳴琴。

訪古未云已，會心良獨多。猶應趁風月，從此徧岷峨。萬里澹秋色，一江明暮波。他年問魚鳥，能復記相過。

出成都西郊

笑指西山去，縈紆傍水行。寒灘瀉清淺，古木映疏明。雪意垂垂合，川光莽莽平。暫將塵事隔，已復動詩情。

自益昌爲武興之行

獨客行愈遠，此兒真自痴。江流浩呼汹，棧路凛欹危。好鳥迎人處，凉風拂面時。山頭破茅驛，索筆又題詩。

益昌僧寺静境軒

落照久未夕，斷雲低不飛。孤舟上水急，歸鳥度山微。蕭颯天涯鬢，淋浪醉後衣。憑欄一笑去，客夢轉頭非。

武擔山

北上武擔寺，南臨蜀錦園。風煙帶城郭，禾黍半江村。今古本同夢，廢興那復論。惟應一坡竹，可共洗心言。

小飲不成醉，清談多所欣。秋聲摇落日，野色亂寒雲。心事長千載，腰圍更幾分。西風叢桂發，倚檻得相聞。

武擔西臺和師文作

西臺在何許，秋草暮雲間。十畝有餘竹，一窗無數山。望遠足離思，憂時多苦顔。相看終惜醉，更挈酒餅還。

武擔山感事

歸心極江海，秋夢著丘園。鷗鷺白蘋渚，牛羊黄葉村。古人真已遠，世事渺難論。想見陶元亮，觴來不得言。

客裏愁如積，朝來意亦欣。鳴階無宿雨，度隙有歸雲。且免泥盈尺，猶祈歲十分。中原念淮浙，不忍話傳聞。

身不入蓮社，意非同漆園。閒來閲風物，歸去老山村。氣味故相許，淵源須細論。燈前秋夜永，未可付忘言。

襟懷能坦坦，色笑更欣欣。似道黄叔度，草玄揚子雲。歸舟真已具，别袂不能分。歲月愁邊鴈，飛鳴報客聞。

冷副端招西郊賞櫻桃

喜趁林泉約，來同櫻笋厨。緑陰濃欲滴，高竹静相扶。山晚月先上，人歸鳥自呼。不辭拚一醉，此會兩年無。

新灘見桃杏書事

今晨明客眼，桃杏照江紅。鳥哢蒼山曲，人聲翠竹中。獨遊空遠思，一笑負春風。便想荆州道，簪花醉渚宫。

萬景樓三首用韻

皛皛三江水，岧岧百尺樓。雲山接南詔，風景冠西州。徙倚乾坤大，徘徊歲月流。明朝悵回首，湖海一歸舟。

德潤連城璧，文工五鳳樓。不愁來蜀徼，政喜識荆州。世久欺儒素，人當問品流。平生郭有道。得共李公舟。

阮籍少青眼，元龍思卧樓。與君非俗士，為我望神州。明月不可問，長江空自流。悠悠復何道，行止一虚舟。

自東屯夜還舟中

白帝水雲暗，東屯燈火歸。春泥慳弊屐，山雨濕征衣。遠役諒難踐，勝情那得違。關城吏相笑，癡絶似君稀。

舟宿莫城

澤國寒初重，霜天晚自温。孤舟一杯酒，斜月數家村。美睡聊相補，勞生得更論。燭湖疑在眼，燈火閉柴門。

阻風泊歸舟游浄衆寺

日落風更起，江頭船不行。凄凉大夫宅，蕭瑟故王城。一醉重樓晚，千秋萬古情。愁邊動寒角，夜久意難平。

道中寄同舍

風聲捲蘆竹，雪意滿江天。水落石可數，沙寒鷗自眠。回頭渺城郭，留眼寄山川。老去重來否，吟餘一惘然。

山色忽相送，江流不作聲。别懷初酒醒，病骨更寒侵。一笑已昨夢，百年明此心。故人應念我，數肯寄嘉音。

寄李允蹈

相遇吴陵日，如登單父臺。了知心尚在，不忍首重回。明月人千里，春風酒一杯。緘詩憑驛使，持當嶺頭梅。

舟中晚思

山郡寒仍少，江村晚易昏。梅花渾雪色，樹影半雲根。遠役竟何事，壯懷誰與論。布帆無恙在，長嘯下荆門。

寄王明叔提幹

萬里錦官城，經年託友生。笑談元不數，心迹故難并。别酒梅花粲，追途江月明。書來猶繾綣，三歎故人情。

我去日以遠，君留誰與居。難忘疇昔意，故有聖賢書。窗几深瀟洒，塵埃痛掃除。入官紛萬事，濠上有游魚。

三月八日挈家赴官常熟

又别吾廬去，從今復幾回。宦情真漫爾，世路亦悠哉。事業魚千里，文章水一不。公田定難必，早擬賦歸來。

九日偕同寮至破山還飲晢清亭是日早雨尋霽自余至官三見菊花節常會於晢清因成二詩志之

佳節强人意，清樽洗俗愁。乍收桐葉雨，放出菊花秋。眼底山川勝，吟邊草樹幽。西風還正帽，一笑憶荆州。

九日仍良宴，三年記此亭。寒花還粲粲，衰鬢轉星星。薄宦驚離合，浮生任醉醒。明年應話我，千里越山青。

送别舜卿少府

官似南昌隱，人傳東野詩。才優解牛刃，筆妙畫沙錐。談笑千人敵，飛勝萬里期。大門香一炷，他日看揚眉。

人道琴川上，年來聚德星。端能幾日月，已復散雲萍。老我頭先白，期君眼最青。時能遺佳句，千時慰林坰。

送蘇贊府梵滿秩

今日崔斯立，先門蘇少公。九流清似鏡，一坐凛生風。傾蓋難為别，揮毫記所蒙。琳琅誰具薦，早獻大明宫。

寄孫正字

萬里來還去，能忘問啟居。休尋弔湘賦，早就過江書。身健何妨晚，名高勿苦疎。房湖風雨榻，獨夜意何如。自注：季章守漢州。

春日書事

老與春無分，慵於世轉疎。不陪年少飲，久絶故人書。筆研蛛絲底，家山蝶夢餘。海棠花正發，風雨定何如。

新昳陵守王立之書來以詩答之蜀中同寮也

俯仰三年夢，差池萬里歸。雙魚蒙記憶，五馬慶光輝。且説還家樂，休論與世違。平生歲寒約，搔首重依依。

和答周次山送行

衡宇歸來後，缾儲不願餘。興公遂初賦，叔夜絶交書。已怯傷弓翼，猶歡涸澈魚。春風到蘭室，隱几正如如。

我失從君别，君應話我歸。親年渾鶴髮，家具只牛衣。耳不關時論，心知悟昨非。晨羞何所欠，菜甲雨新肥。

挽徐居厚寺簿

籍甚多聞友，非徒一字師。可人徐孺子，愛客鄭當時。苦意頻携酒，相過共話詩。瓊瑶何日報，松竹歲寒期。

海内標元禮，毫端跨子長。學如開武庫，材可壯明堂。憂患雙蓬鬢，功名一郡章。汗青須好傳，公死未應亡。

始見偏何晚，新知不太深。書來渾一束，情厚有兼金。悄悄中宵别，哀哀萬古心。有懷終掛劍，雪涕獨難禁。

挽周南夫寺簿

越絶佳巖壑，由來説剡中。風流應未遠，人物正推公。遽作辰龍夢，真疑冀馬空。慶源端有屬，列戟看西東。

袖手何淹久，神情愈澹然。琴書消永日，齒髮任流年。落落平生事，區區九寺聯。時人空歎息，寧足盡公賢。

早歲儒風唱，中年德望尊。行藏真玉潔，容色自春温。天與清名媵，人欽大雅存。寥寥今孰繼，積慶在于門。

獄寺平反助，儀曹簿正明。嘉猷新入告，天語重恩榮。起滯方如此，論功百未成。茫茫天理昧，歎惜恨難平。

挽方躬明運使

少學真山立，中年久陸沉。斗牛光淡蕩，湖海氣雄深。晚節儲邊策，平生許國心。嗚呼死諸葛，松柏坐蕭森。

經濟書生意，功名世路難。三言能有虎，一簣不成山。春雨淮田沃，秋風楚塞單。空餘公論在，往事杳誰攀。

挽錢仲耕運使代人作

樂易無畦畛，寬平不細苛。人才隨世狹，時望獨公多。獻納開丹禁，風神照紫荷。誰令終遠外，百歲轉蓬科。

瀕海安鹽筴，潢池息盜兵。上常高計畫，公不謂功名。惻怛憂民志，驅馳報國情。雙溪最遺愛，歌頌未收聲。

族廩規模大，鄉評德義尊。家傳忠孝舊，國賴典刑存。曷不登三壽，嗟誰起九原。晚生長自恨，早失拜龍門。

挽沈叔晦國録

人物今能幾，公才誰不如。時情容見嫉，天意亦成虚。千載格心學，平生流涕書。一言終不吐，寒日閉幽墟。

庭諍汲長孺，官師蕭望之。士能令國重，吾意匪公誰。朱紱江湖遠，蒼顔疾病衰。堂堂竟如此，造物爾胡為。

請益從公久，忘年愛我深。龍阿星斗氣，梅竹雪霜心。回首南湖侶，傷懷流水音。九原那可作，千里坐悲吟。

挽劉宣義

歎息經綸策，山林棄此翁。獨餘平日事，全見古人風。蘭玉家庭美，詩書歲晚功。閭門他日過，人説漢于公。

令子論交重，三年為此來。儀容親几杖，笑語侍尊罍。今日臨歸路，傷心哭夜臺。善人常罕見，寧獨為公哀。

挽應宣義

書史平生好，山林歲晚心。逸才逢世偶，清譽服人深。有子能攀桂，傳家匪遺金。佳城合雙劍，松柏舊蕭森。

上皇八十慶壽赦書至海陵敬成三十二韻

禹跡乾坤舊，堯天日月新。龍躔臨丙午，鳳曆首庚辰。卦直三陽泰，時通萬物屯。暖音鳴嶰律，淑氣鼓鴻鈞。奕葉炎精旺，重光帝位真。昌期周一紀，正統接千春。盛事當今最，閎休受命申。慈皇躋八秩，天子壽雙親。寶册尊名衍，璇霄慶典陳。昕朝移警蹕，法仗翼簪紳。晴日明黄道，和風度紫宸。歡聲擁都市，喜色動君臣。陛戟三呼迴，簫韶九奏均。玉卮前肅穆，天語聽温淳。拜舞班行退，郵傳詔令諄。豐章加等列，曠澤浹兵民。三殿承顔邃，重孫奉酒頻。歡娱留晷景，跪起用家人。禮樂清都表，輝華率土濱。儀刑知子職，命賜侈君仁。即事論今昔，儲祥軼混淪。陶姚非與子，文武尚臣辛。笑樂徒夸漢，規爲陋襄秦。大安慙養志，西内益傷神。孰與深慈孝，昭哉絶配鄰。内朝兼燕喜，視膳極常珍。家法長忠厚，淵衷愈畏寅。廟郊歆悦豫，宗社鞏持循。世已歌天保，皇應感召旻。百年餘蠱弊，一日待經綸。讎敵終禽馘，神州復廣輪。莫留毫髮恨，作頌勒堅珉。

送朱仲微使君赴闕

聲迹周行舊，人門漢相延。謝宗康樂在，阮姪仲容賢。文獻羣公側，風流晚輩先。天資超璩玉，心量極澄淵。世故雖遊刃，榮途獨緩鞭。風霜飽經歷，歲月起聯翩。奏牘留天聽，鳴鑣拜日邊。一麾紆郡組，兩地冠淮壖。巢塢江湖會，吴陵海澤偏。陽公優撫字，山甫重蕃宣。秋月滄浪底，春風草木前。近名辭赫赫，直道守平平。襦袴歌千里，絲綸錫九天。别帆催入覲，祖席歎登仙。詳試諮馮翊，深褒屬潁川。徑須持紫橐，應不墜青氈。世道千齡遠，人情百慮牽。關心眷河雒，努力補陶甄。寠迹來蓬筆，微芳託蕙荃。一枝容吏隱，三觴慰親年。借寇知難請，依劉敢自憐。鑪錘思舊物，倘問及林泉。

挽汪克之給事母程夫人

黟水衣冠盛，汪程甲一州。世賢鍾上壽，家範襲芳休。右府尊章重，嬪闈法度修。蘋蘩祗祀事，枌堇媚肴羞。勤約饒經理，慈祥徧撫柔。齊眉友琴瑟，斷織戒箕裘。郗桂遇輝赫，潘輿飽宦游。金章嚴侍膝，綵服稱遨頭。疊嶂雙溪曉，千巖萬壑秋。平反聞笑語，燕喜溢歌謳。九秩童顏在，三朝寵渥稠。一毫寧復憾，五福更誰儔。鸞影合塵鑑，龍藏樂故丘。高門餘善慶，衮衮正公侯。

趙仲禮示達菴唱酬次韵

旭旦羣陰豁，春陽萬壑融。八荒雙眼界，千聖一家風。不必尋玄妙，寧須泥苦空。本來無見解，何處覓神通。穀粟饑為藥，雷霆聽或聾。鳶魚均自適，虎鼠竟誰雄。軒冕因時貴，簞瓢有命窮。詩書休發冢，談笑任關弓。陶令琴三弄，徐公酒一中。浮雲容易改，明月古今同。上達真無累，纖瑕早自攻。論心逢益友，刮目慶新功。臺閣須公子，山林付老翁。歲寒尋此話，一笑燭湖東。

陪戎州范守閣倅飲涪翁溪紀事

元祐人何負，黄郎昔此居。江山愁思裏，風景醉吟餘。問俗夸遺事，開荒想舊廬。巖姿自奇怪，谷響故清虚。鳥語傳沽酒，猿吟憶荷鋤。文章喧宇宙，談笑狎樵漁。小德長携杖，元明闕寄書。生涯竟流落，謗譽久乘除。士固難逃世，天寧獨困渠。朝廷重日月，河雒痛丘墟。事往真云已，神遊信所於。溪名雖發越，林影尚蕭疎。佳致歸商畧，成規易補苴。春堤要楊柳，夏渚待芙蕖。名勝新開府，風流得貳車。追遊方自此，雅尚不愁予。天際歸舟遠，江干摻袂初。明年記狂客，萬里報何如。

祐姪初赴鄉舉吾家讀書三世至此姪纔七人作十八韵誨之

家學今三世，儒流甫七人。生涯元寠悴，存没幾酸辛。父幹真吾責，孫枝見汝新。提携從總丱，成長及冠巾。幸有源流正，應先器質醇。緒餘雖耳染，緣飾匪天真。黄卷心懷古，青燈坐達晨。定無錢使鬼，當見筆如神。科目誠沿襲，朝家重選掄。桂分清夜月，花趁曲江春。此日雲霄路，他年柱石臣。成功期濟世，私喜固榮親。俗薄堪長笑，才輕不自珍。胮肛誇小技，屑窣較微塵。努力初濡翰，馳心謹問津。利名卑汲汲，教誨實諄諄。莫濫齊庭吹，空慙越里顰。裁詩不盡意，持付合書紳。

以上《燭湖集》卷一七

全宋詩卷二六九六

孫應時五

恭和家大人鬻田訓子詩韵

凶年滿目竈無烟，糴貴家貧且鬻田。雖暫憂饑茅屋下，終期射策玉墀前。文辭華實宜撐腹，際運窮通一任天。有志會須能卒事，豈令久困握空拳。

二月二十五日同趙景孟胡晋遠遊四明山

乍晴天宇瑩無塵，短策輕衫發興新。過鳥一聲如勸客，青山萬疊總迎人。回頭便與氛埃隔，入眼真於水石親。盡意登臨休計日，此行端不負芳春。

杖錫山

萬杉夾道磴千盤，巖水溪風徹骨寒。坐久雲煙過庭角，睡餘星斗轉闌干。登臨不盡山川險，景物無窮世界寬。會得人生安樂法，不須禪板與蒲團。

和景孟宿山中

倦行白雨翠雲中，投宿禪房聽曉鐘。彈壓山川詩未老，留連巖壑興何濃。回看塵世頻三歎，上徹天關更幾重。徑欲乘風此仙去，時時笙鶴下前峰。

登仙木《宋詩紀事》卷五四有注：在四明山，漢劉綱妻樊夫人登此木上昇。

劉樊蟬蛻此登仙，老木當年《永樂大典》卷一四五三七作時已插天。玉骨半枯猶《永樂大典》作無秀潤，蒼皮新長已《永樂大典》作更榮鮮。蟠桃時《永樂大典》作待熟三千歲，銅狄重摩五百年。化鶴未歸山寂寂，徘徊誰與問因緣。

和景孟山行

翛然身在妙高峰，下有雷霆走白龍。已覺仙風換肌骨，更無塵土到心胸。悠悠今古三千劫，莽莽山川幾萬重。雲北雲南一長嘯，為留餘響振巖松。

雪竇妙高峰詩

絕壑高崖面面雄，一峰孤起白雲中。山連飛瀑斜通寺，人在危亭半倚空。把酒登臨非易得，題詩摹寫最難工。誰知妙意無窮盡，都在幽人一笛風。

尉黄巖任滿家大人先歸作詩以示恭次元韵

瓜熟青門好去官，此身如繫欲行難。望隨鴻鴈春風北，夢繞庭闈夜月寒。即是抱琴歸栗里，未能騎馬向長安。蕭條甘旨應無計，好在藜羹日厭餐。

恭次家大人初抵海陵官舍元韵

扁舟祖餞出西陵，千里經行小作程。樽俎笑談多雅故，江湖霜日久晴明。只今斗室寒廳夜，任聽回風急雪聲。天報雙親占後福，絕交何畏孔方兄。

灌園何必學於陵，吾事胸中有準程。三釂宦游甘寂寞，百年心迹定分明。逍遥朱墨塵埃外，娱戲文章金石聲。侍奉親闈有餘樂，不慙宜弟更宜兄。

風饕雪虐苦侵陵，已免寒舟問水程。葦屋虛簷交夜氣，邊城疎鼓逗天明。囊空尚可充饑色，官冷何妨遠市聲。且辦新芻供一笑，竹君清絶對梅兄。

仲兄生日家大人作詩恭次元韵

恭承弧矢射芳晨，三紀風光又一春。深喜團圞娱父母，何當合沓燕賓親。百年好共成門户，千萬寧憂欠宅鄰。滿酌期兄增壯志，相携平步上星辰。

邑人李子寬公綽以所著十説及論孟解相示極有可敬而老且貧只一子又喪之遂爲無告之民復以詩見投覽之悽然贈以八句

少日胸中萬丈虹，著書老尚有新功。同鄉我惜知君晚，善士天胡賦此窮。無槨去年悲孔鯉，有家何地客梁鴻。秋風蕭瑟行吟裏，應有中郎識爨桐。

用韵贈李恭父

浮雲富貴適堪憐，烈士襟期定不然。拭目去為三島客，此心莫負九重天。雖云小草容同味，敢與昌陽較引年。下直如尋故人夢，書來同我釣魚船。

贈策選軍將張仲舉其父故居吾鄉與先君游也

鐵馬横戈三十秋，天涯肯忘舊交遊。看君材氣萬人敵，何日關河一戰收。判把身心專報國，不憂骨相晚封侯。尊前感動書生恨，聽説當年下宿州。自注：張從戰宿州，其事甚詳。

贈杜子真

軒然意氣决浮雲，見子真堪辟楚氛。未許坐馳能萬里，故應守約對三軍。磨礱心事須經歷，斟酌人情有見聞。且辦工夫成郢質，可無老手為揮斤。

送趙舜臣知温州

閩嶺淮堧憶細侯，更煩東作謝公州。清規已出百城上，仁氣便銷千里愁。好去綵衣娛壽斝，歸來紫橐奉宸旒。馬前鴈蕩風煙裏，幾許新詩答素秋。

黄巖鄭瀛子仙弱冠入太學五上書論時事以直聞於時老猶不衰客游海陵館於余一月乃去作詩送之鄭方謀少官田故有章末之戲

分手三年不易逢，一觴淮海酹西風。書生君獨憂當世，末路人誰識此翁。故國青山愁夜鶴，孤舟白髮映秋蓬。歸歟束縛公車疏，努力豚蹄祝歲豐。

和答吴尉俞灝商卿見贈因用韻送行

去去瀛洲蜕骨仙，舊游還似九江傳。塵埃下視三千界，文字勤追二百年。宦達有時聊爾耳，才難自古不其然。臨分更吐平生話，有底閒愁到酒邊。

送池子文

巾山秋思俯晴江，樽酒懷人惜異邦。千里誰能携客枕，一燈還此對寒窗。聖門莫忘心期遠，文鼎何妨筆力扛。去去成名深自警，白雲飛處倚門雙。

再和商卿

近識城南吴市仙，千巖活句得真傳。令人向壁卧三日，悔我讀書空十年。樽酒細論還得否，風帆欲去獨依然。從今千里清秋夢，長在高山流水邊。

九日與沈叔晦季文王仲舉登鄞城

城上西風草欲霜，登臨聊不負重陽。江山遠近秋容老，雲樹參差野意長。一笑四人真莫逆，百年此會定難忘。不妨小學陶公醉，籬下寒花恰半香。

送李文授知括蒼原缺，據《永樂大典》卷七五一八補

中興尚有名臣子，江表能餘正始音。擬贊經綸須老手，更分符竹此何心。麒麟閣上風雲舊，烟雨樓前山水深。世事由來偶然耳，公餘端不廢清吟。

送別常叔度知縣

一廛誰問野人居，三徑重迂長者車。不訝經年忘造請，應憐畏影正逃虚。舉頭凫舄雙飛去，送目鵬霄萬里初。青瑣黄扉對宫燭，相思肯寄一行書。

一朝傾蓋更傾心，頗畏人驚語太深。乍可陶爐煩送酒，難堪偃室傍鳴琴。君今此去班羣玉，我亦何言託斷金。啼鴂飛花春又了，蕭蕭風雨卧山林。

世緣傷巧亦傷多，萬古浮雲瞬息過。唯有平心供日用，妙於養氣發天和。細看局度兼諸老，誰道人才各一科。卓魯從來公輔器，攀轅卧轍奈君何。

梅花

眼明那得許精神，為問凡花隔幾塵。雪月故為三益友，乾坤又付一番春。詩情消得吟成瘦，畫手終應苦未真。於我心期獨何事，小窗清夜絶相親。

陳傳朋和余梅花舊作余再賦此

肌膚冰雪定何神，不用靈犀自辟塵。一笑未妨娱獨夜，百花誰敢鬬先春。孤山詩侣須君復，吴市仙踪只子真。此外紛紛莫相汙，風姨月姊故情親。

鄞城通守廳和潘文叔梅花韵

未將春草貯鳴蛙，寂寞西湖處士家。正喜數枝斜更好，聊沽一醉醒還賒。骨清是我氷霜侣，心賞從渠錦繡華。不厭相過娱夜永，摘芳和雪試煎茶。

鄞中和張世隆總管春曉即事

春欲歸時豈得留，杜鵑聲裏翠陰稠。柳橋總是千絲恨，花徑真成萬點愁。東土雲山供我老，西湖風月稱公遊。相逢一笑難重覓，急趁餘芳醉玉舟。

送明守黄子由尚書赴召

燈火笙歌别海壖，詔書歸覲九重天。已將清浄安齊國，不使聲名減潁川。題品人才看贊贊，扶持皇極在平平。文星舊與文昌亞，今貫三台更炳然。

石龜古梅 癸亥

妙絶人間獨此逢，石龜峰下野橋東。亭亭玉骨氷肌子，櫛櫛蒼髯緑髮翁。偃蹇生懷千古意，蕭疎元是一家風。何妨少入時人眼，鼎鼐終論第一功。

與趙伯藏信叟游天衣寺

渺渺湖風引桂舟，竹輿沙徑晚山稠。千峰影底鳴雙澗，三伏日中含九秋。邂逅襟期俱洒落，等閒歸計少遲留。何時更約雲門路，踏破青鞋布襪休。

雪中早起偶作

年來愛雪起清晨，已汙紛紛車馬塵。何似柴扉終日閉，静看玉宇一番新。孤吟豈必煩餘子，小酌仍先壽我親。更喜豐年報消息，力田甘作太平民。

臘月一日雪霽與王君玉榮淳甫謁山陰陸放翁夜歸

十日山陰雪塞門，曉來飛霰尚紛紛。扁舟忽憶尋安道，載酒還成訪子雲。便喜晴湖光璀璨，何妨歸路日黄曛。侯家燠館多良宴，此段風流恐未聞。

寄馬塘范叔剛

海風吹月動蒼茫，欲往從君道路長。羈羽沈鱗徒影響，秋鴻社燕各炎涼。紛紛忍逐塵埃盡，落落猶期日月光。想得清吟散愁獨，書來金薤蔚琳琅。

西溪會范叔剛用舊所寄韵

出門煙水思微茫，客裏行吟晚興長。萬里雲霄自今古，百年毛髮幾暄涼。人間但有詩書樂，眼底何須印綬光。遥夜青燈耿霜月，非君誰共語琅琅。

芙蕖

生來不著塵泥涴，天下何妨名字多。一世炎涼獨風月，四時榮落付煙波。自知根節全冰玉，人道丰姿照綺羅。濯濯晨光香十里，為君敲槳叫吴歌。

陳正叔縣尉見示所著詩文以詩謝之

文章千古一毫端，妙處工夫到底難。春色無邊知造化，海風不斷識波瀾。看君健筆凌霄漢，照我清窗醒肺肝。寶劍莫憂人未識，光芒須動斗牛寒。

送陸華父歸越

四海桐江陸使君，自注：務觀。阿咸詩律更通神。時無勢力能推轂，獨使文章老斲輪。萬卷詩書堪遺子，千巖風月未全貧。青鞋布襪雲門路，雞黍容吾叩主人。

七月十一日大雨次日又大雨

秋來大火太焚如，惱得天公痛掃除。兩夕簷聲撼江海，一番凉意洗郊墟。眼明還我詩書樂，骨醒從渠枕簟疎。明日快晴應更好，莫妨千里薦嘉蔬。

贈篆字高光遠秀才

書家千載得陽冰，想像規模亦眼明。心手相忘容力到，風姿迥出自天成。屠龍絶技常難售，畫虎何人浪自名。良苦窮途説奇字，誰能載酒似西京。

九月二十七日夜大風雨頓凉偶作

五更風雨洗驕陽，滿耳秋聲撼我牀。夢裏忽知身化羽，覺來新免汗翻漿。可憐團扇辭人去，便有寒蟲語夜長。老大幸諳時節慣，可能隨世作炎凉。

壬子元日遂安縣學講書齒飲前此四十三年錢建爲令嘗有此集題名在壁是日詹本仁有詩余和其韵

壁字塵埃四十年，滿堂還喜會羣賢。是非不用論今昨，禮樂從知有後先。酒外山川如動色，詩成金石迭相宣。分陽令尹强人意，鄉飲彬彬更可傳。自注：是日奚令行鄉飲禮。

贈桐廬孫令孫字季文，疑與余昆弟也

偶然姓字齒鄉評，若誤旁人問弟兄。五斗還來作鄰社，一杯真此定宗盟。公懷犖犖英雄事，我獨區區丘壑情。便看蛟龍擘雲起，何由鴻雁作行鳴。

仲兄來爲母氏壽言歸有作

瀟瀟雨作對牀聲，小語燈前睡不成。詩禮一庭真自樂，江山千里若為情。遠來正覺親顔喜，別去其如心事驚。孟氏小園能辨否，徑須歸共白鷗盟。

十一月二十六日南至天色佳甚

天心應喜一陽來，萬里寒陰曉自開。消息早傳從嶰竹，發生先合到江梅。遥瞻雙闕呈雲瑞，正想三宫舞壽杯。草木微情共時節，思親南望獨徘徊。

周次山和立春詩答之

不用文章作序棋，由來人事亦天時。且須竹葉千鍾渌，莫問菱花兩鬢絲。社燕秋鴻無舊影，曉猿夜鶴有餘悲。春來只被奚奴笑，春日吴中更幾詩。

雨中過湖

煙雨平湖短棹歸，清秋休作楚詞悲。關心千里蓴鱸興，轉眼一年橘柚時。好景何妨閒處得，勝懷應少俗人知。相過拊掌有奇事，添得錦囊無數詩。

和答吴斗南中秋見懷并約王子合見過

百里平湖一夜舟，跂予東望渺離愁。可能無意山陰雪，空復相思楚澤秋。宣室待君今即召，草堂移我欲

歸休。詩來已拜千金諾，得得開帆莫轉頭。

歸夢千巖萬壑東，起尋蓑笠唤漁童。塵忙憐我三年久，撥置期君一笑同。只恐令嚴詩債急，不愁夜短酒杯空。相携更得王文度，此段風流儘未窮。

送别惟肖贊府

如椽老筆健文章，枉對槐間雁鶩行。只共低頭了官事，忽驚舉手勸離觴。百年可落塵埃夢，一瓣曾薰知見香。珍重平生安樂法，窮通何地不徜徉。

答叔剛見貽

浪復辭家客鳳城，小樓春晝寫蘭亭。從教佩印榮蘇子，豈為鉏金動管寧。尚有故人同一笑，何妨時俗忌偏醒。君知濯濯東風柳，早晚飛花變緑萍。

又答韵

連陰漠漠鎖春寒，閒檢新年曆日看。節裏人言太幽獨，牀頭書喜報平安。山林決計應宜早，藜莧謀生未苦難。歸對妻孥真大笑，鮎魚元不解緣竿。

范叔剛以詩送豆粥次韵答之

平生畫餅復炊沙，空有饑腸不受嗟。多謝殷勤餉時節，頓忘憔悴客京華。賣書未卜來同往，厚意何時報有加。為説癡人不堪飽，更思春酌對簷花。

再答沙字韵

羊裘篛笠慣煙沙，强走塵埃合自嗟。幸有蠹魚供老醜，何勞汗馬戰紛華。情親過我談無底，語妙多君點不加。晴日西湖重載酒，梅梢應及未飄花。

三用沙字韵簡叔剛

雄心八駿騁流沙，猛氣千人廢咄嗟。總有畫圖堪歎息，應無大藥駐容華。田園終勝為形役，餐飯聊須努力加。此語非君誰舉似，夜闌清坐落燈花。

避難至海陵從先流寓兄弟之招仍邂逅故人馮元禮二首之一

脱身兵火欲何之，不料玆焉過所期。軒檻如僧縈橘柚，鄉關似夢識原校：一作憶蒿藜。弟兄朋友談平昔，原校：一作日盜賊羌戎問幾時。共約更明王道正，或能一語到天墀。

答簡夫

不怪年來萬事非，聊須把酒賦新詩。乾坤正自無今昔，草木何妨有變衰。白髮我甘投老去，紅顔君惜卧春時。古人不朽終何事，此段工夫可浪施。

拂拭瑶琴聽我歌，湯湯三歎又峩峩。了知世道從來久，長覺人心苦太多。便踏早朝陪鳳輦，更憂春夢隔鯨波。此生付與天公竟，鐵杵成針取次磨。

李簡夫知易用其父韵見貽且示和陶一編併和二章答之簡夫久病猶未安也

晚矣歸來悟昨非，喜君先我和陶詩。何嫌潦倒心長在，故想呻吟氣不衰。春日鶯啼花發處，秋空雲静月明時。箇中差勝長安客，俯仰無寧似戚施。

閒中筆墨故相宜，遣興由來不厭詩。日仰慈顔長自愛，年方强仕莫言衰。新來定得安心法，此事還勝未病時。肯共切磋須我輩，獨無瓊玖報先施。

師守之官枉駕過龍鵠省先公墓而去二詩送之

不向衡門把一杯，山中話别且徘徊。嵐侵征帽晨疑雨，葉擁寒爐夜撥灰。路入西州空馬策，詩尋東閣正官第。感君得得同來意，回首行臺檄屢催。

遠道勤君屐齒迂，寄聲從此問何如。歸鴻不與斜陽盡，離恨還將落葉書。吏横要須先縛虎，民勞切記莫驚魚。扶藜目送雙旌發，愁絶誰憐澗上居。

寄别袁和叔

風帆曉影動行裝，月淡芙蕖浦溆香。正想雙親開色笑，不須千里歎凄凉。隨行書卷生涯在，省事官曹氣味長。便為君山問今古，一樽清嘯滿江鄉。

遂安同官蔣主簿滿秩歸宜興相見杭都以詩别之

溪閣小亭樂有餘，分携萬里意何如。却憐倦鳥投林後，尚及棲鸞振翼初。髮白相看無可奈，眼青如舊未應疎。熟聞陽羨佳山水，會許扁舟問所居。

寄江陰使君叔木叔

一麾遥駐水雲間，聞説鈴齋盡日閒。蝗似九江那敢近，珠於合浦定先還。天人影響從千古，賢哲功名正一斑。且續醉翁豐樂記，莫將風月負君山。

寄史同叔開叔

千頃東湖風月中，去年厭看藕花紅。可驚雲水將身遠，不得琴書與子同。四海人才尊一老，百年門户到三公。傳家報國諸君事，心地勤收汗馬功。

石莊臨大江望江陰君山懷淮陰尉用去年送行韻寄之

日把文書揖上官，恐將心事負儒冠。塵埃日月忙中度，學問工夫實處難。鶯谷已成經歲別，鷦巢且向一枝安。絶憐對眼江南北，不得君山並馬看。

和趙生唐卿師白韻遊横溪

野橋高竹轉修籬，問訊東風步屧隨。雨過天清水聲急，山長雲白鳥飛遲。從來丘壑多幽興，隨分風流到小詩。一榻煙霞須早計，莫教容易鬢成絲。

和曾舜卿少府

心情老懶漫為官，世路羊腸步步難。存我天真師櫟社，從渠官達夢槐安。晝眠竹簟風吹醒，夜釣羊裘雪洒乾。歸去元龍湖海士，白鷗盟在不應寒。

和簡叔遊張園

賦歸堂上憶春山，點筆題詩傍石欄。老子如今已陳迹，故人誰與共追歡。青燈客舍一杯酒，細雨江城二月寒。多謝相過同太息，百年身世夢中看。

送袁和叔赴淮陰尉

底事書生用一官，彊隨時樣著衣冠。千年蠹簡人情冷，百折羊腸世路難。未必功名欺老大，且憑書信報平安。秋風我亦淮東去，留取江山對眼看。

借韻跋林肅翁題詩

昔冠南宮淡墨書，當年萬卷各名糊。至今處子尚綽約，應笑老婆曾抹塗。詠慶雲圖如著色，和薰風句更從諫。行三十里余方悟，敢與楊脩校智愚。

和項平父送別

逐逐衣冠謁府公，漸諳楚語異吴儂。重江跋涉家何在，一飯辛勤計未工。自恐風塵成冗俗，人言山野欠疏通。夜長不寐思吾友，撥盡寒爐宿火紅。

長江風景舊聞知，雪裏經行亦大奇。官舍荒涼乏松竹，邊城清晏少文移。有時懷古登臨久，自省無才職分卑。白日閉門還獨笑，讀書吾亦太營私。

前途事業自登山，高下相懸進一關。莫倚陂陀能迤邐，可無尺寸怯躋攀。我來正作三年計，君别何當萬里還。辦取相逢須刮目，轉頭清鏡欲蒼顏。

寄黄州録事劉進之同年

騎曹新上雪堂西，千里淮南望眼迷。正我尋雲並滄海，思君步月過黄泥。清時鼓角無驚夢，勝日樽罍有共携。人物風流對江浪，數將冰繭寄新題。

濡須道中

睡足蓬窗江月明，濡須浦口片帆輕。菰蒲兩岸長春水，楊柳一村啼曉鶯。休指山川問今古，且欣時節正蠶耕。白鷗容與滄波去，應識幽人萬里情。

望建康諸山

白沙城上望金陵，滿眼風煙草樹青。山色千年圍故國，江流萬里赴滄溟。驚心采石瓜洲渡，搔首長干白下亭。一笑書生强多事，蕭蕭飛鴈落寒汀。

王子中使君家東澗脩竹

一徑脩篁百畝深，倚天喬木更陰陰。紅塵萬事不到眼，好景四時長會心。穩著亭臺添遠趣，透開風月自清音。使君晉宋家人物，消得閒中此醉吟。

春日自警

春風吹盡一川冰，野色山光弄晚晴。節物榮枯能幾許，人生寒暑正堪驚。百圍松檜秋毫壯，千丈羅紈尺寸成。飽食安眠欲何用，徬徨終夜月華明。

和頂山前韻

小山摇落故凄凉，想象登臨野興長。萬里晴空初鴈入，一年好景又橙黄。極須痛飲償秋節，生怕疎鐘報夕陽。搔首故園歸未得，荒籬寒菊為誰香。

和方與行韻

千里家山且寄音，小窗孤坐息深深。平生肯恃張儀舌，今日猶存趙武心。歲暮天寒休復問，夢回酒醒故難禁。梅梢春信知何似，驛使來時為一尋。

以上《燭湖集》卷一八

孫應時六

與宋廐父昆弟唐升伯偕遊廬山

征帆西過憶匆匆，咫尺匡廬悵望中。天意留為今日計，春遊恰與故人同。酒醒月落行侵曉，雲斷風來翠滿空。識取廬山真面目，會來栽杏作仙翁。

遣興

乾坤納納幾郵亭，一舸飄然水上萍。短髮判隨秋草白，雙眸剛為好山青。新詩滿軸頻舒卷，薄酒盈樽自醉醒。世上功名亦何事，誰能愁損歎漂零。

夜泊

病暑迎秋苦恨遲，秋來喚起楚人悲。一江風雨無眠夜，萬里關山獨往時。奉檄不知翻遠別，倚門應已念歸期。荻花楓葉添情緒，看得明朝兩鬢絲。

陪章荆州九日登高讌示坐中呈二帥

龍山東畔細腰宮，荆蜀元戎一笑同。正復樓臺看戲馬，何妨絲管送飛鴻。紅萸黄菊年華裏，落木長江晚思中。下客無才敵嘲弄，聊須整帽向西風。

章荆州再招宴渚宫重湖

平生絳帳馬荆州，肯念天涯萬里舟。百丈便從沙岸發，聯鑣還作渚宫游。芙蓉滿意留連客，橙橘隨時斷送秋。不惜重湖重一醉，明朝巴峽暮猿愁。

答任檢法

壯意當年隘九州，天涯今日倦孤游。空江水落魚龍夜，故國雲深鴻雁秋。惜把山川對幽獨，暫須談笑作風流。知心歎絶任夫子，肯和巴歌為解愁。

幕下清風十六州，德人胸次有天游。偏將好句招詩社，不起争心效弈秋。我拙蕢桴鳴土鼓，君賢玉瓚映黄流。蒼蒼雲海相期急，未用煩紆擬四愁。

文字潮州更柳州，興來八表共神游。驊騮隴阪長鳴日，鷹隼霜天得意秋。鼎鼎百年均昨夢，紛紛一世幾名流。為君傾倒平生話，不作人間兒女愁。

制司請都大會食

驛道八千，慶錦里主人之初到；賓筵第一，得繡衣使者之肯臨。臺府交歡，江山動色。共嘆光華之禮樂，式觀名勝之風流。恭惟某官璞玉渾金之姿，大川喬嶽之氣。平生心事，真是桐鄉循吏之孫；分内功名，當出柏府大夫之上。疊頒詔綍，三换節旄。清規傳月窟之東，偉望過雪山之重。斯馬斯作，已看天駟之榮動；為龍為光，即俟甘泉之入奏。某官芝蘭同味，萍梗相逢。從容使事之謀，繾綣年家之好。德星初聚，和氣鼎來。日烘雪後之樓臺，風動春前之梅柳，畫堂簷幕，開一笑於窮冬；綺席笙歌，奉千鍾於永夜。可無韵語，上助歡顔。

繡衣人物冠諸臺，玉帳元戎萬里來。同為西川增氣象，何妨北海試尊罍。休辭騰酒十分醉，要唤春風一夜回。天上德星何處聚，應從井絡向三台。

三游洞之外俯瞰峽江酷似釣臺

木落天清嵐翠開，緩將脚力試崔嵬。千年洞府煙霞外，一壑水聲風雨來。客路山川生白髮，古人名字剥蒼苔。平生感慨忘言地，俯見滄江憶釣臺。

冷副端與諸人九日登高有詩次韵

日薄天清山翠濃，西來萬里有清風。十分秋色嚻塵外，千古佳辰感慨中。雲隱蜃樓東海碧，江涵雁字夕陽紅。詩翁不負登高興，消得觥船一棹空。

彭澤歸心似酒濃，蓴鱸嗟已負秋風。文書雁鶩喧呼裏，尊俎江山夢寐中。採菊誰搴三徑緑，賜萸休想一枝紅。朝來快讀詩仙句，猶得塵衿一洗空。

雪中次甄雲卿監簿韵

屋頭棲鵲夜深驚，羽衛瓊仙下紫清。羣玉殿開香未暖，六花陣合戰無聲。難教小草呈新翠，可恨疎梅半落英。卧病袁安自愁絶，履穿誰與問先生。

和甄雲卿詩

旰食延英責太平，小臣憂國思茫冥。千秋鑑在開元録，十漸書留貞觀屏。莫笑戇愚如汲黯，無寧齷齪似陶青。何時再見東都會，萬國衣冠拱帝庭。

誰貪上黨誤長平，白日塵沙萬里冥。死骨不應讎未雪，哀歌長覺氣如屏。經生未減公孫董，邊將何如去病青。安得君侯提八陣，春風犁徧漠南庭。

寄高司户

一官何用落邊州，索漠風煙兩見秋。猶喜逢君結詩社，如何别我向糟丘。高懷誰與論醒醉，傑句能無憶唱酬。萬里雲開對明月，相思清興滿南樓。

送别袁公四詩

幾年静鎮絶喧囂，百吏承風服教條。惠養疲羸深保障，搜延英俊盛旌招。憂先儲粟千倉滿，威讋邊烽萬里消。已揭成規在藩屏，政須人望押班朝。

露門勸學首羣公，石室還來復古風。垂世文章崔蔡右，濟時勳業管蕭中。持平願取乘舟勢，納約先看補衮功。力聳皇圖知有道，先生心事與天通。

絶代風流士駿奔，感公封植到孤根。雲章假寵騰天路，寶畫分輝照蓽門。末學有心期卒業，不材無地可酬恩。從今禮數千官隔，知復何時奉一樽。

南風一夜漲痕吹，江岫排空送衮衣。萬里直愁知己遠，百年長恨此公稀。眼看蜀棹沙邊起，心逐吴雲峽外飛。流水高山有殊遇，此生何地不瞻依。

爰亞夫自涪陵以小舟追路相送及予於櫪木觀下同至萬州遊岑公洞其歸也作七言送之

不辭一舸下三州，送我能爲信宿留。腹有琅玕元自潤，氣兼熊豹不妨遒。清尊近對江雲濕，烏帽高尋洞卉秋。莫負武夷當日語，幾披尺素淚横流。

和真長送别

吴市當年梅子真，不堪萬里久辭親。故無分寸酬知己，尚有平生不負人。錦里風光餘别恨，鏡湖雲水送閒身。感君戀戀勤相記，歲暮長途知苦辛。

著作李季章得閬守去國以書道別追寄四韵

不將塵土望清華，珍重高情久更加。肯把書來話心曲，又從今去各天涯。一麾可是君恩薄，百丈休憐江路賒。歸見故人應一笑，為傳消息報梅花。

和曾舜卿

晚風吹散雨垂垂，一榻蕭然枕獨欹。秋燕悄如當去客，夜蟲還是可憐時。我懷松菊歸難早，君趁蒓鱸喜可知。已歎曲高如白雪，更煩墨妙寫烏絲。

和簡叔

乳燕鳴鳩惱醉眠，起臨芳草思芊綿。花殘柳暗春歸日，雲薄風輕雨後天。酒户已緣愁頓減，詩壇寧復勇爭先。只因歸老漁樵舍，不夢佳人玳瑁筵。

和答胡用之

浪喜功名少壯時，髮今種種更奚為。窮通信我心如鐵，謗譽從渠口勝碑。息駕便應追靖節，弄絃寧復待鍾期。燭湖孤嶼烟波上，他日重過細説詩。

和答吴斗南賞木芙蓉見懷

曾向荆州一笑同，淋漓江漢酒千鍾。夾城雲蓋迎珠履，滿眼霜花照玉容。萬里壯遊前日事，十年此會幾時重。憶君席上多新作，醉筆如飛紙不供。

和答吴斗南見寄解其自疑之意

白狗黄牛繫纜時，東歸應念我西悲。置之偶爾何須道，去矣飄然故一奇。末路人情隨手別，丈夫心事有天知。君看子濯平生友，可把逢蒙待庾斯。

和答葉無咎

百年一夢欲誰何，底事容心强揣摩。便續淵明歸去引，不題工部醉時歌。故山已恐鶴相怨，陋巷何妨雀可羅。多謝詩仙唤愁醒，簿書叢裏少婆娑。

再和

此生只合飲無何，懶讀丹經學按摩。得失塞翁無定在，濁清漁父有遺歌。蛟龍快意生雲雨，魚鳥全身避網羅。萬事忘言君會否，月明來共舞婆娑。

和次山見寄

啼鳩匆匆又一春，别來知我更思君。罯無天氣花時雨，長遣人愁日暮雲。手自愛彈招隱曲，心知不作送窮文。秋風魚蟹松江上，重約論詩醉夜分。

和吴斗南

高帆欲發意遲遲，回首飛雲耿夢思。風壤江山吴蜀道，功名人物漢唐碑。無憑久厭書生語，有意聊觀天下奇。已决明年徑歸隱，好凉還得共驅馳。

出沌復見江山和斗南

底事江山照眼新，為從雲夢别經旬。行吟沌口三家市，笑作天涯萬里人。清夜論心真得友，白雲迴首奈思親。船頭又報荆州近，魚雁書來未易頻。

和師文

筆端陶謝不枝梧，朝食千龍信手屠。天與詩人清氣骨，家傳前輩學工夫。從渠擾擾一丘貉，看我昂昂千里駒。已喜朝廷似元祐，去依日月上天衢。

漢州房公湖

陰陰老木匝平湖，想見房公用意初。眼底園池那有此，胸中丘壑故須渠。風流正自能傳世，成敗應難盡信書。萬里兹遊銷客恨，不辭一賞醉春餘。

遊凌雲峰答陳同年韵

行行欲盡劍南州，滿意凌雲九頂遊。樽俎樓臺一長嘯，江山風月幾清秋。古人勝賞分明在，灘水悲鳴日夜流。萬里重來渺難必，扁舟去住總成愁。

再答陳同年游字韵紀龍巖之集

凌雲勝槩壓西州，又作龍泓盡日游。數樹寒梅香較晚，一坡修竹意藏秋。酒間健筆能千字，胸次圓機綜九流。人境雙清定難得，相從何處有羈愁。

發嘉州答張倅用前韵

主人今代岑嘉州，倦客當年馬少游。即是孤帆行萬里，空懷一日過三秋。酒邊風味春生坐，筆底詞源峽倒流。浪有梅花煩驛使，轉頭陳迹遺人愁。

益昌夜泊

孤舟了不夢邯鄲，起凭闌干煙水閒。五夜清風鳴鼓角，一天佳月悄江山。客身憔悴衣塵黑，世路崎嶇鬢髮斑。未決乘流便東下，明朝且復劍門關。

自興州浮嘉陵還益昌

夜促清觴醉武興，曉飛輕舸下嘉陵。平生海上漁樵子，此日天涯雲水僧。萬里身心縈老母，一年書札負交朋。秋風已定蓴鱸約，俛仰兹游記昔曾。

還成都

四馬關山不自憐，歸來巾几更蕭然。劍門南北等為客，木偶東西聊聽天。未省繁華寬旅思，可將犇走負流年。夜涼早夢秋風起，催上山陰萬里船。

題籌筆驛武侯祠

北出當年此運籌，悠然欹卧與神謀。三軍節制馴貔虎，千里餱糧捷馬牛。漢業興亡惟我在，蜀山重複遣人愁。驛前風景應如舊，江水無情日夜流。

又謁武侯祠

城南風景故堪憐，勝日經行意灑然。江上竹寒偏却暑，廟前柏老尚參天。堂堂不朽能千古，鼎鼎何能漫百年。醉裏狂歌心浩蕩，為君一吸倒舩船。

辭武侯廟

三分遺論久難明，獨有河汾與杜陵。工拙人休計曹馬，興亡天亦恨桓靈。大星忍向中宵落，老柏空餘千載青。再拜征途重迴首，雪風吹斷淚成冰。

倦游書事

隻影千山復萬山，兩年愁著鬢毛班。壯心未答吴鉤贈，素節聊全趙璧還。劍棧風煙通紫塞，峽天雲雪帶烏蠻。逢人若問渾慵答，閉目揞頤一夢間。

江上作

不羞燭影照蒼波，獨向江頭步綠莎。歷歷風煙行地闊，冥冥雲海得天多。沙晴百網收漁市，山晚千帆殷棹歌。約取清秋弄明月，一尊重欲酹東坡。

答劍門朱宰和益昌夜泊韻

好辭絶妙過邯鄲，開卷清風起坐間。想見襟懷濯冰雪，如聞吟嘯滿雲山。離亭劍閣千峰碧，歸夢萊衣五彩斑。尊酒相逢更何許，秋帆迴首下牢關。

答俞履道見贈

黄塵車馬日紛囂，萬事春冰過眼消。賴有諸公扶正氣，猶令千載見英標。多君吐論心奇壯，顧我凋年齒動摇。好待明堂採梁棟，勿誇翹楚向薪樵。

答成都虞子韶鈐幹寄書信兼示近作子韶名剛簡，丞相雍公之孫也

珍重西來雙鯉魚，更傳佳句起愁予。相思已是五年別，多媿先無一字書。欲話錦城疑是夢，誰憐霜鬢不禁梳。青氈黄閣君侯事，早擬相逢倘下車。

和答趙生師白見寄

休論吾昔與吾今，窗下婆娑有學林。會意書非求甚解，無絃琴豈要知音。是中截斷談天口，何處尋來立雪心。永日春風鶯百囀，幽人踵息正深深。

田可躬耕溪可漁，此身屬我不關渠。養生誰學嵇中散，避謗吾非陸敬輿。風月滿懷高士傳，江山到眼故

人書。相思千里無多恨，珍重清詩玉不如。

和胡仲方撫幹白瑞香及黄橼韵仲方名榘，忠簡公邦衡之孫，佳公子也

翠錦熏籠白玉花，幾年廬阜飽煙霞。定知姑射同肌骨，何必離騷借齒牙。自注：胡有補《離騷》之句。心事早陪三友約，國香今壓五侯家。主人封植無多費，賸乞盧仝七椀茶。

聞南軒張先生下世感惋有作玉山建業，謂汪公、劉公也

玉山已失舊端明，何事令人骨屢驚。拆石有聲傳建業，隕星無處弔南荆。春風未作山川暖，江水何心日夜傾。淚落中宵腸萬結，眇然湖海寄吾生。

中原天意定何如，豈謂人才不素儲。前輩老成今殄瘁，丁年豪隽重蕭疎。武侯歲晚出師表，賈誼平生流涕書。社稷無疆恩澤厚，小臣何敢議盈虚。

偶題

困雖有舌吾安用，貧到無錐樂更深。百歲難逃少壯老，多思何益去來今。弈秋豈必長先手，畫史誰知獨苦心。一枕春宵方化蝶，三竿朝日又鳴禽。

偶成

小齋隨分有琴書，此外蕭然一物無。地僻最饒閒意味，日長還得睡工夫。四時風月吾心友，千里雲山古畫圖。天賜綵衣娱鶴髮，簞瓢足矣更何須。

山菴感舊

短橋横澗有精廬，儼立蒼髯六丈夫。長憶兒時弄泉石，誰令學宦走江湖。泠風試作琴三疊，涼月還須酒

一壺。杖屨無忘數來往，不妨樵路小崎嶇。

姪孫詩

壽母重孫始見渠，天教四世保同居。精神已是千金子，事業應須萬卷書。親戚滿前非落寞，杯盤隨分不蕭疎。晬盤先攬文房寶，他日無憂入異閭。

妻兄張伯高來訪横河感舊與拜先君墓下有作次韵

衰年回首少年事，尚喜初心炯自如。俗態可憐人厚薄，交情那問勢親疎。懶陪康樂登山屐，且醉淵明採菊廬。一笑相尋非易得，河渠執手更踟躕。

華門生計只初年，喬嶽終難起一拳。小檻清風黄卷裏，扁舟碧水白鷗前。同尋杖屨曾行處，肯謁松楸獨泫然。人事無窮今幾變，空山落日自孤煙。

母氏生日

兩年萬里望飛雲，慚媿慈親費倚門。好在蘭陔扶白髮，依然梅蘂照清樽。斑衣願保長稱壽，石窌仍看叠拜恩。更問何時足懷抱，詵詵玉雪弄重孫。

臘月初七日夜夢游山林間清甚賦詩半就覺而忘之追成八句

杜門終歲少過從，一室蕭然百念空。紙上陳言皆妙用，胸中餘味有新功。揞笻飽看千山月，欹枕閒聽萬竅風。龘飯濁醪能送日，蒼顔白髮任成翁。

夢蜀中一山寺曰龍塘有龍祠余似嘗屢游也題詩别之未足兩句而寤因足成之

客遊幾度到龍塘，沙路縈紆草木香。雪後江山餘壯觀，秋來樓閣記新凉。百年此役何時再，萬里東歸託興長。風景留人重迴首，猶須好句與平章。

余生日具杯酒爲母壽思壬子歲在荆州癸丑歲在成都諸公爲余作盛集而余意不適也

兩年荆益度兹晨，羅綺傳觴苦勸人。多謝諸公憐遠客，豈如一笑奉吾親。尊罏此日無餘恨，菽水從前得諱貧。快倒村醪供壽斚，也分湯餅及比鄰。

母氏生日陰晴晏温夜後雖小雨或作或止而帖然不風諸老人皆不須設火若前一夕則甚雨次夕則雨且風寒真若有相之者感愧有作

草草稱觴壽我親，每慚天意俯從人。連宵又似去年雨，淑景偏回此日春。富貴何如長得健，詩書元自不羞貧。秋田五畝猶堪釀，願作堯天百歲民。

上史魏公壽三首

清都絳闕拱慈皇，鶴駕雞鳴起未央。父子至情如一日，國家慶事冠前王。公功實作風雲舊，帝學于今日月光。天壽兩宫千萬歲，端留元老贊明昌。

中興大業要規模，公有初言久未孚。已喜乾坤深佑德，况逢歲月正懸弧。明時禮數尊三事，大老精神壓萬夫。軍國平章天下望，鷹揚年德正相符。

中書考已敵汾陽，神氣清明骨更强。客倒壺觴弄風月，酒闌燈火事文章。傳家正有書千卷，積慶真成笏一床。看取西湖共長久，年年菊會答秋光。

母氏生朝會同官時樂禁初開

樂回和氣作春温，香裊祥雲映酒尊。盛事同官皆有母，可人今歲喜生孫。一杯首奉吾親壽，百拜心知造物恩。看取朱顔長不老，年年賓客醉盈門。

泛東湖風浪作復止

萬頃重湖東復東，意行得怕打頭風。故畦遺穗纍纍在，野水寒林處處通。鴻雁汀洲渺葭葦，牛羊籬落見兒童。衣冠塵土空頭白，慚愧扁舟把釣翁。

五月末如鄞舟中戲作

七年不聽丈亭潮，夢覺依然枕動摇。趁得晨鐘上西渡，不妨野飯向高橋。今年天故饒梅雨，是處人言好稻苗。慚愧鄞山最青眼，回環翠色總相招。

閏十月十日自鄞城同史子應如東湖宿月波寺

不到東湖便十年，短篷還得泛霜天。千林脱葉風如剪，萬里無雲月滿弦。照影婆娑吾老矣，可人瀟灑故依然。敲門款語僧窗夜，挑盡寒燈久不眠。

杭都旅舍臘日感事

三年臘日常為客，愁絶梅花獨自看。萬里塵沙走西蜀，九衢風雪卧長安。生來可是儒冠誤，老去偏知世路難。安得長閒伴溪叟，醉歌時掣釣魚竿。

西　湖

十年身不到西湖，把酒臨風省故吾。萬里山川發天巧，三朝宫苑富皇都。溪橋無處尋君復，詩帳令人憶大蘇。尚許蕭然塵外客，小舟終日卧冰壺。

舟自震澤道吴興城外有感蓋余甲午歲常過此州，斫鱠極飲，今二十有一年矣。是夕匆匆，略不暇泊，而風月致佳也

憶向苕溪泊酒船，寧知緑髮便華顛。只今行脚一萬里，重此驚心二十年。箬笠簑衣真我事，清風明月苦論錢。晚凉急櫂城南去，更復題詩作後緣。

隨凫巖瀑布

高山流水去沉沉，迸落長屏百仞深。暗有衝風起崖腹，散成飛雨到潭心。梯空直下知無計，攀木旁窺戰不禁。好著孤亭巧相對，重來應得慰登臨。

崑山龔立道作棲閑堂取李太白題龔處士别墅詩曰龔子棲閑地都無人世喧故以爲名嘗託范叔剛求詩於予予許之閏八月十九日立道復自以書來爲成八句

一丘一壑塵埃外，三沐三薰清淨身。别墅只今唐處士，高風當日漢君賓。打門未肯容驚夢，載酒誰能徑卜鄰。千里題詩寄心賞，多慚不是謫仙人。

和答黄時舉貢士獻黄草布

九陌塵中一笑看，肯隨風月到遥山。應知枕石先秋冷，何羨槃氷及夏頒。古意紵衣仍縞帶，襟期華髮更蒼顔。多君志力猶强健，不道人生行路難。

挽徐季節先生

語言平談骨清癯，誰似黄山一老徐。眼底不知人富貴，腹中惟有古詩書。平生義薄雲天上，日暮家無儋

石儲。試問台人君識否，此翁元不事名譽。年過八十更精神，佚我房中自在身。檢點欺心無一髮，薰涵和氣似三春。莫疑見識驚流俗，自是淵源到古人。前輩彫零公又往，哀哀令我涕沾巾。

閩憲克莊以故舊託文公五世孫明仲遠徵鄙文老退遺棄散逸荷伯宗用昭止善浩淵子勗至善及余表姪孫陳誼予兄子豐仲弟之婿賈熙用昭之從子大年等十餘人寒冬連旬日夜録之得五十卷亦已勞矣賦此爲謝

老去斯文付寂寥，寒枝枯甲一遺蜩。虛言自歎真何補，好友相求不憚遥。敗篋塵埃煩數子，破窗風雨每連宵。詩成明日尋梅去，共看春風轉斗杓。以上《燭湖集》卷一九

全宋詩卷二六九八

孫應時七

送趙清臣善湘明府民謡六韵

秘圖山上古姚州，山色江光簇畫樓。更鼓分明庭少事，桁楊閒冷獄無囚。民言總信清如水，天賜常教大有秋。人物襟懷何灑落，詞章翰墨更風流。朝廷久合登劉向，父老知難挽鄧侯。翠竇新泉探静樂，公名長與此泉流。

送趙簡叔滿秩歸閩

四海從游總弟昆，年來誰復似王孫。真情每向急難見，高義殊非薄俗論。入眼雲煙歸翰墨，滿懷風月寄琴樽。三年叢枳勞栖鳳，萬里天池合化鵾。官達於君何足道，心期令我已忘言。相思驛路梅花發，應倩清詩寫夢魂。

簡叔自臨安之官鄂渚專書問訊多寄近作以詩謝之用前歲贈别韵

與君異姓似諸昆，文采風流帝子孫。珍重征途猶問訊，殷勤詩卷遣重論。光寒牛斗韜龍劍，興逸江湖著瓠樽。混混人間誰虎鼠，冥冥物外獨鵬鯤。閒中日月無追恨，聖處工夫豈浪言。萬里此心長對面，莫尋别賦苦消魂。

和李季章校書西湖即事三首

風日都門外，樓臺十萬家。西湖春事足，不話洛陽花。
舴艋填芳渚，鞦韆鬧粉牆。人争桃李節，吾憶藕花涼。
匆匆原作忽忽，據《永樂大典》卷二二六四改清明了，能餘幾許春。花開更風雨，腸斷惜春人。

雪夜歎

折竹聲相聞，想見雪深尺。愁殺小臣心，橋山葬明日。

鐵笛亭

鐵笛空山巔，悲裂蒼崖破。驚起山中人，指點飛僊過。

石竈

石竈滄潭上，烹茶定幾迴。舟人因記得，俗客未經來。

題光福劉伯祥所藏東坡枯木及漁村落照圖

灑落胸中丘壑，峥嶸海外風霜。幻出小山枯木，教成千載甘棠。
夕陽雁影江天，明月蘆花醉眠。乞我煙波一葉，伴君西塞山邊。

十一月二十六夜夢與范石湖各賦梅花六言覺僅記其大意足成二絶

小齋遥夜孤坐，何處香來可人。起看一窗寒月，更憐瘦影相親。
江路月斜霜重，野橋風峭波寒。知負天公何事，十他冷淡相看。

别越中諸生

三年一榻占清閒，門外蒼然是種山。步月迎風行樂地，從今應入夢魂間。

切磋長恨我空疎，甚喜同門各起予。贈别懶為名利語，洗心深讀聖賢書。

范氏致爽園用石湖韵

可人花木四時足，隨意園池百畝餘。但續岷山高士傳，不談天上故人書。
山光突兀初寒外，竹色連娟細雨餘。一段清奇徹肌骨，錦囊碎句懶能書。

黄巖新安鎮舟中和王主簿春霽遣興

天惜花時雨易晴，鳥知人意唤春醒。歸舟兀兀新安路，溪北溪南水正生。

春郊偶作

春泥過雨屐聲慳，野水危橋欲度難。世路迷人腸斷處，黄昏天氣麥秋寒。

閲書庫

寒儒事業趁三餘，細字篝燈手自書。眼底牙籤富連屋，妙年公子意何如。

秋日遣興

門前白水映青山，草滿荒庭晝掩關。莫恨窮居窮到骨，平生未有此情閒。
今年炎毒異他年，及此秋風意灑然。身世還須幾寒暑，吾生何事不隨緣。
清秋佳月不尋常，何限歌樓醉夜長。要是超然塵外客，一杯差不負孤光。
故人强半隨流水，世事新來似弈棋。老我壯心消折盡，鏡中唯有鬢如絲。
學書成癖故童心，頗復欣然得趣深。一字千金亦安用，等閒容我度光陰。
虚齋獨寢意偏清，夢斷秋窗月正明。匡坐偶然成導引，未須癡絶慕長生。

山庵即事

田田荷葉作老色，楚楚菊叢生細香。落日空山歸鳥盡，扶筇獨自到池塘。

胡元邁集句作宮詞二百首求題跋爲書兩章

五侯鯖具人間味，百衲衣裒天下工。宮體故宜供帖子，玉堂何日唤詩翁。
不識飛燕在昭陽，但託流鶯滿建章。狗監若逢楊得意，何妨持此奉君王。

書西溪僧壁

問訊前賢滄海邊，遥堤煙草故依然。誰言筦庫功名薄，已活淮民二百年。
碧天如水水明霞，雁字横風一一斜。袖手行吟不知晚，滿川霜月浸蘆花。
悠悠身世客心驚，十宿西溪夢未曾。笑把新詩留日月，碧紗黄堊聽山僧。

詠　史

絳帳何人拜馬融，已應羞面見兒童。早知自照頭顱醜，枉用文章殺李公。
咄咄歸來技已窮，函書翻欲媚桓公。佳兒似此何須數，空使諸人恕乃翁。
拊髀平生志八區，暮年家國付夷吾。誰言子女能相豢，可笑周郎淺丈夫。

西溪僧舍晝卧

燕子風微春晝長，獨携書卷卧禪房。悠然一笑無人領，只有薔薇滿院香。

奉和家大人將赴官舍留示及門之作

師訓勤誠數十年，此心端不愧高天。諸君體我家嚴意，學殖毋為鹵莽田。

大學成功在九年，根牢幹長到參天。斯須廢棄終身困，稂莠從來易滿田。

黄巖溪

杜鵑聲裏谷幽幽，緑水平溪日夜流。花落空山人不到，一川煙雨起春愁。

蒼山萬疊鎖荒煙，百道清溪思悄然。只有東風偏識路，馬蹄花發自年年。

入福昌寺

風日蕭蕭林翠開，支笻古寺獨徘徊。山中不怪無人識，十五年前一度來。

次仲氏韵

麴生真得聖之清，風味超然一座傾。肯向春寒慰牢落，令人心事轉和平。

枵腹貪書頗自强，年來得失正相當。須知耳目塵埃盡，始見山林日月長。

故人驚我鬢絲多，一歎相逢可若何。勳業向來無此夢，菱花何必遣重磨。

山行

中年意與山林會，勝日身兼杖屨輕。正有百錢堪獨往，不將一賞負秋晴。

題寒草巖

寒草巖前春鳥啼，桃花無數點清溪。我行已到神仙窟，不比漁郎此路迷。

枕上口占

喧喧鳬雁起寒汀，淡淡書窗半欲明。聽徹霜鐘發深思，對床欹枕有詩成。

次日湖上

山南山北水平湖，屏障天開畫不如。好在風流王謝宅，扁舟來往未應疎。

送彭大老提舶泉南

先生學力定如山，應世無非意所安。一語令人深味處，不言容易祇言難。
笑談終日任天真，和氣春風自襲人。畢竟胸中無適莫，不妨一世總相親。
人言西府厭編摩，歸卧方山意若何。出處無心亦無累，寧知世上有風波。
眼觀榮辱等虛空，强著衣冠與世同。長夏清風秋夜月，高懷應不忘山中。
天然廉素匪沽名，秋入滄浪徹底清。蠻船珍奇縱山積，歸囊應比去時輕。
一時人物到如今，人望先生日已深。願以蒼生置懷抱，勿因空谷有遐心。

崑山龔立道昱有月石硯屏斗南君玉諸人皆有詩余亦賦一絶

窗間明月鎮長在，此寶如今更有無。看取光輝生筆硯，可無文字繼歐蘇。

舉帆松江經縣治北

楊柳煙中一塔孤，東風漫漫水平湖。扁舟誰倚高樓望，畫入吴淞春晚圖。

贈閶丘道人時不語

天下幾人能具眼，世間萬事可忘言。猶將筆墨瀾翻説，多笑先生不憚煩。

江北梅開殊晚和林實之别駕韵

水邊籬落影疎疎，一見風姿意豁如。驛使莫嫌時節晚，少留春半作春初。
楚江横月一枝明，想見江南半落英。等是春風有先後，不妨調鼎看功成。

地遠天寒飽雪霜，深林依舊十分香。玉堂茅舍公休問，一種風流壓衆芳。
清詩吟賞慰花神，唤起風情寂寞濱。正是參軍舊題處，須公還作一家春。
一笑無言桃李場，從教遥夜鬬寒香。紅梅何意敗家法，便欲從時作鬧粧。
許氏南園十里間，嗟跎勝賞怯春寒。寄聲行客如迴首，莫把尋常醉眼看。

池口阻風雨

江頭三日繫扁舟，秋浦齊山欠一游。已自無人念羈客，更禁風雨作春愁。
一江風雨送春歸，漠漠汀洲白鷺飛。舟子相呼更添纜，水來新没釣船磯。

巫山祠梳洗樓

山川楚國六千里，雲雨陽臺十二峰。神女可無哀郢意，强教梳洗為誰容。

巴東秋風亭懷寇公

秋風亭上思悠哉，想見鳴琴日日來。野水孤舟故如昨，為公長嘯一徘徊。
袖手窮山一少年，何曾有楚到澶淵。英雄正自無人識，葢世功名却偶然。

和真長木犀

一從月窟移根到，不落人間第二香。商略江梅是兄弟，等閒休復鬬風光。
香傳萬里到蠶叢，依舊江南林下風。憶著小山招隱句，不堪流落更相逢。
長憐花月不相謀，月滿花開得更休。待倚高樓吹鐵笛，為君極意作吟秋。

即事

凝雲淡淡山蒼蒼，天影下照生湖光。漁舟散入緑蘋去，劃破琉璃三四行。
江梅玉立故清妍，心友猗蘭弟水仙。終日相看静無語，一時風味也堪憐。

和鄭信卿

天與風情壓衆芳，雕欄翠幄奉君王。猗蘭自欠傾城色，空作深林一味香。自注：牡丹。
綺羅絲竹沸名園，想見春風玉樹前。況是天公鐃一月，何妨行樂倍他年。自注：春懷。
舞絮飛花别茂林，狂蜂亂蝶度繁陰。乾坤不盡春長在，莫遣傷春意太深。自注：惜春。

和陳及之

不妨客子歸路滑，且喜雨來天破慳。劍南劍北好顔色，吾徒心事畧相關。
詩無彫刻未為癖，戰勝紛華聊自肥。萬里歸期勞夢想，百年世事幾從違。
蟠龍山頭行且歌，嘉陵江上重相過。人生知音不易得，舉似諸人委悉麽。
江頭風雨暗行李，習氣難洗儒生酸。更欲從君細商畧，不道揮斤愁鼻端。
吾非斯人誰與羣，覆手翻手知交情。天南海北有離合，此生此意無寒盟。

再　和

文章富貴自兩事，脱欲其全天定慳。平生蕭瑟也不惡，未妨詩賦動江關。
庭幃日聽烏鵲喜，里社相思雞凫肥。獨身浪走一萬里，忽忽平生心事違。
君詩音節中弦歌，報我英瑶百倍過。江村老人衣鉢在，同參今更有人麽。
欲望中原雙目斷，聽談往事幾心酸。百年故家好人物，塵沙流落太無端。

衮衮諸公鴛鷺羣，年來看熟已忘情。四明相尋風雨過，一丘一壑便慳盟。

和簡叔

緑陰庭户自生香，燕子飛來話日長。正有清風便午枕，更無塵夢到禪房。
落日銜山山更青，閒雲斂盡緑煙横。危亭獨倚闌干遍，又聽疎鐘第一聲。

挽邢邦用

有美天姿粹且真，温温玉樹氣生春。從來孝友聞鄉曲，歎息如公有幾人。
十載潛心學有方，韜藏曾不露鋒鋩。前途萬里能脂轄，此志傷君死未忘。
區區倉掾救荒移，實惠洋洋攝令時。更有棠陰在空圄，廬山遺愛未應衰。
平生事業始分毫，楩梓終須百丈高。正擬他時好梁棟，忍看摧折在蓬蒿。
傾蓋論交未一年，追懷三益淚潸然。為君提掖諸郎看，長已勝冠孟母賢。

眉州

文華要是山川氣，看到眉州四海空。尊者庵前雙石筍，令人真見兩蘇公。

讀通鑑雜興

南山擊缶正烏烏，東市匆匆坐一書。説道中興無過事，太陽侵蝕總緣渠。自注：人告楊惲驕奢不悔過，日食之咎此人所致。
簿書流汗走君房，那得狂奴故意降。努力諸公了臺閣，不煩魚雁到桐江。自注：光武以吏事責三公，安能屈子陵耶。

清濁無心陳仲弓，圓機聊救漢諸公。末流不料兒孫誤，千古黄初佐命功。自注：仲弓弔張讓喪，為諸公地耳。子孫因畏禍屈節，陳紀仕董卓，陳羣相曹氏。

柴門三叩署從容，感激聊酬大耳公。常日驅牛趁春雨，人前元不似英雄。自注：孔明躬耕不求聞達，今之士方囂囂然欲為孔明，何哉。

渭上耕屯望一秋，鼓行那復更遲留。落星誤盡癡兒輩，長説宣王抗武侯。自注：孔明四月至渭南留屯，八月薨。

建安社稷看文舉，正始風流倚太初。天地一身無處著，諸人休苦恨狂疎。自注：漢魏之末，孔文舉、夏侯太初豈復有不死之理哉。

平生作意輕羊舅，歲晚何心佞羯奴。為問荆齊是三窟，此時容有宦情無。自注：王衍素毁羊祜，及為石勒所擒，自陳少無宦情，且勸勒稱尊號。

莫怪新亭泣楚囚，王公原不辨中州。石頭門外千年恨，他日相思一涕流。自注：周伯仁之死，王茂宏之罪也。

以上《燭湖集》卷二〇

題黄巖溪

得雨溪聲壯，無風雲氣多。山花依翠竹，灘石亂寒莎。樵父谷中出，牧兒牛背歌。逢人問塵世，擾擾意如何。　宋林表民《天台續集别編》卷五

洞庭湖

明湖納宇宙，春思滿樓臺。沙鳥一行去，風帆千里來。平生眼今飽，落日首重迴。會趁江山約，還愁白髮催。　《永樂大典》卷二二六一引《孫燭湖先生集》

句

牛車擔負愧高義，當知薄命非倪寬。《燭湖集》附編卷下張淏《孫應時傳》引

（王義耀整理　虞行補遺）

司馬道

司馬道，寧宗嘉定三年（一二一〇）知常山縣（清康熙《衢州府志》卷一三）。

丁未仲夏賞月次雪齋韵

邂逅成佳約，持杯喜月圓。素華千頃净，樂事兩家全。念舊驚同日，裁詩似先天。他鄉欣得此，後會肯重延。清嘉慶静遠軒刻本孫應時《燭湖集》附編卷上《孫雪齋詩》

（孟憲忠整理）

全宋詩卷二六九九

劉過一

劉過（一一五四—一二〇六），字改之，號龍洲道人，吉州太和（今江西泰和）人。多次應舉不第，終生未仕。劉過是抗金志士，曾上書朝廷提出恢復中原方略，未被采納。漂泊江淮間，與主張抗戰的詩人陸游、陳亮、辛棄疾等多有唱和。晚年定居崑山。寧宗開禧二年卒，年五十三（明陳謌《題劉龍洲易蓮峰二公墓》）。有《龍洲道人集》十五卷。事見元殷奎《復劉改之先生墓事狀》、楊維楨《宋龍洲先生劉公墓表》、明萬曆《崑山志》卷三。

劉過詩，以原八千卷樓藏明嘉靖刊《龍洲道人詩集》（十卷）爲底本。校以影印文淵閣《四庫全書》本《龍洲集》（簡稱四庫本）、《江湖小集》（簡稱江湖集）、汲古閣影宋抄本《宋群賢六十家小集·龍洲道人集》（簡稱六十家集）文字與《江湖小集》基本相似，酌予出校。新輯集外詩附于卷末。

襄陽歌

十年着脚走四方，胡不歸來兮襄陽。襄陽真是用武國，上下吴蜀原作國，據四庫本改天中央。銅鞮坊裏弓作市，八邑田熟麥當糧。一條路入秦隴去，落日彷彿見太行。土風沉渾士奇傑，嗚嗚酒後歌聲發。歌曰人定兮勝天，半壁久無胡日月。買劍傾家貲，市馬託生死。科舉非不好，行都兮萬里。人言邊人盡粗材，卧龍高卧不肯來。杜甫詩成米芾寫，二三子亦英雄哉。

多景樓醉歌

君不見七十二子從夫子，儒雅强半魯國士。二十八宿佐中興，英雄多是楚四庫本作南陽人。丈夫生有四方志，東欲入海西入秦。安能齷齪守一隅，白頭章句浙與閩。醉遊太白呼峨岷，奇材劍客結楚荆。不隨舉子紙上學六韜，不學腐儒穿鑿注五經。天長路遠何時到，側身望兮涕霑巾。

紅酒歌呈京西漕劉郎中立義

桃花為麴杏為蘖，酒江湖集作九醖仙方得新法。大槽迸裂猩血流，小槽夜雨真珠滴。峴山之北古襄陽，春風爛漫草花江湖集作花草香。乘軺誰為部使者，金閨通籍尚書郎。兒様愛民真江湖集作如父母，十萬人家感恩厚。鵝兒不酌宜城黄，流霞造此江南酒。輪蹄日日行樂同，琥珀瀲灎琉璃鍾。珊瑚枝下貴公子，人面日色相争紅。欄杆十二開簾幔，腰鼓轟雷奏仙樂。翠翹金鳳大隄倡，玉纖捧勸羅衣薄。人生百歲能幾何，海棠花開春較多。有貂可解换一斗，醉到天曉待作江湖集作則麽。

瓜州歌

今年城保寨，明年城瓜州。寇來不能禦，賊去欲自囚。偉哉淮南鎮，禹貢之揚州。念昔蕞爾虜，馬箠輕江流。翠華離金陵，人有李郭不。幸被帳下兒，一箭斃其酋。帝羓有遺臭，鮮血粘髑髏。敗軍慘無主，蛇豕散莫收。勢當截歸路，盡與俘馘休。甲兵洗黄河，境土盡白溝。天予棄不取，區區乃人謀。金帛輸東南，禮事昆夷優。參差女牆月，深夜照敵樓。泊船運河口，頗為執事羞。

盱眙行

車徐行，馬後馳，天寒遊子來盱眙。功名邂逅未可知，生身畢竟要何為。既不起江湖集作視草黄金閨，又不侍原作待，據四庫本改，江湖集作陪宴白玉墀。何不夜投將軍飛，江湖集作扉勸上征伐鞭四夷。滄海可填山可移，男兒志氣當如斯。安能生死困毛錐，八韵作賦五字詩。金牌郎君黄頭兒，有眼不忍重見之。志大才疎浩無期，逢人舉似人笑嬉。謂之癡人江湖集作兒未必癡，唤作奇士何能奇。

從軍樂

蛟龍寶劍鷫鷞刀，黄金絡馬花盤袍。臂弓腰矢出門去，百戰未怕皋蘭鏖。酒酣縱獵自足快，詩成横槊人稱豪。但期處死江湖集作死處得其所，一死政自輕鴻毛。江湖集作秋毫將軍三箭定天山，丞相五月入不毛。生前封侯死廟食，雲臺突兀秋山高。書生如魚蠹書册，辛苦雕篆真徒勞。兒時鼓篋走京國，漸老一第猶未叨。自嗟賦命如紙薄，始信江湖集作知從軍古云樂。

登昇元閣故基

脚力倦矣曷少休，侵晨更作昇元遊。眼中已不見二百四十尺突兀之高樓，但見炊煙萬竈宿貔貅。上有啼鴉噪鵲如泣訴，下有藤蔓江湖集無藤蔓二字老樹根據枝相虯。想其結締初，匠石巧與造物侔。桷榱江湖集集無桷榱二字枅栱不知幾大木，一木牽挽回萬牛。山川退聽左右受約束，日月烏兔早暮東西流。阿房之旗矗立矮如戟，臨春結綺望仙三閣俱下頭。盃埦塊潜江湖集作太行孟門培塿而已矣，蹄涔洞庭芥為舟。拄撑霄漢彈壓大千界，下歷梁唐秦隋江湖集無秦隋二字晉漢周。一朝世故有翻覆，禍結祝融回禄與鬱攸。灰飛障天烟焰熾，一火三月爛不收。遂使觚稜化草莽，丹雘成墟丘。吾聞至人侈儉初何心，有茅一把蓋頭便可留。何必窮極土木事妖怪，朘削赤子膏血斂以哀。是故子劉子，不仙不佛亦不侯。視鸞臺鳳閣為蘧廬，百萬買宅亦夢幻泡影漚。江西豈無家，白沙翠竹泉石幽。茅簷曝日搔背癢，籬缺牆破手葺修。如以天地為室廬，日月江湖集作日行住坐卧得自由。不為朱門是，不作白屋羞。有時騎鯨千里遊汗漫，有時蛤蜊遽六十家集作踞食龜殼秋。彼昇元閣者亟成而復壞，腸亦不能為之斷，心亦不能為之憂。造物何足云，此身自贅疣。譬堯毁桀未必公是非，丘跖兩窖蟻與螻。日斜諸江湖集作請公急下山，我有斗酒歸去來兮相與勸酬。

大雪登越州城樓

北風吹雪天盡頭，蘇州未了來越州。越人夜乘剡溪舟，烏喙還念棲山不。吴人載酒登虎丘，窈窕萬舞雜清謳。迤邐茂苑來長洲，不顧麋鹿蘇臺遊。我獨忍凍城上樓，欲擒元濟入蔡州。鐵騎突出風颼颼，越人驚倒吴人愁。

望幸金陵

建業水大勝，武昌魚有味，江東雲不比渭北春天樹。春天門崒嵂，兩岸石壁立，石頭鍾阜龍虎東西分。椎牛釃酒家家準擬犒六軍，翠華不來冷落行宫門。泰華不易得，天下關中為本根。懷哉金陵古帝藩，千船泊兮萬馬屯。西湖真水真山好，吾君亦豈忘中原。

艤舟采石

我昔南遊武昌夏口之山川，赤壁弔古齊安邊。又嘗北抵鶴唳風聲地，八公山前望淝水。誰令艤舟牛渚磯，樓船蔽江憶當時。周郎未戰曹瞞走，謝安一笑苻堅危。黄雲如屯夜月白，箭痕刀痕滿枯骨。健兒飯飽飲馬來，意氣猶雄歌尚烈。只今采石還戍兵，諸將奄奄泉下人。飯囊盛飯酒甕酒，位去三衙稱好手。

以上《龍洲道人詩集》卷一

劉過二

題潤州多景樓

金山焦山相對起，挹盡東流大江水。一樓坐斷水中央，收拾淮南數千里。西風把酒閑來遊，木葉漸脱人間秋。煙塵茫茫路渺渺，江湖集作烟霞微茫霧杳靄神京不見江湖集作望斷雙淚流。君不見王勃才名今江湖集作文名能蓋世，當時未遇庸人爾。琴書落魄豫章城，滕王閣中悲帝子。又不見李白才思真天然，時人未省爲謫仙。一朝放浪金陵去，鳳凰臺上望長安。我今四海行將遍，東歷蘇杭西漢沔。第一江山最上頭，天下無人獨登覽。樓高思遠愁緒多，樓乎樓乎奈汝何。安得李白與王勃，名與此樓長突兀。

清溪閣交胡仲芳江湖集作方，下同韵

瓊樹枝新梅蕊迸，與君携手清溪問。舊時狎客歌舞場，何似詩人風雪逕。溪邊傑閣高峻層，左右華屋連飛甍。依稀王謝鳴珂里，彷彿秦箏雲母屏。古來繁華各衰歇，只有不磨惟璧月。小船何處載愁來，哀怨一聲吹笛裂。

呈陳總領五首

旐頭欃槍鋭衝擊，殺氣隆隆半天黑。千家悲哀萬家哭，唐鄧征魂招不得。北斗移杓向西指，八月風高塞塵起。大軍忠義赴襄陽，飛鳥潛魚未知死。黔黎殷憂痛無策，願得空中降韓白。嗚呼何代無奇才，世間

未有黄金臺。

太宗造唐剗隋亂，仁義結民過炎漢。胡雛負恩逆天紀，忠義回天四方起。嗟哉主將失紀律，百萬秦人半為鬼。浮雲改變異今古，不謂前車眼中睹。嘗時潼關説歌舒，今日襄陽説皇甫。

先生文章擅經緯，戰法淵源如孔子。當時蜒獠沸溪洞，一掃蠻風凈如水。胸中氣壓萬人將，億萬貔貅資餽餉。漢家火德接天統，秘計奇謀堪任相。願公飛章告天子，敵疾如風走如鬼。

商蚷馳河河可憑，精衛填海海可平。物情大忌不量力，立志亦復加專精。憶昨痛哭麗正門，白袍黑帽如遊魂。中書堂留草茅疏，不賜誅戮光宗恩。暮年志氣恥彫喪，廣長陽中吊名將。願持上方三寸鐵，細剖赤心告今上。

今上聰明過堯湯，師王忠純如魏王。君上戮力殄仇虜，六月戈甲飛冰霜。泗州已復漢正朔，議飾寢廟修洛陽。草茅螻蟻百無用，山林豈復中原夢。敬須洗眼候河清，讀公浯水中興頌。

憶鄂渚

我離鄂渚已十（江湖集作七）年，吴兒越女空（江湖集作争）華鮮。不如上游古形勢，（江湖集作占形勝）四十餘萬兵籌邊。中原地與荆襄近，烈士烈兮猛士猛。澤連雲夢寒打圍，城接武昌曉排陣。書生豈無一策奇，叩閽擊鼓天不知。却思仙人白玉笛，胡床醉倚南樓吹。貂蟬兜鍪兩岑寂，若耶溪傍還作客。空餘黄鶴舊題詩，醉筆顛狂驚李白。

寄竹隱先生孫應時（時為常熟宰）

蘇州酒滴如真珠，公能醉之酒百壺。得閒政恐不來爾，來則倒屣相與俱。江山繞樓詩句好，奔走萬變同馳驅。大書小草各有能，四庫本作態雷雹江湖集作雹震耀鸞花姝。當其半醉尚醒在，宛若處女未嫁夫。盃行到手湖海歇，江湖集作竭翻覆雲雨來江湖集作成須臾。羲之屈使坐北面，命騷如役僕與奴。角巾斜飄鬢毛出，筆墨顛倒衫袖烏。回旋左右如有礙，歸路不記長鬚扶。賓儕指摘士竊笑，亦有好事描為圖。或云先生鬱於用，浮沈欲以酒自娛。實非能飲姑好客，不時斗酒由人須。若予乃是真飲者，糟丘日日鄉無何。原作何無，據四庫本乙雖然人亦難意料，未可目以為酒徒。相逢擺江湖集作脱睯邊幅盡，胸次開豁無城郛。斂藏窮達付江湖集作寄之酒，不以禮法自束拘。情歸一真舉無僞，滑稽玩世為通儒。飲與不飲無不可，醉醒醒醉同一區。癡人之前莫説夢，夢中説夢愈闊迂。客來輒飲飲輒醉，此其所以為竹湖。不然他人豈無酒，欲去此脚自懶趨。計公之客日百數，結束冠帶紛座隅。欲言喉牙物如梗，中懷腹非外示愚。不如鄙性好誠實，退無取議江湖集作所攻進不諛。歐公自愛曼卿放，昌黎亦喜劉叉粗。滿城風雨重陽近，黃花籬落金英敷。山高凛風江湖集作風勁吹客倒，公樓雖小主者殊。狂當相就取一醉，有酒飲我無酒酤。此即江湖集作郎雖狂亦可喜，我去俗子疇當呼。世無人兮江湖集作賀監亦已久，公不容我誰容乎。

明州觀大閲

書生燈窗困毛錐，説著刀劍何時持。忽聞殷殷金鼓震，驚起塊坐筋骸衰。國朝右武重貔貅，列郡敢不張其威。萬家駢首遮道看，我亦役逐人後隨。武夫櫜鞬陳整整，虎豹拏攫旌旗麾。人言吴兒盡脆弱，身髮文斷勇未知。不見拔山昔項羽，何必燕趙士始奇。軍容燦燦生光輝，悲風慘淡殺氣怒，對此忽作邊頭思。熊羆不譁曉争出，萬騎馳突寒打圍。紛紛血毛腥原野，箭竹正墮驚鴻飛。將軍仰笑兵軍賀，金帛填委深溝池。十年文窮坐百拙，感慨一賦從軍詩。

嘉泰開樂日殿岩涇原郭季端邀遊鳳山自來美堂而上湖亭海觀梅坡石林無不歷覽最後登沖天樓下介亭觀騎射歌舞賦詩而歸

結束戰袍騎戰馬，冠軍將軍宛如畫。前呵小駐來美堂，箭去弓鳴飛鳥下。青林路轉入岧嶢，湖亭海觀争為高。誰知鳳舞龍飛外，別有樓閣横雲霄。回旋左右皆遊歷，人物江山兩英特。風流標致梅嶺梅，磊落胸襟石林石。側身更上天上行，好風吹下笑談聲。山神川后領要束，遁走虎豹藏蛟鯨。摩挲苔蘚題詩去，萬鼓聲中白題江湖集作叢中雜胡舞。衆賓捧酒壽主人，將軍自是擎天柱。看山看水時一來，錢塘吴越何小哉。指點中原百城在，功名逼人有機會。

古詩

凉生几硯窗未糊，秋風射入如相呼。床頭吴鈎作龍吼，便欲乘此擣穹廬。丈夫詩膽如斗大，摩挲笑與歌楚些。生平柔腸作鐵堅，挑盡寒燈擁襟坐。撞鐘打鼓天欲明，鴉未知曉鷄先驚。夜來有雨不須問，聽取窗前蕉葉聲。老僧慣閒定較可，山色朦朧半烟鎖。玉簪委地怕禁持，消息雨中彈指過。前回十日得一晴，遠山松檜如潑青。癡雲冉冉自辟易，半江滚滚金龍生。桂花畢竟終燥薄，强出嬋娟懶梳掠。正緣久不見雲生，事半功倍掃蕭索。人言快意難得時，世間樂事須生悲。轉頭潑墨天地黑，依然雨脚如絲垂。山翁豈識神龍志，特地霖淫阻遊意。不知金鴨香篆長，擁鼻猶可看文戲。重重叠叠添青蒼，誰謂四庫本作調濃翠遶叢篁。草木過濕有香意，衣籠篤褥篝籠湯。峭岩萬丈苔斑駁，日固甚佳雨不惡。晴明晦冥俱可觀，芻豢有時薦藜藿。愛山之癡如愛詩，或日或雨皆足奇。君不見若把西湖比西子，淡粧濃抹總相宜。

上譙江州

丘公鎮金陵，辛老治京口。君王神武欲籌邊，九江更使何人守。九江太守今譙侯，譙侯二字原不疊，據四庫本補德量容九州。詩書禮樂晉元帥，意度閒遠和而謀。清尊對客温如玉，同上庾樓望西北。胡塵萬里氣壓之，客有白頭何碌碌。出門烟水空茫茫，西為漢沔南衡湘。指點武昌在何許，買船又謁吴侯去。

觀三疊泉

五老峰北嵯峨顛，龍泉三疊來自天。只因開闢便有此，山雲蔽護經歲年。一朝何事失扃鐍，樵者得之人共傳。欲往從之人憚遠，險溪絶壑窮攀緣。初疑霜崩湧天谷，翻若雲奔不岩宿。散為飛風颺輕煙，垂似銀絲貫珠玉。隨風變態難盡名，觀者洞駭心與目。清寒侵袂心益爽，清甘熨齒手屢掬，我欲攬之作玉虹。似開九丈錦屏風，有若插碧金芙蓉。笑騎揮斥凌太空，窮源直到天河東。

贈許從道之子祖孫

祖孫今年幾年齒，兩髻統統垂到耳。讀書要以六經先，次第漢唐十七史。老夫之見竊不然，别有一説為舉似。方今孽胡日衰甚，河朔早暮風塵起。腐儒酸寒作何用，國家所欠奇偉士。丈夫立身兩字盡，臣子忠孝而已矣。吾觀汝相頭面闊，顔色粗厚黑而紫。汝翁七十鬢髮轉，汝父科第遲如此。與生四庫本作君生死盡文字，土田官人村夫子。不如左彎右挾弓，肉食封侯差快耳。

郭帥遺蕨羹

書生窮無食肉相，老不能官猶崛强。一杯紫蕨江西羹，萬户封侯猶未嘗。主人幕下三千士，談王説伯如蜂起。日日椎鮮與擊肥，厭飫腥羶飽而已。此生只願吃此羹，坐看將軍勛業成。金山乞取一片山，要看溉溉兒拳短，窮人便是知田漢。

舟中

扁舟去時風怒惡，舟入深溪雪花落。我行無事有底忙，且向荻花深處著。鄰船乞火炮蛤蜊，樽中濁醪把一卮。陶陶萬事不復理，凍口且吐寒酸時。江湖集作忍吐酸寒詩

村墅

俗子有錢村亦樂，秋田米熟歌牛角。三家村墅無官方，夜半呼盧笑聲譃。尋思我輩不如君，平生讀書徒苦辛。遭時喪亂未得志，長策短藁無由伸。不如賣劍買牛去，也學此翁村裏住。只愁夜半江湖集作恐凉夜月明時，得意無人和詩句。

題一犁春雨圖後

阿耘無田食破硯，奉親日糴供朝飯。有田正恐拙把犂，何得更為圖畫看。汝父名汝汝當知，有田無田未可期。有田不耕汝懶病，無田畫田真畫餅。畫田之外乃畫牛，捕捉風影何時休。頭上安頭入詩軸，全家不應猶食粥。

以上《龍洲道人詩集》卷二

全宋詩卷二七〇一

劉過三

寄竹隱先生孫應時

竹湖人之英，劇縣勇自試。三年種桃李，遺愛及僮稚。咸欲父母之，謂吾公之子。獨有督郵嫌，見謂不事事。瑕疵催科細，欲以三尺治。八月羈僦樓，半年縻隱市。小窗天日晴，灑落自胸次。抖擻舊塵埃，楮札左右置。寄傲點畫間，揮染當遊戲。人賢世所希，嗜好人共貴。車馬鬧填門，載酒日紛至。大書極豪放，小草亦姿媚。歛藏經綸業，進此第一義。玉板抄歌詩，石碑刻圖記。人家錦為軸，高壁垂至地。襲藏較工拙，臨寫費同異。争如老劉子，落魄一狂士。半生不讀書，頗能會其意。寒泉驥馬飲，平陸蛟龍起。得非久幽憤，於以發奇氣。故使鐘鼎疎，自足名一世。毛錐久見絶，一見尚能喜。酒邊袖予詩，不譽亦不忌。有時奪之去，箱篋餘故紙。如持將軍誥，屢博姑蘇醉。

同許從道遊涵碧亭

犯暑日午來，坐到日落歸。松桂叢團團，竹光凈暉暉。乳竇成濯纓，緑染身上衣。却傾所携酒，對酌老石磯。幽鳥當歌者，薦以首山薇。歛藏大千界，游戲麈尾揮。寺門長安道，結束駟馬肥。醉鄉訪腥葷，屏風肉紅圍。我亭不關鎖，何人款柴扉。掉臂樵擔行，藤蘿自烟霏。古所謂迂闊，若此二子稀。既非携娉婷，又乏玉鞍飛。不知有何好，林泉少焉依。境勝更著語，鬼神暗呵譏。但知笑他人，不覺自己非。

湖學別蘇召叟

失學老無成，寧不心自慊。子卿生吾後，逸俊眼未見。委身入罏錘，顧此金百鍊。有如頑鈍質，豈可便磨剗。看君説經旨，不異瓴水建。小詩雖有技，風味亦不淺。我途未易窮，本自安眠飯。俯仰道德光，耳目自濡染。涼風忽秋思，一夜窗紙颭。平生湖海夢，高興動淮泗。追思狂蹤跡，失處不可掩。醉搥黄鶴樓，一擲賭百萬。只今覺衰甚，四海遊已倦。所餘習氣在，未了一第欠。師友貴隆親，古學當自反。小夫事機械，心甚山川險。半生客吴粤，生死交情見。誰知塵土中，得君初識面。何時束裝來，草草衾裘辦。密邇戀軒誠，功名期歲晚。

答曹元章并序

曹元章以謹畏喜義，雅為鄉里所重，縣官自令佐以來皆敬之，疑若取友必愨莊之士。乃如某者實自放於禮法之外，元章既不以狂棄之，方且粉飾語言以媚夫非議我者。惜乎相知而未深也。唐賀知章逆知開元末年之變，託意鑑湖一曲以歸，落魄四明，自號狂客。至相率李白，劇談痛飲，呼為謫仙。由今觀之，豈不甚怪。然黄冠錦袍，屣棄爵禄，與夫炙手權門，推而不去者，其人品孰為賢否。孔光、張禹皆大儒，平日託經自文，當王氏墓木未拱之秋，相與唯阿，無骨鯁臣子氣。自劉更生死，天下公論之口皆箝而不敢肆，鼎祚陸沈，緊誰之罪。吾觀天下齪齪之士滔滔皆是，後世必有好予之狂者。則又系之詩，其詞曰。

先生修廉隅，日日自驚江湖集作謹畏。老夫寄杯酒，狂亦非所諱。酸鹹雖不同，各自有正味。切莫對癡人，説夢其詞費。

古意席上爲徐子宜侍郎賦

桃李多芳妍，開落如春風。託身終自天，花不百日紅。殘月望朝日，各自相西東。為君整儀容，照水不照鏡。為君進甘旨，君視肉有堇。悲歌欲感君，聲若君不聞。金玉徒結君，君看若浮雲。父母長嘆息，謂兒好容德。脂澤固不妍，珠翠亦無色。娉婷艷陽春，自醜不自惜。君心河漢流，為雨不復收。妾心東流水，赴海終不止。

懷古四首爲知己魏倅元長賦兼呈王永叔宗丞戴少望

言理不可求，吾將訊蒼蒼。草木被春華，松柏遭摧傷。五字原缺，據四庫本補才高未為福，名大或不祥。煌煌太史公，逸氣橫八方。瑞麟出非時，巷伯終見戕。晏嬰不可作，鮑叔遥相望。發憤著春秋，掩奪日月光。文章誠可傳，毀辱庸何傷。

高高黄金臺，燕趙争趨風。後來得荆卿，恩禮盡鞠躬。丈夫易感激，况在窮厄中。縞衣登素車，函谷照已空。吕政當野死，燕丹無奇功。俠骨化為鐵，血變海水紅。英憤氣不磨，今為亘天虹。

天地有大經，聖賢實先覺。一身萬世則，激厲為忠樸。周勃真少文，汲黯信無學。巋然社稷臣，漢脈終有託。微臣有揚雄，百拜美新作。男兒無英標，焉用讀書博。

嗣宗黨司馬，徒爾餔其糟。叔夜屹玉山，落落崑崙高。神仙之可求，蓬島何迢遥。五字原缺，據四庫本補湯武原作或，據四庫本改非聖人，况識師原作卿，據四庫本改與昭。一死繼結纓，孤竹争清標。蕩陰一杯血，綵鳳無凡毛。鵾鵉嗜腐鼠，竟絶終身交。

雨寒寄姜堯章

一冬無此寒，十日不得出。閉門坐如鉤，老去萬感入。冶遊亦餘事，况乃燈火畢。獨憐鏡湖春，一一各秀發。枝四庫本作扳條掇芳蕤，慘悴變倉卒。凡草何足云，誰吊梅柳屈。東城有佳士，詞筆最華逸。持此往問之，雨濺袍袴濕。鑾箋定送似，來時詩意澀。醉裏作蛇鴉，行草倩蘇十。

海棠得無字

步障蜀州錦，重重碧羅襦。嬌多不勝春，十五未嬪夫。我欲金屋之，貯以貢上都。窈窕飛世間，穠李侍緑珠。冶容致人疑，詎知非妖狐。雉扇開緑綺，君王麗華俱。後庭非無花，有寵争得無。八姨淡手抹，試粧不施朱。不如玉環翠，睡起姿態殊。人言花傾國，況乃下蔡乎。

謁郭馬帥 傀

千金買駿馬，百金（江湖集作城）市蛾眉。長安酒家樓，揮灑驚人詩。天子不得臣，公卿氣吞之。俯視兒女輩，自詭（江湖集作揆）男子奇。誰知金陵都，五年重來玆。黑貂日以敝，塵埃鬢成絲。故人風雨散，知己今為誰。郭侯山西英，而有熊豹姿。巍峩西忠廟，喬木人所思。垂芳到雲仍，大將奕世為。兄弟各三衙，父子步武隨。萬户侯冠軍，金印何纍纍。雖然平戎策，終鬱未得施。方今羣胡擾，似覺虜運衰。達靼軍其西，會以蒙國斯。蛇豕互吞噬，干戈極猖披。盗賊毛蝟起，歛民及（江湖集作竭）刀錐。父老思漢官，壺漿徯王師。吾君自神武，妙算出籌帷。收攬天下才，尺寸不可遺。機會一日來，恢復此其時。況如郭侯者，禮賢正謙卑。使之會雲龍，列城歸指麾。安知古中原，不使同驅馳。過也久淪落，狂名諸公知。然亦壯心膽，志慕鞭四夷。脱靴呼（江湖集作奴）將軍，舉扇障元規。有音世不賞，詩酒聊自嬉。霜風忽無情，一夜冷徹肌。高卧百尺樓，閉門無晨炊。起視匣中劍，依舊光陸離。有恩或可報，一死所不辭。

悲淮南

淮民窮到骨，忍復搥其肌。不知鐵錢禁，作俑者為誰。行商斷來路，清野多流離。主人日邊來，四牡驅以馳。或云易之是，或云收之宜。幾人困往返，遂逐文書移。救焚卒無策，燎火久益滋。緬懷征搉初，山海煮摘時。雖云便公家，亦復撓其私。今者縱虎豹，而使渴與饑。蕭蕭蘆葦林，日夜邊風吹。悲哉淮南民，持此將安之。

俞太古嘗叩閽上書有名天下予甚敬之相會於姑蘇將歸洞庭賦詩二字原作讀舊書，據四庫本改**以壯其行**

人樹俱不堪，歲月駒隙過。老懷淚如洗，欲唱誰當和。洛陽今少年，弊事勞力破。精神經百鍊，鋒銳堅不挫。陶名滋惟舊，歆席快一坐。氣焰九霄虹，磊落萬玉貨。平生牀上下，樓輒讓子卧。諸公吮疽爾，不去良可唾。洞庭清風熟，肄業情勿惰。有詩寄來者，工拙吾能課。

九日鄂渚登高楚觀分得能字

一山如龍來，起伏力不勝。老夫跨其脊，半空欲飛騰。尚念同遊人，一二東南朋。税駕為小留，木末朱欄凭。遠水天共闊，秋風響饑鷹。城郭千萬家，營壘相依憑。年年重陽節，高處盡可登。南樓與北榭，遊覽昔所曾。插花楚觀上，醉舞僅所能。驚倒地上人，白日看上昇。

讀書

重尋讀書盟，筆硯已荆棘。只堪把鉏在，趁此尚有力。世途風波惡，躬履見險側。敢云賣文活，一錢知不直。

思故人

朋從紛如雲，益覺索居甚。肺腸百憂集，午夜不安寢。長恐木石心，化作萋兮錦。日暮懷佳人，霜風悄寒凜。

歸耕

途窮百無成，或許營菟裘。依然大槐宫，蟻穴夢封侯。人生眠飯耳，物外亦贅疣。科名付諸公，老矣吾歸江湖集作當休。

自嘆

羣公列屋居，官貴輒鼎台。艷粧照珠翠，寒谷噓春回。書生窮蹇甚，一笑百禍胎。何時業債盡，面目還本來。

贈鄉人周從龍談命

廬陵儒萬人，頗亦出青紫。老子三不歸，未省鄉里士。暮年罕交遊，僅識子周子。風流屬當行，豈止談天爾。夜從青樓飲，一醉幾欲死。

送程伯俞赴海陵蘇使君之招

紅裙簇雕筵，一醉當鯨吸。使君若問余，為道貧徹骨。

以上《龍洲道人詩集》卷三

劉過四

代壽韓平原

衣鉢登庸復舊氈，文王尚父趙平原。自從慶曆到今日，只說開禧初改元。朝闢東齋廣東閣，夜看南極照南園。九霞觴舉先旬浹，却領千官壽帝垣。

際會風雲振古難，十年袖手且旁觀。要令鄰敵尊裴度，必向東山起謝安。一品千齡靈壽杖，五公四世進賢冠。功成裂地封留了，却趁赤松盟未寒。

疇昔張旃過相時，相人争覩漢官儀。未能劖刻燕然石，不忍摩挲畫錦碑。慷慨欲平千載恨，經營已嘆十年遲。要令閱古詩篇偉，好讀車攻復古詩。

國付平章衆正開，凌煙録盡到雲臺。鴛鴻充序皆桃李，羔雁成羣及草萊。强國斷無踰此策，隨車未必盡真材。更須妙斡垂綸手，看取靈鼇上手來。

宇宙之間物物春，戚疎曾不間陶鈞。裔分裴皞東西眷，誼篤嗣宗南北鄰。中令諸孫難遍識，栖筠俗子老堪親。試捐内舉拘攣迹，無異平原十九人。

壽建康太尉

萬里寒風一布袍，特將詩句謁英豪。正當武曲臨凡世，恰值驪龍出海濤。五馬盡投千歲鶴，六軍急獻萬年桃。不因此日滄溟近，一釣那能得巨鼇。

慶周益公新府

潭潭新府列名卿，玉帶金魚喜氣横。能廣萬間庇寒士，定容駟馬向高閎。午橋莊上江山秀，獨樂園中花草榮。才作美哉輪奐頌，清臺又奏相星明。

辭周益公

一曲歸歟浩浩歌，世間無地不風波。人從貧賤識者少，事向（江湖集作到）艱難省處多。紫塞將軍秋佩印，玉堂學士夜鳴珂。太平宰相不收拾，老死山林無奈何。

代上譙太尉

叮嚀天語聽傳呼，叱咤雷霆壓萬夫。澤國使臨殊玉節，彤墀香近惹金爐。慶逢龍躍風雲闊，職有蟬聯父子俱。援手墜淵餘事耳，故人有子在泥途。

謁易司諫

已死姦諛老舐牛，非才詎可鎮西州。豺狼逐去羣狐懼，鷙鳥雖多一鶚秋。天下孤寒有生意，諸蕃元帥為清修。太平更有當年事，未可廉纖只麼休。

十載長安五往來，立談無語口慵開。懶看齷齪隨時士，誰是艱難濟世才。韋布豈無堪將相，廟堂未易賤蒿萊。上書欲謁平章去，光範門前肯自媒。

上金陵章侍郎

龍虎東西兩踞盤，帝教彈壓此山川。風行魏蜀三分國，浪静江淮萬里天。半壁旌旗佳麗地，十州鼓角鬱葱邊。便當擊楫中流誓，莫使鞭為祖逖先。

欲上雲霄虎豹關，失身一落市城間。經過魯肅捐時廪，想像謝安遊處山。去國夢魂愁切切，感時滴淚血斑斑。少陵却欲依嚴武，妻嫂輕人未敢還。

上袁文昌說友知平江五首

骨秀如仙孕武夷，故教江湖集作家手筆世宗師。隸分唐漢諸家字，句壓陳黄二子詩。茂苑雨晴花發處，洞庭霜重橘黄時。塵埃俗吏那能此，一段奇功自可知。

車馬城中早上忙，子城内裏看星郎。十州已茂圜扉草，一炷初凝畫戟香。銅剖虎符新雨露，玉持使節舊風霜。明年櫻筍成時候，不在烏臺即玉堂。

欲上姑蘇望虎丘，小邦寧有此風流。山川形勢今三輔，人物英雄古列侯。華屋鱗鱗冠蓋里，畫橋曲曲管絃樓。金陵蜀郡俱疎遠，除却皇都第一州。

行盡淮南日日東，自携隻影入吴松。人生五馬方知貴，客老諸侯嘆未逢。適意秋風寧為鱠，驚心半夜忽聞鐘。十年無計離場屋，説著功名氣拂胸。

已辦行都欲去船，箇中因得少留連。長安在望空悲日，刺史誰知别有天。鼓吹後車喧水際，旌旗前騎簇花邊。書生不願懸金印，只覓揚州騎鶴錢。

寄李侍郎

未照玉堂金炬蓮，地官董正職尤專。常經要足邦中賦，勝算猶煩馬上鞭。黄閣少須持紫橐，黑頭早已繼青氈。方今講論肥民策，不數横流地上錢。

寄湖州趙侍郎

桑柘村村烟樹濃，新秧刺水麥梳風。舟行苕霅雙溪上，人在蘇杭兩郡中。鼓角麗聲相旦暮，旌旗小隊間青紅。主人夙有神仙骨，合住水晶天上宫。

謁淮西帥

家住徐城未卜還，歸心正在杳冥間。東遊吴魏《永樂大典》卷一五一三八作會三千里，西入成都一萬山。解使愁腸能寸寸，空令淚眼已斑斑。此情不告英雄帥，説向兒曹總是閒。

謁金陵武帥李爽時叩殿帥爲易憲章求書碑

江南無此一雄藩，穩稱將軍小踞蟠。韜畧世傳天下少，棣華鼎峙帥臣難。狂胡要使如灰滅，中國先須大器安。慘慘塵沙天欲雪，北風凛凛劍芒寒。

搏虎屠龍兩未成，蕭然華髮一書生。狂蹤潦倒初無定，老氣峥嵘自不平。借馬飽遊雲夢澤，歸舟小駐石頭城，磨崖已辦中興頌，洗眼西湖看北征。

呈李漕

默禱神仙政隱憂，天心人意已周流。旱苗已槁七八月，甘雨如期十五州。風月冷吹雲夢晚，水花新浸武昌秋。異時白粲輸官處，知有豐年萬斛收。

塵埃破帽倦騎驢，一雨窮途快有餘。盆盎自天傾屋瓦，龍蛇平地起階渠。冷侵絺綌覺太甚，聲滿梧桐殊不疎。口業未償詩有債，夜深燈大小窗虚。

喜雨呈吴按察

使君人物舊烏臺，天聽雖高力挽回。湖水欲平江為退，秋田未旱雨朱來。雲隨黃鶴遊何許，風滿南樓亦快哉。涼意入秋清可畫，月岩知有桂花開。

黃鶴山前雨乍過，城南草市樂如何。千金估客倡樓醉，一笛牧童牛背歌。江夏水生歸未得，武昌魚美價無多。掉船亦欲徜徉去，古井而今淡不波。

謁京口張守

未識諸人名江湖集作未至諸人各已侯，一麾應江湖集作猶此滯徐州。誰知安石恐未江湖集作不免，欲借寇君何可留。遺愛與山同北固，平生作計豈東周。上方已聽尚書履，聲在星辰最上頭。

危樓年少記登臨，老矣重來力不禁。風月欲談嫌許事，山川不險似人心。淡烟衰草鄉關遠，細雨黃花節序深。雖有小詩行樂處，世無知己為誰吟。

上劉和州煒

戟外梅花角有聲，使君心與月華明。郡當采石今衝要，船在烏江罷戰爭。酒賤人家歌袴飲，地寬客子帶江湖集作賣刀耕。太平官府無公事，見說香凝燕寢兵。

草樹荒寒晚江湖集作脫葉枯，又尋短棹泛焦湖。場經古戰心欲折，客老諸侯餞更驅。去國寂寥從白眼，籌邊謀畫看洪江湖集作鴻儒。袖詩來謁公應記，曾說襄陽江湖集作揚州厠座隅。

雪中呈顔使君棫升堅

一冬所欠者雪耳，造物忽然如戲兒。清甚牧之江上郡，朗吟次仲館中詩。試燈夜静踈梅落，賣劍村深小麥滋。多少使君調燮意，風流自有化工知。

陰陽舒慘刹那間，刺使天高見一斑。人物眼中如水鑑，世情身外不冰山。滌除瑕垢與掩匿，彈壓風雲俱澀慳。羔酒帳金輸武庫，煮茶蕭寺等僧閒。

春雨寄徐東陽

和州昔有賢從事，今作東陽父母官。百里望風皆畏易，四郊得雨及時難。秋成有望米價減，水滿不爭民業安。詩句定多公事少，不妨閒寫寄人看。

謁江華曾百里信夫

摳衣三十年前事，曾以諸生傍絳紗。一國所尊吾白下，雙鳧猶遠令江華。時來館學總餘事，老去衣冠懷故家。共怪我門郊島外，狂生尚有一劉叉。

贈鄂渚李廣文

鬢髮已皤非故吾，依然破帽老騎驢。江邊江湖集作南遊子斷腸句，漢殿逐臣流涕書。父祖松楸三世冢，弟兄桑梓百年居。狐丘未死歸心切，未有相如駟馬車。

曾去征袍冀主恩，青衫君已染塵痕。故人然諾千金重，刺史文章一代尊。楚澤地多增感慨，峽江天小易黃昏。要知後夜相思處，細雨青燈獨掩門。

贈侯戎

江淮萬里以詩江湖集作久經行，此老胸中有甲兵。何止據鞍猶矍鑠，試教落筆便縱橫。逢時有用真才出，知己不遭儒者輕。若見英雄今馬帥，為言劉子尚狂生。

贈趙道卿

虬髭蝟鬢虎精神，大袖披披二尺巾。散盡貲財猶結客，署為四庫本作交言語便驚人。斬蛟橋下懲前失，藏兔窟中甘後塵。朝士只今誰著眼，顛狂贏得且安身。

贈陳時可

交游半世已公卿，猶抱遺經對短檠。負米過於扛鼎重，選官難似上竿行。百年母子相依命，一片忠忱誰為明。燈火小樓風雨夜，歲寒時得話平生。

呈胡季解

老病顛狂藥不醫，粗豪罵坐欲何為。前生縱使希真是，已死尚存忠簡知。顛倒六經鸛鵒舞，瀾翻一曲竹枝詞。雖然結襪王生僭，人以此賢張釋之。

簡季文

衰鬢蕭騷半欲絲，尚能隨隊作兒嬉。棋無殺意從人活，琴有仁聲却自悲。落魄陳平歸漢日，中傷張禄入秦時。諸公莫作狂夫看，恐是英雄未可知。

陪趙丞飲東軒

冠蓋如雲許後陪，酒紅醫老上吾腮。轉旋舞影乾坤窄，摇撼歌聲風雨來。魚網撒池蓮葉老，龍涎熏坐桂花開。羣娥捧勸同文字，商略西風更百杯。

以上《龍洲道人詩集》卷四

全宋詩卷二七〇三

劉過五

上張紫微真仙

真仙元是昔于湖，今在高樓何處居。非玉不容陪偉論，撥灰猶為作行書。雲霞縹緲來旌節，瓊玖玲瓏聞珮琚。幽顯殊途人世隔，冷風吹雨送回車。

送劉從周教授

鳳閣鸞臺次第留，此生何必為身謀。工夫到易通三聖，潔白持身第一流。桑梓靜思如子少，萍蓬自嘆此生浮。還鄉若有過從便，會盡人間只點頭。

送王東鄉

江湖集作簡卿。有注：王居安字資通，一字簡卿，台州人，淳熙十四年探花。

枚數人才難倒指，有如公者又東歸。班行失士國輕重，道路不言心是非。載酒青山隨處飲，談詩玉麈為誰揮。歸期趁得東風早，莫放梅花一片飛。

歸天台

千岩萬壑天台路，一日分為兩日程。事可語人酬對易，面無慚色去留輕。放開筆下閒風月，收斂胸中舊甲兵。世事看來忙不得，百年到手是功名。

送劉允叔還浙東

樹倒羣公尚不飛，先生於此獨知幾。殺身無益事成敗，閉口不言心是非。吴渚蓴鱸張翰去，鑑湖風月賀章歸。從教血染長安市，一舸清風眠釣磯。

送友人得館遊南康

匏大從來速售難，依人高戴誤儒冠。江南又客諸侯去，梅子愁人四月寒。半世光陰旋蟻磨，百年舉子上魚竿。世間多少不平事，盍向廬山静處看。

寄張都幹蒙正

林深葉密緑陰繁，荷漸生芽蒲有根。心事蹉跎過歲月，故人落寞共乾坤。舟行蓴菜水雲浦，路入楊梅烟雨村。何日扣門尋子去，一樽聊對話黄昏。

寄郭德順

玉弟金昆共七人，典刑惟有此公存。一區未盡揚雄宅，滿座常傾北海樽。人品細看真第一，詩篇遠寄不辭頻。筍輿歸路無人管，風雨瀟湘行暗村。

寄郭伯瞻

聖門力學錢公輔，盛世能書蔡伯喈。出處有時安義命，笑談無我見襟懷。桂花香滿山堂鬧，秋氣清連石洞偕。只好放教椽筆健，留將大字寫磨崖。

醉中寄王子林

我頭扶病醉岑岑，履歷糟丘歲月深。行李隨身惟一劍，對花買笑亦千金。離鄉別去天涯淚，上塚凄其寒食心。風雨閉門無客過，爐香銷盡夜沈沈。

寄吕英父

清時蕭散坐才疏，收拾窮愁却著書。詩筆有神通夢寐，丰標不俗更清癯。黄花細雨圖江湖集作桐江路，落日西風處士廬。抖擻塵埃舊時帽，不妨覓句倒騎驢。

秋到家山冷不知，但驚風露入新詩。低頭欲拜無東野，滿耳惟聞説項斯。骨格昂藏雲鶴瘦，吟哦凄斷雪猿悲。文章已得真消息，三十科名未是遲。

寄潘文叔

不隨千騎過維揚，夜渡關山却一航。臭味偶同貧更好，功名有志老何傷。自甘商皓來東閣，敢怨陳登卧上床。欲擊單于知力倦，歸來且理舊詩囊。

寄程鵬飛

往事遊邊憶少年，未嘗携刺五侯門。春風躍馬漢南道，落日椎牛淮上村。科舉未為暮年計，窮途不忍向人言。男兒慷慨頭當斷，未有人施可報恩。

襄陽雪中寄江西諸友

雨澀風慳夜向闌，粉花飄撲客衣單。功名有分平吴易，貧賤無聞訪戴難。懶逐銀盃行處馬，静思玉鑑舞時鸞。詩成咫尺誰堪寄，當與邦人醉底看。

舟次富池寄九江諸公

既無文彩又顛狂，五十餘年夢一場。錯認我為林子晦，也教人唤賀知章。樽前鶴翅從誰舞，老去槐花尚自忙。船解酒醒人不見，長江萬里水茫茫。

南康邂逅江西吴運判

一節西來已駭傳，不堪歸去便湘川。舟行彭蠡輕文種，酒到潯陽醉樂天。臺諫久無公議論，朝廷新有驟除遷。臣心畢竟終憂國，不敢瞻烏涕泫然。

萬里西征一葉舟，誰憐天地此生浮。初征秋浦雁飛處，又泊江南霜葉洲。貧困盡從歸後見，雄豪半為病來休。十年心事閒搔首，荻雨蘆風總是愁。

湖口邂逅張伯豐同行

萬里無人獨自行，得君逆旅慰東征。聯同騎馬相先後，共作詩詞迭唱賡。僕向洞庭和雪渡，船從湖口帶冰撐。明年袍緑荆州去，遇有西人好寄聲。

西湖别舍弟潤之

幾度歸程入夢間，秋鴻社燕兩為難。西湖半夜風雨急，交泗一床心膽寒。落第我為中酒味，圜橋子亟洗儒酸。臂弓秣馬長淮去，莫笑狂夫老據鞍。

張帥幹席上口占

海樹婆娑日出東，一年窮處已殘冬。春衫濕到西湖雨，魂夢覺來長樂鐘。梅擲白英樓壓鳳，燈挑紅焰劍纏龍。便教分閫持麾去，未愜平時錦鄉胸。

姑蘇送王武岡不值訪汪仲冕席上口占

嚴城夜出鼓鼕鼕，畫鷁三更不見蹤。何必披雲尋樂廣，真成避雨識茅容。蘚花似雪玲瓏白，臘酒如春琥珀濃。若使世間無我輩，老夫何處不窮冬。

毛積夫席上口占

夜聽南窗金屈枝，水花凉果似秋時。人言愛酒陶元亮，坐有能詩無本師。顛倒六經鸜鵒舞，瀾翻一曲鷓鴣詞。同遊那得輕相笑，恐是長庚未可知。

放翁坐上

林霧霏霏曉意凉，野梔䰀放已傳香。幸哉世事日相遠，怪底詩情老更狂。臘蟻三杯浮重碧，春膏一幅研輕黄。何如放浪形骸外，盡乞江湖作醉鄉。

次劉啓之韵

豪結交游三十年，暮年識子海霜邊。江西析派詩同社，鴻寶傳家子已仙。無用白鬚甘我老，有才青眼望誰憐。譬如飄泊湓城下，篁竹蕭疎無管絃。

次張昌化合溪新亭韵

不礙溪流水不平，主人平處主鷗盟。兩峰呈秀出天造，雙澗同流到地清。尚憶經過曾對酒，欲來登覽恨無名。仙凡咫尺紅塵隔，草草題詩亦浪評。

燕尾溪流上下分，中餘里許地翻平。林疎邑屋高低見，水漲舫船來往輕。坡老已仙誰傑作，詩人為縣得重評。唐山見説雙溪館，今見雙溪亭又成。

次吕簿池亭韵

舉杯邀月到幽塘，八月《亞愚江浙紀行集句詩》卷四作月入波心碎夜光。倒影簾花翻翠色，飛梭錦段織紅芳。是中有客供千首，此外無塵染六郎。昨夕主人閒立久，一身風露帶天香。

次史良夫寄題雲岫

輕烟薄霧任渠行，幽壑深崖款我生。變化不知天地闊，行藏只要日星明。肯同蒼狗移常熟，（四庫本作態）每為鳴鳩放好情。便趁風雷助霧霈，人間匕筯不須驚。

長干寺用荆公韵

縈紆一徑試幽尋，花竹禪房未是深。野水不波清欲凍，崇岡有竹翠成陰。琵琶呢呢怨兒語，（四庫本作女）蘭桂温温和水沈。詩句欲追前輩後，誰呼粉黛汙清吟。

和都幹并柬允道

老子聲名舊白眉，客窗相款話心時。相猶忘我吾無法，骨已換仙君有詩。蓴菜羹香春冉冉，鹿遊臺上草離離。一樽吊古平章看，未羨君王郡牧麾。

和印監寺玉簪花

得得尋芳聽自由，名花先占八分秋。鷺鷥折股晚風冷，姑射遺簪勝地幽。霜葉皺痕羅扇薄，香苞破處雪衣柔。一瓶一鉢休岑寂，騎鶴腰錢豈易謀。

咏余商卿梔子花

香不求知色自然，朝來何許雪華鮮。如行佛國參知識，未嫁仙姿益凈娟。梅子已黄猶夜雨，客遊方倦作春眠。地卑山近征衣潤，不費熏爐一炷烟。

與青原正庵老

倦行老矣徧東南，最後青原識正庵。無法更求（江湖集作於）身外説，有禪應向（江湖集作許）意中參。春風遶寺雨花墜，石鼎烹茶泉味甘。暫脱塵囂聊税駕，與君相對款清談。

簡能仁禮老

幻身到處等空虚，習氣依然未掃除。柏樹子邊尋祖意，栴檀林下伴僧居。三千世界初無礙，十二時辰得自如。牛糞火堆煨芋熟，時時拾得江湖集作收拾懶殘餘。

贈張道士

修廊行盡到山齋，中有高人百念灰。門外不知春出筍，池邊惟見地生苔。内丹久鍊龍長在，大藥將成鶴屢來。想見年年朝玉帝，眉間一點淡黄開。

贈永嘉張相士

青城遊遍蜀中山，歸看公卿飽已諳。桀驁稍能兒德祖，興亡何闕百曹參。諸公富貴紙上語，滿座風雷終日談。我似北人君記取，偶然留滯在東南。

贈術士

一性圓明俱是佛，四方落魄總成江湖集作便為仙。逢人只可少説話，賣卜不須多覓錢。退一步行安樂法，道三箇好喜歡緣。老夫亦欲挑包去，若要相尋在江湖集作逢向酒邊。

夜思中原

中原邈邈路何長，文物衣冠天一方。獨有孤臣流血淚，更無奇傑叫天閶。關河夜月冰霜重，宫殿春風草木荒。猶耿孤忠思報主，插天劍氣夜光芒。

以上《龍洲道人詩集》卷五

劉過六

題鳳凰臺

公子飄然有俊才，此臺翻覺在塵埃。江淮浩渺洲渚没，鳳鳥寂寥鴻雁來。時事不言惟拄笏，書生無用且銜杯。生平自厭胸中窄，萬里霜天一日開。

題池州一覽亭

塵土中無絶妙詞，不能重賦翠微詩。淋漓醉墨楊廷秀，慷慨悲吟杜牧之。岩壑尚多吾足倦，江山信美客歸遲。夕陽鴉點城門閉，堤上鞭垂萬柳絲。

題高遠亭

戍古城荒地勢雄，一亭分半庾樓東。廬山面目今真識，江漢朝宗此會同。司馬宅荒惟苦竹，元規塵遠尚西風。胡塵只隔淮河在，誰為長驅一掃空。

賞心亭江湖集作賞心寺次胡仲方韵

何人將我此來游，白鷺那知客有愁。如子矜持山玉立，似予迂闊水盤洲。塵襟抖擻風雲入，石刻摩挲歲月流。惆悵謫仙鸞馭遠，離離别恨黯灘頭。江湖集作難收

龔山長棲閣

柳徑參差小葉藍，不知世有府潭潭。揚雄宅就巢枝一，去病家寒繞樹三。從臾諸公時爛漫，勸酬終日酒醺酣。出門萬里江邊去，塵滿征衫我甚慚。

南康天開圖畫樓

樓外烟波渺去鴻，樓頭廬阜翠摩空。故知造物鋪張巧，不費丹青點染工。赤壁江山横夜月，輞川庭館卧秋風。衹今滿地無圖畫，盡在西灣杳靄中。

建業酒樓落成預點燈

高樓百尺久摧頹，輪奐重新亦壯哉。徹夜笙歌催臘盡，聒天簫鼓挽春回。都人雜沓揮千鎰，我輩登臨謾一杯。京國繁華欣再覩，老來醉眼更堪開。

洞霄宫

杖藜隨步到瓊宫，滿目幽奇景莫窮。山鎖九層雖極遠，洞庭四庫本作連五處自相通。侵雲天柱籠朝霧，傍水清陰弄晚風。可惜春禽啼曉月，又催行李過江東。

同許從道登瓊翠閣

清潭石洞游俱徧，最後來尋此閣遨。樹木滿林成芘蔭，溪山圜縣恰遇遭。結交有味貧何害，薄酒雖村飲亦豪。明日重陽吾未去，更於何處可登高。

同郭殿帥遊鳳山寺探桃李

廉纖小雨久於梅，喜得晴新江湖集作新晴亦快哉。五色波光麗鵁鶄，十分雲氣近蓬萊。旌旗側畔宫牆轉，戈戟叢中武庫回。走馬看花生怕晚，果然桃李一山開。

雪晴遊惠山

松杉如立密當門，長在山中管送迎。棲石草根留雪在，響階簷溜滴春聲。簿書撥置君能到，碑刻摩挲眼倍明。欲作小詩無好句，只題年月記經行。

遊岸原作窄，據四庫本改，詩中同崿山

倦遊華髮老飄飄，意氣依然在九霄。努力尚能登岸崿，廢詩那可寄參寥。攲斜古寺雲為屋，穩帖溪流石架橋。安得柳間桃李動，丹青吾欲畫生綃。

登白雲絶頂

雨罷新晴怯宿寒，一簾秋色滿闌干。欲窮大地三千界，須上高峰八百盤。累世避人秦婦子，一時驚客漢衣冠。塵寰元有清吟處，便作三山蓬島看。

登清涼臺寺

江南江北許多山，到處登臨得凭欄。老木漸丹霜有信，怒濤衝江湖集作拍岸水生寒。倦遊半世鳥三匝，往事千年指一彈。落日正西催上馬，依依回首問江湖集作望長安。

又借韵小四庫本作山行

杖屨尋詩問所由，一天草木葉知秋。天低雲淡村村好，雨過山深物物幽。斑駁岩頭苔蘚濕，鈎輈樹尾鳥聲柔。眼前不見市朝事，始笑從前利禄謀。

大麓道中

竹輿啞軋曉烟收，蒼玉岩巉萬里秋。路轉羊腸回草徑，溪分燕尾遶沙洲。愛山有癖須還債，覓句無工是

不休。晴得幾時尤更好，桂花蓓蕾作針頭。

登凌雲高處

攝衣更上一層樓，纔到層霄最上頭。方識乾坤真轉轂，好知身世付虚舟。九秋草木嵐烟濕，萬里山川海氣浮。更欲杖藜窮望眼，眼中何處認神州。

過泰和宫

林塘漠漠亂花飛，門掩蒼苔過客稀。蝴蝶與身俱是夢，杜鵑憐我幾時歸。徐行便當籃輿穩，清話何妨羽扇揮。四十九年蘧伯玉，此生畢竟是邪非。

過西興

奔濤洶涌欲騎鯨，船去錢塘棹不停。何日子胥鞭楚墓，傷時周顗泣新亭。蚊虻過耳蠻音惡，蝦蟹薰人海氣腥。吴下阿蒙非昔日，眼高相對有誰青。

遊北墅

客裏浮沈又一年，春風北墅故依然。路邊花有香相引，澗下松無色可憐。仙鶴舞隨人擊筑，神鵶飛傍客歸船。何須故掃霜前葉，却趁東風學曉烟。

吕氏山堂喜雨

凉滿蒲萄磊落枝，倦遊來此亦忘歸。溝渠水活龍蛇動，樹木月明烏鵲飛。欣減黄粱新米價，愁生白苧舊征衣。風流却扇團圞坐，一夜談兵玉麈揮。

雨作妨登山

莫笑林宗折角巾，雨師堅壁助愁城。菰蒲乍冷橫烟淡，鷗鷺驚秋立水輕。山勢欲窮猶有路，溪流似斷又聞聲。好懷聊擬携笻去，政愜農夫荷笠耕。

暑風快處岸烏巾，去去扁舟遠帝城。過眼溪山含霧重，多情草木逗烟輕。琴書正要疎人事，禽鳥蹔然聽履聲。莫恨漏天霖雨惡，雞窗好好筆為耕。

杖屨飄然不整巾，緣何問得梵王城。淡烟翠濕千螺皺，微日烟消一紙輕。隔山鳥語如人語，觸處風聲若水聲。見説一犁今已足，笑歌四庫本作歈蓬首餉夫耕。

掛搭松窗

十年南北走東西，豪氣峥嶸老不衰。快斬妖魔三尺劍，朗吟風月五言詩。山無福地吾焉往，神有靈丹世不知。却恐松窗知此意，一絲掛搭去江湖集作包掛搭更何疑。

鹽官權學

人生百歲等歡悲，已判行藏任所之。筆硯重尋驚夢覺，課程聊復伴兒嬉。荒原傍海多閒趣，閉户觀書有倦時。破帽塵埃今已矣，不妨更借蹇驢騎。

鹽官借沈氏屋

借宅西頭對短檠，一燈相對紙窗横。煨爐火活蹲鴟熟，沸鼎茶香蚯蚓鳴。萬卷讀書空老大，諸生蓋世盡功名。依稀草木還鄉去，便向夜深聞雨聲。

入徽州

白傅庭前正解船，夢中忽已過番川。紅塵冉冉行天上，黄道駸駸近日邊。石洞歙溪俱可硯，山肥徽路總堪田。把茅便欲僑居去，奈此功名未了緣。

寓公坊

秋風漸漸正吹凉，似報歸期未欲忙。尋路竹間深入寺，泊船沙外遠依莊。小槽壓酒珠紅滴，新飯炊粳雪白香。更聽夜來思遠浦，軍聲十萬似錢塘。

六合道中

十年曾記此江湖集作此記來游，有策中原一戰收。蒲柳易凋嫌勢去，金湯無用卒和休。悲風髣髴鳴刁斗，缺月參差照敵樓。廟食封侯何日事，不堪老江湖集作贏馬又滁州。

醉中偶成

小院蒲萄月架東，舞腰忙趁鼓聲雄。詩成綵筆分題後，人在金釵賭令中。秋葉冷吟風浩蕩，晚林烘透日玲瓏。腰間若佩滁州印，定有人呼作醉翁。

無錫道觀

門外紅塵市一廛，買瓜買李興悠然。樹根石透月灑落，殿閣屋多風折旋。賣墨道人勤置酒，能詩老子欲飛仙。髑髏南面蛆蟲輩，鵬鷃逍遥各自天。

招義銘育王見佛照

豪傑書生懶散仙，小菴藏跡得安閒。禪曾勘破諸公去，詩在推敲一字間。夜雨滴殘梧葉老，夕陽行處水花慳。買舟便欲乘風去，孤絶同游海島山。

金陵雪中

風幻寒威夜撲人，曉看雲脚四垂陰。牧羝塞上功名淚，騎馬藍關竄逐心。冷面不春愁菀結，凍鬚如鐵恐蕭森。晝爐醉撥灰為字，不為閒思煖帳金。

對雪效樂天

匣中雷吼一長劍，溪上月明多少舟。無賊可平閒李愬，有人不訪倦王猷。銀杯縞帶從渠便，瑶樹瓊林得自由。衣敝獨嫌灰絮料，簾高想見月垂鈎。

觀白鷺洲風濤

一聲雷鼓挾風威，頃刻衝濤没釣磯。行客駭看銀漢落，陽侯驚起玉山飛。蛟龍便爾争先化，鷗鷺茫然失所依。安得長竿入吾手，翩然東海釣鼇歸。

偕陳調翁龍山買舟待夜潮發

來逢春雨長魚苗，去見秋風擘蟹螯。久矣歸心到鄉國，依然水宿伴漁舠。一天如許皆明月，一客所須惟濁醪。今夜四更潮有信，更須留眼看銀濤。

發　舟

寶氣亭前首問途，清飈日日送籧篨。丹楓無處不愁客，白鷺有情如導吾。青竹閒垂任子釣，紫鱗時掣季鷹魚。烟波渺渺江天晚，水宿又聽溪鳥呼。

舟中偶作

日日拖舟上碧溪，寒灘水淺草離離。尺書雁斷歲行盡，五兩風輕帆去遲。白鷺導吾如有志，四庫本作意丹楓愁客亦何為。關頭要趁梅花約，更著寬程五日期。

舟中

下水南風未覺難，我舟不動穩如山。東西日月尋常事，變化烟雲頃刻間。沙鳥似驚皆退避，林巒如畫亦渾閒。歸期只欲長安近，屈指何時到北關。

霜寒舟中

展轉牛衣冷不禁，著人無奈曉寒侵。由來十月清霜重，況乃荒村白露深。有客分金來橘社，何人塗血染楓林。不堪青女來料理，折盡衰翁一片心。

春日即事

久客無人問所須，小窗翻得逐癡愚。黄昏以後酒三盞，白日之間飯兩盂。穀雨筭茶俱俊美，條風杞菊競甘腴。先賢且謂可行樂，江湖集作闔域可復踐況是平生山澤臞。出門雖是欠陶朱，便使闔門亦可居。物價甚廉常食肉，傭貲極省易鈔書。已安櫟社如無用，若比叢林似有餘。歸與未歸天上事，只消如此看何如。

幽居

對面滄浪可濯纓，不思泛艈出春城。浮沈枌社何人重，俯仰茅簷是事輕。玉蕊連屏寒徙倚，蒲萄上架月縱横。江湖老矣無他願，只欲清陰便得成。

自述江湖集第一首題作垂虹送汪仲冕

扁舟送客出姑蘇，晚泊吴江夜雨餘。波浪稍平風力定，青黄相間橘林疎。匆忙旅江湖集作亭館催行酒，草率杯盤旋買魚。與我壁間書歲江湖集作我欲壁間記年月，無人為作小王書。

精神凋耗鬢毛衰，劫火光中第幾回。無可奈何教老去，有時猛省忽江湖集作却愁來。師崇江湖集作從道學原非僞，客寄蘇州却類獃。明日重陽又佳節，得錢且醉菊花杯。

自慚

一榻留人去便垂，自慚非友亦非師。初無伎倆惟貪酒，遇有工夫或賦詩。曬日棗林紅磊落，響風桐葉碧參差。人家正做鱸魚鱠，老子秋來却自悲。

下第

蕩蕩天門叫不應，起尋歸路嘆南行。新亭未必非周顗，宣室終須召賈生。振海潮聲春洶涌，插天劍氣夜峥嶸。傷心故國三千里，纔是餘杭第一程。

歲晚

手種疎梅已發妍，相從三過客中年。吾生豈得須四庫本作頻如意，隨處何妨且信緣。風月心多時小醉，軒裳夢少且閑眠。萬人海裏能如此，是自在禪并散仙。

以上《龍洲道人詩集》卷六

全宋詩卷二七〇五

劉過七

代上韓開府

位號鈞樞等，元勳閥閱傳。九重新洗日，一柱獨擎天。戰守籌帷外，遷除化筆邊。衣冠圖盛事，不記幾貂蟬。

上周少保

游戲公江湖集作厭三孤了，歸來不愛江湖集作用名。昌黎前進士，司馬老先生。有節花宜晚，無波水江湖集作風浪自平。翳雲遮不得，南極益精明。

早被儒冠誤，依稀老更侵。科名數行淚，岐路一生心。自惜江湖集作哂亡猿木，誰憐躍冶金。使江湖集作已無鐘鼎志，何地可四庫本作不山林。

初伏闕上書得旨還鄉上楊守秘書

郡大廬陵古，分符得秘郎。息争民珥筆，課最米連檣。水隔蓬山遠，風凝畫戟香。少須官事了，歸去玉為堂。

百計歸無策，誰知禍有胎。江河周顗泣，城郭令威來。訪舊鬚俱白，過家心欲摧。故鄉非不好，不是錦衣回。

上范秘監江湖集作苑秘閣

郡大當塗古，分符得少蓬。威如烏府在，令與繡衣同。鈴閣紬書外，花村賣劍中。少需撫摩意，來作玉堂翁。

疇昔經行路，黄山更江湖集作又一過。天涯知己少，歲晚客愁多。路斷車生角，冰堅水不波。使君森畫戟，聞此盍如何。

寄周益公

猥賤詩難化，讙嚚語不齊。長途難短堠，小雨易深泥。逐利如争鹿，傷人類割雞。心雖懷益國，夢亦畏江西。

和大參相公

松深烟鎖逕，月冷水明樓。日漲滄溟窄，山陰古木秋。琴書超物表，氣宇識神遊。突兀東南壯，乾坤第一流。

氣壓三千界，雲横百尺樓。地靈絶興替，木老閲春秋。杖屨逍遥步，琴書汗漫遊。利名空役役，回首愧禪流。

山邃龍蟠屈，江昏蜃吐樓。撞鐘千百指，閲世八千秋。僧笑衣冠累，天容杖屨遊。松梢清影碎，薄月帶沙流。

和子純韵

橋下水如箭，驚奔萬古號。溪毛翻碧帶，石蘚襯銀濤。天外千層秀，雲低數尺高。垂垂興偏惡，蓬鬢為詩搖。

贈劉叔擬招山

不醉何勞飲，無詩底用吟。百年為客老，一念愛鄉心。江湖集作深草路江湖集作露青原淚，烟波白鷺心。江湖集注：廬陵有青原山、白鷺洲。班超歸未得，愁見舊家林。

送楊伯子

天下少奇士，况乎吾一州。逢人問姓字，知子有源流。蘭砌多黄口，蓬山半白頭。誠齋知未可，唤作小坡休。

送金陵胡撫幹仲芳

故家凋喪後，初識澹庵孫。玉樹明庭角，冰澌吐話言。荆州得上幕，楚壤帶中原。我欲附舟去，白魚朱橘繁。

共醉百斛酒，千金一笑傾。寄情桃葉渡，弔古石頭城。戰守籌雄地，更番出戍兵。甕天留不住，圖畧遂西征。

都中留隨州李判官

幸自東南好，西歸未可忙。茶添橄欖味，酒借蛤蜊香。絶品宜春醉，新烹趁日長。倒囊煩厚載，歸遺北人嘗。

江頭送趙教即席同賦

東州二三子，相送黄鶴磯。渭北烟樹合，江南春水肥。波寬魚意足，沙淺鳥痕微。我亦欲東去，斜風雨濕衣。

送許閣二兄歸岳陽

岳鄂舊遊處，重來歲月更。聯翩識吾友，邂逅慰平生。風送故人遠，槐催舉子驚。扁舟更珍重，萬里莫留行。

九日寄陳君舉舍人

白髮江湖暗，青燈几席凉。病身幾千百，佳節又重陽。命也吾何奈，天乎孰可量。元龍樓百尺，猶得慰行藏。

除夜寄盧菊礀 江湖集作申之

見説盧夫子，詩成手自書。雪便金帳煖，雲蔭玉山居。椒葉儲名酒，萍虀薦野蔬。夜寒禔犢鼻，應念馬相如。

寄桐廬程宰

路入嚴州去，桐廬得暫過。盤餐湯餅賤，機杼綺羅多。令尹哦詩治，居民酌酒歌。吏人公事少，門雀可張羅。

寄吴子雲

曾是乘軒客，飄零老更窮。棹船秋葉浦，策杖桂枝叢。往事都如夢，新詩不用工。草廬消得幾，不許卧隆中。

吴尉東閣西亭

襲桂行香徑，朱欄稍轉西。水風颼石冷，雲月墮簷低。棋敗深杯罰，詩豪健筆題。舞忙釵鬢亂，更為捧柔荑。江湖集作誰

石板橋東閣，軒窗如此華。碧虛澄水鑑，紅影侵霜花。似串歌雲駐，如泥醉帽斜。但驚風露冷，飄落怕還家。

湖口宰任伯厚挹清亭

正笑行役倦，登臨心眼開。舒蘄千里見，蜀贛兩江來。老覺樹如此，涼生風快哉。主人方好客，不算酒行盃。

題龔山長棲閣

愛客龔山長，能容日日過。栽培初種竹，愛護乍生荷。堂對青山短，門關白日多。細聽閒議論，不似我狂歌。

題禾川龍飛英疏榮閣

堂扁朱書字，何人可得之。三衙新統帥，六館老宗師。文武無窮意，江山不盡詩。親恩如可報，會有報君時。

題黃文叔燕堂

仕宦不愜意，有家胡不歸。林栖烏反哺，梁語燕于飛。鷗鷺忘之久，貂蟬貴者稀。但存慈母健，日日舞斑衣。

著屋圖書裏，四山樓觀重。蓴添張翰思，橘當李侯封。湖水自平淡，花枝多冶容。興來詩已就，只可酒

千鍾。

西湖次弟潤之韵

舊説西湖好，春來更一遊。林逋山際宅，蘇小水邊樓。行四庫本作竹密柳堤鬧，樹多花影稠。天堂從此去，真箇説杭州。

雨華臺次胡仲芳韵

寒意濕烟草，浮生吹浪花。繞臺皆峻嶺，陳迹一飛霞。子醉辭吐鳳，吾狂字落鴉。兒童應笑客，風飐角巾斜。

酒　樓

夜上青樓去，如迷洞府深。妓歌千調曲，客雜五方音。藕白玲瓏玉，柑黄磊落金。酣歌恣蕭散，無復越中吟。

登曠軒

去春曾與客，携手過橋來。寺陰松極美，塢深桃不開。紅塵萬里去，白首一年回。净洗曠軒眼，雪天閒看梅。

鐵塔寺呈輕老

樹木有古意，軒窗多野情。斷岡城一帶，齊岸草叢生。醉骨風蟬蜕，病身沙鳥輕。惜無東野筆，琢句鬬僧清。

同曹元章遊新安寺

畏暑倦杯酌，修廊散江湖集作信步行。寺深藏古意，蟬老帶秋聲。去就諸緣薄，江湖集作熟窮通一念輕。更尋水清處，江湖集作惜無功德水為我濯塵纓。

遊古山

信步作幽討，有菴如此深。佛燈明老屋，秋日淡疎林。柏樹祖師意，松楸老子心。十年棄墳墓，江湖集作鄉井灑淚一悲吟。

題古山菴

薄醉來遊此，西風吹帽紗。倦鴉叢密樹，涼雨濕秋花。題壁人何在，哦詩句未加。一杯湯餅具，坐到日西斜。

題龍華寺壁

春事梅邊動，荒江信馬行。久窮知遠舉，多瘦怯衣輕。今日龍華寺，昔時黄姥城。廢興吾已解，一醉萬緣清。

題雁汊峰東林寺

雁汊泊船去，岸頭閒訪僧。故人留少駐，俗子見何曾。佛屋擎天柱，心光續命燈。任渠狂到死，吾老慢騰騰。

書高塘庵

庵上木已拱，山前水可陂。峥嶸晦翁字，突兀大參碑。雲葉孤飛白，烏羣反哺慈。傷心前輩盡，問道欲從誰。

聿追菴題壁

路轉羊腸曲，山藏蝸角深。樹多成蔭密，水少亦悲吟。露草重陽淚，風花寒食心。摩挲墓銘看，久立讀江湖集作石碑陰。

元宵偶書

磊落東遊客，磨四庫本作蹉跎但過僧。有懷千不足，自顧百無能。舊日名城酒，他時夢境燈。放歌聲激烈，醉倒睡騰騰。

寓東陽

元帥東陽主，令君吾故人。可憐九華客，猶是一窮民。古者狂狷士，人間自在身。化工都不管，何地有陽春。

不學老無似，艱難却飽諳。遠從陶靖節，來訪杜征南。意到羹蓴適，貧猶食薺甘。惜無廬可卧，尚遶鵲枝三。

泊船吴江縣

草樹連塘岸，人家半橘洲。暖寒尋酒去，覺懶罷詩休。逆境年年夢，勞生處處愁。天涯倦行客，明日又蘇州。

送客剡溪

送客山陰路，春風散馬蹄。縱觀神禹穴，深入子猷溪。嫩草緑於染，珍禽嬌已啼。去程千萬里，步步有雲梯。

闕景初進納長安相值於西采石話及家事因與對酌

未有還家策，故鄉吾太和。龍洲沙石健，快閣水雲多。場屋科名累，江湖歲月磨。茅柴一杯酒，相對奈愁何。

方竹杖

鶴骨風前瘦，龍姿雨後鮮。鋒稜四面峻，節操一生堅。荷蓧行隨適，看山倚最便。從教方有礙，終不效規圓。

挽拙庵楊居士

前輩晨星似，如公抑又希。榆邊遊已倦，菊徑晚方歸。聽雨兄同老，沖天子欲飛。傷心彈指頃，一夢故人非。

尚憶龍蟠國，城西作客時。有山皆載酒，無日不賡詩。風雨交游散，江湖淚眼悲。百年心事在，只有鳳雛知。

挽蘇吏部

奕世徵文獻，逢時仕學優。愛遺邊郡在，官止外郎休。月黑新塋夜，溪橫舊隱秋。從游老賓客，欲替二孤愁。

以上《龍洲道人詩集》卷七

劉過八

上益公十絶爲壽

金烏

金翰振曉近天威，玉宇循瓊晝影遲。曾上大裘頭上看，曖然可愛是冬曦。

玉兔

雪淡星疎月有光，廣寒仙府歲偏長。多應自製延年藥，振古長同桂子香。

寶龜

納錫曾看上九江，又聞詹事奉儲皇。巢成荷上窺仙景，左顧溪中賜印章。

玄鶴

緱山橘井與青田，驅策風雲友列仙。名號横空心萬里，九皐聲動九重天。

壽鹿

年永曾聞葛稚川，玉京何處錦紋鮮。賞花應制嘉賓宴，小雅當為第一篇。

丹桂

少壯東堂奏捷功，浮香仙籍繼家風。年年占得中元景，一顆冰輪照九穹。

影木

枝如華蓋聳瀛洲，永世香風荏苒浮。特有羣仙來弭節，細聽鳴鳳碧枝頭。

古柏

冰條雪葉節高堅，臺憲風生凜凜然。可羨堪為棟梁用，至唐千載尚三千。

佳菊

壽客尤宜在壽鄉，鈿花的皪傲新霜。更歌華壽今歸去，尚有淵明野趣香。

蒼官

東封已受大夫封，又入丁公吉夢中。祇道濟時作舟楫，茯神尤有濟人功。

代吴守與趙侯爲壽

地蟠江漢節巋然，勁氣扶輿幾倍年。白玉丹砂浩無數，夜光隨處見山川。
氣運由來有盛衰，循環久已見天機。黄山雲散無塵滓，上將騰光入紫微。
虎頭燕頷足奇謀，玉帳兵形象水流。此去關河應不遠，上方擬築望英樓。
文偉當年記鄂城，崎嶇蜀道播英聲。何如衣錦枌榆社，卧護元戎十萬兵。
夜上南樓望玉京，將星光底壽星明。不須便即騎黄鶴，且為皇家致太平。

呈徐侍郎兼寄辛幼安

當年今日誤承恩，自倚容華託至尊。門外遊絲難駐目，四庫本作日依然青草暗長門。
猿臂將軍戰不休，當時部曲已封侯。夜深忽夢燕山月，猶幸君王晚更收。

官舍阻雨十日不能出悶成五絶呈徐判部

學弄筆頭兒戲事，風流眼底亦無之。汪孫已往周洪没，本分作家今是誰。

竹隱先生名滿世，自為舉子已詩聲。春風若入五花判，莫遣紫微紅藥驚。

秋霜烈日生前操，流水行雲意外詩。未必中興四君子，於斯二者更兼之。

潦倒傍門羞騎馬，倦遊老欲寄崑山。留將造請囁嚅口，慷慨狂歌泉石間。

世間别有人才在，臺閣招徠恐未多。半老江湖半岩穴，為公一賦草廬歌。

呈辛稼軒

精神此老健于虎，紅頰白鬚雙眼青。未可瓢泉便歸去，要將九鼎重朝廷。

閉門翹足觀山睡，松檜鬱然雲氣高。説夢向人應不信，碧油幢下有旌旄。

書來賜以蘭溪酒，下視潘葑奴僕之。吾老尚能三百盞，一杯水不值吾詩。

卧廬人昔如龍起，鼎足魏吴如等閒。若結梅花為保社，林逋只合住孤山。

書生不願黄金印，十萬提兵去戰場。只欲稼軒一題品，春風侯骨死猶香。

投誠齋

省齋去國艮齋老，不獨宣尼嘆乏才。試數諸公有名者，廬陵那得兩誠齋。

蓬萊東觀是亨衢，經國文章要鉅儒。頓著五花猶不判，却于注易下工夫。

畫戟門邊春晝長，鼎新模範宿淮陽。吏人傒眼報公事，一瓣濃薰班馬香。

智愚上下爾自異，尺寸不差公短長。畢竟昌黎仍舊好，何曾人説段文昌。

綾衾厭入承明直，却把一麾江上來。雲氣隔天迷望眼，不堪花落幾宫槐。
夫子聲名號浙西，作成文士欲何為。達人胸次元無翳，芥子須彌我獨知。
初政寰區望太平，黎民樂業喜更生。裴公用舍無輕重，天下從兹有重輕。

上吴居父

時平無事清吟好，衛霍貪功未足奇。争似一篇人膾炙，四方傳誦卧龍詩。《式古堂書畫彙考》卷一〇注：開府帥襄陽時嘗游隆中，為諸葛孔明賦詩，有翻覆看俱好之句，為世稱誦，故云。
廟堂陶鑄人才盡，流落江淮老病身。尚踏槐花隨舉子，不知鄧禹是何人。

呈王山父

疎烟淡淡樹重重，略得西南有路通。鐘板不鳴山寺静，閉門人在月明中。
辦得茅廬我便歸，玉堂何處有梅枝。歲寒老樹雖荒寂，會有臘殘春到時。

和危府教

先生場屋文之虎，氣懾狐狸自不知。老去莫嫌官尚冷，灞橋風月要新詩。
天上羣仙臺望居，芹宫未是辱泥途。莫邪變化須臾事，一點一鎔金在爐。
行脚諸方履歷深，似禪和子寄叢林。試拈朝報一轉語，以道觀之無損心。

送胡仲方

略無一物將人意，更逐行軒去似飛。賸把清吟供惠遠，聊將遠出當依歸。
鄭公句在貧何恨，劉毅家寒淚一揮。窮達莫言鄉義重，此行畢竟是耶非。

寄沈仲居進三國志

十年鉛槧鬢絲秋，獨抱成書四海遊。三國諸人應夢裏，江湖集作覺一番公案又從頭。

萬死中原百戰江湖集作載争，流芳遺臭各垂名。思量陳壽已饒舌，又費先生一江湖集作幾管城。

寄張東之按：第一首卷九重出，題作西湖，已删重出詩。

見山堂重出詩作西湖湖上山如畫，二十年前曾客來。風絮滿城歸不重出詩作末得，江南老却賀方回。

紫騮借得將軍馬，垂柳西湖第一橋。欲傍酒家做寒食，腐儒何日有狐貂。

柬胡衛道

淮北山南幕府開，江淮誰念有遺才。出門萬里長安道，乞我於潛駁馬來。

結束弓刀鞍馬間，精神矍鑠我猶頑。褒衣博帶休相笑，前帶頭巾金帽環。

過無錫見李元德祭酒

戀樹棲禽暖不飛，不如弓繳有危機。季鷹若悟蓴鱸好，應悔江東不蚤歸。

高門掃日鳴珂里，吹竹彈絲煖響中。寂寞一區如此宅，世間却有兩揚雄。

新變文章學未成，青雲無路致吾身。應逢墊角諸生笑，欲效林宗却整巾。

贈經長老

菜肚老子禪已飽，愛人從臾作詩僧。客來無處著歡喜，一語不曾談葛藤。

題自然足軒

秋光萬斛潑疎簾，瘦玉蕭蕭拂畫簷。鵲尾爐中香篆冷，矮窗袖手對楞嚴。

翠竹無多第一奇，正憂喧聒俗人知。清風自足老僧用，只是窗前無好詩。

有竹蕪生不費鉏，亭亭楚玉影癯癯。風師自是識人意，何用縱横十萬夫。

題東林寺

爾自貪癡不肯閒，江南多少好青山。老夫為不愛官職，買得狂名滿世間。

書越州能仁寺壁六十家集作春日書事第二首

流年轉眼六十家集作光陰卒卒一飛梭，如此頭顱奈老何。狼籍落花春不老，六十家集作管竹雞啼處雨聲多。

書僧舍壁第二首四庫本題作西林庵

緑楊染水濃如畫，天氣欲晴風自和。二月杏花猶未放，一春分外覺寒多。

雪汁融融溪棹回，此山林竹亦佳哉。看殘未了槐岩在，筍蕨肥時又一來。

山末

山末疎紅尾尾霞，晚烟叢薄是人家。移船更喜吹香好，枸橘花開媚淺沙。

以上《龍洲道人詩集》卷八

全宋詩卷二七〇七

劉過九

遊清潭呂資益蟠谷十絶

清潭

一潭清浄水江湖集作水净無泥，潭岸無泥石更奇。江湖集作沙石有磯擬待月明垂釣去，前溪雨足怕龍歸。

蟠谷

透迤路逐驚蛇去，轉盼不知身已高。雪積萬層江湖集作雲木萬重山四合，碧油幢外有旌旄。

飲緑

野花紅白倚岩開，只可江湖集作在臨風自一杯。謹莫放教公子見，恐携窈窕入籠江湖集作山來。

初秋

老子垂垂秋露下，九月空山天氣寒。黄花剩開且勿剪，留得一秋烟雨看。

啜羹

香不求知色正青，青于九畹見飄零。山中若有離騷伴，痛飲吾知勝獨醒。

含暉

濕雲將雨過溪東，石澀灘鳴水勢雄。忽作晚晴秋更好，月來林外透玲瓏。

漱　玉

帝所森嚴寂不喧，九關虎豹守天門。何人奏事含風殿，日晏鳴珂下紫垣。

香　徑

一花帶蕊香氣滿，何況叢生樹兩行。風露益高秋雨足，請君來此擷琳琅。

谷　庵

穹廬架屋石崚嶒，香火西風只一僧。日晚課經猶未了，閉門先點佛前燈。

碧蓮峰

前山崛起青蓮朵，色掃晴空如葉開。若擬空花猶未了，空中安得有峰來。

三登徑山而雨或曰龍王相迎予笑而戲以詩

細雨霏霏洒路塵，龍神有意迓佳賓。世間小節成姑息，盡念熬焦烈骨人。

遊古仙岩

白蘋風裏步清秋，來作靈岩古洞遊。笑倚飛雲訪仙迹，夕陽無語伴人愁。

欲遊閣皁山

仙梯難上塵緣重，俗駕勒回仙有靈。烟靄糢糊雨昏黑，數峰疑在眼中青。

湖　上

五行撩我到錢塘，花底題詩句亦香。莫惜高吟三十韵，敢煩詩伯為平章。

弋陽渡頭

車聲盡日滑黃泥，怕聽空桑叫竹雞。風雨不知春早晚，柳條拖江湖集作搖綠半江低。六十家集作垂，《全芳備祖》後集卷一七句作柳條搖動半江陰

初入平氏書院

雪屋彈琴泛作聲，寂江湖集作四無人語紙窗明。倦遊識破江湖集作彼諸緣妄，心與梅花一處江湖集作樣清。

湖口阻風

冒雪衝霜已十程，狂風乃敢厄吾行。無人説向江神道，莫待明年却世情。

蘄州道中

如箭陰風劈面吹，雪花斜夾雨垂垂。胸中自有平戎策，路入蘄州冷不知。

自宣溪過早禾渡

雨後斜陽未見晴，曉看紅日報窗明。筍輿十里宣溪路，劃地濃雲脚裏行。

梅欲攙春菊送秋，早來江湖集作禾渡口晚烟收。風從灘上催船過，滚起寒沙一併流。

釣　臺

百尺難量大丈夫，問他出處意何如。乾坤已付劉文叔，從此先生歸釣漁。

龔山長栖閣江湖集題作贈宗友

不知此是何人宅，楊柳雖低屋却高。見説以上十六字江湖集作中吴喜遇同宗友，貌宗胷疏志亦高。金玉圖書皆長物，六經之外有離騷。

村　店

林深路轉午雞啼，知有人家住隔溪。一鳥江湖集作塢鬧紅春欲動，酒簾正在杏花西。
溪邊猶江湖集作獨棹酒船回，冷水灣頭雨意開。一路有詩吟不穩，當初悔不共君來。

春日書事

薄雪籠日護初晴，沙岸潮來春水生。間傍柳堤騎馬去，一鞭春色柳風輕。

春　歸

百花開盡到酴醾，一片春心又欲歸。可恨東風留不得，謾教啼鳥怨斜暉。

和送牡丹韵

娉娉嫋嫋洛陽花，合在瑤池阿母家。乞與老人渾不愛，白髯相對㲪烏紗。

萱　草

不盡人間萬古愁，却評四庫本作憑萱草解忘憂。開花若總關憔悴，誰信浮生更白頭。

梅　花

人間不盡春來意，恰則一枝梅更疎。待得和羹幾時在，衹今風月上新除。
香氣惱人休不得，荒林月裏夜相過。花應笑客有底急，客若不來花奈何。
凍雲垂垂雪欲落，雨溼風慳如此寒。分折江湖集作付南枝與君着，老夫自要北枝看。
高門拂日瓊為樹，呼我不來那肯過。不知此花有何好，寒鄉日日用亡何。
寂無人語斷回程，日落未落孤山横。平湖水闊何許去，傍竹邊松自好行。

雪

醉枕醒來夜未央，倦身展轉厭藜床。映窗色皎猶疑月，刮骨寒知不是霜。

喜雨

誰借長鞭策懶龍，黃梅水漲舳艫通。還知君子憂雨（四庫本作時）切，常在桑麻稼穡中。

北方旱氣與兵連，猶恐淮州亦蔓延。數日下田新雨足，不應千里不同天。

聞杜宇

杜宇幾聲烟靄外，相思只在蜀山陰。閒愁不共花飛盡，贏得傷春一片心。

聞鶯

東風扶日上花枝，恰恰幽禽弄暖時。百囀忽驚春夢破，間關石上話相思。

雁

朝隨漢使到天涯，暮與江鷗宿浦沙。歲晚客途營一飽，稻粱多處即為家。

萬重山水萬重雲，歲歲江南客此身。天末西風晚來急，數行飛下一汀蘋。

漁翁

短篷三尺寄烟波，短褐休休歲月過。江海不知戎馬事，酒酣搔首唱漁歌。

聽阮

絳蠟攢花夜氣横，樽前更著許風情。却將江上風濤手，來聽紗窗側（四庫本作摘）阮聲。

閒步

山徑無人鳥篆沙，杖藜閒看摘新茶。錦綳委地筍翻籜，黃玉滿林松帶花。

夢覺

夢回斜日轉花陰，時有黄鸝送好音。高卧草廬人不識，東風啼鳥獨知心。

感舊

羅結同心柳帶青，碧桃香裏記將迎。春風重到憑欄處，腸斷江樓不忍登。

以上《龍洲道人詩集》卷九

劉過一〇

遊郭希吕石洞二十詠

清曠

筍輿咿啞來，路轉此歇脚。長内挾秋下，深意滿萬壑。

深秀

蒼髯萬松宫，窈窕一徑開。請回俗士駕，切莫呵殿來。

書院

力學如力耕，勤惰爾自知。便使書種多，會有歲稔時。

谷口

水流自何許，遠欲窮其源。石梯苔蘚層，微有屐齒痕。

月峽

兩崖限東西，裏有一帶天。老蟾更多事，駕月下潺湲。

桂壑

叢叢萬横枝，羅生雜松篁。不以巖穴幽，歲晚政自香。

小爛柯

遊戲一彈棋，歲月駒隙過。不如兩忘機，石上跏趺坐。

傾月

去去山轉深，樹下益淒冷。時有月烏飛，間碎梧桐影。

闞雲

仙宫已降敕，雅有新遷除。乞為此閣使，雲物屢卷舒。

高碧

小山碧巉巖，直上與天齊。詩成欲磨崖，藤羅費攀躋。

石井

銀床遶周遭，一規寒浸水。試敲拄杖看，恐觸蛟龍起。

壺天

逆溪隨水行，更上紫翠峰。朱欄忽飛閣，映帶烟霞重。

玉珮

借榻卧雲屋，欹枕仔細聽。誤疑鳴珂聲，不知水泠泠。

飛雪

山前大飛雪，路有何處入。蒙茸亦花飛，冷濺征衣濕。

笙鶴

木末俯清軒，獨立久延佇。何人騎鶴來，髣髴吹笙侶。

韜玉

至寶不自獻，韜藏亦英華。餘香被草木，秀擢幽岩花。

倚劍

石壁自磨礲，三嘆用不久。如去到人間，為儂洗塵垢。

藥圃

古文不可賣，未覺賣藥非。侵晨荷鋤往，暮得芝朮歸。

玉泉

石礫沙沃盡，悠悠潭影斜。塵襟不忍濯，為惜無玷瑕。

石橋 此首原缺，據《石洞貽芳集》卷一補

隔山聞禽聲，欲往道路隔。顧瞻此橋上，白雲出迎客。

以上《龍洲道人詩集》卷一〇

題京口多景樓

壯觀東南二百州，景于多處却多愁。江流千古英雄淚，山掩諸公富貴羞。北府只今唯有酒，中原在望莫登樓。西風戰艦成何事，只送年年使客舟。

宋羅大經《鶴林玉露》卷五

賦羊腰腎羹

拔毫已付管城子，爛胃曾封關内侯。死後不知身外物，也隨樽俎伴風流。

挽張魏公

背水未成韓信陣，明星已隕武侯軍。平生一點不平氣，化作祝融峰上雲。　以上元蔣子正《山房隨筆》卷一

再游儀真呈張使君

江淮冠蓋閙如林，求一己知何處尋。風月欲談嫌許事，山川不險似人心。使君德量如天遠，舉子科名自陸沉。秋氣未悲先淚下，黄花雖好不曾簪。

寄如皋葉尉

借馬石莊去，天寒曉出門。亂崗行兔窟，數點入鴉村。欲醉酒力薄，如迷海氣昏。客游無限事，端的向誰言。　以上清卞永譽《式古堂書畫彙考》卷一〇　按：原題作《蘇叔黨（過）試後四詩帖》，其中《金陵上吴開府》七絶二首見《龍洲道人詩集》卷八《上吴居父》。蘇過無累舉不第事，且時代不合，《斜川集》中亦不見此四詩，明為手迹因僅署過字而誤作蘇過，今定為劉過作。

遊靈巖

風露凄然八月秋，瘦藤扶我到山頭。僧居突兀飛鴻上，人跡依稀任鹿遊。舊事已空流水在，閑情都付落花休。越王未是真嘗膽，計出嬋娟事可羞。

王農丞舟中

危檣高占飛鴉字，京淮兩路傳宣使。面如玉盤腰有金，見説京淮已無事。儒生性命何足憐，十年厭聞犬羊膻。一朝悔禍亦不惡，且願四海皆安眠。

寄王巽伯

朋從紛如雲，愈覺居索甚。肺肝百憂集，五夜不安枕。長恐鐵石心，化作萋其錦。日暮懷佳人，霜風悄

寒凛。以上汲古閣宋群賢六十家集本《龍洲集》

贈鄉人曹倅待聘爲通州静海宰及施博士

茅葦連天昨已非，二年重到最堪悲。芹宫尚有肩吾在，花縣猶存子建知。躑躅南飛三繞樹，淒凉北望四愁詩。東風若不均披拂，薦福仍然又斷碑。蕭作梅刊《龍洲集》卷七

代歐陽丞上韓平章

當年歐富與韓范，戮力同心佐漢庭。今日故家渾似舊，醉翁之後獨雕零。玉立堂堂社稷臣，人言忠獻是前身。三生畫錦堂前夢，莫忘當年作記人。同上書卷一〇

謁蘇州守

十年狂蕩客征途，時為文章未剖符。引臂欲攀天上月，回身却礙日中烏。窮愁自是真男子，慷慨須投大丈夫。聞道使魚鰲海闊，特將香餌釣姑蘇。

題叠浪軒

僧房矮占一窗幽，不見當年叠浪浮。湖已為田知幻化，律更以教示精修。白蓮何日還同社，頑石無時不點頭。可惜能詩張孟輩，却無一字此間留。以上蟫隱廬叢書本《龍洲詞·龍洲佚詩》

（于世明整理　戴螢助校）

吴英父

吕英父，東陽（今屬浙江）人。與劉過有倡酬。事見《龍洲集》卷五、一五。

思劉改之據《永樂大典》引詩擬題

襄陽劉子謫仙儔，揮斥塵寰却寓遊。醉眼芒羊天地窄，吟魂淒蕩鬼神愁。生來不帶封侯骨，老去徒深活國謀。旦暮風塵起河朔，未容埋没委山丘。宋劉過《龍洲集》卷一

（崔統華整理）

全宋詩卷三一七〇九

敖陶孫一

敖陶孫（一一五四——一二二七），字器之，號臞庵、臞翁，長樂（今屬福建）人。孝宗淳熙七年（一一八〇）鄉薦第一，省試下第，客居崑山。後在太學時因作詩悼趙汝愚，忤韓侂胄。寧宗慶元五年（一一九九）進士。歷海門主簿，漳州教授，廣東轉運司主管文字，平海軍節度判官兼南外宗正簿。理宗即位，奉祠歸鄉。寶慶三年卒，年七十四。事見《後村先生大全集》卷一四八《臞庵敖先生墓誌銘》。陶孫以詩名于時，有《臞翁詩集》，已佚。遺詩見收于《江湖集》、《江湖後集》。

敖陶孫詩，第一、二卷以汲古閣影鈔《南宋六十家小集》所收《臞翁詩集》爲底本，校以讀畫齋刊《南宋群賢小集》本（簡稱群賢集）、影印文淵閣《四庫全書·兩宋名賢小集》本（簡稱名賢集）。第三、四卷以四庫館臣從《永樂大典》輯成之《江湖後集》中所收詩爲底本。新輯集外詩編爲第五卷。

以入定大士太乙真人像送莞晦叔

真人與大士，蘭菊而異芳。坐卧得定力，銅眼鐵脊梁。是中有佳趣，山海俱茫茫。或時現神妙，塵蹟生怪光。云何得此本，有僧吴下狂。飲酒不計斗，褚無一絲藏。興來高閉門，落筆如追亡。走送臞庵室，洗心一鑪香。盤陀旃林閣，枕藉玉井凉。蒙頭帔衲古，遮眼經論長。不知幾陵谷，睡穩坐不僵。君家定吉夢，二十相迎將。辟除寒具油，静展垂中堂。會當同一龕，寒泉薦空觴。夜窗摇茶煙，駝褐依繩牀。楊枝灑寥闃，藜杖輝森芒。與君六根静，讀書到虞唐。

寄福清翅山舅陳夢寔

路岐引人不作長，野梅官柳禪風光。看山看水入詩眼，歲月不覺鬚眉蒼。請從丈人開肺腸，身非石人忘故鄉。五年江湖枕書睡，夢隨南雲落翁堂。亦知行坐歌白頭，池南隱几浴凫雙。鰥孤肯復有羈旅，石塘破寺魂悲凉。毛錐不補萬事裂，存者各在天一方。善和里第知幾易，遼東城郭空相望。平生何用酷似舅，政似嫫母顰施嫱。兒時拊頭祝文章，衹今未入崔蔡行。三年一書願見貫，骨肉滿縣愁難當。屋頭荼蘼定過牆，滿窗日色文書香。眼前欠甥頗念否，我亦口挂蠓山旁。煩將歸意作泉下，小待錦衣漫俗妝。

送林伯農還鹿角山

今我不樂遊四方，夙昔已具浮海航。十年點化鷗心性，一生正坐虎文章。海山未必盡佳處，往與蜑子收漁梁。夢中了了説吴楚，山川如掌今羊腸。讀書南隣索檳榔，原頭汙邪豚酒香。何時攝衣上公堂，蛤蜊含漿魚尾黄，客從南來勤寄將。

洗竹簡諸公同賦

舍東脩竹密如櫛，一日洗浄清風來。脱巾解帶坐寒碧，置觴露飲始此迴。平林遠靄開圖畫，西望羣山如過馬。詩翁意落帆影外，孤村結廬對瀟灑。百年奇事笑談成，向來無此蒼龍聲。閑身一笑直錢萬，剜粉劖青留姓名。

用韻謝竹主人陳元仰

熱中褦襶原作襶褦，據名賢集乙令我汗，日暮佳人期不來。陳郎揖人不下榻，青山白雲喚得迴。手開十畝蕭郎畫，箇裏何妨繫吾馬。食單得凉清可啜，毳褐分陰翠如灑。摇金戛玉真天成，夢搗風前茶臼聲。一川窈窕荷萬柄，野翁得此甘辭原作亂，據群賢集、名賢集改名。

竹間新闢一地可坐十客用前韻刻竹上

竹君得姓起何代，渭川鼻祖兹雲來。主人好事富千埒，日報平安知幾迴。平生好山仍好畫，意匠經營學盤馬。別裁斗地規摩圍，自汲清池行播灑。一杯壽君三徑成，請君静聽風來聲。醉眠煮得石根爛，以次平章身與名。

謝葉司理徐知縣見貽之什二公乞入社

書生自是鑽簡蠹，浄業還從竹背來。新詩細字行茂密，驚蛇起草盤蛟迴。是身政欠虎頭畫，望山氣如還櫪馬。脩然君子六千人，不受湘靈清淚灑。竹林定交業已成，北窗讀書吾伊聲。金魚玉帶不汝却，社中未厭山王名。

一日復一日

一日復一日，來如赴海波。今晨我無糧，未卜晡夕過。辛苦幸一飽，知復有明何。平生實愚闇，慮淺憂則多。雀鼠偷太倉，田野蜚螟蛾。至尊尚旰食，邊防望投戈。我欲瀝血訴，官府多譴呵。進退羝觸藩，屈鬱鵬在羅。壯心一不遂，六龍奄蹉跎。所以憂世人，散髮歸巖阿。長生儻可學，吾其駐羲娥。

放船

柳邊放船試南風，揚溪荷花能艷紅。一川雲錦步不盡，我舟正在繁香中。午天無雲青脈脈，枕舷哀歌醉脱幘。更將緑葉穿碧筒，欲臣屈巵奴太白。風前一笑玉麈横，蜻蜓側翅潛魚驚。騎馬貴人多内熱，此歡勿語長安城。須臾客醉船亦醉，信流一抹西村外。翁媪負牆樵牧奔，拾薪供茶初不記。還家鼻息撼四鄰，閬風接夢疑非真。清遊何時記三人，臞庵與弟拙鄉陳。

次韻謝李秘校 常州無錫詩人

大雅熄自鄶，續絃久無人。中間翰墨場，名字俱已堙。江山亦何助，東海真揚塵。我笑李夫子，缾無半合陳。人書兩俱亡，何用語逼真。作詩來起予，欲卜二仲鄰。依然送鴻目，衮衮天機新。莫欺鬢眉蒼，持護應有神。狗鬚侯舞陽，羝角相平津。皇天信平分，萬物各得春。但願閲世心，孤特凛筩筠。日者鶴飛書，江漢起隱淪。三物論鄉國，六藝程成均。秋風入帝閑，錯落騅駓驎。君曾讀詔否，却枕方欠伸。勿驚作詩面，酒纈吹微鱗。唾手洗衰陋，一返姚姒純。稽古不無力，政復昌其身。它時玉堂夢，與問三生因。盟我良不難，欲託孫子親。贄君以黄耳，附書莫辭頻。再拜賦斷章，水石俱磷磷。自注：此韻字義見《詩》晉《揚之水》箋。

次韻馮孔武雪中簡聞人簿乞炭

君不見朱門煌煌多近臣，豹胎煮蘼蠟為薪。庭中盛設潑寒戲，炙手欲近還嗔人。誰知曝背茆簷下，欲獻要是山林真。兒童抑搔皮肉軟，日輪過中方欠伸。懸鶉結駟兩相笑，百年俱成一窖塵。先生自是冷官樣，要看入火紅麒麟。撚鬚自原作目，據群賢集、名賢集改作詠雪句，秘思蚤與相如親。蒲團原作圍，據群賢集、名賢集改擁裘結僧坐，別有絺綌君南鄰。願迴六龍照后土，施與萬國無邊春。屑瓊鏤玉入肺腑，拍手一笑未吾貧。

乞炭於馮孔武再用前韵

君不見元光河決愁從臣，天子有詔皆負薪。當時實炭知幾畚，下與魚鼈爭生人。孰知木黔善制水，火出木盡全其真。一朝入火縱粉骨，曲身得煖龍蛇伸。成虧等作萬世計，肯與胡僧推劫塵。我欲詠諸與作傳，上繼毛穎追獲麟。日燒崑崙十挺指，惜哉黔也非吾親。窮朝破竈鬱煙燼，青唇黑腕羞比鄰。誰能輿致送煖熱，坐使有脚歌陽春。將軍羔酒空作夢，十年未有今年貧。

思古人

思古人，思古人，古人皦皦若日月。我欲剖棺斲出古人心，惟見蒼苔漫白骨。請陳古人心，君勿駭客言。古人惟一真，可使風俗皆還淳。殺雞不及林宗，炊黍不候龐公。雪中安道興適盡，坐上公榮樽已空。呼酒徑勸君，欲眠即遣客。嵇康巨源不為絶，戴崇彭宣本相得。徐庶失老母，密如玄德不能奪之臣。嚴陵薄宦原作官，據群賢集、名賢集改情，狎如文叔不能止之客。包胥伍員不失其為友，羊祜陸抗不害其為敵。我有蒸壺，安事隱語。我但食韭，安用多種。割肉元知方朔真，拏金豈即劉叉勇。古人心事有如此，何至顔色相媚奉。道衰舛仁義，世亂生姦雄。君知臧否不掛口，正慮匕首揕其胸。我生恐無用，我死知無聞。作書預與兒輩訣，葬時定覓要離墳。

贈墨工陳伯升

古墨法變今百年，雪齋乃能幻神藥。杜乂膚清衛玠神，眼明再見老陳作。墨如人意隨短長，用之不盡渠解笑。須君筆端馭龍蛇，他日始信入木妙。

僕以紹熙壬子中夏二十有五日始躋風篁討龍井遂至廣福謁三賢像閱舊碑追

觀一代風流爲賦此詩適月林依公留設茗併因書以遺之他日能爲我揭詩板於壁間使示來者亦山中之一助也 龍井寺有辯才師、趙清獻、蘇文忠塑像

奇石爛横道，兹山信多姿。江湖釃兩股，一泓乃孤危。相傳龍所家，或恐神護持。腥風轉霆霹，陰崖立淋漓。惜無緯蕭勇，探此抱寶癡。山僧作屋意，慘澹生幽思。胡為金繆影，顛倒眩原作胘，據群賢集、名賢集改俗兒。坐來百念失，蒼官導前馳。招提果深登，屐痕怳前期。咄哉少肉山，著此高顴師。端能致遨頭，絶唱相娛嬉。過溪亦何事，相送了不疑。渠能縛禪律，因來數鬚眉。我愛秦郎記，字壓頭陀碑。月林只夜夜，人物自一時。賢愚盡蟻封，來者吾得知。

佳人珮明月贈俞德章

佳人珮明月，笑語含春姿。手握幽蘭叢，照影清漢湄。少年冶遊子，行樂方及時。折苕戲相贈，玉色頩自持。歸來種白璧，日漚文錦絲。加幣欲聘君，常恐歲月遲。終然不可諧，翕欻聽所之。願言遺薌澤，遠慰千里思。

六月内喜雨詩 時寓崑山縣東禪寺西齋

炎天亦靳雨，特地費雷將。隱隱來何久，飛飛勢稍颺。初從霑塊潤，忽作建瓴忙。穲子抛書出，臞禪解縛狂。苗滋應秀穎，風過忽温凉。蛛網掀三面，蟲書漫數行。衾群賢集作倉箱開歲事，恩澤到詩章。怨暑移今昨，煩痾覺在亡。青蓮開紺宇，白苧舞彫牆。隻影還晡暮，驚心重渺茫。思惟大火聚，迴向六時香。脱略時流輩，周旋古佛場。身纔丈六足，舌乃大千長。此理憑誰詰，何方更舉揚。鼠愁燈崛崒，鵶睨鐵琅璫。生理何聊賴，斯文重激昂。盛時追少壯，故步失尋常。政爾蓬心蔓，依然貝葉光。

再次徐先輩二首

淺聞徼闕漏，小學到凡將。始制初龍遁，流風漸鳥颺。汔今緗帙富，益我手抄忙。半世真書癖，衰年忽酒狂。壯懷邀汗漫，奇服問龐凉。身許羲黄上，名卑崔蔡行。知心展幾量，闕計木千章。湖海堪流滯，陳劉略喪亡。每思辭北闕，直欲老東牆。度嶺官憔悴，藏山計杳茫。尚方何日舄，侍女幾時香。歛板予行役，懷鉛子舉場。翅垂雖一眚，腹果自三長。孰使多為累，還成少不揚。忽驚投暗璧，曾是獻明璫。閱世肱三折，論文首一昂。結歡慚季札，抗對敢元常。它日聯詩社，前羞李杜光。

身是韓康伯，名慚許子將。居然屯澤閉，何得巽風颺。憶昔求詩甚，端成刻燭忙。出喉真自苦，舞手或成狂。楊柳偏歌雨，蒲萄肯博凉。羣兒哀齒舊，諸武讓顏行。禹穴魚龍陳，天門虎豹章。陰符空獨佩，秘論未應亡。自纂揚雄宅，誰窺宋玉牆。鄉英殊磊磊，俗物自茫茫。祓厲三精劍，寧神百藴香。諾交那復社，取醉莫論場。高節看徐穉，妍詞伏仲長。泥蟠雖汩汰，鞲掣會飛揚。列屋多齊趙，華榱原作攘，據羣賢集、名賢集改閒璧璫。從渠誇富艷，試與校低昂。丘壑徒三尺，公才可百常。素交風雨盡，雪涕魯靈光。

畢叔兹可掃園賞牡丹

衣冠塞繁都，茂苑非夙昔。雙鋪俯行渠，文簡相公宅。是家固多賢，滿篋載春秋。中有數畝園，頗復修風流。新亭著高穩，佳木行清幽。客來必置醴，井蛙挾其輈。張燈看洛花，意作長門愁。小却得一欣，凍壁纏蛟虬。先朝補天手，翰墨皆其遊。再拜閱帝書，局促虞褚歐。平生實好奇，兩武布九州。怳然駕閬風，坐我曲池頭。竹間是茶煙，松風助颼颼。梅食亦登盤，按行感良儔。櫪馬喧午枕，土毛擷晨羞。似聞屋東偏，萬指食鋤耰。行當賣書籍，買鄰託羊求。與公行灌園，第一營瓜疇。

四月二十三日始設酒禁試東坡羹一杯其味甚真覺麴蘖中殊無寸功也食已得三詩

今日忽感悟，閉門謝麴生。未危却二孺，不戰仇三彭。掊（群賢集作棓）擊北海樽，嚌量東坡羹。尚恨薄滋味，未能免虧成。我欲嚥元和，默坐朝上京。坐等梨棗熟，小試昇天行。

評詩要平淡，此語吾不然。大千自有舌，何用長短篇。謂是天送句，端正落我前。旋聞口吻鳴，頗益心腸煎。少陵躭句佳，欲以一死捐。是中有真意，靖節差獨賢。

去夏苦多雨，勢若無炎官。今晨迫重午，香黍仍膠（自注：去聲。）粲。天機杳難測，人言亦多端。祇今原田上，立苗未妨寒。但願含穎時，借日開迷漫。蟪蛄爾何知，呴呴啼夜闌。

以上《臞翁詩集》卷一

敖陶孫二

改周晋仙贈丁相士之什

張顛許我以神仙，薛顛謂予可英傑。丁生謂二俱無成，世間那得此奇崛。麒麟閣上森貂蟬，龍虎鼎内飛大丹。腰錢跨鶴誰不願，只有圯下先吾鞭。何如吴松江上住，門横釣車屋農具。卧看蒼虬擾白雲，正午堂堂拔江去。

奉寄旌德尉劉中之

諸劉兄弟賢，一一無可選。竹林鋭頭郎，風味吾小阮。平生天機深，善閉得内楗。邇來卿何曹，不辦折腰本。稍傳詩語柬，朝日照蘭畹。伊余戰紛華，心旆凡幾偃。劃逢君家語，隽永初一臠。識遺飽新得，友勝悟夙捐。緬懷歌商地，蕭瑟松磵遠。陰陰蕪菁花，碧蝶相與晚。是中着高士，物意自偃蹇。向來白衣宰，雲壑論補衮。優游濟艱難，如以禹代鯀。劉郎秀眉宇，秋隼立高巘。端能謝師匠，萬卷自鉏墾。時須閲世諦，一及城門鍵。功名頭上簪，日月風中幰。何時會吴下，春動長洲苑。

送王郎洽

車輪何由方，草色欲無路。晴川媚雙燕，及此送將去。若人天機深，奇服雅自與。色温無可鉏，名賢集作飾語妙時一吐。相逢大江上，為我浣塵土。後期豈前料，已作千歲語。告歸何草草，雙水深霧雨。稍聞父老舊，門户要渠補。祇愁模楷地，與世作誇詡。寧當去樓梯，閉置吾叔度。翼翼吴齊門，大江流日夜。别君雖咫尺，即是風牛馬。君才何如我，我拙猶肯借。淮人買繡絲，布洲市如赭。張皇十日飲，著公喬松下。畫工亦豈學，愛玩此粲者。人情勿苦拒，輿馬幸整暇。向來三宿戀，取别萬里駕。想當雙玉瓶，酣歌淚盈把。縹緲鴻鵠去，吾甘老原野。

次韻張長公寵賜初度致禱之語

何人著書補獲麟，竹汗未乾頭已星。天上風流張公子，散髮滄浪歌獨醒。威名徧滿淮草木，肯借妙語春冥靈。臞翁之腹無三千，平生貯書纔一丁。泥塗斷道學龜曳，雲天潑眼慚鸞停。亦知封侯下曹掾，原作椽，據群賢集、名賢集改寧與阿堵高寧馨。夢從諸兒坐家塾，十年燈火寒青熒。分無黄色明天庭，獨倚一片藏無形。虞翻骨相當自程，曲江風度乃不名。

上閩帥范石湖五首

人物于今正眇然，欲從江表訪先賢。邇來耆舊無新語，誰使文章漫兩川。利器蚤能誇穎脱，偏師聊復制中權。騷人有幾登青竹，耐可同時欠執鞭。

今代論文更是非，賞音誰復得牙夔。直從長慶成編日，便到先生晚歲詩。萬馬蕭蕭閑律令，孤峰隱隱出旌旗。了知長短三千首，收拾餘師即我師。

丁年口伐真奇事，一代詩鳴不救貧。大手欲推浯水頌，羣酋曾折石湖巾。乃今謝傅還初志，其奈王陽是故人。獨有吾閩欠公句，詔書果起釣磻濱。

此行閩嶠吾能數，行盡天南未了青。莫倚看山韜墨本，要須入界挾圖經。西湖楊柳雲生鏡，東阜離支錦作屏。欲託翁冰烏石篆，請公作屋與新銘。蚤知吴下多奇士，身許先生嫡子行。他日略容追李杜，斯文何敢望班揚。向來流水孤三奏，此去飛霞乞一翔。牛鐸調宫吾豈敢，嘘濡萬一借聲光。

代人壽度支郎中李嘉言

李下老人龍作儔，談經閲世無春秋。一朝函谷占紫氣，萬里西極行青牛。青蓮居士亦其裔，太白淪精來謁帝。江東狂客漏神機，一號謫仙人得制。天人驚世時一班，文采風流有遠孫。百篇斗酒真細事，郡有德政朝功言。晉陵坐嘯列城祖，一札細書風九土。為郎不用漢山錢，度支事繁通會府。向來供億寬艱虞，祇今笏畫通材須。裕農足國端有道，判花視草皆夷途。金魚玉帶公所有，太夫人高松柏壽。綵衣板輿堪作圖，贔屭閬州陳母後。人間盛事省見稀，王母一笑擲桃兒。花明柳暗白日静，鶯穿燕颺青春遲。請君酌此西湖水，萬歲千秋佐天子。清明寒食數日間，謹勿抛擲為佳耳。

登蘇臺用袁憲韵贈兩趙提幹汝積、幼聞

勝賞多從暇日違，眼中朋友欲星稀。退休不復思三顧，能賦猶堪廣七依。遊鹿臺前空逝水，棲烏曲裏只斜暉。書生懷古真癡絶，看盡閑雲入棟飛。

次韵萍鄉文叔章訪别

力田望逢年，倚市勝刺繡。十年丘里語，失火要自救。君行半天下，何處得耆舊。請從老龐説，龍風相赴湊。全家隱鹿門，遺安不求富。常時拜牀下，大鐘盡徐扣。男兒惟一身，用在百歲後。譬如營屋室，宗廟先庫廄。不聞買山隱，而有居巷陋。君看鍾鼎家，粱肉或墨瘦。寧為賣文活，一經老學究。出身即

九折，時命迺大繆。向來尸裹革，口語困逗留。居然齒編貝，月粟供賃僦。何知山澗底，鹿豕對飯糗。文章忌隨人，謹勿誇客右。書林無淺植，筆耒有深耨。紛紛青紫㙺，後進渠領袖。結交兩任昉，設客一陰就。卑官慚處贈，俚語致公壽。

高郵因師蒲萄蘆鴈秋瓜三種

漢家士馬知多少，晚得蒲萄繞院栽。何物支郎能伎倆，龍鬚馬乳應時來。自注：蒲桃。

莫話淒涼塞北秋，銜蘆避弋使人愁。與君細展江南畫，水宿沙眠得自由。自注：蘆鴈。

子母鉤牽曉露溥，行人暍暑慰艱難。青門種色今餘箇，莫作黄臺秋盡看。自注：秋瓜。

用香字遺李恭叔

我無令君三日香，瘦鶴為軀龜作腸。薄寒中人曳兩縰，獨吟猗那遺我將。憶從兩脚萬里回，政坐羣兒相謗傷。朅來一見老柱史，城郭落落巋靈光。安得與君壽六龍，探借千歲北斗漿。却乘斑虬訪月窟，盡斫惡樹無留藏。天風泠泠吹佩環，洞視碧落豁四旁。下方應奉正三入，閑置可憐青瑣窗。

再用晨吐字韵寄潘德久

舍人賓日姿，起居庭燎晨。豈惟瑞朝廷，薦紳目多聞。就如田甲謿，死灰果不然。那知碩果剥，中有一念仁。稽古得微酬，榼具峩進賢。琴為悲風彈，茶必活水煎。平生轉庵詩，小當壽千年。忽聞朔方騷，更欲腰黄間。向來撲朔豪，日者今華顛。

下客時覘君，車茵陽醉吐。萬事君不理，傳聲拒開户。雖然臭味合，更覺心貌古。書讎嶧山棗，羹臛首陽苦。坐令府西門，平輿自注：平。説二許。君當我輿臺，銀艾心已灰。尚有西山緣，共待石髓開。神仙覺易與，詩句端難裁。却後五百年，化鶴吾獨來。

酬答李學長 海門縣學有三忠堂：陳了翁、任伯雨、龔夬。兩簷廨負牆甚邇

夫子焉不學，高朕羅三賢。橫前一片石，教外皆別傳。三虎誰最怒，未覺相後先。渠伊囊中方，貴在後者鞭。我家一佛堂，盎背知廟堧。憶昨祠上丁，蕡燭初欲然。諸生氣清明，人如出雩泉。洗爵俯象鼻，掩豆高豚肩。朱弦張文王，繁聲斥師延。此時識方履，綦滿青苔錢。李公獨鳳儀，衆中得何堅。惜無補天手，轉之上細氈。朝來食盤中，穉蕨初數拳。蒼蒼本難測，何由蹟真筌。自我得此士，可以一當千。如聞縫掖姿，欲重世所捐。春容吐握詩，法用春秋全。酬贈無玉案，三復緇衣篇。

大風懷林伯農

江湖易高風，六月寒痒痒。中宵會急雨，凉意到衾枕。顛披蒲葦亂，抑壓烏鳶噤。禾頭欲生耳，樹背各流瀋。不謂晡原作脯，據群賢集、名賢集改來霞，橫拖半天錦。初疑鴉翻晴，旋覺虹投飲。晦明信難料，暘霽吾誰諗。所思隔江水，筆力望徐沈。十年一葛衣，肘見尚整衽。想當風雨夕，憂國願歲稔。凄凉新豐邸，避濕幾違寢。何由語連牀，共破秋氣凜。

醉歌贈鄒孝忠

老鄒草檄如吹律，能令陰谷回陽春。手提赤心獻天子，布衫麻鞋驚市人。戈船上噓五里霧，詔發內府捐金銀。進賢冠者不好武，歸來結屋看濤雲。却回孤憤與江浪，氣壓千人萬人將。或時飲就夷門屠，亦有撾摻漁陽唱。埋名袖手君得辭，行宮今在江之湄。高帝遊魂正思沛，太王有道聊居岐。一杯屬君當起舞，能令公喜令公怒。捽摩青山鬬兩虎，攪攪中流鵝鸛語。平生未受噲等伍，圖中褒鄂爾如許。六十小

劫胡運去，老上單于公手取。

次韻張宰牡丹

羯鼓匆罷弄，吾琴無成虧。潘桃既無賴，陶柳自不持。造物有鑪錘，攬之杜拾遺。卷簾出傾城，一笑不用帷。輪心巧當面，珍重來如期。人為曲江秀，花自潛溪移。美人欲晞紅，鏡中醜東施。如聞姚魏風，紅紫合折枝。常恐硏光帽，半倒金屈巵。作詩苦留春，出吻竟不奇。但當閲幽閒，屬賦歌載馳。慇懃禪靈錦，丈尺餘丘遲。公杯當再行，雉邊多小兒。

上鄭參政四十韻 乙亥

吾閩天下選，人傑聖時蕃。佐戴高前諜，承家裕後昆。海門當劍立，洋嶼焱鵬騫。氣色來迴互，耆明有討論。蟠胸三萬卷，落筆五千言。地芥垂頭拾，天瓢信手翻。餘陰潤桑梓，賸馥到蘭蓀。白日騏驎坂，青春桃李園。揚訾方澤國，插羽已天閽。伊昔昌能諫，于今弘獨尊。夙驚山有虎，已驗鹿隨幡。帶草書籤麗，金華講舌温。履聲仍獨上，驛置愈争奔。有客迷途甚，勞公倒屣煩。請先陳失馬，次第説投猿。漳水頭堪白，融峰淚幾吞。嵌崟辭故里，觚角見脩門。到遞吴蠶宿，留交楚鴈番。忽通狂客刺，俄返獨縲魂。望祿蒲生節，隨人柳折圈。天高難發口，地縮會移跟。一昨哄堂暇，深知納牖恩。印刓聊小靳，緼束更能存。日者叨堂貼，時哉會氣元。敢言矜驟褒，復自妒嬋媛。末學應須授，羣經剩欲繙。恐因鱣發發，復作兔爰爰。光範寬無閾，階符紫有垣。極知專造化，稍許展寒暄。國論圖南紀，邊防議北轅。未將螽火畀，忍使彗旗燔。天步曾留蹋，皇心重改幡。房奩非久祕，藥籠會深掀。豆棧能忘秣，樗材儻入掄。略容偷廩稍，重議洗乾坤。舉邑多猘犬，深心寓祝豘。老身難矍鑠，疾眼久眵昏。合浦珠無脛，豐城劍有痕。事多慚蹇叔，議敢及臧孫。餘日知安在，南村定北村。

體齋詩爲梁谿馮季求作

口腹不自主，來吟體齋詩。三肅齋中人，問體安措辭。體卑語近拘，體高語近欺。耳目口鼻形，人各師其師。要之天地間，當以一理推。馮侯好兄弟，一一清廟姿。是家好談道，脱略毛與皮。一堂春愔愔，詩禮相娛嬉。但媿遠客塵，涴子連理枝。雖然參自訣，要知不磷緇。我車得國工，分路有險夷。君知魯叟聖，妙在物不遺。當其作春秋，一字如權錘。越境惜趙盾，斷謂此語非。俗儒無已心，望道如隔紕。閉門畫圓方，用世多參差。原作羞，據群賢集、名賢集改千載堪一哈，汝足未及巇。馮郎顧我笑，坐久鑪煙遲。黃花粲牆東，青山轉牆西。吾言亦已費，須君浮一巵。

予客崑山得薦嚴長老時道人散朗閒遠不交人事心甚敬之今來海上復得悟公老成疏練能言吴中山水人物甚詳東軒種竹如雲不問其人可知也一日忽起故山之想予語悟野田荒草在處愁人心目安能復作溈山之牛乎因作一詩言君子出處之大致以告不知者

平生庾公塵，可涴通州泥。朅來海門上，日瘦氣慘淒。春風有相導，佚我以闉闍。前身定聞法，夢作三生猊。悟公癡鈍禪，迎客忽虎溪。招要得半席，紙帳春繒綈。東軒養蒼雲，大似開昔迷。計程南山北，托宿東院西。絶憐維摩牀，而置法喜妻。是身於虛空，了不礙角圭。四大師本無，客亦何所携。頗聞原作開，據群賢集、名賢集改弁山隅，髯松作兒啼。山神喝連聲，已受三十篦。豈知溈山牛，未脱靶與犂。去來同一雲，未覺道理睽。幸勿使竹歸，留與老鳳棲。鑿齒恐無對，後期當噬臍。以上《臞翁詩集》卷二

全宋詩卷二七一一

敖陶孫三

熊得自古英之近江舟子譁然此異徵也爲之留皮與膽餘均所獲以侈神貺云作獲熊一首時庚辰孟冬七日

來黝者誰，僉曰熊與。涉江亂流，實始逆予。天畀敢違，俯取以薦。維古英神，謂予汝眩。有男不夢，有妃莫當。居然兩目，祝畫若盲。甚者痔下，取怒河伯。醫者色難，請謀諸藥。熊兮主方，我有玄囊。清汝決眥，扜汝濁腸。有如不信，剖肝自明。寧我一死，以與衆生。拜神之休，率曹披啖。爾愛其蹯，我愛其膽。

古興

我有古時鏡，云煉三精魄。雙龍護其紐，玄霧紛四塞。持照盤古帝，面目湛可識。包藏久不事，天地稍蒼黑。昨中試拂拭，依舊存八極。惟有世人心，寸膜不可得。

昔我走東海，遥望殊庭曲。獨木盤九龍，欲以鐵網漉。紛紛下百怪，牙甲争踏蹴。珊瑚泣沈沈，悵望不省録。終然拙用大，坐閲年代速。寄謝寥陽天，龍宫書未讀。

前感興一首

烏几學癡坐，吾炊何以晨。了知詩自好，不與甑相聞。蒼蒼本空空，嗚呼誰使然。甌窶知滿篝，稍喜斗斛仁。而我亦齊民，不貪後世賢。腹無一寸温，百憂鎮燒煎。虈然一破竈，寒蟲欲無年。更欲辨名字，蟋蟀螽斯間。書生謹守書，放步防疾顛。蝦蟆緣青冥，孤光恣吞吐。於菟無角翼，為天守門户。持此感物化，堯舜萬萬古。冰蠶不知寒，蓼蟲不知苦。未知了身口，甘煖復幾許。高高化人臺，下視多劫灰。我欲轟雷車，老天怒不開。死語無出路，六經聖所裁。惟應蒯緱劍，日夕同歸來。

後感興二首

皇天分四時，氣節幾錯遻。俗兒一驚呼，識者淚横落。悠悠羲皇前，日月何磊犖。不世更淩歷，地上光景薄。十年看花草，皺面少膏沃。看看六鰲背，坐愛白日曝。何當寥陽天，朗咏無生樂。

朝為感興吟，暮作感興吟。何者最可憐，淚盡枯人心。身後多所化，所遇或淺深。奈何姝姝人，色裹矜冠襟。野芳必在擷，濁酒必在斟。死題善人表，生托君子林。置之勿復言，愁陰復愁陰。

秋日雜興

凉飈動空谷，振我庭樹枝。鮮榮忽顰蹙，顔色慘不怡。節序一如此，明當戒裘衣。寒蟲勸機杼，敦迫不貸時。汝意固可尚，我機坐無絲。

晝氣差小祥，夜氣益以清。林端動華彩，初月當我楹。澗光若翻鶴，草露如栖螢。攬衣一徙倚，肝鬲涵空明。一室噤衆籟，寂寥無人聲。落葉忽墮瓦，憂心還獨驚。

客從湘中來，問我手中松。當時一寸根，翥霄作鸞龍。子可爇我鼎，肪可澤我容。松今已如此，而况種樹翁。寄聲十八丈，法當理歸筇。

陣雲起西北，中原暗黄塵。豈無匡時算，無路不得陳。書生亦過計，夜夜占天文。匣劍似識時，中宵啞然鳴。我亦發悲歌，沾衣涕從横。

昨日尚絺綌，今日便衾帟。在公不闢白，故故出不測。鄉來三丈熱，變滅在倏忽。蓬根爽然醒，涼意滿巾幘。團扇豈辦此，羞澀謝陋質。不必待秋來，理宜長棄擲。

袁同史丈令賦所欲作醉皓堂詩以爲後日數椽張本四老有袁謂乃其遠祖云

黄雲護靈芝，丈人非獨醉。蕭然四鶴髮，海鳥眩觴味。古來閉關人，學道用其意。滈池未返璧，政欠頹然睡。仙苗足風露，中有熏心厲。支頤得一笑，劉郎已為帝。乾坤重盪滌，奈何前星墜。昂藏君家老，招喚作許事。當筵就羽翼，顏色變韶穉。出山雲怡怡，還山雲洩洩。追思千載上，把酒足自慰。君堂定果耳，或者樓閣氣。是間堪底用，萬甕盛醴齊。阿戎氣如虎，神手了一世。政宜日無何，雪紵展鵠翅。高吟紫芝曲，四老恐欻至。

再簡林子大

糟丘酒無時，釋麴雲濤翻。前身阮步兵，搜句急追奔。詩清酒更冽，自扣玻璃盆。緬懷君家翁，滿懷蟠虞軒。職當調九鼎，小却護北門。胸中補衮線，豈但民瘼痊。胡為坐海山，揖客通寒温。邊庭失細大，益我愁思繁。今君富文采，色正語不喧。念我死塵埴，妙語為返魂。班班古罍洗，一笑三家村。

凄其歲晚不勝鄉國墳墓之情再得四篇贈宗之毋以示他人也

鄉曲竟還往，歲除當餽分。作我淡生活，小龍破密雲。天機亦良勤，錯綜合瘁芬。松柏青始獨，苕華黄已芸。

重跰踏九州，一源貫九流。歲晚天報子，茲樓斂其秋。正西蒼龍尾，下掉白鷺洲。旁人為我嘆，污瀆横吞舟。紅塵暗九衢，生白有我室。山平拄笏頤，月滿横琴膝。三年蠻府掾，不愧紙尾筆。夢從南海君，供我波羅蜜。昔我宦南海，賓友日擊鮮。今來童市歸，掌肉分烏鳶。旅食何足校，苦望雙旌煙。願為墓户家，毋為地行僊。

送安豐尉丁夢符歸雪川因簡之晦兄弟時寓崇川報恩寺潘，指崑山宰文叔，以作邑制酒丁姻家云

世紛何豫人，直作走千里。寒壓破虎韉，霜風殺淮葦。能來得吾頤，連夜燈花喜。矯矯將軍力，一日破萬紙。填胸龍豹韜，政坐毛錐子。區區寄人幕，誰訪習鑿齒。相見各挽鬚，士窮乃如此。吾謀適不用，步到狼山趾。荒村圍海氣，尖城如卧已。幸當小盤旋，長袖為君起。回首叫周郎，湟水面欲死。往者城南杜，鈿車凑流水。胡然落此地，伴客歌快耳。吾徒離闊好，見即裂其眥。中年迫婚宦，官事漫不理。關心且詩酒，甕面撥寒蟻。如聞董召南，犬鷄封石髓。感君好兄弟，行當訪虚址。雍丘且勿念，將星落寒紫。送歸無好語，凉月挂鯨尾。君行定過潘，茶鼎面曲几。因之啟三請，問酒所以止。

別袁席之二首

漏盡有行客，袁侯挽不來。掉頭緇塵中，胡為此徘徊。何處非詩具，螺江如潑醅。公子亦豈癡，索笑西湖梅。平生詩書腹，不計簿領材。噫嗚梁父吟，慷慨新豐杯。夢作方士鼂，唤杖聽風雷。何知江東路，瘦馬衝塵埃。君名在吏部，作吏始此回。獸弱而弩强，蹙縮生自猜。自猜固如此，一語須君裁。王事有

靡鹽，柴車誰當推。行矣勿告勞，試身文書堆。

昨送鄭廣文，持氈就客坐。今辭習主簿，相與枕書卧。名字擅一世，此法當寒餓。臞庵書滿屋，十夏作僧過。就使君交我，指目等奇貨。百年寸筳折，萬事一甑破。獨念君行路，歷歷眼中墮。入衢酒無聲，道信山辭涴。每憶上程時，店火明箇箇。征人語瞑靄，嘶馬帶枯莝。是間萬金藥，貴子身劑和。飲酒端不惡，為米知何奈。手板付丞相，此語尚須佐。

次韻陳景齋糾掾題品山齋數石之作

吾山何足誇，君語煩專送。姿為丘壑媚，意重璆琳貢。芥胸劃玲瓏，眯眼豁塵瞀。白雲足怡悅，明月得簸弄。居然衛霍近，頓壓鄒魯閧。故人真陽守，遺補臞庵空。數株立拏螭，一笑慰歌鳳。緬思昔牛李，競勢急機輊。能令山崒硉，所欠腹空洞。那知負之走，更使逐者衆。誰言山上山，竟作夢中夢。老衰本無欲，標榜聊取束。獨憐伏虎雄，必得飲羽中。荆室雖苟完，漢儀亦多偬。君能載酒來，我願共飯甕。

有感一首

典衣沽美酒，鑄金買艷歌。青燈炯長夜，如此粲者何。平生有廉藺，方駕欲更過。低顏兒女中，鬱若鷹在羅。酣望八極表，老淚如懸河。諸兒頗嗤點，見謂同一波。相如混滌器，謝鯤困擲梭。古來賢達人，細過非所科。竊願天子聖，朝廷半丘軻。青春深農桑，東盡青齊阿。坐令倡樓女，委棄黛黑螺。下里羞陽春，中宮張自注：去聲。雲和。我為太平人，短褐生橐駝。醉魂招漫郎，或有石可磨。

謗議

四方集謗議，著面矢如雨。前身雷將軍，柴立吾甚武。却還觀我生，與世實鉏鋙。西通禰衡鄰，東接嵇康堵。以茲料身後，藐未得死所。一州納一嘲，一邑獻一侮。並浙十五州，我作大謗府。餘外九州者，設伏特未舉。徐思浮言端，中實無所主。怪雪羣犬吠，眩日百鳥語。何由澤其喙，環海變春酺。坐使聲名高，一日跨堯禹。

貰酒

酒泉我南鄰，喚客青旗翻。渴心若絆馬，未騁意已奔。平生無長物，取具一瓦盆。萬事漫不理，得酒雙眉軒。相傳新豐坊，北奏司命門。衣冠敬再拜，一病煩公痊。富貴不敢願，施我腰脾温。今晨客舟出，落日鳴蟬繁。屬車得鴟夷，秉羽可解喧。却愛畢吏部，神全不驚魂。渠能給萬甕，甘老愚公村。

龔立道家藏虢月石屏

桑田鑒一奪，周官寒如灰。賜珏先淪奔，乃自垂棘胎。劫火到咸陽，六國無珍材。空餘虢山在，蚌水相縈迴。古潭月荒凉，孤光翳復開。六丁所邀留，珪魄幻紫瑰。閟藏三千年，掘原誤作握獄無張雷。君先世閩南，家枕鳳味堆。夜光有感觸，渠伊入剸裁。向來匪石心，不轉誤國魁。皦如照萬世，是君以聞來。遠孫極風流，乞語譾餘哀。摩挲紫雲姿，百感集我懷。石汝亦不遇，無兩歐蘇梅。

雪中陳孔章招飲

始秋我如京，褚中無所賫。蕭條方逆旅，敗履手自提。入門一曲几，塵暗烏皮低。平生實有恃，壯氣干虹蜺。丈夫死則已，未死牛衣啼。以茲悟生理，得展庶可齊。城中雪没靴，凍馬不敢嘶。病夫亦怕出，登樓去其梯。故人知我貧，坐有一石虀。招要過廬下，春風破餘凄。老懷不勝酒，秩筵已如泥。感君一寒語，醉鄉强攀躋。還歸叱塗路，撑斤只槁梨。我策三十六，第一捐町畦。佩服今十年，默化浙東西。惟有三宿戀，弱念牽房闈。常時過飯家，屋上瞻烏棲。勿輕一壺酒，踏凍誰為携。窮途見弟兄，感涕沾觻觿。世情尚酬答，人事多乖睽。終焉媿閔嘿，夜卧三畫臍。何時接綢繆，門牡炊家雞。入舍更主客，愧無鹿門妻。

謝蓋晞之餉筆仍酬以古壽春石刻金剛經

詩人貴筆精，如射得矢同。有筆仍工書，如矢入彀中。先從鼠乞鬚，次論腰到蜂。平生竹林交，未數阮仲容。住逢蔡邕書，三日清我胸。還臨晉賢帖，明眼搏赤熊。規摹到晚唐，戰手驚揚風。興來欲捉筆，趯若螽在蛩。夢想諸葛誠，腰錢走江東。霜氣侵短褐，十日守兔蹤。故人知我鄉，孤峰禿玉融。遣到管城子，令補麟趾終。驕豪始入手，凛如控奸雄。竊擬專賞罰，爵之中書公。何以報嘉惠，古壽碑色空。字方蘭亭逸，墨比頭陀濃。君家閲古脚，今日聊會逢。更待黑蚍蜉，滿紙昏花濛。

和姜堯章桂花裙字韵

紅紫有偏尚，桂花總宜人。蠟雪明孤斟，絳雪嬌小顰。可憐愛花人，兩屐穿秋雲。懷人小山作，寄愁中書君。向來鷲嶺詩，政坐書櫢嗔。月中落桂子，習氣知幾塵。潘郎桃李姿，頗亦尊所聞。提携風露前，縷衣深紺裙。

送袁席之挈家之任

神龍不池拘，威鳳非籠馴。自我交袁君，愁見地上人。一官固兒嬉，君視真埃塵。去如下韝鷹，來即釋嶠雲。相從復幾時，孰老西湖春。門前烏桕花，頗怪烏來頻。問知八九雛，翅短青尚新。感君携孥行，道路嗟良勤。念子春秋學，當重博士茵。胡為簿餘干，折腰五斗陳。祭河先惡池，小大則有倫。細意事朱墨，凡例實要津。贈言吾豈敢，輒獻所食芹。惟時風雨交，塗潦埋車輪。十年上饒路，夢中說悲辛。黃泥漫塘坡，鳴鼉舞淵淪。贈子方竹笻，副以白紵巾。笻方嚇鬼魊，巾白來祇神。意氣得人命，杯酒聊慇懃。上馬莫回頭，慎勿愁我貧。亦莫作怪事，祭竈通比鄰。

杼山閣詩 杼山以禹四載立名

攝身上諸峰，我無千手目。神交庶子泉，夢老王官谷。平生林壑趣，魚鳥即往復。杼山落何許，面勢工設伏。故人郊居賦，雌霓從衆讀。大聲嗑黃華，令德猗綠竹。永言乘樏叟，會計踵納麓。方尊讀書倚，肯效舞經祝。幸當草木近，安事筳篿卜。顏公況華扁，江令有餘馥。騫掀鵬搏海，夭矯龍起陸。於焉峙橫閣，渠是伯夷築。何年黃金彈，雞狗隨踼躝。還持揮蠅扇，靜對振鷺瀑。前山入手版，後水激帽屋。風聲逐孫登，星采向荀叔。誰能治西曹，束帶望賜沐。清客班雜坐，動處草皆蓼。乾坤磨旋蟻，身世蕉覆鹿。異時留峴首，羊公難諱獨。

次韻蓋宰

大化我蟲臂，常時炙牛心。居然身桔槔，老圃愁漢陰。簡書實畏人，吏事頗見侵。千里得蠻語，十年生越吟。寧為尺一稽，何者可枉尋。蓋公學齊魯，頗似東海任。雙骭留石涔，舉世方盤鍼。稍傳閉關術，抑按娛五禽。朅來道院中，狼山即知音。披衣起視夜，欲借北斗斟。寤言種秫陶，渠肯挾策欽。琅然庭柯句，欲和南風琴。勾牽老維摩，善哉去來今。飛潛不同穴，著鞭英雋林。

贈縉雲陳志仲主簿楚語一篇

若有人兮江之皋，搴珠樹兮紉落毛。既輕舉以遠睞，衆流靡靡兮汩獨與吾相遭。余懼夫人之仙幻兮，指逵術以要之。忽改容而善步兮，紛還折之得宜。斥姬滿之荒淫兮，服堯禹之所趨。載神鼎以自隨兮，出夔魍以驚愚。予慮夫參重以賈踣兮，曰此耿耿之故也。閔一世之滔滔兮，謂彼不吾即而吾亦為此懼也。歲貿貿其婉晚兮，天浩浩其雨霜。反而顧余兮，被髮内狂。前九疑之喪道兮，後渭滻之無梁。微夫子之亢衡兮，幾人鬼之披攘。望兔迹之咫尺兮，佗馳騖之堅彊。車軋軋其相摩，肩促促其相望。欲抽心而改錯兮，慮夫子之我懲。忽風后其降予兮，天老字予以嘉名。獨怦怦其不自得兮，淚流軾之縱横。幸哀其中道之離立兮，若示之以正通。縱世人之不吾與兮，吾將卒以自明。

燈前曲

琉璃燈暖燒春紅，水晶簾垂望欲空。美人縹緲隔花霧，春心咫尺無由通。寶釵沽酒市樓中，當筵一曲悲絲桐。少年遊蕩足行樂，江南日日長春風。

借山谷後山詩編於劉宜之司户因書所見呈宜之兄弟

拾遺詩視孔子道，豫章配孟顏後山。自餘衆作等别派，彪虥貍豹虎一斑。我修直筆公萬世，議論不到甘嘲訕。中間杜老饒寒餓，陳也絶葷黄尚可。天公雠施略相當，一字而貧更憐我。去年臛菴太荒凉，釜中得魚雷隱牀。了知詩祟力排擯，誰言錮疾蟠膏肓。劉郎食飽嗜昌歜，又一過目思手攬。編詩更著顧癡筆，字字可丹藏石礎。知君療病我益病，心手相忘還展詠。百年長病可得辭，兩翁落唾皆可敬。忽云身後無知音，此詩百變無邪心。候蟲時鳥足感耳，我思正在南風琴。誰能首塗追四始，以經夾轂騷駕軌。意所不快鞭曹劉，此時折汝一寸筆。長安市上逢聯璧，人持一箭與我直。請君了却三萬軸，再見坐我牀下客。

與太常丞丁晦甫

我昔嘗為李公客，坐覺金氣肅東南。鉤章棘句護帖妥，獨立却視何巘巘。此公行世有步里，十不五試驚愚凡。尺書飛出岷峨西，每沐問訊相雕鑱。向來思賢實微尚，夢濯杜老百花潭。環英玉蘂媚初服，風日清美生妍酣。直言李公似杜公，前者何愧後何慙。今來劃逢丁太常，目所未接心已甘。孤標出林唳霜鵠，健論轉海驅風帆。張膽萬里足騎壯，富公所説惟饞饞。國中何自得吾兀，尊足乃為公所貪。承郎曹司略清貴，龍鸞犧象勞所監。工歌韶護未敢請，前有琴瑟紛相參。據梧枝策了自解，箭鋒一語渠誰諳。世間聲利大葦箔，置身各自縈繭蠶。一聞解縛脱軀命，往往啃舌徒婀娜。千人萬人聲一槩，請聽野老真常談。捐身大是守身橛，閱世當求出世銜。君今氣色日日上，歲晚能同彌勒龕。

壽通守趙寺丞

忠簡公騎箕尾星，千古萬古明天庭。在天高廟足歡喜，敕使孫枝扶炳靈。輟身仙班寄閑逸，閶闔正繞烟花出。朝元冠劍妥未動，一笑明朝作人日。漢家最重水衡丞，廩餼錢多上所能。掌藏頒用渠式法，置之忽分淮股肱。春風作意回焦土，黄池崎險爾如許。區區鼠輩何足磔，此心本應僧伽祖。甘泉酒作真珠紅，和氣已墮胡牀中。奮髯抵掌直細事，參佐同此祥冲融。大江洸洸去無極，江南老人候舟色。諸公歸補父兄處，二十五城那得直。海門短簿初來時，青衫恰輟惟烟姿。興來得句自推激，為公壓倒崧高詩。

代劉漕使壽相君

神仙窟宅會四明，氣候中和開二月。是間表表韋平家，奎閣明良拱天闕。前周後魯岌相望，孕昴降嵩天所設。大慈平等現官身，思日贊襄盡臣節。平生履豨真益下，餘刃磔牛何慮缺。道逢不平忽偉事，坐覺日月妖氣豁。未嘗示袓勃安劉，亦復和羹商得説。由來轉物得三昧，政爾成風聊一吷。涵濡少海益重潤，運動紫樞高柄揭。邇來邊瑣向平寧，西土民艱隨殄滅。撞搪噭呼間未免，寸地尺天吾忍免。公身固已佩安危，公壽應當等溟渤。花明柳暗沙堤外，著眼昌昌見春物。想當鳳沼引夔龍，内樂宫壺儼成列。天皇酌醴賜加勞，詞人第頌歌明哲。會令宇宙還帖泰，要與鴻濛論融結。此時桃李競新枝，草木恩光相煥發。小儒囿身坱圠内，獨駕封軺來百粤。惟當歲獻南山詩，長與天朝誇突兀。

贈龜山慧海長老

向來縛虎正死急，今日看牛無可鞭。我提審定之兩印，十年勘盡諸方禪。浙東西山好僧相，頭目静如秋水蓮。試令回眼參壁觀，掣頓已作獼猴顛。平生棒喝不作用，何者可毒驢翁拳。龜山爬沙吸淮海，上有蜀客蹲其顛。石齱鐵脊鋸牙齒，老龜無力供迴旋。自言小來坐鬼窟，木客對誦明月篇。山中白石足朝飯，無語可對蹲鴟前。一行乃得命大謬，萬事瓦裂今蕭然。祇念竿木事遊戲，鐵胎五百成拘牽。至人無心亦到我，顧念塵脚相摩湔。是身如雲即虚幻，安要包裹争鮮妍。爾來驢翁頗狡獪，隨風轉柂忘洄沿。都梁采藥竟何有，杖頭挑得枯藤儽。高堂暗坐觸蝙蝠，放光時有階頭磚。了無一法可酬難，蒲團禪板久已捐。山空月明礎石員，百圍老幹行參天。何當斷手釋椎鑿，與師共泛荆溪船。

以上宋陳起《江湖後集》卷一八

敖陶孫四

中夜嘆

臞庵胸中空濩落，正爾有愁無處著。比來有酒三捫膺，突兀又似堆衡霍。道邊俗子詈滿眼，舉扇障塵不容却。正如白日殺快雠，草草九衢面皆惡。不應叔末盡鬼魅，世道如此我何樂。獐頭鼠目動侮人，貌敬逡巡背輕薄。其餘邊幅綴周孔，汝身無苦何遭縛。中原干戈六十載，八陵玉座塵漠漠。假君無力堪汎掃，渠可忘憂置恢拓。屯田邊壘差易事，三十餘年束高閣。嗚呼吾君至仁厚，一言罷行水赴壑。雷塘勺陂可復請，專創一司足經畧。牛犂居屋旋填補，虎士編氓間參錯。聊城指日下魯奇，祁連刻期開衛幕。行之十年倘未效，臣頭請膏斬馬鍔。奈何諸人忍奈事，天保正用初無作。居然判道君北海，不復追隨我西洛。墨池到了須楯鼻，茶甌小緩支鐺脚。儒生寂寞守太玄，共盡同歸一丘壑。

張連魯仲本蜀人從其先宦嶺表僅五六十年矣爲言廣州城内有檜奇古甚士人相傳自唐末至今往時東坡先生道惠宿留此州嘗供佛其下得甘露綴枝之異予徵二事皆無所據而耆舊相傳云爾要必有從來者張乞詩爲賦長謠一篇

亳州仙檜聃翁玩，西湖老檜陳朝餘。區區草木定何意，多生要傍齋房居。吾行東廣足已劬，兩年纔到安期蒲。菩提葉老還書蠹，波羅子重空懸壺。地荒了不快人意，照耀南海何能無。邇來劃見張公子，火雲肉山煉心水。搜奇訪古偶及之，破笑勞君相指似。門前罄折得堵宫，諸天龍神俱儼容。左呵右禁防所奪，上帝遺我駟玉龍。問從張公得明證，指畫檜身分四印。嗟哉此老亦不逢，生世適當唐晚閏。天迴地轉逢今茲，霸戰王争了不知。試看左紐足奇怪，虎脛骨貫龍鱗皮。霜枝雪榦如相偶，老大商山餘四叟。年深幾慣雷霆争，夜定一從牛兒走。道形天貌吾何心，晚歲聊依清磬音。忽然空中聞款綮，指李丈人勤遠臨。更傳坡仙曾設供，甘露綴枝如潑汞。桃源事託五柳翁，後世請將吾語用。

長歌行

徐州文壞基崇壇，老蔡徑尺刳心肝。銅槃照夜血光碧，上有慘澹雙鏌干。請君載書許君死，徹器未竟盟已寒。了知今人不如古，古人亦有難知處。張生刎頸殲陳餘，酈兒給印屠諸吕。勸君結交勿結心，報君多是逡巡人。救饑重脱嗾嫯厄，出淖曾叨食馬恩。輕言託心腹，心腹為禍媒。畏途巉空薄側掌，要離孤塚空崔嵬。我願中堂置甕常盛酒，後列絲竹前賓友。細腰燈前拓秋窗，有來白事酹其口。交亦不必結，名亦不必聞。燕南氍毹藉地醉，千載一笑平原君。

次韻翁伯紹教授

南窗解衣學畫史，夢繞西湖貌西子。了無一語對青山，側釐睔糜相與閒。平明視鏡稀可數，生愛詩名壓千古。春風别我不作難，壺漿瘦驢行出祖。政思坐上覓佳客，廣文先生秀眉宇。船頭把詩報忙事，欲些黄陳作黄土。摩挲老眼説舊觀，絳衣大冠逢建武。二公派當百似續，行舒綴遠如觀舞。百年許長作灰冷，手披口吟心獨苦。許君一死力負荷，麾斥衆楚昌齊語。典衣沽酒人敢易，鼠壤猶堪窖餘窶。長生木瓢要賞真，元劉放浪猶詩人。眼前生後姑置論，紅紫事休天地貧。

代送別趙使君

白衫紫領休霑襟，聽我一曲截鐙吟。使君五馬新鑿蹄，大江橫前氣駸駸。問知淮民何所戀，年來家有生氂犬。同州雜鞭且未下，山陰大錢聊可選。門闌書生守遺經，二年作吏勞丁寧。即日遂良鬚盡白，平生阮籍眼偏青。君行奏書踏龍尾，好為人間種桃李。魚竿冷宦不足言，有一負公如此水。

雁中箭詞 平望澤中觀弋雁者，愴然有感。己酉十月初四日

南來羈鴻北方客，背負嚴霜飛不得。日中命盡射生手，一箭正中凌空翮。一鴻中機百鴻驚，點空細字紛斜橫。力窮遭烹忍一死，可憐片影長孤征。古人畢弋豈無意，登俎亦可無肉味。至今暴殄及胎夭，殺氣為妖滿天地。物生何至相吞屠，蒼天變化還須臾。坐殿忽作杜鵑去，行河豈意黃能趨。人蟲得喪無了日，客行感此淚橫臆。有弟落南今在亡，十年一字無消息。冥鴻一來聽祝辭，世間踏地皆原作今，據《詩淵》册四頁二七八二改危機。菰蒲飽霜湖水滿，見草為人汝當遠。

送楊帥赴詔

謂公目光謝牛背，公視赤子未脱綳。謂公足跡躡龍尾，公守涷壁如癡蠅。看公進退無一可，公欲自判何方憑。邇來詔書下峻層，趣公入趁花底根。腰龜杖節亦已了，持橐上雍須公能。公言臣是江西獰，坐中十言九帶棖。滿朝貴人面雪色，可忍一一為臣頳。吉州城南水如澠，有蔞可絲魴可罾。書生説食涎已滿，寄謝龍闕雙觚稜。祝融海王神最靈，胡能呵霧遮前程。堂堂大舸截江去，天吴擊鼓馮夷迎。孰居其間為此爭，東西欲奪公無情。衆生焦灼大火聚，公但抱寶眠清冷。

再用韻酬陳袐校來詩有擊楫清中原之志故中間多及之

海中老蜃噓樓閣，局促鷃鵰魯東泊。忍能杯視九雲夢，戢戢魚頭沸相濶。濤江亭東識君面，再見白也大鵬作。雄辭已褫壯士氣，窮髮天驕堪面縛。我家荆楚起孤劍，奮身多自青油幕。南遷閩嶠已三世，土風正坐儒冠錯。尚當拂磨十丈崖，刻頌欲將文字託。今君精悍喜談兵，指畫魚麗分鸛鶴。會當平敵走行在，金印皇皇看手攫。不應從我學詩句，格律牽纏紛纆索。世間冷暖逐處所，火井自温冰井涸。論詩説劍亦奇事，媿乏三盃澆索寞。誓將併敵起三關，不作羣狐猜鎮惡。齊紈魯縞我山東，指日戎車會于濼。

永嘉魏祕校訪僕蕭寺且言出處甚詳屬與余同客崑山使人不能無懷魏云欲還故鄉而吴中兒女森森如立竹矣因用所惠詩韵聊綴數語以塞來意韵長不復檃括貲客中一噱可也

陳侯一榻懸千古，賤子何能望入府。門前誰者高檣具，甚口美髯方快覩。裙衣新失大雪寺，告訴天吴煩拆補。陰風立我鐵户限，起到不供人笑侮。邇來稍挫牙角勇，一見何知肺肝吐。繪衣君欲試華蟲，鶯領吾方愧桑扈。新篇直欲命騷僕，寸舌寧當下齊虜。已從雁蕩歌貫休，更向烏江憐項羽。遥知筆下卷波瀾，乞與胸中洗塵土。魏侯魏侯聽我語，醉裏江山迭賓主。吴歌一聲落青蒲，遮莫催歸啼杜宇。江南江北知何許，萬水千山話僧廡。因君永嘉説謝客，南海維摩堪淚雨。樽前卜試鸜鵒舞，一鬨從渠較鄒魯。

送別張長官東歸

勸君少留持一觴，三年一日纔初長。春風愔愔著桃李，露雨沃沃開麻桑。道傍簫鼓莫凄咽，使君平生面如鐵。裁量渠是臺閣具，坐使霜蹄困羈紲。前生瘡痏生潢池，手披腹摩隨所醫。州家徵財使家督，灌輸輦送無愆期。諸郎自是豐年玉，誰能待荒學儲穀。虚名作祟謹勿近，介者得嫌同者俗。臞庵先生室無鄰，晚年得君情更親。常時問政有寬猛，獨覺處世無緇磷。何人幕府容疎懶，憶君高樓衣帶緩。堨來問訊池上魚，一笑相看喜無算。了知喜極還生愁，獨自含情上小舟。府中參佐足追送，坐念長江天際流。還家且種鹽官棗，垂柳當門樂華皓。詔書定起尹翁塗，珍重身名莫草草。

上丁郎中 熔

君家去天纔三百，君身去天無尺五。忽憶泥功棧外山，盡是杜老思君路。而今西子媚迴塘，坐令猛士紓柔腸。可能直下窺秦隴，翻作吳兒時世粧。仲章薛公十一鶴，季章李白詩百篇。自我過都得二老，頗覺閩蜀堪同川。今來劃逢丁將軍，秀傑萬里來嶓岷。篋中當自有行記，幸借天壁開嶙峋。

送舅氏行

迎面賓鴻去未多，攬袪官柳不勝拖。還家定笑戾㾊曲，上水初聽欸乃歌。濁酒過鄰通問訊，青燈語夜愜平和。機雲也有謀東日，可解滄浪理釣蓑。

北窗雅疑當作雜言寄朱仁叔

風日暖，天大裘。蠅飛打窗油，北窗墳策高於丘。我欲發視勞牽抽，把酒起望天門陬。斜鴻書破半張紙，枯荷網空散鉛水。機中挑出錦文詩，淚滿鴛鴦半身紫。新愁波不窮，後愁更隨風。美人如嬌春，何物可御冬。古人已恨愁不足，却遣今人送愁續。輕將玉斧贈吳剛，漏得寒光照孤宿。素女為天揀退絲，伶倫猛截孤生枝。沙蟲含冤射千載，誰勸黄竹栽瑶池。歌夜長，歌夜短，淮南桂枝香滿滿。為君持酒壽金人，少待露盤辭玉椀。

飄風荆溪

船頭月渾雲不度，轉眼光陰遽如許。江湖無地寄風威，短蓑遺作胡旋舞。還將老病入孤舟，碧波為人生白頭。闌中五更鵝鴨亂，老漁晝肚起長算。

贈英德風和尚

風師風狂無是處，文采成龍或成虎。向來打橛釘虛空，今日入山還削鐻。晴窗洗出烟巖秋，休嗟李廣不封侯。見説行年今在坎，老慵且作囚山囚。

月華道中

善財平明白下床，供君一鉢曹溪香。山中老盧致無恙，為我一洗醒而狂。問君江行何所見，邂逅今朝識山面。羣峰亦自不相知，窪者欲逃危欲獻。窪逃危獻知奈何，小草遠志元同科。時來隨喜出雲雨，不來抱藹休巖阿。老人於山消底物，畢願託身仍託骨。接頤孤撐看未已，萬馬崩騰過倏忽。貴人衹聽宮門鐶，何曾一葉吼冰灘。轉頭便下貞陽峽，嶺猿舉臂招人還。歸來海上亦不惡，把酒持螯誇至樂。明朝遠碧望林巒，依舊朱欄照城郭。

再賦薄薄酒

薄薄酒，全吾天。醜醜婦，引吾年。敗繒粗布形骸便。辛勤著書塞屋椽，何如郭外二頃桑麻田。折腰斂板高鳶肩，何如方床八尺供横眠。左為劍鋩右鼎耳，勸君却步行相先。斗量明珠埒編錢，郿塢未就臍已燃。十眉間坐争連蜎，絶纓滅燭薰腥膻。農家醜婦眉半櫛，白頭惟有夫壻憐。勸君酒薄君勿嗔，尚方賜尊能殺人。力微覆餗有明誡，食鮭三九元非貧。酒不薄，人自薄。妻不惡，人自惡。不如濁酒三盃呼醜婦，共作原頭賽神舞。

續薄薄酒

薄薄酒，勝齋蔬。粗粗布，勝無襦。醜妻惡妾勝鰥孤。叱塗呵道驅高車，何如醉歸連臂行相扶。巍冠束帶商唐虞，何如北窗散髮擁腹千爬梳。金樽瓦盆酒如一，食芹差可無彫胡。名堯字孔相號呼，百年螻蟻同丘墟。朝為卿相暮匹夫，青黄蚤失溝中枯。錐利未必賢椎愚，左圓右方徒區區。不如濁酒三盃對醜婦，荆釵布裙相媚嫵。

次醉中歌

犢車油壁塵紛紛，恨君不識如花人。金鞭争道誰家郎，出門三日香人牀。春風酒面吹微鱗，主人拔釵留上賓。洞房燭花盡意明，為君拂絃駐歡情。陣鴻塵澀聲難安，城烏夜啼訴春寒。吴歈未終初日上，璇題藻井知無恙。請君銜盃莫問天，茂陵劉郎初學僊。人生百歲俱可憐，願君流歡及盛年。世間萬事不如酒，九環寶帶時人有。感君一曲寬百憂，當時見人面色羞。君不見牆東儒生食井李，一生飲牛廉讓水。

醉　歌

得誰釀法乃爾佳，連引數盃極口誇。須臾忘物亦忘我，是非榮辱不可加。兒童相隨拍掌笑，阿翁醉也扶歸家。平生故人趙半刺，遣騎折送園中花。飲酒不待勸，夜如何其月欲斜。倒著接䍦自起舞，笛聲趁拍鼓三撾。陶陶兀兀意有得，小姬在傍雙髻丫。驅令磨墨具紙筆，滿幅大草飛龍蛇。婦云汝醉當止矣，明日酒醒不愧耶。

謁衛參政

頃年投詩衛左史，今年謁詩衛相公。何方客子辟道路，詩卷長邀石浦風。先生官職泥土如，萬事盡付阿堵中。天教權嬖表忠節，劍首一吷毫毛空。祇今事業已如許，願聞當時北歸語。面對手畫真自知，十年絶口吾甚武。謝安風流過王導，芙蓉王公竊其表。從來雅志在東山，角巾不為箏歌老。古人進寸退一尺，江草江花足自適。功名時來不作難，雷動風行本無跡。百姓相驚當歷耳，三江五湖作瘡痏。百年天地亦悠悠，長鑱老人淚如水。側傍湖脚瀲山藍，出見輕鷗已不凡。頗聞琳琅塞門内，三筆六詩公所監。何能撰杖閱諸子，看公著帽淹幾晷。朱衣目前空復愁，客有焦桐勞下指。去家初無可葺牆，獨抱遺經天一方。石浦倘為蒼生起，天衢日轂遥相望。

短歌贈臨安友人

素絲銜塵化為墨，老人雙鬢無由黑。俗兒翻手候炎凉，惟有君心比霜雪。破窗草亢風雨寒，夢遊帝鄉虎當關。枯魚對酒淚濺俎，雄劍夜吼銅花乾。二十辭家顔色故，春心不語絃解語。借君古鏡施鉛華，含羞獨泣羅房雨。青天中開多不平，少年裘馬如原作多，據《詩淵》册一頁三七七改流星。千金無處買俠骨，坐念歲月空峥嶸。

夜　坐

來雁無消息，寒蟬久寂寥。鬢毛隨日化，吾意得詩消。樓影三更淡，天星幾夜摇。眼中無長物，拄頰又明朝。

倦　夜

河津傳五漏，霧雨入千家。白日鳴饑鼠，深更歇怒蛙。境空愁稍進，詩短意能加。客路多風雨，深憂斗柄斜。

贈得一禪師

舊時黄正父，今日一浮屠。四海誰知己，三更忽撚鬚。空山吼獅子，暗壁縛於菟。何日當吾眼，藜牀淡爾臞。

燈下嘆

老馬知塗益可羞，寒燈冷硯照窮愁。著書不望從兒讀，歸舍何當與婦謀。赤脚踏鯤真浪許，短衣射虎恐長休。何人得似襄陽守，乞我苕湖十頃秋。

次韓耕道贈別韵

一昨羊城別五僊，駕言韶石叩鈞天。偏師政擬劘詩壘，淺瀨那知滯酒船。但使繫書勤雁足，敢思騰上竦鳶肩。區區定取韓康笑，賣藥逃名却自然。

病中用杜工部江村韵

早歲縱横論九流，中年往往愛清幽。細觀夢境皆争鹿，静遣機心欲狎鷗。池上貪閒臨晉帖，燈前抱病看吴鈎。山林鍾鼎從天賦，言志俱慚點與求。

和開元寺省公韵

振錫浮盃定偶然，藺寞誰見老蠶眠。祇知大膽嘲無本，渠識前身是普賢。師欲嬴糧趨建德，我慚觀畫訪開先。莫將幻境誇陽燄，吐盡多生渴死涎。

至日記見簡輔漢卿二首

滿窗晴旭散輕埃，報答生成只酒盃。篇什正須今日用，歲時偏傍俗人來。輕舠上藕泥初拭，小巷争魚臭不開。試作横竿權土炭，聊從夜半候陽回。

枕上吟哦安意好，新詩自覺鬼神扶。遥傳舊歲無多子，皆試新衣是早圖。天下自須胡伯始，江東只在管夷吾。鄉山此際當治麥，誤矣為文儆兩都。

賀郡守得江陰

檢點詩篇方細讀，忽傳新渥照澄江。棨公銅虎非渠事，舊憶河豚是此邦。蕭散蓋公宜置舍，風流謝守想臨窗。他時我得扁舟去，直過凝香索酒缸。

自笑

抱甕終焉與世迷，斲輪久矣嘆吾衰。江南未必無佳士，海内何由得二兒。不共施粱争折角，却思陶謝與同時。歌成未免傍人笑，農馬雖專技已卑。

清明日湖上晚步

一百五日苦多雨，二十四花能幾風。壯心欲與兒女競，春事翻成寇盗空。公私蛙合笙歌裏，客主山張圖畫中。作意後遊仍獨醉，西湖莫忘遠來翁。

寄德久舍人時將過吴門

昏花亂眼嘆吾衰，寳帶忘腰羡子宜。碓下誰明能行者，甕中聊覓永禪師。醉鄉欲結無為社，劫火難燒見在詩。忽憶扁舟洞庭路，霜螯斫雪點橙絲。

送王楚材往湖州聽讀

短羽真成入彀游，小儒蹤跡欲誰求。非關古字誅揚子，自是諸生欠沈猶。百計千方元薄命，雙溪二水各宜秋。此行試卜唐夫子，會向芹邊問楚囚。

贈玻璃僧慧觀長老

千年觀一如，三日客同居。祇道清淮近，烏知濁世疎。地窮初限橘，水富巧藏魚。排闥風烟入，觀心視聽虚。飯香鴉閙户，茶熟水鳴除。潮載支祁憤，天關禹貢書。磬材徵古在，石葹表兇餘。菫杏通鄰堵，秦瓜過滿車。遊方孤雁去，問法翠屏舒。何日荆溪道，誅蓬對結廬。

晚霽湖邊獨步

短短桃身盡著花，微風細雨響蘆芽。一晴眼底皆新物，蛺蝶成羣聚淺沙。

題郁氏子床屏

歌舞教成王謝宅，百年華屋幾人居。豈無藤葛垂陰地，女轉繅車兒讀書。

醉　歸

夜深霜月冷侵膚，醉飲歸來得自娱。霧氣水光同浩渺，誤看田野作江湖。

次潮陽寧公詩韵二首時欲往天台住方廣院

天外誰飄桂子風，老夫鼻觀已先通。直須斬斷年時話，匹似西來歎不逢。

十方無壁慣曾遊，一片孤雲任去留。莫話潮陽舊公案，天台行色滿簷頭。

送行者妙淙往青龍謁陳七官人

竹枝拗折殊多事，參取茶甌未到前。為報天台癡五百，撞齋邏粥莫争先。

三生同聽寺樓鐘，緊峭芒鞋任所從。莫向華亭覔船子，趙州橋下有青龍。

爲竹奴解嘲用山谷先生韻

通身有眼更無腸，好上臞庵師子床。莫作緑衣顛倒想，班姬陳后兩凄凉。

送雲川丁世卿宰舒之懷寧

長安亂葉舞征衣，獨把新詩送吏師。自古才名諳宦拙，邇來官事要兒癡。
八公草木迎人處，三老風沙上水時。直使邊頭行國寶，少年白面且經維。

以上宋陳起《江湖後集》卷一九

敖陶孫五

悼趙忠定

左手旋乾右轉坤，羣公相扇動流言。《四朝聞見録》丙集作如何羣小恣流言狼胡無地歸《四朝聞見録》作居姬旦，魚腹終天痛《四朝聞見録》作弔屈原。一死固知公所欠，孤忠賴《四朝聞見録》作幸有史長存。九原若遇韓忠獻，休説渠家末代孫。《四朝聞見録》作休説如今有末孫　宋岳珂《桯史》卷一〇《慶元公議》

《桯史》：趙忠定既以議者之言去國，善類多力争而逐，韓平原之權遂張，公議譁然，日有懸書北闕下者，捕莫知主名。太學生敖器之亦有詩其間云云。一時都下競傳。既乃知其出於器之，平原聞之，亦不之罪也。

宋葉紹翁《四朝聞見録》丙集：慶元初，韓侂胄既逐趙忠定，太學諸生敖陶孫賦詩於三元樓云云。陶孫方書於樓之木壁，酒一再行，壁已不復存。陶孫知詩必已為韓所廉，則捕者必至，急更行酒者衣，持煖酒具下。捕者與交臂，問以敖上舍在否。敖對以若問太學秀才耶，飲方酣。陶孫即亡命歸走閩。捕者入閩，逮之入都。至都，以書祈哀於韓，謂詩非己作，韓笑而命有司復其貫。

皋亭山

樵路縈連入翠微，清泉白石可忘機。雲中犬吠劉安過，樹杪春深望帝歸。白鶴肯留華表語，蒼官合受錦衣圍。珠襦玉柙今何許，一笑人間萬事非。宋濳説友《咸淳臨安志》卷二四

擣衣吟

北鄰擣衣聲，明當葭管動。隨宜過街巷，一歲三日用。請君歇砧杵，指直霜氣重。君不見南鄰已試明年燈，應製春衫泥小鳳。　影印《詩淵》册一頁五五

雪中對酒效昌黎體

雪乃雨之死，雨乃雪之生。譬彼潮與水，同出而異情。洑流或亂潮，凍雨或間雪。達人於此時，着眼試分別。等是天一生，而有生殺存。所以古聖賢，諄諄畏鄉原。　同上書册一頁一三九

次韻蓋晞之見憶

臞翁方解夏，蓋令正防秋。净社吾追遠，侯封子擇留。硬黄隨意草，大白幾時浮。莫話河南北，傷心感沛州。　同上書册一頁二八九

小樓

只有書樓日日登，欄干東角每深憑。一層已是愁無奈，想見仙人十二層。

泥濫花淹燕不歸，輕陰時獵酒家旗。無情最奈牆東柳，正嚮愁時寂寂垂。　同上書册四頁三〇三〇

旅舍七首

學道欠定力，一寒便生嗔。古來雪埋腰，定知英雄人。去為百錢遊，得酒不濡脣。慘澹行歌歸，仰面東南雲。紛紛過車馬，寂若耳不聞。退坐茆簷底，徒有豪氣存。

雪後天正碧，須臾白龍鱗。暮寒急歸鳥，新月生微颦。帝居時節正，物肅天地仁。黄旗在何方，指畫分星辰。拊欄發浩歎，肝膽空輪囷。兒女顧我笑，微霜濕衣巾。

今晨日色佳，負暄就前簷。晴鳶盤空闊，始覺天宇嚴。怡然一欠伸，雙巒引遐瞻。亭亭倒枯荷，似是浮圖尖。出家本不難，貝葉明牙籤。但恐遠公社，無酒與陶潛。

翳雪蘇州年，嘿數天再閏。當時賈長頭，霜桐送孤韵。今年貧更惡，交友雲散盡。收自緗楮林，博閱先後進。縱横略千家，詣處合一印。文章何當工，一死差可忍。

人言我身長，尺度難為裁。居然一瓠壺，略可當酒杯。口交市井談，面涴俗子埃。謂予倘不化，未覺逆旅猜。但恐醉語誤，積毁能焚骸。殷勤王先生，脱襪何賢哉。

少時重意氣，裏劍師白猨。神傷化碧血，淚盡如生元。晚修漆園方，孔跖付一尊。小山受歲晚，片雲時歸屯。客來兩團蒲，坐看茶煙翻。淵明真可人，觴至輒忘言。

同上書册五頁三三〇三

寄題龔立道農隱堂

我家碧鸖弟，盡用當執殳。摧顔伴老翁，意欲化白梟。娟娟熨帛手，見之感無穤。坐念粟布謡，於乎予何誅。取求不汝瑕，霸心生斷袪。請觀澤中鴈，一一稻粱圖。

同上書册五頁三三〇八

往聞大龔公，魚艾照靈壽。當時從肩輿，門生兒子後。詩書開似續，文采補耆舊。數椽上茅茨，基結稱廣陋。壁間落寶唾，半是經濟手。坐令農隱堂，贔屭黄姑藪。我來雖未識，名下已奔凑。功名何足云，短錙支宇宙。所憂飯吾牛，芻惡毛角瘦。木奴擅中州，竹君食千畝。連車載長腰，横網遮巨口。人生亦何須，不若巴清婦。時來食方丈，時去鮭三九。常恐少微芒，深夜切奎斗。起家公不難，周漢須佐佑。敢請益治田，種秫多釀酒。歲晚滄洲期，許結羊仲友。

和留題寓舍

敖陶孫五

無可奈何生午涼，暮年王粲更情傷。一川水浄鷗能白，九月秋歸蝶自黃。洛下篇章還獨詠，遼東城郭正相忘。紛紛后土塗泥甚，小試莊周曳尾方。　同上書册五頁三七八〇

絶　句

霜風欺斷柳，星月愛平蕪。船暖知村近，鐘寒想寺孤。　同上書册六頁三九五三

廣行路難

有聲且勿吞，有淚且勿傾。聲吞斷人腸，淚傾草不生。萬事有反覆，天地終無情。斲方以為輪，平地生九折。鍛劍使繞指，青萍化為血。筋骸束未貫，光景電露滅。我欲竟此曲，此曲能頹山。奉君一巵酒，已矣當何言。

有歌且勿發，有舞且勿盤。歌發愁雲陰，舞盤促歲年。古來妾事主，百悲償一歡。勸君莫渡河，河伯欲娶婦。采桑急蠶饑，送死藁碪手。世故常多門，反覆無不有。我欲竟此曲，此曲能摧城。奉君一巵酒，假日聊偷生。　同上書册六頁四〇三九

送別史友六首

中興元老堂堂，諸孫玉質金相。封殖毋忘嘉樹，愛思猶及甘棠。

諸君置膜外論，之子真箇中人。冀北何限千駟，東市初逢一麟。

過淮讀二山賦，舉世識三槐家。熊魚等所欲者，兕虎敢歎非耶。

煙霏巧濕行李，鐘鼓初分去舟。中有錦衣尚褧，旁看泥軾垂油。

八堰三江良苦，十洲五嶠能明。歸路未誇海市，還家且饜南烹。

冶渚餞何彦德，虎谿送陶淵明。諸人卿自卿法，今日吾用吾情。同上書册六頁四四〇四

送月上人住寶積寺

天竺應須老辨才，羅浮那得染塵埃。試看出日朱明觀，便是中天積翠臺。起廢合歸良匠手，安禪好住白雲堆。寄聲舊日黄居士，九鎖丹函請一開。

冲虚觀

青筇相伴到仙壇，身寄虚無縹緲間。景物迥殊人世界，煙霞深鎖道家山。紛紛盡向紅塵老，寂寂誰知白日閒。遺履山中棋一局，幾人於此未應還。以上清宋廣業《羅浮山志會編》卷一八

句

當年靈壽杖，止合扶孔光。送朱文公　宋劉克莊《後村先生大全集》卷一四八《臞庵敖先生墓誌銘》

（陳曉蘭整理）

全宋詩卷二七一四

陳文蔚一

陳文蔚（一一五四—一二四七）（生年據本集卷一五《癸未老人生日》「翁餘九十兒七十」推定），字才卿，學者稱克齋先生，上饒（今屬江西）人。曾舉進士不第。孝宗淳熙十一年（一一八四）始從朱熹學。後聚徒講學，與徐昭然等創爲豫章學派。理宗端平二年（一二三五），以上所著《尚書解注》，授迪功郎。卒年九十四（《宋人傳記索引》作卒年八十六，未知何據）。有《克齋集》十七卷（其中詩四卷）。事見本集明刻本附張時雨《陳克齋先生記述》，明嘉靖《廣信府志》卷一六、《宋元學案》卷六九有傳。

陳文蔚詩，以影印文淵閣《四庫全書》本爲底本。校以明張時雨崇禎十七年刻本（簡稱張本）。新輯集外詩附於卷末。

老人生日

人生富貴多繁華，每遇誕日張綺羅。高堂賓從擁朱紫，金尊捧歡傾流霞。青春未暮神仙醉，舞腰回雪皓齒歌。難逢樂事買歡笑，千金不惜如泥沙。貧家相去一何遠，自嘆居里非鳴珂。平時只甘陋巷味，啜菽飲水之日多。不知今朝是生旦，東鄰旋問酒可賒。烹鮮擊肥非不願，一室懸磬將如何。阿爹從容呼兒語，我有至樂非由他。立身亦足顯父母，聲名不必登高科。顏色苟能奉親歡，悦口不存旨與嘉。滿堂雖無金玉富，六籍諸子幸滿家。日率兒曹勤誦讀，行慕顔閔心孔軻。但得門庭無外事，竹林足以長婆娑。子順親慈有餘樂，自然福至由家和。籬邊晚菊知人意，歲歲來薦黄金花。

和余方叔題傅材甫筠谷韵

一區投老將焉卜，揚雄草玄那可續。何似山中種修竹，白駒皎皎人如玉。山深九夏無炎溽，往來不着市塵足。主人心地一泓渌，調高和寡陽春曲。時聞樵歌起林麓，趺坐道人方閉目。讀書萬里歸妙矚，等閒莫躡巢由躅。何妨春酒甕頭熟，便約幽人來卜築。伯夷清風千載肅，堪笑荒凉舊金谷。

火田鄭次山貧士也家有燕坐之處五爲賦之

山水可吾情，對酒不必醉。及其不以酒，何由得翁意。

右寓意軒

一息萬里馳，白日天無光。歸來固吾圉，宇泰生吉祥。

右觀省齋

夜半一陽動，萬木總皆春。當觀向榮意，從此識吾仁。

右槁木寮

中獨抱孤清，外示聊以朴。不結桃李交，風味良不惡。

右歲寒谷

築室在澗阿，種木清成陰。中有聖人書，可以樂吾心。

右隱窩

和賈元永醉楊妃牡丹

當年開元主，得失鑒前迹。圖治極焦勞，自謂吾雖瘠。自從嬖在妾，乾坤輕一擲。妖花恐其魂，宜遠數百驛。

題鄭好古松圖和趙國興韵

筆端老木千歲心，一見洗我塵土襟。坐久令人忘慍喜，古今碧澗落寒冰。乍濃乍淡陰復晴，晦明變化天所成。相畫之法如相士，骨奇肉瘦神必清。烟淡雲疏天冪冪，原作幕，據張本改頃刻風雷暗塵壁。畫工羞看手如神，十日一水五日石。

觀物二首

初見種汝時，微荄極枯槁。今既長枝葉，日復一日好。儀刑静獨秀，精神雨中澡。嗟我費耘治，自注：平聲。尚媿窗前草。

牆東一微物，妙意包藏深。人皆看枝葉，我獨觀其心。萌蘖既綿綿，茂盛亦駸駸。從此識天地，生生無古今。

賈元永寄詩有窮愁之歎和韵寬之

我生抱孤貞，有似窗前竹。却笑日用功，采緑不盈掬。詩書負宿願，發憤處幽獨。古人刮目處，論道不隔宿。吾計決已久，不疑何待卜。一書訊安否，雙魚勤往復。丈夫氣相許，雲雨詎翻覆。窮通付一醉，東鄰酒方熟。

同彭漫者寄鉛山諸友韵送彭歸武夷

兀坐誰與鄰，院古槐陰静。美人東南來，共此炎夏永。危衷慰孤清，羇迹不待屏。十載懷願見，一日良獨幸。開樽共有酌，當月免對影。所講根理致，坦然見心境。詮評寖及詩，語我挈裘領。云何方浩浩，遽爾中耿耿。歸理武夷棹，夢寐江南景。吾曹貴晚節，莫辭霜露冷。世事如予何，遺編且重整。

辛亥春與陳周佐縣丞會於汭川旅邸從容三日臨别呈周佐

雪夜訪戴時，未至已先返。潘魏一夜話，興味良亦短。三日聆妙語，遠勝十年款。嗜欲排喧囂，議論反根本。酒罷放懷歌，超然心更遠。古人不難到，學力貴自勉。花柳况欣欣，游哉春未晚。

再過桃花臺

去年過桃花，心情亂飛絮。今年重來時，烟水已成趣。川華動春緑，漁艇自來去。况復江上山，玉立美無度。徘徊欲吟詩，日暮不成賦。但見飛鳥歸，暝色帶雲樹。我生亦何求，行止隨所寓。悠然此時心，但覺狎鷗鷺。風定波自平，可玩不可怖。堪嗟世間人，險阻起平路。兹焉得所圖，萬事不關慮。

寄題吴伯豐所居二首

書閣高幾尋，其高不可知。但見讀書人，心與千古期。藉此閒曠地，端坐窮軒羲。世塵飛不到，月霽光風吹。况復揭扁榜，字畫天下奇。妙有指南處，世人那易窺。昔聞堂上聲，斲輪嘗笑之。而子得深省，不覺糟粕遺。終日几案樂，捨此歸其誰。自注：晦翁為作字。

右讀書閣

心兮如太虚，何惡亦何愛。吾盧寄吾興，妙處端有在。於中忘歲時，疇覺屢遷代。但知曲肱眠，居然樂其内。無事户不出，此意誰能會。更約素心交，携書静相對。

為君半日留，得與諸賢集。人生貴遠游，何苦自維縶。好鳥鳴更幽，遠山青欲濕。時有午邊風，吹從木陰入。

右亦愛軒

石井偶書呈同來者 趙國興書堂

甲寅寒食日訪徐子融子融同出游晚歸誌所歷二十六韻

至後一百五，春光正韶華。往往天氣少，多與人事差。今年特清朗，川原爛紅霞。埋頭卷書册，訪友況不賒。盡日俱襄陽，滿城同看花。百種鬬紅紫，意氣各雄夸。忽焉有招呼，徑醉碧桃家。主人意厚甚，更約觀金沙。而我方與子，浩蕩興無涯。但恐催日馭，所幸未西斜。行行復行行，小築逢異葩。雜然不知名，品品亦自嘉。園翁旋相問，酌酒仍烹茶。珍重頗深簡，市井避喧譁。子乃若有告，未語先咨嗟。願言更出郭，前林路非遐。會當有奇遇，始信我不訛。果見山下蒙，一泓瑩無瑕。淵然蟠蛟龍，不為藏黽蛙。稍稍出奇怪，羅列如髻丫。須臾聳嶄絶，煉不經女媧。特立如丈夫，匪可干以邪。相與發浩歎，題品乃未加。因念世沈晦，豈但如爾耶。乘風且歸歟，投林有昏鴉。聊為賦此詩，醉筆歌龍蛇。

寒食後一日趙國興携具拉游清風峽登一覽亭分韻賦詩以塵埃已逐雙溪去爲韻得已字

家家趁寒食，看花雜城裏。孰知我輩人，屐去登山齒。千峰據其高，一覽無餘美。小溪山下來，青烟林末起。俯瞰闤闠居，總在塵埃底。灑樽遽移下，詩興良未已。因念讀書人，故事為重紀。自注：峽，劉之道讀書之所，用其詩句分韻。

回鄭家橋小酌復以臨清流而賦詩爲韵得流字

愧我困塵冗，因君得清游。脱身桃李埸，慰彼林壑幽。水光晚更碧，山色翠欲流。詩情天萬里，浩蕩不可收。

中秋後二夕陪趙連州飲荷香亭次連州韵

使君今宵有高會，天為好事收滂沱。厭將歌舞競時好，只有風月為詩魔。此際主勸客盡醉，何日弟和兄且歌。自注：連州昆季皆在官。臺高林影散滿地，不飲奈此清光何。

以花枝好處安詳折酒盞滿時撋就持爲韵贈徐子融

春來凡草木，開處總成花。東皇本無心，世人徒爾夸。我愛花中王，矯矯出羣姿。非不愛桃李，桃李多繁枝。寄語折花人，半開花正好。折到離披時，翻成被花惱。花不在色香，全在精神處。不慣識花人，未肯輕分付。一夜無風雨，花枝報平安。折花須惜枝，容易莫傷殘。蘭蕙可以佩，幽人擷其芳。紅紫時所競，安得細推詳。白面誰家郎，逢花便攀折。言會折花枝，折花人更別。麯糵有工夫，氣味獨醇厚。欲釀胸中春，豈可樽無酒。座上嘗春風，客來同把盞。妙處我獨知，醺然面生暖。淺深存斟酌，杯行不須滿。既滿須持之，不持懼招損。香液噴甕面，紅光浮滿巵。此為最佳處，亦是極難時。杯深不可把，俯身為渠撋。淋浪莫沾衣，操縱得其權。有客太詩狂，斗酒約相就。那識半醺時，春風滿懷袖。我有酒一壺，醞釀頗得宜。飲之痊沈痾，贈子聊以持。

送趙進臣持閩憲節

任官自古惟賢材，天子耳目寄外臺。祥刑所繫切民命，可不於此欽恤哉。猗嗟東南俗脆弱，獨有閩嶺高崔嵬。山川風氣頗相等，挾剛負險不可摧。自來巖谷多嘯聚，屢遣使者殲渠魁。今幸田里各安業，畢竟習俗懷陰猜。侵陵矯虔或未免，獄訟不平良善災。民强官弱亦已久，往往州縣翻低回。政須繡斧肅風采，坐使一方公道開。秋霜凛烈懲其姦，撲滅不復然死灰。陽和寬大布德意，撫摩窮困如嬰孩。湘江之水碧悠悠，使君昔日曾徘徊。于今八州復延頸，洗冤澤物須公來。澄清本是平生志，從此四境無氛埃。勿謂故園有松菊，長憶三徑荒莓苔。

先生跋所藏湯君墨梅約諸人賦詩俾文蔚亦題其後

皎皎冰雪姿，黯然宜水墨。却恐施丹素，翻令涴顏色。孤山水雲深，庾嶺林月黑。晴窗一揮染，想像意俱得。

寄題吴子似所居二首

古人不可見，千卷留遺編。要非紙上語，至理實參前。列聖精微心，舍此將何傳。根本會於一，枝葉數萬千。博文可約禮，掘井志得泉。茲乃讀書旨，涵泳當忘年。勿以急迫求，留神嘗靜專。亦勿事悠悠，歲月空推遷。久而竟純熟，脱落不知然。衆理斯旁通，如海會百川。又如庖丁刀，體解牛無全。超然得我心，枘鑿非方圓。書在言語後，用起言語先。唐人資綴緝，漢儒拘訓箋。記誦日益博，疇知心鑑昏。祇足騁馳騖，與道實天淵。瑱山名亭意，難與世人言。方將屏俗慮，日夕親聖賢。見聞豈足道，孰是入德門。隱几無别事，真趣在窮研。一旦忽冰釋，花柳春無邊。此時案上書，始可付蹄筌。

右讀書亭

上帝降斯民，厥初存秉彝。古昔世教明，大道行坦夷。裘葛順冬夏，飲食充渴饑。非有慕于外，夫婦皆與知。嶽瀆氣既分，民風日澆漓。仁義既榛塞，教化悲陵遲。隱然善端著，不勝姦偽滋。其至藉吾道，紛紛取世資。陽尊若示公，陰叛實濟私。孟氏極雄辯，剖晰精毫釐。言言七篇在，炳如日星垂。千載嗟晦蝕，大義誰復提。延陵有佳孫，好學謹操持。傳授有所自，源派分江西。自注：子似，象山學者。若為日用功，義利早辨之。細讀象山記，妙意良在茲。願言不為稷，努力但耘耔。堂前有松桂，年年長柯枝。生意不自已，何心論報施。請子對佳木，長哦經德詩。

右經德堂陸象山作記

送吴子似歸番陽

憶昔舟泊雲錦溪，溪上故人知為誰。讀書亭中不草草，永平人物入深討。自注：子似著《永平志》。生平藉甚梅子真，我乃晚遇情相親。古人事業貴悠久，歸歟訪我同門友。自注：謂姜叔權也。

和葉仲洽喜雨

一旱不問下與高，風吹日炙同煎熬。悲鳴鴻雁不飲啄，向人終日聲嗷嗷。千里赤地天不管，毫髮微功矜桔槔。乘除自古有成説，霖潦一春多發洩。渴苗欲死俟沾溉，到此翻令成澤竭。不眠耿耿抱幽恨，離畢中宵起占月。仰天浩嘆如何理，引手欲挽天河水。鵝湖作鎮縣東隅，山巔忽有雲峰起。朝隮何事故要勒，雨未崇朝還又止。農家與苗相為命，情不願蘇惟願死。愁腸欲斷成寸寸，頃刻風雷驚動散。為霖三日澤已均，潑墨千山雲不斷。騷人賦詩喜欲狂，自寫長牋幾脱腕。東西倒懸今少解，歡情隨雨亦滂沛。祇愁西北望雲霓，腥羶原作虎狼，據張本改久矣為民害。請看麟史書伐邢，一日興師當問罪。詩成聊寫閔雨志，畝畝拳拳有深愛。

題傅巖叟悠然閣三章章八句

悠然君之見，不與凡見同。正似東籬下，山忽在眼中。誰昔夜登閣，歌罷飲亦終。恍若有真契，可知不可窮。

悠然閣之名，名從見中起。長哦好仁詩，高山勤仰止。意與口俱到，掘原作握，據張本改井真得水。嗟哉世間人，穿鑿求義理。

悠然君之心，非古亦非今。忘言猶有詩，無弦安用琴。淵明此時意，千載無知音。但見登閣時，山高白雲深。自注：巖叟命名時，予適同登閣，故首章及之。

廬山雜咏

我來未試烹茶水，且讀石上涪翁詩。上卧百尺晴蝃蝀，下貯一匣青玻璃。淵深知是蛟龍宅，風怒似挾熊虎威。自古賢棲知幾許，今有精藍藏翠微。

右棲賢三峽橋

朝登天池峰，暮酌天池水。一枕僧榻清，鍾磬半空裏。平生此名山，籍籍滿吾耳。乘興作遠游，杖策自不已。行行到絶頂，塵世知隔幾。雲烟出其下，渺視猶萬里。山川與人物，往往盡蒙被。始疑翻雪濤，混同一彭蠡。頃刻開一罅，初見山邐迤。仿佛人世界，未可詳目指。山中為予言，此地去天咫。風雨晦冥候，與世殊不似。霖潦方下作，山頭旋磨蟻。雲深此埋屋，山下乃不爾。歷驗予所言，其言亦非詭。未必隔仙凡，高深實殊軌。初夜現佛燈，數星林末起。如螢復如炬，或明亦或止。昔聞頗甚怪，今見乃如此。寄語登山人，仍須細窮理。

右天池

白鹿洞謁先生祠堂呈李夢開教授是日李入洞講書

先師紫陽翁，雅愛窮幽微。前賢有遺跡，所至皆發揮。千古廬山高，白鹿遇亦希。何人實經始，閟藏啟天機。臨流勘書臺，隱然釣魚磯。聖朝始加賁，泉石生光輝。榛莽百年中，潛長虎豹威。衣冠固不論，樵牧亦寥稀。今昔有顯晦，山川無是非。先生適剖竹，按圖重歔欷。斬荆得遺址，澗繞山合圍。買田敞堂塾，豈將終遁肥。學子共棲集，相與詠而歸。繼聖講絶學，咳唾落珠璣。此理忽森著，魚鳶真躍飛。小子恨晚遇，講席弔及依。升堂拜遺像，泫然涕沾衣。幸今主盟人，高識可與幾。光風霽月意，端欲賢聖希。自注：李作光風霽月亭。時來一講訂，諸生佩弦韋。超然此會意，規範喜無違。徘徊不忍去，暮宿留山扉。

卧龍瀑布

因極昔游處，恍如身泗沂。矧復洞中友，進步方騑騑。永矢忘世味，來食此山薇。

登陟百險艱，來看雲間瀑。飛從千仞峰，瀉作一條玉。冬夏有盈縮，古今無斷續。當日武夷翁，翩然來結屋。

武侯像

堂堂千載人，遺像凜如生。趨舍同一操，豈無當代英。欲唤卧龍起，四海盲聾驚。此意無今昨，未應歸杳冥。自注：先生作起亭。

新居六詠

無才濟蒼生，竹林遠棲遁。中有聖人書，飯蔬自無悶。

右竹林隱居

築堤環碧沼，種花仍滿堤。幽人日往來，非關桃李蹊。

右花堤

池東如月弦，池西如月弓。池北千丈屏，倒影碧波中。

右半月池

清溝知幾曲，花落流紅錦。何須浮羽觴，自可供杯飲。

右曲水

燕坐焚清香，日永裊烟篆。妙處良獨知，功收物欲戰。

右克齋

緑陰初散地，今有入簷枝。開窗對瀟灑，歲寒惟獨張本作乃知。

右梅窗

五月十二日閒中偶作

黄卷與晤對，日日有新聞。青山不世情，時時有佳賓。不動利害心，且無將迎勤。自得村童樂，何須市朝紛。種菊繞庭砌，黄花俟秋芬。琴書便當歸，免使思白雲。犂鋤理荒穢，菽水娱朝昏。此外何所慕，甘作耕桑民。

徐天錫歸自玉山昌甫以三詩送之後二篇有及予與徐子融傅巖叟之意且托其轉寄答其意以謝之

我聞章泉清，有客日洗耳。而况坦腹眠，滿意得佳士。相期忘歲月，飽飯讀書史。祇恐翁獨吟，黄鵠舉千里。静言同門友，吾郡差若多。相望數舍隔，便如千里睽。惟有湖上翁，自注：子融。時時許相過。比緣迹萍梗，亦已廢琢磨。曾共傅巖孫，同坐傅巖石。紀游未抄寄，雙梅解相憶。天涯思美人，折花陡岑寂。所幸柱上題，如新未陳迹。自注：雙梅在巖叟家香月堂，清古可愛。昌甫每與稼軒同領略之。柱爲稼軒題。

寄題徽州李君博文閣

曾參一唯外，相顧了無言。顔淵但如愚，永謝枝葉繁。後人謂二子，獨得道之原。脱落章句卑，統宗而會元。誰知聖門教，入道固有門。非博奚反約，溯流乃求源。顔曾日用功，如海衆水吞。及其成功後，木落歸本根。固非求捷徑，大學廢講論。李君敞高閣，駕言避俗喧。藏書比鄴侯，日夕手自翻。百家期貫穿，目擊萬里存。上下洞今古，高深察乾坤。一旦忽融會，豁然破籬藩。笑彼習忘子，讀書嘗憚煩。

和胡應祥游石井韵

世間潢潦水，可嘆無根源。盈滿涸可待，驟雨空翻盆。鵝峰此邦鎮，秀潤草木繁。洩爲石井泉，永與天地存。平湖十頃開，自注：峰頂有湖。風漪緑荷翻。意共一脈落，高下相吐吞。清游一三丈，歸途月黄昏。咫尺阻同集，笑我真憚煩。相期一朝去，雷電當飛奔。鞭龍起爲雨，微功不須論。

壬申老人生旦

兩歲霜風吹客袍，親庭禮闕捧香醪。今日升堂祝親壽，親壽願比南山高。古來人生七十稀，吾親八十臉如桃。但得歲月無窮極，從教兩鬢添霜毛。閒中花竹自娱戲，日課詩禮勉兒曹。隨分家風嘗禮法，何心與世争雄豪。自古作善天所佑，賦與龐眉并壽條。不須神仙授秘訣，已保柱石常堅牢。年年新釀此時熟，真珠滴紅聽小槽。

趙忠州有苦寒懶起之句和其韵

生息同宇宙，形骸通物我。天寒雪盈尺，竈冷爐無火。酒面生紅光，花枝嬌婀娜。雖然太守樂，亦要民安妥。

去草棘

草雖至微物，禀氣何不同。瑞者為靈芝，大抵和所鍾。薰者為蘭蓀，芬香播春風。人知外秀異，胡不原諸中。奈何一種類，亦費造化工。沾濡足雨露，山川徒茂豐。畏冗無地着，無足比蒿蓬。成熟不堪食，但逞毫芒鋒。除却刺人衣，此外無餘功。慘雖未荆棘，包藏固難容。因行為芟除，當路靡留踪。害物亦害己，去汝如去凶。安得天地間，榛翳亨衢通。

和余方叔病中見寄

我亦病閉門，機閒了無觸。故人送詩來，綢繆寫心曲。胡乃稽報章，悼往牽服屬。天理循自然，非敢故羈束。人生壽夭定，心要無愧恧。逞欲千乘危，安分一瓢足。范睢傾穰侯，酈寄賣吕禄。何如北窗卧，酒熟巾自漉。况有聖賢書，可洗昏花目。一任歲月駛，流徙驚轉矚。疑當作燭安知疾疢餘，非以石攻玉。

以上《克齋集》卷一四

陳文蔚二

用門牌日有好花迎客笑歲篘新酒奉親歡爲韻爲老人壽

地僻廣乾坤，身閒多月日。耕鑿太古民，天然自淳質。未始泥神仙，閱世自長久。日用飲食餘，帝力我何有。修竹三徑幽，青山四時好。何須萬間厦，一廛可娱老。園柑結新實，籬菊開晚花。旋篘甕頭酒，不負老年華。田夫與野老，一笑相逢迎。只説桑麻事，安知市朝争。年年願今日，有酒可留客。雖是無珍饈，隨宜具餚核。人言鶴髮翁，翻作朱顔少。把酒更何辭，一對西風笑。環堵一畝宫，中有長生計。秋月與春花，今年又明歲。年高親可慶，家貧兒包羞。今年勝去年，粗有酒新篘。歲月綿綿永，福禄日日新。天開九齡數，眼見四世人。共樂堂上親，旋約山中友。雖是盤無饌，未至樽無酒。積善雖人為，康寧荷天寵。但愧儒素風，日乏甘旨奉。子孫雖未賢，粗肯詩禮親。願言各努力，忠孝以立身。人間無事日，簞瓢亦清歡。但願從今日，時時報平安。

夏夜露坐偶書且勉同學子

人生邂逅如岐路，南北東西忽離聚。淵明本賦歸去來，保社乃今隨所寓。讀書不雜囂塵聲，好在園林最幽處。朱橋跨出林陰外，一水繞庭將緑護。有時小立凭危欄，臨風不忍空歸去。矧逢暑夕遠燈火，杖策月林時散步。更深每與二三子，輟寐每為清景駐。山高望望北斗低，花香拂拂南薰度。擬將胸次滌河漢，不管衣巾濕風露。清談未必真廢事，言下應當有微悟。不妨俯仰更觀察，此意直須起訓詁。郊墟次第新涼入，自可燈窗窮入暮。凡人努力在年少，老大悲傷欲何訴。嗟予學古雖有志，蹭蹬獨為一生誤。鳶魚性分信機淺，風月情懷乃天賦。歸哉要結園綺徒，清夜團欒繞庭樹。

予始生日巖叟携酒見過且有壽語賦此以謝之

自笑山澤為癯儒，儕之富貴非其徒。他人誕日讌歌酒，貧家簞瓢屢空虛。昨朝不記生年月，面前忽見樽罍列。感君祝我還祝君，兩翁相對頭如雪。

乙亥老人生日

兒願歲歲登斯堂，再拜為親扶壽觴。近思去歲生日時，膝下羅列兒孫行。更願明年似今日，酒面菊花如意黃。人間富貴誰不願，兒只願壽長且康。田園薄有可衣食，但要作善思無疆。生涯淡淡隨分過，不逐勢利常奔忙。初非能經慕仙術，自是日月閒中長。天賦清奇古容貌，精神矍鑠筋骨彊。今朝捧酒祝親意，不知何者堪比方。欲將吾親比松柏，松柏老不禁風霜。欲將吾親比龜鶴，龜齡鶴算終可量。張本作有嘗溪北柱石山崇崇，蟠根結據由洪荒。家居山下不記年，永與山石同蒼蒼。

責己

聖人當耳順，吾年已逾再。日覬有新功，邇來如稍怠。嗟爾性雖駑，敢不鞭其退。須教十二時，此心無不在。書此當盤銘，終身以服佩。

丁丑老人生日

箕疇五福孰居一，惟有年高無等匹。皆緣作善天降康，視履知當獲元吉。貧居衣食雖屢乏，牆下有桑園芋栗。乘肥衣輕豈不快，往往久長難可必。矍鑠吾翁八十五，骨勁雙瞳如點漆。安貧每甘菽水養，雖是形癯心則逸。菊花開晚似有意，不為重陽為今日。成行兒女羅酒漿，拜祝願天從所乞。不願分外樂事多，只願親安體無疾。不願官書汾陽考，只願親年增秩秩。兒孫倘或有生意，此去買田多種秫。直須釀酒如春紅，歲歲稱觴無了畢。況當風物一年好，盤薦黄橙并緑橘。

戊寅老人生日

吾家本是田家子，其先世世居田里。兒因逐食浪飄蓬，欲歸無以供甘旨。吾翁亦能甘淡薄，日夕飯疏而飲水。渾然質朴古人風，固應自有長生理。筋骸雖老自康健，聰明少壯猶難比。了無機械足怡神，不生嗜好彊精髓。人間可慕是榮華，人間可羨為豪侈。榮華有似庭下花，芳菲之日知能幾。豪侈真如草頭露，不能頃刻朝陽裏。誰知貧賤自安分，年年如此只如此。吾鄉自來丙山高，位當南極崔嵬起。吾家門門對此山，算高欲與山同紀。加之西鄰與東舍，往往黄髮皆兒齒。酒熟長願相招呼，一笑忘形相汝爾。

自鉛山歸上饒途中感興

來時積雪歸途熟，暗中流換驚時節。所幸康寧九十親，依然堂上垂華髮。隨意何當足甘旨，斑衣日戲慈顔悦。丈夫事業有用舍，窮通不必生分别。直須用力隨處處，無徒瀟灑送日月。嗟嗟世人泣岐路，東鄉久哉吾計决。終當絲馬扶桑樹，車行萬里誰能遏。慷慨自奮歌此章，老去不知情激烈。

送周希顔游章貢

憶昔吾先師，慷慨歌遠游。超忽凌八荒，咫尺視九州。東將征暘谷，挂衣扶桑頭。西不畏羊腸，而以摧其輈。南轅有遐眺，直指百粤陬。北駕何所之，亦欲窮燕幽。墮地弧矢志，壯歲無不酬。肯學鄙丈夫，拘剪守一丘。今日因送子，歌此臨清流。江深不可極，負重萬斛舟。慨然動高興，不作賈胡留。發足真自此，行矣萬里修。倘或跨疲蹇，路長殊可憂。願言自努力，歲晚當遂謀。江山有會意，寄書傳置郵。

己卯老人生日

今朝酒熟吾翁喜，又見生朝會鄰里。雖無盤饌羅羶葷，情話從容自嘉旨。人生富貴固足樂，惟有長年難得似。恬於世味心自閒，贏得龐眉更兒齒。晨興再拜啟阿爹，從古昭昭是天理。不因為善天降祐，何以康寧膺壽祉。稱觴膝下列兒孫，雖説居貧良亦美。從今都不記春冬，只消歲月將時紀。束書但願早還家，年年祝頌秋風裏。

窮冬積雪閔織紡婦

長哦豳人詩，九月欲授衣。方當流火辰，先已戒其期。當春非不蠶，入夏非不絲。一寸不上身，止為憂啼饑。蠶畢起功績，關心聽鳴鵙。豈不念人生，所急在衣食。衣單寒不禦，鶉結百千縷。輕裘那得知，凄其良自苦。窮冬歲將往，雪片大如掌。憐他昨日織，安知今日紡。嬌癡貴安女，未始識機杼。紈綺厭不華，繒帛何曾數。貧富固有分，茫茫何足論。感觸此時心，寧不哀窮困。憑誰歌七月，俾汝知時節。塞墐聊補紉，團欒圍榾柮。

建德道中六言

有底可人情意，盡是酒村魚市。行人忘却家鄉，沽酒買魚供醉。

徐敬甫出示所居之别墅南巖圖并諸公題詠欲予同作爲賦長韵庚辰正月十二日

憶昔同作康山游，杖屨歷遍千巖幽。知君已具看山眼，每遇勝處嘗淹留。從兹一去問何闊，倒指殆欲忘春秋。不知此地復何地，但見大江東去流。相逢恍然如隔世，盡洗積年離別愁。首為袖出南巖圖，着鞭先我占一丘。南巖之高不可攀，俗駕欲到何緣由。君乃結屋於其巔，避世擬追園綺儔。雪飛霜瀑自天落，戟列萬竹干雲修。客來煮茗話疇昔，酒熟春禽相勸酬。自言得此已足老，豈復更懷身世憂。無心偶作雲出岫，良念棣萼情綢繆。對床聽雨有真意，肯放拂衣歸去休。登高一日展遐眺，洗眼九華雲漬收。語我南巖卜築地，只放五老高一頭。丹梯萬丈徑可躡，獨恨未遂曾往謀。我生亦有山水癖，欲見未見心先投。長哦南山白石爛，夢寐滄江飛白鷗。歸與亟辦買山計，甘與世好相盾矛。采蕨可以忘朝饑，種橘自當千户侯。眷言志事在畎畝，適我願兮遑他求。此時作書報同志，知肯遠為題詩不。

石潭道中追賦大江原注：此後回途所作。

我生大江東，與江不相識。一日作遠遊，江頭因目極。桃花春未漲，水落略見石。望斷淮山青，隔岸纔咫尺。恃此一葦航，焉能恨南極。雲屯十萬衆，守衛以人力。撫御有良將，成城衆心得。江淮唇齒勢，如家護牆壁。守淮即守江，淮民須愛惜。我朝聖澤深，不在險在德。慈儉今天子，邇遐無間隔。大臣百執事，根本共培植。

追賦九華

我聞九華名，未登九華峰。睨視百里外，烟翳嘗冥濛。快意一披抉，幾欲挾長風。庶識真面目，高下俱迎逢。飛雪如有意，未積先消融。凌晨展清眺，萬里開晴空。炯然明吾眸，洗出青芙蓉。未暇窺杳眇，固已領其宗。憶昔訪廬阜，妙處嘗支筇。景遇可題品，一一歸詩筒。九華名此邦，挺挺諸山雄。若欲於五老，優劣定其中。竊比之孔門，等級回與雍。未敢謂覈論，折衷章泉翁。自注：臨行，章泉令論五老、九華優劣。

追賦秋浦

我為秋浦遊，欲訪秋浦跡。及已到此邦，秋浦無處覓。或云百里間，始見江祖石。或云江祖石，止在齊山側。地形著山川，記載具文籍。父兄世流傳，論且不可覈。况出形器表，理可俄而測。所以聖人心，貴在於默識。不然差毫釐，千里成舛忒。想今錦鷴鳥，欲見已不得。試聽白猿吟，儻能喧夜寂。

入郭回度黄沙嶺息木陰下口占古意

孰驅我去，孰驅我歸。息蔭喬木，清風吹衣。火日炎空，聊此徘徊。夷險自若，怨尤誰哉。世間萬事，付酒一杯。

辛巳老人生日

陶陶太古民風淳，詐偽不萌情意真。何嘗吐納事屈伸，往往皆為百歲人。中古便似秋冬辰，和氣無復如陽春。機巧百出妄喜嗔，七十者稀以為珍。我翁逍遥常幅巾，朴素幾與太古鄰。飲食淡泊厭羶葷，衣裘不擇敝與新。日日娱嬉寂寞濱，甘與聖世為遺民。天錫遐齡登九旬，回視同庚皆土塵。烱然雙眸且精神，堅彊直可齊松椿。兒孫雖不側朝紳，家庭禮法粗克遵。白酒年年造逡巡，膝下戲綵娱慈親。

周道人求詩書贈

道人妙推算，未知誰賞音。章泉謹許可，贈之五字吟。老我已無用，窮通總無心。但思結茆地，訪君白雪深。

荷湖行爲趙忠州壽

青山屋上名荷湖，故知下有神仙居。全似太華峰頭玉井樣，花開十丈世所無。自有天地此山有，誰人種得如船藕。造物不肯輕畀付，付與湛溪雲隱手。雲隱濟人陰德多，有如此藕痊沉痾。自煉還丹成九轉，方瞳點漆顏長酡。甚不愛飛霞千樹結蟠桃，甚不愛湛溪千頃漲葡萄。蟠桃入口那能甘比蜜，湛溪不抵酒滴真珠槽。愛蓮往往緣青壁，俯笑凡人無路覓。不知身世若為高，但見照人雙眼碧。寄語峰頭十丈花，年年來伴棗如瓜。不須更記歲與月，只記山前雲隱家。自注：忠州別墅種桃名飛霞，湛溪即其所居。

癸未老人生旦

昔人端為祈黃耇，再拜慇懃扶大斗。吾翁今年九十一，兒從兩歲貧無酒。趨庭何以祝彌誕，盈把菊花空在手。嗅香嚼蘂當甘旨，翁亦怡然如適口。人生貧富在分定，獨是期頤世稀有。翁餘九十兒七十，膝下龐眉仍皓首。若將此事較人間，豈非造物意愈厚。因茲歷歷詔兒孫，自古悅親惟孝友。上惇下睦無間言，一門和氣薰蒸久。雖無旨酒奉杯酌，意樂心寬親自壽。更於大節保終始，立身揚名以垂後。世上榮親無若此，何必金章并紫綬。南鄰白酒況可賒，豐儉隨家惟用缶。年年此舉諒不難，甲子無窮環癸丑。

寄題俞伯南所居

毋為陵學山，當為川學海。尹重貴自任，顏樂誓不改。

右希賢

巖棄無外求，莘耕有餘樂。既為堯舜民，自抱羲農朴。

右野處

器重或可勝，道遠疇能至。勉效既竭回，羞稱願息賜。

右毅齋

石溪道中偶作

自從天地開闢來，溪水清駛山崔嵬。山高水清亦奇觀，怪問胡不生人材。人材本作世間用，朴仆支傾作梁棟。不然空冒一時名，過眼空花已如夢。人生出處不可期，伊周亦偶遭明時。顔閔何嘗有科目，德尊百代帝王師。自古相傳惟此道，一派源流端可考。道存不係窮與通，經濟業窮耕釣老。風埃鼎鼎百年中，世事興廢何終窮。只有詩書傳聖學，堯舜授受同高風。喚醒此原山與水，孕秀發祥從此始。立朝有道佐明君，抱璞山林亦奇偉。吾家家此不計年，未知起者誰其先。丈夫才業貴自負，不必美惡歸山川。久欲題詩磨翠壁，要使後來聞義激。乾坤造化豈無人，細與摩挲觀此石。自注：此詩將以鑱諸石溪。

諸君用東坡玉堂觀郭熙畫詩韵題江山王君平遠樓黄子京携至求同作

有客有客心地閒，樓外青林林外山。風烟出没美無度，依約圖畫有無間。眼隨白鳥去邊遠，一聲漁唱江村晚。此時誰會倚欄心，雲出不知何處巘。歲寒松柏飽風霜，肯逐桃李争春陽。安得共卧百尺樓，為挹江瀨吞山光。當年影過八磚日，坡仙想像頻搔髮。無言細玩郭熙畫，應思老去尋泉石。自注：坡詞我方老去尋泉石。

寄題玉山周晦叔家似賢齋

人心殊嗜好，黑白互相形。逐臭不自悟，熒熒飛青蠅。一日對此君，炯然雙眼明。子猷雖借宅，緑陰仍滿庭。雅净兩襲潔，高寒伯夷清。可近不可狎，勁挺干青冥。世人景先哲，繪畫勞丹青。想像不覿面，孔孟何由傾。安知君子交，日日與相迎。手種萬蒼玉，君家有典刑。清風流至今，修好無渝盟。自注：晦叔，名自輝。似賢，其先人所名。

題周幾道桂軒桂在鄰家，軒對之

軒前一樹桂，手種知為誰。但見青如蓋，團圓障朝曦。西風入庭户，吹香浮酒巵。相與一浩歌，涣焉剖藩籬。

玉山朱文龍有遺經林野二處趙昌甫程德夫皆有詩朱求予同作

漢人一經訓，籯金云不如。君家遺經意，不與漢人俱。

右遺經

有人抱幽真，偏適林野趣。要之等喧寂，乃是安心處。

右林野

薛玠兩投詩以古風謝之

知君家住象山麓，日有見聞新耳目。自憐各在天一涯，休譽惟能採鄉曲。却來一見玉溪頭，已知標致非凡俗。等閑揮翰墨淋浪，惠我新詩不金玉。細將學問説根源，異同更與明朱陸。吾道工夫有端緒，要是義精仁乃熟。博文約禮是真傳，收拾奇功歸謹獨。參前倚衡勿間斷，千載斷絃端可續。手披詩卷荷情真，聊以斯言報諄復。

永邑楊君鑑子明闢齋讀書將從事於古人爲己之學求齋名於予并欲得一語以示爲學之方予謂學雖多端而其要莫先於明善所以子思孟子俱以此開道後學大學格物之訓實同出一源故因楊君之請扁以明善且詩以演其義幸毋忽其言之陋云

人性靡不善，因物始有遷。本體遭剥蝕，如鑑塵所昏。疇昔均秉彝，善端本綿綿。既茂閑邪功，誠心所由存。若為用力地，格物居其先。萬殊一理貫，洞然見本根。表裏俱澄澈，斷斷義理分。言動中倫慮，狂愚詎同論。彼哉迷復子，一息萬里奔。認贅以為嫡，未嘗知反觀。君子審取舍，不容涇渭渾。中扃瞭如燭，肯蔽耳目官。中庸示明訓，一言會其元。

汪元思遺詩和意以謝

吾道本公平，何嘗分彼此。總只在人心，渾然皆天理。推原賦予初，所鍾均粹美。賢愚同一轍，所行無意軌。由其氣稟異，於焉有臧否。清者洞然明，泓澄如止水。濁者性天蒙，蕩然惟縱弛。末雖有善惡，反之即其始。變化在乎人，雖愚必明矣。日用無餘功，自修惟克己。近代朱文公，此道賴綱紀。居嘗語學者，虚名以為恥。必先由博學，然後能約禮。顔淵躬四勿，魯參悟一唯。吁嗟今世人，非不究經旨。議論徒紛紜，反躬乖踐履。好惡徇私情，是非隨愠喜。體既雜真妄，用斯殊表裏。要在無間斷，善端勤積累。須臾不可忘，顛沛必如是。堅持敬一字，方知道在邇。我輩無他求，直須安汝止。　以上《克齋集》卷一五

陳文蔚三

辛丑原作酉，據張本改春遊金華出東郊

青山雙夾小溪流，綠篠人家古渡頭。雖是溪山不相識，勸人啼鳥却相留。

常山道中

路勢弓腰轉，湖光鑑面開。稻田春事給，村碓晚春催。問宿尚十里，與誰同一杯。自憐今日疑當作白首，頻作望鄉回。

甲辰九月初訪晦菴先生大安道中和余正叔韻

瀟瀟風露菊花秋，人在甌閩第一州。少日已嘗懷壯志，今朝端不負清遊。陪君數日從容語，洗我平生散亂愁。從此歸來復何事，風濤雖險奈虛舟。

歸鉛山正叔復用前韻和答之

斂藏先用肅如秋，次第陽和遍九州。歲月正緣閑裏度，紛囂那得静中遊。明知與點有真樂，未足希顔却自愁。諷詠棹歌思九曲，與君重約泛扁舟。

和正叔詠梅一絶

兒童剪伐未須施，竹外横斜一兩枝。冷艷更開深雪裏，此花應不冀人知。

和李監税

一縷彤霞晚照晴，眼隨白鳥去邊明。疏疏烟樹有無際，激激灘流高下聲。歸思楚雲連日暮，新詩邊月帶霜清。前村倘有梅花約，草草相逢蓋亦傾。

和徐子融見寄

學問分明有本根，一編魯論幸今存。奈何至理難窮究，願與良朋細討論。欲探聖傳千古祕，莫令心鑑一毫昏。吾儕總在生成内，要識無私造化恩。

記夢

夢裏分明記本根，覺來無語正心君。陰陽却把量消長，且喜新來勝一分。

示浩

持身端的在兢兢，謹獨方無愧怍情。莫道隱微人不見，暗中臨我有神明。

雨中即事

客身常恨春多雨，遥想吾廬長緑苔。每作家書問無恙，故園梅竹為新栽。

送趙國開赴崇安丞

十載交遊一日如，高情多謝不相疏。分携幸不隔江海，得便常須訪起居。折柳正當三月暮，汎舟深約九秋餘。相期暇日吟哦外，只有公勤是薦書。

和徐子融韵

遜敏工夫不可偏，兩端相濟若韋弦。允懷固是常存養，明善誰知合在先。

讀書端的在研窮，洞貫精粗與始終。卓爾顏淵有真見，分明來自博文中。
雨餘雲静太虛澄，月在今宵分外清。喜得佳篇來諷詠，世間榮辱一毫輕。
自憐涉世每多艱，事到縈心或厭煩。近日工夫何所似，有時慚愧夢中閑。

庚戌春下鄱陽舟中諸作

浩蕩春江洗客愁，歌聲欸乃發中流。溪齋却憶凭欄日，數盡來舟與去舟。自注：予頃年館寓汭口，書齋正瞰江上。

右解舟汭口

船篷推起不教低，為放山光水色歸。客子離家已三日，赭亭山下欲斜暉。

右過赭亭

櫓聲終日聽咿啞，碧浪紅旌動彩霞。獨我船中無一事，安排詩句過桃花。

右過桃花臺

遠山淡淡水茫茫，知是江湖何處鄉。娘子提携青裹布，始知風土近鄱陽。

右過安仁界

書窗碧桃

銅瓶只插碧桃花，日對幽人静不譁。為爾細觀冰雪艷，就中便覺牡丹夸。

病中對竹

窗外修篁僅百竿，相看不待報平安。何時得我身彊健，共爾青青到歲寒。

和子融韵

為把新詩子細尋，時移不覺日西沉。固知妙旨存精一，須察人心與道心。自注：子融詩有精一危微共一心之句，故答之如此，曾舉似先生。先生易兩字云：正為人心與道心。

又和清明日兀坐用前韻

天理流行不用尋，鳶飛魚躍自升沉。細觀自有昭然處，始信嚴師是此心。

和子融聞琴

古曲誰彈起，千年無此音。尚憐惟韵在，端欲後人尋。指上雖傳操，聲中要識心。半生孤此志，絃續自而今。

趙守禱雨有感枕上得句足成五十六字呈趙守

雨意隨人自及時，使君一念實通微。不知沛澤人間遍，但覺炎蒸夢裏非。苗稼頓回枯欲死，桑林又喜緑添肥。從今飽喫鄱陽飯，細紀賢侯德政歸。自注：二句枕上得。

七月廿六日登四望亭小酌和趙守韵二絶

為愛黄雲到晚晴，一樽高興寄危亭。風荷捲水高低緑，烟樹連山遠近青。

極目風煙盡一城，身閑無日不登亭。雙明遠與孤鴻没，繞郭一江羅帶青。

和趙守木犀

花開時節趁柔金，冷露繁霜未許侵。況是天香無俗韵，一樽清賞有知音。

送歐陽國瑞歸鉛山

交遊無數竟誰同，雅羨夫君氣似虹。吾道久隨流俗弊，義居今見古人風。端能縱目秦淮上，邂逅論文楚水東。歸去梅花開也未，江頭葉葉剪霜風。

寄題吴伯豐同榮堂

一氣同流舉切身，胡然於此限比鄰。直須静處工夫到，便覺閑中意思真。心遠獨游千載上，客來共醉一樽醇。寓形宇内皆生意，何但名園草木春。

舟行望龜峰

面對靈龜最上峰，舟中活計不為窮。半春臺下桃花水，一霎岸邊楊柳風。天巧此時窮險怪，淵泉終日悟流通。一生堪笑漁翁拙，卧聽瀟瀟雨打篷。

舟次蘭溪和歐陽國瑞韵

客子經行處，吴江萬頃秋。風煙曉濃淡，雲樹遠稀稠。緩去花相送，重來鳥勸留。與君無楚粤，一笑况同舟。

贈陳敬甫

鄱水相逢亦偶然，吴中邂逅復掀髯。細思話别秋風日，已是浮生一歲添。

月臺觀月

秋來無日不登臨，獨喜今宵月滿襟。仰面青天思把酒，寄情古調欲携琴。涼風舞袂身將舉，白露沾衣夜向深。要看一臺清影滿，儘教移轉碧梧陰。

又和歐陽國瑞韵

臺高無奈月明何，豈憚攀緣上岌峩。萬壑秋聲歸草木，百年鄉思動關河。遥知素影千家共，不獨秋光此地多。中夜酒酣狂欲舞，停杯且復聽吴歌。

和趙工部臨安見寄韻

節物驚人故欲催，天涯倦客幾時回。坐傾濁酒醒還醉，手把新詩捲又開。遠想含香當奏事，近緣無月不登臺。烟波見説西湖好，要趁秋風把釣來。

十一月十四夜誦康節詩至憶弟二首潸然有感

人生雖是有愚賢，到底天倫只一般。惆悵同安何處所，不堪歲暮更天寒。

自吴中歸過釣臺

倦游偶得賦歸來，我亦何心世莫猜。水緑山青從所好，一帆風過釣魚臺。

過趙清獻墓居

為讀忠臣孝子碑，欲行回首重依依。紛紛車馬門前過，知有幾人琴鶴歸。

見　梅

曉鷄殘月更離程，只見梅花不忍行。水郭山村誰是伴，惟伊與我共孤清。

望靈山喜而又作

白雲深處認靈山，喜氣津津眉宇間。别去庭闈今八月，且欣明日慰親顔。

程子雲欲還鄉阻雨聊戲之

霏霏小雨釀梅黄，結束琴書底用忙。已幸一春鄰絳帳，衹今十日是端陽。榴花照眼新篁翠，盧橘盈盤煮酒香。天識主人留客意，故教歸路滑羊腸。

探梅不遇登祈雨峰

人生何處不從容，旋向僧家借短筇。那為孤芳窮僻遠，要留脚力上高峰。

送彭應期下鄱陽

當年心事幾綢繆，長記天西玉一鈎。自注：應期頃年同寓鄱陽，有天西玉一鈎之句。客裏近來嗟我倦，江邊重得送君游。讀書會有新功用，把酒聊尋舊倡酬。自愧不能追往事，但勞清夢繞螺州。

湛溪納凉

是處皆炎熱，澄江消客憂。相邀讀書罷，同作浴沂遊。自喜坐茂樹，誰能喚小舟。月華如有待，先在柳梢頭。

夜坐有感年四十

仲尼切戒取人惡，孟子真能不動心。嗟我癡頑何所得，但能於此惜分陰。

徐子融八月四夜見訪值予有出寄詩三絶和韵以謝

雲開日脚漏微明，無奈秋風掠面清。因作西鄰閒縱步，不知乘興有高情。

小齋雖不奉名譚，此理要須見倚參。料得歸懷明月滿，不應對影祇成三。

夜凉燈火掩柴扉，詩誦城南憶退之。更把新詩細細繹，無言誰會點頭時。

予酷愛桂香置兩枝於蕭寺之寓室日出不得對花夜歸月影在窗撤燈清坐爲賦二十八字

惜香故剪碧雲枝，却負花香花有辭。為輟清眠陪永夜，月窗相對恰相宜。

十月三夜省愆二絶

親為父子須還愛，分屬君臣合用欽。細算天心無負我，我生猶有負天心。

孔子九思頻點檢，曾參三省重綢繆。事來若也能思省，事過何因有悔尤。

和徐子融見寄

清時何故有遺材，酒膽如虹亦壯哉。多謝論交比金石，自慚進德未涓埃。政須尊酒風前共，莫作扁舟月下回。風雪當門須有夜，要觀四物一時來。自注：子融夜相訪，必以杖笠燈劍自隨。燈名訪賢，劍名斬姦。風雪當門，見康節詩。

用趙國興梅韵自賦

西郊有客枕溪居，特為孤芳小結廬。窗外横枝疏帶竹，花邊流水暗通渠。伊方傲矣百花上，我亦翛然三徑餘。此外不關茅屋事，為誰煙雨自妝梳。

國興招飲後圃即席賦原注：甲寅以後。

主人命酒嫌杯淺，狂客催詩恨句遲。此夜直須詩酒領，十分春色在花枝。

上巳遊惠泉和趙國興韵

閒倚欄杆覓句時，此身如在浣花溪。草迷芳徑王孫醉，花滿春山杜宇啼。酒罷啜茶留石井，興餘隨月步江堤。清泉白石平生約，未有工夫為品題。

徐子融以詩送余方叔吴介甫二書見示和韵以謝

借得緘書卷又開，喜同千里故人來。切嗟正為求真益，肯使鱗鴻泛往回。

簪去良朋未有期，無邪端欲正吾思。近來自服無他藥，一卷中庸對證醫。

送趙德勤將漕淮東

逼人富貴固駸駸，體國憂時一寸心。符印遞遷無曠歲，廟堂誰謂少知音。民間利病搜求久，財計源流講究深。飛輓恢恢有餘地，要知罷困極于今。

才難嘆息古猶今，使節雙持委寄深。真主厲精思吏治，累朝忠孝結人心。激揚正賴扶風憲，欽恤惟存布德音。吏稱民安兩無事，不妨丹扆獻規箴。

登亭每憶楚東時，把酒吟詩對落暉。拭目正看黄鵠舉，回頭不奈白雲飛。未應失計荒茅屋，正坐無錢買釣磯。畎畝有懷常抱膝，論思惟日望公歸。

送彭應期遊淮東

昔日淮西今又東，為文恠似史遷公。遠遊要是丈夫志，自足一枝真計窮。

論心有約未能遂，兩載江頭再語離。縱乏青銅沽一醉，臨風分袂可無詩。

六月十四夜獨坐無喧閣

凭欄無事此時情，一闋欣聞欸乃聲。歸去夜闌誰管領，付他風月自清明。

七月四夜雨過差凉閒坐和徐子融晦日所寄四絶

昏花病眼已經年，世味甘酸總澹然。堆案文書渾不讀，一燈危坐晚凉天。

珍重羲黄書一編，昔經秦火不能然。君今於此得消息，豈外吾身更覓天。

每向清宵自省愆，滔滔無奈世皆然。盈虧消息因而悟，萬事支頤一聽天。

此理分明見各偏，何時講習到同然。寄書好與隨菴道，千里元來共一天。自注：隨菴，謂余方叔。

送趙國晋隨侍之江西

如今無復酒腸寬，十五年同一夢間。自注：國晋常舉十五年前話。歲月易從愁裏换，鬢毛多向别時斑。諸公臺閣總皆着，獨我山林自愛閒。見説西風欲回首，樽前重得話閒關。

七月廿六日趙國興招飲山堂有詩和韻

滿地秋陰日欲殘，故人相約過松關。風煙雨後呈姿態，杖屨秋來起廢閒。喜有詩情濃似酒，從渠日歷積如山。清溪况解知人意，為繞山堂緑一灣。

和韵呈徐子融聊寓規諫時子融同會

儒黨凋零類月殘，興言及此最情關。杯觴固可隨宜醉，主宰何嘗有暫閒。行健要將乾作馬，登高須識艮為山。莫教盡日勞舟楫，只在當初相見灣。自注：近衢城有溪名相見灣。

和趙連州雨中宿蒙軒韵

千巖萬壑暮雲歸，不但晴宜雨亦宜。妙處已將詩句寫，吟餘惟有夢魂知。對床誰共三更聽，擊節難名一段奇。安得山間伴清宿，擁衾推枕和公詩。

和傅國開縣丞竹澗韵

隨宜適意小軒亭，傍竹臨流取次成。地接園池山逕近，自注：竹澗去所居欣欣園近。畦分花木四時平。秋風日有酒杯樂，徑石時敲拄杖聲。既有清灣堪釣月，可無一葉小舟横。

又和載酒過竹澗韵

名園一水綠瀠洄，消得風流太守來。把酒哦詩真不惡，此時懷抱十分開。

連州再招飲蒙軒次其韻

把酒蒙軒喜屢同，笑談終日坐生風。但知此意無欣厭，一任時人自介通。醉裏直愁逢李白，自注：連州遇酒必賦詩。席間何幸有車公。南枝趁取梅花未，賢聖時時為一中。自注：連州臘月之官時，坐間亦有狂客。

十一月望後同徐子融黃子功送先生歸閩是夕宿分水嶺頭遇雪次早別先生二兄北歸約聯詩不成自賦一絕

先生風節本高寒，千仞峰頭雪正漫。一夕諸生聆妙論，時人莫作剡溪看。

後一日和徐子融韻

未省千林變作瑶，祇知尊酒侍清宵。大將臣子明忠孝，妙在陰陽驗息消。憶此老仙衝雪去，歸歟兩袂喜風飄。嶺頭故事詩能紀，自注：先生云此嶺頭故事也。今古相逢總不饒。

乙卯正月別子融

相逢便欲作歸謀，為子慇懃一日留。山好不妨和雨看，水平重得繞湖遊。酒須更放微醺飲，詩亦無勞着意求。別去不愁山水隔，興來徑理雪中舟。

三月望訪徐子顏

近有平林遠有山，先生無日不開顏。杜門有味心千古，何用浮名落世間。

九月十一日挈浩同省先隴早起四山昏翳衝霧露涉水登山至山顛則日已東上澄空朗然下視村中霧猶豪罩人烟桑柘皆不可辨戲成一絕

拄上高峰近日輪，四山端的見來親。此身已在煙霾上，可惜煙霾底下人。

子融觀木犀懷趙連州有别後吟情渾冷落不知花卉若爲開之句録以見寄予報云近讀書之暇多哦康節詩時有自適處忽奉佳章輒用此意繼韵後録呈先生有報書

詩哦擊壤興悠哉，一任光陰頭上催。味好花間飲醇酎，風清竹外見疏梅。孤鴻忽自雲間至，好意驚從天外來。人有合離花一也，不應人去不花開。

晚步傅氏小園

溪園信步晚徘徊，白白紅紅夾徑開。漫折一枝携在手，也教人道看花來。

趙湖州東園雜詠和人韵

芳園十畝面東開，春色知從此地來。門外風光渾未覺，堂前早已發桃梅。

右先春堂原作臺，據張本改

遠樂數聲聞玉簫，酒酣起舞月中宵。謫仙當日真豪放，明鏡飛空許見邀。

右邀月

着眼高時四海空，何須服日臉霞紅。清朝坐對升暘谷，萬里雲煙在古風。

右賓日

吞夢胸襟納九江，等閒領客醉壺觴。愛將萬事尋源委，鋤到雲間得祕藏。

右一勺

亭據高峰上上頭，登臨人世一漚浮。囂塵到此都遺盡，直欲乘風跨鶴遊。

右隽遊

剔攘取予見經綸，中的工人又日新。一醉使君豪氣發，頗思三箭定胡原作邊，據張本改人。

右矍圃

和傅巖叟病中見寄

平時安樂病中知，多少人間未發機。若把此身常似病，分明四十九年非。

雨不止和族叔韵

小齋容膝足遲回，世路羊腸不用猜。久矣此心冥進取，翩然何日賦歸來。新篘半熟甕頭酒，小摘微黄葉底梅。盡日北窗聽雨卧，任他門巷長蒿萊。

戊午正月送趙工部赴江東參謀

設門大字題嘉遁，買宅浩然歸去來。十畝清溪千箇竹，一庭春意半窗梅。漁樵正伴詩翁樂，鷗鷺俄驚詔墨催。底事此中留不住，釣磻知有濟時才。

許世卿孝亭邂逅爲予修琴臨别求詩爲賦長句

邂逅相逢不記春，未知此際得情親。一溪雲月閒中計，三尺絲桐物外身。未有清尊酬痛飲，已驚明日是行人。抱琴歸去無餘恨，大吕黄鍾一味醇。

雪中約嘉言叔

没曉園林玉萬株，最宜梅竹與茅廬。高人想見詩肩聳，乘興還能訪戴無。

送傅君玉赴廷對

自嘆忠腸皎日星，致身無地老巖坰。君今有策奏天子，要使讒邪縮項聽。

讀書傅氏揖桂林外一山恍如徐子融書閣所見書閣見山之陰揖桂見山之陽戲成一絶呈子融

自昔桂陽名此山，登樓恍若見自注：音現。林端。山中固有誅茅地，却許吾人背面看。

子融和答三首再用韵賦一絶以謝

登樓觸目皆詩料，難寫風煙盡筆端。不但緑陰晴後好，亦便山色雨中看。

傅材甫窗前白月桂開材甫索詩戲作

天然容貌本施朱，喜異羞同世不趨。化得丹砂成玉雪，也知人着半工夫。

冰姿冷淡不求知，却有同心為賦詩。更約東君同管領，一尊相對晚凉時。

中秋雨作中夜月明余方叔留寓齋宿酒闌隨水縱步方叔有詩用韵同賦

瓊樓玉宇不勝秋，把酒臨風味轉優。雲雨自為朝暮變，歌詩不盡古今愁。誰知明月天心到，却有佳賓水際留。無限醉眠呼不醒，步隨清影只搔頭。

方叔再用前韵約同賦

坐談冰雪滿懷秋，珍重余君學素優。每有詩情并酒興，為平月恨與花愁。支頤萬事從渠變，拂榻今宵為我留。何處青山堪卜築，約君歸種菊千頭。

同余方叔龔南才納凉於�谷竹間題五十六字

躡險捫蘿策短藜，翠微深處有幽棲。風常拂面炎涼變，事不關心得喪齊。白酒攜來雲外飲，新詩留向竹間題。相陪盡日餘清興，猶自徜徉玩碧溪。

侍嘉言叔溪行和其韵

山下江清水見沙，杖頭沽醉酒旗家。多情黄菊知人意，故放籬邊三四花。

和趙國興訪蕭氏草堂

四野山園面面屏，何人結屋趣方成。好風吹過半湖碧，白鳥飛邊一點明。乘興半春攜酒約，隔山遥夜讀書聲。買鄰為愛茅齋近，試倩詩人狀此情。

庚申清明日子融出遊寄示紀遊十絶以長句謝之

浴沂天氣出郊垌，所至題詩取次成。花塢風煙俱入詠，雲巖泉石屢增名。摩挲硤石舊題字，展轉東山未盡情。不出衹尋窗下計，春光隨處亦清明。

晚步清暉不見主人題竹間

飽食無餘事，逍遥散步行。清暉人不見，鷗鷺自相迎。

送趙國宜赴筠州户掾

苦無多路旅程寬，正是江南緑打團。欲濕征衫梅雨細，不成客夢麥秋寒。官閒詩可頻搜句，親近書宜月問安。自笑無才愧之子，明時君禄詎能干。

送趙國開赴湘陰

聽取閩山父老謡，屢曾游戲試牛刀。雙鳧澤國翩翩去，一鶚秋風漸漸高。書至未忘千樹橘，政成須種滿城桃。早歸宣室膺前席，莫漫江頭賦廣騷。自注：國開種橘，自號橘隱。

和茂嘉郎中催梅韻

快讀新詩似見梅，昏昏醉眼為君開。枝頭未見粉苞露，句裏先傳春信來。試問花神緣底晚，政須羯鼓為渠催。前枝見説南枝早，合取彭溪溪上栽。自注：時在彭溪席上。

二月廿一日遊藏勝有感

柴門終日掩荒苔，記得年時把酒杯。幸有春風到桃李，一年一度看花來。

和趙國宜轉寄傅巖叟詩韻時歲歉人艱食聞國宜有發粟意因有以勸相之

國宜，華文郎中子，郎中以兼得濟閣職

雲章華閣照明時，朝野如今尚採詩。紫府祇因通夕夢，永平從此失朝饑。似聞令子心傳印，便有行人口似碑。還許秋田分靖節，黃花重九醉東籬。

和趙忠州見寄

道義雖同趣，窮通奈兩途。蜀閩歌召杜，莘野樂唐虞。世上風波惡，胸中矛盾無。交情歲寒見，故我即今吾。

趙河源幼子種蓮於盆池一幹開雙葉戲作小詩時河源二幼子一受命矣

稺子堂前戲綵時，種蓮積水作盆池。間聞並蔕窺紅影，誰識雙柯媚緑漪。莫謂微荄無妙意，也知造物等兒嬉。看看膝下成雙緑，為應君家此段奇。

賀趙及卿黃定甫主賓聯名登第

人傑須知本地靈，鵝峰挺拔湛溪清。新添九桂叢芳茂，自注：叢桂登科仝及卿九人。旁發一枝花更榮。自注：定甫主叢桂師席。文社只今傳盛事，宦途從此展修程。歸耕媿我猶無地，僅有青山一笑迎。

送趙局之官

琴書結束定何時，折贈新年梅一枝。詩過釣臺天欲雪，春歸湖岸柳成絲。交遊文社頓成闊，富貴帝鄉今可期。小試活民醫國手，眼明諸老會相知。

十二月十二日踏雪度崧嶺

何事隆冬震地雷，天公補過令方回。自注：前數夕大雷。玉裝庭樹三番白，花間江梅六出開。豈止為民除瘴癘，且欣無地不瓊瑰。到家未說豐年事，喜奉慈親酒一杯。

雪行崧嶺歲華新，又作殘年踏雪人。茅屋畫簷俱富貴，稺松枯木總精神。哦詩未怕寒生粟，舉酒惟知暖欲春。自說到家貧亦好，兩峰門外玉璘珣。

十二月廿三日舉故事訪黄岡梅

歲披草棘訪槎牙，為愛凌霜傲雪花。不學春花嬌女面，朱簾翠幕幾重遮。

壬申春社前一日晚步欣欣園

何必遊園問主人，只尋花柳鬧中春。都無揀擇行隨意，不費思量句有神。是處林園明紫翠，晚晴樓閣倚嶙峋，村村鷄酒相招喚，安得便為同社鄰。

和趙忠州歸耕之賦

壯年學易計非疏，晚讀人間種樹書。不向雲霄羡鴻鵠，却來江海伴春鋤。感君緑野成歸計，令我青山思故居。只恐奇謀未施設，折秦强趙要相如。

三月八日晚步溪上二絶

緑楊芳草兩邊洲，不礙晴川日夜流。我到忘機每終日，為誰飛去怪沙鷗。

畫筆難描蘋渚意，詩情難狀柳堤風。若令妙處人皆會，甘把漁竿伴釣翁。

天王寺佛塔燈隔林見之奇絶因成口占

上元燈火九衢中，何似金蓮下半空。要識隔林奇絶處，星毬帶葉荔枝紅。自注：荔枝有星毬紅。

賦葉茂卿泉石軒

郭外多佳士，溪南好結廬。自注：借韵。因君愛泉石，令我想風雩。既有琴書樂，應無世俗拘。誰能厭朝市，來此共須臾。

行崧嶺將半下瞰山中一人家似不與世接者凝伫久之因成一絶

幾曲青山一畝宫，前村惟有小溪通。鷄鳴鳥宿知昏旦，水碓無人自在舂。

寄題張正國斗齋

幾人大厦室廬窄，之子數椽天地寬。醉裏揮毫詩膽大，不懸金印老江干。

蒲團竹几炷熏爐，賸讀平生未見書。酌古量今會文夜，清風明月四窗虚。

數年約我過温溪，好趁雞黄秋黍炊。添子江湖千頃意，斸於窗外作盆池。

送會稽王君東歸

人生相遇若雲萍，聽唱陽關酒暫停。夜雨挑燈今昨恨，秋風吹夢短長亭。笑予衰鬢霜侵緑，喜子新功刃發硎。欲當馬檛何以贈，江邊猶有柳條青。

視新買徐七塢田

人説山田薄有收，不如平壤水交流。深耕早種將勤補，亦勝當初無寸疇。

和周次公韻送鄭恭叔歸城南并簡次公

三十年前識雅容，蹉跎人事各成翁。而今頭白燈明裏，有酒何妨一醉紅。自注：予與恭叔同庚。

春山曾記别匆匆，多少傳言詩句中。遠目不窮天萬里，幾隨西日送征鴻。自注：春山，次公自號。

癸酉立春衝雪觀梅

吾翁當日手親栽，今見芳英幾度開。把酒未能娱一醉，衝寒犯雪日須來。

老人及兒輩皆和再用前韻

不厠繁桃俗杏栽，詩懷端為此花開。自緣衹結冰霜侣，花底渾無俗駕來。

題趙守飛霞亭

問津早似武陵溪，屋上鵝峰有遁肥。醉臉丹時歌雪白，碧山深處染桃緋。林亭縹緲仙翁樂，酒盞交酬花片飛。逍遣箇中閒日月，賦詩應不送春歸。

再用韻呈趙守

不待漁舠喚隔溪，種桃千樹正紅肥。山圍曉障新圖畫，花押春班簇紫緋。池净白鷗相對浴，客來青鳥故雙飛。寄詩為問花前醉，何似天香滿袖歸。

和趙忠州園亭落成宴客三首

雙旌未逐詔書還，放適何妨且謝安。地拔鵝峰長突兀，天教老子得蹣跚。病瘳不必維摩問，客醉誰知太守歡。更乞為時推此意，要令宵旰九重寬。

右自為堂

水香流出洞中花，曾閲秦朝與漢家。咫尺不知塵世隔，漁郎回首鎖烟霞。

右飛霞亭

自來名教屬吾曹，立極何須説斷鼇。聊把經綸寄魚釣，豈無裴楷試仙濤。自注：趙侯時以諸司薦。

右釣鼇

廬陵趙令君宅後有蓮濠月夕相拉觀蓮戲廬陵

朱橋緑水夜深遊，滿載荷花萬斛舟。多病近來常止酒，及無尊俎欠風流。

廬陵呼酒再用韵

令君領客作清遊，蕭散仙人蓮葉舟。唤得酒來詩興發，浩歌和月吸黄流。

廬陵於兩池中作船亭名卧蘆取山谷滿船明月卧蘆花之句落成爲賦小詩

路入芳池柳岸行，宛然野渡一舟横。祇緣胸次規模别，便有江湖氣象生。雲影恍疑帆影度，嘯歌中有棹歌聲。天書恐逐銜蘆雁，未許花邊卧月明。

晚坐卧廬復與廬陵同用前韵

待得巡簷有月行，梅仙無惜為琴横。自注：廬陵子思安尉善琴。頻招野客耽詩興，祇恐東君費麯生。拄笏静看山擁翠，凭欄閒聽水流聲。人生聚散無勞較，萬里青天白鳥鳴。

八月十日過松水

拂石臨流幾歲秋，未嘗歷險究源頭。今朝拄上雲烟去，為吸清泠最上流。

以壽山石條環寄趙昌甫將以廿八字

連城價重雖非玉，千古名存壽此山。野服閒居頗相稱，無端因得玩如環。

甲戌正月從君用弟覓月桂栽

花發枝頭月月新，不妨分種過西鄰。琴書結束歸來日，要使門庭長有春。

以上《克齋集》卷一六

全宋詩卷二七一七

陳文蔚四

送葉味道赴南宫

聖世宗儒重設科，名公碩德總搜羅。近年底事摧頹甚，士氣都緣斲喪多。憂世情詞常懇惻，喜君事業久研磨。不才但有山林興，洗耳專聽奏凱歌。

呈倉使覓官書

歲月蹉跎髮已絲，埋頭自笑有書癡。故人倘解憐清好，歸去山房補缺遺。

池陽地寒梅開甚晚上元後始見疏花一夕春雪曉起觀梅爲梅解嘲

千林一夜散瓊瑰，莫誚亭前春後梅。未入紛紛紅紫隊，不妨曾是雪中開。

倉使亦爲梅着句適與予意相合和其韵

六花如覺厭春遲，桃未敷紅柳未垂。只有紅梅太孤寂，裁冰綴玉助清奇。

別倉使二首

千里江頭訪故人，事雖論舊道彌新。懸知一味憂勤意，要活九州窮困民。秋月洞明波底影，祥風潛有雪中春。荒山僻嶠雪深處，無惜遄驅六轡均。

服膺師訓毅名齋，觀省無妨動與偕。只向此中窺所守，已知平日謹諸懷。器充宏博乾坤大，理析精微律呂諸。吾道古今窮不盡，一尊深夜講朋儕。

歸途喜晴

來時風雪亂紛紛，歸日川原處處春。因識發生真意思，雨餘花柳更精神。

追賦齊山

興動齊山杖屨飛，可人遲日嫩晴暉。一堤烟柳連秋浦，萬里江山入翠微。泉石怪奇難盡究，古今題品待携歸。春來歌酒雖無禁，不與紅塵染是非。

追賦臺治諸景有懷倉使

日日花光展翠遊，芙蓉高樹壓城頭。招邀風月新添竹，管領湖山數上樓。欲伴清琴庭舞鶴，不驚使節浦眠鷗。花開紅藕薰風細，恨不同撐柳外舟。自注：花光、展翠，皆亭名。城隅有九芙蓉正面九華，湖山樓面秋浦。

追賦西廟廣覺寺

精藍同占一青山，遊子紛紛春自閒。要福乞靈從爾輩，獨携筇杖款松間。

晨興

書窗欲曙夢初還，起坐披衣百慮閒。誰識斯時會心處，静聽鳥語樂相關。

送趙國呈赴金壇乃兄忠州，舊為金壇簿

未成花柳種成堤，早有先聲到浙西。待得已書馴雉績，不妨聊訪舊鸞棲。堂前風入琴三弄，江上春歸雨一犁。莫道催科能樣急，也分一念到羣黎。

與周希顔遊靈泉歸途偶作

花日遲遲暖似烘，杖藜飛舞趁東風。野橋傍水柳先緑，山寺留春桃正紅。信步哦詩忘日晚，因言契理覺春融。莆田遠在千山外，長使靈泉信息通。自注：希顔將有莆中之遊。

和昌甫見寄韵

每日相親一卷書，席門猶是昔年如。似公長者今時少，花外何時見小車。自注：昌甫屢未見訪。

清明上冢見杜鵑花

春來未聽杜鵑啼，但見青山花滿枝。俗禮不違聊上冢，他鄉寒食嘆年時。

希顔見寄二絶和韵

海棠帶雨淺深紅，共憩閒亭拂面風。識得春光隨處樂，鬢絲誰管已成翁。

乳燕將雛看學飛，絶勝對客麈頻揮。緑陰翠幄閒中好，誰道春隨紅紫歸。

周公美載酒見過以長句見謝意

門前題鳳風何薄，雪夜回舟意未真。誰似松溪弄明月，興來載酒訪幽人。扣舷牛渚盟當踐，落帽龍山約又新。況有梅花凉玉雪，暑窗容我日為鄰。自注：頃歲，公美約造小舟泛溪往來，竟未酬此願。是夕又約重陽游靈泉為登高之會。公美家梅花秋來爛開，蒙折贈數枝，故詩中及之。

中秋後一夕正望浮橋觀月

省賦山間明月章，好風吹我上河梁。冰輪不帶一分缺，玉鑑無如今夕光。正自凭欄觀水靜，不妨倚杖看人忙。有誰會得遲歸意，籟息天高午夜凉。

重九後一日同公美遊靈泉公美舉示蓮塘納凉之句後公美和予浮橋觀月之韵

紀靈泉之遊予以老人不快不暇即賦老人既安用渠納凉韵爲謝

寺訪靈泉山路長，賦詩因得話蓮塘。林間度竹風無暑，澗裏流花水帶香。静勝携笻終日款，閑來坐石滿襟凉。紀遊未暇牽人事，題品輸君第一章。

昌甫寄徐崇甫書并崇甫寄渠詩及渠兄弟和章因次其韵呈昌甫

念作章泉去，川流日夜東。一身長是客，雙鬢已成翁。霽想濂溪月，和思柳下風。平安毅齋信，多謝為流通。

十月九日同公美踐上林之約回途紀實

景入小春方嫩寒，緩行不覺鳥間關。倚空叠嶂何崷崒，帶石清溪屢繞環。政擬徘徊檀木嶺，且先點檢上林山。杖藜未作忙歸計，又喜臨清得釣灣。

壬午三月廿三日偕諸生携酒過公美家公美宅前山花爛開極可愛爲賦一絶

青春深處每徘徊，為愛花城錦繡堆。誰似君家奇絶處，坐迎春色入門來。

公美約同遊龍安寺僧留小飲歸途一絶

幾年無便到招提，沙路徐行趁碧溪。花竹禪房成小款，笑談不覺到斜西。

十一日同諸友登南臺二絶

萬里秋風約我曹，俯觀闤闠總塵勞。躋攀不藉登山屐，身世從知本自高。

脚底雲山叠叠低，面前一帶繞清溪。秋光總可供吟筆，寫作登高第一題。

登山却立俯視一村風物殊可人意二絶

桑柘陰中日日行，只聞犬吠與鷄鳴。此時身在煙雲上，眼界不知如許明。

竹樹誰家跨小橋，清溪一帶抱山腰。不須更倩王摩詰，水墨平鋪百尺綃。

重陽侍老人飲

九十慈親鬢髮皤，今年菊早去年花。一尊細説重陽事，似此清歡有幾家。

節後赴傅巖叟之招望日同遊棲隱菴華嚴寺呈巖叟及同游者

乘輿聯翩渡小溪，輕車不怕日斜西。擬來古寺觀新扁，且向山齋讀舊題。茆屋起烟歸路暝，秋雲閣雨暮天低。人生適意惟行樂，不較毫芒寵辱齊。自注：華嚴寺有巖叟新篆山齋舊題，乃文蔚和巖叟詞尚留壁間，屈指十年矣。

巖叟用前韵相留踐雲巖之約和韵以謝

屢陪軒騎過横溪，自注：横溪，往雲巖路。每想雲巖望眼西。酬約再尋山下路，賦詩留與石間題。吟風弄月計為上，競利爭名着總低。明日杖藜歸故隱，人生離合信難齊。

贈説相道人

我生本是山澤癯，只愛竹林癡讀書。道人相遇説心相，我亦無心更問渠。

齋前梅開

每歲衝寒出探梅，如今花向屋簷開。玉顔相見無朝晚，繞樹須拚日百回。

癸未二月廿五日訪周道人西菴戲題

道人邀我飯胡麻，半日清閒得遠家。多少欲來無路問，空於洞口覓桃花。

清明前二日同周公美黃子京郊行和子京韵

武夷雲會總儒衣，今似晨星漸覺稀。晚節喜君同臭味，不嫌枯淡肯來歸。

尋春杖屨偶乘閒，多謝詩囊肯破慳。坐石有言盟白石，愛山隨意買青山。

大道公行居廣居，敢將仁義作蘧廬。直須至理超然會，不在陳編細字書。自注：子京多愛抄録，末章故及之。

後一日因展省歸途口占

千丈摳衣記武夷，家山今日屢攀躋。春風拍拍滿懷處，況是花開更鳥啼。自注：先生答陳同父書謂武夷春月花開鳥啼，亦自不惡。

春光休道屬誰家，造化平鋪無等差。不問世間凡草木，得春隨意總皆花。

寄題黄子京貧樂齋

羞逐紛紛世所趨，東溪風月未嘗孤。閉門蒿藿從渠長，堆案簡編聊自娱。機括要須明活法，簞瓢非但守枯株。不覿點也風雩意，灑落胸中一累無。

又謝子京惠贄見

少日深期造孔門，于今老矣嘆無聞。自憐大業乖傳授，賴有遺編可討論。君贈名章多過譽，我慚衰朽不勝文。誓言願畢餘生力，細與窮源探本根。自注：進退韵。

集著尚書偶成

水飲已忘三月味，囊空真乏一錢儲。屢空本是吾家事，贏得閒身且著書。

灌圃

少日嘗嗤稼圃非，近來閒聽老農知。世間機械從來耻，不憚晨昏抱甕疲。

賦決明

每薦盤餐自覺清，嘗於雨後擷其英。未言服餌收奇效，翠葉黄花眼早明。

永豐祝子益和予詩見寄許見訪以長句謝之且堅其約

反關甘與世情暌，緑遍閒庭草欲齊。何處客來談列岫，有人雪踏自東溪。坐低流俗幾千輩，已見新詩第一題。他日竹林如肯過，聖門相與探端倪。自注：列岫，子益燕坐之齋。東溪，子京所居也。

寄題列岫

面面青山不記名，想知宜雨亦宜晴。去來自在雲千疊，高下無多屋數楹。晨誦晝絃俱樂事，春光秋月總詩情。箇中真樂誰能識，不問人間枯與榮。

葉茂卿寄詩卷賦此以謝之

正念交情舊，忽來詩卷新。既能賖酒飲，寧作賣書貧。計想尋窗下，閒須過澗濱。為言田舍樂，花鳥亦情真。自注：賖酒、賣書，用渠詩卷中話。

送趙國宜之官武林

自從棲隱入山深，間闊真同金玉張本作成玉爾音。已謂清光依日月，不知幽趣尚園林。暫違陶徑菊松面，喜動蘇堤梅柳心。聞道專留薦賢牘，知音當在伯牙琴。

送趙惠卿赴玉沙法曹

不辭艱險涉江湖，素志惟期欲展舒。平允外應無别法，坦夷中自有亨衢。雖云天遠雁行近，未至風高魚素疏。見説民淳須事簡，不妨宦學進工夫。

昌甫前詩見簡方和去未達間再於巖叟處見後詩和韵以謝

章泉相去每相思，多謝交情不見遺。繾綣方賡前日句，聯翩又讀後來詩。梅方迎臘多投好，菊已凌霜不入時。大抵世情皆若此，吾儕真結歲寒知。自注：趙詩首及梅菊。

一夕夢中得絶句覺時惟記後二句最真因潤色足成之

歲月苦為身口累，風霜無奈鬢毛侵。自注：夢中彷彿如此。中間一事却奇特，存得當時一片心。

甲申正月答昌甫見寄韵代書

負米嘗漂迹，關心為倚門。盡歡惟啜菽，奉旨屢空尊。温劑勞分給，新詩且記存。開緘細吟諷，小立近黄昏。自注：昌甫寄鍾乳，問勞老人之意甚厚。

周公美嘗年有紅梅之約今花時雨雪公美以詩遣花酒和韵以謝

紅梅高賞趁春晴，不記年華幾甲庚。花酒一時雙遣至，却愁不似對梅清。

清明資福僧遣詩賦此以答之

清明恰值雨晴時，牘喜鄰僧福有詩。十里懶尋沽酒旆，一編深下讀書帷。放懷是處青春好，無事於中白日遲。況是精藍去家近，興來何惜瘦藤支。

和公美一絶

欺人一任雪堆頭，豈復長懷身外愁。涉世自知今已慣，風波應不覆虚舟。

四月二日往檀林登車遇雨度鵝湖嶺漸覺開霽一路晴快野花滿山賦二絶

出門正爾值淋漓，決策登車不自疑。一路新晴天借與，花香鳥語却撩詩。

塊坐蕭齋廢短筇，一春長在雨聲中。野花留得春光在，無數青山玉雪張本作雲叢。

問塵清坐久之歸途偶得絶句

問塵清坐興悠哉，小立朱橋未忍回。好景吟情忽相契，小溪流出柳陰來。

崧嶺石泉

高城石井下成池，對自初分混沌時。雖小古今無涸溢，却憐江海有盈虧。

家園偶聞野花香

杖藜曾是為春忙，紫陌青山到處芳。不謂竹林棲隱地，好風時遠野花香。

六月十二日喜雨

麟經書雨意何如，可喜非常故可書。膏澤未覩南畝遍，嫩涼且覺北窗虚。採詩好入豐年頌，把酒聊娱化日舒。懷抱一時寬畝畝，微痾勿藥頓消除。自注：時臟腑作楚。

賤生諸友有祝頌語以五十六字謝之

庸庸不作世間奇，空負生成造化機。歲月漫驚多髮積，功程殊未進毫微。不貪腰下懸金印，且自尊前戲綵衣。多謝諸君借輝潤，一朝盈篋盡珠璣。

縱步過資福寺僧留飲出示浄度文三教一理論戲書時寺門桂花爛開

一編浄度出玄文，因憩書窗醉酒尊。儒釋未須談一二，且於花下立黄昏。

九月十八日自雙溪還寺車中偶得

太初元有此山川，往古來今幾許年。合是地靈神降嶽，為生人傑柱驚天。遺民但抱羲農朴，正學誰知孔孟傳。要識碧溪流不斷，後人須看石崖鎸。

隱將峽口占二絶

小似武夷深更幽，地盤九曲一溪流。誅茆結屋雖成左，贏得青山自在遊。

四顧青山數畝餘，豈無閑地可耕鋤。有人肯辦入山苦，滿谷桑麻繞舍蔬。

謝昌甫以詩惠藥餞

藥裹屢蒙扶病親，一番書至一情真。人言莫急晨昏奉，我嘆尚為萍梗身。棲隱重曾定要約，章泉一見話悲辛。吴牋况拜慇懃賜，且續新詩為縷陳。

和張元德寄昌甫末章見及之韵

江南目斷短長亭，會面無由見德星。所及交情無皂白，且欣師訓炳丹青。君將偃室春鳴瑟，我但萊衣日過庭。多謝新詩相勉進，敢忘圭復識中扃。

用前韵寄昌甫

幾欲來觀魚計亭，自注：昌甫家亭名。未酬此約已星星。自從蕭寺一回别，不記春山幾度青。尚友古人長閉户，喜聞新命忽揚庭。興來會作扁舟去，剥啄應勞為啟扃。

和周公美韵

風光報答可無詩，漸喜春風熟燕泥。客至甚思留竹隱，書來無奈趣巖棲。自注：謂巖叟也。幸同故國雲雖暮，朗誦新吟日未西。自愧續貂才不敏，徘徊月已在榱題。

趙忠州雨中賞海棠

問春何事苦晴慳，春意惜花留嫩寒。共到花前細商畧，精神最好雨中看。

賦蕭爽薝蔔戲巖叟

且喜花時雨不妨，凭闌閒與細平章。一池交映月添白，六出同妍雪遜香。素有書癡緣病懶，不知詩興為渠忙。道人雅好惟清供，却恐花神索酒觴。

月夜觀花

底事更深睡不感，惜花愛月兩關情。黑甜一枕雖云美，未省人間有此清。

巖叟約觀棲隱薝蔔雨阻和前韵送酒再用韵答之

暫輟書程業未妨，倚欄高誦杜陵章。不知雨意將詩意，但覺花香帶酒香。散破苦嫌饑雀下，争喧閒看蜜蜂忙。也知棲隱如蕭爽，恨不花前共舉觴。

六月十七夜待月

凝佇虚亭未愜心，清光隱隱隔疏林。欲觀玉鑑呈全體，獨倚朱欄到夜深。

黄子京見訪值予未還留詩和韵以謝

自從别去竹林居，暇日尋詩每念渠。疾讀新編慰牢落，清風習習滿襟裾。
此去團溪百里餘，不須踪跡嘆差殊。平鋪此理元無間，曾驗工程進也無。

子京又以長篇告别值予欲出一絶謝之

二年不作上方游，一日重尋舊話頭。却恨嬋娟成兩處，清尊無分共中秋。

以上《克齋集》卷一七

又和胡應祥遊石井韵

兩年再踏鉛山路，今日初嘗石井泉。碧玉巖邊論湯餅，全勝五鼎擊肥鮮。

明笪繼良《鉛書》卷五

（孟憲忠整理）

全宋詩卷二七一八

章良能

章良能（？—一二一四），字達之，麗水（今屬浙江）人，居吴興（今浙江湖州）。孝宗淳熙五年（一一七八）進士（清光緒《處州府志》卷一六）。寧宗慶元六年（一二〇〇）爲樞密院編修官兼實録院檢討官。嘉泰元年（一二〇一）除起居舍人（以上《南宋館閣續録》卷八、九）。開禧二年（一二〇六）爲宗正少卿（《宋會要輯稿》職官七三之三七）。嘉定元年（一二〇八）直學士院兼侍講（同上書崇儒七之二七）。官至參知政事。七年卒（同上書職官七八之六三）。著有《嘉林集》（《吴興詩存》二集卷七），已佚。今録詩二首。

題玲瓏山

短鍤長鑱出萬峰，鑿開混沌作玲瓏。市朝可是無巇嶮，更向山林巧用工。　宋周密《癸辛雜識》前集

題李伯時飛騎習射圖 嘉定庚午四月

禁營貔虎天厩龍，技癢不奈芻粟豐。聞道寶津嘗護駕，前期踴躍矜驍雄。紅綃低繫柳枝碧，滿滿彎弓斫鬉射。偶然穿葉未為奇，截下紅綃方破的。綵繩長曳綵毬輕，閃爍眩轉如奔星。弦頭霹靂起馬脚，回看一箭落欃槍。烏紗帽穩春衫薄，交纈煥爛青絲絡。千步埸深隔九關，畢景馳驅有餘樂。李侯應奉隨春官，日晏歸穿衛士班。平生抵死憐神駿，絶藝那能不細看。不學閻公伏池側，倉皇丹粉供宣索。他年乘

興試追尋，妙處祇須憑子墨。十六蹄翻意態真，磬控應節顧眄親。當時騎士盡應爾，尚想元豐兵制新。慨今多事困供億，養兵殆且殫民力。未聞士歌馬騰槽，安得從容觀戲劇。元吴師道《吴禮部詩話》

蔡幼學

蔡幼學（一一五四—一二一七），字行之，瑞安（今屬浙江）人。孝宗乾道八年（一一七二）進士。光宗紹熙間爲著作佐郎兼實録院檢討官（《南宋館閣續録》卷九），出提舉福建常平茶事。寧宗慶元二年（一一九六）以事放罷（《宋會要輯稿》職官七三之六七）。閑居八年，召爲吏部郎官，嘉定元年（一二〇八）遷中書舍人兼侍講（同上書職官六之七三）。二年，試禮部侍郎兼直學士院兼侍讀（同上書崇儒七之二九），出知泉州（《宋中興學士院題名録》）。歷知建康府、福州兼福建安撫使。十年卒，年六十四。有《西垣集》，已佚。事見《水心集》卷二三《兵部尚書蔡公墓誌銘》。今録詩六首。

和林擇之齊山韵

褰裳涉秋浦，散策上齊山。盼往謝塵囂，瞻新得層巒。原誤作蠻萬象翕呈露，跬步不可間。下巧瞰坤軸，高奇仰天劍。磴矼禹所穴，巖辟秦開關。始探困傴僂，徐行快平寬。蹈鳳扣危壁，登虬俯澄灣。突然出鰲背，但見江漫漫。匪特激愚懦，原誤作濡且以訂羣頑。

早至湖心小園

涼月在木末，我行出林坰。林坰何所事，愛此朝氣清。池荇浥風露，洒洒醉夢醒。來禽俯清泚，相照臉色頩。悠然到瓜田，鈎蔓亦軒騰。萬物咸得宜，吾生亦何營。

浮家

春風掃積素，春雨漲新綠。再行適良願，及此嘉致足。溪桃綻腮紅，溪柳起膚粟。萬物欣向榮，吾生亦從欲。浮家信所之，懽意到僮僕。行樂人有言，未省我心曲。憶昔西湖春，安輿探芳谷。綵舫漾晴漪，名園玩清縟。星郎引羣雛，戲舞衣褻褻。歸來夜未央，清話屢更燭。只今天一涯，把酒遠相屬。富貴竟何時，一官乃羈束。法喜聞我言，低回若驚辱。一笑强相酬，歸裝宜早促。

月夜贈項子謙

月色净加水，奈此清興何。誰人當領此，隔屋呼項佗。駕言先我出，追隨費經過。履聲適相逢，歡然憩亭荷。乾坤何浩蕩，水月光相磨。醉歸巷無人，羣兒自前呵。

晚泊

落日維舟處，沙頭望眼平。牛羊分隴下，燈火隔林明。人散村墟静，溪寒風浪生。漁翁醉眠穩，小艇任斜横。

田園

野水萍無主，清風草自香。庭陰新似染，物色去如忙。岸樹魚依緑，畦花蝶鬭黄。家園向來夢，静數四年强。

以上元陳世隆《宋詩拾遺》卷一七

黄疇若

黄疇若（一一五四—一二二二），字伯庸，豐城（今屬江西）人。孝宗淳熙五年（一一七八）進士。

授祁陽主簿，調柳州教授、知廬陵縣。寧宗開禧二年（一二〇六）除秘書丞（《南宋館閣續録》卷七），累遷殿中侍御史兼侍講（《宋會要輯稿》職官六之七二）。嘉定元年（一二〇八）出知成都府。七年，權兵部尚書兼太子左庶子（同上書職官七之四五）。十年，提舉南京鴻慶宫。十三年致仕。十五年卒，年六十九。事見《後村大全集》卷一四二《焕章閣尚書黄公神道碑》。

澤卿示蘭亭考作蕭翼取蘭亭辭

長廊睥睨來者誰，出門解后渠得知。不言使者求遺書，只言浴繭當及時。從容與語益款洽，論到翰墨尤瑰奇。山僧技癢不自禁，稍出脩禊蘭亭詞。啟函展玩未及竟，袖有黄紙天庭追。口呿氣褫僵欲死，一騎趣向咸陽馳。虬鬚天子喜折屐，詔許兩禁同觀之。龍騰鳳集在御榻，平生觸眼何曾窺。自從繭紙歸昭陵，寶氣夜夜光陸離。千年議論經幾手，極力追倣分毫釐。博聞强誌子桑子，上下纂輯無或遺。清臞不滿六尺長，中有文字無津涯。歸君此編忽自笑，山東學究真黠兒，而今御史還書癡。宋桑世昌《蘭亭考》卷末《群公帖跋》

吴柔勝

吴柔勝（一一五四—一二二四），字勝之，宣城（今安徽宣州）人。孝宗淳熙八年（一一八一）進士。授巴陵主簿，調秀州教授、浙西提刑司幹辦。擢主管刑部、工部架閣文字，遷太學博士，出知隨州。改湖北轉運判官兼知鄂州。求歸，徙知太平州，後以秘閣修撰主管亳州明道宫。寧宗嘉定十七年卒，年七十一。事見《昌谷集》卷二〇《秘閣修撰吴勝之墓誌銘》，《宋史》卷四〇〇有傳。今録詩五首。

柴門春晝

深巷寂無人，鳥聲花塢春。蓽門長日掩，天地一閑身。

唐人挾彈圖

囓膝嘶風徑奔騂，花前挾彈回頭看。一鳥不鳴春晝閑，野水清清緑陰暗。

三友圖

髯龍嘶風山石裂，玉人影斷横斜月。一聲翠羽琅玕東，羅浮夢斷微茫中。以上明梅鼎祚《宛雅初編》卷一

送林明府

擬續宣城志，難忘令尹賢。庭空無獄訟，齋静有詩篇。心比秋雲遠，政如霜月懸。活人最多處，饑歲作豐年。

牧亭秋色

丹楓酣霜壓林丘，黄葉老盡巖西頭。不應蔓草烟漠漠，併作粉繪蒼山秋。以上清朱緒曾《金陵詩徵》卷八

（以上崔統華整理）

商侑

商侑，光宗紹熙五年（一一九四）知郴州。寧宗慶元二年（一一九六）改知徽州（明萬曆《郴州志》卷二）。尋罷（《宋會要輯稿》職官七三之六七）。

句

地俯梅溪新楝宇，源通橘井近煙霞。再題玉雪　宋王象之《輿地紀勝》卷五七《荆湖南路·郴州》

（劉寧整理）

趙善詔

趙善詔，太宗七世孫。宋宗室有二善詔，一爲不惙子，一爲不訌子（《宋史·宗室世系》一一、一六），今難考詳。光宗紹熙五年（一一九四）由知隆慶府任放罷（《宋會要輯稿》職官七三之六〇）。

隆州

三山高峭拔，鼎峙各争雄。秀氣鍾英物，衣冠盛蜀中。

句

仁壽州如斗，分符愧罔功。仁壽

誰謂山城僻，倫魁此破荒。何狀元　以上《輿地紀勝》卷一五〇《成都府路·隆州》

（王嵐整理）

陳祖仁

陳祖仁，孝宗淳熙間爲潼川府觀察推官。事見清道光《蓬溪縣志》卷一三。

釋宗顯重修寶梵院

身浮漚□草頭露，石刻作劫身浮脆草頭露實見卓立中流柱。世網走逃如脱兔，菩提了了無他路。迷人捐軀大火聚，自灼自焚甘自苦。諸佛菩薩慈憫故，教以一舍無復取。顯公超然知落處，功德銷磨貲萬數。一簞一鉢朝昏度，佛事日富貧非慮。如是降心如是住，嘔噦自石刻作鼠蓄與蟲蠹。風清松竹相爾汝，誰其嗣之

需一悟。　清吴章祁道光《蓬溪縣志》卷五

（崔統華整理）

顔棫

顔棫，字叔堅，永春（今屬福建）人。孝宗淳熙十一年（一一八四）上舍釋褐。光宗紹熙四年（一一九三）除秘書省正字，五年除秘書郎。寧宗慶元元年（一一九五）以著作郎兼實録院檢討官。三年知池州。嘉泰三年（一二〇三）召爲中書舍人兼同修國史及實録院同修撰。開禧元年（一二〇五）權工部尚書。事見《南宋館閣續録》卷八、九。

句

未厭慇懃達曙看。　宋紹嵩《亞愚江浙紀行集句詩》卷四

眼明喜見曉光舒。　同上書卷五

衰草連天慘淡黄。

一帶溪山畫不如。　以上同上書卷六

（劉雯整理）

謝直

謝直，一名希孟，字古民，號晦齋，黄巖（今屬浙江）人。孝宗淳熙十一年（一一八四）進士。歷太社令，大理司直（《嘉定赤城志》卷三三）。寧宗嘉定十五年（一二二二）由添差嘉興府通判罷（《宋會要輯稿》職官七五之三一）。清光緒《黄巖縣志》卷二〇有傳。今録詩十七首。

遣懷五首寄致道

貧者士之常，富亦我所欲。得常詎可厭，逐欲何由足。荒哉化蝶翁，微歟監河粟。人生命如綫，日須不盈匊。俯仰天地間，何由謝羈束。

時命各有遇，何言富與貧。有來疾雷電，決去微埃塵。坐令區區者，視此為鬼神。既有得失患，自忘情性真。所以首陽山，昔有餓死人。

君子不謀食，士固食於人。饑餓自有責，何足煩吾神。拂几展我書，熟讀困蹇屯。羲文與周孔，可鑒道屈信。歎歎眼中事，悠悠塵間身。

生當益於人，為道固不同。賜也乃結駟，回也乃屢空。憶昔年少壯，未知理窮通。收身百憂餘，自置寂寞中。饘粥儻可繼，當為七十翁。

在昔營居巢，首尾三十年。高鄰念羈旅，分我佳林泉。自從倉幕歸，亦買半頃田。坐念顏太師，粥竭秖益煎。不如邊孝先，晝眠腹便便。

辰（辰上當有奪字）十月八日同希周掃松靈石晚步松下愴然有懷以數詩示兒姪輩邀希周同賦時阿同在新城他日當寄之

寒光轉南陸，夕景上喬木。層柯蔭脩徑，疏密散金綠。緬懷載酒人，蘿蔓記遐躅。行行出林表，煙莽際童牧。時有種麥兒，揮鉏電翻覆。老樹誰所栽，及兹上交蓋。峥嶸仰巨樟，秀發憐稚檜。悠然攬心思，慨我百年外。我懷引以長，天色慘欲晦。投牀聞夕鐘，擁衾不成醉。

長懷邴曼容，遠慕蘧伯玉。養志則安能，寡過亦所欲。邈哉誤儒冠，坐使衣食促。籝書不論金，終身未易讀。灑掃慚老僧，日食饘一粥。

先公為直言，蔡林古無書。家貧賣窗箔，編籜聚所餘。取之寫文字，瑣細行蟲蛆。遂令後奕世，衣冠出門閭。今為執政孫，學與不學歟。

小夫智解短，錐刀競其身。養志與養體，孰為能事親。堂堂父母軀，浩浩仁義貧。此貧不以道，此樂豈非真。我知我天分，人言葛天民。

昔在井田日，一民本非四。農隙或工商，其秀乃稱士。是知桑禾間，可以寄書史。時非長桀耦，時得伊傅事。卒歲優游哉，吾道甚簡易。

淵明真學者，餘事聊為詩。我讀命子篇，愴彼已焉辭。後來杜陵翁，自笑身長兒。我昔過庭日，教誨真嚴師。哀哀蓼莪淚，灑灑墳樹枝。

長懷際天淵，短懷在眉睫。吾門起典午，台徒今五葉。中原氣象屬，前輩風流接。柰何不竟書，而欲事作業。感此懷短長，賦詩寫胸脅。 以上宋陳起《前賢小集拾遺》卷三

詩一首

上有皇天下后土，此身不患無歸所。憑誰説與清河公，何苦為人作黃祖。 宋劉克莊《後村詩話》後集卷一

山居二首寄朝中故舊

苒苒年華漸向西，可能回脚下塗泥。靜收營慮還書卷，少有工夫入菜畦。潔甚水蒲邊白鳥，翩然風柳下黃鸝。猶嫌宿處聞雞犬，更待移深過虎蹊。

造化涵洪靡不容，近分一谷著愚公。地因沙漲偏宜竹，山為巖多却礙松。夜静圖書天曉睡，臘寒薪火暑天風。獨慚道學工夫淺，却比先師不屢空。　宋林表民《天台續集别編》卷五

挽劉省庵

敢謂曾同學，巍科尚累君。世須存我輩，天乃誤斯文。鄉國緣當盡，衣冠哭忍聞。何當車挽什，刻石累高墳。　元劉應李《新編事文類聚翰墨全書》戊集卷五

許中應

許中應，字成甫，東陽（今屬浙江）人。孝宗淳熙十一年（一一八四）進士。知定城縣。事見清道光《東陽縣志》卷一六。今録詩二首。

陪邑大夫登西峴峰

晴暾發輕暑，惠風蕩繁林。驅車青郊路，舉趾西山岑。隨流翫回轉，就陰便清深。子規續哀響，倉庚流好音。側徑既窈窕，層崖亦嶇嶔。石泉漱瓊瑶，松風戛璆琳。雲間渺虚曠，恍若韶濩臨。水樂名其亭，上有坡仙吟。泉甘瀹新茗，芹香侑清斟。攀躋豈不勞，景勝忘所任。夕陽忽在山，清興浩難禁。山靈應有約，何時重來尋。　清黨金衡道光《東陽縣志》卷三

涵碧亭

清泚何妨一整巾，蒼崖先自怯登臨。泓現人物幾榮悴，祇有林泉無古今。萬个倘容參直節，一泓端欲印無心。蒼顔還許交同老，羅隱書堂尚可尋。　同上書卷二三

王益祥

王益祥，字謙叔，長樂（今屬福建）人。孝宗淳熙十一年（一一八四）進士（清乾隆《福建通志》卷四三）。光宗紹熙五年（一一九四），爲建康府教授（《景定建康志》卷二八）。寧宗慶元二年（一一九六），由知處州任罷（《宋會要輯稿》職官七四之三三）。開禧二年（一二〇六），除樞密院編修官，遷監察御史（《中興東宫官僚題名》）。嘉定二年（一二〇九）知楚州（《宋會要輯稿》食貨六之三二）。七年，由江南東路提點刑獄任罷（同上書職官七五之六）。

題資福院平緑軒

丈室無餘地，生涯小有天。推窗成曠闊，俯檻遶清漣。載酒日邊客，聞歌柳外船。隔牆人易與，贉著買山錢。元徐碩《至元嘉禾志》卷三二

（以上崔統華整理）

全宋詩卷二七一九

高似孫一

高似孫，字續古，號疎寮，鄞縣（今浙江寧波）人（清康熙《鄞縣志》卷一〇），一説餘姚（今屬浙江）人（清光緒《餘姚縣志》卷二四）。孝宗淳熙十一年（一一八四）進士，調會稽縣主簿。寧宗慶元六年（一二〇〇）通判徽州，嘉定十七年（一二二四）爲著作佐郎。理宗寶慶元年（一二二五）知處州。晚家於越，爲嵊令史安之作《剡録》。有《疎寮小集》、《剡録》、《子略》、《蟹略》、《騷略》、《緯略》等。事見《南宋館閣續録》卷八、《宋史翼》卷二九。

高似孫詩，以汲古閣影宋抄《南宋六十家小集·疎寮小集》爲底本，校以影印文淵閣《四庫全書·兩宋名賢小集》（簡稱名賢集），爲第一卷。以輯自《四庫全書》本《蟹略》、《百川學海》本《騷略》之詩，爲第二卷。《後村詩話》、《天台續集别編》等書所録之詩及斷句，編爲第三卷。

入餘杭縣

明發遵西陸，驅車月流光。佳山迎車來，知是古餘杭。危樹露如雨，平野日未陽。支流滀清源，弱羽無高翔。人家叢灌下，世載山水鄉。扣門作午憩，白飯羞文魴。邂逅有足歡，離合非其常。主人不予鄙，予留亦徜徉。

憩昌化民家

晚程息勞轍，白日流西暉。水鳥得魚去，耘夫荷鋤歸。川原杳仟綿，林野雜依霏。一來扣竹館，相邀入荆扉。重巖吐清溜，澄陰布殘菲。曰予考此室，十世相因依。左右桑果足，歲日（名賢集作時）雞豚肥。豐猶未至裕，歉亦無能饑。予聞良自愜，欲謀北山薇。有田可同（名賢集作當）共耕，有蠶當共衣。車夫猝無情，此志仍重違。

答李才翁

素意杳難尋，殘鑪屬晚陰。花知西洛事，雁叫北人心。客共艱難盡，詩隨老大深。金陵書不到，消息又沉沉。

宋江都研

數寸清純玉不如，入波陶髮冷蕭疏。千金爛抵荆山鵲，一璞深刳渭水魚。墨帶花香臨近潤，泓沉燈影了殘書。從來端歙難優劣，名下真成士不虛。

答宇文文學

無能應俗苦皇皇，詩不驚人筆事荒。天下無山如飯顆，人間有水自滄浪。左杯右蟹一舟足，早韭晚菘三畝强。莫謂覺來亡可嗜，逢人猶自覓花忙。

燕文貴山水圖

道山堂上御府畫，展卷猶能記老燕。十日何由辦水石，千金乃可分江天。楚湘兩岸風落木，海嶽三秋雁度川。大山小山俱好隱，江南夢去曲肱眠。

答武昌吴廣文

平生不識武昌樓，官柳青青好在不。庾亮笛吹黄鵠月，簡栖碑駁碧苔秋。山横赤壁含情斷，水出瞿唐快意流。何處叫君同一醉，並舟秦女擘箜篌。

丹砂歌謝胡史君惠砂床

宜州丹砂産暘谷，不比辰溪攢箭鏃。素霓深抱赤城霞，斬猩半染于闐玉。海日下照珊瑚紅，化為姹女金芙蓉。一從擘華分禹璞，猶有絳氣埋雲峰。鑄鼎泥壇有消息，坐看光輝成五色。淮南雞犬亦同升，九轉真能生羽翼。

琵琶引

人生聚散難為别，何况匆匆作胡越。梅梢帶雪下昭陽，明朝便隔關山月。長城不戰四夷平，臣妾一死鴻毛輕。回憑漢使報天子，為妾奏此琵琶聲。長安城中百萬户，家家競學琵琶譜。酸聲苦調少人知，食雪天山憶蘇武。西風吹霜雁飛飛，漢宫月照秋砧衣。嫖姚已死甲兵老，公主公主何時歸。

銅雀硯歌

曹公夜讌凌雲臺，一言契闊含餘哀。分香老伎各雲雨，歌舞不盡埋蒿萊。漠漠頹基鄴山下，萬里煙塵無一瓦。井幹鑄酒自平生，烏鵲飛南播遺雅。老農犂雨開荒寒，一礫千金苔未乾。世人好奇不好近，直比周簋仍商盤。老璞渾渾殊質魯，得水猶能發妍嫵。更與人間作壞古，月明夜盜西陵土。

黄居中瀟湘圖歌

天晴而雨斷兮，作蒼梧九疑之高。秋風行而川怒兮，泄瀟湘洞庭之奔流。樹不知名兮山抱複嶺，沙不計程兮水趨它洲。波作止兮蛟舞蛟蟄，雲晦明兮猿呼猿愁。原不可作兮蘭亦塵土，賈傅歸漢兮鵩其何尤。

誰呼魚兮北溢有酒，誰鼓栧兮南津有舟。懷斯人兮杳靄千里，目悵望兮吾其歸休。

寄吴鈴幹

有偉千人傑，能為萬里遊。挂帆春背雁，問驛夜驚鷗。道路空留滯，文章莫暗投。九疑生雨遍，三峽帶寒流。采藥青神觀，題詩白帝樓。乾坤供爛醉，星斗照閑愁。漢已歸蕭相，天難壽武侯。詞人頭欲雪，壯士淚如秋。中下猶須策，西南夙倚籌。有錢書盡買，滅虜志終酬。猿破高唐夢，龍馴灩澦舟。行人定安穩，夏近可歸不。

騎鸞引贈句曲山吴道士

夜騎白鸞出琳闕，三萬仙官鏘珮玦。雲雷帖妥過剛風，左推日九名賢集作丸右扶月。一息瑶池翠水家，阿母迎謁龍驅車。青娥彈絲玉妃酒，坼盡蟠桃紅玉花。九天丈人來問道，太極之前天不老。丹霞一氣玉樞宫，寶笈繩金容探討。井君沐浴波五色，洞房光芒上奔日。天上傳呼六丁直，星斗離離礙鸞翼。以上《疎寮小集》

聚景園

翠華不向苑中來，可是年年惜露臺。水際春風寒漠漠，官梅却作野梅開。

四聖觀

水明一色抱神州，雨壓輕塵不敢浮。山北山南人喚酒，春前春後客凭樓。射熊館暗花投《武林舊事》卷四作扶扆，下鵠池深柳拂舟。白髮邦人能道舊，君王曾奉上皇遊。

石　楠

自隨野意訂《全芳備祖》後集卷一九作了山行，香浸楠花白水生。借得風來帆便飽，隔溪新度一聲鶯。

木　香《全芳備祖》後集卷二九題作朮

下簾深與意商量，無酒何如此夜長。一樹木《全芳備祖》作筯朮絲仙有分，依然只作秘書香。

梅

舍南舍北雪猶存，山外斜陽不到門。一夜冷香清入夢，野梅千樹月明村。

紀　夢

翠峰嵯峨三十六，寒泉落空響哀玉。岩花石路勢縈紆，玉闌干護脩筠緑。雪鬌老人負紫瓢，金絲麈尾遥相招。紅螺酌酒湛湛碧，坐倚蒼石吹洞簫。孤鶴來傳天上詔，老人挽予偕一到。飄飄高舉淩青冥，直過罡風履黄道。祥光樓閣倚崢嶸，神虎守闕森衛兵。雙闔朱扉忽微啟，中有靈官來遠迎。絳衣持斧立丹陛，玉皇手中玉如意。雲璈風瑟自宫商，天聲清越非人世。帝旁青童傳帝宣，文華宫中呼謫仙。謫仙顧余笑且言，子宜亟返來他年。探懷贈我五色筆，子當寶之慎勿失。濃香氤氲迷帝所，長揖老人下西廡。身從日月上頭行，俯視斗杓分子午。雲氣相隨步武生，過耳但覺松風鳴。覺來握筆紀佳夢，月明樓鼓撾三更。　以上宋陳思《兩宋名賢小集》卷三一三《疎寮小集》

全宋詩卷二七二〇

高似孫二

蟹　包

妙手能誇薄樣梢，桂香分入蟹為包。也知不枉持螯手，便是持螯亦草茅。

富次律送蟳

鱗甲錯夏物，懷青莫如蟳。蘇公今張華，何微不知音。入手巨螯健，斫雪雋莫禁。宛然如玠輩，曾是秉玉心。蟹因龜蒙傑，酒與畢郎深。二者不可律，食之當酌斟。以上《蟹略》卷三

趙嘉甫致松江蟹

雁知楓已落松江，催得書來急蟹綱。消一兩螯如斲雪，强三百橘未經霜。無詩莫學天隨子，有酒當呼吏部郎。不解持經聊戒殺，省嫌無板去燒湯。

李迅甫送蟹

小橘枚枚菊未黄，蟹肥全不待些霜。莫嫌草草相知少，猶是曾為吏部郎。平生嗜此龜蒙蟹，便無錢也多多買。瞥見風姿已瀟瀟，一呷橙虀酒如瀣。

誓蟹羹

年年作誓蟹為羹，倦不能支署放行。但是草泥行郭索，莫愁豕腹脹膨亨。酒今到此都空了，詩亦隨渠太

瘦生。吏部一生豪到底，此時得意孰為争。

趙嘉父送松江蟹

青天肯為蟹飛霜，蟹亦貪詩老更狂。楓葉已隨詩共冷，菊花能為酒先忙。平生爾雅誰能熟，此去玄經孰敢荒。剪去吴淞半江水，漁翁不敢叫滄浪。

同父送松江蟹

人間寧有幾松江，蟹到强時橙也黄。非是龜蒙無此隽，自從茂世孰為忙。乾坤大半漁為宅，雪月從頭筆做牀。不讀晉書誰了此，晉書曾讀也蒼茫。

趙廣德送松江蟹

江空蟹急窘於蒐，滿腹清凉做盡秋。茶竈筆牀新意思，寢香衛戟戰風流。生拚不入吴王鱠，死亦相尋越女舟。得一好詩無可憾，無詩也不作騷愁。

趙崇暉送魚蟹

秋驅雁至至猶稀，且饌新芻理舊衣。蟹為龜蒙何惜死，鱸非張翰且休肥。五湖已去無遺恨，三徑方歸有昨非。更欲借渠茶竈火，蕭蕭葉滿洞庭蘆。

趙君海惠蟳

早揮鱠手作雲鼈，雪帶晴飛且拍螯。安得輪囷如此壯，也知郭索許多騷。翰林風月從來别，太史江山一味豪。今夜筆牀船上去，已輸吏部十分高。

江寺丞送蟹

苦無多雨便重陽，憶殺池頭煮蟹凉。政用此時消幾輩，菊花先作故山香。

吴中致蟹

天雨洞庭霜，寒驅蟹力忙。全然空俗味，只是作詩香。酒已方繞熟，橙猶未肯黄。讓渠茶竈火，和月煮滄浪。

汪彊仲郎中送蟹

連日天街候駕歸，且呼酒對早梅飛。從來吏部高情别，右手分將老蟹肥。

答癯菴致糟蟹

秋入丹楓聲怒號，吴兒得志飛輕舠。緯以萬竹瀾寒濤，有法如兵勇於鏊。彼蟹甚武殊驛騷，一霜二霜如此膏。物生固忌風味高，最以風味無一逃。葬之酒鄉泣醨糟，一醉竟死俱陶陶。了我一身凡幾醪，死生大矣惟所遭。飲中諸公人中豪，左手酒杯右手螯。醉魂浩蕩不可招，為君以酒博蒲萄。世間萬事真牛毛，一醉一死俱蓬蒿。恭惟不殺心忉忉，視民如蟹嗚呼饕。

䤉蟹

西風送冷出湖田，一夢酣春落酒泉。介甲盡為香玉軟，脂膏猶作紫霞堅。魂迷楊柳灘頭月，身老松花甕裏天。不是無腸貪麴糵，要將風味與人傳。以上同上書卷四

九懷

《離騷》不可學。可學者章句也，不可學者志也。楚山川奇，草木奇，原更奇。原人高、志高、文又高，一發乎詞，與《詩》三百五文同、志同。後之人沿規襲武，摹倣制作，言卑氣嫚，志鬱弗舒，無復古人萬一。武帝詔漢文章士修楚

辭，《大山》《小山》竟不一企，況《騷》乎？嗚呼《詩》亡矣，《春秋》不作矣，《騷》亦不可再矣。獨不能忘情於《騷》者，非以原可悲也，獨恨夫《騷》不及一遇夫子耳。使《騷》在刪詩時，聖人能遺之乎？嗚呼！余固不能窺原作，猶或知原志者，輒抱微款，妄意抒辭，題曰《騷略》。越山川，曾識舜、禹，作《蒼梧帝》，作《思禹》；又經句踐君臣，作《越王臺》，作《鴟夷子皮》；吴為越所滅，失於棄胥也，作《浙水府》；始皇東游，以功被石，作《秦游》；王謝諸人殊鍾情於越，迄為蒼生一起，作《東山》；其以德著于腏祠者，侑之歌，作《江夫人》，作《嶀山雨》；命之曰《九懷》。嗚呼！後之視今，今之視昔也。知我者《騷》乎。

望九疑兮雲雨，心慘慘兮思君。冉冉兮愁痕，楚波深兮斑竹活。歷嵯峩兮極眺，訊遐心兮誰將。蛟何躍兮衝波，鴻何驚兮離網。湘有蘋兮渚有荃，欲將誠兮無能宣。蒼莽兮何之，孰亮余兮㛹娟。羽何音兮鏘鏘，鳳何儀兮濟濟。朝騰余軔兮梧陰，夕娱兮清澧。蹇躊躇兮自喜，遡清川兮如洗。植館兮雲中，樹之兮石磊。磊貝闕兮鱗堂，雜青楓兮始霜。芷路兮蘅薄，桂飛橑兮蘭房。相茇荷兮可衣，美秋菊兮曾糧。瑶華兮在席，江有蘺兮吐芳。被薜兮帶蘿，表之兮以蘭香。彙衆卉兮揚徽，貯芳辛兮同薰。哀絃切兮入雲，靈來下兮繽紛。捐余瑠兮中流，遺余玦兮北渚。儼奉君兮嘉薦，乃遺余兮芳杜。時契闊兮難再，聊歌風兮自語。

蒼梧帝 湘夫人

攬九州兮余憂，民將魚兮誰瘳。水受令兮安流，菱芃芃兮方秋。老帝力兮茫茫，射神魚兮飛舟。朝帝君兮不下，莽故疆兮生埃。踏蒼龍兮倏東，棲靈游兮故宫。擢桂棟兮蘭房，蕙幬兮荃床。翳殘書兮鏄鑪，杳空山兮神揚。神揚兮何極，有人來兮為之太息。濕刓石兮酒寒，隱懷君兮傷惻。蓀橈兮桂櫂，海若兮獻月。采水碧兮紫淵，弄蠙珠兮冰穴。無一芳兮可酬，心難吐兮猶咽。砥柱兮湯湯，龍門兮阻長。事難古兮悲傷，迹蒼奔兮蹇余以何往。朝欲逝兮河津，夕濯衣兮西澨。花漲兮波惡，魚鬬兮雲舞。沐余冠兮嵯嵯，濯予璫兮楚楚。靈心懌兮來下，乃遺余兮芳杜。玩芳杜兮三嗅，時不來兮孰與。

思禹 湘君

草長兮菲菲，越山青兮霏微。玉在珮兮欲語，望故宮兮如歸。酒闌兮猶香，優流光兮庭幃。芳俎進兮蘭藉，玉鱗寒兮牲肥。靈翺兮醉只，笙噓雲兮霑衣。鼓輕舠兮無留，月共載兮依依。樂莫樂兮知幾，哀莫哀兮別離。鷓鴣愁兮忘飛。

越王臺 東皇太一

江欲冷兮丹楓，月將缺兮初鴻。天如仄兮沉波，檝有聲兮追風。易莫易兮謀功，難莫離兮圖終。東山兮誰作，若斯人兮猶窮。水下鷺兮溶溶，山插雲兮叢叢。叫夫君兮不聞，拊遺聲兮如空。君不來兮誰晤，余心憂兮沖沖。

鴟夷子皮 雲中君

越山兮青青，江波兮噴薄。萬里兮長風，引驚瀾兮去之。夫君兮以淵為期，水何為兮勞苦。越山兮升雲，江水兮未平。舉酒兮訊君，將與余兮心傾。若有人兮颩雲旗，舞神魚兮踏文螭。奏水星兮叫冰夷，橫壯氣兮海為飛。麋臺兮生草，言如毛兮人杲杲。夕宿兮江皐，越兵西兮如拉槁。一沐浴兮九江，水揚波兮淙淙。飛余橈兮雁渚，舍余璫兮漁矼。望美人兮未來，心不怡兮難降。有酒兮如冰，呼膾具兮魚龍腥。

浙水府 少司命

澆磊塊兮洗磅礴，有老父兮愁偏醒。

君之來兮鞭潮，令冰夷兮毋驕。撫余車兮安驅，海難填兮魂銷。龍翼輈兮既東，旌翠昏兮生埃。蛟抗刃兮波赤，噉霧光兮蓬萊。樂莫樂兮佳游，哀莫哀兮忘歸。簫鍾兮鐃鼓，吴歌兮楚舞。魚飛兮雁奔，君之樂兮俁俁。憩蹕兮嵯峩，陳席兮楚楚。撰德兮蒼崖，秦夸聲兮豪詡。騎雜遝兮鑾玲瓏，窮禹迹兮窺踐宫。民如蟹兮誰能聰，海水作兮號魚龍。歡未殫兮樂未終，金母號兮漢旌紅。

秦　遊東君

江上兮青山，水既去兮復還。引微風兮無瀾，擢桂櫂兮閑閑。望美人兮來下，靈翩翩兮從女。劈中流兮揚舲，雁邕邕兮遵渚。玉衣兮畫裳，御清氣兮前青鳳。穆川后兮静波，湘君遺兮蘭芳。行貞兮昭昭，瑲明兮玉娟。天門兮為開，萬夫哀兮惟女賢。翠帷下兮沉沉，花飲露兮陰陰。素鱗寒兮不動，寄風瑟兮瑶音。涉江兮采蘋，剪綃兮蠲塵。奉瑶華兮結辭，靈不見兮愁人。愁人兮柰何，目眇眇兮微波。路杳靄兮倏長，其柰何兮夕歌。

江夫人大司命

若有人兮山阿，樂莫樂兮在邁。絜余珮兮有蘭，愜余裳兮有蘿。凌八荒兮騁望，悵山河兮悲壯。倒天漢兮濯江淮，眇風雲兮晤懷。竹樹兮冥蒙，海月兮朣朧。君何為兮山中，鴻奔南兮逼輕舟。歌聞天兮擊中流，氣浩浩兮横九州。山冉冉兮生雨，水汪汪兮迷浦。鳩一叫兮花愁，期美人兮春渚。

東　山河伯

砥蒼崖兮燕危磐，枕淵洄兮夏留寒。谷懷煙兮川引霧，出漁鄉兮入樵路。屋如懸兮石將危，蕩蘭舟兮揚桂旗。江有蘺兮溪有蓀，沙一抹兮雲垂垂。耒宜雨兮帆宜風，香在罏兮各為功。村醪熟兮春無度，水羞香兮雪登俎。晴陰節兮花亂飛，老漁歌兮野巫舞。靈埃樂兮憺忘歸，人無忘兮雨而雨。維余舟兮款神闕，石𨫼𨫼兮蘿漫漫。帷之褰兮風毳急，石可憩兮苔痕斑。潭中人兮夜漁急，神魚舞兮陰妃泣，報靈君兮千罟集。水如練兮月冥冥，若月絃兮作湘聲。舟欲去兮且復留，耿不寐兮空隱憂。

山中楚辭

嶁山雨山鬼　按：有目無文

山中可樂，不可説也。既釐越一壑，多種草木，多釀酒。日與客游，不知日之夕西，時之老也。乃輯歌語為《山中楚辭》。

山如罨兮栖柔煙，鳥徘徊兮翠如褰。蔭松柏兮牽丹泉，猿在上兮鶴在前。拍浮丘兮延偓佺，話坎離兮生坤乾。問山月兮今何年，月得道兮玄之玄。

月澄午兮收雲，嚼鮮芳兮予酒。朝列宿兮將舉，炯其北兮惟斗。斡四令兮無惰，活元氣兮呦呦。一疊兮上訴，思超凡兮辭垢。

穆東皇兮受命，樂山中兮俱春。風引樹兮欣欣，雨生波兮粼粼。天有心兮康予，朝復朝兮趨新。春空勞兮又去，山青青兮予親。

若古兮多奇，御夏兮高明。蹇千山兮在下，石吐泉兮泠泠。采新果兮半熟，被疏絺兮全輕。非老子兮孰悟，亦晉人兮予盟。風來南兮洗琴，棋落落兮爭聲。心有官兮自玉，天相知兮同醒。

桂樹兮團欒，籬菊兮可采。石磊磊兮沿荔，雁嗷嗷兮離䨴。人心悽兮易凉，時令遷兮誰綷。攬古昔兮自悵，視彭殤兮何待。吁嗟秋兮，不以悲而能輕，不以愁而為怠。若得意兮騷者，酒淋騷兮如海。

木蔌蔌兮皆冬，汛山林兮迎雪。匠此妙兮磅礴，信天人兮豪傑。當是時雁分黯淡之雲，花弄扶疏之月。酒涉隽兮少對，詩造微兮自悦。天山兮誰饑，蔡州兮誰决。眇斯人兮毋作，雪霏霏兮空潔。

欸乃辭

客有遺王右丞捕魚圖者，愛其風景蕭遠，漁事安閑，無一毫較利競名之意。切慕其趣，樂其高，為之歌曰《欸乃辭》。

帝子降兮北渚，目眇眇兮愁予。嫋嫋兮秋風，洞庭波兮木葉下。揭揭兮寒茭，濊濊兮輕罛。有鶼兮在梁，鴻何為兮離網。白蘋深兮騁望，水之清兮濯纓。翁不語兮嗔偏醒，欸乃一聲兮天水淥。

後欸乃辭

柳子厚《漁翁》詩，蕭蕭《湘君》、《湘夫人》清風，不可以筆墨機緘索也。世人論次楚辭，乃以《天對》、《晉對》推之，知者淺矣。因掇杜公句，伴《漁翁》詩為《後欸乃辭》。嗟嘆之不足也。

洞庭瀟湘白雪中，中有雲氣隨飛龍。漁父天寒網罟涷，山木盡亞洪濤風。又歌曰：漁翁暝踏孤舟立，滄浪水深青冥闊。不見湘妃鼓瑟時，至今斑竹臨江活。又歌曰：漁翁夜傍西巖宿，曉汲清湘燃楚竹。煙銷日出不見人，欸乃一聲山水淥。　以上《騷略》卷一

嶀臺神絃曲

《神絃曲》出於唐，娱靈斿也。嶀臺介剡山水間，神境奇拔，中抱霖雨，時庸濯靈。似孫甲戌春奉先公紵車過臺下，酹江有祈風反，須臾一帆脱矢，直擣山步，灘磧不驚。神光赫流，肇敏桴鼓。乃依楚辭章句，度《迎神》《送神》辭，刻諸山中，用毋忘英造。

迅雙槳兮刊中流，風與力兮帆無留。瞥逝鴻兮呵慵虬，芷泣香兮木鳴樛。宛有人兮山之幽，翠翦字兮旌柔柔。朝陽瀣兮夕陰洲，月不動兮雪霜浮。期靈君兮一徠游，虚谷應兮寒颼颼。酒可醺兮蘋可羞，靈不

鄙兮攄吾愁。

水清清兮石鑿鑿，浪攻崖兮風洗壑。天飛凉兮衆木作，元氣湧兮魚龍惡。若有人兮老叢崿，跨黄羆兮度蘅幄。夕鴻溟兮曉名嶽，懷霖雨兮時電雹。靈來娭兮瑟蘭勺，水光開兮煙罷漠。律予辭兮徵眇邈，林劃嘯兮靈歟樂。

花飛引

蘇楚自廬山來，與予同在山中數月。酒必酒，詩必詩。予平生友如楚者，不一二數。其去也，各灑淚花竹間，不勝依依。乃書此送之西。

花少思兮離離，企佳人兮不來。風嫋嫋兮吹愁，緑滿樹兮香在苔。鳩哀兮山裂，芳菲兮今歇。杳新知兮誰悦，期佳人兮柰何别。

蓬萊遊

植臺松桂杉篁之表，翠樾如圍，一塵不汩，字以蓬萊。游而有其辭。

緑連霧兮窈窕，翠生香兮輕浮。花得道兮無妍，鳥涉仙兮何愁。心太平兮太平，功如水兮先秋。喬松來兮樂自注：去聲。余，蓬萊樂兮堪游。

木采采兮交蔭，靈飛來兮隨鶴。月欲去兮仍西，風吹花兮未落。花未落兮猶春，酒依依兮如昨。王與謝兮讓余，蓬萊游兮堪樂。

秋蘭辭 少司命

《秋蘭歌》，三閭大夫以奉司命者。至漢，張衡賦兩言之，自注：秋蘭被涯。又曰：縭秋蘭之幽華。而酈炎、自注：秋蘭榮何晚。曹植、自注：秋蘭被長坂。潘尼、自注：流聲馥秋蘭。傅玄、自注：秋蘭豈不馨。江淹自注：秋蘭被幽崖。諸人，疑於蘭眷眷者，而《九歌》遺情輒鬱弗彰，悲夫！乃抒《蘭辭》，酹大夫。

秋蘭兮青青，得道兮如素。娟娟兮好脩，行隱隱兮不渝。夫人兮孰懷，美蘭何為兮覩處。秋蘭兮英英，含章兮自明。山中兮無人，其與誰兮晤傾。悲復樂兮樂復悲，悵來者兮不可期。悲莫悲兮有所思，樂莫樂兮心相知。贈子兮雜珮，朝能來兮夕能會。暮雨兮生愁，心繚悷兮何能慨。訊蒼蒼兮如何，天不語兮雲嵯嵯。吐琬琰兮自通，宛清揚兮山之阿。望美人兮不來，閴寥寥兮浩歌。雲裾兮風裳，引沆瀣兮朝陽。澹自樂兮優尚羊，豈無人兮而不香。

小山叢桂

《招隱士》，淮南小山之所作也。漢淮南王安好書，招致賓客游士八公之徒，為辭賦篇章，曰《大山》《小山》，猶《大雅》《小雅》也。而騷之意度氣蘊，小山能知之。然其詞有曰：山中兮不可以久留。乃作《小山叢桂》，庶幾於《招隱》者，仍反其詞焉。

桂樹叢生兮山之幽，偃蹇布濩兮翠交流。壑谿錯互兮雲岑霄，石戔戔兮溜鳴瑶。鶴陰陰兮猿嗷嗷，攀援桂枝兮聊佳留。聊佳留兮遲遲，訊有華兮東籬。風景兮不可支，襟將舒兮孰怡。碕兮曲，山岑岊，攬蹟邃兮心怳惚。潏兮沕，寥兮瑟，樫蘿密叢灌盤紆兮杳藏日。嶙峋鑿落兮董蘢回複，榛薄荎菌兮葩華菜郁。青蘿素蔓兮薇蕪彧毓，兕勇熊遒兮來嘯來伏。山中崊崊兮嵬嵬，泠泠兮濟濟。蛩唧兮禽嘶，秋風兮自來。攀桂枝兮聊須留。桂花開兮芙蓉寒，桂花落兮芰荷乾。若人兮悲秋，山中兮胡為不可留。

朝丹霞

歲辛酉元日夜半，夢升天。雲氣彤爍，光流玉霄。朱門金鋪，丹碧璀璨。金榜在上，曰丹霞宮。帝君被髮仗劍，坐於中閾。武士金青肅然，揮呵曰：汝本朝太宗皇帝也。予歛服端拜，心神竦昂。歷屋數十間，見霞衣星冠出入者百數。乃依入者以趨，至庭下，為天樞院。須臾兩貂蟬擁靈君，贊曰：天樞上相。予拜，相亦拜。大青杯設茶，冷如冰。東橫兩朱几，几上籤卷秩秩。因輒問：此何書耶？相曰：郊年進上帝故事也。以其一授予，黄羅而金檷，一行三字，字大書。一黑床設大玉盆，予曰：此非洗玉盆乎？相笑曰：是。俄揖予興。過一二十廊，至小軒，甚窈靚。軒下六井，銅為欄。顧予曰：一井有水，水通海，自海井導為六耳。又過小廊，至一齋，凡三楹，環設可一二十几，几各一研。予捧玩驚喜。最後一石，刻曰陽嘉元年。相舉以賜予，自勉以道，予拜而受。夢忽寤，時已五鼓。既以詩記其事，因閲唐顧況《朝上清辭》，愛其幽古婉暢，脱去塵滓，依稀其趣，作《朝丹霞》。

沐佳施兮清靈，滌三生兮無腥。迅玄挺兮嘉會，蜕吾骨兮坯吾形。杳倏駕兮潛青宜，舞剛風兮鵠分翎。上何有兮無能名，老積氣兮寒泠泠。窈復窈兮流火庭，物受錬兮愁六丁。爍此鼎兮神無停，雪盡垢兮朝朱陵。轉璇樞兮上亭亭，一語契兮驚群星。味清浄兮不可經，玄復玄兮發新硎。畫琳琅兮黄金繩，帝監觀兮燕清寧。閳不閳兮皦無際，毛髪竦兮心為冰。井有波兮通滄溟，玉抱德兮誰能銘。慉來歸兮析然醒，道有成兮其當升。

以上同上書卷二

全宋詩卷二七二一

高似孫三

由校中秘書授徽倅道出金陵投留守吴公琚號雲壑，字居父

四朝渥遇鬢微絲，多少恩榮世少知。長樂花深春侍宴，重華香暖夕論詩。黄金籯滿無心愛，古錦囊歸有字奇。一笑難陪珠履客，看臨古帖對梅枝。宋葉紹翁《四朝聞見録》卷二

楊嗣勳惠茯苓

道是青神谷，元通白帝崖。有松如壯士，其魄化嬰兒。雲溼侵鴉嘴，天寒翦兔絲。堯初香摘髓，秦後雪凝脂。穴動龍蛇窘，山空鳥獸悲。惟將千歲力，白了一生奇。

都下

柳生春思拂京華，不管閒人也憶家。添盡好香那睡得，月良如水浸梨花。

中秋夜登秀臺二絶

青冥風露無人管，醉力飛昇入桂臺。月過斗西親挽住，伴人騎鶴去蓬萊。

冰娥看盡人間世，好事如公不數枚。却唤清蟲相揖酌，汝聽下界息成雷。

梨花

殿頭催引上清華，獨奏春詞喝賜茶。帶月歸來仙骨冷，夢魂全不到梨花。

晚泊江口

白鷺青煙剡江口，梅六七分經雪後。月肯流連相伴酒，隔岸呼船有魚否。

答辛幼安

青天不惜日，壯士偏知秋。自古有奇畫，如今空白頭。彼時當再來，吾老不可留。天推壁月上，星入銀河流。躔度若此急，人生與之浮。終夜自起舞，無人共登樓。典謨有陳言，河洛非故州。黄鶴呼不來，誰能理殘裘。以上宋劉克莊《後村詩話》卷八

寄桐柏山王尊師

猶道中峰淺，重新入翠微。讀書呼鶴聽，洗硯待猨歸。近瀑青松溼，朝陽紫朮肥。逢仙歸又晚，行得健如飛。

桑世昌澤卿歸天台

且入西陵抖素衣，寒燈猶有雁相依。月僵積雪和梅凍，天拆殘星背斗飛。書策不堪供世用，江山何肯笑人歸。赤城仙伯皆吾輩，為帶詩行問子微。

夜宿金庭洞

夙聞桐柏山，下入金庭洞。五雲所出没，千翠相迎送。川明芝自燁，夏冷雪猶凍。沙泉注陽穴，水碧孕陰峒。天光抱瓊室，神力扶蘭楝。其左鬭蒼虯，其西翔紫鳳。中穿穴窈複，傍見石闕空。青煙溜松髓，白水鳴醴甕。怪草不知名，珍禽時曳弄。石蜜吐巖房，琪芳突苔縫。星君時一遊，仙翁亦參從。或乘玄鶴來，或並青鸞控。香趨玉女跪，丹走山靈慟。谷神元不死，玄根在深種。誰其握性命，於此破昏夢。世

人少知幾，何能測天用。

次韵沈台州遊桐柏山

中天積翠玉臺遥，崑閬吹風下赤霄。鶴護青松生老珀，龍歸丹井應寒潮。三台自逐璣衡轉，玉帝常同海嶽朝。休道人間仙骨少，功成也會作松喬。

桐柏山瓊臺

翠嶽竦神秀，玉衡直三台。上有長生君，含光赤城臺。陽崖燁金芝，陰壑生碧苔。獨立雲在下，一嘯仙俱來。丹郎醉不醒，玉女聲如孩。帝鄉風自寒，洞口花長開。所嗟塵埃中，那有神仙才。秦皇漫東海，漢武空蓬萊。

夜宿桐柏

月到中峰碧峭深，露桃微重鶴移陰。隔松聽得仙官話，句句皆非世上音。

瓊臺西路

一夜天台雨，青鞋蹋盡沙。添將清瀑水，溼盡碧桃花。涉澗鉏生朮，和雲嚼野茶。便無仙骨分，不敢更思家。

桐柏觀閲藏經

天人皆奇人，一以文為主。至今崑崙山，猶有羣玉府。虚無天之根，清浄道所祖。也知自羲翁，此妙洩盤古。老氏啟藏室，八神負猛虡。玉垂太上篇，金寫神仙語。舜璿奔一機，漢宫鑿萬户。璆諧玉女下，雷吼蒼龍舞。侍晨校琅簡，玉卿譔瑶譜。兩垣協躔度，四溟節風雨。恭惟上帝鷺，哀此下民苦。昭昭懸朗監，歷歷開蒙瞽。粤從擘混沌，孰不趨子午。六爻本乎健，五行依乎土。神機迭經緯，和應相律吕。子能發此鑰，太微開帝宇。

清曉昇瓊臺頂石崖有仙人脚跡

亂石排天倚嵐壁，苔痕不犯松喬跡。上通羣帝集台斗，下鑿十洲通碣石。樹呼清風雜今古，山遺宿潤從開闢。丹翁曾同玉女醉，樵者亦見仙人弈。雲飛磴道晴掩冉，露溼衣裳香滴瀝。洞中靈君來不來，鶴歸衝落桃花碧。

桐柏山黄法師齋

羽人歸丹丘，輕房冒蒼頂。雲飛北斗壇，瀑洗洪崖井。三更火交坎，八十雪垂領。深香熨玉釜，淑氣回丹鼎。彼空此亦無，物動我自静。灼知喬松輩，元涉羲老境。一來受清滌，内悟開微儆。請添無為香，上有蕭臺景。

桐柏山鄭先生齋

鑿石引幽路，傍崖開碧庭。棋留樵客坐，鵝博老君經。竹榻朝吞日，松壇夜拜星。山中有公事，鶴觸杏花零。

萬年山

依松屈曲疑無路，十里廿里香深沍。殿臺平入蓬萊圖，人煙盡屬天台賦。山奔萬馬逼人立，泉吼晴雷半天注。亂峰發地翠參錯，沓嶂參差龍屈怒。陰磴仍遺前臘雪，陽崖競拔千年樹。亦容羽客賣丹來，更有神僧飛錫渡。佛界焚香玉女跪，海舟獻寶胡兒踞。未午催敲集梵鐘，隨雲共展升堂具。冥搜窮日不知極，妙盡所歷何容遽。平生略持山水眼，是處且了林泉素。揮支公錢極易事，分龐翁榻良難遇。青山不是世間無，山若識人人也住。

石橋歌

一石上負崑崙柱，一水西奔牛女渚。玉幹獰鱗萬松古，夜夜神光干帝宇。石滑苔危冰一縷，四海長依開闢雨。月落未落逢諸矩，《甫上耆舊詩》作半規吐兩足敲泉龍罷舞。

國清寺泉時有緑蟾蹲崖石西

崖腰溜清水，素光揺玉宇。其陰透碧海，有石如砥柱。心知老龍都，直入蓬萊府。仙雲蕩涼潤，積雪明深暑。陰陽若在兹，嘘吸多成雨。孤花棲暗芳，瘦木垂梢古。娟娟緑蟾蜍，曾識廣寒女。深疑珠宫物，内敬不敢侮。山僧惜一茶，自碾仍自煮。相從有覺意，兩悟無凡語。欲分鮮花屏，稍築松風廡。銅缾取明月，洗此文字苦。

栖霞宫山齋

山栖極造理，其北恰嵐壁。下吞泉數斗，中有蒲數脊。崖留未化雪，竹迸將崩石。不為世所薫，直入玄之寂。道人無一吝，近我如相識。忽然問周易，再三説太極。言清嚼冰雪，事奥通金碧。吐納少滯咽，導引多精色。陰火養陽鼎，黄雲生寶鬲。定是西母池，佳桃已中食。

參政錢公山園

朝廷文物自昇平，公主園林尚典刑。山好儘强金谷澗，客來且上翠微亭。鶴鳴欲説前時事，花在非如舊日馨。多少唐人詩意思，無人知得更冥冥。

浮岡

山含宿凍未曾銷，鳥去仍迴水路遥。千樹梅花三尺雪，一帆風力半江潮。

天台渡

一江夾清渾，只向青村注。餘雲拖薄潤，遠靄飛輕素。船輕順流下，石狹奔湍怒。蒼陰布仙跡，野芳生幽趣。山色各有舊，春情宛如訴。徘徊良自得，泱漭又將暮。遐瞻金碧庭，可入丹泉路。今夜宿桃花，切莫匆匆去。

天台道中

落花入谿口，山山皆可佳。横矼碧水急，後峰白雲霾。野藥綴殷子，危松换新釵。魚輕争湊石，蘭瘦深依涯。此處若有仙，欲留殊未階。一來愛清氣，全是牽幽懷。空色下映水，風聲高在崖。草草亦難通，借泉洗青鞋。

再至桐柏山

此山即蓬萊，其下通弱水。萬里奏上帝，一嶽留仙史。逍遥丹霞上，出没流精裏。夜子鶴又叫，月暈風欲起。自從西磵去，復見東峰峙。松施神農藋，石護堯時髓。無中猶有象，玄外更無旨。略聞赤松道，浩劫不可紀。

桐柏臺夜作

東崖紫雲飛，西壁白雪炯。洞口一何邃，人閒無此静。松風翻瀑怒，梅月逼鶴警。苔汙斷闕石，茶注彭亨鼎。丈人極好生，生神最澄景。且修黄房訣，夜向香心永。

鹿郎中山居

非是拜龐公，何繇識此峰。自唐無兩見，如漢有高蹤。徑吐歸來菊，山連種老松。輕飛雲似健，精鍊玉為容。鶴要親題竹，猨常認擊筇。花深多不見，葉響却相逢。天最知陶亮，人難揖戴顒。一來非小事，吝到此皆溶。

巾山雪

携詩來做台州雪，台州雪好無人説。一峰玉削崑崙柱，一天冰夾蓬萊闕。大江不動網罟凍，衆壑皆聲松竹折。村無人行太清浄，樹無鳥棲俱峭絶。丹天仙君謁帝回，赤脚泠泠踏寒月。不管飛殘水帝魂，從頭盡笑春風拙。緑華之女素霓衣，從以廣寒太陰妃。法曲導引青鸞飛，仙人仙人胡不歸。

王清叔舍人玉寒堂

只為襟懷別，全然少俗埃。山林非細事，天地有奇才。泉石皆經畫，松梅不妄栽。何銷嵩洛去，嵩洛在天台。

寄天台蕭練師

已是成仙了，全然得道長。石堅松結髓，山煖朮生香。近瀑衣裳冷，和雲筆硯涼。傍崖修碧宇，何日奏寥陽。

石橋紋蕈

絶冥萬丈深，積翠淩空危。清澗月自浴，孤芳人不知。石骨溜香髓，松苓湧涼脂。忽然青雲陰，見此白玉姿。冉冉露痕重，濯濯雪花滋。淑氣注陽鼎，甘津灌華池。開經拜修静，得道推安期。聊欲燕其陽，飽食五色芝。

簡石橋僧壁暉

只在閒雲裏，房虛滏翠屏。童歸收晚果，客至歇殘經。月落千峰黑，龍歸白水腥。關門無一事，草木共冥冥。

桐柏鄭練師歸故山

元與玄俱妙，全無事可輕。路依蒼石轉，房與碧雲平。鶴露收殘夢，桃風析晚醒。西窗留與我，却去事彌明。

分繡閣夜作二首

一燈炯微明，敲盡寒更永。老蛩泣月罅，脆葉鳴霜井。此事誰主宰，凡物皆動静。不了達者觀，却似醉難醒。久無謝安石，況復陶弘景。殘書非一慨，孤鐘但深省。梅生雪後花，雁叫雲西影。他心不可度，此語堪自警。

識字始多憂，悟理良自苦。少小習句讀，豈解工訓詁。一從入老大，甚覺悔雕組。人生各用命，何乃太知古。典謨必皋契，詩句須李杜。生居諸公後，已覺萬事忤。勤婦少完襖，惰農甘莽鹵。八卦不可推，天意眇如許。

別天台

早乘霞氣入蓬萊，不識神仙也不來。曾與赤松游數日，自携玉女上西臺。當時共説黄房事，回首空驚碧海埃。前度劉郎今得度，桃花一一為郎開。

以上宋林表民《天台續集別編》卷四

高似孫三

和居簡師韵

夙接江畫，素心盡降。一離名峰，便成杳隔。杜陵歸後，始得清題。情之所鍾，何必見安道也。二作峭眇，不枉飛聲。自憐衰調，曷可蒙塞。若有寸暇，尚續前盟。

恨不相從早，分渠月半寮。墨飛春澗石，茶衮夕鐺潮。詩到如今瘦，情從此處消。為君料理極，參透碧寥寥。

憶昔相尋處，時今可更麼。春愁侵磊隗，晚步隔坡陀。風入唐聲妥，山函蜀氣多。一春聽盡雨，此意與誰歌。　宋釋居簡《北磵詩集》卷五附

水西

抱崖一水限僧居，空翠溟濛畫不如。落日遊人山窈窕，清風啼鳥竹蕭疎。　宋《詩家鼎臠》卷下

次韵陳校書送鶴竹筍詩

竹如鶴脚瘦交加，驚識英英玉露沙。一見已知仙骨健，高於越箭更無差。　元李衎《竹譜詳録》卷四

遊九鎖

洞門金晝翠琅玕，杏不多花月溜寒。借得御書經自讀，松風浄洗石棋盤。

雲氣常常在上峰，松生仙骨盡成龍。不通名姓誰談道，却得雲邊兩度逢。　元孟宗寶《洞霄詩集》卷四

揚州官滿辭后土題玉立亭

天台渡

且更淮南了歲華，天香深窈竹西家。忽然踏碎瓊樓月，相伴夫人暮倚花。　明曹璿《瓊花集》卷二

歇程偏惜來時路，白鳥相隨呼野渡。一樹桃花碧雲暮，過了溪西却飛去。影印《詩淵》册三頁二一四三

濟錢清江

潮分殘力引船飛，一道浮暉入杳微。可惜梅皆容易落，相將雁又接連歸。依前清洛情猶在，覺道離騷事已非。倚枕但看王導傳，困來不復解春衣。同上書册三頁二一四七

紅梅花

帶雪匆匆别楚雲，天寒依約見湘君。只疑不合瑶池去，引得春風八九分。同上書册四頁二四三五

小閣

料理閑如舊，依還略似家。自添磨硯水，多買入瓶花。有客談游墅，催奴設賜茶。悠悠江海意，風雪滿蒹葭。同上書册四頁三〇四〇

任賢良歸蜀

衮衮江來急建瓴，一西還有幾長亭。峨眉雪罷添巴水，玉壘雲空見蜀星。白浪不侵魚復陣，青苔猶護劍關銘。堂堂功業今皆在，天意何時更一醒。同上書册六頁四三九四

蔡山渡

江上人家破竹門，潮來水長浸籬根。鯊魚一尺枇杷小，放溜船來酒滿尊。清胡文學《甬上耆舊詩》卷二

别雲門

回首雲邊更看松，風流王謝舊行蹤。不知誰繼諸賢後，夜半來聽六寺鐘。清李亨特乾隆《紹興府志》卷三

句

硯濕春鋤雨，罏腥郭索泥。
魚帶淞江月盈缶，雋處依稀開蟹斗。
僧釜菘分甲，漁篝蟹鬬臍。
有桂叢生須讓菊，為鱸歸去也輸螯。
小山花落渠如別，右手螯香我欠肥。
菊報酒初熟，橙催蟹又肥。
有魚有蟹美如玉，胡不醉呼黄鶴樓。
有晉風姿如此蟹，箇箇能空無能解。
蟹遁迫衆隙，鶴饑拳兩階。　以上《蟹略》卷一
齗頭蟹大須都買，篘下醪香且竟酣。
水生奔蟹簄，樹雜蔭魚牀。
明夜定依漁父宿，簄頭呼蟹碧丸丸。
自携筆具呼西舟，好風吹蟹歸魚篝。
山梅能摘索，溪蟹更清癯。
蟹生溪味爽，梅報野香疏。
翠鷩苕影亂，蟹過石陰空。
秋蘭臨澗活，石蟹帶霜饑。
蟹遨離罅石，翠狎跂枯蓮。

沙清幽蟹露，樹蔚野禽留。
相次西風吹蟹老，眼前且作鱠殘圖。
大川足鳧雁，蟹老魚亦老。
菊報香篘熟，橙催宿蟹肥。
夏蟹新中食，初菘脆入虀。
不是桂菊蟹，如何能好秋。
風流誇老看元宵。
硯八百年今懶進，蟹一尺大何能烹。
壯尺大貪持蟹匡，十分香憐破橙黄。
月洗黄蘆雪，天生紫蟹秋。
雁愁奔舊菊，蟹健敵新醪。
蟹與人同健，詩如酒怕陳。
笑逼花皆立，騷添蟹越遒。
最覺黄花如有意，却憐豪蟹欲相疎。
沙空擒逸蟹，泉熟煮寒青。
菊纔重九破，蟹却十分遨。
迴舟指淞江，徑奔魚蟹海。
多買潮來蟹，催烹帶得魚。

同上書卷二

高似孫三

近澗取白水，初篘烹石蟹。

天差鶴管烹茶水，風夾花吹煮蟹烟。

蟹䤖逢畢卓，酒不了劉伶。

小山花落渠如別，右手螯香我欠肥。

折得花相伴，消渠酒拍浮。

未教剪初韭，全如持左螯。

雁老已忘蘇武節，蟹危猶愛畢郎奇。

啜醨正自强持酒，衆醉如何敢獨醒。 糟蟹

筍早趨禽腹，橙香適蟹螯。

蓴逢鱸始服，橙入蟹偏香。

蟹豪留客飯，芎細約僧茶。

老蟹自應强雋逸，壯蛑還只象膏粱。

斫雪蝤蛑鱠，生香茉莉盃。

豆蔻雨分霽，翠蟳雪炊香。

蟳肥和雪鱠，梅早夾春篘。 以上同上書卷三

無詩如鄭谷，有髮似馮唐。 題直舍 《後村詩話》卷二

風穩琛舟引，春歸卉服銜。 送潘德鄘帥廣

上皇今百歲，近侍不多人。 謁吴給事

鹿采花修供，猨分石坐禪。寄僧
夢無全覺久，詩只半聊奇。別僧
竹大時聞折，梅明不受霾。聽雪
今古憑詩了，乾坤賴酒澆。忙猶輸使硯，懶尚事持茶。雜詩
汾獻升雲鼎，秦遺蝕雪碑。買硯
沙冷雁三二，天長帆有無。曹娥江
題遍蛟綃乾碧海，吹將鶴笛上青天。贈放翁誠齋倡和
太乙神仙游册府，秦王學士凭闌干。道山堂前梅花
已是飛來鵾鳩了，可能落到牡丹開。懷墅
東西都漢猶司馬，三百年唐只次山。讀漫郎詩
晉書好傳偏安石，唐世諸人且樂天。答人
龍尾石須分幾寸，牡丹花不望頭綱。送歙守
旋作池來分剡曲，略教花處似蘇堤。池西
相依豈恨移來晚，欲訴猶須說到明。梅花　以上同上書卷八
花開纔一信，人日故多陰。元《羣書通要》甲集卷六

（文師華整理）

全宋詩卷二七二二

石應孫

石應孫，晋江（今福建泉州）人。孝宗淳熙十一年（一一八四）進士（清乾隆《晋江縣志》卷八）。光宗紹熙二年（一一九一）爲池州貴池尉（《宋會要輯稿》職官七三之六）。寧宗嘉定十二年（一二一九）由通判雷州任放罷（同上書職官七五之二一）。今録詩五首。

題南山

孤鶩去邊天浩渺，萬家窮處水灣環。嶺外此州為道院，風烟殊弗類南蠻。宋王象之《輿地紀勝》卷一一〇《廣南西路·潯州》

遊黃山

山川形勝雄江東，九華輝映天都峰。傳聞早已盪胸臆，恨不插翼長相從。朅來隨牒官秋浦，城郭奔馳厭塵土。絜家捧檄過臨城，偷閒兩作煙霞主。黄山登覽原無由，何期易地太平遊。清池軒豁日舒麗，突兀樓觀撑深幽。憑高徙倚敞心目，絶壁半天横碧玉。迴溪千里指顧間，螺髻分明三十六。壯懷高向紫霄懸，俯視培塿真一拳。古今秀色餐不盡，筆端收拾生雲煙。萍蹤倘未逐流水，古刹相望一三里。暇時風月得交游，鷗鷺同眠勿驚起。

石花洞

我試問陽和，洞問誰是主。盡日立東風，百花無一語。

桃花洞

桃花五色四時開，片片香隨磵水來。况是軒轅曾手植，紫烟深處有樓臺。

水簾洞

珠簾巧費水晶裁，萬古垂垂淺碧苔。幾度月鈎鈎不上，孤雲能入此中來。

以上清閔麟嗣《黄山志定本》卷六

張聲道

張聲道，字聲之，温州瑞安（今屬浙江）人。孝宗淳熙十一年（一一八四）進士（《南宋館閣續録》卷七）。寧宗開禧元年（一二〇五），累遷秘書丞兼資善堂説書（宋《中興東宫官僚題名》）。嘉定三年（一二一〇）由江南東路提舉奉祠（同上書職官七四之三五）。後知岳州（同上書職官七五之三二）。今録詩二首。

九折巖在臨安玲瓏山

池繞九巖邊，鴛鴦自在眠。圓荷浮簇簇，翠葆静涓涓。霑足三春雨，清和四月天。庭空無一事，真樂付詩篇。

酒送鍾聲隨晚照，雨添竹色薦新涼。欄干燭影水波静，簾捲杯深荷度香。《永樂大典》卷九七六五引《臨安志》

（以上崔統華整理）

徐大受

徐大受，字季可，號竹溪，天台(今屬浙江)人。孝宗淳熙十一年(一一八四)特科，終監行在草料場。事見《嘉定赤城志》卷三四。今録詩十首。

遊石橋至塔頭路

招手晴雲豁，妙高峰頂頭。竹輿摇午夢，茗椀唤春愁。俎豆羅千嶂，虚空起一漚。危欄閑徙倚，萬象入冥搜。

入石橋路林木蓊鬱但聞澗聲潺潺忽驚湍飛雹駭緑紛紅雜然而下口占二絶句

罯彴微分碧玉灣，杖藜穿破鬱藍天。山深草木春無路，時有藤花一樹妍。

琮琤林澗只聽聞，想見縈崖絡石紋。忽作驚湍濺飛雹，半隨花雨落紛紛。

方外詩友機空二禪婁詫蓮峰五月梅雨深林叢薄中娑羅花特異每以未見爲恨夏初過此而橋東是花豫開豈應真大士出此以相勞耶

九葩一蕚鶴翎紅，開落梅黄烟雨中。千葉青蓮無路到，不知春在石橋東。

入萬年謁簡庵清老追和曾使君詩板韵

踏破深崖蒼石稜，八峰來謁簡庵清。山花照座一兩點，雪狖叫雲三四聲。詩帶烟霞藏舊刻，門開樓閣見經行。平田淺草歸時路，風月依然度百城。

歸路過福聖觀瀑布輝老踞坐盤石二絶題飛雨亭

電激河翻白雨飛，青烟紫霧落斜暉。山中道士秘泉石，只到此亭牽客衣。

一水高懸千尺梭，空林終日影娑娑。仰天雄踞盤陀石，尊者真身諾巨那。

送輝老自赤城住聖水

道人去住本無心，雲出空山鶴在陰。試問白蓮同浄社，何如赤壁卧青林。叫羣孤雁水天闊，啼雪冷猿巖洞深。要勘山門騎佛殿，春風杖錫儻來臨。

題林詠道浮江別業

密林凝晝寂，一葉動須驚。砌浄飛花影，池深落果聲。正宜鋪枕簟，且復倒瓶罌。向晚催歸急，烟江野艇横。　以上宋林表民《天台續集別編》卷四

巖桂花

重重簾幕護金猊，小樹花開逼麝臍。寒色十分新疹粟，春心一點暗通犀。香延棋畔仙人斧，影射燈前太乙藜。從此再週花甲子，伴公長醉玉東西。　宋陳景沂《全芳備祖》前集卷一三

（崔統華、劉雯整理）

傅誠

傅誠，字友叔，仙遊（今屬福建）人。誠弟。孝宗淳熙十一年（一一八四）進士。通判無爲軍，召監六部門，寧宗開禧二年（一二〇六），除宗正寺簿，旋擢淮西轉運使。召爲司封郎中，使金歸，卒。事見明弘治《興化府志》卷四〇《傅誠傳》。今録詩二首。

使金

霜明玉節映寒流，馬渡蘆溝向上頭。萬里河山觀古塞，百年荊棘嘆神州。要臨瀚海銘燕石，莫上新亭作

楚囚。多少遺民思舊俗，可憐金帛歲包羞。

東京道上口占

宫闕岧嶢俯碧空，九門未曉月朦朧。馬嘶南陌東風遠，回首神京一夢中。

以上清鄭杰《閩詩録》丙集卷一〇

（崔統華整理）

洪彦華

洪彦華，字叔昞，淳安（今屬浙江）人（清嘉慶《淳安縣志》卷一一）。孝宗淳熙十一年（一一八四）進士，知茶陵縣。寧宗嘉定間爲國子監主簿（《宋會要輯稿》職官七三之五四）。歷知興化軍、荆湖宣撫使，入爲端明殿學士（《楚紀》卷五二）。今録詩五首。

澮巖紀游五首

聞説澮巖天下稀，乘閑得得叩巖扉。中虚上透真奇觀，□□□□悟機。

朝陽巖自次山顯，鈷鉧潭由子厚彰。山水得人名始重，不元不柳□逢黄。

辟秦人去幾千年，介石于今尚塊然。指□載魚行播□，争如流水亦稱賢。

暗巖别是洞中天，石臼石棋仍石田。因□巖扃知命戒，貪□□□復言旋。

老僧持鉢傍山門，古寺蕭然一味清。骨相山林非富貴，不應曾有訓狐鳴。

清卞寶第光緒《湖南通志》卷二

（戴螢整理）

葛洪

葛洪（？—一二三五），字容甫，東陽（今屬浙江）人。從吕祖謙學。孝宗淳熙十一年（一一八四）進士，授崑山尉（明正德《姑蘇志》卷四一）。寧宗嘉泰二年（一二〇二）知昌國縣（元《昌國州圖志》卷六）。嘉定六年（一二一三）爲樞密院編修官兼國史院編修官。十七年，權工部尚書、國子祭酒（《南宋館閣續録》卷九）。理宗寶慶元年（一二二五），簽書樞密院事。紹定元年（一二二八），擢參知政事。四年，知紹興府。端平二年卒。著有《蟠室老人文集》十二卷等，已佚。《宋史》卷四一五有傳。今録詩四首。

涵碧亭

雨歇留蒸濕，明來得翳涼。雙嬉魚欲動，萬箇竹添長。景到煩詩答，歡多厄日忙。茲遊端勝絶，不是學高陽。

中興寺瓊翠閣次喬夢符韻

蘭若憑高處，風虛閣自涼。川林輸望迴，日月對閑長。洒落幽人暇，奔馳俗累忙。何時足生理，卜築並山陽。　以上清黨金衡道光《東陽縣志》卷二三

游天宮寺

昔日經遊處，如今意已荒。知君曾命駕，為恨失褰裳。境好因人勝，詩看著脚忙。會須重定約，暇日共相徉。　同上書卷二四

癸丑臘大暖誌之

歲晏風裂肉，今乃頓和柔。玄冥在何許，而使威令收。陰冰澌已泮，礎柱汗交流。敝扇出故篋，老體捐輕裘。細人幸煦燠，君子深噍啁。天地有正氣，來往無停輈。春蟄而冬敖，夏假而秋揫。此候或云舛，

厥證良不瘳。念昔有名相，死人遺道周。睠焉不敢忽，顧逮一喘牛。彼誠知所職，豈伊調燮羞。嗟予寡所恃，隔絶明與幽。罪戾不自省，胡為憂人憂。同上書卷二六

（崔統華整理）

張元觀

張元觀，南城（今屬江西）人。孝宗淳熙十一年（一一八四）進士（明正德《建昌府志》卷一五）。寧宗嘉泰間知金谿縣（清道光《金谿縣志》卷四）。

翠雲山

未了人間朱墨緣，强顔荒邑又三年。填胸眯目皆塵土，直到峰頭始豁然。元陳世隆《宋詩拾遺》卷一二

（李更整理）

薛紱

薛紱，字仲章，學者稱符谿先生，龍游（今四川樂山）人。孝宗淳熙十一年（一一八四）進士（《南宋館閣續録》卷八），授成都教授。寧宗開禧初知漢源縣（清同治《嘉定府志》卷三四）。嘉定四年（一二一一），除秘書郎（《南宋館閣續録》卷八）。六年，由知永康軍任罷（《宋會要輯稿》職官七五之一）。嘗築玉淵書院講學。有《則書》十卷（《宋元學案》卷七二），已佚。

續和漕司高齋韵

坦情渠儂嫌我真，斗升誰給太倉陳。悠悠江漢飄零客，落落乾坤老病身。心歷百艱彌感奮，詩留千古越清新。高齋高處齊文焰，付與從今仰止人。明周復俊《全蜀藝文志》卷一三

（崔統華整理）

鄧諫從

鄧諫從，字元卿，漢嘉（今四川雅安東北）人。嘗通判黎州。與薛紱等同爲二江九子之一。事見《宋元學案》卷七二《通判鄧先生諫從》。

題巫山瞻華亭

崚嶒玉削三千丈，翠潑嵐光冷相向。風含太古雲氣長，變化溟濛紛萬象。陰晴一日具四時，天籟銎深虚自響。神山娟妙擢群參，錦繡鋪張獻奇狀。蟠根積鐵匯百川，龍矯蛟翻鐃跌宕。勢連三楚此開國，故壘荒宮帶溪瀼。樓臺井邑老風烟，環珮清聞駐仙仗。竹林風味便讀易，久與江山為輩行。鳴絃餘暇豁心眼，戲著飛闌雲雨上。爽明自可達壅蔽，野獲又何勞草創。政和民氣長似春，景迥心平過於掌。征鴻明滅志何杳，黄鵠追隨意尤放。當年李杜經行處，太史銀鈎刻青嶂。寶刀珠瑟出耕墾，曲水纖腰迷草莽。牢盆古隸雜秦篆，飛動閒摹永平樣。珊瑚交柯烱不蝕，髣髴將軍勳業壯。英雄繁盛隨流水，時有竹枝賡牧唱。孔泉文物起騷經，國色明妃守孤尚。我家峨眉紫翠間，為愛奇峰甘蒟醬。秋風野水憶絲蓴，擊汰夷猶理烟榜。《全蜀藝文志》卷一三

（孟憲忠整理）

葉時

葉時，字秀發，號竹野愚叟（《檇李詩繫》卷二），錢塘（今浙江杭州）人。孝宗淳熙十一年（一一八四）進士。寧宗嘉泰二年（一二〇二）召爲太常寺主簿。開禧元年（一二〇五）除秘書丞，遷監察御史。嘉定元年（一二〇八）累遷右諫議大夫，六年罷（同上書職官七三之四〇、七四之四五）。理

宗朝知福州兼福建路安撫使（《西山文集》卷二〇《賜知福州葉時乞畀宫觀差遣不允詔》）。事見《南宋館閣續録》卷七、八。今録詩二首。

還桑澤卿蘭亭考二首

書法光芒晉永和，後來摹寫不勝多。考論又得桑夫子，蘭渚風流轉不磨。

自從繭紙殉昭陵，定武流傳賸得名。總輯舊聞為博議，即今真贋不難憑。《宋詩拾遺》卷一八

楊誠之

楊誠之，義烏（今屬浙江）人。吕祖謙門人。孝宗淳熙十一年（一一八四）進士。事見清康熙《金華府志》卷一八。今録詩四首。

挽東萊先生

德性天然具，文章少已工。淳明范太史，簡澹小央公。聖學驪珠貫，人材水鏡空。膏車輕萬里，垂發哭途窮。

宇量諸公上，聲名一世宗。平生無一愧，度外有兼容。綆斷一尋井，蘿枯百尺松。紛紛湖海士，末路更誰從。

久屬蒼生望，温然兩玉人。長沙纔賦鵩，絶筆遽傷麟。自注：時南軒逝告未幾，而公下世。自牖無遺納，遭時有未信。萬牛回首處，深谷卧輪囷。

共惜堂堂去，真成種種休。中原渺歸計，清洛更東流。鍛鍊言猶在，從谷志未酬。何心誦遺草，有路慟

西州。

宋呂祖謙《東萊集》附録卷三

（以上崔統華整理）

汪雄圖

汪雄圖，字致遠，休寧（今屬安徽）人。孝宗淳熙十一年（一一八四）進士。歷峽州教授，建昌軍教授。學者稱李頓先生。事見明弘治《徽州府志》卷六。

黄山採藥歌

黄山青兮𡼭㠊，三十六峰兮森起。草芸芸兮金吐華，石浥浥兮玉成髓。若有人兮薜荔衣，掬芳潤兮凌險巇。朝擷英兮巖竇，夕攬秀兮溪湄。招浮邱兮為侶，豈劉阮兮自迷。療膏肓兮下土，陪軒轅兮與歸。

《黄山志定本》卷六

（劉雯整理）

全宋詩卷二七二三

趙汝談

趙汝談(?—一二三七),字履常,號南塘,餘杭(今浙江餘杭西南)人。太宗八世孫。孝宗淳熙十一年(一一八四)進士。調汀州教授,召除太社令。寧宗開禧三年(一二〇七)擢秘書正字。嘉定間通判嘉興府,改知無爲軍、温州,遷江西提舉常平。理宗端平元年(一二三四)遷宗正少卿。權吏部侍郎,升侍讀,以言去。三年,起知婺州(清康熙《金華府志》卷一一)。官至權刑部尚書。嘉熙元年卒。有《南塘集》九卷(《千頃堂書目》),已佚。事見《南宋館閣續録》卷九。今録詩十五首。

南　湖

每憶西湖上,青帘原校:舊作蓮,非賣酒亭。柳條魚頰翠,花片馬蹄馨。寒食經行路,晴窗入夢屏。因循春又晚,風絮攪空冥。

靈　谷

靈谷神仙宅,言歸肆目新。山光遠如畫,秋色老於人。世事棋争劫,人心海變塵。功成思范蠡,湖上一閒身。

翠蛟亭和鞏豐韵

幽亭枕蒼峽,雲竇通曲水。百折如建瓴,灇灇鳴不止。客來一抽鑰,白霧噀巖底。欻翕千丈蛟,拏空翠濤起。天開混沌竅，日洗盤古髓。諒匪畜池鱗，多應化雷尾。馮陵氣易壯，怖蕩辭難侈。日假金洞光，景逾瑤池泚。誰云遊方外，巧異緇塵裏。坡仙頗年數，覿面猶尺咫。采句貴自然，罕言良是已。琁題豁靈界，篆出蕃君里。物生亦倚數，有形必有靡。道人亦多事，浮念何時死。余生嗜泉藪，痼習牽研几。太息動静機，于何寄真理。醉倒和滄浪，煩君更詳此。以上宋陳思《兩宋名賢小集》卷二三六《介軒詩集》

環錦亭

與子鄉鄰信有年，故王遺事到今傳。爽鳩邑改風烟在，散騎園分水竹偏。高架插書供夜讀，滿堂成綵敵春妍。相如可是區區者，戲筆題橋亦偶然。

枌社交陰舊有緣，蹇驢那得到亭前。青山謝傅携樽地，白水錢王守冢田。尚友詩書厘暇日，養親豚韭樂豐年。異時駟馬榮歸里，虚左相迎更可賢。宋潛説友《咸淳臨安志》卷八六

題謝一犁春雨圖

久客長安思野人，今年羅貴更愁新。江燕漠漠春多少，展卷聊尋夢裏身。

洞霄觀水

峽口蒼蒼放水時，乾風吹落面前詩。可憐無地遮秋色，流出千山也自奇。

寄趙昌父

楊柳風吹神雨晴，櫻桃花發野塘春。歸來依舊青山好，白髮看山有幾人。以上宋劉瑄《詩苑衆芳》

翠蛟亭酬和

多病思君秋水深，好風忽送雁來音。相逢四句山中偈，説盡君心見我心。

聞道今晨看洞回，老龍眠處寶千堆。靈珠已落君侯手，枉着明駝夜半催。

衣上繽紛雲欲生，一山果熟看猿登。亦聞鰲背通朱闕，幾擬追尋竟未曾。　影印明《詩淵》册二頁八九四

次曾景建和謝康樂華子岡詩韻

景建出所和謝康樂韵詩，意若欲僕古調者，勉繼高躅。

君言華子岡，遺跡在茲山。陰霧虎嘯谷，熙暘烏浴泉。劃疑易區界，遐集古聖賢。丹井砂蕩潏，玉林桂葱阡。或時吹簫子，來往倏飛烟。徵謝靡不驗，叩玄發奇筌。先疇樂斯隱，荒始規後傳。小子夙慕遁，馳心結繩前。仙路邈難期，矯首涕潺湲。謁予願有術，投翰三喟然。　明楊淵弘治《撫州府志》卷三

次曾景建紅泉碧澗韵

鄒丞記晁氏書堂，謂其所即謝公入華子岡之地，而所云是麻源第三谷者，非是。今景建説亦然，雖微小異，而指紅泉碧澗實在明水，則與鄒同也。古事要為可徵，而兩賢意猶可嘉耳。景建有詩盛言其微，似趣余佳遊，不可不先答和，率爾皇恐。

詩評明水好，笑我尚逶迤。丹穴三千仞，蒼藤千萬枝。谷耕聞好鳥，社飲見龐眉。他日煩君指，書堂與佛祠。

石不能言語，雲如過去身。意求雖彷彿，事往或湮淪。洞壑龍離隱，池塘草得春。山民忽驚避，吾此岸烏巾。

次曾景建紅泉精舍韵

康樂秀髯長拂巾，伐山走鹿辟車塵。才毫并觸當時禍，物色分留後代人。環澗已為僧去碣，紅泉今與子

通鄰。著書萬卷精廬裏，成佛生天自致身。以上同上書卷四

（孟憲忠整理）

周牧

周牧，字善叔，寧德（今屬福建）人。孝宗淳熙十一年（一一八四）進士。累官直徽猷閣廣西經略使、知横州。事見明嘉靖《寧德縣志》卷三。今録詩二首。

資聖寺

點點晴光滴翠嵐，參天松幹影毿毿。穿雲日閲客十數，汲水時聞僧兩三。俗子遶登山勒馬，禪心常共丹同龕。烹茶汲取盈甌雪，一味清霜齒頰寒。

超覽亭

翠微深處著亭臺，抖擻紅塵雙眼開。嵐影剩添盃色好，泉聲不帶市喧來。竹間啼鳥破山寂，天際孤舟界浪回。占斷鷄峰無限景，何妨杖屨日徘徊。以上明閔文振嘉靖《寧德縣志》卷二

俞應符

俞應符，字德瑞，錢塘（今浙江杭州）人。孝宗淳熙十一年（一一八四）進士。寧宗嘉定二年（一二〇九）除秘書丞，兼國史院編修官、實録院檢討官（《南宋館閣續録》卷九）。十三年，除刑部侍郎兼侍講（《宋會要輯稿》職官六之七三），遷右諫議大夫（同上書選舉一之二九）。十四年，簽書樞密院事（同上書禮一四之一〇八）。官至參知政事。事見《咸淳臨安志》卷六一。

漳河疑冢

生前欺天絶漢統，死後欺人設疑冢。人生用智死即休，何有餘機到丘壟。人言疑冢我不疑，我有一法君未知。直須盡發疑冢七十二，必有一冢藏君屍。元陶宗儀《輟耕録》卷二六

鄭域

鄭域，字仲卿，號松窗，閩縣（今福建福州）人。孝宗淳熙十一年（一一八四）進士（《淳熙三山志》卷三〇）。授清流縣尉（明嘉靖《延平府志》卷二）。寧宗嘉泰四年（一二〇四），知宜春縣。嘉定七年（一二一四），爲武岡軍判官（清道光《寶慶府志》卷一七）。十三年，幹辦行在諸軍糧料院（《宋會要輯稿》職官七三之五四）。有《松窗醜鏡集》，已佚。事見《緣督集》卷一八《松窗醜鏡集序》。今録詩十首。

玉蕊花

維揚后土廟瓊花，安業唐昌宫玉蕊。判然二物本不同，唤作一般良未是。瓊花雪白輕壓枝，大率形模八仙耳。山谿野路多見之，樵夫摧殘如獮薙。《永樂大典》卷一一〇七七作樵斧摧殘如獮雉比之玉蕊似實非，金粟冰絲那有此。花鬚中有碧膽瓶，别出瓏璁高半指。清馨静夜衝九天，招隱《永樂大典》作引瑶臺女仙子。乘風躍馬汗漫遊，偷折繁香分月姊。紫莖栢葉荼蘼條，少到尋常人眼底。翰林内苑集賢閣，雨露承天近尺咫。後生《永樂大典》作人不識天上花，又把山礬輕比擬。葉酸而澀供染黄，不著霜縑偏入紙。江鄉老少知此名，鄭椺《永樂大典》作陣瑒音無正字。方言土諺隨舌訛，烏馬成焉固應爾。宋陳景沂《全芳備祖》前集卷六

山丹花

團欒蜂蕊簇枝間，鉛鼎成丹七返還。乞與幽人伴幽壑，不妨相對兩朱顔。

同上書前集卷一九

茉莉花

風韵傳天竺，隨經入漢京。香飄山麝馥，露染雪衣輕。

玉瑳蓮子作尖丸，龍腦熏香簇滿冠。好是瑩無紅一點，苦教紅却不堪看。

素馨花

妙香真色得之天，羞御鉛華學女妍。只向温柔鄉裏活，怕寒不許上林傳。

以上同上書前集卷二五

閣提花

此花移種自招提，借佛為名識者希。優鉢曼陀果何似，併參香争問因依。

同上書前集卷二七

檳榔

海角人煙百萬家，蠻風未變事堪嗟。果堆羊豕烏青欖，菜飣丁香紫白茄。楊棗實酸薄蒳子，山茶無葉木棉花。一般氣味真難學，日啖檳榔當啜茶。

同上書後集卷三一

題靈惠

高山如逸民，不肯近人迹。孤峭尺五天，空洞容數百。不招龍自來，其下為窟宅。天下待霖雨，胡為躭睡癖。我今唤飛廉，駕汝上空碧。吾鞭不妄施，慎勿憚勞瘠。

明鄭慶雲嘉靖《延平府志》卷二一

遊黄楊巖

暮秋訪幽隱，謝屐凌崩空。行到山頂間，還與平地同。舉手抉層雲，下視無高峰。疏藤挂赤虬，粘苔糁

青茸。面首三神山，縹緲滄海東。指點笑語高，吹聲半天中。安得大鵬背，載我遊無窮。同上書卷二〇

題法相巖嘉定六年

法相具諸相，寶方無定方。突兀虎豹立，嵌空蛟龍藏。入地轉輪遠，透天圓寶光。何人鑿混沌，擲棄官路傍。清陸增祥《八瓊室金石補正》卷一一七

句

九里花田地。茉莉花　《全芳備祖》前集卷二五

檳榔共聘幣。檳榔　同上書後集卷三

果子庵摩勒。餘甘子　同上書後集卷四

旅程一見錯歡喜，彷彿吾鄉茉莉花。蕎麥　同上書後集卷二

（以上崔統華整理）

林　嘌

林嘌，福清（今屬福建）人。孝宗淳熙十一年（一一八四）武舉第一（清乾隆《福建通志》卷三四）。寧宗嘉泰初知潮州（清雍正《廣東通志》卷二六）。今録詩六首。

題西湖山岩二首《廣東通志》作《題觀稼亭》

咫尺移文喚即應，此亭便可配韓亭。溪流横過一灣碧，山色平分兩岸青。洛日鐘聲鳴遠樹，半空塔影倒寒汀。雲烟滿目皆親種，留與邦人作畫屏。

坐對高春放晚衙，春米和石也穿芽。鷗邊雲闊三千頃，樹杪烟横數萬家。貯月未圓松瑣碎，怯風無力竹

欹斜。叮嚀好護湖山景，養得陰成宿莫鵶。

登潮陽東山

小雨上東山，層層着意看。尋泉行處僻，就石坐來寒。赤舄歸周旦，蒼山起謝安。功能成底事，一抹莫雲殘。

九日題潮陽縣齋

去歲重陽尚故鄉，今朝官舍又重陽。人情不似黄花好，處處相逢一種香。

以上《永樂大典》卷五三四五

重闢西湖

鏡奩平處小橋西，橋外輕鷗掠鏡飛。鑿破青雲放山出，撥開碧蘚引湖歸。帶烟插柳陰雖瘦，趁雨栽荷緑已肥。欲借禽魚祝君壽，君恩寬大此情微。

新隄喜繞幾紆縈，挈榼携壺出滿城。萍破煙紋容棹過，石開雲罅看人行。亭浮横照波中影，僧拾殘霞樹杪聲。不必鳳凰山上問，此山東向面湖平。

清周碩勳光緒《潮州府志》卷四二

（孟憲忠整理）

陳唐佐

陳唐佐，字堯臣（《東甌詩存》卷四），平陽（今屬浙江）人。孝宗淳熙十一年（一一八四）武科進士，累官禮部祠祭司郎中。事見清乾隆《平陽縣志》卷一三。

鐵甕洞

雲端象鼻通，一甕自冲融。豈是乾坤小，當知造化工。靈泉猿不飲，丹氣鶴常充。仙子乘鸞去，何年返

故宫。清孫謙乾隆《平陽縣志》卷二

醉客

醉客，失其名，孝宗淳熙十一年（一一八四）曾于臨安向一科舉失意士人索酒。事見《夷堅志·三志壬》卷五。

詩一首

行盡蓬萊弱水源，今朝忍渴過崑崙。興來莫問酒中聖，且把金杯和月吞。宋洪邁《夷堅志·三志壬》卷五

陸埈

陸埈（一一五五—一二一六），字子高，崇德（今浙江桐鄉西南）人。光宗紹熙元年（一一九〇）進士，授滁州教授，移兩浙轉運司幹辦。寧宗開禧二年（一二〇六）除國子録。三年，遷校書郎。嘉定元年（一二〇八）遷秘書郎，三年，通判和州，改知州事。九年卒，年六十二。事見《漫塘集》卷二八《故知和州陸秘書墓誌銘》。今録詩四首。

送奚宰二首

茂宰慈祥意，三年只似初。折腰寧而米，掣肘固難書。機静波浮鳥，刑疏網漏魚。終然清議在，褒字到公車。

失學兒俱懶，師資點化開。砭針瘳痼疾，膏馥起枯荄。授□方知緒，從游柰溯洄。武城門下士，應許厠

澹臺。　以上元單慶《至元嘉禾志》卷三二

醜　梨

我邑之東有醜梨，貌雖惡，風味絶勝，聞嘗進御，因賦五言。

灰貌凝清古，霜津溢澹甜。面嫌湯後白，心慰邑中黔。美實種寒谷，珍嘗近御匳。彼姝徒冠玉，争得似無鹽。

和奚宰春風樓即事

按：《至元嘉禾志》卷三二作趙汝龍詩。

恍然楹桷架虚空，意象經營九仞功。三載笑談杯酒裏，一時人物畫圖中。金蘭託契從今始，玉燭迎和與衆同。却笑楚臺雕篆客，强生分别詫雄風。　以上元陳世隆《宋詩拾遺》卷一九

譙令憲

譙令憲（一一五五—一二二二），字景源（一作元），臨安（今浙江杭州）人。孝宗淳熙十一年（一一八四）進士，授仙游尉。歷知錢塘、衡山縣。寧宗慶元五年（一一九九），主管官告院。嘉泰元年（一二〇一），除司農寺主簿（《宋會要輯稿》選舉二一之八），遷太府寺丞，出知江州。開禧元年（一二〇五），以都官員外郎兼國史院編修，實録院檢討。三年，爲軍器少監（《南宋館閣續録》卷九）。嘉定三年（一二一〇），知婺州，遷提點浙東刑獄兼提舉常平。八年，提點江東刑獄。九年，以秘書修撰奉祠。十四年，起爲福建轉運判官。十五年卒，年六十八。事見《西山文集》卷四四《譙殿撰墓誌銘》。今録詩二首。

和太白感秋

余年四十九，濫分盆城竹。悠然望匡廬，秀色良可掬。緬思二先生，風流昔所獨。紫極感秋吟，北窗和月宿。茲余還一來，契合若龜卜。行年適相同，妙語難再復。杖屨兼經從，陳迹猶可覆。懷人夜永歎，歸歟清睡熟。

題三軒

回頭四十九年非，又向盆城把一麾。蘇子北窗明月夜，謫仙紫極感秋時。來遊偶契二賢跡，欲賦難酬五字詩。前輩風流淪落盡，何人為種玉田芝。以上《永樂大典》卷六六九八引《江州志》

（以上崔統華整理）

葉延年

葉延年，吴興（今浙江湖州）人（《南宋古蹟考》卷下）。孝宗淳熙十二年（一一八五）爲富陽簿（《咸淳臨安志》卷五六）。寧宗嘉定二年（一二〇九）由知江陰軍罷（《宋會要輯稿》職官七四之三二）。

句

一夜西風驚客枕，滿堤楊柳作秋聲。清朱彭《南宋古蹟考》卷下

（楊玲莉整理）

趙善卞

趙善卞，太宗八世孫（《宋史》卷二二四《宗室世系表》）。寧宗慶元元年（一一九五）爲右監門衛

大將軍（《宋會要輯稿》帝系七之一七）。

題環錦亭

百世垂芳在一經，茂林修竹讀書聲。園池日涉皆成趣，景物天然分外清。聊復垂綸藏渭釣，等閒釋耒起莘耕。知君自有真良貴，豈羡斯亭錦得名。宋潛説友《咸淳臨安志》卷八六

（崔統華整理）

顧士龍

顧士龍，字晋英，號蘋隱，生平不詳。《天台續集别編》卷五編置顧詩于姜夔、劉過前，姑置于此。今録詩二首。

經由天台劉阮洞以雨作不及遊

松形夭矯學飛鸞，怪石蒼崖蘚暈團。地僻不容人迹到，雲深更覺客衣單。春歸不見桃千樹，月冷空餘水一灘。欲問神仙向何處，山風吹雨作朝寒。宋林表民《天台續集别編》卷五

西峰山

三十六溪清淺水，二十四重高下山。卓錫自無風雨厄，不然俗駕便須還。明彭澤弘治《徽州府志》卷一

（李更整理）

單煒

單煒，字丙文，號定齋居士，沅陵（今屬湖南）人。以武舉得官，仕至路分都監。與姜夔爲友。事見《齊東野語》卷一二。

與郭敬叔

蘭亭一入昭陵後，筆法于今未易回。誰識定齋三昧筆，又傳璧坼到江梅。元《東南紀聞》卷二

（崔統華整理）

全宋詩卷二七二四

姜夔

姜夔（一一五五？——一二二一？），字堯章，鄱陽（今江西波陽）人。父噩，高宗紹興進士，歷新喻丞，知漢陽縣，卒於官（《宋史翼》卷二八）。夔孩幼隨父宦，繼居姊家，往來沔、鄂近二十年（本集《以長歌意無極好爲老夫聽爲韵奉别沔鄂親友》）。孝宗淳熙間客湖南，識閩清蕭德藻。德藻以其兄子妻之，携之同寓湖州。居與白石洞天爲鄰，因號白石道人，又號石帚。其卒年約爲寧宗嘉定十四年。夔詩詞均自成一派。詩格秀美，爲楊萬里、范成大等所重；詞尤嫻於音律，好度新腔，繼承周邦彦的詞風，在當時和後世詞人中有較大影響。晚年自編詩集三卷，已佚。今存《白石道人詩集》、《白石道人歌曲》、《白石詩説》等。事見夏承燾《姜白石繫年》，《宋史翼》卷二八有傳。

姜夔詩，以汲古閣影抄《南宋六十家小集·白石道人詩集》爲底本。校以《四部叢刊》影印清乾隆水雲漁屋刊本（簡稱四部叢刊本），并酌校清嘉慶石門顧氏讀畫齋刊《南宋群賢小集》（簡稱群賢集）、影印文淵閣《四庫全書·兩宋名賢小集》（簡稱名賢集），與新輯集外詩合編爲一卷。

以長歌意無極好爲老夫聽爲韵奉别沔鄂親友

滔滔沔鄂留，有靦三宿桑。持鉢了白日，事賤丸蛣蜣。念當去石友，煙席淩江湘。為君試歌商，歌短意則長。

佳人魯山下，自注：謂楊大昌正之。日弄清漢波。促絃調寶瑟，哀思感人多。咬哇秦缶擊，冷落郢客歌。知音良不易，如此粲者何。

英英白龍孫，自注：鄭仁皋次皋。眉目古人氣。拮据營數椽，下簾草生砌。文章作逕庭，功用見造次。無庸垂罄嗟，遺安鹿門意。

詩人辛國士，自注：辛泌克清。句法似阿駒。别墅滄浪曲，緑陰禽鳥呼。頗參金粟眼，漸造文字無。兒輩例學語，屋壁祝蒲盧。

山陰千載人，揮洒照八極。只今定武刻，猶帶龍虎筆。單侯出機杼，自注：單煒炳文。豈自劍舞得。餘波入竹石，絶歎咄咄逼。

異時之罘君，在涅守曰四部叢刊本作白顥。黄鍾欠牛鐸，淋漓弔遺稿。有子殊可人，自注：蔡迨肩吾，子武子字武伯。特未見此老。客來請論文，但道曲肱好。

中郎逝千霜，曲高復誰為。龐翁趣無絃，鄭伯功斲鼻。春風桃花溪，寒淥繞蒼翠。何當從兩君，放浪討幽事。

宦達羞故妻，賤貧名賢集、四部叢刊本作貧賤厭丘嫂。上書雲雨迴，還舍筍蕨老。江皐鉏帶經，决計恨不早。士無五羖皮，没世抱枯槁。

伐木響虚牝，我願友褐夫。九關呀虎豹，何時内高袪。黄鵠眇雲樹，鷦鷯濇煙蕪。倚杖得清賞，洗心觀本初。

孤鴻度關山，風霜摧翅瓴。影低白雲莫，哀嗷那忍聽。士生有如此，儲粟不滿瓶。著書窮愁濱，可續離騷經。

過湘陰寄千巖

眇眇臨風思美人，荻花楓葉帶離聲。夜深吹笛移船去，三十六灣秋月明。

雁圖

萬里晴沙夕照西，此心唯有斷雲知。年年數盡秋風字，想見江南摇落時。

赤松圖

山東隆準公，未語心已解。按劍堂下人，成事汝應退。非無帶礪約，政爾有恩害。平生三寸舌，松間漱寒瀨。

送朝天續集歸誠齋時在金陵

翰墨場中老斲輪，真能一筆掃千軍。年年花月無閑日，處處山川怕見君。箭在的中非爾力，風行水上自成文。先生只可三千首，回施江東日暮雲。

送王孟玉歸山陰

淮南雪落雲繞戍，王郎鳴鞭獵狐兔。問君本是山陰人，何不扁舟剡溪去。人生樂事將無同，知君此心如太空。只今去踏龍尾道，也似寒江蓑笠翁。鑑湖一曲荷花浦，君不歸來花有語。舊宅應添竹幾竿，到家不覺秋如許。十年雪裏看淮南，聚米能作淮南山。籌邊妙處須急吐，政自不容脩竹間。人道長江無六月，日光正射青蘆葉。何以贈君濯炎熱，雪即是詩詩是雪。

除夜自石湖歸苕溪

此詩録寄誠齋，得報云：所寄十詩，有裁雲縫霧之妙思，敲金戛玉之奇聲

細草穿沙雪半銷，吴宮原作官，據群賢集、名賢集、四部叢刊本改煙冷水迢迢。梅花竹裏無人見，一夜吹香過石

橋。

美人臺上昔歡娱，今日空臺望五湖。殘雪未融青草死，苦無麋鹿過姑蘇。

黄帽傳呼睡不成，投篙細細激流冰。分明舊泊江南岸，舟尾春風颭客燈。

千門列炬散林鴉，兒女相思未到家。應是不眠非守歲，小窗春意入燈花。

三生定自陸天隨，又向吴松作客歸。已拚新年舟上過，倩人和雪洗征衣。

沙尾風回一棹寒，椒花今夕不登盤。百年草草都如此，自琢春詞剪燭看。

笠澤茫茫雁影微，玉峰重疊護雲衣。長橋寂寞春寒夜，只有詩人一舸歸。

桑間篝火却宜蠶，風土相傳我未諳。但得明年少行役，只裁白紵作春衫。

少小知名翰墨場，十年心事只凄涼。舊時曾作梅花賦，研墨于今亦自香。

環玦隨波冷未銷，古苔留雪卧牆腰。誰家玉笛吹春怨，看見鵝黄上柳條。

悼石湖三首

身退詩仍健，官高病已侵。江山平日眼，花鳥暮年心。九轉終無助，三高竟欲尋。尚留巾墊角，胡虜有知音。

未作龍蛇夢，驚聞露電身。百年無此老，千首屬何人。安得公長健，那知事轉新。酸風憂國淚，高冢卧麒麟。

未定情鍾痛，何堪更悼亡。遺書知伏枕，來吊只空堂。雪裏評詩句，梅邊按樂章。沉思酒盃落，天闊意茫茫。

臨安旅邸答蘇虞叟

垂楊風雨小樓寒，宋玉秋詞不忍看。萬里青山無處隱，可憐投老客長安。

張平甫哀挽

將軍家世出臞儒，合上青雲作計疎。吳下宅成花未種，湖邊地吉草新鋤。空嗟過隙催人世，賴有提孩讀父書。它日石羊芳草路，弟兄來此一沾裾。

題華亭錢參園池

花裏藏仙宅，簾邊駐客舟。浦涵滄海潤，雲接洞庭秋。草木山山秀，闌干處處幽。機雲韜世業，暇日此夷猶。

寄上張參政

姑蘇臺下梅花樹，應為調羹故早開。燕寢休誇香霧重，鴛行却望袞衣來。前時甲第仍垂柳，今度沙堤已種槐。應念無枝夜飛鵲，月寒風勁羽毛摧。

雪中訪石湖

雪矸如玉城，偏師敢輕犯。黃蘆陣野鶩，我自將十萬。三戰渠未降，北面石湖范。先生霸越手，定目（群賢集、四部叢刊本作自）一笑粲。

京口留別張思順

伯勞飛燕若為忙，還憶東齋夜共床。別後無書非棄我，春前會面却它鄉。連宵為說經憂患，異日相逢各老蒼。更欲少留天不許，曉風吹艇入垂楊。

虞美人草

夜闌浩歌起，玉帳生悲風。江東可千里，棄妾蓬蒿中。化石那解語，作草猶可舞。陌上望騅來，翻愁不相顧。

姑蘇懷古

夜暗歸雲繞柂牙，江涵星影鷺眠沙。行人悵望蘇臺柳，曾與吴王掃落花。

次韻德久

籬落青青花倒垂，避人黄鳥雨中飛。西郊寂寞無車馬，時有溪童賣菜歸。

華藏寺雲海亭望具區寺為張循王功德院

茫茫復茫茫，中有山蒼蒼。大哉夫差國，坐斷名賢集、四部叢刊本作占天一方。夫差醉蓮宫，大名賢集、四部叢刊本作巨浪摇不醒。越師何從來，奪我玉萬頃。年年亭上秋，一笛千古愁。誰能知許事，飛下雙白鷗。

次朴翁遊蘭亭韵

亞字橋亭面面風，六人同坐樹陰中。松交歸路如留客，石礙流盃故惱公。山色最憐秦望緑，野花只作晉時紅。夕陽啼鳥人將散，俛仰興懷自昔同。自注：右軍祠堂有杜鵑花兩株，花極照灼。

同朴翁登卧龍山

龍尾回平野，簷牙出翠微。望山憐緑遠，坐樹覺春歸。草合平吴路，鷗忘覇越機。午凉松影亂，白羽對禪衣。

次韵胡仲方因楊伯子見寄

此去廬陵定幾程，向來筇杖未經行。懸知征棹雲邊集，大有吟情雪裏生。楚渡食萍應甚美，舜祠吹玉直能清。二君即日青冥上，唯我春山帶雨耕。自注：仲方得萍鄉宰，伯子得營道倅。

次石湖書扇韵

橋西一水曲通村，岸閣浮萍緑有痕。家住石湖人不到，藕花多處别開門。

夏日寄朴翁朴時在靈隱

風吹松樹枝，懷我松間友。雲從北山來，令我屢回首。山靈夜夜起，山雨侵人衣。遥知竹窗裏，自吟新雨詩。

竹友爲徐南卿作

髮已星星帶已寬，徐郎猶自客長安。家山竹好無由看，謾種庭心一兩竿。世路蒼黄總是愁，暮年須得小優游。如今漸覺知心少，賸種青青伴白頭。

賀張肖翁參政

太一圖書客屢談，已知上相出淮南。銀臺日月非虚過，金鼎功名得細參。從此與人為雨露，應憐有客卧雲嵐。明朝起為蒼生賀，旋著藤冠紫竹簪。

同潘德久作明妃作

明妃未嫁時，滿宫妬蛾眉。一朝辭玉陛，人人淚雙垂。年年心隨雁，日日穹廬中。遥見沙上月，忽憶建章宫。身同漢使來，不同漢使歸。雖為胡中婦，只着漢家衣。

烏夜啼

老烏棲棲飛且號，晨來枝上啄楮桃。楮桃已空楮葉死，猶啄枯枝覓蟲蟻。老烏賦分何其貧，未啼已被鄰公嗔。吁嗟老烏不自省，牆頭屋上紛成羣。吴中貴遊重鸜鵒，千金遠致能言語。花底紅絛鄭袖擎，盤中碧果秦宫取。天生靈物得人憐，過者須來鸜鵒邊。老烏事事無足録，人間猶傳夜啼曲。

壽朴翁

與師同月不同年，歸墨歸儒各自緣。想得山中無壽酒，但携茶到菊花前。

湖上寓居雜詠

荷葉披披一浦涼，青蘆奕奕夜吟商。平生最識江湖味，聽得秋聲憶故鄉。

湖上風恬月澹時，卧看雲影入玻璃。輕舟忽向窗邊過，摇動青蘆一兩枝。

秋雲低結亂山愁，千頃銀波凝不流。堤畔畫船堤上馬，緑楊風裏兩悠悠。

處處虚堂望眼寬，荷花荷葉過欄干。遊人去後無歌鼓，白水青山生晚寒。

輦路垂楊兩行栽，苑門秋水欲平階。朝朝南望宫雲起，白鳥一雙山下來。

微波衝得緑萍開，數點青青粘石階。緑荇自來還自去，來時須載白鷗來。

布衣何用揖王公，歸向蘆根濯軟紅。自覺此心無一事，小魚跳出緑萍中。

囊封萬字總空言，露滴桐枝欲斷絃。時事悠悠吾亦嬾，卧看秋水浸山煙。

苑牆曲曲柳冥冥，人静山空見一燈。荷葉似雲香不斷，小船摇曳入西陵。

處士風流不並時，移家相近若依依。夜涼一舸孤山下，林黑草深螢火飛。

卧榻看山綠漲天，角門長泊釣魚船。而今漸欲抛塵事，未了菟裘一悵然。

釣四部叢本本作鈎窗不忍見南山，下有三雛骨未寒。惆悵古今同此味，一一原作土，據群賢集、名賢集、四部叢刊本改陵風雨晉師還。

柳下軒窗枕水開，畫船忽載故人來。與君同過西城路，却指煙波獨自回。

指點移舟着柳堤，美人相顧復相携。上橋更覺秋香重，花在西陵小苑西。

坐上和約齋

句入冰輪冷，愁因玉宇開。可無如此客，猶恨不能杯。好句長城立，寒鴉結陣來。箜篌莫停手，拚却斷腸回。

出北關

吴兒臨水宅，四面見行舟。蒲葉浸鵝項，楊枝蘸馬頭。年年人去國，夜夜月窺樓。傳語城中客，功名半是愁。

平甫見招不欲往

老去無心聽管絃，病來杯酒不相便。人生難得秋前雨，乞我虚堂自在眠。

樓閣萬重秋雨裏，峰巒四合暮潮邊。鳳城今夕涼如水，多少人家試管絃。

三高祠

越國霸來頭已白，洛京歸後夢猶驚。沉思只羨天隨子，蓑笠寒江過一生。

過桐廬

横看山色仰看雲，十幅風帆不藉人。記取合江江畔樹，他年此處好垂綸。

登烏石寺觀張魏公劉安成岳武穆留題劉云侍兒意真奉命題記

諸老凋零極可哀，尚留名字壓崔嵬。劉郎可是疎文墨，幾點烟脂污緑苔。

過垂虹

自作新詞韵最嬌，小紅低唱我吹簫。曲終過盡松陵路，回首煙波十四橋。

訪費山人

稻叢茁茁欲齊肩，楊柳僛僛不蔽蟬。忽憶石頭城下路，槿花斜壓釣魚船。

牛　渚

牛渚磯邊渺渺秋，笛聲吹月下中流。西風不識張京兆，畫得蛾眉如許愁。

武康丞宅同朴翁詠牽牛

青花緑葉上疎籬，别有長條竹尾垂。老覺淡粧差有味，滿身秋露立多時。

朴公悼牽牛甚奇余亦作

不見青青繞竹生，西風籬落抱枯藤。道人一任空花過，愁殺山陰覓句僧。

春日書懷四首

九真何蒼蒼，乃在清漢尾。衡茅依草木，念遠獨伯姊。春來衆芳滋，春去衆芳委。兄弟各天涯，啼鴂見料理。漢江出巨魚，風雷入驅使。安得挾我翰，西征二千里。

春雲驛路暗，遊子眇歸程。永懷故山下，風雨悲柏庭。翁仲不解語，幽鳥時時鳴。人家插垂柳，客裏又清明。

垂楊大别寺，春草郎官湖。家巷有石友，合并不待呼。瘦藤倚花樹，花片藉玉壺。老鄭談絶妙，辛楊句敷腴。平生子姚子，貌古心甚儒。時邀野僧語，間與琴工俱。酒闌興未了，左轉城南隅。大江圍楚碧，煙水入玄虛。留落不自恨，惟嗟故人疎。一月三見夢，夢中相與娱。日日潮風起，悵望武昌魚。武昌十萬家，落日紫煙低。亭亭頭陀塔，高處白鳥棲。白鳥忽飛去，春山空四圍。南樓有佳人，再召且再辭。閉門課文事，攖物深天機。斯人不可致，白鳥會來歸。

過德清

木末誰家縹緲亭，畫堂臨水更虛明。經過此處無相識，塔下秋雲為我生。

溪上佳人看客舟，舟中行客思悠悠。煙波漸遠橋東去，猶見闌干一點愁。

予居苕溪上與白石洞天爲鄰潘德久字余曰白石道人且以詩見畀其詞曰人間官爵似樗蒲采到枯松亦大夫白石道人新拜號斷無繳駁任稱呼予以長句

報兕

南山仙人何所食，夜夜山中煮白石。世人喚作白石仙，一生費齒不費錢。仙人食罷腹便便，七十二峰生肺肝。真祖名賢集作祖只在南山南，我欲從之不憚遠。無方煮石何由軟。佳名錫我何敢辭，但愁自比長苦饑。囊中只有轉庵詩，便當掬水三嚥之。自注：轉庵，德久自號云。

箜篌引

箜篌且勿彈，老夫不可聽。河邊風浪起，亦作箜篌聲。古人抱恨死，今人抱恨生。南鄰賣妻者，秋夜難為情。長安買歌舞，半是良家婦。主人雖愛憐，賤妾那久住。緣貧來賣身，不緣觸夫怒。日日登高樓，悵望宫南樹。

陳君玉以小集見歸用余還誠齋朝天續集韵作七字夔報貺

筆陳無功汗左輪，而今老去不能軍。水邊白鳥閑於我，窗外梅花疑是君。欲向江湖行此話，可無朋友託斯文。新篇大是相料理，因憶西山揚子雲。

丁巳七月望湖上書事

白天碎碎如析綿，黑天昧昧如陳玄。白黑破處青天出，海月飛來光尚濕。是夜太史奏月蝕，三家各自矜算術。或云七分或食既，或云食晝不在夕。上令御史登吴山，下視海門監月出。年來曆失無人修，三家之説誰為優。乍如破鏡光炯炯，漸若小兒初食餅。時方下令嚴禁銅，破鏡何為來海東。天邊有餅不可食，聞説饑民滿淮北。是鏡是餅且勿論，須臾還我黄金盆。金盆當空四山静，平波倒浸雲天影。下連八表共此光，上接銀河通一冷。御史歸家太史眠，人間不聞鍾鼓傳。白石道人呼鈞船，一瓢欲酌湖中天。荷葉擺頭君睡去，西風急送敲窗句。

項里項王之里也在山陰西南二十餘里地多楊梅苔梅皆妙天下王性之賦項里楊梅云只今枝頭萬顆紅猶似咸陽三月火予近得苔梅一枝四部叢刊本作株**古怪特甚爲作七言**

寄田郎

舊國婆娑幾樹梅，將軍逐鹿未歸來。江東父老空相憶，枝上年年長緑苔。

楚楚田郎亦大奇，少年風味我曾知。春城寒食誰相伴，夜月梨花有所思。剪燭屢呼金鑿落，倚窗閑品玉參差。含情不擬逢人説，鸚鵡能歌自作詞。

待千巖

搴裳望洞庭，眼過天一角。初别未甚愁，别久今始覺。作牋非無筆，寒雁不肯落。蘆花待拏音，怪底北風惡。若人金石心，試命洞庭浪。傳聞下巴陵，灑酒喜無恙。我行丹楓林，屢騁白蘋望。烏鵲不可嗔，論功當坐上。

古樂府

裁衣贈所歡，曲領再三安。歡出無人試，閨中自着看。甚欲逐郎行，畏人笑無媒。日日東風起，西家桃李開。今名賢集作今我歌一曲，曲終郎見留。萬一不當意，翻作平生羞。

賦千巖曲水

紅雨灑溪流，下瀨仍小駐。魚隊獵殘香，故故作吞吐。老子把一盃，名賢集、四部叢刊本作盞微風忽吹去。

李陵臺

李陵歸不得，高築望鄉臺。長安一萬里，鴻雁隔年回。望望雖不見，時時一上來。

送王德和提舉淮東

京塵吹帽汗淋衣，相見頻年只道歸。省裏移文那得了，家邊持節未為非。煮乾碧海知誰用，割盡黄雲尚告饑。可得不為根本計，秋風還見雁南飛。

寄時父

遲君日日數歸程，到得君歸我已行。一路好山思共看，半年有酒不同傾。吾儕政坐清貧累，各自而今白髮生。人物眇然須强飯，天工應不負才名。

雪中六解

塞草汀雲護玉鞍，連天花落路漫漫。如今却憶當時健，下馬題詩不道寒。

黄鵠磯邊晚渡時，柳花風急片帆飛。一聲長笛魚龍舞，白浪如山不肯歸。

萬馬行空轉屋簷，高寒屢索酒杯添。故人家住吴山上，借得西湖自卷簾。

曾泛扁舟詣石湖，恍然坐我范寬圖。天寒遠掛一行雁，三十六峰生玉壺。

萬壑千巖一樣寒，城中别有玉龍蟠。舊人秉興扁舟處，今日詩仙戴笠看。

沉香火裏笙簫合，煖玉鞍邊雉兔空。辦得煎茶有驕色，先生只合作詩窮。

送李萬頃

猛相思裏得君來，政喜歡時却便回。别路苦無青柳折，到家應有小桃開。起居五馬兼堂上，問訊千巖及阿灰。自注：張禕姪張曙，小字阿灰。兒女癡頑夫婦健，漂零何日共尊罍。

送陳敬甫

十年所聞溢吾耳，去年誦君書一紙。古人三語得奇士，況此磊落數百字。相逢千巖萬壑裏，有客如君請兄事。才高自古人所忌，論高不售反驚世，好詩取客如券契。我無三者猶至是，如君之貧不可避。如君之貧不可避，呼舟徑渡寒潮外。

越中士女春遊

秦山越樹兩依依，閑倚闌干看落暉。楊柳梢頭春又暗，玉簫聲裏夜遊歸。

送彭名賢集、四部叢刊本作范**仲訥往合肥三首**

壯志只便鞍馬上，客夢長到江淮間。誰能辛苦運河裏，夜與商人争往還。

我家曾住赤欄橋，鄰里相過不寂寥。君若到時秋已半，西風門巷柳蕭蕭。

小簾燈火屢題詩，回首青山失後期。未老劉郎定重到，煩君説與故人知。

下孤城

人家多住竹籬中，楊柳疎疎尚帶風。記得下孤城下路，白雲依舊兩三篷。群賢集、名賢集、四部叢刊本作峰

平甫放三十一四部叢刊本作六**鷗于吴松余不及與盟**

橋下松陵綠浪横，來遲不與白鷗盟。知君久對青山立，飛盡梨花好句成。

蕭　山

歸心已逐晚雲輕，又見越中長短亭。十里水邊山下路，桃花無數麥青青。

生雲軒

在山長與雲同齋，出山憶雲雲不來。千金買得太湖石，數峰相對寒崔嵬。朝來忽覺青苔濕，靉靉如炊石間出。白雲何處不相逢，却怪年年枉相憶。王郎胸中横一丘，在山出山雲與遊。更呼白面群賢集、名賢集、四部叢刊本作石老居士，來倚雲根吟七字。

戊午春帖子

晴窗日日擬雕蟲，惆悵明時不易逢。二十五絃人不識，淡黄楊柳舞春風。

送項平甫倅池陽

項侯聲名天宇窄，與君俱是荆湖客。向來相聞不相值，長安城中乃相識。論文要得文中天，邯鄲學步終不然。知君筆墨與性合，妙處突過蘇李前。我如切切秋蟲語，自詭平生用心苦。神凝或與元氣接，屢舉似君君亦許。西湖一曲古牆陰，清坐論詩夜向深。見謂人間有公等，不知來者不如今。乾坤雖大知者少，君不見古人拙處今人巧。我徂山林口掛壁，如君合救狂瀾倒。石渠春水緑泱泱，閣下無人白日長。萬里江湖入歸夢，子雲不願校書郎。九華山色梅根渡，半日風帆即秋浦。六條察吏安用許，幸有千巖作詩侶。

偶題

阿八宫中酒未醒，天風吹髮夜泠泠。歸時只怕扶桑暖，四部叢刊本作歸來只怕扶桑晚赤脚横騎太一鯨。

陳日華侍兒讀書

繹句尋章久未休，花房日晏不梳頭。誰教郎主能多事，乞與冥冥千古愁。

女郎山漢陽縣西二十里

不見郢中能賦客，可憐負此女郎山。冰魂寂寞無歸處，獨宿鴛鴦沙水寒。

金神夜獵圖二首六言

夜半金神羽獵，奔走山川百靈。雲氣旌旗來下，颯然已入青冥。

後宫嬋娟玉女，自鞚八尺飛龍。兩兩鳴鞭争導，緑雲斜墜春風。

書乞米帖後

銀鈎鐵畫太師字，從人乞米亦可憐。五倉空虚胃神哭，竟日悄悄無炊煙。仙人留書説服氣，道士辟穀期引年。人生不食浪自苦，獨不見子桑鼓琴十日雨。

次韻鴛鴦梅六言

晴日小溪沙暖，春夢憐渠頸交。只怕笛聲驚散，費人月詠風嘲。

漠漠江南煙雨，于飛似報初春。折過女郎山下，料應愁殺佳人。

呈徐通仲兼簡仲錫通仲與誠齋爲鄉人近來赴調而誠齋去國又通仲久與千巖有苕霅之約而未至余挽通仲欲與同歸千巖故末章及之

斯文準乾坤，作者難屈指。我從李郎遊，知有徐孺子。春風橘洲前，白月太湖尾。懷哉來無期，玉唾烱在紙。去年識仲氏，何啻空谷喜。合并忽自天，傾倒見底裏。維君天下士，竹箭東南美。胡不在石渠，諸公當料理。千巖今林宗，泉石助風軌。示疾不下堂，有句高八米。此老筆硯交，誠齋古元禮。毫端洒秋露，去國詞愈偉。屬聞都門别，回首即桑梓。獨憐苕溪上，垂榻俟行李。煙波肯尋盟，歸棹為君艤。

答沈器之二首

江漢乘流客，乾坤不繫舟。玉琴虚素月，金劍落清秋。野鹿知隨草，饑鷹故上鞲。風流大堤曲，一唱使人愁。

涉遠身良苦，登高望欲迷。試吟青玉案，不似白銅鞮。露下秋蟲怨，風高北馬嘶。槎頭有新味，人在太湖西。

鈎雪亭

闌干風冷雪漫漫，惆悵無人把釣竿。時有官船橋畔過，白鷗飛去落前灘。

馬上值牧兒

馬背何如牛背，短衣落日空山。只麽身歸盤谷，未須名滿人間。

契丹歌都下聞蕭總管自説其風土如此

契丹家住雲沙中，耆名賢集作駕車如水馬若龍。春來草色一萬里，芍藥牡丹相間紅。大胡牽車小胡舞，彈胡琵琶調胡女。一春浪宕不歸家，自有穹廬障風雨。平沙軟草天鵝肥，胡兒千騎曉打圍。皂旗低昂圍漸急，驚作羊角凌空飛。海東健鶻健如許，韝上風生看一舉。萬里追奔未可知，劃見紛紛落毛羽。平章俊味天下無，年年海上驅群胡。一鵝先得金百兩，天使走送賢王廬。天鵝之飛鐵為翼，射生小兒空看得。腹中驚怪有新薑，元是江南經宿食。

緑萼梅

黄雲承襪知何處，招得冰魂付北枝。金谷樓高愁欲墜，斷腸誰把玉龍吹。

次韻千巖雜謡

平生中散七不堪，鳳塵時時伴燕談。道士有神傳火棗，故人無字入雲藍。雨涼竹葉宜三酌，日落荷花倚半酣。極欲扁舟南蕩去，冷鷗輕燕略相諳。

寄上鄭郎中

梅根東望九華雲，中有風流衣繡人。名下一生勞夢想，尊前數語倍情親。節旄在道催歸漢，花鳥留君且作春。見説祥風挾時雨，故園松菊亦精神。

送左眞州還長沙

吴兒牽挽醉尊罏，今日西歸略自如。别路冷雲隨驛馬，望鄉喬木記吾廬。湘中花月偏憐酒，淮左兒童待擁車。凡我舊遊君更歷，橘洲相見訝無書。

禽言如曰哥哥

君不見苕溪西南石鼓山，鳥如鸜鵒啼其間。土人相傳是阿弟，千呼萬唤云群賢集、名賢集、四部叢刊本作去復還。身爲獨雁失儔侣，所愧鶺鴒圖急難。繞林哀哀訴明月，夜闌月落聲漸咽。天地闊遠兄不聞，蒼崖下淚山竹裂。豈無鵁舅與鵓姑，人各有心非友于，陟岡四顧空欷歔。君不見江南望夫誰家子，登山化石不得語。

次韻誠齋送僕往見石湖長句

客來讀賦作雌蜺，平生未聞衡説詩。省中詩人官事了，狎鷗入夢心無機。韵高落落懸清月，鏗鏘妙語春冰裂。一自長安識子雲，三歎郢中無白雪。范公蕭爽思出塵，有客如此渠不貧。堂堂五字作城守，平章勁敵君在名賢集作在君口。二公句法妙萬夫，西罩來橐中藏魯璵。只今擊節烏棲曲，不愧當年賀鑑湖。

與和甫時甫分題畫卷夔得剡溪圖

枯槎啅乾鵲，交臂失夫君。柰此一尊酒，憑高空水雲。

東堂聯句

金風凉夜深，吹我蕭蕭髮。趙雍和仲　起折丹桂枝，驚落花上月。白石

次韻武伯

楊柳風微約暮寒，野禽容與只波間。道人心性如天馬，可愛青絲十二閑。

觀燈口號

世間形象盡成燈，烘火旋沙四部叢刊本作紗巧思生。列肆又多看不遍，遊人一一把燈行。

市樓歌鼓四部叢刊本作吹太諠譁，燈若連珠照萬家。太守令嚴君莫舞，遊人空戴玉梅花。

遊人總戴孟家蟬，爭托星毬萬眼圓。鬧裏傳呼大官過，後車多少盡嬋娟。

花帽籠頭幾歲兒，女兒學着内人衣。燈前月下無歸路，不到天明亦不歸。

好燈須買不論錢，別有玻璃價百千。教下貴人多預賞，買時長在一陽前。

珠絡玻璃到地垂，鳳頭銜帶玉交枝。君王不賞無人進，天竺堂深夜雨時。

紛紛鐵馬小回旋，幻出曹公大戰年。若使英雄知□群賢集、名賢集作此事，不教兒女戲燈前。

貴客鈎簾看御街，市中珍品一□□。群賢集、名賢集、四部叢刊本作時來簾前花架無行路，不得金錢不肯回。

修内司人偏戲鼓，輦官營裏獨燒燈。春風到處皆君賜，金柳絲絲滿鳳城。

正好嬉遊天作魔，翠裙無奈雨沾何。御街暗裏無燈火，處處但聞樓上歌。

和轉庵丹桂韻

野人復何知，自謂山澤好。來裨奉常議，識笳鼓羽葆。誰憐老垂垂，却入鬧浩浩。營巢猶是寓，學圃何不早。淮桂手所植，漢甕躬自抱。花開不忍出，花落不忍掃。佳客夜深來，清尊月中倒。一禪兩居士，

更約踐幽討。

陪張平甫遊禹廟

鏡裏山林緑到天，春風只在禹祠前。一聲何處提壺鳥，猛省紅塵二十年。

乍涼寄朴翁

前日松間步屧歸，更將荷葉障秋暉。如今城裏抛團扇，應是山中試裌衣。水有秋容蓮漸少，樹含涼氣鳥慵飛。炎天既懶趨城市，從此尤須戀翠微。

寄俞子 原連作一首，據名賢集、四部叢刊本改二首

此郎都無子弟氣，夜對黄嫺籠青燈。只名賢集、四部叢刊本作君今落脚墮鳶外，欲往從之歎未能。

郎罷才名今白髮，佐州亦復坐窮邊。甚欲出手相料理，東南風高難寄牋。

昔遊詩

夔蚤歲孤貧，奔走川陸。數年以來，始獲寧處。秋日無謂，追述舊遊可喜可愕者，吟為五字古句。時欲展閱自省生平，不足以為詩也。

洞庭八百里，玉盤盛水銀。長虹忽照影，大哉五色輪。我舟渡其中，晃晃驚我神。朝發黄陵祠，暮至赤沙曲。借問此何處，滄灣三十六。青蘆望不盡，明月耿如燭。灣灣無人家，只就蘆邊宿。

放舟龍陽縣，洞庭包五河。自注：澧、沅、湞、湘、大江。洶洶不得道，茫茫將奈何。篙師請小泊，石矴沉泥沙。是中太無岸，强指葦與莎。滯留三四晨，大浪山嵯峨。同舟總下淚，自謂餧黿鼉。白水日以長，僅存青草芽。轉盼又已没，但見千頃波。此時羡白鳥，飛入青山阿。

九山如馬首，一一奔洞庭。小舟過其下，幸哉波浪平。大風忽怒起，我舟如葉輕。或升千丈坡，或落千丈坑。回望九馬山，政與大浪爭。如飛鵝車礮，亂打睢陽城。又如白獅子，山下跳鬖鬖。原校：一作猙獰須臾入別浦，萬死得一生。始知茵席濕，盡覆杯中羹。

蕭蕭湘陰縣，寂寂黄陵祠。喬木蔭樓殿，畫壁半傾欹。蘆洲雨中淡，漁網煙外歸。重華不可見，但見江鷗飛。假令無恨事，過此亦依依。

我乘五板船，將入沌河口。大江風浪起，夜黑不見手。同行子周子，渠膽大如斗。長竿插蘆席，船作野馬走。不知何所詣，生死付之偶。忽聞入草聲，燈火亦稍有。杙船遂登岸，急買野家酒。

天寒白馬渡，自注：漢川縣界。落日山陽村。是時無霜雪，萬里風奔奔。外旃吹已透，内纊冰不溫。吹馬馬欲倒，吹笠任飛翻。不見行路人，但見草木蕃。忽看野燒起，大名賢集作火焰燒乾坤。聲如震雷震，勢若江湖吞。虎豹走散亂，麋鹿不足言。夜投野店宿，無壁亦無門。此行值三厄，幸得軀命存。明發見老姊，斗酒為招魂。

揚舲下大江，日日風雨雪。留滯龍原作鼇，據群賢集、名賢集、四部叢刊本改背洲，十日不得發。岸冰一尺厚，刀劍觸舟楫。岸雪一丈深，屹如玉城堞。同舟二三士，頗壯不恐懾。蒙氈閉篷卧，波裏任傾攧。晨興視氈上，積雪何皎潔。欲上不得梯，欲留岸頻裂。攀援始得上，幸有人見接。荒村三兩家，寒苦衣食缺。買猪祭波神，入市路已絶。如今得安坐，閑對妻兒説。

青草長沙境，洞庭渺相連。洞庭西北角，雲夢更無邊。復有白湖沌，渺莽里數千。豈惟大盜窟，神龍所盤旋。白湖辛巳歲，忽墮死蜿蜒。一鱗大如箕，一鬣大如椽。白身青鬐鬣，兩角上梢天。半體卧沙上，半體猶沉淵。里正聞之官，官使吏致虔。作齋為禳禬，觀者足闐闐。歛席覆其體，數里聞腥羶。一夕雷雨過，此物忽已遷。遺跡陷成川，中可行大船。是年虜亮至，送死江之壖。或云祖龍讖，詭異非偶然。近日山陽人，採菱不知還。望見三龍浮，目若電火燃。見龍多見尾，少見四體全。一龍已為異，三者亦罕傳。又因漁湖側，水中忽生煙。煙中一驢出，繞身步蹁躚。俄隨霹靂去，欲詰無由緣。我聞語此事，乘舟往觀焉。徑往枯葭浦，白鷺争相先。湖有劉備廟，實司浩渺權。裴回無所見，歸棹月明前。

昔遊桃源山，先次白馬渡。自注：桃源縣界。渡頭何清深，鴻鵠在高樹。白馬亦洞天，昔人有奇遇。洞門不可見，但聞水聲怒。瞻彼羽人宅，乃乘方船渡。脩廊夾五殿，重閣映千樹。規模象魏壯，回合緑陰護。山椒望五谿，壺頭入指顧。故宮在其北，屋瓦帶松霧。古杉晉時物，中空野人住。外圍四十尺，内可十客聚。我遊翟仙館，壇上表遺步。却下八疊坡，一亭衆妙具。兩山抱澄潭，老木枝榦互。瞻前秀而迴，坐久凛難駐。桃源獨不見，僻在宮南路。山行轉深邃，狙猿紛上下。石竇出微涓，令我意猶豫。昔聞漁舟子，水際見洞户。今看去溪遠，定自後人誤。惆悵却歸來，此遊不得屢。于今二十年，歷歷經行處。

昔遊衡山下，看水入朱陵。半空掃積雪，萬萬玉花凝。或如生綃掛，或作薄霧横。紛紛虎豹吼，往往蛟龍驚。人語不相聞，濺雹漂我纓。有魚緣峭壁，上上終不停。此中有神物，雷雨周八紘。原作絃，據群賢集、四部叢刊本改

昔遊衡山上，未曉入幽谷。欲識所坐輿，横版掛兩竹。狀如秋千垂，高下不傾覆。登山九千丈，中道多佛屋。一峰高一峰，峰峰秀林木。仰看同來客，木末見冠服。高臺石橋路，尋常雲所宿。下方雷雨時，此上自晴旭。紫蓋何突兀，萬里在一目。餘峰六七十，僅如翠浪矗。北原作此，據群賢集、四部叢刊本改有嬾瓚巖，大石庇樵牧。下窺半崖花，杯盂琢紅玉。飛雲身畔過，攬之不盈掬。祝融最高絶，紫蓋不足録。俯視同仰觀，蒼蒼萬形伏。惟餘岣嶁峰，南睇半空緑。彷彿認瀟湘，向嶽流屈曲。高處驚我魂，幡群賢集、四

部叢刊本作翻思宅平陸。其東有雷穴，靈異謹勿觸。雲來綿世界，雲去一峰獨。僧窗或留罅，雲入不可逐。絶頂橫石渠，四部叢刊本作梁仙人有遺躅。山多金光草，夜半如列燭。靈藥不可尋，吁嗟歸太速。

濠梁四無山，坡陀亘長野。吾披紫茸氈，縱飲面微赭。自矜意氣豪，敢騎雪中馬。行行逆風去，初亦罯霑灑。疾風吹大片，忽若亂飄瓦。側身當其衝，絲鞚袖中把。重圍萬箭急，馳突更叱咤。酒力不支吾，數里進一斝。燎茅烘濕衣，客有見留者。裴回望神州，沉歎英雄寡。

既離湖口縣，未至落星灣。舟中三兩程，程程見廬山。廬山遮半天，五老雲為冠。朝看金疊疊，暮看紫巉巉。瀑布在山半，彷彿認一斑。廬山忽不見，雲雨滿人間。

雪霽下揚子，閑望江上山。山山如白玉，日照金孱顏。是時江水浄，影落清鏡寒。潮催庾信老，雲送佛狸還。萬古感心事，惆悵垂楊灣。

衡山為真宮，道士飲我酒。共坐有何人，山中白衣叟。問叟家何在，近住山洞口。殷勤起見邀，徐步入林藪。雲深險徑黑，石亂湍水吼。尋源行漸遠，茅屋剪如帚。老烹茶味苦，野琢琴形醜。叟云司馬僊，學道此居久。屋東大盤石，棋畫今尚有。古木庇覆之，清泉石根走。因悲百年內，汲汲成白首。僊人固難值，隱者亦可偶。追惟恍如夢，欲畫無好手。以上《白石道人詩集》

題楊冠卿客亭類稿

楊侯筆力天下奇，早歲豪彥相追隨。一班略見客亭稿，文采炳蔚驚羣兒。長安城中擇幽棲，静退不願時人知。大書前榮號霧隱，意與風虎雲龍期。人皆炫耀身陸離，見草而悦忘皋比。南山十日不下食，君子一變誰能窺。正論不作世道微，通都大邑多狐狸。惜君爪牙不得施，公超五里亦奚為。宋本《客亭類稿》附録《諸老先生惠答客亭書啟編》

琵琶洲

行盡江南最遠山，却尋干越上清灘。秋清雲錦溪中過，玉石瑰奇一萬般。　宋王象之《輿地紀勝》卷二三《江南東路·饒州》

桂　花

空山尋桂樹，折香思故人。故人隔秋水，一望一回顰。南山北山路，載花如行雲。闌干望雙槳，穠枝儲待君。西泠蔭歌舞，夜夜明月嗔。棄捐頽玉佩，香盡作秋塵。楚調秋更苦，寂寥無復聞。來吟緑叢下，涼風吹練裙。　宋陳起《江湖後集》卷一八《敖陶孫集》

郊祀後景靈宫恭謝紀事

六軍文武浩如雲，花簇頭冠樣樣新。惟有至尊渾不戴，盡將春色賜羣臣。
萬數簪花滿御街，聖人先自景靈回。不知後面花多少，但見紅雲冉冉來。　宋周密《武林舊事》卷一

燈　詞

南陌東城盡舞兒，畫金刺繡滿羅衣。也知愛惜春遊夜，舞落銀蟾不肯歸。
燈已闌珊月色寒，舞兒往往夜深還。只因不盡婆娑意，更向街心弄影看。
沙河雲合無行處，惆悵來遊路已迷。却入静坊燈火空，門門相似列蛾眉。
遊人歸後天街静，坊陌人家未閉門。簾裏垂燈照尊俎，坐中嬉笑覺春温。　同上書卷二

送王簡卿歸天台二首

迎風吹白髮，送客向黄巖。在事何為爾，如君自不凡。城陰當復會，詩卷可頻緘。縱别無多久，江沙望

遠帆。

鯔書雖不願，治粟亦何為。夜月同游處，春潮獨往時。無心資造化，任運有成虧。護冷加餐食，幽居且自怡。　宋林表民《天台續集別編》卷五

菖　蒲

岳麓溪毛秀，湘濱玉水香。靈苗憐勁直，達節著芬芳。豈謂盤盂小，而忘臭味長。拳山并勺水，所至未能量。　宋陳景沂《全芳備祖》後集卷一〇

嘲林可山稱和靖七世孫

和靖當年不娶妻，因何七世有孫兒。若非鶴種并龍種，定是瓜皮搭李皮。　宋陳世崇《隨隱漫録》卷三

三高祠

不貪名爵伐功勞，勇退深虞禍患遭。甫里閒居耕釣樂，范張高處陸猶高。　宋王鏊《姑蘇志》卷二八

和王祕書遊水樂洞

自是瀛洲客，還因野趣來。解衣吟寂寞，携酒上崔嵬。石洞山山秀，梔花樹樹開。只應巖下水，相送上船回。　宋潛説友《咸淳臨安志》卷二九

嘉泰壬戌上元日訪全老於淨林廣福院觀沈傳師碑隆茂宗畫贈詩二首

深衣跨羸驂，杳杳春山路。入寺君未知，閒看移桂樹。

沈碑含秀潤，隆畫出神奇。道人那得此，老子乃躭之。

齋後與全老銛樸翁聽自聞酌龍井而歸

四人松下共盤桓，筆硯花壺石上安。今日興懷同此味，老仙留字在孱顏。

年時六月海揚塵，遙見青山起白雲。聞有高僧來誦咒，巖前拋玟問龍君。　以上同上書卷七八

自題畫像

鶴氅如煙羽扇風，賦情芳草緑陰中。黑頭辦了人間事，來看淩霜數點紅。　元陸友仁《研北雜志》卷下

寺中

幸自不居城，西風覺又生。空山多雨氣，廢寺少人聲。髮為憂時白，吟因入夜清。推窗問天色，猶有佛燈明。　影印《詩淵》冊五頁三八三〇

有送

憐君歸橐路迢迢，到得茅齋轉寂寥。應歎藥欄經雨爛，土肥抽盡縮砂苗。

于越亭

松尾飀飀石浪寒，胡啼番曲轉聲酸。人間無此春風手，應是江妃夜夜彈。　以上清曹廷棟《宋百家詩存》卷二六

《白石道人集》

句

小山不能雲，大山半為天。　望嶽　《白石詩說自序》

屋角紅梅樹，花前白石生。　《愛日齋叢鈔》卷二

梅花竹裏無人見，一夜吹香過石橋。　梅　《全芳備祖》前集卷一

中興無限艱難意，日暮湖平力士歸。　思陵發引詩　夏承燾《白石詩詞集》注

（文師華整理）

全宋詩卷二七二五

葛天民

葛天民，字無懷，越州山陰（今浙江紹興）人，徙台州黄巖（今屬浙江）。曾爲僧，法名義銛，字朴翁，其後返初服，居杭州西湖。與姜夔、趙師秀等多有唱和。有《無懷小集》。事見《癸辛雜識》别集卷上。

葛天民詩，以汲古閣影鈔《南宋六十家小集》本爲底本。校以顧氏讀畫齋刊《南宋群賢小集》本（簡稱群賢集）、影印文淵閣《四庫全書·兩宋名賢小集》本（簡稱名賢集）。新輯集外詩附於卷末。

春懷

向晚一鳩鳴，道人春睡足。無處寫幽懷，巡簷數脩竹。

絶句

夜雨漲波高二尺，失却擣衣平正石。天明水落石依然，老夫一夜空相憶。

看山

我本田夫作比丘，也知騎馬勝騎牛。如今馬上看山色，不似騎牛得自由。

寄楊誠齋

參禪學詩無兩法，死蛇解弄活鱍鱍。氣正心空眼自高，吹毛不動全生殺。生機熟語却不俳，近代獨有楊誠齋。才名萬古付公論，風月四時輸好懷。知公別具頂門竅，參得徹兮吟得到。趙州禪在口皮邊，淵明詩寫胸中妙。用則致君堯舜前，舍時便灌廬陵園。六十四卦只兩畫，三百五篇惟一言。我與誠齋略相識，亦不知他好官職。但知拚得忍饑七十年，脊梁如鐵心如石。不曾屈膝不皺眉，不（群賢集作只）把文章做出詩。玉川後身却不怪，樂天再世尤能奇。隔千里兮共明月，何似寒灰相對撥。公亦何須要我知，我只欠公頭上髮。

醉書酒肆

碧床酒盎香拍浮，吴姬粉醉不識愁。黄金手揮博歌頭，（名賢集作舞）夜半春回楊柳樓。

竺澗梅

龍脊橋邊鶴膝幽，一枝斜亞水横流。自從識破胡笳曲，吹徹黄昏不解愁。

謝文思徐敬伯見訪

半山徐敬伯，薄宦在中都。柳舍偷閑到，村醪就近酤。易添詩債負，難得醉工夫。却羨漁樵叟，雖貧一事無。

即事

春漲侵高岸，春雲裹亂山。倒遷楊柳活，斜倚桔槔閑。世味老方淡，花時晴最慳。東風嗔懶動，故故撼柴關。

重訪白石

長安唯白石，與我最相關。每到難逢面，翻思懶下山。欲歸愁路遠，小住待君還。盡日看幽桂，無人似我閑。

達磨渡蘆像

一言已出駟難追，賴得君王放過伊。楊子江心杭折葦，浪頭何似問頭危。

收白匾豆因得二首

齒髮中年態，丘園素隱心。因栽白匾豆，欲當紫團參。筐筥收繁莢，窗扉失茂陰。蕭蕭簷外竹，抱蔓替予吟。

古香無伴侶，一榻共雲分。磵水塘頭過，樵歌枕上聞。余生聊自適，此意與誰論。落葉如相委，名賢集作慰時敲月下門。

仲春初二絶

落梅如雪雨如麻，最怕春寒是杏花。病後不能涓滴飲，可憐芳信到貧家。

初交二月草蒙茸，鄰里紛紛去折蓬。柳下閉門非懶出，苦無筋力趁兒童。

湖上夜歸

陌上紅塵歇，湖中翠靄生。定鍾山寺迥，新月夜船清。蛙亂鳴方急，鷗閑睡不驚。兒曹知我到，認得打門聲。

聞鳩

蟄動猶寒在，鳩鳴恰睡餘。素傳鷹羽化，多占鵲巢居。報我晴何用，憐渠拙自如。年年偏感處，風急杏花初。

迎燕

咫尺春三月，尋常百姓家。為迎新燕入，不下舊簾遮。翅濕沾微雨，泥香帶落花。巢成雛長大，相伴過年華。

玩蝶

粉翅來何許，春風卒未休。衆芳皆舊識，微雨是新愁。鬬舞園（群賢集作團）牆角，貪香綴蘂頭。與花俱不語，相可自風流。

聞杜鵑

望帝知何苦，催歸不自禁。竄身依樹密，啼血染花深。細雨離人淚，遊絲蕩子心。青山明月夜，老耳最知音。

湖上觀柳偶記龍泉先生勾春柳一絲之句感而有述

斷槎無葉又無枝，得似勾春柳一絲。不是畫船棲泊處，白鷗飛下立多時。

嘗青梅

疎影橫斜處，匆匆入夏看。緑陰遮得暗，青子結來酸。因病全疎酒，如癡猶（群賢集作獨）凭欄。楊花無藉在，風急正漫漫。

開井

小圃新穿土，中藏一丈空。山腰泉脈透，井口樹陰蒙。澆（名賢集作洗）藥先資用，煎茶已見功。甘涼羞自薦，汲許四鄰同。

龍井

龍護深潭草木昏，斷碑元祐典刑存。蜀仙已去吴僧少，嶺上松篁亦斷魂。

江山 名賢集、群賢集作上

連天芳草雨漫漫，贏得鷗邊野水寬。花欲盡時風撲起，柳綿無力護春寒。

望越懷親

高帝陵邊我故廬，白雲慘淡帶蒼梧。歸心政與江流動，更着青山隔岸呼。

寄輔漢卿

憶殺平生輔漢卿，武夷山裏話寒更。不知新歲還家未，白髮衝冠有幾莖。

訪端叔提幹

月趁潮頭上，山隨柁尾行。大江中夜滿，雙櫓半空鳴。鴈冷來無幾，鷗清睡不成。平生師友地，此夕最關情。

山中題古墓

冢荒無樹亦無碑，土面磚痕似灼龜。壞道尚存翁仲守，傳家知是子孫誰。又原作文，據群賢集改成東海終難料，欲錮南山最可悲。要寄此情浮世去，臨流説與落花知。

題謝耕道一犁春雨圖

耿耿思田舍，攸攸倚釣竿。一犁歌短闋，十口飯長安。老覺驅馳倦，生知稼穡難。畫圖詩卷在，留與後人看。

即事

暮年居柳下，終日閉柴門。壁為題詩暗，池因洗硯渾。閑知真富貴，醉到古乾坤。回首長安道，無言只斷魂。

偶成

始參龍象種，終現馬牛身。再整衝冠髻，難忘漉酒巾。散花天上女，撥草道中人。寄語林和靖，非翁不卜鄰。

竹

此君別後稍添丁，留得清風鎮户庭。老鬢不禁霜點綴，舊鄰多似樹凋零。一竿帶雪寒垂釣，數畝連苔晝掩扃。此話有誰堪委似，幾回無語向青青。

蓬居詠枇杷

早誦相如賦，知渠舊姓盧。花香冰裏見，風味藥中須。細雨同梅熟，清聲混樂呼。山禽嗔老子，拍竹護金珠。

元夕

天街夜鼓徹雲霄，一望星河影動搖。佳節無如元夕盛，老懷不似少年豪。紅塵巷陌青絲鞚，明月樓臺紫玉簫。誰料南坡招野叟，詩肩相對兩峰高。

簡道安

相將除夜南風起，鴈已聲聲向北飛。驟暖定（名賢集作應）知為雪骨，瘦年終不似冬肥。日來病可方開酒，節下春回稍減衣。正好伴公湖上去，孤山觀裏看梅歸。

澗泉招飲次日乃生朝

平生南磵古遺民，初度招呼我輩人。每聽詼談須絶倒，極知老氣政輪囷。盃盤滿坐添燈火，兒女成行勸主賓。但願吾儕似梅柳，年年相見一回新。

平居遣興

隔籬人語自喧嘲，緊閉苔扉不許敲。談麈帶塵懸屋角，牽牛承露上林梢。投閑得計心常足，擬古成編手自抄。風雨欲來偏感處，蟻先移穴鵲移巢。

桃花

洞裏桃花自古初，人間塵事幾乘除。重來漁父難相覓，前度劉郎未忍疎。晝檝迎逢春女渡，采符供奉歲朝書。嫣然似共幽篁語，占盡風光奈得渠。

偶題

緑樹何稠疊，清風稍羨餘。枕縈雲片片，簾透雨疎疎。倏覓通泉竇，殘碑出野鉏。丘陵知幾變，耕稼雜陶漁。

西湖泛舟入靈隱山 群賢集注：和林和靖。

晴嵐漠漠水溶溶，落群賢集作荷葉遮船翠蓋重。秋色盡為漁者占，山光多向道人濃。雲原作雪，據群賢集、名賢集改連合抱前村樹，磵繞飛來小朵峰。送罷夕陽迎素月，樓臺高下自鳴鍾。

梅花 群賢集注：和林和靖。

寄遠含芳別隴頭，胡沙漠漠去無休。誰招青塚千年魄，散作黄昏萬斛愁。畫角霜清腸屢斷，花光墨淡影空留。年年最憶前村夜，一段孤明雪亦羞。

幽　居 群賢集注：和林和靖。

遠懷日與静相宜，山色窺簾澗撼扉。野草自花聊獻笑，重雲不雨謾垂衣。人間事業難争長，睡裏工夫獨造微。却怪蒙莊猶寐語，夢為胡蝶未忘機。

秋日西湖 原作湖西，據群賢集乙 **閑泛** 群賢集注：和林和靖。

雨洗千峰曉，波涵萬頃秋。菱花開古鏡，蓮葉度輕舟。思遠人誰識，身閑世不收。望中時得句，倚櫂雜吴謳。

郊園避暑 群賢集注：和林和靖。

有暑猶當避，無憂可得忘。竹疏身共瘦，湖近意先凉。静勝寧須弈，幽酣不待觴。還同殘夢樂，炙背負朝陽。

小峰行樂却望北山 群賢集注：和林和靖。

霜高群木落，湖上數峰秋。野笛歸牛徑，烟蓑宿鷺洲。望中多隱約，佳處小遲留。百歲無虚日，能堪幾度游。

蝶 群賢集注：和林和靖。

黛拂雙眉粉襯毫，翅烘晴日伴相遭。戲勾稺子從花遠，恐惹遊絲莫鬭高。栩栩倏來仍易散，深深交舞為誰勞。吴王花草滕王筆，千載風流敵楚騷。

杏花 群賢集注：和林和靖。

陌上春泥苦未乾，絳唇漸吐不禁寒。海棠尚（名賢集作向）晚教誰伴，山帽衝風每自看。聲好最憐清曉賣，味甘長記緑陰團。年年過雨臙脂落，時序關心有幾般。

林間石 群賢集注：和林和靖。

摩挲只作釣磯看，相伴秦翁且住山。霜洗舊稜人共瘦，蘚侵孤韵鶴同閑。因思樵牧分争處，已過唐虞揖遜間。風月滿林時恬寂，三生幽事夢中還。

小隱自題

水拍荒籬外，山攢落照邊。鵶鵶乘犢去，鴨鴨伴鷗眠。思淡秋雲薄，情高隴月圓。武陵知避世，初不為求仙。

夏日池上 群賢集注：和林和靖。

微波漾漾雨濛濛，岸脚烟莎間水葓。照影已無雙鬢緑，關心猶有一絲風。鴛鴦對浴紅衣撲，菡萏相親翠蓋籠。醉舞夢吟皆勝處，箇中非異亦非同。

孤山後寫望 群賢集注：和林和靖。

凭高每嘆昔人非，空有群峰礙落暉。大雅風流誰舉似，長安秋草又衰微。寒花負約開猶懶，幽鳥忘機趁不飛。來往半生堪記處，西村燈火夜船歸。

小舟

萬頃波中獨釣身，短倉低屋舊絲綸。自憐清夜歌明月，誰共滄洲采白蘋。

梅花

桃李（群賢集作花）粗疏合負荆，歲寒標格許誰并。花中有道須稱最，天下無香可鬭清。倚竹向人如少訴，臨流窺影更多情。何當喚取湘（原作相，據群賢集、名賢集改）纍起，伴我空山茹落英。

孤山後舟中寫望（群賢集注：和林和靖。）

水接遥空分外寬，孤山月出静中看。疑從弱水移圓嶠，似共姮娥住廣寒。秋雨秋風初過後，荷花荷葉半凋殘。西村數點歸鴉濕，老子新題墨未乾。

酬畫上人石湖春望

蕩蕩春風草木香，茫茫澤國水雲長。鶯來占柳為歌院，蝶去尋花作醉鄉。閑與物情聊品帶（名賢集作藻），老於文字懶巡行。望中別有關情處，幾度朝陽又夕陽。

湖村晚興

殘霞伴孤鶩，遠燒（原作晚，據群賢集改）雜斜暉。秋向詩中出，人從畫裏歸。柳塘雙槳急，茅舍一燈微。小艇穿籬入，蒲蓬正擁扉。

雪後

雪中多日静，湖上少人遊。秃樹花為市，斷槎鷗當舟。一杯殘臘酒，萬古夕陽愁。富貴非吾願，葛天雲正浮。

冷蕊通幽信，孤山欠幾遭。盃因寒更滿，句到淡方高。雪滴晴簷雨，松翻夜壑濤。布衾雖似鐵，猶念早趨朝。

臘雪

片片嘉平瑞，無聲有耿光。來雖成頃刻，釀亦費商量。天闊花無賴，風休絮不狂。孤山林處士，魂在隴頭香。

和子舒冷泉夜坐

亭空山盡入，人静夜初分。喬木陰遮月，清泉影浸雲。不題波上葉，只採磵中芹。澗水令人憶，何當入郡聞。

宿裴庵

一徑松杉迥，成陰見日稀。山晴僧盡出，風暖燕交飛。結子花抛樹，攔人犬護扉。閑看山月上，清坐更添衣。

答趙紫芝

九月離東嘉，長安了歲華。未登楊子渡，先訪葛翁家。天作今朝雪，燈開昨夜花。一杯能强飲，不必問丹砂。

簡趙紫芝

紫芝雖漫仕，五字已專城。清坐有仙骨，苦吟無宦情。囊因詩句重，分與酒盃輕。所好煎茶外，燒香過一生。

清明前四日泛湖

繞岸堆青嶂，游船滿緑波。樓臺臨水近，楊柳占春多。老去誰同調，尊前且放歌。韶華能幾日，隨棹已新荷。

送薛子舒船官

憶君江上去，船重載書多。學乃從吾好，閑應喜客過。薰風新緑樹，明月舊滄波。自古關情處，相思入詠歌。

訪紫芝回與子舒集

君參唐句法，親得浪仙衣。薄宦因吟苦，高風與世違。春寒留夜飲，月黑借燈歸。共隱知何日，空山老蕨薇。

即事用天竺韵

寒食少逢天氣佳，十朝九日雨如麻。新巢唯有燕生子，小巷已無人賣花。

夏日

曉荷承墜露，晚岫障斜陽。樹下地常蔭，水邊風最凉。蟬移驚鵲近，鷺起得魚忙。獨坐觀群動，閑消夏日長。

雜詩

下竺山前打一遭，丁寧門子看溪橋。恐驚繞磵梅花落，莫遣行人語笑高。

雨中

梅雨朝仍暮，蓮塘夏似秋。水高侵樹脚，屋漏滴人頭。歇晝厨烟出，占晴礎汗收。群山思會面，扶病一登樓。

元夕

元宵有月便無愁，已是新年第一籌。説與素娥從此去，只須依様做中秋。

送薛子舒

南渡今何似，中流欲濟船。雖憑人擊楫，要若水行川。竹木如山積，桑田與海連。吴宫猶可問，白鳥暮推煙。

海邑青龍鎮，船官野鶴身。誰知貴公子，却是苦吟人。二陸多遺迹，三高屬近鄰。新篇因吊古，時寄葛天民。

次紫芝韵

欽羡私居好，樓深夏必凉。小窗通遠岫，古木蔽斜陽。露檻安花斛，塵編滿竹床。如君清到骨，只合静焚香。

小亭

小亭終日對幽叢，兀坐無言似定中。蒼蘚静連湘竹紫，緑陰深映蜀葵紅。猫來戲捉穿花蝶，雀下偷銜卷葉蟲。斜照尚多高柳少，明年更欲種梧桐。

上巳呈嚴叟

時俗常談已斷霜，雨寒翻著絮衣裳。花枝照眼堂堂去，茗椀關心故故香。楊柳稍傳鶯割據，茅茨敢望燕商量。舊遊莫誦蘭亭語，自覺中年易感傷。

荷葉浦中

急雨捎荷分外奇，珠璣狼籍錦紛披。下塘六月關心處，西塞扁舟入手時。却傍青蘆深處宿，還思白石去年詩。平生浩蕩煙波趣，月淡風微只自知。

贈眇目道人説相

道人只具一隻眼，覿面全提格外機。塵裏神仙誰做得，歸來試舉問麻衣。

戊辰夏五過抱朴岩

北窗隱隱透南薰，老子全群賢集、名賢集作前身是此君。冷入魚腮池面雨，静連禽語樹頭雲。苔因覓句行來破，石為觀空坐得温。時事自多無耳聽，長安雖近不曾聞。

元夕西陵橋觀月

年頭半月雪漫漫，養就姮娥玉一團。老子今宵奇絶處，西陵橋上獨凭欄。

雨中郊外

暖氣先回宿草根，青青行可藉芳尊。未須着意催花柳，且為乾坤補燒痕。

正月二日

小巷春陰獨掩扉，峭寒著盡過冬衣。老來情緒無多子，禁得梅花似雪飛。

正月二十七雨中過蘇堤

一堤楊柳占春風，柳外群山細雨中。人苦未晴渾不到，只宜老眼看空濛。

清明日訪白石不值

花薺懸燈柳插簷，老懷那得似餳甜。畫船已載先生去，燕子無人自入簾。

送劉僧善行

西望群山碧入吴，故人一笠片雲俱。東風不斷村村柳，展盡陽關送客圖。

湖堤晚步

照影憐寒水，關情奈夕陽。雪慳天欠冷，年近日添長。好句誰相寄，浮生各自忙。有身聊頓放，亡事可思量。

懷天竺礀梅

根在巖邊結，枝從水際横。此花殊近道，凡木欠修行。密雪籠幽片，疎篁倚瘦莖。那時香不淺，憶我話無生。

柳下即事

老柳中間野岸濱，水清常照村邊身。白鷗黄鳥相忘久，來往如今不避人。

睡少

睡少秋難曉，吟多食愈貧。南柯無近闕，差盡夢中人。

湖上新秋

十里荷風蓋盡傾，城中憶殺水邊清。群賢集作情催詩末用西湖雨，且送新凉入帝城。

六月一日同姜白石泛湖

六月西湖帶雨山，小舟終日傍鷗閑。風煙如許關情甚，賓主相推下語難。幾點送君歸大雅，一凉今夜滿長安。江湖遠思知多少，歸去風前各倚欄。

正月十二日夜群賢集下有渡字姚江

斷岸春風峭，江空群賢集、名賢集作空江夜雨清。蕭疎蓬上點，彷彿葉間聲。今古雙眸冷，乾坤一棹輕。鬢從湖海白，誰識謝郎情。

雨中獨酌

平生寡合雖竭斗，幾曾自飲一杯酒。不因風月與湖山，更為松篁與花柳。今夕何夕風雨來，知儂渴肺生秋埃。麴生三緘忽自薦，請為風雨聊一開。老夫呼前呼未了，死群賢集作此生脱帽傾懷抱。風雨横斜入坐中，賓主淋漓俱醉倒。須臾風止雨亦休，主人送客凝雙眸。葛天無懷不可狀，但覺兩耳風颼颼。匆匆便是中秋節，更與麴生潛地説。此夜寧容著雜賓，一尊只辦澆明月。

水仙

玉潤金寒窈窕身，翩翩翠袖挽青春。水晶宫裏成仙女，香醉山中得道人。朔雪幾回埋不死，南洲一出净無塵。朴翁老矣誰同調，相對無言意轉親。

以上《無懷小集》

丈亭館

青山歷歷映江流，半是明州半越州。亭下寒潮亭上客，不知來往幾時休。

宋羅濬《寶慶四明志》卷一六

絶句

二十四友金谷宴，千三百里錦帆遊。人間無此春風樂，樂極人間無此愁。

宋張端義《貴耳集》卷上

嘗北梨

每到年頭感物華，新嘗梨到野人家。甘酸尚帶中原味，腸斷春風不見花。

宋林洪《山家清供》卷下

船子釣灘

澤國茫茫水接天，孰云無法與人傳。見成風月難迴避，盡在華亭一釣船。明顧清正德《松江府志》卷二

題南翔寺

南翔建自梁天監，白鶴不歸江自轉。深禪空憶祖師齊，昔有老堪今有遠。我趁江鷗訪遠公，遠公不有湖天晚。七歲驅烏有幾房，三百苾蒭無半面。殿閣參差高入雲，一堂可着千僧飯。古柏槎牙不記年，柯如屈鐵色蒼蘚。古意偏關倦客懷，歸舟有句無人遣。明日中流遇阿英，連宵細説南翔院。少待崇蓮寶塔成，春風共看巢梁燕。我欲婆娑借數椽，子當力學如吾願。一任江花惱殺人，閒邊自數飛花片。明錢穀《吴都文粹續集》卷三四

（陳巧媚整理）

釋普洽

釋普洽，生平不詳。與葛天民有唱和。

和葛天民南翔寺韵

白鶴南翔何日返，香雲不動春風轉。屋為鱗次枕江安，江作蛇行到門遠。的的明燈金殿寒，沉沉複道長廊晚。老翁矍鑠皎須眉，愛客將迎笑盈面。自言天監拓基來，食指數千猶共飯。斷碑壁下試摩挲，龜趺剥落生苔蘚。茫茫往事比寒潮，蒼烟落日愁難遣。遣中何處愜深深，玉甃新池開別院。一一齊已去老堪殂，故壘空來巢舊燕。吾宗有弟知此懷，炊黍功名豈云願。便呼阿買寫新詩，研池澀擁清冰片。《吴都文粹續集》卷三四

（虞行整理）

全宋詩卷二七二六

朱權

朱權（一一五五—一二三二），字聖與，號默齋，休寧（今屬安徽）人。孝宗淳熙十四年（一一八七）進士，調連山縣尉兼主簿。寧宗慶元五年（一一九九），爲會稽縣丞。開禧元年（一二〇五），監如皋縣買納鹽場。嘉定七年（一二一四），知餘干縣。十二年，監行在左藏東庫，次年，充省試中門官、御試對讀。十四年，監行在都進奏院。十五年，知惠州。理宗寶慶元年（一二二五），主管紹興府千秋鴻禧觀。紹定二年（一二二九）致仕。五年卒，年七十八。有《默齋文集》二〇卷，已佚。事見《洺水集》卷一一《朱惠州行狀》。

紹熙辛亥歲遷居星洲述懷

別墅今為宅，芳洲古號星。一溪縈似帶，羣岫列如屏。繚繞蟠龍勢，迴旋翥鳳形。紫峰鍾美瑞，秀麗炳神靈。峻嶺通山去，寒潭對刹渟。高巖雙傑出，斜谷獨深扃。鷗鷺遵幽渚，牛羊散遠汀。春花紛外野，秋月可中庭。築室歌鴻雁，謀鄰詠鶺鴒。來居猶未久，補弊不遑寧。愛竹留新筍，看松養茯苓。採山收美茹，釣水得鮮鯖。檠短親諸子，窗明勘六經。桂香思璧水，槐影記楓庭。事業姑藏器，功名會發硎。豈無牙父志，當遇子期聽。鵬鶚須逢運，驊騮豈戀坰。祇今時合待，拄笏謾名亭。明程敏政《新安文獻志》卷五五

（李更整理）

袁倚

袁倚，寧宗慶元三年（一一九七）由知資州主管台州崇道觀（《宋會要輯稿》職官七四之一）。

象耳山

昔聞神龍蟠九淵，今睹大象扶諸天。何年幻此一佛國，兩耳不動山蒼然。上乘菩薩踞其上，妙千手眼化大千。衆生顛倒夢始覺，熱病得汗諸魔跧。兩客游山飲崖泉，拍手唤醒書臺仙。一邱一壑儻如願，同竟大悲香火緣。原注：淳熙己酉冬，環谷袁倚、廣漢王昌辰同游象耳山中，書遺縣令宋悳囦、簿正李樞。清陸增祥《八瓊室金石補正》卷一〇八

句

江頭曉夜日月出，九頂三峨相吐吞。枕江樓　宋王象之《輿地紀勝》卷一四六《成都路·嘉定府》

（孟憲忠整理）

閻伯敏

閻伯敏，字子功，晋原（今四川崇州）人。寧宗慶元初通判眉州（《宋詩紀事小傳補正》卷二）。今録詩十二首。

十二峰

望　霞

東皇君來流曉霞，莫看西北王母家。雲華夫人王母女，肯為廟食留三巴。

翠　屏

秋山黄落春山青，不識仙家雲錦屏。六銖天衣下拂石，香風馥郁朝真亭。

朝雲

山頭行雲自朝朝，陽臺莫色聯雲霄。朝來莫去變雲雨，送老行客無回橈。

松巒

舟船摇摇大巫前，松間絲蘿望纏綿。屏風角轉恰匝背，心在山頭人倚船。

集仙

緑蓑鞋緊青行纏，束薪蘊火開山田。雲間仰聽仙佩響，蓬鬢拂掠燒畬煙。

聚鶴

望夫石女春復秋，巴歌楚舞隨遨遊。夜深九皇清唳響，仙禽亦替離人愁。

净壇

山頭枝枝竹掃壇，舟子竹枝歌上灘。炷香上廟擲杯珓，但乞如願舟平安。

上昇

黄麾白馬功告成，雲華夫人朝玉京。虞后夏后引音節，高低峽船摇艣聲。

起雲

釵頭嫋嫋山花枝，裙尾舊纈山麻衣。朝隨雲起采薪去，莫趁女伴穿雲歸。

栖鳳

山頭鳳鳴求其凰，山前家家背鳳筐。竹花結實未忍食，刀耕火種五里香。

登龍

散而成章合為龍，回風混合游鴻濛。舟人上下神女供，俗粧鉛粉臙脂紅。

聖泉

雲源一派瑶池分，灑落掉石隨東奔。楚人但憂原校：疑作愛香溪水，溪邊惟有昭君村。明周復俊《全蜀藝文志》卷九

戴溪

（陳曉蘭整理）

戴溪（？——一二一五），字肖望，一作少望，學者稱岷隱先生（明嘉靖《温州府志》卷三），永嘉（今浙江温州）人。孝宗淳熙五年（一一七八）别頭試第一。歷監潭州南嶽廟，湖州教授（《梅磵詩話》卷下）。光宗紹熙初主管吏部架閣文字，除太學録兼實録院檢討官。累遷兵部郎官。寧宗開禧三年（一二〇七）以太子詹事兼秘書監。官至權工部尚書。嘉定八年，以龍圖閣學士致仕。事見《南宋館閣續録》卷七，《宋史》卷四三四有傳。

送王木叔黄州教職

龍飛乙科郎，白面如琢玉。去作幕下士，年少二十六。壯心直如弦，不耐公事曲。寧知太守尊，箠吏驚犨目。太守豈不賢，去郡秉鈞軸。銓曹有格法，那肯煩薦牘。依然舊官職，再傍天之麓。六考未作縣，冷官到淮服。向來豪氣舉，斟酒能半斛。只今長説病，伏飲在胸腹。皇皇一世憂，隱隱兩眉蹙。中年苦節省，未必不為福。我生更迂闊，立意要違俗。誤使塵網纓，同君被纏束。兩家各生子，丁壬合天禄。但

得佳兒婦，兩翁志願足。岷山有舊約，相從結□□。明朝江上館，持被共君宿。元陳世隆《宋詩拾遺》卷一九

姚寅

姚寅，號雪坡，關西人，居湖州東林。戴溪爲湖州教授時曾相結交。事見《梅磵詩話》卷下。今録詩二首。

養蠶行

南村老婆頭欲雪，曉傍牆陰採桑葉。我行其野偶見之，試問春蠶何日結。老婆斂手復低眉，未足四眠那知得。自從紙上掃青子，朝夕餧飼如嬰兒。只今上箔十日許，食葉如風響如雨。夜深人静不敢眠，自遶牀頭逐飢鼠。又聞野祟能相侵，典衣買紙燒蠶神。一家心在陰雨裏，只恐葉溼繰難匀。明朝滿簇收銀繭，軋軋車聲快如剪。小姑促湯娘剥紕，嬉嬉始覺雙眉展。繰成白雪不敢閑，錦上織成雙鳳團。天寒尺寸不得著，盡與乃翁輸縣官。君不見長安女兒嫩如水，十指不動衣羅綺。我曹辛苦徒爾耳，依舊績麻冬日裏。宋俞文豹《吹劍録》

投戴岷隱分教

重席先生間世才，相逢青眼必須開。手遮紅日汗如雨，不是雪中乘興來。元韋居安《梅磵詩話》卷下

王默

王默，字識之（《宋詩紀事》卷七〇）。福州（今屬福建）人。寧宗開禧元年（一二〇五）特奏名

（清道光《福州府志》卷一四九）。今録詩二首。

梅花

知己林和靖，論心何水曹。平生懷玉雪，獨立占風騷。月落香方覺，天寒韻更高。冥搜吟未就，清夢滿江皋。　影印《詩淵》册二頁一一八二

春花歎

春花復春花，紅紅間白白。相看待明發，已不如昨日。雨露費濡染，秉芳幾何時。姚魏殿春事，濃緑已盈枝。長安池館多，新故如轉燭。所以山中人，但種松與竹。　同上書册四頁二三四八

（以上李更整理）

陳洪

陳洪，字子良，仙居（今屬浙江）人。寧宗開禧元年（一二〇五）進士，授桂陽縣主簿（《嘉定赤城志》卷三四）。

春雪

光映粧樓月，花承歌扇風。欲妬梅將柳，故落早春中。　明《詩苑叢珠》卷二

（孟憲忠整理）

李鏜

李鏜，眉州丹稜（今屬四川）人。燾孫。曾官宣義郎。事見《周文忠集》卷六六《李文簡公（燾）神道碑》。

椒溪灘

一梁中截兩山連，雪布寒飛幾竅穿。深鑿却疑通禹穴，長流應不比潮泉。崆峒影裏分三峽，太極圖中會百川。神斧何年平石壁，新題許我得深鐫。　清涂長發嘉慶《眉州屬志》卷一七

李　錫

李錫，眉州丹稜（今屬四川）人。燾孫。曾官修職郎，爲彭州九隴縣主簿。事見《周文忠集》卷六六《李文簡公（燾）神道碑》。

金紫巖

百尺雲巖道院邊，曉鐘疎磬思悠然。荷間酌酒和清露，石上題詩染翠烟。半嶺泉鳴通古澗，數家秋盡隔寒川。西風似欲吹人起，去逐騎鯨汗漫仙。　《眉州屬志》卷一七

（以上李更整理）

吴　雅

吴雅，楫子。蔡元定門人（《宋元學案補遺》卷六二）。

挽蔡西山先生

天乎不可問，吾道是耶非。國論成貝錦，臺評及布衣。乾坤豈終否，泉壤再生輝。遺恨春陵路，生存不見歸。　明蔡有鵾《蔡氏九儒書》卷二《西山集》附録

（劉雯整理）

全宋詩卷二七二七

任希夷

任希夷(一一五六—?),字伯起,號斯庵。伯雨曾孫。其先眉州(今四川眉山)人,徙居邵武(今屬福建)。弱冠登孝宗淳熙二年(一一七五)進士第(明嘉靖《邵武府志》卷八)。調浦城簿、蕭山丞。寧宗開禧初爲太常寺主簿。嘉定四年(一二一一),以宗正丞兼太子舍人。累遷禮部尚書兼給事中。十二年,簽書樞密院事,十三年,兼參知政事(《宋史》卷四〇《寧宗本紀》)。十四年,出知福州(《宋會要輯稿》職官七八之六三)。卒謚宣獻。有《斯庵集》,已佚。《宋史》卷三九五、明嘉靖《邵武府志》卷一三有傳。

任希夷詩,據《錦繡萬花谷》、《全芳備祖》等書所録,編爲一卷。

小亭

幅巾清曉入西園,春動園林物物鮮。却想小亭纔日出,海棠花發麝香眠。宋《錦繡萬花谷》後集卷二四

花

今年輕作東風客,愁紫愁紅滿故園。邂逅妖嬈成一笑,待歸端有幾枝存。

牡丹

沉香亭北露華春,曾識霓裳第一人。千載不歸羅襪夢,緑枝紅艷只如新。

海棠

海棠花上問春歸，豈料春風雪滿枝。應為紅粧太妖豔，故施微粉着胭脂。

垂絲海棠

宛轉風前不自持，妖嬈微傅淡胭脂。花如剪綵層層見，枝似輕絲裊裊垂。

海棠二首

山碧花尤好，徑長人自閒。錦園春照耀，紅雨暮闌斑。

紅粧翠袖一番新，又向園林作好春。却笑華清誇睡足，只今羅襪久無塵。

蓮

五月荷池未見花，但擎餘蓋碧參差。何人喚起凌波步，要見晨粧出曉霞。

以上同上書後集卷三七

賞桂

人間植物月中根，碧樹分敷散寶熏。自是莊嚴等金粟，不將妖豔比紅裙。

金英翠葉庇靈根，吹作清秋寶篆熏。四客對花飛玉斝，八眉和葉舞紅裙。

竹

數十琅玕足辟塵，何須千畝比封君。一從清士心相許，眼看浮花薄似雲。

挺挺霜中節，沉沉日下陰。試裁蒼玉管，吹作紫鸞音。

以上同上書後集卷三八

荷花

按：此詩《全芳備祖》署作「任庵」，據楊寶霖考證當為「任斯庵」。《錦繡萬花谷》卷三八、《兩宋名賢小集》卷六九《杜祁公摭遺》（闕二、三兩句）署作杜衍詩。今兩存備考。

任希夷

翠蓋佳人臨水立，寂寞雨中相對泣。温泉浮出玉肌寒，檀粉不施香汗濕。一陣風來碧浪翻，珍珠零落難收拾。　宋陳景沂《全芳備祖》前集卷一一

楊柳

嫋嫋吴興柳滿城，春光濃處白蘋亭。來時金縷黄尤淺，看得枝枝葉葉青。　同上書後集卷一七

烏衣巷

羊車暇日勞揮塵，玉樹春風自滿庭。欲問烏衣舊時事，静無秋燕有秋螢。　宋馬光祖《景定建康志》卷一六

青溪

蛾眉流落碧流中，走馬來時事已空。此日不能留妲己，他年誰敢憶高公。

青溪不見麗華留，遺恨空餘故國羞。璧月只應明結綺，春風吹不上迷樓。

閉門忽憶東風面，步向青溪繞碧灣。淡白深紅了無跡，緑楊煙外一鍾山。　同上書卷一八

白鷺亭

江水悠悠淮水流，臺城寂寂石城留。凄涼白鷺洲頭月，曾照前朝玉樹秋。

白下亭

金鑾殿下脱靴去，白下門東索酒嘗。一自青山冥漠後，何人來道柳花香。

鳳凰臺

只為羊車戀靚粧，倉皇合殿燭無光。宫中不解嫁鸜鵒，臺上安能來鳳凰。　以上同上書卷二二

南朝故迹惟天禧鳳凰臺鹿苑寺郗氏窟爲最久

有泉何取臺儀鳳，事佛空教后作蛇。狐穴蟻巢零落盡，却能留此梵王家。

行宫口號二首

絳闕前頭天闕横，春煙收盡兩峰青。中流淮水成河漢，旁列鍾山作御屏。

新青染徧金堤柳，廢緑羞開玉樹花。今代離宫呈氣象，六朝荒址滿桑麻。

石頭城

石城只解着王蘇，漫説夷吾計亦疏。儘使西風能舉扇，可堪重見伯仁書。

城東懷古

謝安遊處猶留墅，李白吟邊亦有亭。兩地東山春寂寂，至今白下柳青青。

鍾　山

城如虎踞來擒虎，山號盤龍屬卧龍。天險不能回運去，地靈元自要人雄。

同劉武子孫季和遊鍾山和劉武子韻

有客新從蜀道還，共招北隱步松間。何人寫出秋風句，付與淮南大小山。

臺　城

隋家耕壟徧陳宫，留得鍾山蔣郡東。只怕東南分王氣，那知零落錦帆風。

題謝氏山居

風流誰自謝家安，不愛蒼生只愛閑。今日雲孫仍不惡，一間茅屋尚東山。

鍾山春遊

任希夷

青樓醽醁客中聖，碧苑鞦韆人半仙。春滿江南佳麗地，緑楊芳草思娟娟。柳邊淮水一般緑，花底鍾山分外青。閑趁遊絲不知遠，夕陽纔過已疏星。以上同上書卷三七

請御明堂齋殿

肇舉明禋預戒期，請臨齋殿御簾帷。廊頭萬旅皆花帽，殿下千官盡絳衣。玉輅時嚴三歲禮，慶霄遥望五雲飛。小臣頭白供籩豆，親見虞廷覽德輝。

元日班賀

百華照曉歲更初，黼座當中列辟趨。舞蹈三回嚴贊唱，虔恭百拜聽傳呼。麾旗簇仗朝儀肅，韎韐班庭遠意乎。元會五逢叨侍從，欲陳嘉頌愧才粗。

上壽大宴二首

昔年玉瑞下層霄，今日瑤池預祝堯。負扆當陽天子坐，稱觴顒面宰臣朝。九重陛下聽鳴蹕，萬歲山前看舞韶。持橐五人沾鎬飲，獨憐蒲柳望秋凋。

霜晴寶殿轉春風，瀲灩金卮酒色濃。百戲叢中呈霧豹，萬花深處仰雲龍。笙簧對御呈三弄，鼓吹成行疊幾重。衰落謬令陪翰苑，小臣何以寓形容。

赴御宴

新元六日三陪宴，黼扆前頭御榻横。紫袖旁闌宣樂節，金貂當殿賜杯行。四夷來致三呼祝，萬舞驩同九奏聲。謬忝詞臣無補報，豐年惟願稼如京。

左史待班二首

虎旅分行鐵作樾，殿前拜舞一聲譁。輔臣對罷無公事，日照金鋪扇影斜。
閶闔新開露氣清，舉鞭聯騎入承明。絲絇同傍瑶墀立，廣殿前瞻御榻横。

德壽宮即事六首

金爵觚稜曉色開，三朝喜氣一時回。聖人先御紅鸞扇，天子龍輿萬騎來。
霜曉君王出問安，寶香隨輦護朝寒。五雲深處三宫宴，九奏聲中二聖懽。
宴歸還駕七香車，一夕天開六出花。瑞色先凝紫宸殿，春光重到玉皇家。
慈福脩齡八十春，微陽纔動寶書新。天家慶事古無有，奕葉重光似顯仁。
萬年觴舉慶重華，百辟需雲始拜嘉。壽宴開時先雪宴，天花舞罷帶宫花。
直前論奏極精神，柱下霜髯侍從臣。歸美意中規諫切，華封人是潁封人。

宿　直

金門攢點鼓初停，禁柝猶傳第四聲。不省人間一回夜，如何天上兩般更。書生持被苦無寐，聖主求衣率未明。慚媿論思真忝竊，何時邊徼盡銷兵。

賦梅下小池

眼見梅花照玉堂，只今濃緑覆宫牆。樛枝偃蓋雲千疊，下蔭清池玉一方。

郊祀慶成三首

紫壇熙事樂高張，天胙皇家福簡穰。六奏聲中來象物，萬燈明處望龍章。星珠月璧清宵麗，風馬雲車碧落翔。屢有詔書崇簡約，只將誠意動蒼蒼。

温温和氣襲龍旂，薄晚輕雲忽便收。穆若清躬陞午陛，爛然華月滿圓丘。燭光不動風前影，星彩交輝冕上旒。拜貺益恭形聖語，卜年增永禄增遒。

廣樂鏘鳴列炬燃，禮成猶想吉初蠲。鴛班夜賀天顔喜，寶仗朝回物采鮮。萬姓竦瞻雙鳳闕，一封飛下九重天。乾坤清晏歡聲滿，今次郊禋盡勝前。

郊壇齋宫七首

郊禋從昔重升中，八陛崇尊典禮隆。聖主寅恭先事舉，雲陽新築望祠宫。

上林日射蒼龍闕，九陌風清野馬塵。恰似樓臺臨渭水，未饒桃李滿天津。

玉津宏建中興初，禁籞風光勝兩都。慚愧逢辰瞻蠖濩，却思歸老卧廜廯。

縈路輝輝日月依，雲霄奕奕孔鸞飛。輔臣對罷升金殿，日日絲綸侍衮衣。

當日金階白玉堂，不知春事到垂楊。休驚冉冉花飛片，正愛青青麥耀芒。

帝籍傍連繭館桑，禁林喬木晝陰涼。却從射殿臨江閣，中有通衢夾苑牆。

漢苑空傳承露盤，不聞臨幸又春殘。吾君恭儉前無比，只向郊祠響玉鑾。

明堂慶成五首

國重明禋預戒期，九筵宏敞肅宗祈。階前萬旅皆花帽，庭下千官盡絳衣。三日齋心嚴殿宿，一聲清蹕響簾幃。聖躬靡恃皇天眷，夙夜寅恭但畏威。

芝房羽駕備通宵，昧爽天輿輦路遥。原廟出遊卑漢祀，太清先獻踵唐朝。冕旒穆穆陞前殿，鐘石鏘鏘達九霄。謬忝侍臣分奏告，嘉觴肅薦徧宗祧。

合宫三歲縟儀收，太室先期肇自周。玉瓚黄流躬祼鬯，大圭玄冕薦嘉羞。靈臺畢舉三千禮，鑾路安行十二斿。導從却歸齋殿去，詰朝牡璧對天休。

仲辛肆事展明堂，磬管鏘鳴更令芳。蒼璧肅陳勤聖主，二觴嘉薦屬儲皇。雲車天上紛紛下，月鑑庭中穆穆光。八舉親祠俱饗答，吾皇誠意感穹蒼。

紫宸朝罷御端門，天宇澄清景氣温。丹鳳樓中黄纖立，金雞竿上綵旗翻。萬人聳聽風雷號，四海均霑雨露恩。須信卑宫勤肆祀，君王本意在元元。

扈從朝獻四首

齊宿連宵鳳掖西，纔交五鼓著朝衣。明當接盞天興殿，免從金輿入殿幃。

夕郎同列升金殿，分立虚皇寶座前。天子參神來縟位，侍臣夾跪御爐邊。

扈從齊宫每賜茶，玉甌常瀹建溪芽。今朝值雨傳宣免，只向階前侍翠華。

禮官前導赭黄袍，陟降靈宫九陛高。二十七筵俱再拜，精虔不憚聖躬勞。

接盞天興殿

遥望黄袍赭色鮮，微臣先已立鈞天。褥旁跪接金杯酒，衣上濃熏寶篆煙。閶闔纔回紅曲蓋，瑣扉亟驟錦鞍韉。今晨特為君王壽，羽仗方停又沛然。

後省紫薇花

清曉開軒俯鳳池，小山經雨石增輝。琉璃葉底珊瑚榦，立出池邊是紫薇。

檢院即事

禁路風清飛蚤鴉，官卑難望紫宸衙。了無公事鉤簾坐，一本冬青落細花。

攝鼓院

分曹正在壁門東，兼假猶慚兩院通。諫鼓無聲誰訟枉，匭函有疏為平戎。柳分御路曉煙碧，花遶宮牆初日紅。退食心閒了無補，西風吹影鬢如蓬。

禮闈奏號畢呈天官侍郎

奉詔程文閱四旬，紛來萬卷日横陳。憐渠燈火勤三歲，惱我簾帷度一春。勝日鶯花辜樂事，它年桃李識何人。遥知吏部尋春徧，紅紫芳菲得句新。

太乙宮迎駕

侵夕猶煩雨灑塵，鑾輿纔御霽光分。龍顔喜動雙黄繖，花帽裝成五采雲。清蹕一聲天下喜，簫韶九奏世間聞。侍臣扈從沾天宴，親舉堯觴更一欣。

聚景園宴集

晚排閶闔披雲霧，身躡仙蹤遊禁宇。始知天上自清涼，不信人間有炎暑。庭前青松笙竽聲，望處紅蕖錦繡雲。月卿領客意繾綣，冰盤照坐光繽紛。薰堂盡却蒲葵扇，瑶階細展桃枝簟。加籩新采波上菱，如珠更剥盤中芡。老罷慚無翰墨功，臭味喜入芝蘭叢。二妙不偕阿鳳至，四老但許商山同。明當入直須隨仗，夕陽未下催歸槳。重城街鼓已鼕鼕，舉頭桂魄層霄上。

宴玉津園江樓七首

風静潮痕減，江空夕照多。星星波上艇，隱隱岸邊莎。

風光連北闕，景物傍西湖。禁籞濤江上，兹樓天下無。

虛齋留御榻，小徑近層崖。再拜觀奎畫，渾疑侍玉階。

參天宫柏翠，布地禁花紅。臺沼如文囿，規摹有汴風。

浙江天闕下，波惡祖龍知。在漢如西渭，於周比右伊。

翼翼瞻齋殿，深嚴步苑廊。三人俱漢傑，一老玷周行。

柳花馳道雪，櫻子上林紅。留得青春住，從教白髮翁。　以上宋潛説友《咸淳臨安志》卷一五

遊永樂洞詩

萬舞列帝所，九韶奏虞庭。羣公日拱北，星斗光熒熒。兹辰適休沐，聯騎來郊坰。愛此一泓玉，中有太古聲。細響叶宫祉，大音希咸莖。自然天籟鳴，獨許幽耳聽。鎮以潛虬靈，衛以石獸獰。佳哉樂兹遊，驩言舉彼觥。誰歟昔經始，今已歸明廷。巨麗所未覩，幻眇真難名。健筆哦五字，當代推善鳴。清幽極模寫，細讀令人醒。　同上書卷二九

贈卜者丁生

誰識遼東丁令威，眼看世事熟興衰。百年判我天休問，一笑相逢酒共持。　元劉應李《新編事文類聚翰墨大全》壬集卷八

植芙蓉有懷

為愛秋花霜後紅，故栽千樹待西風。却思少日拊頭語，淚落花前鬢影鬖。　《永樂大典》卷五四〇引《斯庵集》

讀壬子以前詩　壬子以前詩大抵皆少作

一覽欲銷憂，萬感紛如昨。蘭萱新去叢，棠□無留蕚。哀哉誰與言，淚雨九河落。

謝和崇陽舊詩

若效飛梟客，多慚擊劍仙。閑吟五字句，近得故人編。方愧雷門鼓，俄揮草聖煙。侍郎詩思敏，百斛似泉淵。

遊陶仙觀林公辨詩

偶來殊恨酒尊空，只有青山對禿翁。細把故人詩卷讀，却疑談笑在閩中。

木落風高八月天，山荒屋老意蕭然。道人香火但灰冷，何處如今更有仙。

毛詩

三百詩删麟筆前，周家積累瓞綿綿。須知正始基王化，只在關雎第一篇。

觀連江林宰詩卷有懷趙紫芝

小小吟哦不足云，更憐蛙蚓漫紛紛。紫芝一去齋房後，誰憶青山空白雲。以上同上書卷八九九引《斯庵集》

與毛茶幹趙司法遊東湖四首

野迥塵襟豁，湖平望眼寬。山蹊新雪潤，木葉半霜乾。歲晚成三友，清遊集四難。樂哉忘爾汝，臭味本芝蘭。

湖曉冰澌結，江寒煙靄收。喜陪謝公屐，疑共李膺舟。醉袖翩翩舉，詞源衮衮流。興酣思夜獵，不用設罝罘。

才隽真龍種，官閑似馬曹。班揚趨後勝，李杜漫殘膏。阿閣宜巢鳳，詞林合跨鼇。未應久留滯，湖海只詩豪。

穎出三十客，今趨萬里程。才高官未稱，詞與筆俱精。珠玉忘形穢，江山共眼明。莫嫌巴蜀遠，揚馬各文鳴。 同上書卷二二六二引《斯庵集》

中澣西湖之集斯遠有詩輒奉同遊一笑

志士不厭朝市喧，幽人終愛山林静。一生遑遑為斗食，匪石有懷徒炯炯。今朝結客來西湖，翛然會心塵慮屏。珠宮貝闕同天遊，閬風玄圃非人境。留連山色即傳觴，眷戀柳陰還繫艇。諸公湖海氣不除，萬里昂昂羽毛整。豈但笑語同娱嬉，正須樂石相箴警。東坡仙去今幾時，寥落風煙誰與領。浪言夏日如許長，樂哉未央等俄頃。不堪歸騎催入關，清夢猶應在雲嶺。 同上書卷二二六四引《斯庵集》

湖口縣齋即事

門直九江水，人閑五柳家。曉看沙上霧，暮對淮南霞。几席墮山影，軒窗臨浪花。悠悠寄食客，坐愁霜鬢華。 同上書卷二五三八

仲一弟梅花一絶併簡丘玉父

粲粲霜林白玉團，誰將紅糝亂青枝。天憐粉面太孤絶，故遣施朱出一奇。

緑萼梅二首

緑趺黄蕊襯瑶華，霜雪林中自一家。最好月寒迷粉素，翠鈿依約獨横斜。

萼緑華堂艮岳東，梅花萬數繞離宮。宣和舊事無人記，粉面含淒向朔風。 以上同上書卷二八〇九引《斯庵集》

題藍道人畫梅詩軸

湖海知君歲月多，欲尋笙鶴問烟蘿。相逢一笑江南陌，聽徹絲桐聽踏歌。我家樵水東邊住，手種寒梢一萬栽。客路十年清夢斷，誰將疏影巷中來。

同上書卷二八一二引《斯庵集》

人間

人間無處着東風，萬紫千紅掃地空。寂寞園林晴日永，柳花零落緑蔭中。

同上書卷三〇〇六引《斯庵集》

重五日出都門詩

客路逢重五，吾年已半百。顔羞綵縷紅，鬢與香蒲白。功名來何時，歲月等虚擲。常於沐芳辰，每念懷沙客。今年拜天恩，列邸綴朝蹟。趨班猶須時，俶載且行役。徊徨金閨辭，咫尺青門隔。短棹泛濤江，清觴懽祖席。後期邈歲年，賓言在朝夕。將扶鶴髮來，須徐幸毋迫。

重五出都門後一日效樂府作

滄江麗晴暉，揚鈴出王畿。雙闕望中遠，片帆波上飛。殷雷車馬隔，遏雲歌吹希。歸東水浩浩，拱北心依依。難云周行寘，猶恨天顔違。年華易婉晚，何日當旋歸。

以上同上書卷三五二六引《斯庵集》

盤沙行

錢塘江狹沙成路，潮水來時人欲渡。沙隨浪没未容知，人恐潮廻且争去。倉皇競同蜂螘奔，只尺直恐蛟鼉怒。狂風一作浪如屋，可憐有時迫昏暮。長江渺渺前無航，平沙茫茫絶歸處。幾人到此不復反，海水西來更東注。君不見祖龍英雄吞九州，臨此江波尚懷懼。濟川舟楫果何人，莫説稻穰與芒屨。龐公今為鹿門行，將歸更作盤沙賦。我衰絶望釣連鼇，三復君詩返予步。

同上書卷五七七〇引任希夷文集

野花

野徑風來陣陣香，名花未省植何方。却思一卉何能爾，應是春原集衆芳。

同上書卷五八三八引《斯庵集》

寶鍾院

九江淵輪彭蠡東，江濆上下懸石鍾。洪爐大冶見奇怪，千仞硉矹雲濤衝。旁羅簨虡萬石從，側立跂行勢飛動。螭蟠蛇結增層崖，神剜鬼劃森幽洞。有如萬鈞陳未央，猛獸怒翅將騰驤。豈同九耳豐山上，欲鳴猶待天雨霜。南音函胡北清越，未許人人盡幽絶。小聲鏜鞳大噌吰，留與坡仙原誤作山汎明月。長風巨浪相吐吞，金鏞自奏天然聲。非雷非霆中清濁，龍淵蛟窟驚鏗鍧。獻子歌鍾景無射，千載寥寥聲寂寂。此石長留天地間，海若馮夷能拊擊。

同上書卷六六九九

遺安堂並序

吴曦叛蜀，處士之廬所不能毁者，一人焉，眉山史伯存是也。守其節不辱，非難也，而全身遠害為尤難，非有道者不能也。蓋其慕德翁之為人，而以遺安明其所居之堂，將以樂子孫，則其素志然也。名節隱然，視古無愧。史君固不言，人亦無為史君言者。里生任某因感其事，而賦以詩。

苴茅動龔勝，屠晝恐王蠋。二君夭天年，千載歎莫瀆。今代史伯存，危行光往躅。緊昔開禧年，狂童叛吾蜀。非招詎肯往，全身不受辱。平林萃鞏鴞，高飛獨黄鵠。屹如中流柱，炯若崑山玉。元氣賴以存，代謝紛餘風厲頹俗。平生慕龐公，以安貽嗣續。豈為萬鍾加，居然一丘足。晚山雲自歸，春風草還緑。代謝紛吾前，靈臺獨無欲。一從身落南，先廬蜀江曲。中間亂離瘼，幾人惠文觸。爛額皆論功，考槃終不告。臨風一長謡，白駒在空谷。

同上書卷七二四二

任希夷

付二郎

望前一日正芳春，我祖當年慶誕辰。奕葉有孫同此日，吾門他日寵光新。　同上書卷七三二九引《斯庵集》

聞櫓聲

屢督篙師趁月明，忽忽燈火過臨平。兼程不敢稽王事，坐聽鄰舟伊軋聲。　同上書卷一〇八七七引《斯庵集》

五日東宫賜酒肴

重來六泛菖蒲酒，儲禁黄封歲歲攽。遥想三宫天上宴，肯分餘瀝到人間。　同上書卷一二〇四三引《斯庵集》

題義亭鋪

昨侍吾翁一再經，眼中歷歷短長亭。五年人事隨陵谷，今夕重來淚雨零。

假面鋪

聖朝久變文身俗，四海誰非革面人。此地胡為名未改，猶勝酬偽必言真。　以上同上書卷一四五七六引《斯庵集》

壽丞相

春到三旬物物鮮，桃花如錦柳如綿。千春樂事生中旦，長占中和一日前。
何許生賢踵世官，十洲風物四明山。股肱光輔唐虞際，衮繡親傳父子間。
秉軸持衡歲五周，從今千載國同休。汾陽謾校中書考，安得如公尚黑頭。　以上影印《詩淵》册六頁四四九八

書故三司副使陳公詩軸後

如彼泉流必有源，陳家詩律自專門。后山得法因鹽鐵，不減唐朝杜審言。　明趙琦美《趙氏鐵網珊瑚》卷三

句

緑柳陰中獅子巷，白蘋亭畔駱駝橋。

《錦繡萬花谷》後集卷二四

二三疏竹夏無暑，一兩殘僧晝掩門。

同上書後集卷二七

（吴鷗整理）

任希夷

全宋詩卷二七二八

釋普巖

釋普巖（一一五六—一二二六），字少瞻，號運庵，俗姓杜，四明（今浙江寧波）人。高宗紹興二十六年生。早年落髮。初與石鼓夷公謁無用全公等老宿。孝宗淳熙十二年（一一八五），參叩松源崇嶽禪師，并從松源遷江陰之光孝、無爲之冶父。光宗紹熙元年（一一九〇），由松源引居饒之薦福，明之香山、蘇之虎丘、杭之靈隱、報慈，後回鄉居四明運庵。寧宗開禧二年（一二〇六），在平江府寶華山受鎮江大聖普照寺請出世。後移住真州報恩光孝寺、安吉州道場山護聖萬壽寺。理宗寶慶二年卒。爲南岳下十九世，松源崇嶽禪師法嗣。有《運庵和尚語録》，收入《續藏經》。事見《語録》及所附容宗著撰《運庵禪師行實》。

釋普巖詩，以輯自《語録》的偈頌及單編詩合編爲一卷。

偈頌二十五首

豁開户牖，直出直入。鮎魚上竹竿，俊鶻趁不及。入普照寺，三門

出現楊州，坐斷壽丘。脚跟不點地，贏得一身愁，不是冤家不聚頭。泗洲殿

日面月面，霹靂閃電。直下來也，急著眼看。方丈

馬頭回，牛頭没。一字入公門，九牛曳不出。拈帖

箇様皮毛，千化萬變。黄梅鷲頭，謾自流傳。後代兒孫，可貴可賤。拈衣

坐而不住，住而不坐。滴水生冰，因風吹火。法座

此香堪笑又堪悲，剛把愁腸説向誰。冶父山前曾落節，千鈞之重一毫釐。陞座拈香祝聖畢，次拈香

離四句，絶百非。清寥寥，白滴滴。直透萬重關，不住青霄外。千手大悲提不起，爍迦羅眼莫能窺。當晚

小參

風雲合匝，龍虎交馳。一進一退，各適其宜。叢林烜赫，慧命流輝。壽丘面皮厚多少，惟許通方作者知。

謝兩序

入院數日來，人事鬧鬨鬨。兩脚走如烟，眼不見鼻孔。

歸來出去，迦葉貧，阿難富。出去歸來，南天台，北五臺。目前包裹，滿面塵埃。禹力不到處，河聲流向西。淮東歸

近之不遜，遠之則怨。無義無情，可貴可賤。一年一度雪深冤，畢竟無人是的傳。松源先師忌日

故人方外來，相見便相悉。倒指三十年，道義同一日。鐵壁銀山，十分狼藉。直得同聲相應，同氣相求，西河師子在汾州。瑯琊蒙谷和尚至

毒攻毒，楔出楔。老曹山，不識别。那裏是者僧喫酒處。舉曹山因僧問：清税孤貧，乞師賑濟。山召云：税闍黎。僧應諾。山云：青原白家三盞酒喫了，猶道未沾唇。以上輯自《運庵普巖禪師語録》元靖編《鎮江府大聖普照禪寺語録》

令不虚行，箭不虚發。儻或躊躇，二一九十八。拈帖

洞門無鑰，劍閣崔嵬。風露高寒，且非人世。是則是，天上人間知幾幾。者僧一問不將來，黄蘗通身是泥水。舉黄蘗示衆云：汝等諸人盡是噇酒糟漢。

一陽生也，樹頭驚起雙雙魚，石上迸出長長筍。即日伏惟兩序，高人現前清衆。履茲長至，倍膺戩穀。喝一喝，俗氣未除。冬至

季春漸暄，鳥啼花笑。恒沙數見聞覺知，悉皆了了。

一葉落，天下秋。一塵起，大地收。臨濟掌黄蘗，南泉唤趙州。開口不在舌頭上，夜濤催發海南舟。

以上輯自《語録》智能編《真州報恩光孝禪寺語録》

顯慈鼻祖，諸庵法兄。機如電掣，辯似河傾。無心相撞著，分外得人憎。彼此不堪為種草，先師之道轉蛉竮。顯慈諸庵和尚至

斷楊歧正脈，壞臨濟綱宗。赤土塗牛奶，密室不通風。身前身後不了，深瘗白雲之中。非父非子，狹路相逢。澗藻溪蘋相鈍置，謝郎錯認釣魚船。松源先師塔頭

老訥今朝死，老巖今日生。二俱無伎倆，有夢不同牀。禽緣繼踵，香火荒凉。肝腸鐵作也須裂，驪屎如何比麝香。開上伏虎禪師忌日拈香

老洞山玷辱宗風，泰首座埋没自己。雙雙繡出鴛鴦，千古扶持不起。冬夜舉洞山與泰首座喫果子公案

四年承乏雲峰寺，暗寫秋腸寄阿誰。每到十一月初五，一狐疑了一狐疑。故我開山伏虎禪師，指柳罵楊，傷龜恕鼈，你死我活。莫説一碗粗茶一炷香，也勝和盲教訴瞎。伏虎禪師忌日拈香

項短耳聵，千妖百怪。如是三十年，續東山正脈。我也錯商量，三拜一爐香，一任傍人説短長。松源先師忌日　以上輯自《語録》惟衍編《安吉州道場山護聖萬壽禪寺語録》

觀音大士贊

草木丘陵，風雷雲氣。具足妙相尊，證入三摩地。萬象森羅從鼎沸。

達磨大師贊

葦航身險，風急水寒。九年面壁，用盡心肝。大唐人不識隻履過西天，單傳直指待驢年。

百丈大師贊

親見馬簸箕，面目甚奇怪。鼻痛野鴨飛，漆桶好不快。只見祥麟一角尖，定知罪犯彌天大。

布袋和尚贊

山月未出，海雲忽飄。瞑目而坐，歸路迢迢。布袋裏頭無長物，許誰胡蝶夢溪橋。

濟顛書記贊

毀不得，贊不得，天台出得箇般僧，一似青天轟霹靂。走京城，無處覓。業識忙忙，風流則劇。末後筋斗背翻，煅出水連天碧。稽首濟顛，不識不識。狹路相逢捻鼻頭，也是普州人送賊。

頌古十首

世尊指天地。

自謂五更侵早起，誰知更有夜行人。條風塊雨今非《頌古聯珠通集》卷二作非云昔，堯舜垂衣萬國賓。

初祖見梁王。

擡頭霹靂不容追，缺齒胡僧陷鐵圍。六合空空風悄悄，杜鵑啼月不如歸。

心不是佛，智不是道。

月淡江空泛小舟，唱歌和月看江流。更深欹枕夢何處，兩峰清霜曉未收。

狗子無佛性。

鐵壁銀山幾萬重，有無之字若為通。斬關豈在搴旗手，枉有虚名落漢中。

趙州洗鉢。

洗鉢家家事一同，新羅不在海門東。因行掉臂趙州老，身在烟蘿第幾重。

百丈野狐。

搽抔抹粉没人猜，五百生中與麽來。覿體風流有多少，不知何處可安排。

趙州百骸。

百骸一物貞原校：疑臭薰天，風起今朝病一般。酷恨雙雙醫不得，枕邊空聽鴈聲寒。

青州布衫。

等閑提起七斤衫，多少禪和著意參。盡向青州做窠窟，不知春色在江南。

芭蕉拄杖。

洗腸换骨老芭蕉，拄杖拈來價轉高。賣與買人人不買，翻令平地起波濤。

密菴沙盆。

如是如何正法眼，驀然突出破沙盆。依稀渭北春天樹，彷佛江東日暮雲。

大義渡

孩兒不見棄渾身，可惜婆婆眼不親。白浪洪波無了日，至今愁殺渡頭人。

大藏主號鏡中

孤光不墮有無間，碧落衝開萬象寒。撲破果然亡朕跡，從教大地黑漫漫。

寄天目禮書記閩回

爪牙消息露三山，勘破曾郎想不難。一嘯歸來千嶂曉，於菟不似舊時斑。

寄太白幸首座

糞火堆頭潦倒身，且無花鳥鬧芳春。口邊白醭心如鐵，甘作叢林不義人。

題戢菴居士竹亭

疎疎緑葉起清風，屈指巡簷數不窮。幽致果然難比況，此君未必在其中。

送僧見孟侍郎

三秋月冷半山雲，來謁維摩必有因。特見嶺梅開一朶，也應知道不干春。

乘禪者歸蜀

出劍門兮入劍門，眼空寰宇一閑身。杖挑一滴江南水，散作西川劫外春。

送洪維那

笑把虛空一口吞，髑髏瞥轉振乾坤。破沙盆有兒孫在，玉笛横吹出海門。

自贊

斷楊岐正脈，滅臨濟綱宗。猿啼碧嶂，月鎖千峰。影落于闐國，人在大遼東。應緣淡泊，無分從容。謂是運菴真面目，澄潭不許卧蒼龍。

又智密副寺請

妙在轉處，密在汝邊。繪予面目，正中乖偏。踏翻却謝郎船。不撥萬象，火冷灰寒。我有丰子分，誰道

不完全。十分狼藉難收拾，微風吹動碧琅玕。以上《運庵普巖禪師語録》

夢庵在居士

夢庵在居士，生平未詳。與釋運庵有交。事見《運庵普巖禪師語録》附《運庵禪師行實》。

運庵普巖禪師像贊

松源嫡嗣，伏虎後身。接物有驗，見地不親。叢林沾潤恩波闊，萬古雲峰翠色新。宋元靖《運庵普巖禪師語録》附容安軒《運庵禪師行實》

（以上聞賢整理）

全宋詩卷二七二九

趙軫

趙軫（一一五六—一二〇七），字國明，縉雲（今屬浙江）人。終身未仕，以孫順孫官贈太子太傅、東萊郡公。事見《蒙城趙氏宗譜》卷七。

感懷

羣鱗戲清波，天青雲影白。濯足歌滄浪，一笑天地窄。山色秀而深，都言秘神物。眼底有真龍，何必雲中覓。民國十七年《蒙城趙氏宗譜》卷一

（李更整理）

朱慶朝

朱慶朝（一一五六—一二一五），字彦彬，縉雲（今屬浙江）人。寧宗嘉定四年（一二一一）進士。曾通判鄂州。事見《義陽金竹朱氏宗譜》。

登雁門山絶頂

萬丈仙山望欲寒，白雲中斷出欄干。登登忽向峰頭立，好與凡人地上看。清湯成烈《縉雲文徵》卷一

（劉雯整理）

時瀾

時瀾（一一五六—一二二二），字子瀾，一字叔觀，號南堂。祖籍開封，僑居東陽（今屬浙江）。師事吕祖謙。孝宗淳熙八年（一一八一）進士，監潭州南嶽廟。歷温州天富鹽官，泰寧尉，臨安府教授、西外宗學教授，知寧國縣，通判袁州。寧宗嘉定十四年（一二二一），通判台州，次年，卒於任（《嘉定赤城志》卷一〇）。有《南堂雜著》，已佚。事見《復齋先生龍圖陳公文集》卷二二《通判南堂時公墓誌銘》、《敬鄉録》卷一一。

從先生明哲道中呈伯廣炳道

燕子楊花各自飛，雨乾溪路緑初肥。無人會得風雩意，可是千年瑟竟希。宋金履祥《濂洛風雅》卷五

（李更整理）

時澐

時澐，字子澐，一字伯江，號遜齋，金華（今屬浙江）人。瀾從兄。師事吕祖謙，著《尚書周官餘》，未成編而卒。私謚夷介先生。吕祖儉誌其墓。事見《魯齋集》卷一一《跋麗澤遺文録後》、《敬鄉録》卷一一。

宿莢道驛

笋輿倦長途，夜投村邸宿。市井倚巒岡，人烟半樵牧。茅檐俯清流，翠巘出前屋。山月照人寒，有意憐幽獨。元吴師道《敬鄉録》卷一一

（王嵐整理）

李燔

李燔（一一五六—一二二五），字子敬，南康軍建昌（今江西永修西北）人。從朱熹學。光宗紹熙元年（一一九〇）進士，爲襄陽府教授。理宗寶慶元年遷潭州通判（此據《昌谷集》卷八《舉李燔自代狀》「奉議郎新通判潭州李燔講學詳明，持論醇正，入仕三十五年」推知），不數月卒，年七十。《宋史》卷四三〇有傳。

題竹齋指南詩

元量清標酷似僧，詩情書意兩相承。於今自有高人處，不尚空窗尚巽升。

宋裘萬頃《竹齋詩集》附録

（徐永强整理）

羅仲舒

羅仲舒（一一五六—一二二九），字宗之，學者稱羅江先生，慈溪（今浙江慈溪東南）人。孝宗淳熙十二年（一一八五）魁上舍，除安慶教授。十四年進士，調常德教授。寧宗嘉定二年（一二〇九），監行在塲門。五年，知宜興縣。十年，除國子録，累遷著作郎。十六年，提舉福建常平（《南宋館閣續録》卷八）。理宗寶慶元年（一二二五），提點江東刑獄。召爲國子司業，以直顯謨閣學士致仕。紹定二年卒，年七十四。有《羅江集》，已佚。事見清光緒《慈溪縣志》卷二五何大圭所撰行狀。今録詩十首。

蘆江八詠

東橋柳色

河橋數株柳，偏受東風多。柔條慎勿折，生意全天和。

西浦潮痕

潮漲復潮退，盈縮痕常存。渡口孤舟横，濟川應有人。

前野耕雲

春雨鳴布穀，土膏三月足。舉趾事深耕，竟畝水雲緑。

後江釣月

先將補衮線，綰作釣鼇絲。投向蒼江月，經綸小試之。

義塾書燈

夜深展書讀，伊吾聲比屋。掩映杖頭光，穿破西園竹。

祠堂議禮

春秋思報本，忠孝原有祠。儀物修孔時，擊鼓吹豳詩。

蘆山樵唱

秋山草木落，樵夫日相尋。幽歌出空谷，金石有餘音。

竹林梵鐘

晨昏禮法供，擊鼓齊七衆。堪笑木蘭僧，飯了空聲送。

清楊泰亨光緒《慈溪縣志》卷八

與張樞密

孤憤全憑尺素書，一官牢落竟何如。兵威似火難言熄，世事猶棋祗報輸。魚棄青蒲歸淺渚，鳥忘白粒墮枯株。杞人縱有憂天志，忍見鴟夷賜子胥。

失題

世情落落疏，林樹森森密。乘興一登臨，峭然風景別。飛雲去不停，狂澗流無歇。巢許是何人，萬古稱豪傑。以上同上書卷五六引《四明詩彙》

（李更整理）

楊長孺

楊長孺，原名壽仁，字伯子，號東山，吉州吉水（今屬江西）人。萬里子。光宗紹熙元年（一一九〇）以蔭補永州零陵簿。寧宗嘉定間知湖州，尋改贛州（明嘉靖《贛州府志》卷八）。九年（一二一六），遷廣東經略安撫使兼知廣州（清道光《廣東通志》卷一六）。十三年，改福建安撫使兼知福州（清道光《福建通志》卷九一）。理宗端平中以忤權貴致仕。卒年八十。有《東山集》，已佚。事見《誠齋集》卷二八《大兒長孺赴零陵簿示以雜言》注，清光緒《吉水縣志》卷三四有傳。今録詩十九首。

跋蘭亭考

石更青白故兼新，字看由中總是真。畢子一生三百紙，樓公四句幾千春。從來考古難題處，直到名流下筆親。奄有山陰多寶藏，草菴外面更無人。宋桑世昌《蘭亭考》附《群公帖跋》

代民輸租

兩年枉了鬢霜華，照管南人没一些。七百萬錢都不要，脂膏留放小民家。

《鶴林玉露》：楊伯子嘗為余言：士大夫清廉，便是七分人了。其帥番禺，將受代，有俸錢七千緡，盡以代下户輸租，有詩云云。

别石門

石門得得泊歸舟，江水依依别故侯。擬把片香投贈汝，這回欲帶忘來休。

《鶴林玉露》：蓋晉吴隱之守五羊，不市南物，歸舟有香一斤，舉而投諸石門江中，用此事也。

貽羅竹谷

與世長多忤，持身轉覺孤。夤緣新齒舌，收拾老頭顱。我已訶瀧吏，君誰誦子虚。同歸燈火讀，家裏石渠書。

以上宋羅大經《鶴林玉露》甲編卷四

《鶴林玉露》：楊伯子帥三山，不請供給錢，以忤豪貴劾去，作詩貽先君竹谷老人云云。時先君與之同入閩故也。

跋大人論配享書稿

覆羹真得皂囊書，錦水元來勝石渠。但寶銀鈎并鐵畫，何須玉帶與金魚。

《鶴林玉露》：高廟配享，洪容齋在翰苑，以吕頤浩、趙鼎、韓世忠、張俊四人為請。楊誠齋時為祕書少監，上書争之，言魏公有社稷大功五，於是有旨再令詳議。越數日，上忽諭大臣曰：「吕頤浩等配亨，正合公論，更不須議。洪邁固是輕率，楊萬里亦未免浮薄。」於是二人皆求去，容齋守南徐，誠齋守高安，而魏公迄不得配食。誠齋冢嗣東山先生伯子跋其論配享書稿云云。蓋苗劉作亂時，矯隆祐詔貶竄魏公，高宗方啜羹，驚懼，羹覆于手，手為之傷。既復辟，見魏公，泣數行下，舉手示公，痕跡猶存。

題湖州畫像

面有憂民色，天知報國心。三年風月少，兩鬢雪霜深。更莫留形迹，何曾廢古今。不如隨我去，相伴老

山林。 以上同上書乙編卷一

《鶴林玉露》：嘉定間，楊伯子為湖州守，治聲赫然，郡士相與肖像祠於學宮，與工部尚書戴少望並祠。伯子意不悦，會將行，命取所祠畫像來，題詩其上云云，遂卷藏而行。

和徐思叔題貧樂圖

三間破屋一床書，錦心繡口冰肌膚。自紉枯葉作袴襦，此君便是長鬚奴。 同上書乙編卷四

和曾無疑

雪舟不肯半塗回，直到荒林意盛哉。籬菊苞時披宿霧，木犀香裏絶纖埃。錦心綉口垂金薤，月露天漿貯玉杯。八十仙翁能許健，片雲得得出巢來。 同上書乙編卷五

《鶴林玉露》：東山先生伯子，端平初累辭召命，致仕家居，年八十。雲巢曾無疑，益公門人也，年尤高，嘗携茶袖詩訪伯子。伯子和詩云云。

王蕊花

纔入平園便有聲，唐昌觀裏久知名。已堆玉琖分金粟，更插銀花小翠罌。蘿蔓春風藤薜長，山礬香氣晉齊盟。世間百卉應無根，不遇王公枉一生。 宋陳景沂《全芳備祖》前集卷六

茨菰花

折來趁得未晨光，清露晞風帶月凉。長葉剪刀廉不割，小花茉莉淡無香。稀疏略糝瑶臺雪，升降常涵翠管漿。恰恨山中窮到骨，茨菰也遣入詩囊。 同上書前集卷二七

送胡季昭竄象郡二首

楊長孺

新來消息使人疑，一綱如何盡去之。元祐祇今為紹聖，姬周嫠婦謾深悲。

世事昏昏酒正酣，苦言難藥盜言甘。李庭男子真奇絶，便是吾鄉小澹庵。　宋胡知柔《象臺首末》卷三

梨

想像含消與接枝，英華集裏脆香詩。外披翠羽中懷玉，嚼出清泉上滿池。溢齒應餐多正好，堆盤儘飣老將宜。炎蒸時節還能洗，不是梨侯更有誰。　宋謝維新《古今合璧事類備要》別集卷四五

一滴泉

法眼三泓井，曹溪一滴泉。經秋杜宇血，遺老徑山禪。衲子非常釋，叢林別是天。諸方多少淚，分灑汝江邊。　元陳世隆《宋詩拾遺》卷二二

題兩翁相見圖

侍講朱顏映白髮，尚書野服接通衢。德星聚處人争看，畫作兩翁相見圖。　清文聚奎同治《新喻縣志》卷九

《新喻縣志》：兩翁，朱子、謝艮齋也。虎瞰山有兩耆亭。

題匡山瑞木圖二首

孤根初作兩枝榮，五朵終連獨榦明。看取松楸天瑞好，如何草木世人輕。春花秋葉垂千載，雁字鴒原了一生。孝友編中圖畫底，子孫忽自占清名。

仙李從來別有源，手提造化發生權。冰霜不到雲間樹，風日偏和雨外阡。四海幾人傳盛事，一家雙美兩臞仙。同生同死仍同紀，花蕚猶應照九泉。　清彭際盛光緒《吉水縣志》卷八

《吉水縣志》：匡山瑞木在仁壽鄉，宋政和中孝子李籌兄弟葬母匡山，廬於墓側，産木一本兩榦，高丈餘復合為一，至

其末仍分兩榦五枝，人以為瑞。

小飛來亭二首

江華縣前，寒亭暖谷，闃其絶勝。棧道朽腐，欲登弗果。徘徊其下，水石崖樹清奇可喜，甚似天竺靈隱之間。有亭未名，予以小飛來扁之，併賦二詩。

陰森古木石心栽，清澈寒溪鏡面開。斗起孤峰三百尺，從今喚作小飛來。

拔地齊天可上不，倚巖危棧半空浮。偶然憶得垂堂戒，前猛還成新懦休。　清陸增祥《八瓊室金石補正》卷一〇三

句

地老天荒元子宅，煙霏霧結魯公碑。　宋王象之《輿地紀勝》卷五六《荆湖南路·永州》

不濃不淡勻脂粉，半醉半醒媚雨風。　芍藥

過眼一春春又夏，開殘芍藥更無花。　又　以上《全芳備祖》前集卷三

淺着燕支調淡粉，細將瑪瑙碎鋪茸。　海棠　同上書前集卷七

靈均九畹應無此，福地三茅浪自誇。　蘭花　同上書前集卷二三

平林常常談俚蠻，玉山之產升金盤。其中一樹斷崖立，石乳蔭根多歲寒。　榧　同上書後集卷七

一封無己帖，兩首樂天詩。　謝陳經　《永樂大典》卷三二五六引《清漳志》

清如玉壺冰，澹若朱弦瑟。　贈趙善封　明凌迪知《萬姓統譜》卷八三

福州幕官

福州幕官

福州幕官。寧宗嘉定十三年(一二二〇)楊長孺知福州時幕僚。事見《鶴林玉露》甲編卷四。

句

從渠腰下有金帶,何處山中無菜羹。《鶴林玉露》甲編卷四

《鶴林玉露》:楊長孺帥福州,不請供給錢,以忤豪貴劾去。幕官送行詩云云。

湖州士子

句

可憐戴工部,獨樹不成林。戲和楊長孺題畫像《鶴林玉露》乙編卷一

《鶴林玉露》:嘉定間,楊伯子長孺為湖州守,治聲赫然,郡士相與肖像祠於學宮,與工部尚書戴少望並祠。伯子意不悦,會將行,命取所祠畫像來,題詩其上云:「不如隨我去,相伴老山林。」遂卷藏而行。當時士子有戲和其詩者,末句云云。

蔡淵

蔡淵(一一五六——一二三六),字伯静,號節齋,建陽(今屬福建)人。元定長子。元定謫道州時,淵奉母家居。傳元定《易》學。隱居不仕,一門兄弟自相師友,朱熹弟子黄榦、廖德明等皆從之游。理宗端平三年卒,年八十一。有《節齋吟稿》(《永樂大典》卷一四七〇七)等,已佚。明蔡有鵾《蔡氏九儒書》輯其詩文為《節齋公集》一卷。事見《節齋公集》附録宋王遂《節齋先生墓志銘》、《宋史》卷

四三四《蔡元定傳》，《宋元學案》卷六二有傳。今録詩四首。

贈談命余圓機

甲子難周日《新編事文類聚翰墨全書》壬集卷八作月與時，不拘全闕是圓機。只將八字縱橫看，禍福無差妙太虚。《新編事文類聚翰墨全書》作微

自　詠宋金履祥《濂洛風雅》卷六作蔡元定詩，題爲次晦翁韻

屈指摳衣四十年，自憐鬚鬢已皤然。久知軒冕應無分，但覺西山若有緣。下學功夫慚未到，先天事業敢輕傳。祇今已飽煙霞疾，更乞清溪着釣船。　以上明蔡有鵾《蔡氏九儒書》卷三《節齋公集》

仲弟未歸歲晚有懷

明月照席寒，生我愁百端。冉冉歲云徂，遊子不顧還。相送荷花碧，相望楓葉丹。高樓日千回，散步東林隈。攀條復攬秀，日暮空徘徊。金杯白玉臺，猶能對寒梅。寄書豈不早，三月千里道。敢怨歸軒遲，但念堂中老。春風萱草生，更樹堂前庭。　宋《詩家鼎臠》卷下

初度謾成

揆予初度又今時，老桂吹香滿翠微。回首六千餘里外，驚心四十九年非。閒尋舊稾黏吟卷，怕損團花理戰衣。一飯君恩何以報，貔貅按堵馬秋肥。　《永樂大典》卷一四七〇七引《節齋吟稿》

（以上吴鷗整理）

陳直卿

陳直卿，晋江（今福建泉州）人。樸子。孝宗淳熙間爲新昌縣主簿（清同治《瑞州府志》卷七）。累官知英德府（《閩詩録》卷一〇）。

垂虹亭

西望洞庭突兀，東連仙里人家。笑指闌干三百，醉來就此乘槎。明錢穀《吴都文粹續集》卷三六

（楊玲莉整理）

易祓

易祓（一一五六—一二四〇），字彦章（一作彦祥、彦偉），號山齋居士，寧鄉（今屬湖南）人。孝宗淳熙十一年（一一八四）上舍釋褐，爲昭慶軍節度掌書記。寧宗慶元六年（一二〇〇），累遷著作郎兼實録院檢討官。嘉泰四年（一二〇四），擢國子司業（《南宋館閣續録》卷九）。開禧元年（一二〇五），權中書舍人兼直學士院，遷左司諫兼侍講。二年，除禮部尚書，尋提舉江州太平興國宫。三年，謫融州，移全州。嘉定十三年（一二二〇），復原官。理宗嘉熙四年卒，年八十五。事見清同治《寧鄉縣志》卷九《禮部尚書易祓墓志》。今録詩十一首。

和太白感秋詩韵

我無適俗韻，濫剖江成竹。惟有南山雲，對之若可掬。秋堂風露清，豈不念羈獨。行年四十九，亦復此栖宿。二子亦有契，兹期定前卜。泛觀穹壤間，物剥繼以復。消息固常然，天地非反覆。姑置勿復言，新篘已清熟。

和黄山谷龜殼詩韵二首

一枝自足鷦鷯巢，一居猶勝蝸牛屋。道人身外本無求，况有龜軒可棲宿。

支牀納息三百年，也勝刳腸貯金屋。問子多智亦多窮，何如蓮葉安巢宿。

和黄山谷瓊芝詩韵

千歲蟾蜍猶得仙，百年枸杞足延命。也須點鐵自成金，未信磨磚能作鏡。　以上《永樂大典》卷六六九八引《江州志》

浯溪中興頌

湘江東西直浯溪，上有十丈中興碑。誰鑿豐碑鎮山曲，溪邊美人美如玉。想當歌頌大業時，胸蟠星斗光陸離。鼉須蠆尾更清勁，凛凛襟懷冰雪瑩。水部之文魯公書，兩翁寥寥千載餘。後來更有黄太史，健筆題詩起翁死。一派溪流徹底清，溪邊鏡石堅而明。我思古人不可見，水石猶作瓊瑰聲。朅來名山訪遺蹟，煙雨凄迷山路濕。野叟蒙頭看打碑，君其問諸水邊石。

讀唐中興頌

唐家基業重於山，甯許胡雛據九關。當日人心旋□堵，異時世變却循環。壞分旄鉞誰能制，政出貂璫不復還。千古高崖鎖蒼蘚，空留遺蹟蹈元顔。自注：嘗謂禄山聘兵不足以禍唐，而唐祚中微，正在禄山既平之後，覆車不戒，禍變相仍，可勝歎哉！因次襄邑許玠介之韻。嘉定丙子七月三日。　以上《八瓊室金石補正》卷九二

寄御史節判陶岑

我醉欲眠君罷休，誰能倚杖聽江流。蕉花當户不知午，梧葉滿庭疑是秋。吾道從來無物累，此心何處不天游。鴻邊幸有音書至，春在江南雲夢洲。

懸鐘石

不今不古不朝昏，只與南山伴白雲。我既無聲亦無臭，衆生當以不聞聞。

示從姪茂

萬事皆從忙處錯，寂然不動乃能通。君看開濟規模事，却屬南陽高卧翁。

題識山樓

山外如何便識山，白雲出岫鳥知還。更看面目知端的，却在先生几格間。　以上清鄧顯鶴《沅湘耆舊集》卷二二

安靈龍潭

流水淼無際，其源徧坤輿。壓之以山麓，壅淤誰與疏。神物夜相宅，風雷發歙歔。擘開蒼玉峽，瀉作清泠渠。安得探其穴，扁舟武陵漁。吾聞覆載間，不過一身如。九竅互開闔，血膚乃張舒。其間或積滯，氣鬱成癰疽。山澤本通氣，自然厥中虛。明河轉地軸，喬岳并郊墟。脈絡無不寓，地行乃其餘。請觀千丈瀑，高出康谷廬。　清陸心源《宋詩紀事補遺》卷六二

易祓妻

對　雪

紛紛瑞雪壓山河，特出新奇和郢歌。樂道幽人方閉户，高歌漁父正披蓑。自嗟老景光陰速，誰使佳時感愴多。更念鰥居憔悴客，映書無寐奈愁何。　《沅湘耆舊集》前編卷二八

（以上崔統華整理）

喬行簡

喬行簡（一一五六——一二四一），字壽朋，學者稱孔山先生（《敬鄉録》卷一三），東陽（今屬浙江）人。學於吕祖謙。光宗紹熙四年（一一九三）進士。寧宗嘉定三年（一二一〇）爲祕書省正字兼

樞密院編修官，次年知通州（《南宋館閣續録》卷八、九）。歷淮南轉運判官、浙西提點刑獄、提舉常平、知鎮江府，十四年，除國子司業（《吴郡志》卷七）。理宗即位，累遷參知政事，知樞密院事。淳祐元年卒，年八十六，謚文惠。有《孔山文集》，已佚。《宋史》卷四一七有傳。今録詩二首。

池荷

萱草軒窗處處幽，酒中不著客中愁。芭蕉葉上無多雨，分與池荷一半秋。《全芳備祖》前集卷一一

游三丘山

疑是乘風到九天，不知身在此山巔。萬家攢簇炊煙底，一水縈紆去鳥邊。便覺塵緣輕似羽，何妨詩意《宋詩紀事》卷五八引《東陽縣志》作思湧如泉。停杯更待林梢月，歸去家僮想未眠。清張藎康熙《金華府志》卷三

（李更整理）

趙子覺

趙子覺，字彦先，號雪齋，太祖七世孫。善製墨。嘗知仁和縣（《咸淳臨安志》卷五一）。孝宗淳熙十三年（一一八六）陸游知嚴州時，爲通判（《誠齋集》卷二〇《簡陸務觀史君編修》）。

書懷

柳影槐陰緑遶村，日長細得話詩情。迎風紫燕忽雙去，隔雨黄鸝又一聲。筆墨生涯成冷淡，筍蔬盤饌易經營。世間微利真刀蜜，有底驅馳取重輕。元方回《瀛奎律髓》卷二三

（徐進整理）

宇文紹節

宇文紹節（？—一二一三），字挺臣，廣都（今四川雙流東南）人。第進士。寧宗慶元二年（一一九六），爲樞密院檢詳諸房文字（《宋會要輯稿》選舉二二之一二）。嘉泰二年（一二〇二），遷左司諫兼侍講（同上書職官六之七二）。開禧二年（一二〇六），知鎮江府（《宋中興學士院題名》）。三年，知江陵府（《宋會要輯稿》職官四一之四一）。嘉定五年（一二一二），簽書樞密院事（同上書禮二七之一三）。六年卒（同上書職官七八之六二）。《宋史》卷三九八有傳。

句

過口此舟方屬汝，行人何用較錐刀。大悲口 《輿地紀勝》卷一八一《夔州路·大寧監》

宇文紹莊

宇文紹莊，廣都（今四川雙流東南）人。紹節從弟。嘗官知州。事見清光緒《雙流縣志》卷下。

踏磧

八陣圖前凜古風，武侯英烈豈悤悤。江流千載長嗚咽，山插孤雲亦蒨葱。陡覺新春忘病思，喜陪高論自情鍾。典刑前輩今能幾，歲晚相期華髮同。明周復俊《全蜀藝文志》卷一七

（以上崔統華整理）

郭秉哲

郭秉哲，字睿伯，臨安（今屬浙江）人。孝宗淳熙十三年（一一八六）領鄉貢。事見《宋詩拾遺》卷二二。今録詩二首。

秋日郊居

一葉驚初下，煩襟喜復清。雲邊開岫色，風外送溪聲。菊引陶潜興，尊牽張翰情。迎眸秋色遠，頓覺杖藜輕。

題畫

蕭蕭風雨聲，一夜入修竹。中有遺世人，歸雲掩茅屋。　以上《宋詩拾遺》卷二二

（李更整理）

張履信

張履信，字思順，號遂初，鄱陽（今江西波陽）人（《宋詩紀事》卷五七）。累官知連州（《遊宦紀聞》卷一〇）。今録詩四首。

飛來峰

飛來何處峰，木杪夜千尺。愁猿喚不譍，月色同一白。

冷泉亭

水石一欄干，僧歸四山静。携琴譜澗泉，月浸夜深冷。

翠微亭

朝朝烏北出，夜夜烏南歸。所謀在一食，所息在一枝。人生竟何得，與烏同此機。身世忽過慮，泉石良自怡。月上飛來峰，更誰登翠微。　以上宋潛說友《咸淳臨安志》卷二三

訪丹陽玉乳泉已變昏黑因賦詩

按：此詩作于淳熙十三年。

觀音寺裏泉經品，今日唯存玉乳名。定是年來無陸子，甘香收入柳枝餅。宋張世南《游宦紀聞》卷一〇

（崔統華整理）

胡某

胡某，新安（今安徽休寧）人。孝宗淳熙十三年寓臨安。事見《咸淳臨安志》卷二七。

淳熙十三年六月中使奉德壽宮命捕金銀魚

千頃山高六十里，上有寒潭清且泚。神龍久向此中蟠，作霖肯為蒼生起。羣魚從之時浮沈，喚喁光彩歲月深。自然形質異凡鬣，或如美玉或如金。或青或紅或間色，縱使丹青模不得。幾年潛伏少人知，一旦聲名動京國。皇家太平端好奇，麟欲效瑞鳳欲儀。白環銀甕争走獻，豈得汝輩藏洿池。深山大澤多遺寶，紆餘卓犖皆娟好。願移網罟聊一施，嶄然頭角趨明時。《咸淳臨安志》卷二七

（李更整理）

王迤祖

王迤祖，睢陽（今河南商丘）人。孝宗淳熙十三年（一一八六）曾游龍隱巖。

題龍隱巖按：款署睢淳熙丙午除日。

龍蟠此地不知年，飛去穿成萬仞淵。霖雨四方今欲遍，後人空自想蜿蜒。劉漢忠《宋詩紀事拾遺》（《古籍整理研究學刊》一九六六年第一期）引龍隱洞磨崖

（徐永强整理）

王淹

王淹，字伯奮，祖籍大名（今屬河北）。旦七世從孫。寧宗慶元二年（一一九六）通判吉州。嘉泰二年（一二〇二）知筠州（《周文忠公集》卷四一《次王伯奮通判韻》、卷五二《元豐懷遇集後序》、卷五四《王氏濟美集序》）。開禧二年（一二〇六）由知衢州任罷（《宋會要輯稿》職官七四之二一）。有《槐庭濟美録》十卷（《宋史·藝文志》），已佚。今殘本《永樂大典》録有《槐庭濟美集》詩十六首，其內容似爲輯録王氏族人之詩，具體作者已無考，姑置王淹名下。

五言二首

一雨日夜零，階前草更青。西風忽蕭颯，殘月照空庭。

鐘鼎山林事，都盧一夢中。觀音門裏去，葉葉響悲風。《永樂大典》卷八九九引《槐庭濟美集》

吾兄文夫宦遊天台余將官於江左不勝感離之情用韋蘇州那知風雨夜復此對牀眠爲韻作十詩以寄

秋風一夕來，木落江水波。相將鴈南翔，奈有孤飛何。四海兄弟少，百年離別多。儻堅歸來心，富貴爾則那。

送君南浦上，風煙慘前知。當時長江水，已與滄溟期。海經遠山外，人在高樓時。潮來君莫忘，中有清淚滋。

我家尺五天，行人指城東。老槐閲世故，高蔭自清風。叵量陵谷變，猶歎斤斧空。故國豈喬木，遂應人與同。自注：先文正公，民慕而不姓，曰城東太尉。

先人昔營菟，嵩少買別墅。後生久逸樂，稍識田家苦。平生十具牛，獨立方寸土。至今龍門灘，猶夢秋夜雨。雨葉收餘音，寒蟲怨遥夜。向來十年燈，致論秦屢借。白頭錯料事，抱璞睎世價。出門已絶倒，一字不堪藉。母慈懷遠音，積雨人未復。朝來烏鵲喜，門外書一幅。小邦王事繁，夜食忘歸沐。何處望飛凫，山中酒初熟。安道樂東山，少游志鄉里。二龍各同淵，屈信有彼此。何年金華客，異世赤松子。此謀非人決，頭顱當自揣。膏以明自銷，翟以文故翳。兩蘇事業遠，卒與憂患對。夕陽西州道，江海愴餘悔。九折更徐驅，前有覆軌在。田園久蕪没，何適為故鄉。眷兹南陽阡，松柏日蒼蒼。但恨雲邊茅，無地安藜牀。采蕨飲江水，此人那得忘。小草有遠志，大樗可長年。山林自相許，風雨堪獨眠。稍須三徑資，莫問五湖船。從今坐右銘，可刻招隱篇。

寄仲子

汝生十七年，不離父母膝。抗言求自試，立意堅且必。父母不汝拒，汝志誠少匹。束書下扁舟，挂席飛鳥疾。書來報善達，授館亦云佚。進修不多言，祝汝慎非一。

秋浦見陸次川會其有廣德之役同游齊山而别既歸以詩寄之

我車疾驅無停輈，君馬既秣猶少留。客懷那更見行色，勝地不能成縱遊。君去我愁歸路遠，黄葉霜風山意晚。幾時雲外有音來，早送文書遮病眼。自注：予託次川置廣德官書。

寄蔣季莊 按：季莊為蔣璯字，宣和時人。

桃花水起問行舟，時不能留迹自留。何有聲名呼子慎，儻能饑渴念之罘。前車或向中塗廢，古井難持短綆求。聞説下帷書已就，願從繁露識春秋。以上同上書卷一四三八二引《槐庭濟美集》

次韻文夫兄病目新起

胸中眸子坦何疑，不見妖蟇歎月詩。牛背神光元我在，虎頭墨妙敢吾欺。競看投杖行成矩，會起彎弨滿中規。可惜平生憂國淚，眼明猶及見清時。同上書卷一九六三七引《槐庭濟美集》

（陳曉蘭整理）

錢 鍪

錢鍪，寧宗慶元二年（一一九六）知衡州（《宋史》卷三九二）。

次袁尚書巫山十二峰二十五韻

文昌仙伯天人姿，愛山尋勝如書癡。忽摩台符歷參井，麾幢泝峽春遲遲。山林川后總效職，萬壑千巖俱獻奇。就中巫山絶雄勝，插天紫翠相參差。神妃來下珮聲遠，駐此名地相安之。峰旋地轉自前後，屹立萬馬如追隨。兩山有川幻天巧，禹功到此神應疲。仰天照眼如匹練，舟行電掣翻雲旗。迅帆競惜峰巒過，艅艎望眼裳褰帷。懸崖下有欲落石，古木上有參天枝。龍登鶴聚仙既集，雲昇雨暗天如低。從來三峽號至險，高牙穩泛如遊嬉。揚旌一覽天下勝，詞源倒峽知優為。嘗聞奇觀天亦惜，遇賢輒與因其時。

少陵遇此雖窮寂，妙語驚人多在兹。彫鎸萬象發天閟，衙官屈宋聲争馳。公今曳履星辰上，調元妙手行將施。天教來作東道主，歡聲和氣生江湄。公來頓覺雪山重，青城增氣聯峨眉。首驅巫陽入新句，一洗前作堪解頤。英詞從此徧蜀道，迥出塵表無纖緇。嘗憂此地難久駐，轉首絶境成嗟嘻。直欲使拂素練圖翠嶷，寫松巒起雲之狀，模翠屏棲鳳之嵋。終朝誦公有聲畫，却來看此無聲詩。《全蜀藝文志》卷九

（孟憲忠整理）

黄敏德

黄敏德，號存庵。孝宗淳熙十四年（一一八七）知句容縣（《景定建康志》卷二七）。寧宗開禧元年（一二〇五）由福建提舉市舶任罷（《宋會要輯稿》職官七四之一九）。今録詩四首。

大滌洞留題

九鎖山深斷世蹤，雲霞堆裏著瑶宫。千年地勝身纔到，一柱峰高路忽通。據石漱泉消俗念，捫蘿扣洞挹仙風。直疑凡骨今朝换，不假金丹屢轉功。

憶昨朝真暫憩留，清宵澒洞乳泉流。重來人在山尤好，剩喜凉生暑頓收。玉柱擎天高拔地，翠蛟擁日冷涵秋。蠅頭蝸角如飴美，林下誰能一轉頭。影印《詩淵》册三頁二二一七

入洞霄九鎖路間

緑蘿垂地白日暗，落葉滿徑行人稀。青童走入報迎客，驚罷先生一局棋。

舞翠亭觀泉

坐來毛骨覺蕭然，百尺飛流下碧天。杯酒未終身世换，盡移三峽到尊前。以上元孟宗寶《洞霄詩集》卷三

（楊玲莉整理）

全宋詩卷二七三〇

曹彦約一

曹彦約（一一五七—一二二九），字簡甫，南康軍都昌（今屬江西）人。孝宗淳熙八年（一一八一）進士，歷建平尉、桂陽軍録事參軍、知樂平縣，主管江西安撫司機宜文字。寧宗開禧三年（一二〇七）知漢陽，嘉定元年（一二〇八），提舉荆湖北路常平茶鹽，權知鄂州兼湖廣總領，改提點刑獄，遷湖南轉運判官。三年，除知潭州兼荆湖南路安撫。五年，以事罷。八年，除利州路轉運判官兼知利州。十年，知隆興府兼江南西路安撫。十五年，除兵部侍郎兼同修國史、實録院同修撰。理宗紹定元年十二月卒，年七十二。有《昌谷類稿》六十卷等，已佚。清四庫館臣據《永樂大典》輯爲《昌谷集》二十二卷。事見《鶴山大全集》卷八七《寶章閣學士通議大夫致仕曹公墓誌銘》。

曹彦約詩，以影印文淵閣《四庫全書》本爲底本。酌校殘本《永樂大典》所録。新輯集外詩附于卷末。

上李郎中嘉言二首

莽莽出北門，迢迢伍牙山。伍牙何崔嵬，羣岑間孤巒。望之蔚然秀，豈無草與菅。中有百尺松，可憩不可攀。六月久不雨，祝融奮其官。行人渴欲死，班荆此盤旋。往來得所託，感慨為長歎。况爾山上苗，久蔭無棄捐。

桐川出幽谷，等彼江漢深。修然一派横，清澈寒士心。有時對日光，圭棱燦星金。沙礫謾自苦，安能蔽清泠。我行正寒風，欲滌如煩襟。念彼濯纓人，千載求知音。

喜雪次倅車韻呈使君

使君軼何武，未去民先思。平生愛我意，玉立無玷疵。邇來祈寒咨，已賦白雪詞。陽春有脚來，雲意夜四垂。天公亦小兒，布置人未知。美滿豐年意，萬里光陸離。璇題庾亮樓，柳絮習家池。監州有佳思，往往似佺期。格律前緩聲，比興莫相疑。平分風月餘，時吟冰柱詩。明年朝雪宫，同上萬壽巵。

雪中同趙倉從之泛舟餞錢憲文季酒中劇談漢事臨别文季索詩賦四十韻以寄

冬序玄以冥，閉塞乃其職。巧作六花飛，與天為粉澤。初舞若狂然，既定稍真積。坐令宇宙間，萬象變顔色。霜肅特加厚，月皎更留迹。晚節答造化，有此足清白。今日此何口，雙艣鳴大舶。清溪照紅粧，醴酒障行客。莫言山水興，蕭散竟何益。莫作兒女戀，黯然空戚戚。有詔起聞人，意遠理可即。王所切經綸，言路倚忠直。鋤梃弄湘南，鐵甲泠河北。倉廩竭江外，蒙袂窘朝糴。隱憂關念慮，閒暇已偪仄。忽作一尺圍，此事費紬繹。先生持論高，踐履我所識。酒酣技已癢，漢事多發摘。仲舒智似愚，紓緩却端的。公孫巧乃拙，迎合屢傾側。縞衣紛陸離，見晛立消釋。惟有真實在，拍拍滿胸臆。雄辯醉得醒，温言寒褪力。誰知百丈外，霏屑散珠璧。須臾鼎分袂，眷戀語離席。篙師與徒御，酥酪在肘腋。此行朝雪宫，憂樂任指摘。表沴戒衮丈，呈瑞佇盈尺。勿棹子猷船，忽穿東郭屐。高卧更何為，精神見肝膈。歸來情緒惡，膠舟隱沙礫。輾轉意悠哉，隱几不能息。明年兆多黍，今年滋宿麥。我居官得禄，我去家可食。俯仰足歡顔，廣厦庇仁宅。想見燮調人，讜議進君德。先生訓故考，微小發幽賾。七篇粗可意，餘子無為役。持此力行之，願以間讒慝。盛哉孔孟心，萬世信經籍。

水北民家窗間有題夜深短檠燈功名平生心者戲成平側原作仄，據《永樂大典》卷八九六改**詩二首**

詩書窮年燈，功名平生心。辛勤鶯遷喬，哀鳴猿投林。蘭膏誰為容，朱絃無知音。安能如蜉蝣，隨時安其陰。

竹外兩縣境，水北一草舍。蔀屋日見斗，韞匵玉待價。禍福自倚伏，得失忽晝夜。子盍去墨守，我亦入遠社。

知縣次韻來復寄二首

亭亭青琅玕，冰霜崔嵬心。雖無桃李《永樂大典》卷八九六作梅姿，知非柴荆林。凉風西南來，清圓彈空音。其誰齊彭殤，相從山之陰。

得志鳥擇木，失喜鵬入舍。但協孔氏性，忍索少室價。小草有遠志，積李欲縞夜。《永樂大典》作衣所覬匠伯顧，不復棄櫟社。

知縣再次韻不作平側體復次韻二首

步出山前坂，遥望徒驚心。下無百尺流，上無千歲林。至人有遺言，三歎金玉音。莫飲盗泉水，莫息惡木陰。

和氏得荆璞，眩走數百舍。謂足奉至尊，過眼不售價。有時置篋笥，光彩忽驚夜。持歸弄兒女，足以照里社。

贈日者

我本無能人，簡册强纏繞。饒舌苦譊譊，外貌似了了。應酬聊復爾，懶惰亦不少。眨眼鼻如雷，黄昏到天曉。

上周益公

荒村建午月，斯螽動股鳴。借問暑方熾，何意作秋聲。自言本寒族，四海無令名。振羽每自歎，在野神屢驚。常恐向寒時，風霜莽飄零。憶昨寒谷中，春風全我生。贈我百草芳，遣我趯趯征。是時木未茁，及此堇向榮。感彼蟋蟀歌，日月遒以傾。促織未成章，淒切難為聽。願言日載陽，有鳴隨倉庚。

老梅晦父改韻見貽走筆奉和

有酒且莫斟，聽我歌一曲。所歌無長語，江梅倚修竹。炯炯寒露冰，皎皎白駒谷。粲粲能賦人，日日對高躅。詩如何水曹，發興揚州牧。味入傅巖翁，調鼎國受福。桃李豈不華，入景混凡木。偃蹇有長松，窮年相照矚。

贈别徐秀

出京纔四日，雨雪日一縣。行徧淛江頭，夢識廬山面。相逢兄弟歡，莫作兒女戀。歸計動心旌，春風摇柳線。

贈别潘漢臣

宦薄魚上竿，地左猿擇木。經過還似舊，笑語何時足。留君潘鬢在，許我曹裝趣。三年却歸來，此夢如何續。

道心非動静，學者何難易。癡雲欲掃除，迅霆無擬議。無妄而微疾，勿藥斯有喜。一輪秋月明，云為豈思慮。

偶成

春日奉陪韓簽虞丞《永樂大典》卷一三九九三作秋，無春日奉三字解監修禊事即席中所有蝦菜梨棗分韻得蝦字

雨餘春水壓堤沙，柳未花飛蒲茁芽。清流激湍石佛寺，崇山峻嶺野人家。大酉之山《永樂大典》作仙檀溪壑，秦俗未改原作解，據《永樂大典》改書成車。居夷驟得羣賢集，惠風鼓動生精華。去年可疑張進士，市人物色争矜誇。今年艤棹無所適，坐看孤鶩齊落霞。長官敏者唐吏部，八龍受種今渥洼。兩年分韻得此老，未覺景物相寵嘉。世南弄筆好商搉，宴客自許窮珍鮭。萬金鼎至我亦喜，便欲染指魚與蝦。漢司隸後最静者，家有白璧無點瑕。扣之清越聲韻響，滿座失喜相歎呀。怪予窮陋一不有，冠者八九乃獨髽。歸而謀婦得斗酒，夜韭可剪魚可叉。偶欲占射酒似闕，自覺輩晚無肩差。暗中曹劉不易得，屈宋未死甘押衙。自從修禊卜師友，一洗萬古况兩蝸。但恐朝家用賢急，去我便立文石花。泮宫先生坐官舍，意此四子窮驕奢。年前共得石居士，留客嵌空到日斜。自注：廣文去年共飲水竹人家，坐石上至晚，是日偶不赴。

帥相泛巨舟東下水淺不可進盤旋三日僅至菱黄浦率同行就此作别簡以小詩

半日鼕鼕離岸鼓，萬斛龍驤發南浦。戈鋋照日牙纛明，百丈咿啞更雙艣。眼前突兀勝華屋，前廳中堂後圊浴。主人燕坐擁歌舞，晝捧金樽夜銀燭。吴人餘皇那可比，漢家樓船聊爾耳。有時但可濟舟師，無事只堪横野水。太平州縣邊無譁，行所朝夕如居家。恩光草際碧弄色，心事柳梢黄茁芽。我亦同時浮一

葉，葭葦作篙蒲作楫。坐久欠身頭觸篷，卧多輾轉衣成摺。旁瞻畫鷁如飛動，絶似茅茨望梁棟。春光嫡面秋月眉，争妍不到書生夢。誰知淺水雞籠山，順風不下留驚灘。津人用盡如神力，長年三老忘朝餐。嗚呼材具各有用，秔稻不生穜稑種。涸轍聊濡鮒魚沫，大壑方觀巨鱗縱。我生簡便非憚煩，坐觀燕蝠争晨昏。瞥然便轉子猷棹，明朝直到章江門。

陪漕使春日吴江之集戲贈元理森父

垂虹夜吸吴儂水，畫鷁朝飛張翰里。護客歸來玉節閒，隱隱春光動浮蟻。傾蓋鱸魚故交蠣，可人森父佳元理。著我中間醉却醒，舊管新收幾年紀。自注：初食鱸魚，坐間有送生蠣肉者。

次韻使君湖莊歌

使君德量湖水寬，和氣襲人春避寒。山川自古窮絶處，鑄鐵點頑成轉丹。頻作好詩醇似酒，妃子鬭妍西子醜。人生行樂只花時，更吸西江斟一斗。

次韻蔡元簡麒湖莊之句

雞本憚犧先斷尾，燕粗能巢聊葺壘。漫郎無用却歸來，得熟道傍真苦李。誰家買田緑當户，何人種花紅照水。君詩讀罷已忘機，撲漉沙鷗隨處起。

大雪感懷

翻雲覆雨紛輕薄，萬瑞不如三白樂。歲事相關國重輕，天意亦知人忖度。前年不雨旱為祟，今年不旱螟為惡。造物與人著力深，一飽年來何落落。宜春先生古君子，撑腸萬卷一丘壑。吟哦乍擬柳飛絮，感慨相輝花有萼。商量雪意馳一騎，改變天容翔萬鶴。翻思五十乾道年，是非一律無今昨。日月逝矣幾豐耗，人物眇然增索寞。吹篪寡唱氣欲竭，陟屺何心淚猶閣。再拜珠璣卜來歲，十襲藏之富囊橐。

季直經幹喜得三白次師繹韻見餉走筆奉和

三農一命如紙薄，已定蓋藏猶不樂。年來慳雪意如何，搏空歲事堪隃度。新詩兩白已呈祥，數日天工還作惡。栽培玉屑界瓊田，指顧同雲藏碧落。萬象改容龍戰野，滿船空載魚縱壑。詩才喚起金閨人，坡上傳香梅綴蕚。明當改選歲又稔，揚州騎得纏腰鶴。家有靈光獨巋然，事感鴞原驚已昨。豈無他人和者寡，不有阿咸幾落寞。闗心不見九華樓，舊遊莫歎登雲閣。與我新詩字字奇，珠玉盈懷分陸橐。自注：九華樓、登雲閣，皆舊時梅坡先生觀雪處。登雲，又師繹詩意也。

陪使者護客晚發京口

拖船鳥驚獸駭奔，追夫雷動雲作屯。前日生辰使者去，賀正又出丹陽門。欲上未上軍人馬，似響不響縣官喏。窮冬閘閉水不行，深夜火明山欲赭。尚書太尉傳語來，夫船未足官須催。敵使三節能幾耳，客載萬舸何為哉。甘心事仇誰作俑，恥不自羞猶慫慂。古來秦禍不須胡，蒙恬斥外斯高寵。

次韻李晦父炎早梅

華顛淡色催人老，造化無功春不早。翰林風月恣推排，萬馬一空三峽倒。冷暖從渠入世情，孤真為我參幽抱。單于原作卑枝，據《永樂大典》卷二八〇八改未覺鼎鼐催，不與人間障煩惱。

交代趙從之善石見和次韻奉答

詩來格律辭皆老，却恨有磚抛不早。只因清興與花同，千詠昔聞今健倒。君家裝額要冰肌，我圃耐寒誇合抱。秀色孤根各自宜，玉堂茅舍俱相惱。

有懷昌谷老梅再次晦父韻兼贈仲元弟

水邊籬落西湖老，結伴寒標歸計早。月昏香動幅巾時，鐵石廣平猶壓倒。新來昌谷闢藩牆，密花疎幹添環抱。等閒詩酒奉周旋，何似文書頻苦惱。

泛舟蕭公陂

山水遶青罏鞴紅，花開絮亂春欲空。太白酌酒塵世外，小舟蕩槳農事中。築堤溉田十里同，居民舉手稱蕭公。蕭公有惠何時窮，十里穮蓘無凶豐。

景仁寄和蕭公陂詩次其韻

照眼石榴裙褶紅，回頭浪蘂隨春空。春歸溢浦風塵外，詩到淮南烟雨中。護田將緑一水同，造化奪巧《永樂大典》卷二七五五作功非天公。錦囊不盡思《永樂大典》作使無窮，我欲從之歌元豐。

方南康席上觀贛妓秀英作墨梅竹

南州佳人號秀英，竊弄毛顥親儒生。解衣傍若無我輩，疎梅矮竹真天成。公主朝粧弄眉墨，誤作鉛華污宮額。此君劍器藏鋒鋩，張顛幻出公孫娘。我來忽見驚心目，張八何生魏何熟。酒酣耳熱且勿喧，為我慇懃寫雙幅。

次韻魏君寶光黄雲觀古風

重湖鏡展心生凉，五老壁立背負芒。中間只作如許屋，一觀雖小意堂堂。書生相業綫不絶，故侯墨妙燈不滅。與山三好孰四之，畢萬有孫胸次闊。抛梁不須偉兒郎，黄雲高舉天頡頏。從龍作霖皆是物，邇來一足飛商羊。

次韻趙使君師夏謁白鹿遊棲賢長句

三峽移名澗響空，中著一橋如飲虹。旁連濺瀑龍所宮，謂佛有力真冥濛。非造物意無禹功，一綫偶達成巨谼。可怪一律人聵聾，助桀唱和更撞舂。或者誤信晨暮鐘，萬有一幸相際逢。吾儒自有名教蹤，壁立萬古澗底松。異端瑣細秋後蛩，一物不格皆妄庸。誰知健者此山中，樸實可亂田舍翁。出郊小隊不妨農，黄巖意與考亭通。長養此道如種穜，駿發爾私雨我公，穮蓘雖鏟亦有豐。常行萬世無汙隆，行健不息人中龍。不妨更擊白鹿鼓，扣之大小皆舂容。

同景輔登樓約集少陵句

徐步移斑杖，登臨意惘然。雲霄遺暑濕，樓閣倚山巔。薄劣慚真隱，虚空不離禪。我生無倚著，自有一山川。

開闢當天險，分明在眼前。野橋齊度馬，森木亂鳴蟬。稠疊多幽事，凄凉憶去年。何時一樽酒，恣意向江天。

送十三郎赴尉漢陽二首

宦路今如此，親闈望已深。是誰門户責，慰我父兄心。鏡裏休頻看，杯中但淺斟。前賢官業處，端的要追尋。

此地關情久，淳龐好士民。向來同患難，今歷幾秋春。綵棒迎新尉，綈袍説舊人。為言昌谷老，寄語益相親。

出郊偶成呈府判知縣三丈二首

奉行三尺令，問訊十分春。雞犬柴門曉，牛羊草徑新。遠投雙嶺寺，頻見耦耕人。我亦江南客，為農頗識真。

去郭喧囂遠，空江氣象寬。柳舒含絮媚，梅褪著枝酸。物外登山好，公餘盡日歡。歸遲應犯夜，暝色占江干。

寒露日阻風雨左里詩

久謂熱當雨，兹來歸近家。露寒遲應節，天變勇飛沙。甕白應浮酒，籬黄可著花。一江三十里，直欲問仙槎。

親友馮儀之運幹挽章三首

聞道江西使，賓筵隕德星。失聲歸士友，短氣動朝廷。屢選非無意，遲行若有靈。忍令清燕處，我輩尚談經。

有學關時用，無心與物馳。已稱黄髮老，猶似綵衣時。世道空機穽，襟期自坦夷。只今風月夜，猶足想清規。

子也吾嘗友，天乎獨異渠。仕無通籍禄，家有厚齋書。講説來匡鼎，風騷藉子虚。争榮森寶桂，訓不負菑畬。

挽致政朝散王大夫章二首

風流江左後，今不愧諸王。弓冶儒非誤，衣冠晚見償。當時獨立處，千載狀元鄉。天定常如此，三槐有二郎。

子貴人間有，親難及盛年。出藩先使節，入從冠經筵。問政承顏日，歸鄉屬纊前。誰能碑有道，還合傳先賢。

同知樞密程公挽章二首

用盡文章力，多馳軼撥聲。一朝歸禁近，再歲即鈞衡。遇合功名迫，哀榮日月傾。鹽梅空有志，縮手未調羹。

憶昔都城會，論交戊午班。故書雖絶迹，晚景自貪閒。契闊形骸外，參差出處間。重來風作惡，黯淡寶蓮山。

挽蔡祭酒詩二首

舊説乘驄老，新來衣繡人。眷方隆嗣聖，世已厭成均。景晚遲鵷序，邊秋憶虎臣。家聲傳慶曆，忠惠豈前身。

昔締金昆好，慈恩有舊題。及今如社燕，與子共朝雞。未見星常北，相逢日易西。定應湖上路，塞色黯招提。

宿蘇坊

客久囂塵外，冬深驛舍前。亂山寬處日，野水暮時烟。契分新篘酒，生涯舊物氈。悠然歸興動，依約探梅天。

致政檢法牛公挽章二首

結屋明經好，經明身欲修。平生倉廩實，不為稻粱謀。宦路門方盛，容臺志已酬。莫言餘八袠，猶欠少遲留。

瘠甚都昌境，民無晚種田。樂輸雖欲速，乞糴最堪憐。帥閫施長技，王人改舊弦。本原誰任責，陰德至今傳。

門户關州縣，交游及弟昆。每於尊俎後，窺見典刑存。豈不昏姻重，常疎藥石言。矧聞丹旐發，心緒正沄沄。

夏日漫興

廣厦仍炎熱，疎慵疾病中。賦詩當夏日，鼓棹近南風。自覺塵氛少，依然樂事同。夜來憑眺處，明月隱牆東。

龍會遇雪

出門能幾里，風雪故相隨。新歲自有巧，舊寒猶絶癡。自天藏瓦礫，與客照鬚眉。甲冷殊關念，豐年却在兹。

中和後一日吴門阻雪距春分纔三日

梅容慘不競，鳥語噤無聲。二月朔已告，三日春當分。寒餘凌暖律，雪後更同雲。但恐嚴凝誤，陽和欲奏勳。

桂陽走筆呈以道

别後蓬丘老，分盃歲又闌。髮因求道白，心但濟時丹。瘧鬼三秋熱，河魚六月寒。不圖梅影夜，對榻共平安。

龍游道中得家信

幸自居家樂，何須遺信來。聲聞先隕穫，書至尚驚猜。問僕心方定，開緘色漸回。寄言重九日，掃净玉京臺。

聞官軍收復新息

降敵知無日，和戎事已休。百年艱國步，九世憶家讎。獲蔡馳新捷，收京有定謀。可無蜂蠆慮，馬健更防秋。

再至淮南

溢浦經從後，淮壖欲到時。江山春自改，風雨日相隨。泥滑禽猶訴，崖懸馬欲疑。解鞍聊問息，造物本無私。

書彭仲誠詩卷後

惠養無他務，廉勤以自持。能寬三邑責，不為一州私。逮此來歸日，還如始至時。士民難借寇，唯有召棠思。

冬至留滯舒州有懷歲旦泊舟平江門外

舒郡驚冬節，吴門憶歲時。天寒城閉早，凍合水行遲。再拜為兄壽，同聲念母慈。窮年終是客，至日始題詩。

驚蟄後雪訪徐孟堅不遇坐待甚久

忽忽弄明珠，紛紛擁塞酥。都忘春老大，復作冷工夫。甲拆遲先達，芳菲約後圖。興來還興盡，呵手復須臾。

遣將追賊何公橋

遲爾停車久，偷生恐未然。皇威三令後，民瘼萬端前。貔虎煙塵地，猩鼯雨霧天。監官有老眼，巢幕暫狂顛。

子敬作詩已久不以見示忽出一卷共有四十字乃相陪避暑三峽橋之作戲次其韻

乃有詩如此，清新思湧泉。夤緣塵外景，發露性中天。舊事驚陳迹，新功喜盛年。當流欹《永樂大典》卷八九六作常流歌枕處，醒得困時眠。

二郎之官房陵作五言唐律兩章送之

入幕曾霑禄，之官始問津。邊城甘冷淡，世路識艱辛。責重杯柈省，公餘簡册頻。先人清白意，百世尚書紳。自注：舊所居房乃先人種竹植梅之地，名清白軒。

制閫今梁棟，霜臺昔範模。近書先問汝，遠念早寬吾。衆論宜遷木，官常合守株。房陵有佳處，穩穩問征涂。

虞司理留同官麵飯

玉版初參後，桄榔半醉中。誰知三里外，有此五人同。移座淋頭雨，開窗拂坐風。明朝公事了，假道訪虞公。

上巳日舍舟豐城

路出豐城縣，籃輿了夕陽。何人共列坐，勝事憶流觴。帝里衣冠近，家山念慮長。慇懃樓下水，今夜到吾鄉。

蕭散

風日倚餘勇，扶春不自由。在家曾半面，隨我到他州。絜後酴醾約，鶯前杜宇愁。新來無吏責，蕭散更何求。

雪中領客湖莊

天上瓊林會，人間瑞物圖。山藏真面目，地湧巧工夫。領客驚閭巷，携家窘僕奴。却思邊戍地，着鐵更彎弧。

連雨坐湖莊

泥濘政如許，出門安所之。龍公無倦日，老子有閒時。適意家常酒，忘懷獨自棋。困來饒一睡，百慮本何思。

春問湖莊

問訊湖莊事，經年意若何。為渠魂入夢，老我鬢添皤。雪霽春應好，山明水漸多。遣兒徵僕役，除道莫蹉跎。

深春挈家下湖莊

去郭不三里，將家踰十年。轉添身散誕，况乃足蹁躚。九疊春宜老，羣芳晚更妍。得閒無一事，倚杖看鞦韆。

我生聊自樂，人意適相隨。郊外有行處，春中無倦時。雖知攀折苦，未覺燕游衰。更欲添桃李，初心不在兹。

師繹題宮姊夫惠示湖莊佳句輒次韻

願學言詩賜，降心識字雄。絶塵嗟莫及，雅趣喜相同。任性天憐老，貪閒鬼笑窮。可堪香火分，誤入武陵中。

車馬喧人境，茅茨棄道旁。無心天外得，有玉匱中藏。領略煩詩將，勾收入醉鄉。會從盤谷老，野處日徜徉。

湖莊雜詩

萬頃蒼茫外，三年種植初。路回深吠犬，藻密暗遊魚。舊酒春同盎，新茶雪不如。稍修遺老傳，忘答故人書。

野水平湖闊，雲山疊嶂深。一溪横驛道，兩岸挾神林。亂石通人迹，孤舟繫客心。幾年茅葦地，松檜已侵尋。

故邕管安撫李思永挽章三首

發廩寧憂歲，防邊不待秋。古來漢循吏，今説李成州。勁氣横關隴，神光射斗牛。竹林天下士，一第可無求。自注：思永尊人號竹林先生，科舉不利。

義利明千古，躬行勇不疑。潤瀍窮正脈，張陸是吾師。仕與儒先會，官從黨論卑。所施纔一障，聲聞徹華夷。自注：初任與陸梭山同官，次任趨事張南軒。

念昔浮湘樂，論交一世豪。味同江左右，人忘品卑高。庇我渠渠屋，關心戀戀袍。延津龍化後，流水但空號。

和趙振文太社郵筒遠寄

天與容臺掾，田園早得歸。盃中寧有影，海上息忘機。世路閒身好，人生靜者稀。更於蘐草處，靜看老萊衣。

陳氏夫人挽章邵子山母

受氏推玄女，來嬪得召南。躬行其誠七，禮盡所從三。孝養衣皆綵，權輿色已藍。霜風吟木末，哀怨不能堪。

送以道赴漢東兵官因呈繡使吳勝之同年兼簡李伯行檢法許定夫軍使三首

久入功名會，新携辟召書。忠勤曾策勵，奮迅此權輿。當路心知己，長城指望渠。只將真實地，持守足安居。

仗斧暴公子，酌泉吳隱之。斯人未易得，於我最相知。見義為常勇，求賢信不疑。典刑今在此，此去有餘師。

李許相從久，時方混武文。議刑新幕府，保塞舊將軍。二士俱人物，三賢更主君。春蘭秋菊意，他日共風雲。

祕閣修撰雷文卿挽章二首

殄瘁連鄉黨，凋零及老成。玉亡修水秀，星掩壽沙明。不上論思直，空餘餽饟名。蓋棺隆眷在，論譔見哀榮。

訪我鳴琴日，聞公吐屑言。循良臨武政，忠憤大奚冤。厥後依英簜，新來近逵尊。却歸桑梓路，忍對建昌門。

右史殿撰吴之平挽章二首

闔制恩威足，邊防戍守牢。政平多暇日，民費絶秋毫。豹尾天光近，螭頭地勢高。孰令黄石水，旦旦只空號。

生長均江左，游從集豫章。官曹推掃溉，人望極軒昂。讜論暌違後，休聲涕淚傍。鳳池綸綍手，揮翰發幽光。

故殿撰修史李舍人挽章二首

四戒從誰得，忠勤與孝廉。本原來簡册，膏潤到閭閻。仕久機鋒熟，時來智慮添。平生真售用，家法有森嚴。自注：四戒，乃其先訓。

丁未慈恩盛，從容最後來。一從辭墨綬，三徙入烏臺。記動時方好，持衡去不回。恩榮頻出綍，晚遇有餘哀。

故福建提刑鍾編修挽章二首

問俗周方國，推賢漢吏師。立朝天有喜，仗節玉無疵。得自南軒學，親承北面師。更無工部句，可繼八哀詩。

江漢迎歸客，瀟湘問故人。錦衣新炫晝，繡使近行春。坐對長沙酒，空傷夜雨神。南樓風月下，霏屑易成塵。

薛端明挽章三首

講學聲名早，飛騰藹士林。九重嗟見晚，諸老願交深。時有亨嘉會，天無平治心。每於當用處，梁父又重吟。

諫諍嚴凝地，論思咫尺天。直弦宜問俗，曲突却臨邊。儒道終期用，皇威可得宣。視儀雖兩地，難到玉階前。

客本何為者，逢公幕府開。兵間雖有志，度外本非才。流水音何在，高風首屢廻。只今巖石望，寧忍泰山頹。

故殿撰侍郎趙公挽章三首

惠國垂芳久，瀘南錫第初。詩書今有此，衣鉢正關渠。業大喧朝野，儒酸羡里閭。只言三桂盛，五桂尚權輿。

邊鎖求良牧，京華倚重臣。撫摩中有備，發擿静無塵。效著龍顔動，班疑豹尾真。訃聞遺憾見，進秩有明綸。

早歲燈窗密，中年宦海遥。相看嗟落寞，晚復共漁樵。已矣耆英會，居然一葉凋。豈無朋友念，人物歎公朝。

後溪先生劉閣學挽章三首

早際龍光渥，中更貝錦傷。升沈關運數，變故識忠良。天定當持國，時來倚幹方。至今羊叔子，名繞峴山傍。

任重行吾道，憂心屬鉅公。三朝千載遇，一代數人中。筆健心猶壯，名高晚更穹。差肩誰許似，八秩有初終。

憶奉巴西燕，工歌到鹿鳴。西清多學士，南省舊門生。屬耳靈光在，驚心砥柱傾。湖莊空望眼，讀記若為情。

總領户部楊公挽詩 諱師復，字無悔

華顯世儒業，循良今吏師。未應州縣薄，能簡廟堂知。沃譽歌周雅，含香問漢儀。經綸殊未展，曛景迫崦嵫。

赬尾勞民久，青天轉粟艱。三年流馬運，一笑狎鷗閒。天遠才多阨，功深報肯慳。勒銘周伏柱，何恨掩丘山。

二昆同唱第，短世不堪言。生晚欣親炙，謙撝過撫存。里門重擁篲，秀野祇空園。零落西歸槀，誰能作九原。自注：先兄伯剛、仲遜與公為同年兄弟。仲遜調官臨安，又與公同舟泝峽，有《西歸集》，唱酬甚富。秀野，公家園名也。

故經略華文趙郎中崇憲挽章三首

國是歸宗相，儒科看嫡傳。與時常落落，持論極拳拳。柄用無韓范，師承有潤濂。衣冠何足論，父子世稱賢。

出處權輕重，幾微見老成。我官渾漫浪，公道要分明。忠定名先正，奸諛魄自驚。翻思元祐事，千古欠哀榮。

世路平平好，民庸處處高。入朝寧却步，及物自忘勞。係望人宗主，為儀國羽毛。修文纔下壽，天亦負英豪。

挽寧宗皇帝詞二首

百六消氛霧，東南立際蟠。統傳三聖後，枕奠百年安。不識遊畋樂，深知稼穡難。何人青史上，敢作漢唐看。

混一開羣策，憂勤損萬年。衣冠藏禹穴，歷數襲堯天。密定詒謀議，難留厭世仙。烏號攀莫及，有淚徹淵泉。

故丞相忠定趙沂公挽章三首

對策飛龍日，宗卿夙所期。時來人激烈，身定國危疑。一德三朝老，孤忠百世師。是非空貝錦，銘篆有鐘彝。

鹽筴寬閩甚，兵權慮蜀多。閩民今可矣，蜀事竟如何。便好尸而祝，初無玷可磨。緊誰求徑捷，行陸强風波。

讙讙羣情便，蕘蕘俗眼驚。此身無利鈍，於國要忠誠。得力平生學，求仁死後名。登門非雅素，持論略公平。

戲集少陵句

山晚浮雲合，天寒鴿鴿呼。世人共鹵莽，行路日荒蕪。衰謝身何補，低垂氣不蘇。所過憑問訊，似欲慰窮途。

郭承禧同年解倅印趨朝

昔在慈恩會，交新意已親。相逢游宦處，不比後來人。共度衡陽夏，平分嶽麓春。夤緣如此少，欲别倍傷神。

仕路何曾樂，迎親却是榮。諸公新引類，難弟久專城。便恐班朝著，無勞仗友生。長沙風月夜，炯炯自清明。

張行父大監出鎮章貢艤舟來索詩

頗覺邅迴甚，由來去就輕。坐曹雖冷淡，出位極精明。我老猶貪禄，君行已問程。虎頭雖好郡，朝路憶峥嶸。

中秋後一夕獨卧月臺

分得秋容半，添來爽氣深。静中無罣礙，此處好登臨。老景當風卧，平生愛月心。幾回烏鵲動，曉色上平林。

春到湖莊

飽緑匀楊柳，殷紅茁海棠。將春到昌谷，及早下湖莊。祠事三年樂，邊心萬里長。新來和氣好，吉報已占祥。

奉濟驛次杜老送嚴公韻

奉濟傳芳久，當年折柳情。來賡工部句，去作錦官行。詩妙將安倣，吾衰及此榮。草堂修舊否，得見慰平生。

江村散步

已落無邊木，猶誅不盡茅。沙光迎遠景，風力鬧寒稍。牧處高低路，漁時遠近郊。竹籬茅舍外，門閉可推敲。

晚晴

騰水浸秋碧，餘霞占晚紅。浩歌鳴鶴後，柔櫓泛鷗中。酒戒情難遣，詩吟老未工。懷哉真面目，助順企清風。

聞道旁有死於賊者

義氣窮羣策，妖氛慘一隅。分憂吾弗職，殊死爾何辜。智者連千慮，天乎媿匹夫。諸軍猶請戰，此道不榛蕪。

送真希元侍郎得祠西歸

願治方凝竚，求歸竟得閒。空令如我輩，忍媿尚朝班。望重忠嘉上，身輕去就間。渺然人物慮，少壯亦衰顏。

紅梅

雪月共高寒，求多意未闌。林逋五品服，宋璟九還丹。老友松筠健，賢宗鼎鼐酸。任渠蜂蝶鬧，難作武陵看。

暮春

春盡無何耳，客行猶及之。水光風約束，山貌雨矜持。物態從前好，官身到底癡。只言餐秀色，十口政憂饑。

社日熱甚中夜得雨

蛆蟻開新盎，雞豚落社鍋。草衰秋水浄，木脱暮山多。顥氣時應爽，驕陽老更苛。依然霖雨在，暑酷要消磨。

得　雨

跼蹐民無地，焦熬歲不天。雨方寬趙日，數已入湯年。調餉今方爾，蠲租恐未然。古來勳業盛，根本諱沉綿。

舟中連雨

客裏逢連雨，龍公不貸人。一蓬遮晦朔，萬慮入悲辛。忽忽淹吾道，堂堂送此春。誰歟訟風伯，揮掃鑑中塵。

盤谷胡季隨挽章二首

天地開南學，葵軒接五峰。淳熙亡一鑑，盤谷有真蹤。庭立心傳鯉，門乘玉潤龍。風流遮不斷，堂斧若為封。

我負光華遣，君從懇請來。人如九鼎重，席為百泉開。梁壞姘㠓屋，星移絳帳臺。湘西明在眼，欲渡不堪哀。

陳伯量挽詩二首

樸茂開城府，師資足楷模。官卑雖晚境，子仕却亨途。不酒陳驚座，無金疏大夫。何人碑有道，老手看慈湖。

我晚慚初學，公才又壯年。同盟覺山寺，共飲玉溪泉。薄宦身常隔，高懷骨易仙。傷心風作惡，不助過湖船。

趙知宗挽詩三首

壯日民師帥，中年國典刑。六分名郡竹，兩棨使華星。綵戲方娛侍，丹旌忽篆銘。空餘泉一滴，萬古歎清泠。自注：葬處有泉，號清泠泉。

三桂先猷遠，公來應瑞芝。子能傳世業，令欲徧孫枝。笏盛牀應滿，端闈橐已持。掛冠猶進秩，天意卜深知。自注：堂名瑞芝。

匯水誇同邑，桐江事事賢。骨寒誰與地，言重却牋天。游宦常千里，歸來共一川。西門今日路，忍淚入資延。自注：資延，所賜寺額。

彭師泰挽章

家世文為富，居寒地不寒。諸昆親受業，二祖昔闈端。屬耳青雲杳，驚心逝水湍。後來方屹立，天不誤儒冠。

黃季通挽章

世務經心早，鄉評好弟昆。但為三徑樂，無間一家言。已作賢關夢，争如藻鑑冤。霜嚴中夏發，桑柘老南園。

讀乞歸不允詔

有赫絲綸寵，空貽老病羞。命從今日下，事比去年愁。已向祠官去，猶為講席留。誰知蝴蝶夢，栩栩到吾州。

課園丁洗竹

種竹年華晚，新添數百竿。低垂非我好，冗長要人删。直節心期露，疎行眼界寬。從兹風月夜，清白足相安。

邵武趙使君挽章二首

近代金枝裏，何人桂籍傳。祖孫三世盛，文武兩科全。日月開宏業，山川哭盛年。天高無可問，有德在民編。

脱白同辛丑，蒼黄共丙寅。京華誇俊逸，鄂渚話酸辛。謂上樵川最，還登要路津。鄰牆摧一柱，歲晚倍傷神。

道中遣興

游宦何曾樂，佳時又出門。春深花處處，社近鼓村村。天地一羈旅，江山千吐吞。平生黄嬭誤，今日麴生尊。

潘景泰知縣挽章

甚矣吾衰久，猶能誄故人。愛賢高贊畫，造士憶同寅。道喪慳人物，才難泣搢紳。頗聞蘭玉秀，天不誤儒身。

岳德器遠來見訪袖出六年前所賦湖莊詩次韻答之

巴蜀歸才子，江湖枉使車。久吟工部句，新寄子公書。面對花應笑，眉開柳為舒。苦無杯酒暇，人事正紛如。以上《昌谷集》卷一

全宋詩卷二一七三一

曹彦約二

羣山閣

萬里雲萍一西陽，便將和氣壓荒凉。挽回梅萼依明燭，管領椒花入壽觴。笑裏不知熊軾重，醉餘猶記博山香。只因臘雪成佳集，等到春來味更長。自注：四更後即立春也。

雨後早行

鼓鉦攢點擔先行，未報平安睡已驚。燈火避明天弄曉，鳥烏無樂雨慳晴。唤來野渡水新漲，飽得晨炊煙自横。驛使嶺頭無一信，筍輿咿軋强貪程。

和西園胡季履見寄

衣冠葉葉著師儒，創見皇家異代無。前事盛哉申國吕，近時繼者武夷胡。累朝經學堪貽厥，三世名家列友于。莫道新來凋一萼，西園老柏更清臞。百年幾見弦三歎，萬事相違臂一交。道合不知身隱見，詩來如見手推敲。我儀圖此藏周廟，人實云何滯楚包。無奈廬山歸夢急，遣書空報白雲巢。

飲良父弟横舟

簿書日月費消磨，華鄂歸來樂事多。已涉一川舟自在，相安衆口麴平和。人生正好乘流止，塵世相逢對酒歌。欲泛五湖真浪語，浮家猶足鎮風波。

連雨中買歸舟

泛菊囊萸事已休，光陰無脚駛如流。更無出入消磨雨，只有悲凉斷送秋。戴屋未停持織手，買舟先辦打篷頭。懸知明鏡重飛處，昵昵燈前問鄂州。

迎寺丞舅歸舟

桂林使者赤松人，争得匡廬自在身。蟬蜕一官驚俗子，鶺鳴雙艣壓江神。人生到此方為樂，世路新來可具陳。開盡朱門無鎖鑰，滿城桃李萬家春。

送雷赴漕召

詔書隱隱下穹窿，已覺朝廷後此翁。儒雅久稱唐吏部，典刑今對漢申公。薰風使者驅馳外，暇日斯民長養中。麥隴秧田政如許，定應歸報不言功。

幾年分閫作遨頭，又擁皇華歲兩周。豈有休聲勤注倚，尚持英蕩但咨諏。只今衮職須誰補，自古官身可自由。相業青徐寧有定，好將功業張吾州。自注：後山云世稱青州王相，濮州李相，而吾州自開國以來，才有劉、李二公執政爾。《贈鄭户部》詩云：聖朝未有徐州相，剩作功名跨數公。

我生雖晚亦匡廬，得見先生喜有餘。止為包荒安邸舍，敢將入幕論鄉閭。一官貪禄無他望，四海安身即定居。幽谷若因明主問，莫言臣邑有相如。

送蕭季然倅均州

持家遠與立朝同，善繼何人似迺翁。國史但書蕭傅直，鄉評更仰伯夷風。只今邊備艱難際，自古官箴謹飭中。四袠親朋今健者，尚看褒詔詫江東。

送綿竹王主簿

渴想才名不計年，得詩甜處徹中邊。知君眼裏藏青白，託意盃中別聖賢。萬里偶逢多幸耳，一朝相別兩茫然。榮歸蜀道川涂穩，莫漫巇吁信謫仙。

送趙主簿

新詩燕婉似花繁，好在鵷行接羽翰。一笑相逢江海客，三年猶老簿書官。見聞我闞猶干禄，矍鑠君能欲據鞍。却似岑参寮友會，陽春一曲和皆難。

送易彦章以太學正召

涵養書生二百春，為渠文物有經綸。只今領袖賢關地，疇昔錙銖舍法人。吾道年來多落落，士風從此却彬彬。不應小折陳蕃角，謾謂朝家棄直臣。

爲謝府題製錦堂

錦江新製奪春妍，物采名堂意曉然。應有五紋供帝衮，曾無一縷費民編。年來撫字誰高手，古道循良此比肩。經緯一同餘事耳，清朝畫繡説家傳。

漫成寄朱伯海主簿

幸拜恩綸强自寬，窮居寒士忝微官。風霜迢遞踰千里，晨夕間關歷萬端。一片山城常寂寞，幾宵燈火憶團欒。當年别後傷心處，極目君峰草木寒。

陪總卿路鈐相麥觀花修出郊故事

二月春光最惱人，不禁春惱更尋春。關心秀入青青隴，適意紅臨灩灩津。開闔雨晴天氣巧，鋪張桃李世情均。病夫已作廬山夢，尚擁籃輿託後塵。

秋日出郊

早是清和便束裝，只今庭葉報新涼。山應險盡饒寬大，水欲平來尚激昂。已服官常猶潦草，未紓民力要商量。鮮于司馬經行處，文物彬彬意緒長。

送湖口尉王德高解印東歸

笑解龜符指鄭鄉，應從鳳口得書忙。平生壁水功名志，壯歲鍾山姓字香。惡少何人窺甕牖，長官無事燕琴堂。從今我亦南州吏，乞取梅仙已驗方。

程宰虞簿和縣庠老桂詩見貽再賦以謝

風流人物冠瀛寰，折桂曾驚咫尺顏。肯賦摽梅深有味，已標仙籍正相關。一枝笑入絃歌裏，千古名傳俎豆間。欲攬枯腸追妙語，飛來雙鶴杳難攀。

龍游道中即事

幾年舟楫便吾曹，步入龍游記所遭。激水代春城旦坐，原作作，據《永樂大典》卷八八四改叉松親爨店人勞。屏除車馬肩輿冗，料理泥沙甃甓高。忙裏著晴天意好，坐令行客興滔滔。

送臘

謂向年前稍自寬，惱人時序故多端。幾回水落還添浦，百樣天晴却轉寒。未有梅開供探討，若無酒遣太衰殘。明朝便是春來處，暖律丁寧著眼看。

家本譙人得奉祠亳州喜賦述懷

宦游隨喜亦云聊，筆橐何官晚見招。已定秦關無論蜀，好恢湯亳却歸譙。雪邊廬嶽雲千嶺，雨後湖莊水一腰。買得扁舟能著我，便無西子也逍遥。

送錢文季國博赴召

每向招賢看典刑，中間人物似零丁。只因朋黨排諸老，無復紛綸任五經。一節何如歸帝所，賜環元不為郎星。古來官職論車斗，只有忠嘉可篆銘。衝暑相迎慰寂寥，忍寒為别助蕭條。笑談但喜頻揮麈，夢想何嘗到續貂。已辦犁鋤供老圃，尚乘軺傳託公朝。班聯若問官聯舊，説與思歸不自聊。

春到湖莊

堤南堤北水溶溶，旁倚羣山不礙風。收拾田園供老境，栽培桃李課新功。牆頭向長千章聳，潤下潛流一線通。脚力尚堪行樂在，年來天不負衰翁。

湖莊述懷

昌谷喧聲漸屏除，湖莊新意亦空疎。遠栽夏木來鳴鳥，短截寒棋縱小魚。架有空籤聊貯藥，樓無他用只儲書。病來得惰因成趣，此外於人百不如。門無賓客愧朋儕，冷淡何人諒此懷。隨意作詩無唱和，等閒沽酒不安排。每扶短杖行方穩，欲泛扁舟計未諧。訪得廬山與彭蠡，不論晴日雜陰霾。

湖莊春晚

栽種成陰恰十年，水光山色静無邊。杏桃賞徧春容老，松竹添多晚力堅。向有味中求冷淡，好寬懷處且盤旋。干戈漸説邊塵息，朽木因依得晝眠。

使君領客訪湖莊分簡齋茂林當日映羣賢之句得羣字

風流人物總能文，洗我榛蕪久離羣。意氣掃除投老障，浩歌驚起住山雲。風迎小隊春三月，天與湖莊景十分。七子賦詩皆寵武，刳腸猶不報慇懃。

九日領諸子同季明泛舟之湖莊

為酬佳節訪江皐，短棹能寬脚力勞。把菊未遑憂歲惡，愛松相與歎風饕。雨餘得水三湖闊，天静無塵九疊高。老病不將詩領會，新來能賦屬兒曹。自注：是歲無大水旱，而五穀僅半收。數日大風拔木，湖莊古松悉為烏有。

十月一日陪使君領客之湖莊

鸛鳴雙艣壓中流，斷送餘分不盡秋。石罅有聲轟壯語，風驕無計尼真游。江神自合供如願，艇子尤能送莫愁。却笑湖莊真落莫，但留斜日照歸騶。自注：是日北風稍勁，已舍舟於雲棧石下，使君徇歌者之意，復挐舟至郥亭。

送權次翁赴湖北計幕

萬竈貔貅趣上邊，皇華新遣墨猶鮮。何人共了飛芻事，有客同稱入幕賢。舉酒便驚分袂處，掛帆直到賞音前。不妨勳業高前哲，却與山寮作後編。

送章致遠賢良赴招撫司機幕

窮經知國更知兵，梁楚中間播此聲。唐幕亟招温處士，漢廷徐策董先生。平時未識人賢否，用處方關國重輕。露布便多機事少，寄書因到武昌城。

答傅憲

妙語差肩落燕泥，亨塗驤首化龍堤。敢酬閣老慚非杜，適見夷吾不為齊。趣覲可無三節召，送行那有一錢齎。功名自是平生志，旃厲為庭正可犁。

次耿令君藥名韻

賦分微官即忍冬，衣單無計可防風。四方遠志從頭去，一水空青到底窮。地骨自寒誰與祛，天門欲到愧無功。是誰直上凌羊角，却更從容使脱空。

再次韻熟藥名

善保生經莫怨冬，心存和氣自消風。誰能聚寶徒誇富，粗有千金不訴窮。未許二仙為聖散，且將一字見神功。何時相對清涼飲，越舞齊謳酒不空。

雨雪中歲享卧病不能陪位令諸子代拜

歲事無多世事忙，病夫終日卧藤牀。雪積易消春已近，雨來無節晝偏長。朝儀尚想三廻舞，歲享難持一瓣香。莫道蓋棺便無事，義方猶欲訓諸郎。

首春課湖莊種植

買橘求杉答屨端，尚虞霜雪重遮闌。桃蹊上下全鋤麥，梅嶺中邊雜藝蘭。鉅竹栽成千百箇，野花留取兩三般。生平只有田園樂，晝短還須秉燭看。

師繹再賦湖莊雨後佳句有惜春之意復次其韻

委曲東風滿萬家，家培桃李恣雄誇。先生客裏觀時態，老子詩中感物華。雨後有花須領略，春歸無策可攔遮。山行忘却芳菲趣，把玩珠璣到日斜。

子山見和去年湖莊春晚詩仍次前韻

筆硯論交半百年，中間摇落更臨邊。尋盟花木春猶在，結友松筠晚益堅。雪霽萬峰開紫翠，江空一水恣回旋。何時共我湖莊樂，醒後吟詩醉後眠。

明之亦和詩來復次前韻

當年莫逆尚忘年，今日霜蓬入鬢邊。已歃花盟猶習惰，驟迎詩敵敢攻堅。依棲有幸烏南繞，會合難并蟻左旋。著我畫圖添李邵，丹青那復起龍眠。

師繹諸湖莊之約畏風色不果來以詩見餉次其韻

宴集嘶非左氏莊，妄行村落似猖狂。人生適意真難遇，天意慳晴未易量。可但客衣吹杲杲，只愁春色去堂堂。輟行句好猶追逐，駕蹇奔波怯乘黄。

送魏使君歸宛陵二首

姓名久已御屏間，合上鋒車入帝關。豈有薦書喧筆橐，但留聲價惠江山。簿書袖手詩還在，出處忘情意自閒。不分愛江樓下水，隔人無計可追攀。

我無郡績合歸與，君有時名孰舍諸。其事頗同人頗異，此心相照亦相疏。一時風力天容改，後夜月華雲氣舒。同是江南易回首，人來多寄一行書。

次韻葛丞至節見邀踏雪

照人好語妙陽臺，佳節相隨七日來。甚欲去陪桃竹杖，可憐消盡豆稭灰。喜君天上星辰次，贈我人間錦繡堆。小試平章和氣動，他年台鼎要鹽梅。

和衮子冰詩

畏折綿霜已不勝，加工寒裏立威稜。争明日月天無色，遏住江湖曉作層。欲倚為山憂晛見，不如吟柱得詩能。規恢可但滹沱事，只任賢能也中興。

鹿鳴小集奉餞赴省諸公

便從場屋了經綸，看取朝家詔選掄。天賦忠良須努力，人生温飽豈榮身。鼎來時事方憂國，到底儒冠不誤人。青紫拾來餘事耳，直應尊主庇斯民。

昌化朱浪潘子雲漢臣季子也漢臣既物故持其季父聖與詩來因問堪村徐季登其健如昔昔戊戌省試後道出昌化館于(疑當作與)**漢臣一日同訪季登遇榜下第于渡口今三紀矣因子雲告别有感前事作此章以餞之爲我謝聖與兼簡季登**

朱浪山春啼杜鵑，溪南溪北刺舠船。人生幾度年三十，世路重逢事百千。客已倦游今老矣，君須揖别故凄然。從容有問居閒意，為説湖莊水一川。

送陳彦功入都

握手論心九歷年，中間多難不堪傳。相親幕府分襟後，説到銅官製錦前。訪我田園猶命駕，愛賢時節好加鞭。别懷莫問書疎數，老病無端日晝眠。

方孚若惠端溪硯

不宜磨墨謾論車，風字偏坳玉斗斜。喜有山靈藏舊物，幻成蟾影照圓沙。活鸜眼好童謡誤，死馬肝真帝語賒。辜負海深天闊樣，玉堂何似竹籬家。

題漢李固太尉廟

生死忠邪未易窮，其如國脈是非中。誰知刺骨翻為福，不念捐軀有此忠。一日太阿歸跋扈，百年黄鉞授姦雄。不然彼亦何為者，敢肇兵端起鄴宫。

同兒輩食雪和兗子韻

天然高潔淡為真，似蜜增甜亦可人。不分瑶花驚俗眼，更招瓊液到吾唇。取來酒後團欒夜，壓盡人間瘴癘春。遥想嚼氈清到骨，古來持節要忠臣。

子敬見和食雪詩仍次前韻

色如姑射未全真，消得新詩膾炙人。冰不待藏須潔齒，凍何須解要濡唇。烹茶尚有虀鹽味，食蘖難誇麴米春。臟欲清凉非内熱，不應宴賞羨諸臣。

病中有感欲落不落雪舊事偶成唐律

東皇雅欲破玄冥，滕六終懷可否情。豈不願豐招瑞氣，又虞加力困饑氓。柳雖閣絮心猶壯，梅不能粧意自傾。只恐玉龍禁不得，便輸鱗甲賦羣英。

驚蟄後雪作未已阻之湖莊

甲拆多應滿藥欄，跨騾心已拂輕鞍。正疑陰固仍飛雪，豈有春中却冱寒。啟蟄候蟲猶自閉，向陽梅子自能酸。誤成嚴冷非天意，説與人心作好看。

登復州城

李子園邊水滿洲，當年桑土欠綢繆。城分南北平腰束，湖號東西拍面浮。馬健獨能全上幕，水清元不污賢侯。滿城山色春何在，小立無言萬象秋。

見梅有感

莫把夭妍等重輕，賦成千韻況難名。看來好處非因色，敢向春前似有情。奈老不成三弄笛，濟時還擬一杯羹。清標實用何人可，只合差肩宋廣平。

次仁季詠梅韻

誤分符竹建星臺，官事縈心不到梅。粉面莫驚公主艷，鐵心曾對廣平開。託身冰雪剛而栗，取友松筠晚不回。已向箇中懷鼎味，直須魁占百花來。

再次仁季詠梅韻

衙官桃李列芳臺，豈有凡花敢並梅。雅健巧妨羣動息，參差能作數番開。争先照眼春無限，索笑關心日幾回。莫道暗香非是雪，許多蜂蝶不知來。

水邊得月共樓臺，此處風光可認梅。萬態争如疎影好，一尊何惜笑顔開。東君為爾饒先著，俗子逢之倒射回。莫恨隴寒無驛使，江南衝暖望歸來。

仁季再賦亦再賦一首

昔年遠訪鬱孤臺，止渴曾諳庾嶺梅。別後只從忙裏過，到今多見旅中開。是非汩没身添老，寒暑侵陵首屢回。却憶故園松竹外，朔風吹雪亞枝來。

何物清高稱月臺，雪天佳客照江梅。謝家玉樹庭前發，后土瓊花歲裏開。朝日何郎吟未徹，晚風姑射宴方回。橫拋珠玉人間世，只恐花神駕鶴來。

章泉言語妙天下知僕無詩能且未識面乃時以佳篇見餉何也不敢再虚《永樂大典》卷八八九六作戲**盛意勉次韻二篇以謝**

珍重章泉厚寄書，應疑不復夢康廬。本無學術安時論，誤入班行拱帝居。老矣應招寧為禄，時乎歸釣亦非漁。宦情山色常如此，欲去遲行媿二疏。

吟罷新詩却看書，先生必自愛吾廬。天開上壽供椽筆，地出佳泉相廣居。自古莘耕懷道義，只今舜德起陶漁。直須大老歸來好，莫道高情與世疏。

况子沿檄來歸舟過淮右繡衣左國録贈行以詩因及衰朽次韻奉酬三首

况也來從班馬傍，泛舟千里尚醲香。庭雖過鯉元無異，《永樂大典》卷八八九六作立桴偶乘由得問强。親見治民如治眼，歸談勤賊定原作事更，據《永樂大典》改勤王。翻思父子寒如此，孤負珠璣富墨莊。

金石為心錦作腸，案前合侍玉皇香。只因淮蔡須裴度，不為并州戲葛强。繡斧邇來新遣使，氈裘原作瑶琛，據《永樂大典》改從此盡輸王。功成遠勒燕然石，閒却江西左氏莊。

憶昨相逢是豫章，笑談親接齒牙香。如今但有心期在，不似當初脚力强。投老頗能安晚境，祝釐聊以報明王。簡編未了平生債，冷淡猶能讀老莊。

使君見示鹿鳴詩走筆奉和

眼明及見決科文，發策當書第一勳。八句催行歌白雪，一言合意定青雲。君今去亦朝天上，主聖還須對夜分。遥想朱華傳敕處，九重春色醉朝曛。

四明趙添監連日惠詩不能盡繼匠手次唐律韻以謝

馬口爲銜不自寧，轍環唯筆可深耕。門迎滄海襟期闊，地逼天潢句法清。吾道本無青白眼，世情休歎短長檠。珠璣肯袖來昌谷，不道陳人畏後生。

陳倅寄惠四詩用昌黎和裴相韻愧不能當也走筆賦二章以謝

兩歲驅馳馬首東，曾微一戰可論功。因人偶爾成擒蔡，無計降之媿伐崇。萬竈炊煙歸塞下，十分農事到湟中。酸寒伎倆纔如此，辜負新詩託至公。

近來人物眇江東，况也書生責勇功。痛定却思三策謬，歸來猶想萬山崇。誰從荀《永樂大典》卷八九六作苟伯官寮裏，賦入昌黎句法中。戎事尚多心事少，苦無佳語可酬公。

偶　成

春入園林種種奇，化工施巧太精微。山禽説我胸中事，煙柳藏他物外機。既遣杏桃空際發，《永樂大典》卷八九六作呈似了又令蜂蝶近前飛。如何有眼無人見，只解西郊看落暉。

脚踏和風步步春，石魚樓上等閒人。興來銜口都成句，老去遊山不動塵。李白誰知他意思，桃紅漏洩我精神。忽逢借問難酬對，只恐流鶯説得真。

攝守漢陽次韻項平父餞行之句

我計短於頭觸篷，公才高似目飛鴻。已馳騅馬雄西楚，尚引蜉蝣綴國風。願伯明年終惠我，以曹爲解可無公。欲持枉尺歸繩墨，祇恐旁觀血指紅。

用四明劉聘君古風四韻賦唐律

錯落珠璣滿袖傾，百年初見媿生平。人從伊傅平頭數，句似陰何徹骨清。惠我善隣天有意，惜君横道世無情。曲終狗尾那能續，欲附曹劉萬古名。

章泉趙昌父頻數寄詩再次韻一首

斗南獨立章泉老，四海神交可得親。適意不忘新進客，作詩時託遠來人。報無瓊玖衰緣病，保此珠璣富不貧。命駕已孤千里志，掛冠今欲致為臣。

譚仁季以二詩見貽走筆次韻

風聲久想杜陵珂，坐對忘年可爛柯。但覺清談揮玉柄，也知文律敵金科。螳螂欲振難當轍，鼴鼠終微漫飲河。從此巽堂風月好，滿腔茅塞半消磨。

詩才清不羡滄浪，曾向歐曾接瓣香。萬里相逢書遜志，百年幾見易含章。君温有脚開春盎，我暗無心得夜光。可奈文場催戰急，陣雲飛動正堂堂。

次韻清卿用使君鹿鳴韻見貽

甲戌家聲僅有傳，等閒膏澤下雲天。苦無事業榮宗黨，强把忠勤了歲年。往事紛紜幾折角，後來奔軼要加鞭。得時自古無淹速，却與亨塗作壽仙。

送友人

藥裹包回碾臼聲，得閒消息病先輕。謂予不信看舟楫，之死無他况利名。積雨晴邊花蒂耐，好風吹外葉聲平。只愁岸送檣留後，却憶湘南老友生。

冬至伊邇滯留桂陽有感

如此生涯任轉蓬，幾年漂泊羡歸鴻。凄凉落日荒山外，黯澹愁雲暮靄中。叢菊乍殘秋色遠，嶺梅將放雪光融。枯腸索盡渾無事，詩句粗成付碧筒。

憶歸口號

壯年粱父粗成吟，亦謂逢時可盡心。過了許多空日月，得來輕棄舊山林。平生簡册心猶壯，晚歲規模力不任。何事一來何事去，去來端的要知音。

初無警策驟驚人，亦不嬋娟巧進身。每向經筵持正論，願於國脈奬忠臣。昔從新政趨嚴召，今為衰年避要津。陛下果能行古道，雖閒猶是太平民。

漫説湖莊水與山，不因松菊便求閒。月中休沐纔三日，殿外經從僅百間。但有心期思報主，苦無脚力强趨班。得歸便欲疎賓客，本意劉伶不閉關。

春　至

閏後陽和欒不禁，還將動静印天心。借留臘意梅藏玉，指點春容柳轉金。冗奪漸疏詩領略，情鍾須索酒追尋。玉京山色郢亭水，自與絲桐作賞音。

謝朱鶴皋招飲

里巷浮沉適自由，江城久住似菟裘。廣文活計貧無那，好客情懷挽不留。滿院竹風吹酒面，兩株榴火發詩愁。料應此外無佳致，人物相看總上游。

旬休日遣懷招陳德温飲

擁鼻南窗對晚陰，自憐終日坐蕭森。相如未遂題橋志，工部虚勞戀闕心。儘辦赤心遭白眼，聊將綵服照青衿。東隣況有陳驚座，時得花前一盍簪。

謝羅醴陵宏材樂府見寄

自別湘中首屢迴，漏傳春信一枝梅。固知我老何須此，不與時同亦壯哉。百里去思民父母，三年歸作國臺萊。更將餘力哦新調，三百篇中著意來。

雲隱李季可挽詩二首

雲卷雲舒好静觀，謂宜隱者似無端。誰知天上為霖用，竟作人間出岫看。萬里功名當進步，諸昆時節合彈冠。只因自得無心趣，三度歸來現宰官。

當年棋酒漫追攀，幕府承平白晝閒。帥事却來兵革後，官身唯冗簿書間。壯懷日者論交舊，末路天乎與壽慳。風急浪高雲黯淡，訃書新到落星灣。

魏總幹嘉父以果齋求詩爲賦二章

請言山下出泉蒙，蒙養從來有聖功。三德知仁非好勇，六爻險止要時中。申棖有慾剛安在，曾子無仁毅不洪。以果名齋兼衆德，力行方見古人風。

偶向齋名見一斑，其中蓄德尚多端。講明自有安心要，出處還須中節看。持以贈君成我拙，歸而求此有兄難。當年射策封章意，暴虎如由膽亦寒。

遣吏約同官弈棋議事知有蘇山之游不果來晚使君載酒見過遂賦此詩

索居誰復共前籌，坐想蘇山最上頭。並轡水兼天共遠，孤吟棋與酒皆愁。孰令客裏擠排老，不分軍前斷送秋。却有鄰翁驚笑語，夜來尊俎對賢侯。

使君黄秘書上印有期聞嚴召已得好語賦唐律送之

五十萊衣宦海榮，每將忠讜報平生。暫分竹去寬宵旰，又賜環歸近聖明。人物渺然須引類，東南竭矣願休兵。功名自重囊中物，感悟從來看積誠。

上湖廣總領趙郎中

總角為兒百未更，已陪先進識英名。慣聞似覺雄風近，因問從知看日明。千里未迎天子詔，一同先説長官清。吏師況有桐川舊，敢向題輿問去程。

春風溢浦駐行軒，獨許愚儒夜叩闇。六路方迎新遣使，五年猶念舊登門。薄緣未許南樓分，歸夢唯驚丙夜魂。幸自秋江好天色，一帆風月際真源。

豈無山水憚登臨，未話平生語欲清。得馬經營今搏手，傷弓憂患幾驚心。所思未覺荆山遠，欲往寧辭沔水深。山水有情絃未絶，請從千里抱鳴琴。

次韻趙俞宣德石博山香臺

水骨苔痕洞穴開，龍騰波湧碧崔嵬。煙雲静向林中起，風雨飛從海上來。江外廬峰傾瀑布，日邊鼇頂對蓬萊。幾經兵火今猶在，拂拭還看貯劫灰。

以上《昌谷集》卷二

全宋詩卷二七三二

曹彦約三

送趙侍郎被召

大纛高牙古帥垣，甘泉人物帝王孫。文如賀白尤寒素，政似龔黄更本原。歲課未書先報政，詔封頻趣定調元。欲知惠愛今多少，水滿長川月滿村。

祇為分憂輟近臣，不應持久費經綸。暫來制閫無多日，歸去朝天及早春。紅旆緑油生羽翼，落霞秋水動精神。行行但説長安近，辜負攀留幾許人。

憶昨東來護印章，又從此去餞朝裝。辛勤行李知身老，幸會依蓮到骨香。五十功名猶落寞，百千懷抱轉荒唐。而今親見為霖雨，野草幽花特地芳。

薛侍郎移鎮合肥被命入覲賦唐律詩二章

經濟蜚聲數十年，只今韞櫝固依然。老於思慮惟憂國，好在功名更守邊。人望鼎來須易地，春風早去便朝天。漢家老將輝千古，只有留屯服罕幵。

平生惟仰薛居州，病渴尋梅正所求。風送有時參畫鷁，幕開無路到青油。百年萬事常交臂，一代數人今白頭。帷幄得賢如此好，貂蟬元不在兜鍪。

送胡倅辟書不遂復到選部

便飽蒲帆縱木蘭，王陽時節好彈冠。官身臺歷星遲速，世路天香篆屈盤。人去邊頭三策在，春回天上五谿寒。歸飛未戢青冥翅，却與朝廷作羽翰。

禱雨陽山

暮投突兀浄為坊，早踏崎嶇翠作岡。露氣失凉風帶暑，嵐陰欺曉日韜光。不憂時事禽空語，可怪凶年草更芳。欲問行人祈禱意，日來鉦鼓漸淒凉。所以登山不憚煩，為藏雲氣達泉源。多峰豈炫千巖秀，一綫纔通萬壑奔。其在茲乎須出岫，此時何不早翻盆。名高已到巖瞻地，只有為霖可養尊。

課花木

旋飾芳菲真草萊，强加澣祓敵塵埃。春將紫翠籠丹桂，晚覺蒼黄植緑槐。鼻觀已通蜂蝶鬧，酒盃頻到燕鶯猜。官居未勝閒居樂，乞得三年野興來。

序齋丁主簿挽章

詩禮彬彬到古風，月橋人物序齋中。鄭公宅畔鄉仍在，馬氏臺前帳已空。萬事可堪評夜旦，九泉終不蓋英雄。只今家學方如此，猶喜先生易未東。

一碧萬頃堂

乞得湖光萬頃多，傍招九疊更嵯峨。百年未死須閒在，一日不來如景何。意遠已知貪雪月，身安猶欲鎮風波。只愁頑似雲間石，更有何人為琢磨。

寶泰寺讀曾鴻父侍郎留題有感次韻作侍郎挽歌

斯人千古閟音塵，絶妙肝腸好受辛。四袠升沉懸日月，百年修短誤君親。天邊尚記絲綸手，地上今無磊砢人。對此感懷非為此，贖之空擬百其身。

陪總卿戎帥登高因至郊外

萬木陰陰覆女蘿，一川佳處寶峰多。因晴領客催萸菊，恐雨妨農訪麥禾。付我江山須領略，可人時節易蹉跎。心閒更了官中事，未必秋風奈老何。

海　棠

彼美花兮宜晚春，柔姿淑艷是何人。十分國色粧須淡，數點臙脂畫未匀。帶雨容開渾是恨，出牆頭望恰如真。幾時謫下蓬萊島，霞染仙衣痕尚新。一度相逢一度春，不知名姓是何人。十分國色粧須淡，數點臙脂畫未匀。好把東皇為上客，便堪宋玉作西鄰。臨邛道士今何在，説與唐宗是太真。

九江郡齋分韻送魏六兄好文遊鄂渚得陽字

倦客尋閒誤入忙，飄然上水擊潯陽。鈴齋有伴期三友，玉德何人似六郎。千里江山時聚散，滿城風月夜凄凉。西風隱作中秋會，莫戀南樓醉武昌。

送蓬丘山人張以道歸吉州

山人曾著宰官衫，了事還為馬口銜。别我三年無瞬息，思君一節尚巉巖。人生契合常如此，吾道年來見大凡。雨後只愁風力健，江空無計款歸帆。

代送禮部楊侍郎帥江陵《永樂大典》卷一五一三八下有輔字

鼎鼐真才筆橐聲，清朝人物獨先生。從來馬老荆州望，可但元公禮部名。謀帥直須醫國手，轂賢何以慰人情。送春又數春回處，忍更堂堂背我行。

慈恩一集成三紀，朝路相從不半年。託蔭身如松下草，願交身已社中蓮。一時事體公輕重，到處參辰我後先。折贈不須門外原作上，據《永樂大典》改柳，病懷落寞正如綿。

弈棋戲作

人皆託物滌塵襟，我亦於棋了寸陰。散誕不知身老大，從容聊與世浮沉。諸君誤作機關說，老子初無勝負心。收拾定應全局在，清風明月照書林。

次韻長沙鄭監廟公選

先生清德徹寒泉，應俗周旋更折旋。游宦向來徒溷耳，盛名今得孰多焉。詩嚴尚作蜂腰格，志大寧憂馬腹鞭。却似周公勤小物，亂揮珠玉擲忘年。

已廢詩壇罷酒兵，更無餘力敵分陰。兩章句好驚霏屑，千里神交信斷金。如弈棋然隨手著，效顰眉亦撚鬚吟。不圖病客甘投老，敢與詩人作賞音。

喜晴

捷書遲報已驚神，不分龍公巧障人。傾倒從頭慳溜雨，破除當面艷陽春。有園未賞陰連屋，無地言歸水拍津。報道纖埃歸洞壑，本來山色任横陳。

醉入機緘喜不勝，幾多風雨一番晴。掃除氛祲乾坤大，拂試光輝日月明。萬計官逋紓吏責，十分燈夕看人情。熙熙不但春臺樂，從此東南説建平。

春雪初霽

已通消息變垂楊，又忍須臾困海棠。雪意疎時風自惡，雲根好處日争光。威嚴冷到漢三輔，艷冶春歸唐六郎。四者欲并從古少，便將樽酒問羣芳。

雨中同官遊野園

忙了三年乍得閒，便乘風雨看溪山。可憐過眼事多少，都不關心春往還。老至但驚霜上鬢，興來聊復酒開顔。如今便作遊人唤，更欲徜徉紫翠間。

諸丈和野園之詩乃復次韻

驤首彌年閉六關，倦飛今日徧千山。也知心醉非從事，頓覺身輕有大還。酒債人生頻檢點，宦情山色正孱顔。不須作惡悲兒女，更放羇人到席間。

陪李監税飲劉園

剩栽花木鬧低牆，滿刻詩文榜畫堂。郁李齊開枝尚弱，牡丹垂謝蕊猶香。書生野趣人間少，遊子佳時客裏忙。準擬燈前兒女問，得君全不負春光。

重陽湖莊無菊走筆招趙季清黄一之登高

摇落江村菊就荒，苦無節物報重陽。病來欲廢傳盃舊，老去唯思著帽强。已變楓丹秋盡力，僅存萸紫晚添香。登高有景那能賦，唤取騷人趙與黄。

次韻黄一之

蕪盡田園學亦荒，衰年無復夢張陽。起予節裏心期合，及此年時脚力强。萬古推遷陵谷變，幾人登覽姓名香。欲追奔逸慚駑蹇，始信人間有乘黄。

九日遣興

散誕平生百不憂，未應摇落學悲秋。儻來節物知寒暖，泛應賓朋任去留。落帽粗豪非宿好，插花姿媚怯英游。不如只把茱萸看，免歎尊前歲月流。

次韻隆慶楊使君送别之章

傾蓋星橋憶去年，官聯預説使君賢。别來風送空中月，此去雲開劍裏天。治效龔黄方側耳，交情嵇吕好差肩。相逢便作陽關曲，數日銷魂正黯然。

細讀君詩字字新，巧將鹽豉入羹蒓。也知世路催行客，更遣工歌勞使臣。千里身心空晤對，五經懷抱想紛綸。他年宛水昭亭外，把玩猶能絶點塵。

春同伯中之櫟田

涖卜他年正首丘，尚乘風日逐英游。平分正月春猶淺，斷送元宵冷未休。藕斷山鍾黄蘗外，枝分水轉石榴頭。卷簾隱几俱為樂，付與涪翁悶得不。

東菴新闢雲棧

步出東門葦不航，以雲名棧正相當。地臨空闊天成險，水到回旋石作梁。萬頃波濤一丘壑，百年官吏幾循良。古來勿翦甘棠意，此地風流未可量。

送趙安卿召除考功

秉節歸來乍賜環，握蘭高處自催班。身趨地禁嚴凝上，名在湘清欵乃間。萬竈艱難寬國步，一星咫尺近天顔。席前若問長沙事，只有深仁滲百蠻。

五老重湖一腐儒，强令隨牒應時須。杜陵身世霜前鬢，陶令田園雨後蕪。梅菊滿懷憂歲晚，松楸關念怯春濡。知音自是調元手，乞與還山護命符。

次知縣花名詩韻

天不長春又入冬，可能含笑拒霜風。凌霄器《永樂大典》卷五八三九作氣宇隨時見，茉莉生涯到處窮。但可憐花成後約，莫將荳蔻掩前功。人生且進薔微露，滴滴金錢總是空。

晚登縣陴

樓櫓寬閒事力勞，新來人物舊蓬蒿。占留古意梅根老，壓斷寒聲檞木高。地迥山川含鼓角，夜明星斗助弓刀。當時愛得蓮無恙，一段清流繞屋敖。

廖子晦以通書及龜山道鄉晦庵帖見惠

文公垂憲墨淋浪，鼎立龜山更道鄉。家有一焉猶冠絶，寶兹三者見珍藏。來從疊嶂層巒裏，置在光風霽月傍。收拾兵戎無一物，滿船空載有歸裝。

雨行宿高岡人家戲成口號

過了一坡更一坡，中間田道水成渦。雨來更驟擔肩重，泥滑不休行步多。奈老杉松猶偃蹇，趨時桃李暫蹉跎。炊煙戀屋不肯出，夜宿人家燒薜蘿。

靜坐對茶花偶作

菊後梅前冷落時，剪檀雕蠟酪為肌。人從老處親平淡，花向無中補闕虧。地暖不憂春近遠，窗空惟映月參差。病夫久廢盧仝椀，鼻觀從容聖得知。

次韻晦父喜雨詩

何處鳴鳩只好音，誰家孝婦有冤心。古來禋祀關仍叔，今日兵饑憶華歆。王制不堪乖用仂，春秋從此却書霖。君詩好似靈湫水，清絶無人測淺深。

同官約賦紅梅成五十六字

淡中著色似狂顛，心與梅同迹不然。奪我焉支寧免俗，豈無膏沐獨争先。辨桃認杏何人拙，壓雪欺霜政自妍。只恐東君招不得，好修猶在竹籬邊。

落星寺

好風好雨舊關情，落在江心不强名。地盡匡廬猶變現，水連彭蠡略峥嶸。金山但設魚龍險，灩澦空聞象馬驚。争似清暉樓上好，重湖九疊互分明。

送子通司法之官括蒼

議禮蠲租兩有聲，老坡元不計身榮。為民受屈今誰似，有子能傳近得名。此去掾曹無暖席，是中科律定持衡。公餘更欲翻經籍，古道時才孰重輕。

答趙守見貽之韻

已報新題下紫泥，尚留佳識築新隄。一心國事忉忉在，萬口民歌剪剪齊。惜去轍須田父卧，催歸詔有内臣賫。舍人若問朝天日，割盡黄雲水滿犁。

送趙户侍出守鎮江

都人車馬鬧城闉，似惜民曹更牧民。到處忠勤無粉飾，入朝言語有經綸。只今次輔須賢帥，自古維城必懿親。報政不須三五月，姓名端的記嚴宸。

和三十郎蠟梅韻

官黄新賜極恩榮，花不同梅與共名。頗謂寒中宜作伴，想因開早更為兄。世間何物疑真蠟，海上新來染碎瓊。體得自香天分好，金塗銅砌却峥嶸。

久雨歎

誰為戎首起邊功，萬里生靈一擲中。天為憂之連作雨，人無識者驟歌風。所期闢地今城守，不善因糧却火攻。古道君師意深遠，改絃端的奏膚公。

秋分後十日得暴雨

負固驕陽不忍回，執迷凉意誤驚猜。傾盆雨勢疑飛瀑，揭地風聲敵迅雷。階下决明添意氣，庭前甘菊牖胚胎。可憐歲事今如此，麥壠蔬畦尚可培。

豫章賀丁漕建臺宴口號

車馬盈門撥不開，綵衣新著繡衣來。壯懷風月歸英簜，滿意江山入酒盃。便覺陽和通嶰竹，已知春信到官梅。西江豈是留人處，築得沙堤唤得回。

晚 梅

去年浮月動微薰，隕籜憂寒正雜羣。今日得春張萬玉，采繁迎煖尚從軍。花時十月連正月，歲事三分占一分。酒煮和羹還好在，預除蕪穢莫紛紛。

湖莊謝客

漸撤疎籬短作垣，與春期約老田園。晴多易得花開早，地迴難藏鳥語喧。我欲偷安頻謝客，人誰見許數敲門。定知桃李平生誤，下已成蹊漫不言。

朔日迎客之章諸賢多有和者使君再賦仍次韻以謝

霜清石出水分流，邂逅騷人得志秋。落日斷霞增逸氣，小窗低户媿英游。苦無酒量能陪飲，只有詩盟可避愁。此地何哉添此瑞，建章新識九牙騶。

飄飄臺

清風怒折腰，斷送斜川歸。吾今已歸了，無用頻吹衣。

經丘臺

尋壑初不憚，經丘亦忘疲。人見崎嶇處，不知心坦夷。

祁門道中即事

識面山川尚可尋，跳丸日月更相侵。語音改道家山近，行色不知春事深。

社雨初晴舊燕歸，春膏潛動小鮮肥。桃花未必隨人去，飛向行人行處飛。

餅餌商量全孕麥，衣裳消息半芽桑。山堂草色夢魂遠，官路柳絲心緒長。

為愛幽鄉度遠村，支頤竚立愛山礬。栗留尚惜輕求友，反舌紛紛亦巧言。

修竹圍牆草護階，賞花庭院已安排。洛陽忠孝家何在，不貢姚黄更緬懷。

嶂疊巒層巧送青，一溪幽處小園亭。誰能换得王維手，洗我塵埃作畫屏。

絃誦琅琅兩岸聞，此風尤足張吾軍。兒童相顧驚相問，莫是當年舊主人。

山木陰陰繫晚牛，水田漠漠任春鷗。長歌大笑却歸去，長在農家今白頭。

半淪溪谷半山岡，地狹民多盡蓋藏。争道去年小豐稔，至今租米正輸王。

古來遺逸野人家，石磴崎嶇閣道斜。犬吠人行都不問，杉籬空掩刺桐花。

夜坐

道人心事略幽閒，落在星流羽檄間。吏退燈明書到眼，袖爐烘煖鷓鴣斑。

偶成

曩疑先賢嗇于言，何不明明細細傳。今省《永樂大典》卷八九六作醒從前都錯認，更加詳後即紛然。

夫子文章不用為，從心到口《永樂大典》作口到没參差。咄哉韓子休汙我，却道詩葩與易奇。

雪月風花總不知，雕奇鏤巧學支離。四時多少閒光景，無箇閒人領略伊。

勿學唐人李杜癡，作詩須作古人詩。世傳李杜文章伯，問著關雎恐不知。

詩癡正自不煩攻，只為英才輒墮中。今日已成風俗後，後生箇箇入樊籠。

儒風一變至于道，此是堯夫未識儒。除却儒風如更有，將驢騎了復尋驢。

當敬不敬謂之悖，當正不正謂之諛。是中適莫俱難著，意態微生已覺疏。

桃紅柳緑簇春華，燕語鶯啼盡日嘉。《永樂大典》作佳誰信聲聲沂水詠，又知處處杏壇家。

可惜有生都袞袞，如何終日只紛紛。滿前妙景無人識，到處清音獨我聞。

我吟詩處鶯啼處，我起行時蝶舞時。踏著此機何所似，陶然如醉又如癡。

此道元來即是心，人人抛却去求深。不知求却翻成外，若是吾心底用尋。
誰省吾心即是仁，荷他先哲為人深。分明説了猶疑在，更問如何是本心。
若問如何是此心，能思能索又能尋。汝心底用他人説，只是尋常用底心。
此心用處没蹤由，擬待思量是討愁。但只事親兼事長，只如此去莫回頭。
可笑禪流錯用心，或思或罷兩追尋。窮年費煞精神後，陷入泥塗輾《永樂大典》作轉轉深。
心裏虚明象《永樂大典》作着太空，乾坤日月總包籠。從來箇片閒田地，難定西南與北東。
莫將愛敬復雕鐫，一片真純得自全。待得將心去鈎索，旋栽荆棘向芝田。
忽認胸中一團氣，一團氣裏空無地。既空無地更何義，此無廣狹無一二。
惡習起時能自訟，誰知此是天然勇。多少禪流妄詆訶，不知此勇元不《永樂大典》作不元動。
回心三月不違仁，已後元曾小失真。一片雲花輕着水，冥冥不復省漓醇。
有心切勿去鈎玄，鈎得玄來在外邊。何似罷休依本分，孝慈忠信乃天然。

伯量同一弟欲見訪湖莊以詩告至褒拂過情輒次其韻

清江一曲界《永樂大典》卷八九六作分問關，倚作琴聲上下灘。自注：琴曲《清江引》有上灘、下灘聲。鵲報主人知有喜，惠然金玉總稱難。
笑殺商山綺與園，幾年煩原作頓，據《永樂大典》改使護風寒。只今勳業纔如此，孤負衰顔鏡裏看。
年來奪錦馬羣空，而况君家有八龍。傳與鄉人經濟策，問焉何惜少春容。

水仙

曹彦約三

盈盈蝶粉襯蜂黄，水國仙人内樣粧。同在寒梅應媿死，枯枝猶説傲冰霜。

韓耕道次八絶句韻見寄因和答之

立説招携與殪戎，兩端蠻觸互論功。古來帝力通南北，山過焉支嶺度葱。
逢危無策媿時才，懷抱何曾得好開。衮衮捷書來不斷，活人基本要深培。
羽檄交馳駭電奔，詔書頻下想天恩。舊時懶惰如魔去，祇有書生習尚存。
營壘家家説望夫，將軍志遠在余吾。從來萬甲千金費，曾有因糧事也無。
我句拙於貧女粧，尊前呰庋敢承當。何人錯比羅敷豔，枉賦詩人陌上桑。
特特新詩滿意來，中間華藻任鋪排。不知養拙干戈裏，但覺愁端變好懷。
孤負靈蓍續短蓬，寵光枯栟附春蘩。他年賈至岑參句，得入詩編託杜公。
昌黎世有簡編孫，鄴下常傳慷慨言。憶得此公端的健，但將忠力復名門。

湖莊雜詩

雨後人家菜麥香，旋渦流水亂横塘。青春未有闌珊意，付與游人自此忙。
家家有分鬥桃李，歲歲相親舊燕鶯。老子今年風味惡，稻針麻甲尚關情。

横舟弟相别年餘阻一江之水彼此皆病未有可會之日向得一兩詩多悼亡感慨不忍和答今乃粲然盈册老眼增明適兹喜雨取登樓喜雨之作先次韻三章不能多也

好詩好雨適相逢，抖盡襟懷要折衝。自古天人無間斷，寧因水旱輟良農。

阻饑傳播骨先寒，愁把臺評子細看。賴有重霉三日雨，向來枯涸已瀰漫。
我有鴿原或尼之，一江横絶謾漣漪。幸哉未隔池塘夢，鼎臠初嘗豹一窺。

三絶句賦和靖梅

落在西湖有歲年，不因和靖獨争妍。誰知道盡香和影，萬古新詩不在編。
人如和靖清難比，花似寒梅秀可餐。却問荔支何所似，江瑶初雪水晶盤。
觀蒔芬芳也自奇，漢壺貯水最相宜。只應卧我明窗下，不似湖邊縱鶴時。

毛希元提幹有廬山癖既卜築居之又作卧龍樓與玉京道院一時諸老皆爲賦詩矣知賤子非所長而亦令賦何也作三絶句資一笑

錦繡裁成九疊山，山山佳處水縈環。無心但有雲來往，看得高人取次閒。
卧龍消息合為霖，别派先通一綫心。若向祁山聽響震，定知梁父不須吟。
玉京仙境發山謡，未把芙蓉意已消。此處尚堪詩興在，當年行樂亦云聊。自注：太白之言九疊，總廬山之名耳。今人專指山中數培塿以名九疊，不合古意。希元經始卧龍，得一綫之泉于石間，冬夏不竭。玉京以山得名，希元意不為永業，以道院目之。其山一名玉京，一名上京，淵明所謂疇昔家上京，太白手把芙蓉朝玉京，皆是山也。庚辰十月乙酉，書于湖莊所性堂。

望廬山

暮年秋色戀江鄉，酒熟魚肥蟹著黄。已見廬山非入夢，一帆風穩稱歸航。

游惠山觀第二泉

僧人顔似松杉老，齋飯味知泉石多。我不能茶有風冷，愛山成癖欠消磨。

自逢陸老問君名，又見蘇公記此行。從此却歸廬阜去，豈無聲寄谷簾兄。

蜀海棠

西蜀佳人巧欲言，紅酣猶帶醉時魂。子規叫斷黄昏後，却憶鄉情染露痕。

餘干史子固本知縣趨朝便舟見訪以四絶句叙舊次其韻

再拜新篇極主臣，詠真何必更尋真。論心十八年前事，詩律交情更可人。

虎榜初傳淡墨名，饒山何重泰山輕。日邊未得春風力，江右惟高月旦評。

仕已都無喜愠三，有弦不解但操南。歸來穩上論思直，政爾民情已熟諳。

豈無魚鴈懶傳書，枯枿春風不用噓。只有簡編遮眼在，馬牛猶得遠襟裾。

迎春花

錦作薰籠越樣新，迎春猶及送還春。花時色與香如此，花後娟娟更可人。

睡入華胥日未曛，博山何在寶香聞。覺來但有南窗静，葉瘦花肥醉錦薰。

奉陪黄帥機訪問元夕戰場歸塗見人家園池花木相與歎息既帥機書前所作八詩示滕審言不及予也枕上不能記韻倣唐人和詩體自賦八絶句因以寓意

照人精采駐元戎，與我驅馳録近功。想見玉簫聲遠夜，亂芟篁竹剗春葱。

新來鈇鉞授當才，嶽下浮雲日日開。易得成功難更好，鼎和諸將熟栽培。

謾捐儋耳非長策，便戮先零亦少恩。整了六師須禁暴，本朝元氣要長存。

深居處女静無粧，脱兎飛時勢莫當。已捷不須三舍避，便將戰處入耕桑。自注：聞許統領獲捷，欲退師安仁。

争先報國恥非夫，過後論功失故吾。志士斗量賢士少，赤松遊處智名無。

並轡遊人任往來，透牆春色已安排。花時却記梅前事，秀水如何不永懷。

憂世愁腸轉斷蓬，趨時好色上芳蘩。古來只有春平直，披拂年來也不公。

為渠著姓黃山谷，結友齊名杜審言。領略殘膏沾丐我，彊書酬唱入坡門。

催花

催花徑裏日千回，祇恐催開落又催。老性只宜風雨後，綠陰青子款相陪。

道傍得熟人家

舊雨留煙飾短垣，淺沙催水撼衡門。旗帘動眼新迎客，䆉稏關心故弄孫。

縣郭新居人家

苟簡誅茅勝野盤，託身城郭愛平安。五更人語驚雞犬，壁漏簷疎共一寒。

荷花

寫遍階頭萬葉紅，不成無味只書空。絳綃剥盡紅酥凸，給與煩襟作冷風。

漢陰縣驛有連理山茶舊嘗遠送上官擾及百姓根條槎牙鄰於戕賊乾道初有使者沮其事今婆娑蓊蔚爲一邑壯觀因見何令壁間所書賦二十八字

逞艷呈祥祇自殲，何人攫取更趨炎。只將勿剪看君子，愛物安民處己廉。

謝朱鶴皋招飲四詩

過雨桃花墜晚紅，及時庭草翠翻風。倚窗細究天人理，六籍元無一字空。

東皇無意染青紅，長養猶資五日風。收拾英華入新句，祥雲藹藹媚春空。

石火能留幾許紅，人生南北馬牛風。春光倒指無多日，相遇休辭酒盞空。

六年奔走汗顔紅，此日行吟兩袖風。俗慮湔磨有詩册，净看明月照長空。以上《昌谷集》卷三

偶作四庫輯本改題作偶成，一首入卷一五言古詩，餘入卷三七言絶句，漏收此二首

此天然處不亦妙，費盡思量却不到。有時父召急趨前，不覺不知造淵奥。此時合勒承認狀，從古癡頑何不曉。

太極奚河圖，河圖非太極。矧復贅無極，哀哉何太息。何不觀古聖，一一已默識。□湖為作圖，交攪而曲屈。是孰知五行，五行皆妙質。不可離合論，渾渾體自一。安得孔子生，邪説俱蕩滌。哀哉復哀哉，太息復太息。《永樂大典》卷八九九六引《昌谷集》

朝梳怨一名折花曲

朝梳九疊雲，到暮不成雨。一日變千絲，只作愁機杼。愁至雲成幕，小雨和絲落。愁去臉成霞，雨霽庭下花。折花愁雨濕，護惜鮫綃立。蜂蝶愛花紅，花心應未同。同上書卷二四〇七

酬楊伯洪

楊伯洪夙有經濟心，捧蜀餉之檄，議經費於光範。其行甚勇，便道不鄙，尚能訪死生於湖莊。袖出古體詩八章。格高不可及，又見示總郎諸丈所作送行篇，意可見也。託臭味不薄，不敢以不能為解，勉賦五十六字以見鄙誠，可資一笑。嘉定癸未春分後一日。

扁舟下峽七經年，猶憶西民困備邊。已病一夫空有議，誤謀元帥本非賢。公朝慮蜀天常近，之子憂時火未然。遇合却留經濟用，此行應不媿登仙。同上書卷二〇八五〇

（楊海峥整理）

全宋詩卷三一七三三

危稹

危稹，原名科，字逢吉，號巽齋，又號驪塘，撫州臨川（今屬江西）人。孝宗淳熙十四年（一一八七）進士，調南康教授。移臨安府教授，入爲武學諭，改太學録。寧宗嘉定九年（一二一六）建宗子學，充宗學博士。累遷著作郎兼屯田郎官。因撰詩送柴中行去國，忤宰相，出知潮州。移知漳州，請老，提舉崇禧觀。卒年七十四。有《巽齋集》等，已佚。今存《巽齋小集》一卷。《宋史》卷四一五有傳。

危稹詩，以汲古閣影鈔《南宋六十家小集》本爲底本。校以顧氏讀畫齋刊《南宋群賢小集》本（簡稱群賢集）。新輯集外詩附於卷末。

借詩話於應祥弟有不許點抹之約作詩戲之

我有讀書癖，每喜以筆界。抹黄飾句眼，施朱表事派。此手定權衡，衆理析畎澮。歷歷燦可觀，開卷如畫繪。知君篤友于，因從借詩話。過手有約言，不許一筆壞。自語落我耳，便覺意生械。明朝試静觀，議論頗澎湃。讀到會意處，時時欲犯戒。將舉手復止，火側禁搔疥。技癢無所施，悶懷時一噫。只可捲還君，如此讀不快。千駟容可輕，君抱亦少隘。昨問雞林人，尚有此編賣。典衣須一收，吾炙當痛嘬。

上隆興趙帥

買宅須買千萬鄰，季雅喜得王僧珍。買山百萬復誰與，襄陽節度真主人。我生兀兀鑽蠹簡，不肯低頭植資産。綴名虎榜二十年，依舊酸寒廣文飯。緑鬢半作星星華，豈堪風雨猶無家。大鵬小鷃各自適，只有鴻鴈長汀沙。弟昆團欒雖足樂，老屋蕭條不堪著。玉堂便是無骨相，也合專儂一丘壑。近來卜築窮冥搜，十里而近依松楸。驪龍塘上鄧家丘，半山老人所釣遊。半山天下文章伯，鄧家聲名亦輝赫。斷碑猶在古牆陰，好句曾經寫山色。買鄰得此天所予，獨欠山資無覓處。平生駡錢作阿堵，倉卒呼渠寧肯顧。君侯地位高入雲，筆所到處皆成春。萬間廣厦芘許遠，豈無一室棲貧身。王鄧故處為鄰曲，更得趙侯錢買屋。便哦詩句謝山神，飲水也勝樽酒緑。

鶴

楚楚雪衣明，煙霞徑裏行。不管陶令野，有節伯夷清。一見消塵慮，相親長道情。秋風着梧葉，時作九臯聲。

王架閣夙有棋癖嘗於和篇中譏其不工架閣頗諱惡其説復次韵戲之

劉伶耽於酒，淵明玩於菊。君乃癖於文，愛棋尤更篤。文高新掌故，棋只前祕讀。我昨却萊兵，書法謹夾谷。不知君諱之，護名如護玉。趾鼓趙王瑟，欲舉漸離筑。明發疾呼予，開枰數反覆。盛氣欲吞敵，厲響亦驚俗。失利頳湊頰，得雋喜填腹。勢固健於常，手原作年，據群賢集改終弱於僕。君名高天下，此特一不足。小負毋重争，旁觀有静矚。大明昧於小，月固不勝燭。切勿罪劉五，此筆兢群賢集作競所録。自注：時涂任伯亦頗短架閣之棋，而和篇言不工者實予也。架閣乃歸罪於任伯。

題楊妃牙痛圖

痛入香䰀是群賢集作楚不禁，三郎心痛亦何深。當時更有唇亡處，自是君王不動心。

挽同年胡司門

期集盟惟舊，交承契更深。雨聲春共酌，燈影夜同吟。接武方堯殿，招魂遽楚音。尤憐哭君日，來納惜群賢集作昔時金。

藕花中未開之荷穿葉而出

風清宴瑶池，正擁萬姬醉。忽有青衫人，穿仗獻封事。

春日有感三首封彌院中作

春入長安百萬家，湖邊無日不香車。一株柳色吾無分，看殺庭前薺菜花。

看書數葉眼花旋，推過熏爐去打眠。五十壓頭衰白盡，書無靈聖事茫然。

情知老却流鶯了，争奈狂如蛺蝶何。尚有紫薇紅藥在，佳人休唱怨春歌。

上雷漕

破裘芒履晚山前，手抱烏桐白玉絃。聞道知音在高處，一聲彈入紫微天。

經從豐城謁于房州于令侍姬歌舞進酒二首

蛾眉對歌舞凉伊，舞身還逐歌聲齊。捲花萬段忽進酒，鬬高蝴蝶飛來低。

更有佳人在空谷，能唱春風天上曲。何時得上金玉堂，一聲飛度龍吟竹。

送劉帥歸蜀後溪先生也

萬水朝東弱水西，先生歸去老峨眉。人間那得樓千尺，望得峨眉山見時。

贈書肆陳解元

巽齋幸自少人知，飯飽官閑睡轉宜。剛被旁人去饒舌，刺桐花下客求詩。
兀坐書林自切磋，閲人應似閲書多。未知買得君書去，不負君書人幾何。

題吴淑妃真子

海静江澄玉雪腮，何年和月下瑶臺。卷中不敢端詳看，曾得君王一笑來。

春日即事

麥風翻隴潑濃緑，花露滴枝粘老紅。小立樓頭檢春事，一絲暖日墜青蟲。

聞鶯

天上金衣侣，還能覝草萊。風流晉王謝，言語漢鄒枚。公等久安在，今從何處來。山禽正嘈雜，慰我日徘徊。

送孫行之出守衡陽

日日江頭送客行，況聞君去作專城。心存臣子無中外，士繫朝廷有重輕。諫疏滿懷催上道，中原萬事想關情。戎葵到底還傾日，側耳衡陽來鴈聲。

挽月湖二首

天胡奪我老先生，軒冕叢中玉雪清。英石數拳歸艇重，月湖千頃世緣輕。雲山買得無餘俸，句法流將不盡名。頭白賈生非不遇，所言向已略施行。

詔書屢趣入承明，黄閣前頭不肯登。苦欲歸休同野老，本來清浄是禪僧。苔生文塔今成古，影掛山房唤不儕。猶想經行泉石處，倚巖憔悴一枯藤。

送晁告院得南康

我是康廬舊冷官，夢魂今尚憶雲端。山將草色到天碧，泉帶松聲出谷寒。仙觀幾年留鶴隱，古潭有日起龍蟠。史君肯着詩料理，乞我蠻牋半幅看。

上趙總領 趙猶記向來未改之名

一見煩公道眼明，懸知徹底五湖清。豈期天上張公子，猶記當年劉更生。幾度夜深流水操，無人心認斷腸聲。平生不面却相識，黄鶴樓前今一鳴。

以上《巽齋小集》

接客篇

接客接客，高亦接，低亦接。大兒穩善會傳茶，小兒踉蹡能作揖。家人不用翦髻雲，我典唐書充饌設。唐書典了猶可贖，賓客不來門户俗。

郭公篇

郭公郭公，聞爾失國春秋時，何事到此猶悲啼。郭公前言亡國故，當時只緣臣子誤。百年社稷不得歸，而今家住柘岡西。滿目春風都是恨，聲聲説與齊侯知。國亡矣，君勉之。

婦　歎

記得蕭郎登第時，謂言即日鳳皇池。而今老等閒官職，日欠人錢夜欠詩。

以上宋劉克莊《後村詩話》後集卷一

牽牛花

青青柔蔓遶修篁，刷翠成花著處芳。應是折從河鼓手，天孫斜插鬢雲香。

宋陳思《兩宋名賢小集·巽齋小集》

送柴中行出守章貢

力為君王乞得州，補天未了石還收。人才自係國輕重，吾道亦關公去留。殿角纔辭槐影日，船頭便轉荻花秋。競誇祖帳都門外，誰識眉攢杜甫愁。宋魏慶之《詩人玉屑》卷一九

寄真西山

有美真夫子，平生心泰和。令名香宇宙，厚德福山河。有客湖湘至，談公政化多。莫侵霜鬢否，書至報如何。影印《詩淵》册一頁七二八

句

馬嵬路險失妃子，金谷樓高墮緑珠。落花　《後村詩話》後集卷一

梅以白為正，菊以黄為正。宋林洪《山家清供》卷下

（陳巧媚整理）

全宋詩卷二七三四

金朋説一

金朋説，字希傳，號碧巖，休寧（今屬安徽）人。曾從朱熹學。孝宗淳熙十四年（一一八七）進士。初爲教官，後於知鄱陽時值慶元黨禁，歸隱於碧巖山，時人比之陶潛。有《碧巖詩集》二卷，明萬歷間裔孫金袍曾刊刻。事見本集卷首宋范寬、明金大綬序。

金朋説詩，以清抄《碧巖詩集》（藏北京圖書館）爲底本，明顯舛誤酌作校正。

碧巖吟

蒼蒼巖上樹，夜氣積而然。念彼人之學，盈科為有源。

積學吟

莠除苗自長，醅化醴方醇。學至盎然後，眼前皆是春。

誠意吟

正心謹獨時，篤實惟精一。克念寸不欺，充然四端立。

正心吟

明誠道不離，知格無邪偽。中正着吾心，毋為私欲蔽。

自欺吟

揠苗昧所養，乞祭驕其妻。詭遇得禽者，寧無慙嬖奚。

讀書吟

讀書本衛道，何以道欺人。古害稱楊墨，而今害益深。

閑居吟

斗室安居廣，爐香樂性閑。不欺幽獨境，無愧兩儀間。

芸禾吟

芸禾雨苦連，草穢何能蠲。借問司農者，俱云不得天。

修身吟

克己工夫熟，磋磨日日新。形端儀表正，湯聖自盤銘。

齊家吟

齊家先正己，標準自吾身。動息從心裏，規模衛武箴。

省齋吟

修己師曾子，為人謀必忠。信誠交以道，傳習熟加工。

夏日山居

時當夏日臨，酷暑避無地。唯對碧巖山，清涼又安逸。

種豆吟

南畝種豆苗，苗稀草猶勝。農人費鋤耘，凶穢何不净。

種柳吟

種柳護吾廬，無妨隱者居。緑酬一樽酒，青映五車書。

賦歸吟

松菊存陶徑，弦歌絶武城。江東新發櫂，僮僕笑相迎。

冬雪吟

彤雲垂四野，六出舞漫天。却笑廣文鄭，嚴寒無坐氈。

種桃吟

分種玄都觀，移根出武陵。河陽花滿縣，曾歷避狂秦。

種梅吟

栽梅沿屋角，幽趣少人知。雪後月明夜，孤芳吐幾枝。

種松吟

人皆愛桃李，我愛種青松。桃李易凋謝，青松却耐寒。

種竹吟

種竹清無俗，虛心耐歲寒。凭窗風日爽，詩酒可盤桓。

種菊吟

衆卉競春妍，芬芳無彼此。霜寒摇落時，獨秀何如爾。

晨雞吟

司晨兼五德，曾伴宋宗窗。日攘能防慎，終當免鑊湯。

持敬齋吟

恭己時存養，敬以充四端。唯狂能克念，作聖抑何難。

止齋吟

知止於至善，修身止用誠。五倫止此定，明德日新民。

戒五荒

重色躭沉湎，娱音樂侈華。禽荒迷不返，未有不亡家。

以上《碧巖詩集》卷一

全宋詩卷二一七三五

金朋説二

春日吟

柳塘花塢矮垣牆，簾捲東風砌草芳。天理流行隨處見，盈虚伸縮可消詳。

游山吟

躡屐山行日看花，春前桃李屬誰家。千紅萬紫争妍媚，不似青松耐歲華。

春山吟

岧嶢嫩緑間妖紅，碧樹瓊花瀲灧中。一段天機猶織就，宜為宅畔錦屏風。

海棠吟

豔質妖娜放早春，誰教帝主溺初心。椒房一睡纔扶起，徹動漁陽鼙鼓聲。

牡丹吟

嬌姿豔質號花王，魏砌姚階羡紫黄。更有一株何處種，天然標格出扶桑。

芍藥吟

畫闌倚玉對偎紅，娜嬝翻階放艷穠。自笑主人無個事，年年携酒祝東風。

薔薇吟

塗朱抹粉吐芳馨，倚架依闌承露新。膩白妖紅誰不惜，樽前莫負插花吟。

茉莉吟

一種秋容淡素粧，西風吹破幾枝芳。瓊葩玉蕊金飆夜，疑是梅花入夢香。自注：此木本越裳氏之種也，予得之于臨安。入秋而香，雅淡可愛。齋頭植此，可以娛賓，而午夜風來，即主人獨得。

木槿花

夜合朝開秋露新，幽庭雅稱畫屏清。果然蠲得人間忿，何必當年寵太真。

木樨吟

月窟移來種異常，金英玉糝散天香。年年八月中秋節，賞盡詩翁酒幾缸。

菊花吟

金葩玉蘂破寒霜，北徑東籬艷吐芳。自惜彊腰翁去後，幾人能共對重陽。

梅花吟

傲雪含芳破五花，水村山郭傍詩家。本為金鼎調羹物，寥落山林老歲華。

山茶花

嚴寒瑞雪正飄飄，布滿乾坤似玉澆。獨見牆頭傾赤艷，鮮紅幾朵破瓊瑤。

蓮花吟

夐出漣漪不染泥，濃粧淡抹總相宜。六郎莫恃人憐惜，君子名稱更絶奇。

葵花吟

絳蕚纍纍承曉露，含英蘊質並朱雲。廟廊忠梗誰堪比，能展丹心向日傾。

賞桃吟

瑶池結實幾千春，曾種河陽花滿城。若問武陵先日事，相逢俱是避秦人。

賞李吟

雅綴瓊林伴召棠，梨花綜錯影琳瑯。慙無廊廟調羹味，莫惜區區棄路旁。

賞柳吟

舞翠垂絲夾小橋，春風庭院鳥聲嬌。自從靖節蕭踈後，復許誰人不折腰。

賞松吟

巖谷雖蕪松尚存，溪門僮僕伺朝昏。林泉清興真飄逸，月滿軒窗酒滿罇。

賞竹吟

放鶴空庭竹似賓，輕風晴日緑篩金。幽人寧使食無肉，不可軒墀少此君。

幽居吟

種竹為垣護草堂，面山臨水納幽芳。從容泉石無牽絆，不似從前志廟廊。原校：一本作何必拘拘戀廟廊

新秋即事

池塘高柳噪新蟬，庭館秋風初入弦。撫罷瑶琴金井畔，不堪梧葉落翩翩。

秋日書懷

夜合花開放曉晴，凉颸新爽小池亭。幽人雅稱林泉興，弄月吟風樂更清。

七夕吟

銀河東達鵲橋西，織女牛郎會晤時。纔得歡娱又離别，相逢擬待隔年期。

中秋夜偕朱表姪題月

晴空光溢玉盤鮮，銀漢斕斒斗柄旋。此夕共為攀桂問，姮娥着付與誰先。原按：此詩係公未第時作。朱即朱公申首，村人，亦有和詩。後公登丁未進士，朱登庚戌進士。

秋山吟

濃淡霜林入望中，天工施巧染秋容。秋容猶勝春光好，翠葉燒丹緑樹紅。

冬日憶友

寥落園林度小春，枝頭橙橘摘黄金。蟹螯樽俎新豐美，剪燭連宵憶故人。

冬日幽居

爐煨榾柮雪煎茶，松竹環居耐歲華。窗外玉梅疏弄影，助人詩興兩三花。

雪　山

聳翠摩蒼列畫圖，彤雲作雪滿天鋪。青山莫謂長無老，一夜飛瓊盡白顱。

詠朱默齋山茶花

誰掇孤根牆角栽，天然穠艷襯瑶臺。歲寒松柏如相問，一點丹紅雪裏開。

題吴表兄雪鶴山茶圖

飄然六出舞長空，四顧樓臺玉砌中。却被兩般來點破，鶴呈丹頂樹頭紅。

樂漁吟

桃花澗底頻垂釣，蓼子灘頭穩繫舟。取得魚來換美酒，清風明月興悠悠。

樂樵吟

木美牛山斤斧息，爛柯林下度長年。有時巖底問漁者，利害相論理豁然。

樂耕吟

黄鸝語後麥初熟，鴻雁來時稻正香。但獲新倉豐稔足，牀頭新釀酒盈缸。

樂牧吟

牛背日高方睡熟，横吹短笛不成腔。毛球打罷歸來晚，古木寒鴉又夕陽。

夏日幽居

小隱樓臺緑樹中，藕塘花豔散香風。綸巾羽扇薰風坐，逸興飄飄迴不同。

泰伯虞仲祠

闕牆兄弟不相容，尺布猶憐尚可縫。讓位介然如棄屣，盛哉至德厚無窮。

閔子騫

名稱大孝世之難，襖絮蘆花豈耐寒。寧使一身甘凍死，肯教三子受衣單。

漂母堂

惻隱殊無一念仁，誰能推食食王孫。紛紛天下奇男子，不及淮陰一婦人。

折檻吟

折檻當年世丈夫，上方誰肯借昆吾。雖然未克誅奸佞，萬古人臣可範模。

漢黨錮

坑士焚書已促秦，前途覆轍又因循。范滂一命何須惜，可歎顛危漢室傾。

諸葛武侯

南陽高卧隱人龍，出處躬耕莘野同。討賊祁山聲大義，至今史册播丹忠。

荀彧飲藥

管仲尊周昔相桓，當年文若附曹瞞。匡朝寧國言雖正，始比高光孰發端。

赤壁鏖兵

西北樓船烈焰中，周瑜于此破曹公。孫郎不是劉豚犬，百萬兵消一陣風。

司馬昭弑魏主

曹操師模司馬昭，鎔成成弑濟君刀。恢恢天網原無漏，報施何曾差一毫。

司馬温公帝魏

春秋大義經中史，司馬當年失董狐。昭烈本為炎漢後，何書僣國列於吴。

李密陳情表

烏鳥私情雖孝懇，諛人藐主豈忠誠。堂堂大漢天潢派，何必陳情以偽名。

建康懷古

石頭城下炬燒寒，司馬東來骨肉殘。可惜六朝花粉地，年年風雨草漫漫。

苻堅伐晋

南國山河不易圖，投鞭欲使斷江流。驕兵百萬填淝水，狼狽歸來國已休。

唐太宗

唐世閨門少謹嚴，三綱濁亂有由然。晉陽挾父私宮妾，巢刺王妃不可言。

武則天

唐代司晨有牝雞，滅殘宗室殆無遺。若非仁傑擎天力，李鼎將移屬武媚。

楊貴妃

傾國嬌容敵色荒，能移帝主墮三綱。荔枝嚬笑雖甘美，馬踐嵬坡促命亡。

張忠靖

盡職傾忠世所稀，舍生取義重倫彝。昭昭名節標青史，萬古流芳天下奇。

李謫仙

筆端文彩輝星斗，懷抱詩豪泣鬼神。超邁英才貫絶世，明皇寵異貴無倫。

韓昌黎

世降文衰失正儒，韓公衛道辟楊朱。誠通衡岳開雲陣，義信遐荒化鱷魚。

唐憲宗

能詢天寶亂從生，林甫專權罷九齡。刺史權纔除柳泌，金丹燥發命隨傾。

裴　垍

竭誠佐理奬言司，先正君心帝者師。舉薦不為盲宰相，盡供乃職日孜孜。

李絳裴度

輔主中興劃懋功，削平僭叛一循公。自憐黨起群邪進，王業蕭條不克終。

唐穆宗

燥發金丹柳泌誅，長生妙藥已成虛。穆宗心眼何昏惑，不省張皋覆轍書。

唐敬宗

丹扆六箴真藥石，童君不餌夭天年。宴游褻狎比羣小，滅燭筵邊血濺鮮。

唐文宗 二首

耻為凡主冀明良，擯出賢才事可傷。若用劉蕡救時策，何須醇酒爛霞觴。

賢良策舉厭劉蕡，報獻徒悲自比倫。直疏李邵言不用，寧從甘露禍金門。

悉怛謀降唐

祖宗疆域陷西戎，得復來歸悉怛謀。不受生降唯守信，死年褒贈復何憂。

唐宣宗餌藥

長生妄誕誑愚言，覆轍前途不自悛。若餌金丹人不死，北邙青塚盡神仙。

歇後宰相

歇後詩人何志誠，自量心迹甚詳明。世多覬竇穿窬者，對爾寧無愧赧情。

唐閹宦

握兵定策擅朝權，天子門生任劫遷。教黨愚君為得志，他年類滅是誰愆。

五季梁主

弑君殺父亂綱常，弟戮其兄促滅亡。上下交征仁義絶，背違天理應難昌。原校：一本云：弑君篡國背綱常，瀆亂彝倫自滅亡。殺父戮兄由作俑，恢恢天網亦相當

五季石晋二首

父禮契丹輸左衽，尊夷割地表稱臣。降戎借勢冠裳倒，萬古春秋一罪人。

石晉尊夷取帝華，如何兩世覆邦家。殺胡林下天還報，剖腹鹽心歸帝羓。

五季相馮道

歷代成規知謹守，五朝八姓誥封新。改辭易面何無耻，視古夷齊不愧心。以上《碧巖詩集》卷二

（李更整理）

朱申首

朱申首，休寧（今屬安徽）人。金朋説表侄。光宗紹熙元年（一一九〇）進士。事見《碧巖詩集》卷一《中秋夜偕朱表侄題月》按語。

和金表叔中秋夜題月

平分秋半月華圓，玉碾無聲静轉旋。月桂從攀由我捷，姮娥不解是誰先。《碧巖詩集》卷一附

（虞行整理）

全宋詩卷二七三六

郭綽

郭綽，嵊縣（今浙江嵊州）人。孝宗淳熙十四年（一一八七）進士。事見《剡録》卷一。

枕流軒 在安吉縣巖真觀

招提避雨寄孤眠，夜静溪聲到枕邊。引得五湖清入夢，拍天波浪一漁船。明宋雷《西吴里語》卷三

（李更整理）

王達

王達，字少愚，濡須（今安徽巢縣東南）人。寧宗慶元間知臨江軍。嘉定三年（一二一〇），除户部侍郎（《宋會要輯稿》禮四九之八三）。事見明隆慶《臨江府志》卷一一。今録詩二首。

百萬湖

臺下瀰漫百萬湖，叢生萑葦伴菰蒲。自從圍作民田後，每遇凶年一物無。

農人今歲不施功，浸撒田中穀自豐。極目黄雲無際限，只將晴色望天公。《永樂大典》卷二二七〇引《寶祐濡須志》

（孟憲忠整理）

霍權

霍權，武進（今江蘇常州）人。孝宗淳熙十四年（一一八七）進士（清康熙《常州府志》卷一七）。

題景呂堂

佞人巧求售，富貴一息頃。千古名不磨，寸心猶耿耿。偉哉正惠孫，疾惡何勇猛。平生歷宦途，南臺與東省。初著獬豸冠，排擊首權倖。姦雄始萌蘖，忠憤已骨鯁。一片忠義心，皦皦從簿領。涵養老益壯，大節兼晚景。若人久云亡，冰魂嗟已冷。羡慕徒馳神，反身盍三省。清宋敦乾隆《寧國府志》卷三三

（劉雯整理）

孫杓

孫杓，字居敬，東陽（今屬浙江）人。孝宗淳熙十四年（一一八七）進士。累遷太學正，進監丞。出知漢陽軍，改黄州，遷湖南提刑，終兵部郎官。有《畸庵集》，已佚。事見清康熙《金華府志》卷一六。

秋興亭

前有長江後有湖，天將此景屬吾徒。當時想未見秋興，謾説南樓天下無。明朱衣嘉靖《漢陽府志》卷三

（孟憲忠整理）

王容

王容，字南强，長沙湘陰（今屬湖南）人。孝宗淳熙十四年（一一八七）進士第一。光宗紹熙元年（一一九〇）爲祕書省正字，累遷著作郎兼實録院檢討官。寧宗慶元元年（一一九五）提舉江西常平。嘉泰元年（一二〇一）爲起居郎（《宋史》卷三八）。二年，以中書舍人兼實録院同修撰、同修國

史（《南宋館閣續録》卷八、九）。開禧二年（一二〇六）知静江府（清雍正《廣西通志》卷五一）。官至禮部侍郎。事見《宋歷科狀元録》卷六。

登第詩

天上催班曉色晴，五星伏盡極星明。奎章讀罷三千字，臚唱傳來第一聲。名《沅湘耆舊集》卷二二作質實兩言雖朴語，始終一節悉真誠。同上書作大節詎恒情聖恩深厚難圖報，願罄愚衷畢此生。明朱希召《宋歷科狀元録》卷六

王居安

王居安，字資道，初名居敬，字簡卿，號方巖（《赤城集》卷一七《方巖王公文集序》），黄巖（今屬浙江）人。孝宗淳熙十四年（一一八七）進士，授徽州推官，遷江東提刑司幹官。入爲國子正、太學博士。寧宗開禧三年（一二〇七）爲秘書丞，兼國史院編修官、實録院檢討官，遷著作郎（《南宋館閣續録》卷七、九）。韓侂胄誅，擢右司諫，兼侍講。次年，出知太平州，歷兩浙西路提點刑獄，知隆興府、襄陽府，以言者罷，閑居十一年。嘉定十五年（一二二二）知温州。理宗寶慶元年（一二二五）知福州。以龍圖閣直學士致仕。有《方巖集》，已佚。《宋史》卷四〇五有傳。今録詩八首。

同林逢吉過小溪寺二首

方巖勝處是仙家，時有輕雲薄霧遮。我欲去時君共去，遡流而上看山花。

濃陰閣雨未全收，屈指相將禊事修。不必山陰尋故地，小溪曲水更清幽。宋林表民《天台續集别編》卷五

送劉改之二首

劉子堂堂七尺軀，高談世事奮髯鬚。觀渠論到前賢處，據我看來近世無。出語令人驚辟易，處窮無鬼敢揶揄。徜徉闤市渾無畏，要是人間烈丈夫。

不識劉郎莫便語，酒酣耳熱未全疎。士當窮困能無慊，我自斟量愧不如。橫槊賦詩俱有分，輕裘緩帶特其餘。當今四野無塵土，宜有奇才在草廬。 元方回《瀛奎律髓》卷二四

游委羽山

幾日山不到，到山心自清。稜稜有方石，拾得通仙靈。 元陳世隆《宋詩拾遺》卷二〇

考試當塗次池陽崎嶇山行石多可愛因用袁席之韻

平生愛奇石，如見古君子。一卷窗牖間，時復為隱几。兹行池陽路，終日亂山裏。道傍石叢生，牛羊亂虎兕。中有篆籀文，鼎彝間罍洗。縱橫列簴虡，埋没見追蠡。嗟予心好之，愧恨無能徙。着手為摩挲，却立復睥睨。有似南陽公，可就不可致。是宜米元章，一見輒下拜。倘可從予招，安車更加禮。

潘德久有龍眠三馬而失其一俾予賦詩

三馬往往皆龍駒，神駿肯與凡馬俱。忽不見者其前驅，定應飛上天之衢。君得其二已有餘，我欲與君分此圖。駑才患多不患無，四十萬疋將何如。龍眠已往不可呼，愈少愈貴宜寶儲。

送劉改之

名滿江湖劉改之，半生窮困只《瀛奎律髓》卷二四引作但吟詩。人言季布恐難近，同上書作迹我謂鄭老真吾同上書作其師。試令滿飲至酩酊，愈覺高論生神奇。豪家有財不識寶，貧者識之空嗟咨。 以上明謝鐸《赤城詩集》卷一

句

高下水痕元自定，後先花信不須催。　宋林表民《赤城集》卷一七《方巖王公文集序》

祇教人種菜，莫誤客看花。　題園扉　宋劉克莊《後村詩話》後集卷一

只為人前呈顏色，天工罰取不教香。　海棠　宋陳景沂《全芳備祖》前集卷七

朱慶弼

朱慶弼，字彦器，縉雲（今屬浙江）人。孝宗淳熙十四年（一一八七）進士，知天台縣（清光緒《縉雲縣志》卷七）。

仙水洞

冰凝石乳寒流竭，霜打孤巖苔髮結。鮫綃洞底織欲成，颼颼風從洞口出。　清湯成烈《縉雲文徵》卷一

（以上李更整理）

李志甫

李志甫（一作忠甫），莆田（今屬福建）人。孝宗淳熙十四年（一一八七）進士（清乾隆《福建通志》卷三四）。寧宗嘉泰、開禧間知長泰縣（乾隆《長泰縣志》卷七）。

一線泉

蓬萊頂上幾相逢，常恨山高目力窮。此地紆迴泉一線，蓬萊却在有無中。　清張懋建乾隆《長泰縣志》卷一一

繆瑜

繆瑜，字文珍，龍南（今屬江西）人。孝宗淳熙十四年（一一八七）進士。寧宗嘉定七年（一二一四），知進賢縣。著有《崆峒集》，已佚。事見明嘉靖《贛州府志》卷九、清同治《進賢縣志》卷一三。今録詩三首。

遇災報應詩并序

辛酉歲，錢塘火災，延燒居民以七萬計，惟吴山上一老翁家獨全。翁平時誦經樂施，火起之夕，以老憊不能去，遣兒與婦令亟走，竟不忍相捨離。處烈焰之中，全家昏然熟寐，至于蒲萄架亦不焚灼。夫善積於平日之間，而孝感於一念之頃，其為神物護持如此。行道之人相與言者必曰蒲萄架，因詩之，以為世人好善者之勸云。

鬱攸屬者潛煽災，蜚廉縱風相與偕。林林生齒七萬户，連甍接棟燒成灰。如何老翁一區宅，間不以寸獨不烖。玉石俱焚勢應爾，豈有幻術能然哉。聞之翁乃好善者，平時事佛經卷開。有餘必以濟貧乏，不以利欲縈其懷。倉卒遂蒙鬼神護，萬目注視咸驚猜。厥初巨焰熱天起，左顧右盼如燔柴。翁知無脱免，委身甘作燼與煨。麾兒與婦令亟走，誓死不去無違乖。全家酣寢越信宿，如聞大浪聲喧豗。及其夢覺火亦息，依然一室當崔嵬。微如蒲萄不熏灼，而况梁棟與桷榱。蒼蒼表善有如此，餘自作孽何足哀。作詩誌往勸來者，勿以斯語同優俳。宋濳説友《咸淳臨安志》卷九七

釣臺二首

王陽在位貢公喜，何况故人作天子。掉頭不肯從渠遊，却把絲竿釣江水。欲將此意問遺靈，寂寞江山喚不應。至今桐江一拳石，留得人間千古名。

桐廬江中秋水清，富春山中秋月明。釣竿千尺無恙在，持竿我欲從先生。先生豈是傲當世，鄙夫患失滔滔是。狂瀾既倒挽之回，持報故人惟此爾。袞衣不博一羊裘，事往臺空江自流。遂令千古重名節，於乎先生真漢傑。　清曾燠《江西詩徵》卷一七

句

有客去遊丞相閣，無人來問孝廉船。　調官　《後村詩話》後集卷二

亭臺十二眼雙明，一幅畫圖開水墨。　宋王象之《輿地紀勝》卷九二《廣南西路·連州》

棲鴉照日黃。

動業轉悠悠。

解纜浙江頭。　以上宋紹嵩《亞愚江浙紀行集句詩》卷一

寒盟得問鷗。　同上書卷二

野田流水濺濺白。　同上書卷四

遊人柳葉蹙鞦韆。　同上書卷七

（以上孟憲忠整理）

袁韶

袁韶，字彦淳，慶元府（今浙江寧波）人。孝宗淳熙十四年（一一八七）進士。寧宗嘉泰中爲吴江丞，改知桐廬縣。嘉定四年（一二一一）召爲太常寺主簿。九年，遷著作郎（《南宋館閣續録》卷七）。十三年，知臨安府。理宗紹定元年（一二二八）拜參知政事。二年，出爲浙西制置使，後再知

臨安(《咸淳臨安志》卷四九)。卒年七十七。《宋史》卷四一五有傳。今録詩二首。

水仙王廟辭

桂水闊兮仙宫,今何為兮山之中。羌時俗兮改錯,寄嘉名兮土龍。卜中洲兮芷閭,仙歸兮故居。旂夫容兮蘭枻,詔馮夷兮先驅。杜蘅紛兮旅庭,酌寒泉兮秋英。福帝郊兮塵清,終萬古兮揚靈。《咸淳臨安志》卷七一《水仙王廟記》

題林和靖像

避影林壑,清畏人知。爾梅多事,漏吾天機。長風孤騫,秋鶴與飛。山高水深,無成無虧。清董沛《甬上宋元詩略》卷七引《和靖集·附刻》

句

宴堂聯族子,講席後諸生。挽族父正獻公燮　元袁桷《清容居士集》卷四《再從姪瑛幼孤學道龍虎山自傷不能鞠携述祖德以勉之》自注

(李更整理)

蕭逵

蕭逵,字景伯,新喻(今江西新余)人。燧子。孝宗淳熙十四年(一一八七)進士。累遷國子博士(《誠齋集》卷七六《静庵記》)。寧宗慶元六年(一二〇〇)爲祕書郎。嘉泰元年(一二〇一),爲著作郎。三年,遷起居舍人兼國史院編修官,除給事中。四年,權禮部尚書(《南宋館閣續録》卷八、九)。事見《宋史》卷三八五《蕭燧傳》附。

玉筍山

涪翁筆下千鈞重，趙尹胸中萬里寬。寶墨幾年藏瑞氣，新亭今日敞奇觀。翠屏遠帶斜陽淡，素練光涵夜月寒。苔碧印文公事少，謾尋詩句立欄干。《輿地紀勝》卷三四《江南西路·臨江軍》

（吴鷗整理）

杜思恭

杜思恭，字敬叔，上虞（今浙江上虞東南）人。孝宗淳熙十四年（一一八七）進士。歷潮州、吉州司法參軍，終知樂平縣。清光緒《上虞縣志》卷七有傳。

憶東山

上山月正高，下山月已黑。謝公風流遠，抵掌慨陳迹。楸枰一局笑未闌，捷書喜報收河山。我今念此幾廢食，諸公都作新亭泣。明謝敏行《東山志》卷一九

林宗放

林宗放，字問禮，自號拙庵老人（《宛陵群英集》卷三），宣城（今安徽宣州）人。孝宗淳熙十四年（一一八七）進士。歷潭州、通州、太平州教授，知蘭溪縣，授廣州教授，乞祠歸。事見明嘉靖《寧國府志》卷八中。今録詩十五首。

題韓任道寓軒

坤作基，天作宇，架以虹霓鼇作柱。入窗秦雲連楚雨，六合為鄰誰障堵。試問繩床供仰俯，是處江山子

作主。雲夢胸中著千古，明月清風左右取。客來問君此為寓，莫遣漆園漫無據。

錢倅生日

煌煌我宋開鼇極，坐攬輿圖朝列辟。玉帛争先萬國趨，吴越歸心天下一。聖神論報天與同，富貴不獨昌其躬。建隆以來二百載，是家與國方延洪。三光五嶽誰言裂，秀氣依然貫吴越。荀家苗裔何多龍，蕭氏衣冠知幾葉。賢王忠孝横古今，文采到公仍映人。一段清冰出秋壑，笑言滿腹多精神。胸中色絲經緯密，華衮政須煩黼黻。會看玄髮映貂蟬，豈久銀章佩朱紱。轉頭玉樹森琳琅，渥洼之種俱顒昂。斑斑久矣伏藝苑，秋風忽起催騰驤。黄金鑄印大如斗，世世纍纍還繫肘。笑摩銅狄向他年，頗記淮山風月否。

劇暑不可耐戲作冷語排之呈國威同舍兄

雲師怒挾風伯狂，排山立海恣披猖。斯須委雪一丈强，殺氣吞日埋扶桑。平時身熱號炎荒，自注：身熱山，見《西域傳》。冰山亦復連穹蒼。翔風健兒材武良，墮指十五半在亡。巖谷不問殲虎狼，凍合瀛海蛟龍僵。蒼生似落冰蠶鄉，一氣如縷何可長。翻思蹈火勇赴湯，誰能排雲掔太陽，稍與萬物回精光。客來徵此疑荒唐，烏有先生投予方。端居炎赫汗反漿，試想幻境生清凉。以上元汪澤民《宛陵群英集》卷三

餞使君

始聽歌來暮，還聞説去思。但知憂國計，那肯問家為。跨竹兒童集，携書父子隨。謝城攀戀處，争作畫圖披。同上書卷五

贄奉使總領大卿

杜思恭　林宗放

昔賢兩手并擎天，鼇極功成勢晏然。宗廟鼎彝刊祖烈，相門衣鉢付家傳。藍田種玉連連好，滄海遺珠顆

顆圓。六合共知推畫錦，雲來重為拂青氈。

賀俞婺州除左史

報政天邊美譽新，十行細札下嚴宸。逢人政爾詢司馬，從俗何由借寇恂。制勝萬全端有道，折衝一點是精神。向來魯國多男子，此日朝家特用真。

次宣州太守韻

雙旌迎曉指林廬，五馬逢辰政得輿。西掖舊裁天子詔，名山今睹帝王書。胸中霽月何明甚，筆底清風更穆如。衮職還須補天手，徵黄那復更躊躇。

肯將苛政削民廬，好把寬仁答乘輿。襦袴謄誇今日富，春秋欣見有年書。門施水薤何須爾，庭卧枏楊只晏如。擬頌中和獻天子，鯫生無語却躊躇。

和龔太守巡江回署之作

防秋纔過又防春，帥守憂邊笑亦顰。五馬去循江路穩，一帆回帶雨潮新。知兵儒將功無敵，有道諸侯守在鄰。籌勝名樓瞻手澤，阿翁世業肯沉淪。自注：龔守先世守是郡，扁樓曰籌勝。

食　兔

弱質司明視，虚名直望舒。軼群辭上蔡，能事到中書。狡計空多窟，珍盤竟付厨。獨將毫末效，曾紀汗青餘。

影印《詩淵》册一頁一一一

會文昌宫

文曜炳天府，司禄輔時雍。妥靈儼宫宇，垂光耀詞鋒。牲齊蠲穀旦，英髦翕來宗。桂旗降夊夊，瑶席瞻顒顒。克誠致昭享，受嘏欣滿容。賓筵列左右，旅觶歡橫縱。美矣席上珍，何異金在鎔。聯舉屬兹歲，青雲升九重。　同上書册三頁一六三五

賦應齋卷後

軟紅塵裏獨君醒，拂袖歸來醉六經。白雪陽春真寡和，高山流水要人聽。平生藝圃頭將白，依舊昭亭眼最青。莫問培風恣鵬運，只須隱几送鴻冥。　同上書册六頁四二四二

和府判給事登疊嶂樓喜雨韻

風流不獨占才名，水鏡冰壺表裏清。千里溪山娱暇日，一天風雨送秋聲。飽聆玉屑霏談塵，燦覩驪珠出管城。卧轍遮留能幾日，捲簾煙景若為情。

陪郡守游西園

倒影扶闌印碧溪，玻璃盤上玉東西。落紅那得愁如海，舉白難逃醉似泥。郎宿高明香霧起，客星華耀燭花低。波心夜半魚龍舞，都轉天風入鼓鼙。　以上明梅鼎祚《宛雅》初編卷一

北樓次韻

浮空紫翠撲層臺，謝守吟窗一夜開。雲影四垂高捲□，□痕渾落淺膠杯。紅蓮緑水嘉簪盍，白鳥孤雲八句來。緩□笙歌下樓去，凉州重聽徹崔嵬。　清吳飛九乾隆《宣城縣志》卷二六

（以上李更整理）

全宋詩卷二七三七

楊祖堯

楊祖堯，字述甫，長溪（今福建霞浦）人。孝宗淳熙十四年（一一八七）進士（《淳熙三山志》卷三〇）。寧宗嘉定十三年（一二二〇）爲秘書郎，除著作佐郎，次年，遷祕書丞。十五年，知信州（《南宋館閣續録》卷七、八）。

題漱玉軒 按：原署杼峰楊祖堯。

危石欲阽力自支，罅空引溜日夜垂。空階滴雨幽夢覺，孤蓬澎浪驚魂飛。直疑丹液閟石骨，飲此合仙壽無期。又疑龍宫流潤澤，膏沐萬物皆含滋。終古不受一塵涴，六月可逃三伏威。濯我塵纓洗兩耳，審聽廣樂音聲希。盥頮半生塵俗面，要離仙仗翻雲旗。仁智所觀自有感，物理天理常參稽。華池神水倘若此，聖功合發天人機。湔滌衆生業障盡，更與大地蕩劫灰。　影印《詩淵》册五五頁三一九七

趙汝遇

趙汝遇，字時可，鄞縣（今浙江寧波）人。太宗八世孫，善待子。孝宗淳熙十四年（一一八七）進士（《寶慶四明志》卷一〇）。寧宗慶元四年（一一九八）爲撫州軍事推官（明弘治《撫州府志》卷八）。歷監登聞鼓院、軍器監丞（《絜齋集》卷一七《朝請大夫趙公（善待）墓誌銘》、卷九《除軍器監丞

制》）。曾知饒州（《天台續集別編》卷六）。

重建神秀樓追和忠定公韻

峨峨城南樓，締創知幾時。樓前中津水，潮來復潮歸。眷此雲海區，襟帶東西溪。圖牒考往事，杳杳孤鴻飛。傳聞昔蕪城，陋若枳棘籬。鼎新賴宗衮，欲與千年期。紀事屬東萊，字字皆吾師。甲子甫一周，孫枝繼成規。壁壘訪遺蹟，闌干納餘暉。農隙既閒暇，溟波日平夷。班春布寬大，諭俗無澆漓。喬木有世臣，惟有乃似之。此段信奇事，今昨何是非。指顧舊觀還，略不煩文移。落成當元夜，月華流客衣。前作信高韻，新篇實英詞。却笑峴山語，登臨何足悲。

宋林表民《天台續集別編》卷六

（以上李更整理）

葉槐

葉槐，字贊卿，瑞安（今屬浙江）人。《東甌詩存》卷三次其詩于沈琪、陳龜年之間，姑置于此。

木寂院

為愛蓮塘水石幽，畫橋斜日任遲留。兩山雲出□□雨，一葉風來斷送秋。滚滚流年愁裏度，淒淒明月暗中投。何時谷口歸耕去，種得黄粱飽即休。

清曾唯《東甌詩存》卷三

陳德翔

陳德翔，字元覽，永嘉（今浙江温州）人。《東甌詩存》卷三次其詩于葉槐後，姑置于此。今録詩二首。

漳浦偶成

秋日已過半，林無一葉飛。曉嵐須闔户，夜冷旋添衣。陰壑桃榔瘦，陽坡葦撥肥。每傳鄰壤警，行客往來稀。

和鄰僧韻

七八年來住水心，喜鄰蕭寺共僧吟。古池暗有泉相接，春地從教笋自侵。興到濃時因坐久，交於淡處見情真。極憐對立河梁暮，海月初生日正沉。以上《東甌詩存》卷三

（以上劉寧整理）

陳龜年

陳龜年，字永昌，永嘉（今浙江温州）人。孝宗淳熙十四年（一一八七）進士，一作淳熙二年進士（《東甌詩存》卷三）。寧宗慶元三年（一一九七）以軍功遷奉訓大夫，太子洗馬。事見清乾隆《温州府志》卷一九、二〇。今録詩二首。

龜　山

山是東南第一峰，長淮古汴渺連空。登臨不是觀泉石，心折神皋指顧中。宋王象之《輿地紀勝》卷四四《淮南東路·盱眙軍》

遊净社寺

古寺何年斲，山空一片雲。喬松含晚翠，修竹洒清陰。老衲朝陽綴，雎鳩帶雨吟。俗緣何日了，借榻净塵心。清李琬乾隆《温州府志》卷二八上

林伯成

林伯成，字知萬，長樂（今屬福建）人。孝宗淳熙十四年（一一八七）武舉進士。寧宗慶元中爲閤門舍人（《宋會要輯稿》選舉二一之七）。嘉泰四年（一二〇四）充賀金國正旦副使（《建炎以來朝野雜記》乙集卷一八）。歷知高郵軍、真州（《淳熙三山志》卷三〇）、桂陽軍（明嘉靖《衡州府志》卷一）。

浯　溪

嘉定丙子孟秋旦，携子元鼎、元泰同張器之□叔、郡貢士唐□□卿、子暉□□□□，賦此以識歲日。

讀時方喜能戡亂，責備猶疑過頌功。歸美縱來臣子事，誰歌宋德乃心同。　清陸增祥《八瓊室金石補正》卷九二

（以上李更整理）

鄭　訪

鄭訪，平陽（今屬浙江）人。孝宗淳熙間人。事見《東甌詩存》卷三。

乘鸞峰

山形鸞羽族，仙子馭翱翔。琪樹烟霞冷，蓬壺日月長。來儀當日瑞，覽德應時祥。何處得環佩，乘遊入岳陽。　《東甌詩存》卷三

何汝樵

何汝樵，孝宗淳熙間人（《東甌詩存》卷三）。

元旦

臘盡寒猶厲，春來雪未乾。流年憐易失，為客敢求安。故里屠蘇酒，新年柏葉盤。嗟哉老兄弟，誰與共清歡。《東甌詩存》卷三

（以上劉寧整理）

張世英

張世英，字文伯，臨海（今屬浙江）人。孝宗淳熙十四年（一一八七）武科進士。終殿前司幹官。事見《嘉定赤城志》卷三四。

句

霅溪深極地根清，四水交流激射聲。《輿地紀勝》卷四《兩浙西路·安吉州》

（查九星整理）

張孝忠

張孝忠，字正臣，歷陽（今安徽和縣）人（《直齋書録解題》卷二一），寓鄞縣（今浙江寧波）。邵子。寧宗慶元中權知荆門軍（《周文忠集》卷六五《張邵神道碑》）。嘉泰四年（一二〇四）知郴州（明萬曆《郴州志》卷二）。嘉定元年（一二〇八），由京西轉運判官放罷（《宋會要輯稿》職官七四之三〇）。八年，知金州，旋罷（同上書職官七五之七）。有《野逸堂詞》一卷，已佚。今録詩二首。

過盱眙

淮海無波塞不塵，題詩因得弔遺民。山河信美今戎索，耆老雖存亦外臣。《輿地紀勝》卷四四《淮南東路・盱眙軍》

過峽

出入黄牛峽，江聲晝夜騰。猿啼愁不住，何日下彝陵。清朱緒曾《金陵詩徵》卷七

康文虎

康文虎，字炳道，與弟文豹蔚道俱從呂祖謙學（《宋元學案》卷七三）。今録詩二首。

輓呂東萊 二首

中興以後誰堪數，名滿東南震昔賢。舊論當時存喘息，微波今日塞天淵。承平格力回全盛，人物風流繼往年。太息何人知所自，此心時復一潸然。

國尚有人悲此老，天其喪我泣吾曹。平生心事知誰與，悵望今人論太高。便欲卑心隨故步，豈期中路喪連鼇。先生已死吾何望，舉眼猶知有鳳毛。宋呂祖謙《東萊集》附録卷三

（以上李更整理）

唐季淵

唐季淵，婺州（今浙江金華）人。從呂祖謙學。曾中鄉舉（清康熙《金華府志》卷一八）。今録詩二首。

挽呂東萊 二首

方振河汾業，云胡不假年。斯文今已喪，此道後誰傳。秘館藏新史，門人緝舊編。未明修短理，昂首問蒼天。

憶昔精藍舍，提撕意頗濃。笑談猶在耳，趨步遽無蹤。萬里悲風翮，中宵瘖歲龍。百身嗟莫贖，涕淚灑寒松。以上《東萊集》附録卷三

（孟憲忠整理）

邵度

邵度，金華（今屬浙江）人。從吕祖謙學。事見《東萊集》附録卷三。今録詩六首。

挽東萊先生

雨化三吴士，風行萬古書。石渠功不細，鳳閣位方虚。梁木何摧地，泉臺欲駕輿。來觀自燕者，頑懦亦欷歔。

玉石明胸次，風雲在筆端。教常先慷慨，門不棄蹣跚。籍湜疑培植，房陳似羽翰。中興依日月，遺像聖王歎。

岐嶷稱前輩，淵源便老成。及門多兑説，在寢已蒙亨。麟筆空遺恨，箋詩正用情。誰知兩楹夢，湖海哭書生。

鼻祖雍熙政，三傳壽國醫。至今稱巨室，有子號宗師。白璧埋黄壤，朱門罷素絲。自注：自今邦君無問政之所矣。脊令臨祖道，無計駐靈輀。

名士聞風起，英聲逐電飛。卜鄰譙子至，自注：天授挈家隨伊川先生。閑道洛人依。自注：洛人化伊川教，十餘家不

用浮屠。共歎斯人疾，何心入揖歸。七分書策在，自注：張繹祭伊川云：先生有言見于文字者，有七分之心；繪于丹青者，有七分之儀。七分之儀固不可益，七分之心猶或可推。馬鬣向斜暉。

鼓篋膠庠日，公方屬外艱。摳衣天不遇，攻玉理應難。問我好何學，逢人察所安。由今無拂士，孤陋入心酸。《東萊集》附録卷三

邵津

邵津，金華（今屬浙江）人。從吕祖謙學。事見《東萊集》附録卷三。

挽東萊先生

□□《宋詩紀事補遺》作德厚感易極，學成功未施。彼蒼胡用問，吾黨竟誰資。道在漫今昨，人間忽喜悲。百年總埋玉，千古敬豐碑。《東萊集》附録卷三

孟行古

孟行古，從吕祖謙學。事見《東萊集》附録卷三。今録詩三首。

挽東萊先生

道學方勤績，亨途漸致身。蒼天傾我淚，今日喪斯人。弟子群經富，先生一語真。發揮餘事業，何處不書紳。

義路資開拓，愀然驚奠亡。吾儕自如失，夫子獨何傷。往日知曖蔑，逢人傲子方。哭君心欲折，迴立向

蒼蒼。自注：行古上公書有嚴明之言發於堂下，遇子産也。公屢嘆以為善用事。《東萊集》附録卷三

大滌洞天留題

脱略囂塵處，清遊興已先。人行九鎖路，洞引十洲仙。雲勢生山石，雷聲發澗泉。長吟動尊俎，林影月娟娟。影印《詩淵》册三頁二一一七

（以上王德保整理）

朱黼

朱黼，字文昭，瑞安平陽（今屬浙江）人。學於陳傅良，不事舉業，躬耕南蕩山以老。嘗著《紀年備遺》、《統論》，已佚。事見《水心集》卷一二《紀年備遺序》。

挽陳有功

生平不肯負所學，高潔清風自凜如。逆孺殿巖辭特薦，暱交戚畹絶私書。不矜虜館穿正鵠，甘向鑾溪佩左魚。沅芷澧蘭香滿路，萬人慟哭護靈輿。《東甌詩存》卷四

（劉瑛整理）

楊光

楊光，字林磦，孝宗淳熙十四年（一一八七）曾避暑中巖。事見《八瓊室金石補正》卷一一三。今録詩三首。

淳熙丁未初伏奉親避暑中巖

伽陀坐斷碧巖陰，手眼無非利物心。借我初庚滌袢暑，泠風美蔭木千尋。

山下芙蕖雲錦裳，寶瓶浄供坐生凉。南薰真是社中友，清潤時飄衣袂香。

禪榻陰森五月秋，井泉甘洌近林幽。助翁燕坐清涼境，茶具隨行試一甌。《八瓊室金石補正》卷一三《富順中巖題刻》

（李敏辭整理）

樓淳

樓淳，字質夫。鑰子。曾任籍田令（《絜齋集》卷一一《樓公行狀》）。官至屯田郎中（《甬上宋元詩略》卷八）。今録詩三首。

隱居鳳山清明寺 二首

鳳鳥久不至，哲人歎已矣。空留千載名，寂寞殘陽裏。

日上鐘未鳴，老僧睡猶熟。誰是山中人，長享清明福。

清明寺

風塵滿天下，此地獨清明。神州何處是，有淚落新亭。以上清董沛《甬上宋元詩略》卷八引《金華詩録》

鄭括蒼

鄭括蒼，名字不詳，疑即鄭師尹，待考。師尹，括蒼（今浙江麗水西）人。陸游門人。孝宗淳熙十四年（一一八七）監嚴州在城都稅務，曾刻《劍南詩稿》。見《劍南詩稿》序。

水國

水國煙霞客，春來始定居。老逢人事懶，貧覺舊交疏。隙影窺蟾疑當作檐滴，芸香散篋書。西湖風月好，不到一年餘。影印《詩淵》册三頁一九六五

汪大章

汪大章，字時晦，號約叟（《魯齋集》卷一二《跋汪公祭文》、卷一九《祭汪約叟文》），金華（今屬浙江）人。與兄大度俱從吕祖謙學，祖謙弟祖儉卒於筠州高安，時大章距秋試僅四日，舍之就道，護喪以歸（《敬鄉録》卷七）。

哭大愚吕公

一封朝奏夕南遷，抖擻精神笑出關。只有詩書來眼底，更無儕輩敢通函。聖恩寬大時時降，天意難明特地慳。鬻藥買田非立異，甘心只作林泉計。所求於世如斯爾，造物云何降毒厲。嗟哉我公雖下世，萬古千秋未嘗逝。家庭學問誠難繼，我公超道獨能詣。日月有光還有翳，行人潸然咸出涕。嗟哉我公雖下世，萬古千秋未嘗逝。往年蒼天夭伯氏，歸咎云發千聖秘。遷客蕭寺獨羈寄，未知曷犯蒼天意。嗟哉我公雖下世，萬古千秋未嘗逝。元吴師道《敬鄉録》卷七

（以上李更整理）

陳應龍

陳應龍，字定夫，寧德（今屬福建）人。精《尚書》、《春秋》，又喜讀孫、吴書。嘗試太學，陳傅良置之首選，授修仁尉。事見明嘉靖《寧德縣志》卷四。

呈徐憲應特

弱冠弄筆硯，恥為章句儒。夜半劍氣發，精光射天衢。欲分天子憂，張燈閱地圖。七閩山水秀，我亦思故廬。世事苦齟齬，吾道甯蹐跼。一官如涕唾，焉能輕重吾。

明閔文振嘉靖《寧德縣志》卷四

（徐永强整理）

萬某

萬某，失名。寧宗慶元間知巴州（清道光《巴州志》卷五）。

九日南山

南山何嵬嵬，群峰秀色聚。朝暉與夕靄，無□□去住。徘徊九折險，縈曲一川注。懸崖置屋少，□穴亦可度。蒼然老楠木，幾閱風霜斁。孫枝長□許，老幹未肯仆。昔年重九日，來者必三顧。題詩刻峭壁，皆欲寄□□。念我獨何人，今日追故步。凌晨出南門，風雨怯行路。不憚登涉難，恐失此日故。造物亦隨人，晴明送日暮。徐行兩柏間，杯盤共草具。賓僚不鄙我，笑語露情愫。他時儻再來，莫指桃源誤。

清朱錫穀道光《巴州志》卷五

（孟憲忠整理）

王介

王介（一一五八—一二一三），字元石，號渾尺居士，金華（今屬浙江）人。光宗紹熙元年（一一九〇）進士。歷通判紹興府，知邵武軍。以慶元黨禁罷。起知廣德軍，歷知嘉興府、襄陽府、慶元府兼沿海制置，以疾致仕。寧宗嘉定六年卒，年五十六。事見《西山文集》卷四六《王公墓誌銘》，《宋史》卷四〇〇有傳。

鄭氏館中書事

今年移硯席，又上白雲邊。夜氣清於水，春愁薄似烟。庭前松已腦，門外柳應綿。尤喜安牀處，更深無杜鵑。《敬鄉録》卷一三

（李更整理）

楊介如

楊介如（一一五八—一二二五），字固卿，豐城（今屬江西）人。道士。寧宗開禧間主清江相堂觀。後入閤皂山。理宗寶慶元年卒，年六十八。著有《隱居集》，已佚。事見清同治《清江縣志》卷一〇。

句

酒量春吞海，詩肩夜聳山。清潘懿同治《清江縣志》卷一〇

《清江縣志》：楊介如主相堂觀時，一日，諸文士集觀中唱酬，介如蓬垢衣朗吟詩句云云，坐皆驚服。

吴景

吴景，寧宗慶元四年（一一九八）由知崇慶府放罷（《宋會要輯稿》職官七四之五）。

句

楚山連白帝，蜀道控烏蠻。夷陵江行　《輿地紀勝》卷七三《荆湖北路·峽州》

（以上孟憲忠整理）

羅鑑

羅鑑，字正仲，崇仁（今屬江西）人。點從弟。寧宗嘉定元年（一二○八）曾應邀纂邑志，累年而成。有《磬沼集》，已佚。事見《直齋書録解題》卷二○。清光緒《撫州府志》卷五九有傳。今録詩四首。

題吴氏四賢堂

河汾續經罷，洙泗還清風。深衣大帶垂，身退道則豐。一編通言在，萬古無盲聾。遺像今偉然，吾敬環溪公。沆

經濟學有用，寧與佔畢同。集英晨唱第，夕對蓬萊宫。儒林急淵源，不遺朔庭空。遺像今偉然，吾敬國子公。澥

中興洪韓吕，文章之鉅工。密年偏參請，一鏃直笴鋒。錦帳與畫戟，稽古似不蒙。遺像今偉然，吾敬吏部公。曾

敬齋一則話，傳自南軒翁。于湖金玉之，諸老歸下風。不使掌帝制，嗟哉吾道窮。遺像今偉然，吾敬司封公。鑑　《永樂大典》卷七二三六引《撫州府羅山志》

（吴鷗整理）

淳熙太學生

淳熙太學生，孝宗淳熙十五年（一一八八）監察御史陳賈劾道學欺世盜名，時太學諸生有詩。

誚陳賈

周公大聖猶遭謗，伊洛名賢亦被譏。堪歎古今兩陳賈，如何專把聖賢非。　宋李心傳《道命録》卷五

（李更整理）

左次魏

左次魏，曾與楊萬里長子長孺（字伯子）相唱和。

和楊伯子

鑾坡蓬監兩封書，道院東西各付渠。乾道聖人無固必，是非付與直哉魚。　宋羅大經《鶴林玉露》乙編卷一

（吴鷗整理）

方武子

方武子（一一五九—一二一七），字景絢，莆田（今屬福建）人。寧宗慶元五年（一一九九）進士，授潮陽尉。歷循州教授、知博白縣、梧州判官。嘉定十年卒，年五十九。事見《後村大全集》卷一六〇《方景絢判官墓志銘》。今録詩二首。

南中題壁

明月照齊州，玉龍棲欲起。壯士腸夜回，寒衾潑秋水。　宋劉克莊《後村大全集》卷一〇六《跋方景絢詩》

題龍津亭

龍津亭下水漫漫，坐久凝神杳靄間。説道浙江人不信，向南全似越州山。　明黄一龍隆慶《潮陽縣志》卷一五

孔元忠

孔元忠(一一五九—一二二六),字復君,祖籍商河(今屬山東),徙長洲(今江蘇蘇州)。登進士第,知金壇縣。寧宗嘉定六年(一二一三)通判臨安府。八年,除太府寺丞。歷知徽州、撫州、處州(明弘治《徽州府志》卷四)。十七年,主管紹興府千秋鴻禧觀。理宗寶慶二年卒,年六十八。有《豫齋集》二十卷,已佚。事見《漫塘文集》卷三五《故長洲開國寺丞孔公行述》。

回憩翠蛟亭

引領籃輿上翠微,衆山回首覺平低。棲真洞口雲初合,大滌峰頭日未西。新笋暗抽穿木葉,古藤虬結跨沙堤。蛟亭雨後泉聲急,萬鼓喧豗擁澗蹊。影印《詩淵》册三頁一六三九

(以上李更整理)

蔡沆

蔡沆(一一五九—一二三七),字復之,號復齋,建陽(今屬福建)人。元定次子。六歲時出繼外戚虞姓,更名知方,領鄉舉後以母命歸宗。傳元定《春秋》之學。寧宗嘉定元年(一二〇八)進士,官至兩浙運幹。明蔡有鵾《蔡氏九儒書》輯其詩文爲《復齋公集》一卷。事見《復齋公集》附録宋徐夢發《復齋公墓志》,清嘉慶《崇安縣志》卷七、《宋元學案》卷六二有傳。今録詩十首。

春日即事二首

人生何事最為親,不看春容不識真。岸柳細摇多意思,野花初破足精神。精神識後施為別,意思到時言語新。為報同儕須急賞,莫教春去始傷春。

樓上從容曉日明，春風隨意動郊坰。定知有象根沖漠，未信至精惟杳冥。萬化淳時春藹藹，一元亨處雨零零。忘言共倚欄干曲，緑滿周原水滿汀。

登　高

九日登高廟閣陰，山間犬吠白雲深。清秋空谷寒侵夜，繞屋幽林翠滿岑。佳景隨開陶令興，雅懷猶負遠公心。年來名利都抛却，唯有遊觀到處尋。

遊白鹿洞

古洞雲封山正陰，攀藤負石此登臨。雙峰削劍雄中外，五老當頭壯古今。入室顒瞻先聖像，登臺慚愧昔時心。十年夢寐今方見，終老生涯只處尋。

坐龍池觀瀑布泉

一上巍峰獨枕流，匡山爽氣為君收。泉飛直下三千丈，池噴奔分數百州。浄練銀河輝映閣，煙凝碧樹吐成樓。先師巨筆懸崖石，文物風光度幾秋。

遊西山

聞道西山勝，今朝始見山。鶴鳴雙劍動，龍噴紫霄寒。人去臺空古，墨灰沼未乾。紫陽招不作，登眺共誰看。

自詠二首

青春不可再，白髮兩三莖。得句非詩史，為文學雅成。愁多憑酒散，老至逐人行。開卷無相似，長吁負此生。

一病觀書歇，終朝藥餌親。焚香葆静性，咬菜適清神。落燕巢低屋，饑烏噪近人。覓仙難换骨，貧瘦得吾真。

閑　遊

緩步荒郊外，杖藜看耨鋤。蓑衣蒙短褐，野飯摘殘蔬。雨過苗花濕，雲深草樹疏。敲門無犬吠，何處覓樵漁。

夜行舟

霞晚臨江岸，雲深不見星。烏棲沙篆暗，山遠暮鐘鳴。燃火移村色，號風晚度聲。船窗迷漏鼓，獨立向天明。

以上《蔡氏九儒書》卷四《復齋集》

（吴鷗整理）

洪　鉞

洪鉞（一一五九—？）（生年據《平齋文集》卷八《老人生朝爲壽》「丙申兒遇丙申歲，己卯翁逢己卯辰」推算），號谷隱，於潛（今屬浙江）人。咨夔父。以子貴贈少師（《式古堂書畫彙考》卷一五《洪舜俞道場詩并札卷》引元至正錢惟善跋）。事見《咸淳臨安志》卷六七《洪咨夔傳》。今録詩二首。

示　兒

豫章實佳木，尋丈早異衆。匠石雖未顧，終解作梁棟。社櫟大蔽牛，不資世所用。棄置成散材，歲久即空洞。誠由天所産，亦在德者種。吾兒豫章流，丱角不好弄。經訓雖未通，數過輒成誦。只今十五六，舉止頗持重。仰賴師友功，綴緝成賦頌。積絲未盈尺，粗喜入機綜。胡為不自量，將使應鄉貢。文場倍千數，作者豈倖中。而子於其間，燕雀雜鸞鳳。鉛刀未易割，庶可供一鬨。造物果何如，往往形吉夢。天其助我心，勿使汝放縱。業貴精于勤，耐取曉窗凍。文章實公器，妙語世人共。歲朝哦此詩，洗醆揭春甕。吾家有陰德，行矣光炎宋。宋洪咨夔《平齋文集》卷七《示諸兒》序引

和兒咨夔夜坐韻

樓底雪千峰，樓頭着寓翁。梅方開萼緑，桃已亞枝紅。斟淺偏勞勸，眠遲不受烘。錦城春在眼，何暇問蠶叢。同上書卷八《大人和云……時四川李制置以榮州見辟辭之也某因用前韻》題引

（陳捷、虞行整理）

全宋詩卷二七三八

崔與之

崔與之(一一五八—一二三九),字正子,號菊坡,增城(今屬廣東)人。光宗紹熙四年(一一九三)進士,授潯州司法參軍。歷淮西提刑司檢法官,知建昌縣,通判邕州,知賓州,提點廣西刑獄。寧宗嘉定六年(一二一三),召爲金部員外郎。七年,知揚州兼淮東安撫使。十二年,召除秘書監兼太子侍講,權工部侍郎,出知成都府兼四川安撫使。十四年,除四川制置使。十七年,召爲禮部尚書,不拜,便道還廣。理宗即位,提舉宫觀。端平二年(一二三五),知廣州兼廣東經略安撫使。尋拜參知政事、右丞相,皆辭。嘉熙二年(一二三八),提舉洞霄宫。三年,以觀文殿大學士致仕,卒,年八十二,謚清獻。有集傳世,係後人所編,存詩一卷。事見本集詩文、李昴英《文溪集》卷一一《崔清獻公行狀》、陳子經《續通鑑綱目》、陳璉《崔清獻公祠堂記》(《宋丞相崔清獻公全録》卷一〇),《宋史》卷四〇六有傳。

崔與之詩,以上海古籍書店影印據明嘉靖十三年刊本之抄本《宋丞相崔清獻公全録》爲底本,校以《嶺南遺書·崔清獻公集》(簡稱嶺南本)、《兩宋名賢小集·菊坡集》(簡稱菊坡集)。與新輯集外詩合編爲一卷。

送時漕大卿淮西檢法

卿月高華照楚墟，澄清雅意見登車。星分屯壘雲中戍，風引艅原作輪，據菊坡集、嶺南本改艎塞下儲。十二聚民行惠政，三千議獄謹刑書。最聲烜赫流聰續，聖詔今朝下玉除。越山輝映繡衣鮮，屈指重來是幾年。濡轡按行方易地，追鋒趣召已朝天。步趨接原作按，據菊坡集、嶺南本改武星辰上，獻納依光日月邊。到得中流須砥柱，功名事業要雙全。十年宦海任飄零，豈料光華伴使星。落魄半生頭已白，爬沙一見眼長青。天涯明月方依樹，淮上長風忽散萍。别淚誰能效兒女，不堪官柳暗長亭。

壽李參政壁都下待班

青牛老仙紫雲旋，函關西度天風高。手携柱下五千卷，來擅一世文章豪。玻璃江頭梅欲蕾，螟原誤作蕃頤山麓寒方鏖。飈車羽輪下霄漢，從以萬鶴如雲濤。參天挺特有喬木，大地負荷須巨鼇。百斛篆鼎筆端斡，五色瑞繭原作璽，據嶺南本改胸底繅。笑談更化定大計，乾機坤軸回鈞陶。蒼生脱險誕登岸，沙觜閑此杭川艘。雁湖風物午橋似，滿引鑿落歌離騷。酒酣耳熱自擊缶，世間萬事輕鴻毛。塗炭未蘇兵未洗，雲雷可使屯其膏。玉堂昨夜進麻草，延英趣對猩紅袍。太平事業有所屬，北卷燕薊西臨洮。扶持世極壽國脈，突兀一柱擎天牢。五羊僊客起為壽，安期大棗東方桃。

壽邕州趙守邕倅

大厦開朱明，物態豐且碩。薰絃發新奏，生意轉無極。間氣清而和，融結賦有德。碧梧挺幽榦，曠度漫九澤。富哉學古胸，仁義供服食。渾樸希世珍，外温而内直。驊騮開道路，聲光日斯赫。九關通籍初，南來墜雙舄。片心清徹底，杯水餞泥軾。京兆入幕賓，去天不盈尺。佳最入聰續，行行陟文石。邕為五管雄，地控西南域。專閫難其人，弄印無以易。袖却經綸手，天邊樹牙戟。猩獠叢篁中，深棲而屏息。夜月照銅柱，警囊聲寂寂。邊人解帶卧，危地成樂國。屏風御墨鮮，早晚來召驛。媿我樸樕才，潦霧甘遠役。題坐遇知己，孤根費培植。崧高生申甫，好語誼井陌。碧油塞雲端，阻莫陪賀客。歌詠淇奧詩，清脩如圭璧。他年玉班頭，蒼髯而赤黻。

張進武善風鑑謂予豸骨日聳早晚入臺求詩贈之

熒熒碧眼照人寒，一別重逢歲又殘。老去但求閒處樂，君來尚作向時看。誰將伏豸夸顱骨，我有盟鷗託肺肝。坎止流行隨所遇，何須覓夢到邯鄲。

瘦插秋山聳兩肩，荒寥不直半文錢。孤山放鶴林和靖，風雪騎驢孟浩然。萬事轉頭渾是夢，一身安分總由天。煩君束起前途事，我欲滄江買釣船。

題吉水黿潭李氏仁壽堂嘉定癸酉以廣西憲赴召經此

拙直多忤物，孤根徒自危。祈閑三扣閽，天遠不我知。尺書趣入覲，君命其可違。火雲正燒空，短篷氣如炊。脩途久困頓，病骨尤支離。奄奄尚殘息，艤棹江之湄。來登三元山，炎歊頓無威。徘徊古亭上，好風吹客衣。聊為三日留，食斯眠於斯。澗泉瀌瀌鳴，四山翠屏圍。夜深松桂寒，朝濈生林霏。李君亦達士，與我真忘機。乃於山之巔，預作佳城基。生則此其樂，死則此其歸。採藥求長年，華髮世所希。荷鍤欲自埋，不以遺體為。要皆非中道，識者之所嗤。知命故不憂，李君其庶幾。觸目此境界，陡悟昔者非。更作首丘想，行色廳遲遲。還遊仁壽菴，細玩淵明詩。自注：壁有歸去來辭之句。寓形復幾時，皇皇欲何之。富貴非吾願，帝鄉不可期。自憐一身孤，蒲柳先秋衰。百念盡灰冷，故園勞所思。我有石壁山，畝計十有奇。歸去營一窟，曲肱送斜暉。培植先人樹，投老長相依。清泉白石盟，甘心天一涯。

送聶侍郎子述淮東帥

嘉定丙子，侍郎為蜀之行，舟過揚州，此詩贈之。

碧幢紅旆白貂裘，去踏西風萬里秋。要得處方醫壞證，便須投矢負全籌。百年機會真難遇，一線光陰更易流。早辦原作辯，據嶺南本改出師諸葛表，祁山斜谷鬱綢繆。

吴蜀相通一水長，聞公西土意差彊。人謀合處天心順，民力寬時國勢張。參井光芒摇戟纛，關河事業耀旂常。雪山自是西人重，赤舄歸來早趣裝。

揚州官滿辭后土題玉立亭

天上人間一樹花，五年於此駐高牙。不隨紅藥矜春色，為愛霜筠耐歲華。四塞風沈天籟寂，半庭月冷市塵賒。臨行更致平安祝，一炷清香十萬家。

嘉定甲戌正月以金部郎分閫東淮正當金虜棄巢南奔之時人不願往以君命不敢辭首尾五年而不得代戊寅臘月以少蓬召而病且衰矣自知不堪世用決意南歸舟次豫章三疏丐閑而不得請幡然東下艤棹南康重湖閣夜夢人告之曰死於廬山之下覺而識其事并以小詩謝山神

來到廬山日日陰，斜風細雨亂雲深。移舟夜壑人閒世，荷鍤春郊物外心。要把封疆安社稷，誰教軒冕换山林。殷勤招隱知深意，五老朝來露玉簪。

送袁校書赴湖州别駕祕書監

奎壁光芒久聚東，奏篇入獻大明宫。胸中抱負經綸業，筆下鋪張造化功。四海高名如日揭，一襟和氣與春融。誰知正大傳家學，惟有擎拳體國忠。華踐峻登羣玉表，清脩屹立急流中。校讐正對青藜月，關陝俄分畫戟風。自喜合簪方袞袞，不堪分袂大怱怱。送君悵望雲帆別，顧我凋殘雪鬢蓬。戢羽孤棲憐鶴病，脱身高舉羡冥鴻。星躔已應魁三象，天路須知尺五通。箬水臘前新蟻緑，橘洲霜後巨螯紅。清談岸幘聊遊戲，獻納歸班萬口同。

柴祕書分符章貢同舍餞別用蔡君謨世間萬事皆塵土留取功名久遠看之句分韻賦詩得世字

玉立蓬山巔，聲望高一世。清秋玉壺露，耿耿無纖翳，中流屹砥柱，愈激而愈厲。平生學古胸，非為資身（菊坡集作生）計。中邊事方（原作萬，據菊坡集改）殷，命脈實關繫。憂世危明主，（菊坡集作王）誰流洛陽涕。直諫逆批鱗，言言皆獻替。胡為厭承明，退飛勇且鋭。有山鬱而孤，雄踞虎頭勢。兆民困科擾，椎剥已無藝。猙獰叢篁中，跳梁無虚歲。弄印無以易，要起百年弊。西風吹馬耳，新涼雨初霽。尺劄聞先聲，遠氓已懷惠。旌旗簇小隊，畫戟森兵衛。一方覆盂安，中原誰共濟。顧我亦漫仕，空山老松桂。倦悔作歸夢，乞身尚濡滯。著鞭公已先，脂秣以相繼。

陳祕書分符星渚同舍餞別用杜甫老手便劇郡之句分韻賦詩得老字

天生一代奇，人瑞國之寶。少游翰墨場，聲譽日杲杲。蟠胸三萬卷，致君應有道。懷璧掩其光，幾書州縣考。翩翩鳳新雛，飛上羣玉島。郎星粲光躔，同舍未為老。自詭乘一障，決計何太早。分以星子符，廬阜足幽討。榮途競奔逐，砥柱迴瀾倒。自顧孤危蹤，歸意尤浩浩。白頭頻送客，何以慰離抱。江頭潮正平，西風一帆好。

危大著出守潮陽同舍餞别用杜工部北風隨爽氣南斗近文星分韻賦詩得北字

天地清淑氣，人才隨所得。君獨禀其全，濟之以學力。蒼皮四十圍，直幹一嶺南本作三百尺。填胸書萬卷，絢采雲五色。清和閒韶濩，勁直沮金石。間氣之所鍾，表表才稱德。韞藏不自衒，況復耐官職。頹波正流靡，不濡而不激。平生憂國心，一語三歎息。著庭史筆健，寒芒照東壁。晝原誤作畫省方翺翔，忽厭青綾直。揭陽落天南，自詭何太嗇。東風吹馬耳，芻秣甘遠役。時事棼如絲，宵衣尚顧北。袖藏醫國方，何以壽其脈。行行無疾驅，有詔且前席。

張祕書分符星渚同舍餞别用山谷晚風池蓮香度曉日宫槐影西分韻賦詩得晚字

堂堂間世英，大名赫而烜。全才得之天，學力培其本。孤高壁萬仞，清郁蘭九畹。胸中富甲兵，馳騁菁華苑。文武康濟才，孤忠尤蹇蹇。入可運籌幄，出可臨邊閫。自許何太廉，一麾江湖遠。我來陪雋游，方恨合并晚。盍簪遽分袂，此情殊繾綣。高牙奉親行，天涼綵輿穩。廬山横几案，道院庶嘉遯。金弧夜騰光，三邊兵未偃。豈不念王室，罄此忠赤悃。當饋屢興歎，追鋒必于反。江梅小春時，斑衣照歸衮。

李大著赴豫章别駕同舍餞别用杜工部天上秋期近人間月影清之句分韻賦詩得天字

精神烱烱一癯仙，弭筆蓬萊最上顛。光大聲名揭如日，老臣議論可回天。星辰直上亨衢穩，風月平分去意堅。愧我衰顏歸未得，兩旬三作送行篇。

嘉定庚辰正月二日楊尚書率同年團拜于西湖因爲遊湖之集適湖水四合乘輿鑿冰泛舟如所約也杜侍郎賦詩和之

雪裏同騎白玉鼇，湖山人物一時高。銀潢下瀉波千頃，寶鑑旁開水半篙。我欲乘風驚老大，誰將翦水戲兒曹。梅花紙帳扁舟夢，但覺歸心長羽毛。

答李侍郎嘉定庚辰冬之官成都至城外驛侍郎亦赴鎮常得相遇于道惠詩答之

柏竹老歲寒，梅礬澹春風。邂逅萬里橋，相對雙鬢蓬。論心豈無酒，舉盞不忍空。恐渠道旁嗤，咄咄醉頰紅。送以静觀頤，答以晦養蒙。障塵馬上去，意氣如飛鴻。荆州舊分虎，武陵世憑熊。所至相勞苦，父老携兒童。地偏舞袖長，雞脊牛鼎豐。甘棠子孫枝，蒙密成芳叢。聞之白玉堂，起草誰其工。要為官擇人，頗牧還禁中。胸藏經濟方，醫國收全功。世事俱塵土，惟有汗竹公。雨足芎茁苗，風暖蒲長茸。離索抱孤影，目斷三峽東。

寄黄州趙别駕庚辰入蜀舟次黄岡適趙倅奇夫沿檄行邊不遇以詩寄之

銅梁玉壘碧雲端，尺舸西風兩鬢殘。世道多岐今已慣，人生一見古來難。丈夫不作謀身計，巧匠那能袖手看。月白風清雪堂夢，銀波萬頃卧龍寒。

送魏祕書赴召

萬里脩門道，誰傳桂子來。好將真積力，為作太平媒。大易機緘露，中庸氣脈回。須知經濟學，元不墮秦灰。

國論參稽定，人材護養成。古來同此恨，老去向誰傾。太白雲猶溼，瞿塘水正生。掛帆干斗極，屬耳鳳凰鳴。

送夔門丁帥赴召

憶昔捫三峽，班荆擁暮寒。宦情雙鬢底，世事兩眉端。壞原缺，據嶺南本補證扶須力，危機發更難。胸中經濟學，為國好加餐。

議論方前席，功名早上坡。去帆瓜蔓水，遺愛竹枝歌。同志晨星少，孤愁暮雨多。倚風窮望眼，碧色渺平莎。

送成嘉父

諸老不敢吏，我來容友之。調高械自注：音陔。夏曲，局熟弈秋棋。南斗捩船柁，西風吹鬢絲。莫將金玉質，膏沐畫長眉。

送范漕赴召

汲古菊坡集作獨汲千尋綆，通今菊坡集作惟開八面窗。相逢俱氣許，未語已心降。分鎮中邊蜀，歸途内外江。禁城菊坡集作林風雨夜，應念鹿門龐。

棋於觀局易，藥到處方難。休戚君眉睫，安危我肺肝。别來年事晚，病起面華寒。東望彊人意，天風送健翰。

送洪暘巖赴班

暘巖洪君疇天錫，清源人。與余鄉李文溪丙戌同年，交情彌厚。君疇入廣幕數年，舉剡足，當班見，文溪詩以餞其行。

法吏了繁劇，儒生擅文墨。世多兼兩長，遠到須器識。昔在晉魏公，曾此趨幕職。一逢龔莊敏，期以柱天極。紫微得夫君，嘉禾乏栽植。廣城底山川，融結此英特。精神天獨饒，醉盎春可即。讀書細姸磨，作文工組織。庭隅立兩造，片言分曲直。疾頑戒已甚，争事退如默。武庫物兼蓄，滄海蠡莫測。同僚總稱好，載路譽聲塞。五羊書筵重，濟物多陰德。榮通付儻來，薦剡豈求得。薰涼快馬耳，汗漫捧鵬翼。歸裝可對人，南物毫不殖。二同羞著我，握手倒巾幘。幽棲泉石邊，喜在文溪側。平章詩浩蕩，指點碁黑白。此樂竟何如，滿懷春拍拍。咳唾落珠璣，襟期重膠漆。高誦歸去辭，永守兔園册。焉知暮歲後，苦被功名迫。終能幡然起，行矣各努力。長途希樹陰，蕭邸謹服食。懸知風月宵，定敵山夫憶。

君疇班引後宰古田，滿戍趨京。時文溪以宗正少卿召入，極力引薦，君疇自六院入臺，文溪力也。後以言事去國。

嘉定甲申以禮部尚書得請便道還家作此詩

九重天上別龍顏，萬里江南衣錦還。聖主有憐雙鬢白，老臣長抱寸心丹。短篷疎雨春聽浪，瘦馬輕寒曉度關。何處好尋幽隱地，長松流水白雲閒。

金精山 見贛本誌

翠壁丹崖倚碧穹，一壺天地畫圖中。青鸞有路三山遠，玉洞無塵萬慮空。虛室尚留丹竈冷，靈泉直與海波通。客遊到此應忘返，始覺仙凡迥不同。

以上《宋丞相崔清獻公全録》卷八

哭趙清之 師楷

天南□□□重臨，遺愛猶存蔽□陰。鼓角三城新令肅，袴襦萬井舊恩深。養民但積和平福，涖事常持敬簡心。遠業設施殊未老，巨川東逝日西沉。

老來心事向誰論，每見移時話肺肝。黄甲同登今有幾，白頭相對古來難。死生轉盼星辰墜，聚散酸心幕疑當作暮雨寒。病裏不堪聞楚些，海山望斷淚汍瀾。明劉天授嘉靖《龍溪縣志》卷八

峽山飛來寺

萬里星槎海上旋，名山今喜得攀援。猿揮孫恪千年淚，月照維摩半夜禪。磴長荒苔人跡少，崖攢古樹鵲巢懸。江流上溯曹溪水，時送鐘聲到寺光緒《廣州府志》卷八九作過洞前。清曾燠《江西詩徵》卷一七

（聞賢整理）

圖書在版編目(CIP)數據

全宋詩(51)/北京大學古文獻研究所編.-北京:北京大學出版社,1998.12

ISBN 7-301-03968-9

Ⅰ.全… Ⅱ.北… Ⅲ.古體詩-中國-宋代-總集 Ⅳ.I222.744

中國版本圖書館CIP數據核字(98)第35926號

書　　名:全宋詩 第五一册
著作責任者:北京大學古文獻研究所
責 任 編 輯:張弘泓、徐建華
標 準 書 號:ISBN 7-301-03968-9/I.0513
出　版　者:北京大學出版社
地　　址:北京市海淀區中關村北京大學校内　100871
電　　話:出版部 62752015　發行部 62559712　編輯部 62752032
排　版　者:北京華倫公司排版部 62756343
印　刷　者:中国科学院印刷厂
發　行　者:北京大學出版社
經　銷　者:新華書店
850×1168毫米　32開本　19.375印張　507千字
1998年12月第一版　1998年12月第一次印刷
定　　價:40.00元

魁梧數百
年斧斤